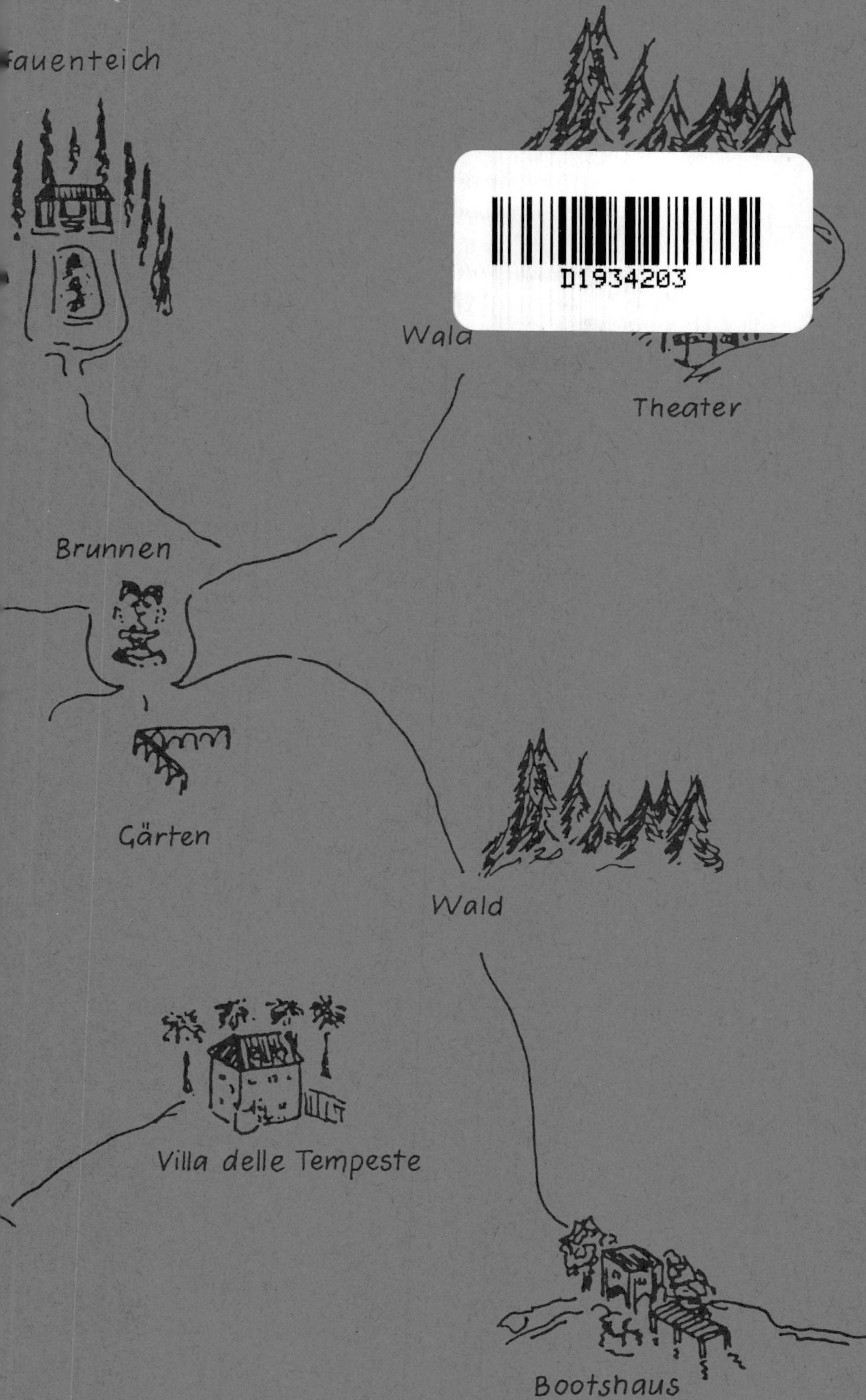
fauenteich
Wald
Theater
Brunnen
Gärten
Wald
Villa delle Tempeste
Bootshaus

Susanna Kearsley
Haus der Stürme

Susanna Kearsley

Haus der Stürme

Roman

Aus dem Englischen
von Karin Diemerling

Kabel

Die Originalausgabe erscheint 2001
unter dem Titel »Season of Storms«
bei McArthur & Company in Toronto.

Von Susanna Kearsley liegen auf deutsch außerdem vor:

»Mariana«
»Glanz und Schatten«
»Rosehill«

Für meine Mutter,
stets meine erste und beste Leserin,
in Liebe

ISBN 3-8225-0555-2

Gesetzt aus der Garamond
Satz: KCS GmbH, Buchholz / Hamburg
Druck und Bindung: Clausen & Bosse, Leck
Printed in Germany

Dank

Bei Galeazzo D'Ascanio und dem Anwesen Il Piacere habe ich mich von Gabriele D'Annunzio und seinem Palast Il Vittoriale inspirieren lassen, der am Gardasee über dem schönen Städtchen Gardone Riviera liegt. Mit meiner Verneigung vor diesem faszinierenden Mann wollte ich natürlich keineswegs den Eindruck erwecken, die in diesem Buch geschilderten Ereignisse hätten tatsächlich stattgefunden. Die Geschichte ist ganz und gar ein Produkt meiner Phantasie.

Was meine Nachforschungen zum Leben D'Annunzios betrifft, bin ich vor allem der wunderbar anschaulichen Biographie seines Freundes und Sekretärs Tom Antongini »Der unbekannte D'Annunzio« zu großem Dank verpflichtet.

Außerdem möchte ich allen danken, die mir in Italien und anderswo bei den Recherchen zu diesem Buch geholfen haben; insbesondere der Dame von der Schauspielergewerkschaft Equity in London, deren Namen ich nie erfahren habe, sowie Humphrey Price, Jane Bradish-Ellames von Curtis Brown und nicht zuletzt Cynthia Dale, die mir großzügig aus den Kulissen souffliert hat.

PROLOG

And these she does apply for warnings and portents,
And evils imminent ...

William Shakespeare, »Julius Caesar«,
2. Akt, 2. Szene

Der Brief kam mit der Nachmittagspost. Er lag wartend auf dem Tisch im Flur, als ich mich nach einer besonders langen Mittagsschicht im Restaurant zu der kleinen Wohnung im vierten Stock hinaufgeschleppt hatte, die ich mir zur Zeit noch mit Sally teilte.

Sally zeigte auf den Umschlag, kaum daß ich zur Tür herein war. »Er ist von deiner Agentin. Wahrscheinlich hat sie dir einen neuen Vorsprechtermin besorgt.«

Ich schüttelte den Kopf. »Dann hätte sie mich angerufen und nicht geschrieben.«

»Na, vielleicht ist es ja eine Geburtstagskarte. Herzlichen Glückwunsch übrigens – ich hatte noch gar keine Gelegenheit, dir zu gratulieren, weil du heute morgen so früh aus dem Haus bist.«

»Danke.« Der Morgen begann für Sally erst gegen zehn. Allem Anschein nach war sie heute sehr beschäftigt gewesen. Ein weiterer Stapel von Kisten voller Kleider versperrte mir den Weg ins Wohnzimmer. Ich zwängte mich daran vorbei, ließ mich in den nächsten Sessel fallen und warf den Kopf zurück, überwältigt von dieser bleiernen Müdigkeit am Nachmittag, wenn das verblassende Licht auf die Augenlider drückt und jede kleinste Bewegung zu einer Anstrengung wird. Ich fühlte mich, als wäre ich gerade hundert geworden und nicht zweiundzwanzig.

Sally hockte sich im Schneidersitz auf den Boden zwischen die Bücherkisten und fuhr damit fort, Bücher zu drei Stapeln zu sortieren: ihre, meine und solche, die sie mir abspenstig machen wollte.

»Langen Tag gehabt?« fragte sie mit wissendem Blick.

»Es war die Hölle. Sie sind gestern abend nicht mehr zum Staubsaugen gekommen, so daß ich das heute morgen als erstes machen mußte. Von da an ist es nur noch bergab gegangen.«

»Du Ärmste. Es ist noch Tee in der Kanne.«

»Nein, danke.« Die Vorstellung, aufzustehen und eine weitere Tasse Tee einzuschenken, wenn auch diesmal für mich selbst, erinnerte unerträglich an Arbeit. Ich rollte meinen Kopf über das Rückenpolster des Sessels – Sallys Sessel, dachte ich verdrießlich, also würde er wahrscheinlich ebenfalls Ende der Woche die Wohnung verlassen.

Sie sah wieder zu mir herüber und erfaßte meine Stimmung mit diesem fast übersinnlichen Gespür, das mich immer wieder unsicher werden ließ, ob der Hexenaltar mit den Kerzen in ihrem Zimmer nicht vielleicht doch mehr war als eine ausgefallene Dekoration. Sie hätte eine gute Hexe abgegeben, mit ihren zerzausten Locken und den durchscheinenden Gewändern, die sie aus einer Art indischem Secondhandladen bezog. Alles an ihr wallte und schwebte, und man hatte stets die Befürchtung, sie würde wie eine Fackel aufflammen, wenn sie einer Streichholzflamme zu nahe käme.

Wir hatten uns im vergangenen Jahr beim Kellnern kennengelernt, doch ihr Stand mit selbstgemachtem Schmuck in Covent Garden hatte bald so viel abgeworfen, daß sie dem Restaurant Adieu sagen konnte. Nun wollte sie auch mir Adieu sagen, um mit ihrem Freund, einem Schlagzeuger, zusammenzuziehen, der wohl ganz nett war, wenn man sich erst einmal an die vielen Piercings gewöhnt hatte.

»Willst du ihn nicht aufmachen?« Sie deutete auf den Brief in meiner Hand.

Ich hatte irgendwie ein komisches Gefühl. Der Umschlag mit der gedruckten Adresse wirkte verdächtig offiziell, und so, wie die Woche bisher gelaufen war, fürchtete ich, daß er bloß noch mehr schlechte Nachrichten enthielt – wieder eine Agentur, die mich fallenließ, weil ich ihr kein Geld einbrachte. Zögerlich begann ich ihn zu öffnen. »Es hat wohl niemand für mich angerufen, oder?« Ich erwartete nicht, daß meine Mutter sich meldete, sie dachte nie an meinen Geburtstag, aber eine kleine Hoffnung bestand immerhin …

»Oh, doch, dieser Freund von dir«, antwortete Sally. »Du weißt schon, wen ich meine ... dieser ältere Typ, der Regisseur ...«

»Rupert?«

»Genau. Er schien überrascht zu sein, daß du heute arbeitest.«

»Tja, irgend jemand muß schließlich die Miete bezahlen.« Die Worte waren mir einfach herausgerutscht, und ich hätte sie am liebsten gleich wieder zurückgenommen, als ich Sallys schuldbewußten Ausdruck sah.

»Weißt du, ich kann dir noch ein bißchen Geld dalassen, wenn das hilft ...«

»Ich komme schon zurecht.« Das war purer Optimismus. Nachwuchsschauspielerinnen verdienen praktisch überhaupt nichts, selbst wenn sie nebenher kellnern. Zu zweit waren wir gerade so über die Runden gekommen, indem wir viel Reis und Dosenzeug aßen und uns in dicke Decken hüllten, statt die Heizung aufzudrehen. Aber allein? Ich hatte gehofft, bis zu Sallys Auszug einen Ersatz für sie gefunden zu haben, doch bislang hatte sich niemand auf meine Anzeige gemeldet, und ohne neue Mitbewohnerin wußte ich nicht, wie lange ich die Wohnung noch halten konnte.

»Jedenfalls«, sagte Sally, »sollst du dich heute abend mit diesem Rupert in St. Paul treffen.«

Meine Hand hielt über dem Umschlag inne. »In St. Paul? Warum so weit weg?«

»Doch nicht in der Kathedrale, Dummerchen. Er meint die Kirche hier um die Ecke.«

»Bist du sicher?«

»Ich hab's sogar aufgeschrieben, er hat darauf bestanden.« Zum Beweis holte sie den Zettel. »Hier, siehst du? St. Paul in Covent Garden, gegen sechs. Danach Dinner im Club.« Sie mußte lächeln, als sie mein Gesicht sah. »Ja, er hat gesagt, das könnte dich aufmuntern. Ist wohl ziemlich nett, Ruperts Club, was?«

»Sehr nett.« Ich wandte meine Aufmerksamkeit wieder dem Umschlag zu, bekam ihn endlich auf und stellte fest, daß er gar keinen Brief enthielt – jedenfalls nicht von meiner Agentin. Ein zweiter, kleinerer Umschlag steckte darin, an mich adressiert und in Italien abgestempelt. Ich drehte ihn um und las ungläubig die Absenderadresse. »Er kommt von Il Piacere«, sagte ich mit italienischer Aussprache, so daß es als »Il Pia-schere« herauskam.

»Wer ist das?«

»Es ist keine Person, sondern ein Haus. Ein Palast vielmehr, ziemlich berühmt. Er gehörte Galeazzo D'Ascanio.« Galeazzo D'Ascanio, der selbsternannte Prinz der europäischen Décadence, war wie eine schwarze Rose am Ende des neunzehnten Jahrhunderts erblüht, hingegeben an Drogen und andere Laster, voll dunkler Erotik und nur dem einen Ziel verpflichtet, den größtmöglichen Genuß im Leben zu suchen. Genau das bedeutete »Il Piacere«: Genuß, Freude, Vergnügen. Der volle Name des Hauses, in dem er in den zwanziger und dreißiger Jahren gelebt hatte, lautete: »Il Piacere del Vecchio« – Die Freude des alten Mannes.

Da Sally immer noch ein verständnisloses Gesicht machte, erklärte ich: »Er war Schriftsteller. Hat vor allem Gedichte geschrieben, aber auch ein paar Romane und Theaterstücke. Die Bücher dort im zweiten Fach von unten sind alle von ihm.«

Seine Werke mochte ich nicht besonders, sie waren mir meist zu düster, aber ich hatte schon immer ein spezielles Interesse an seiner Person gehabt. Seine letzte große Liebe nämlich, die Frau, die er seine »Muse« und das »Glück seines Alters« nannte, war wie ich eine junge Schauspielerin aus London gewesen, mit der ich nicht nur die Liebe zur Bühne, sondern auch meinen Namen teilte: Celia Sands.

Ich hatte keinen ererbten Anspruch auf diesen Namen, wir waren nicht verwandt. Meine Mutter, ebenfalls Schauspielerin, hatte mich aus einer Laune heraus so genannt, jedoch weniger zu Ehren der englischen Bühnenlegende, wie ich vermutete, als vielmehr aus Bequemlichkeit. Ihr enger Horizont beschränkte sich fast ausschließlich auf die Welt von Theater und Film, so daß ihr wahrscheinlich kein anderer Vorname zu

Sands, ihrem damaligen Familiennamen, eingefallen war. Hätten wir Bernhardt geheißen, wäre ich Sarah getauft worden und hätte genauso gelitten.

Meine Mutter machte sich nie viele Gedanken um die Folgen ihrer Handlungen. Sicher war es ihr keinen Moment in den Sinn gekommen, welche Last es für mich bedeuten könnte – falls ich in ihre Fußstapfen treten und ebenfalls zum Theater gehen würde –, den Namen einer Frau zu tragen, die nach dem Ersten Weltkrieg in England und Frankreich Begeisterungsstürme ausgelöst hatte.

Ich hatte Zuflucht zu einem Künstlernamen gesucht, Celia Sullivan, der es mir erlaubte, weiterhin die Koffer mit Monogramm zu benutzen, die ich von Rupert zu meinem zwölften Geburtstag bekommen hatte, und mir gleichzeitig die Gewißheit gab, daß ich aufgrund meiner eigenen Fähigkeiten engagiert wurde und nicht wegen meiner berühmten Mutter oder des großen Namens einer Vorgängerin.

Meiner Agentin hatte ich unter Androhung der Todesstrafe verboten, meinen richtigen Namen preiszugeben, und doch hielt ich nun diesen Brief in der Hand, der von der Agentur an mich weitergeleitet worden und an Celia Sands adressiert war.

Er bestand nur aus einer Seite, sauber getippt und mit einer maskulinen, sachlichen Unterschrift versehen. Ich las ihn zweimal, um sicherzugehen, daß ich ihn richtig verstanden hatte.

»Nun sag schon, was steht drin?« fragte Sally.

»Man bietet mir eine Rolle in einem Stück an«, sagte ich, immer noch ungläubig.

»Einfach so, ohne Vorsprechen?«

»Einfach so.«

»Ist es eine gute Rolle?«

»Die Hauptrolle, und zwar in einem wichtigen Stück, dem letzten, das Galeazzo D'Ascanio geschrieben hat. Sie wollen es in dem Privattheater auf seinem Grundstück aufführen.«

»In Italien? Das ist ja großartig. Gute Arbeit von deiner Agentin.«

»Ich glaube nicht, daß sie viel damit zu tun hat«, erwiderte ich und zeigte ihr den Brief. »Rupert ist als Regisseur vorgesehen.«

»Ach so, Vetternwirtschaft hat eben ihre Vorteile. Gute Arbeit von Rupert also.« Ihr Lächeln verflüchtigte sich, als sie mein Gesicht sah. »Willst du die Rolle etwa nicht?«

»Darum geht es nicht. Es ist nur ... hier steht, daß ich unter meinem richtigen Namen auftreten müßte.«

Sally streckte die Hand nach dem Brief aus, um sich selbst davon zu überzeugen. »Was ist das denn für eine komische Bedingung? Das kann ihnen doch egal sein, welchen Namen du benutzt, oder?«

In diesem Fall nicht, soviel war mir klar. »Galeazzo D'Ascanio hat sein letztes Stück für seine Geliebte geschrieben, eine englische Schauspielerin, der er auch die Hauptrolle zugedacht hatte. Sie hieß ebenfalls Celia Sands«, erklärte ich. »Ihretwegen habe ich mir diesen Künstlernamen zugelegt. Sie war zu ihrer Zeit sehr berühmt, und in Theaterkreisen kennt man diesen Namen immer noch. Ich will keine Vorteile daraus ziehen.«

»Auch nicht, wenn es um einen gutbezahlten Job geht?« Sie beobachtete mein Gesicht und entdeckte einen Anflug von Unentschiedenheit. »Warte, ich hole die Karten.«

Sallys Tarotkarten kamen mindestens einmal pro Woche zum Einsatz, immer dann, wenn sie in einer Sache Rat brauchte oder fand, daß ich einen gebrauchen könnte. Ich ließ das Kartenlegen als einen harmlosen Spaß über mich ergehen, so wie man sein Horoskop in den Boulevardblättern liest, aber für Sally war es eine ernste Angelegenheit.

Als sie zurückkam, machte sie es sich zu meinen Füßen bequem. »Hier, misch den Satz gründlich und frag die Karten, ob du nach Italien fahren sollst. Halt, warte, ich muß zuerst deinen Signifikator herausnehmen.« Sie suchte nach der Königin der Kelche, die mich angeblich symbolisierte, eine Frau mit kastanienbraunen Haaren und hellen Augen, die mehr Gefühl als Verstand besaß. Danach reichte Sally mir die restlichen Karten zum Mischen, nahm sie wieder an sich und hob drei Stapel ab, die sie mit den Bildern nach unten auf den Teppich legte und anschließend mit einer Hand erneut aufsammelte. Mein Signifikator lag wartend daneben.

»Also, dann wollen wir mal sehen. Das bedeckt dich«, sagte sie und legte eine Karte genau über die Königin der Kelche. Die bedeckende Karte, soviel wußte ich, sollte die Stimmung zeigen, in der ich meine Frage stellte. Anscheinend hatte diese etwas mit einer Frau mit verbundenen Augen zu tun, die zwei gekreuzte Schwerter über ihren Kopf hielt. »Zwei Schwerter«, sagte Sally. »Das bedeutet Unentschlossenheit.«

»Einverstanden.«

»Das kreuzt dich.« Sie legte eine Karte kreuzweise über die ersten beiden. »Sie zeigt, was sich dir entgegenstellt, zum Guten oder zum Bösen. Oh, der Mond – das ist eine Karte des großen Arkanum, eine starke Macht. Es ist die Karte der Menschen mit übersinnlichen Fähigkeiten, weißt du. Sie kann lebhafte Träume bedeuten, die Entdeckung deiner inneren Kräfte. Oder auch Schlimmes: Menschen, die dich täuschen, Unglück für jemanden, den du kennst.« Sie drehte die nächste Karte um und plazierte sie unter die drei anderen. »Und das ist unter dir.«

Das Basis meiner Frage war eine sogenannte Hofkarte, zufällig das Gegenstück zu meinem Signifikator.

»Der König der Kelche«, benannte Sally sie. »Ein Mann mit hellbraunen Haaren, ein Geschäftsmann, verantwortungsbewußt, aber mit Sinn für die Künste. Er wirkt äußerlich eher ruhig, aber tief im Innern ist er leidenschaftlich. Kennst du so jemanden?«

»Schön wär's.«

»Jedenfalls ist er die Grundlage von allem. Und das«, fuhr sie fort, während sie eine neue Karte aufdeckte, »ist etwas, das verschwindet, das bald hinter dir liegt. Die Königin der Stäbe, auf den Kopf gestellt.« Sie bedachte mich mit einem nüchternen Blick. »Eine blonde Frau mit blauen Augen, die eifersüchtig, treulos und verlogen ist. Du liebe Güte, wer kann das sein?«

Ich mußte grinsen. Sally war meiner Mutter nur ein einziges Mal begegnet, aber das hatte genügt. Es war sonnenklar, wen sie für die Königin der Stäbe hielt.

Sie legte die nächste Karte ab. »Das ist über dir.«

Eine Karte, die ein mögliches Geschehen in meiner Zukunft zeigen sollte. Wieder waren Schwerter zu sehen, neun an der Zahl diesmal. Sie hingen recht bedrohlich über der verzweifelten Gestalt einer Frau, die ihr Gesicht in den Händen vergraben hatte.

Sally schwieg einen Moment, ihr Blick nahm einen besorgten Ausdruck an. »Das ist keine gute Karte. Sie bedeutet Leid, Unglück. Den Verlust eines geliebten Menschen.«

Ich konnte schlecht entgegnen, daß es doch bloß ein albernes Spiel war und nicht mehr über meine Zukunft aussagte als beispielsweise ein Klumpen aufgequollener Teeblätter, weil Sally wahrscheinlich auch an Teeblätter glaubte. Doch es gelang mir, sie ein wenig aufzumuntern, indem ich sie daran erinnerte, daß die Karte nur ein *mögliches* Ereignis zeigte. »Mach weiter«, sagte ich. »Vielleicht wird es jetzt besser.«

Aber es wurde nicht besser. »Das ist vor dir.« Wieder deckte sie eine Karte aus dem großen Arkanum auf, die Hohepriesterin, auf den Kopf gestellt. »Das ist auch nicht gut. Es bedeutet, daß du einer selbstsüchtigen, grausamen Frau begegnen wirst. Sie wird dir Probleme bereiten.« Mittlerweile hatte sie die Stirn in Falten gelegt und deckte die Karten mit sichtlichem Widerstreben auf. »Das sind deine Ängste ...« Der Narr, ebenfalls umgekehrt, eine irgendwie schaurige Figur, die mich aus ihrer umgekehrten Position lüstern angrinste. »Du hast Angst, die falsche Entscheidung zu treffen.« Auch die nächste Karte, die den Einfluß von Familie und Freunden repräsentierte, war nicht sehr ermutigend. Wieder Schwerter, drei Stück, die ein Herz durchstießen, während im Hintergrund dunkle Wolken und Regen abgebildet waren. »O Celia. Das bedeutet Streit und Schwierigkeiten in deiner Familie.«

Die vorletzte Karte, die meine Hoffnungen symbolisierte, war in Ordnung, was mich nicht weiter verwunderte, da man sich ja selten etwas Unangenehmes erhofft. Es war das As der Stäbe, eine optimistische Karte, die neue, kreative Unternehmungen und eine Reise bedeutete. Doch Sallys Stirnrunzeln blieb. Sie nahm die letzte Karte vom Stapel, hielt sie einen Moment zögernd in der Hand und drehte sie dann ganz schnell um, wie ein Kind, das eine unangenehme Medizin schlucken muß.

»Verdammt.«

Ich brauchte ihre Auslegung nicht, um zu wissen, daß das Bild nicht gerade verheißungsvoll war. Es sprach für sich: ein Burgturm in Flammen, von dem menschliche Gestalten schreiend und mit ausgestreckten Armen herunterstürzten, und hinter den Flammen Sturmwolken mit Blitzen.

»Das ist nicht besonders gut, oder?«

Sally sah ernst zu mir auf. »Celia, du darfst dieses Engagement nicht annehmen. Es gibt dort etwas Unheilvolles, etwas Böses …«

»Na schön«, sagte ich und legte den Brief beiseite, »damit wäre die Sache also entschieden.« Doch ich konnte es mir nicht verkneifen, noch einmal zu der kleinen Abbildung von Il Piacere im Briefkopf hinzuschielen und ein wenig zu träumen …

Venedig, 1921

Seine Wut war bis zum Nachmittag nicht verflogen, aber er konnte sie immerhin beherrschen. Er zerrte eine weitere Kiste über den Parkettboden der Bibliothek, ungeachtet der Kratzer, die er dabei verursachte, und fuhr fort, die Bücherregale zu leeren.

Sein Kammerdiener sah ihm zu. »Sir, halten Sie das wirklich für klug?«

Er hätte niemals einen englischen Diener einstellen dürfen, dachte er. Jeder andere hätte ihn verstanden, hätte ihm geholfen, statt steif und mißbilligend danebenzustehen. »Natürlich ist es klug! Es ist gerecht! Mir zu sagen, ich soll dieses Haus verlassen«, rief er empört, »nach allem, was ich hier geleistet habe! Das ist ein Verbrechen! Mich einfach rauszuwerfen, einfach so« – er schnippte mit den Fingern –, »und das mir … mir. Er funkelte böse, als ob diese Beleidigung Grund genug zur Rache wäre.

»Aber Sir …«

»Sie haben nur gesagt, daß ich das Haus nicht behalten kann. Über seinen Inhalt haben sie kein Wort verloren.« Lächelnd zog er einen alten Band aus dem Regal und strich zärtlich über den Ledereinband. »Ich werde mich schadlos halten.« Mit plötzlicher Entschiedenheit drehte er sich zu seinem Butler um. »Wir werden in das Haus am Gardasee ziehen. Die Luft dort ist gut für meine Gesundheit.« Um seiner Rede Nachdruck zu verleihen, ging er zum Fenster und schloß es gegen die moderige, heimtückische Feuchtigkeit, die aus dem grünen Kanal aufstieg.

Und dann hörte er die Stimme.

Die Stimme einer Frau, einer Engländerin, melodiös und klar, die von irgendwo unterhalb seines Balkons zu ihm heraufdrang. »Meint ihr, er ist für Besucher zu sprechen?«

Ein Mann antwortete: »Du bist verrückt, weißt du das?«

»Wir wollen anhalten und es herausfinden.«

»Er würde dich nie empfangen, Celia.« Eine Gondel knarrte, und ein Ruder wurde entschlossen ins Wasser getaucht.

Er stand wie gebannt da, eine Hand noch immer am Fensterriegel, und sah zu, wie die schwarze Gondel aus dem Schatten des Balkons heraus ins Licht glitt. Der Mann war für ihn nur ein undeutlicher Schemen und der Gondoliere vollends unsichtbar – er hatte nur Augen für die Frau, die halb zurückgelehnt im Bug saß, eine Hand lässig durchs Wasser schleifen ließ und einen leicht schmollenden Gesichtsausdruck hatte. Sie war eine Schönheit mit einem Teint wie Porzellan, und die Sonnenstrahlen schienen sich in ihrem goldgesponnenen Haar und dem hellen Kleid zu fangen und sie wie die Aura eines Engels zu umgeben. Wenn sie jetzt aufsähe, dachte er, würden sich unsere Blicke treffen … aber sie sah nicht auf. Die Gondel glitt um die Ecke, außer Sicht- und Hörweite, während er am Fenster verharrte. Er fühlte sich atemlos, beinahe schwindelig. Er fühlte sich jung.

Er starrte auf die Stelle, wo sie verschwunden war, und sprach ihren Namen aus, um seinen Geschmack auf den Lippen zu spüren, und als er ihn gekostet hatte, überkam ihn eine plötzliche, ungeheure Begierde: »Celia.«

ERSTER AKT

ES TRETEN VIER ODER FÜNF SCHAUSPIELER AUF

Sir, the scene is set, and everything is ready to begin if you please.

Richard Brinsley Sheridan, »The Critic«

I

»Er will nicht mich, sondern nur meinen Namen«, sagte ich zu Rupert.

Wir waren unter dem großen Südfenster stehengeblieben, das in diesem sanften, goldenen Licht erstrahlte, welches in den frühen Abendstunden am liebsten leere Kirchen aufzusuchen scheint. Ich mußte meinen Kopf weit zurückbeugen, um die in Marmor gemeißelten Buchstaben über mir lesen zu können. Obwohl ich sie schon unzählige Male zuvor entziffert hatte, war es immer noch ein merkwürdiges Gefühl, meinen eigenen Namen dort zu sehen: Celia Sands.

Rupert hinter mir stieß einen Husten aus, der als Luftzug in meine Haare fuhr, und ich merkte, daß er ebenfalls nach oben sah. »Vielleicht«, sagte er, ohne daß seine ruhige Stimme in dem hohen Raum widerhallte wie meine. Sein Ton war unverbindlich. Rupert bezog selten eindeutig Stellung, was mich schon als Kind zur Weißglut gebracht hatte, wenn ich seinen Rat brauchte. Doch es war unter anderem seine Fähigkeit, den Dingen ihren Lauf zu lassen, sich nicht vorzeitig einzumischen, was ihn zu einem so hervorragenden Regisseur machte.

Andererseits hielt ich es nicht für reinen Zufall, daß er sich ausgerechnet hier mit mir hatte treffen wollen, in St. Paul in Covent Garden.

St. Paul ist »die Schauspielerkirche«, ein Wahrzeichen des Theaterviertels, und die Namen auf den marmornen Gedenktafeln darin lesen sich wie eine himmlische Besetzungsliste: Sir Michael Redgrave, Dame Edith Evans, Sir Noël Coward ... Alle sehr einschüchternd für eine Anfängerin wie mich, die gerade ihren ersten Auftritt in einem West-End-Theater gehabt hatte, in einer Rolle mit ungefähr zehn Minuten Bühnenpräsenz und drei ganzen Sprechzeilen. Trotzdem fühlte ich mich in St. Paul nicht klein, sondern als Teil eines größeren Ganzen, einer Gemeinschaft.

Sogar das Gebäude selbst gehörte zu uns, denn es hatte seine Rolle von der ursprünglichen Kirche übernommen, die zur Zeit von Queen Anne einem Feuer zum Opfer gefallen war. Als Schöpfung des Architekten Inigo Jones, dessen Begeisterung für die italienische Renaissance ihn zu dem Versuch inspiriert hatte, ganz Covent Garden in einen der großen, lichten Plätze zu verwandeln, die er in Italien so bewundert hatte, war auch St. Paul von einer heiteren Anmut. Mit ihren schlichten Fenstern im Stile Palladios, in die hier und da eine Spur von Gold eingeätzt war, ihren weißen Decken mit den Goldornamenten und ihren eleganten Kerzenleuchtern verkörperte sie – wie von Inigo beabsichtigt – ein kleines Stück Italien mitten in London.

Auch das hatte Rupert sicherlich bedacht. Er war schon immer ein Meister darin gewesen, andere durch einen bestimmten Rahmen zu beeinflussen. Obwohl er mir nie direkt zugeraten hätte, das Engagement anzunehmen, ließ er mich seine Meinung schon allein dadurch wissen, daß er mich an diesen Ort geführt hatte, an dem mein Unterbewußtsein von italienischer Atmosphäre umgeben war, während ich über Celia nachdachte.

»Celia die Erste«, wie Rupert immer zu sagen pflegte, als entstammten wir beide derselben königlichen Linie. Tatsächlich fühlte ich mittlerweile eine Art von Verwandtschaft zu ihr, auch wenn keine Blutsbande zwischen uns bestanden. Ich hatte so wenige echte Verwandte – nur meine Mutter und einen Onkel, der kinderlos in Neuseeland gestorben war –, daß die Adoption von Celia der Ersten als Vorfahrin mir jenes Gefühl von Kontinuität verlieh, das andere empfinden, wenn sie ihre eigenen Züge auf vergilbten Fotos von jungen Fremden erkennen, die ihre Ahnen sind.

Celia war allerdings nicht in dieser Kirche begraben. Niemand wußte genau, wo ihre sterblichen Überreste lagen oder ob sie überhaupt tot war. Doch man ging von ihrem Tod aus, weil der Gedenkstein von dem Mann gestiftet worden war, der wissen mußte, was aus ihr geworden war – dem Schauspieler, inzwischen selbst vergessen und begraben, für den sie Galeazzo D'Ascanio angeblich verlassen hatte. Ich sage »angeblich«, weil manche Leute behaupteten, Galeazzo habe sie eigenhändig umgebracht und die ganze Geschichte von ihrer Flucht mit einem jungen englischen Schauspieler sei frei erfunden und noch dazu wenig überzeugend. Welche Schauspielerin würde schließlich am Abend vor der Premiere ihres Stücks auf und davon laufen?

Ich persönlich zog die Mordversion sogar vor. Der Gedanke, daß Celia die Erste in Vergessenheit alt geworden war, gefiel mir noch viel weniger.

Ich stieß einen kleinen Seufzer aus, der den Geruch von altem geölten Holz und staubigem Marmor in meine Nase wirbelte, und sagte mit immer noch nach oben gerichtetem Blick: »Ich kann einfach nicht glauben, daß du dieses Projekt so lange vor mir geheimgehalten hast. Wann hat man dich engagiert? Letzten Herbst? Und du hast kein Wort zu mir gesagt!«

»Ich dachte, es wäre eine nette Geburtstagsüberraschung für dich.«

Das war typisch, nur Rupert konnte auf eine solche Idee kommen. Er hatte Geheimnisse schon immer länger für sich behalten können als jeder andere Mensch, den ich kannte.

»Ich nehme an, du bist diesem Menschen schon begegnet, der das Stück aufführen will?«

»D'Ascanios Enkel, ja. Im vergangenen Oktober hat er hier einen Zwischenstop auf dem Weg nach New York eingelegt und mich zum Mittagessen eingeladen.«

»Und, wie ist er so?«

Rupert war ein guter Menschenkenner. Als Teenager hatte ich immer die Jungs zu ihm geschleppt, mit denen ich gerade ging, um ihn hinterher nach ihren Stärken und Schwächen auszufragen. Natürlich machte er mir nie Vorschriften, aber seine scharfsichtige Beobachtungsgabe dürfte mir so manche Träne erspart haben. Ich sah, wie er seine Antwort abwog. »Sehr ruhig«, sagte er schließlich, » und nicht übermäßig kontaktfreudig. Ein bißchen eigensinnig. Aber das muß er wohl auch sein, bei dem, was er vorhat. Er ist gerade dabei, den gesamten Besitz zu restaurieren, einschließlich des Theaters. Anschließend will er alles der Forlani-Stiftung übergeben, die sich finanziell an der Restaurierung beteiligt, wie ich höre. Trotzdem muß es ihn ein Vermögen kosten. Er hat gesagt, das Haus sei zur Zeit seines Vaters aufgegeben worden, und seitdem hätte niemand mehr darin gewohnt.«

Ich sah spinnwebverhangene Korridore vor mir und düstere, unter jahrzehntealtem Staub begrabene Räume – eine Schauerszenerie würdig des Dichters, der Stücke mit Titeln wie »Verwelkte Liebe« und »Stadt der Verdammten« geschrieben hatte.

Beide hatte ich bereits im Theater gesehen, aber noch nie das Stück, das Galeazzos Enkelsohn auf die Bühne zu bringen hoffte: »Il Prezzo«. Niemand hatte es je gesehen. *Il Prezzo* – Der Preis – war als Liebespfand für Celia die Erste verfaßt worden. Nach fünfzehn Jahren des Schweigens, in denen er nur ein paar unerhebliche Verse geschrieben hatte, hatte Galeazzo auf eine plötzliche Inspiration hin wieder die Feder geschwungen und in nur einem Monat voll fieberhaftem Schaffensdrang, noch dazu auf englisch, das Stück geschrieben, das alle Kritiker für sein bestes hielten. Dieselbe Inspiration hatte ihn dazu bewogen, ein Theater auf seinem Besitz erbauen zu lassen, in dem er seine eigene Inszenierung aufführen konnte und seine geliebte Celia endlich wieder einmal ein Publikum verzaubern durfte.

Es wäre ein Triumph geworden, wenn sie nicht am Abend der Generalprobe plötzlich auf Nimmerwiedersehen verschwunden wäre.

Seitdem hatte das Stück einen berüchtigten Ruf erlangt. Verschiedene Ensembles hatten versucht, es aufzuführen, und waren sämtlich durch irgendeine Katastrophe daran gehindert worden: angefangen von einer Schauspielerin, die durch die Bühnenfalltür fiel und sich beide Knöchel brach, bis hin zu einem sintflutartigen Regen, der das Dach eines Theaters einstürzen ließ und die Kulissen überschwemmte. Wenn Shakespeares »Macbeth« unter Schauspielern als das Unglücksstück galt, so war D'Ascanios »Il Prezzo« das böse Omen schlechthin, das Stück, das schlichtweg nicht aufführbar war.

Was vermutlich genau der Grund war, weshalb das Projekt Rupert so reizte. Er hatte Herausforderungen schon immer geliebt.

Doch wenn überhaupt jemand das verflixte Stück auf die Bühne bringen konnte, dann Rupert. Er war selbst nicht wenig eigensinnig und einer der besten Theaterregisseure der Gegenwart. Galeazzo D'Ascanios Enkel hatte gut daran getan, ihn zu verpflichten, denn Ruperts Name allein bürgte für einen Erfolg.

Die Verlockung wurde nicht geringer.

»Ich weiß nicht, Ru.« Mit einem neuen Seufzer wandte ich mich von der Gedenktafel ab. »Irgendwie ist mir nicht wohl dabei, diese Rolle anzunehmen.«

»Warum?« Seine Frage klang neutral.

»Na ja, erstens habe ich noch nicht einmal vorgesprochen. Er hat mich noch nie auf der Bühne gesehen und wüßte nichts von meiner Existenz, wenn du ihm nicht von mir erzählt hättest.« Auf den Vorwurf in meinem Ton reagierte er gelassen.

»Das Gespräch kam einfach auf dich wegen …«

»Wegen meines Namens. Ich weiß.«

Eine Weile herrschte Schweigen, während wir weiterschlenderten. Rupert hüstelte. »Ich habe meine Hand für dich ins Feuer gelegt.«

»Ja, sicher.« Ich zeigte ihm ein schiefes Lächeln. »Aber du bist ein wenig voreingenommen, meinst du nicht? Außerdem ist das genau mein Argument: Ich will keine Rolle bekommen, weil ich die richtigen Leute kenne oder die Tochter von jemandem bin oder zufällig einen berühmten Namen habe. Ich bin gerade dabei, mir eine Karriere als Celia Sullivan aufzubauen, und das kann ich jetzt nicht einfach wegwerfen. Wenn ich bei diesem Projekt als Celia Sands mitmache, ist mein Künstlername gestorben. Das Stück wird Aufmerksamkeit erregen, allein schon wegen seiner Geschichte und wegen des Aufführungsorts. Ich wäre für den Rest meines Lebens auf Celia Sands festgelegt.«

»Du mußt natürlich tun, was du für richtig hältst.« Er sah auf seine Uhr. »Komm, laß uns gehen. Ich habe Bryan gesagt, daß wir uns um Punkt sieben im Club treffen, und es ist nie gut, ihn zu lange an der Bar warten zu lassen.«

»Du findest, ich sollte die Rolle annehmen.«

»Das habe ich nicht gesagt.«

»Aber du denkst es.«

Er lächelte nur, steckte die Hände in die Hosentaschen und führte mich durch das friedliche Dämmerlicht des Mittelgangs zum Portal, während die Schauspieler in ihren dunklen Ecken mit mir auf eine Antwort warteten.

II

Ruperts Club war einer dieser verschwiegenen Orte, die sich in einer engen, kopfsteingepflasterten Gasse verbargen. Nach all diesen Jahren wußte ich immer noch nicht, an welcher Ecke man abbiegen mußte, und konnte mich nur auf Ruperts Gedächtnis verlassen. Unbeirrbar ging er mir zwischen den dichtstehenden Klinkerhäusern und dunklen Eingängen ohne Nummern voraus, die aussahen, als hätten sie sich seit Dickens' Zeiten nicht verändert und erinnerten sich noch gut an Gaslampen, Kohlenstaub und ratternde Einspänner.

Vor einer unscheinbaren grünen Tür blieb er stehen und läutete.

Ich hörte das Geräusch von Schritten, die eine Treppe herunterkamen, und dann wurde eine kleine, rechteckige Klappe hoch oben in der Tür geöffnet – für mich der schönste Teil des Rituals. Der Blick des Portiers drückte leises Mißtrauen aus, bevor er Rupert erkannte.

»Abend, Mr. Neville, Sir.« Ein Riegel wurde zurückgeschoben, und man ließ uns ein. »Sie werden bereits oben erwartet.«

Die Treppe war meine zweitliebste Besonderheit des Clubs. Sie sah so wunderbar alt und wackelig aus und führte in einem solch steilen Winkel zum nächsten Stockwerk hinauf, daß manche Mitglieder sie nicht ohne Hilfe bewältigen konnten.

Es war mir schleierhaft, wie der Portier es schaffte, sie den ganzen Nachmittag und Abend über hinauf- und hinunterzuschnaufen. Meinen Berechnungen nach mußte er mindestens siebzig sein. Er war schon lange vor Ruperts Mitgliedschaft Portier hier im Club gewesen, und man gewann den Eindruck, daß es ihn gab, seit das Haus stand, und daß er wie der arme Sisyphus dazu verdammt war, bis in alle Ewigkeit hinauf- und hinabzusteigen.

Der Club war stets ein recht fortschrittliches Etablissement für seine Zeit gewesen und hatte Frauen schon vor dem Ersten Weltkrieg als Gäste zugelassen, seit den frühen Siebzigern auch als Mitglieder. Kinder waren zwar offiziell nicht erlaubt, doch Bryan und Rupert hatten mich seit meinem sechsten Geburtstag jedes Jahr zum Essen mit dorthin genommen. »Warum denn nicht?« hatte Bryan einmal zu meiner Mutter gesagt. »Sie hat bessere Manieren als die meisten Schauspielerinnen, die man heutzutage beim Dinner erlebt.« Das war natürlich eine Spitze gegen meine Mutter, aber sie hatte es wahrscheinlich noch nicht einmal bemerkt.

Bryan wartete auf uns an der Bar und hatte seinen Rücken den eleganten, hohen Fenstern zugekehrt, deren Vorhänge noch nicht vor der Abenddämmerung zugezogen worden waren. An seinem fast leeren Scotchglas sah ich, daß er schon eine Weile hier war, was bedeutete, daß wir zu spät kamen, denn er war grundsätzlich pünktlich.

Der Whisky verstärkte wie immer seine schleppende australische Sprechweise. »Wir haben gesagt, um sieben«, tadelte er Rupert und beugte sich zu mir, um mich auf die Wange zu küssen. »Alles Gute zum Geburtstag, Engelchen.«

»Danke.« Ich erwiderte seinen Kuß. »Es ist eigentlich meine Schuld …«

»Wir waren noch drüben in St. Paul«, erklärte Rupert, begrüßte den Barkeeper und bestellte sich ebenfalls einen Scotch. »Was möchtest du, Celia? Sherry? Gut. Und ein Glas Amontillado, bitte.«

»Was habt ihr denn in St. Paul gemacht?« fragte Bryan. Aber er wußte es genau. Ich konnte es an dem Lächeln in seinen Augenwinkeln erkennen. Bryan hatte erstaunlich ausdrucksvolle Augen, die eine eigene Sprache sprachen.

Er war einige Jahre älter als Rupert, wirkte jedoch jünger, vielleicht weil er energiegeladener, weniger phlegmatisch und sprunghafter war. Auch sein Gesicht hatte ausgeprägtere Züge, mit diesem kräftigen Unterkiefer und dem Grübchenkinn, das anscheinend Australiern vorbehalten war. Nach über zwanzig Jahren in unserem trüben englischen Wetter trug seine Haut immer noch die Spuren einer unter subtropischer Sonne verbrachten Jugend, und die tiefen Falten um seine Augen und den Mund verrieten sein häufiges Lächeln. Er hatte sich in all den Jahren, die ich ihn kannte, kaum verändert, denn seine Ruhelosigkeit bewahrte ihn vor dem Altern. Die goldblonden Haare durchzogen sich erst jetzt mit den grauen Strähnen, die sich bereits vor langer Zeit in Ruperts dunklen Schopf geschlichen hatten.

Schon seit meiner Kindheit spielte ich gern ein heimliches Spiel, bei dem ich den Menschen in meiner Umgebung Rollen aus Shakespearestücken zuteilte. Bryan war für mich Mercutio aus »Romeo und Julia«, witzig und klug und immer mit gezücktem Schwert herumstolzierend, während Rupert eher dem Brutus aus »Julius Cäsar« ähnelte, nachdenklich und vorsichtig. Sie ergänzten einander ausgezeichnet, wie jedes ideale Paar.

Die beiden hatten sich an einem Sommersonntag des Jahres, in dem ich geboren wurde, per Zufall im Londoner St. James's Park kennengelernt. Bryan hatte damals noch seinen Hund, einen Boxer namens Oscar, der im Vorbeigehen Zuneigung zu Rupert gefaßt und ihn mit einem Sprung glatt umgeworfen hatte. »Und das war's dann«, pflegte Bryans lakonischer Kommentar zu dieser Geschichte zu lauten.

In Theaterkreisen, in denen die Leute ihre Partner wechselten wie die Unterwäsche, stellten Bryan und Ru die große Ausnahme dar. Bryan und Ru – ich dachte immer als eine Einheit an sie, denn der eine war unvollständig ohne den anderen. Sie führten die einzige stabile Beziehung, die ich kannte, wobei es meiner Ansicht nach von Vorteil war, daß Bryan nichts mit dem Theater zu tun hatte. Er arbeitete in der Forschungs- und Entwicklungsabteilung eines Pharmakonzerns und war damit beruflich so weit von Ruperts Welt entfernt, wie man es sich nur vorstellen konnte. Die vielen Jahre des Arbeitens an Mikroskopen hatten ihm einen scharfen Blick verliehen.

»Du hast also deinen Brief aus Italien bekommen«, stellte er fest.

»Du weißt davon?«

Er zuckte die Achseln. »Ru hat es mir erzählt. Außerdem sehe ich diesen grüblerischen Ausdruck in deinem Gesicht, wie immer, wenn du eine Entscheidung mit dir herumträgst. Du hast dich noch nicht entschlossen?«

»Nein.«

Er griff nach seinem Glas und nickte. »Es ist wegen der Sache mit dem Namen, schätze ich. Wenn du meine Meinung hören willst …«

Rupert unterbrach ihn. »Wir wollen sie lieber selbst entscheiden lassen, ja?« Er reichte mir meinen Sherry. »Also, möchtest du deine Geschenke jetzt gleich oder erst nach dem Essen?«

»Jetzt gleich, bitte.«

»Ach, wer hätte das gedacht«, witzelte Bryan. Aber er hatte noch genausoviel von einem Kind an sich wie ich, und an der Art, wie er sich sofort bückte, um meine Geschenke aus seiner Aktentasche zu fischen, erkannte ich, daß er es ebenfalls nicht erwarten konnte. Es waren zwei Päckchen, eines klein und würfelförmig wie ein Schmuckkästchen, das andere flach wie ein Buch. »Das Buch ist von Ru. Mein Geschenk ist nicht so schön verpackt, ich konnte nur Weihnachtspapier im Haus finden, aber ich dachte, es macht dir nichts aus.«

Er hatte recht. Ich packte seines zuerst aus und starrte auf die blaue Schachtel. »Von Tiffany?«

»Na ja, ich bin letzte Woche zufällig durch die Bond Street gebummelt und ...«

»O Bryan.« Ich zog einen zierlichen Anhänger an einer Kette heraus und ließ ihn durch meine Finger gleiten. »Das ist wunderschön.« Es war ein kleiner goldener Engel mit einem Diamanten als Kopf, der das gedämpfte Licht der Bar in allen Farben des Regenbogens zurückwarf. »Engelchen« war Bryans Kosename für mich, er hatte mich von klein auf so genannt.

»Er hat mich halt sofort an dich erinnert«, war seine Rechtfertigung dafür, soviel Geld ausgegeben zu haben, als ich ihn gerührt umarmte und küßte. »Ein kleiner Schutzengel, der dich begleiten soll. So einen können wir alle gebrauchen.«

Galant legte er mir die Kette um den Hals, während ich mein zweites Geschenk auspackte. »Mit Tiffany kann ich natürlich nicht konkurrieren«, sagte Rupert und tat verschnupft.

Er war jedoch selbst nicht knauserig, wenn es um Geschenke ging, wie ich wußte. Rupert verschenkte fast immer Bücher, aber keine x-beliebigen. Er hatte eine Schwäche für Erstausgaben, kleine Schätze, die er in irgendwelchen verwinkelten Antiquariaten auftat. Das diesjährige Geschenk bildete da keine Ausnahme.

Das Bändchen war klein und schmal und schon rein äußerlich ein Vergnügen, wie es schön gemachte Bücher immer sind, mit handgearbeitetem roten Ledereinband und Goldschnitt. »The Season of Storms« stand in geschwungenen Goldlettern auf dem Deckel, und darunter: »The Celia Poems«. Ich sah Rupert ungläubig an. »Wo hast du das denn gefunden?«

Meine Reaktion freute ihn. »In einem kleinen Laden beim British Museum.«

»Ich suche schon seit einer Ewigkeit ...«

»Ich weiß.«

Bryan, der immer noch am Verschluß der Kette herumnestelte, warf einen Blick über meine Schulter. »Was ist es denn?«

Ich hielt das Buch höher, damit er es sehen konnte. »Es sind die Gedichte, die Galeazzo D'Ascanio für Celia Sands geschrieben hat oder ihr zumindest gewidmet hat. Einige davon sind erst danach entstanden.«

»Wonach?«

»Nachdem sie verschwunden war.«

»Aha. Ich hoffe, sie sind übersetzt worden.«

»Nicht nötig«, sagte ich. »Er hat sie auf englisch geschrieben.« Das Frontispiz zierte ein handkoloriertes Foto von Celia der Ersten, auf dem sie wie eine klassische Statue vor einer steinernen Brüstung posierte. Es handelte sich wahrscheinlich um die Terrasse von Il Piacere, denn dahinter waren Berge und ein blauer See zu sehen. Sachte berührte ich das Bild, als wollte ich eine Verbindung herstellen.

Bryan wandte sich grinsend an Rupert und äffte ihn nach. »›Wir wollen sie lieber selbst entscheiden lassen.‹ Du alter Heuchler. Du versuchst, Celia zu bestechen.«

»Ganz und gar nicht. Ich habe das Buch gesehen, und weil ich wußte, daß sie schon lange danach sucht, habe ich es gekauft, ganz einfach.«

Doch er hatte unbestreitbar einen sehr passenden Zeitpunkt für das Geschenk gewählt, und ich begann mich zu fragen, warum Rupert, der sonst solchen Wert darauf legte, mich nicht zu beeinflussen, sich auf einmal so gefährlich nahe an eine Meinungsäußerung heranwagte.

Bryan dagegen hatte noch nie mit seinen Ansichten hinterm Berg gehalten. Er nahm einen Schluck von seinem Drink und kam wieder auf mein Problem zu sprechen. »Ich habe recht, Engelchen, stimmt's? Es ist die Sache mit dem Namen, die dich abhält.«

»Ja. Ich meine, es ist schon komisch genug, für eine Rolle nicht vorsprechen zu müssen, aber zu wissen, daß ich nur wegen meines Namens ausgewählt wurde … Ich bin nicht sicher, ob ich das will.«

Bryan, der wußte, wie sehr ich mich bemühte, mir unabhängig von meiner Mutter einen Namen zu machen, nickte verständnisvoll. »Andererseits«, meinte er, »ist D'Ascanio nach allem, was ich gehört habe, nicht der Typ, der mit Geld um sich wirft, ohne vorher Erkundigungen eingezogen zu haben. Und nachdem er bereits Maddy Hedrick und Nicholas Rutherford verpflichtet hat, wird er sich zumindest davon überzeugt haben, daß du zwei zusammenhängende Sätze sprechen kannst, bevor er dir die Rolle angeboten hat. Aber selbst wenn er dich nur …«

Mit ungewollt scharfer Stimme unterbrach ich ihn: »Madeleine Hedrick soll bei dem Stück mitwirken?«

»Hat Ru dir das nicht erzählt?«

»Nein.« Ich sah Rupert vorwurfsvoll an. »Nein, das hat er ausgelassen.«

Rupert zog die Augenbrauen hoch. »Tatsächlich? Muß ich wohl vergessen haben.« Damit stellte er abrupt sein Whiskyglas ab und spähte in den Speisesaal. »Werd mal nachsehen, was mit unserem Tisch ist.«

Den Blick auf seinen Rücken gerichtet, wie er sich entfernte, leerte ich mein Glas mit einem langen Zug und wünschte, ich hätte mir etwas Stärkeres bestellt.

Er wandte sich vom Fenster ab.

»Thompson«, sagte er zu seinem Kammerdiener. »Sie sind doch Engländer. Wohin gehen die englischen Touristen in Venedig? Wissen Sie das?«

»Nun, ich würde meinen, sie besuchen die üblichen Orte, Sir.«

»Ja, ja, natürlich.« Er vergaß die halbgepackte Bücherkiste und durchquerte mit entschlossenen Schritten den Raum. »Ich werde ausgehen und wahrscheinlich nicht vor dem Abend zurückkehren.«

»Jawohl, Sir.«

»Und, Thompson ...«

»Ja, Sir?«

»Falls Sie eine junge Frau sehen, eine Engländerin mit blondem Haar und dem Gesicht eines Engels ... Falls Sie sie draußen auf der Straße sehen oder sie hierherkommt, dürfen Sie sie nicht wieder gehen lassen, haben Sie verstanden?«

Der Diener war schon lange bei ihm. Ohne eine Miene zu verziehen, nickte er. »Jawohl, Sir.«

»Sagen Sie es auch den anderen. Sie ist irgendwo hier in Venedig«, murmelte er, schon an der Tür, »und ich werde sie finden.«

III

Ich sah sie vor Fortnum & Mason aus einem Taxi steigen.

Den Mann an ihrer Seite kannte ich nicht, aber meine Mutter wechselte ihre Männer wie Modedesigner die Trends: etwas Neues für jede Saison, dazu ein paar ausgewählte Stücke für den Winterurlaub. Dieser Mann, noch blonder als sie und mit kantiger, germanischer Kinnlinie, konnte ein Überbleibsel aus der Winterkollektion sein – vielleicht hatte sie ihn über Silvester beim Skifahren in Gstaad aufgegabelt. Doch so, wie sie sich an seinen Arm klammerte und lachend zu ihm aufsah, hielt ich es für wahrscheinlicher, daß er eine Neuerwerbung war, ihre erste für die Frühjahrs- und Sommersaison.

Schnell drehte ich mich zum nächsten Schaufenster um und heuchelte Interesse an den Seidendessous, während ich sie aus dem Augenwinkel beobachtete. Ich war nicht die einzige, die sie bemerkte. Entlang des Bürgersteigs hinter mir spürte ich eine erwartungsvolle Spannung in der Luft, als die einkaufenden Passanten sich anstießen, auf sie zeigten und ihren Namen flüsterten.

Sie war schwer zu übersehen, selbst wenn sie nicht auffallen wollte, was Mutter jedoch meistens wollte. Sie liebte es, im Mittelpunkt des Interesses zu stehen. Und warum auch nicht? fragte ich mich. Warum sollten die Leute nicht aus dem Häuschen geraten, wenn sie irgendwo auftauchte? Sie hatte Talent, sie hatte Ausstrahlung, sie war schön …

Sie war wirklich schön. Das fand ich selbst, und schon immer hatte ich mir ihre großen Augen und feinen Gesichtszüge gewünscht. Doch geerbt hatte ich bloß ihre kleinen Hände und ihre Katzenallergie. Die restlichen Gene verdankte ich wahrscheinlich meinem Vater, wer immer das auch sein mochte. Meine Mutter wußte es selbst nicht, argwöhnte ich, wobei ihr damaliger Ehemann, dessen Nachnamen ich trug, als Kandidat ausgeschlossen werden konnte, weil er den fraglichen Sommer über in Hongkong gearbeitet hatte.

Ich erinnerte mich, wie ich Rupert als kleines Mädchen einmal gefragt hatte, ob er mein Vater sei. Er war tiefer in seinen Sessel gerutscht und hatte geantwortet, nein, das sei er nicht, und ich könne mich deshalb glücklich schätzen.

Das verwirrte und verletzte mich, bis Bryan mich neben sich aufs Sofa hob und sagte, ich solle mir das nicht zu Herzen nehmen, Rupert sei nur traurig, weil es seiner Mutter nicht gutgehe.

Ich kuschelte mich an Bryan und drückte meine Wange gegen den glatten Stoff seines Hemds, getröstet von dem vertrauten Geruch nach Seife und Scotch. »Bryan?«

»Ja, Engelchen?«

»Bist *du* mein Vater?«

Er sah mich an und wollte wissen, warum ich fragte, und ich berichtete, eine meiner Schulkameradinnen habe gesagt, jeder müsse einen Vater haben, auch wenn er woanders lebte. Man könne gar nicht geboren werden ohne einen Vater, worauf ich gesagt hatte, also *ich* hätte keinen, und zu hören bekam, das sei nicht normal, keinen Vater zu haben.

Bryan lachte und meinte, ich hätte es viel besser als die anderen Mädchen in meiner Schule, weil ich nämlich zwei Väter hätte, ihn und Ru.

»Aber ihr seid nicht meine *richtigen* Väter, oder?« fragte ich.

Nein, räumte Bryan ein, nicht die richtigen. Er wechselte einen langen Blick mit Rupert, den ich im nachhinein als stummen Hilferuf interpretierte. Einer Eingebung folgend erklärte er mir dann, daß richtige Väter eben manchmal Helfer bräuchten.

»Oh«, machte ich, als ich das in mein kindliches Weltbild eingebaut hatte. »So wie die Männer, die so tun, als wären sie der Nikolaus, weil der nicht überall gleichzeitig sein kann.«

Bryan zog mich enger in seine Arme. Noch heute kann ich den Kuß spüren, den er mir auf den Kopf drückte, und seine warme Wange an meinem Haar. »Genau so, mein Engelchen.«

Ich hatte also nie einen richtigen Vater gehabt, aber dafür seine Helfer, was mir als zweitbeste Lösung erschien.

Was meine Mutter betraf ... nun, sie war fast nie anwesend. Ich glaubte als Kind, daß alle Mütter so wären, daß sie ab und zu aus dem Nichts auftauchten, lächelnd und duftend und in schönen Kleidern, um einen an der Hand zu nehmen und an einer langen Reihe starrender Gesichter und zuckender Blitzlichter vorbeizuführen; daß sie viel Aufhebens um einen machten, um einen im nächsten Moment schon wieder vergessen zu haben und schließlich ins Bett zu stecken, bevor man wußte, wie einem geschah.

Rupert hatte ihr in einem seiner seltenen Wutanfälle einmal vorgeworfen, sie würde mich wie ein Requisit benutzen. Schließlich war es allgemein bekannt, daß sie sich nur dazu herabgelassen hatte, schwanger zu werden, weil ein Journalist in einem Artikel geschrieben hatte, eine so schöne Frau werde bestimmt einmal wunderhübsche Kinder haben. Eine banale Schmeichelei, die ihr jedoch einen Floh ins Ohr gesetzt hatte. Das Problem war, daß sie nicht wußte, was sie mit mir anfangen sollte, nachdem sie mich zur Welt gebracht hatte. Dummerweise war ich auch noch ein sehr ruhiges Baby, das fast nie schrie und quengelte, weshalb meine Mutter mich häufig völlig vergaß. Wenn die Haushälterin nicht gewesen wäre, hätte ich oft tagelang noch nicht einmal die Windeln gewechselt bekommen.

Aber so war meine Mutter eben. Wenn man kein Geschrei machte, übersah sie einen einfach.

Ich hätte mich dort auf der Straße bemerkbar machen können. Ich hätte rufen und winken und ihr die Gelegenheit geben können, vor den Augen ihres entzückten Publikums die liebevolle Mutter zu spielen. Aber ich dachte gar nicht daran. Während ihr Begleiter das Taxi bezahlte und sie der neugierigen Menge ein huldvolles Lächeln schenkte, drehte ich mich um und ging mit schnellen Schritten den Piccadilly hinunter.

IV

Ich traf Bryan allein in der Wohnung an. Das war für einen Samstag nicht ungewöhnlich, denn Rupert stöberte samstags nachmittags gern in den Antiquariaten herum und kam meistens mit einer Tüte voller Bücher zurück, die in die schon hoffnungslos überfüllten Regale gestopft wurden. Bryan bemerkte oft, es sei ein Wunder, daß der Wohnzimmerfußboden nicht unter dem Gewicht dieser Regale durchbreche. »Irgendwann landen wir unten in der Küche der armen alten Mrs. Potter«, warnte er. Doch so sehr er auch stöhnte und bei jeder neuen Büchertüte die Augen verdrehte, tolerierte er doch Ruperts Manie, so wie Rupert Bryans Begeisterung für American Football tolerierte.

Auch an diesem Nachmittag sah er sich ein Spiel an, offenbar eines, das er voriges Wochenende aufgezeichnet hatte, doch er unterbrach es, um mir aufzumachen. Als er den Fernseher ganz ausschalten wollte, sagte ich, er solle ruhig weitergucken, es mache mir nichts aus. In Wahrheit hatte ich sogar gehofft, daß ein Spiel laufen würde. Begegnungen mit meiner Mutter brachten mich immer etwas aus dem Gleichgewicht, und Bryans samstägliches Ritual wirkte beruhigend und trostspendend: Football auf dem Bildschirm und um ihn herum ein sorgfältiges Arrangement aus einer Flasche Bier, Chips mit Käse- und Zwiebelgeschmack sowie den Fernbedienungen für Fernseher und Videorecorder.

Ich setzte mich neben ihn in Ruperts Sessel und zog die Beine hoch. Hier brauchte ich mir keine Gedanken um irgendwelche Förmlichkeiten oder Abdrücke von meinen Füßen auf dem Polster zu machen. Es war ein Männerhaushalt, in dem Bequemlichkeit vorging, und außerdem mein Zuhause.

»Na«, fragte Bryan, »hat Sally ihren Umzug gut hinter sich gebracht?«

»Ja, sie und ihr Freund haben gestern abend die restlichen Möbel abgeholt.« Die Wohnung wirkte fremd ohne sie, leer und kalt. Vor allem die Sehnsucht nach Gesellschaft war es, die mich an diesem Tag aus dem Haus getrieben hatte. Und nach Wärme. Ruperts und Bryans Wohnzimmer war wohlig geheizt und gemütlich, im Gegensatz zu meinem. Doch ich beklagte mich nie über meine Lebensweise. Die beiden sollten nicht wissen, wie nahe ich mich am Rande der Armut bewegte, weil sie mir dann Geld aufgedrängt hätten. Das wollte ich nicht. Ich wollte auf eigenen Füßen stehen, meinen eigenen Weg gehen, genau wie bei der Schauspielerei.

Allerdings hatte ich den Verdacht, daß Bryan etwas ahnte. Die riesigen Sandwiches, die er mir in der Halbzeitpause machte, quollen über von Geflügelsalat und waren mit einem dicken Stück Cheddar und drei eingelegten Zwiebeln garniert.

Als ich ihm den Teller abnahm, bemerkte ich ganz beiläufig: »Ich habe Mutter vorhin gesehen, bei Fortnum & Mason.«

»Ach ja? Was hatte sie zu erzählen?«

»Nichts. Sie hat mich nicht gesehen.« Bryan mußte ich nichts erklären. Er sah nur kurz zu mir herüber, ohne etwas zu sagen. »Sie hat einen neuen Kerl«, fuhr ich fort.

»Diesen Blonden? Ja, den habe ich schon gesehen. Er ist Däne, glaube ich.« Dann grinste er auf einmal, als wäre ihm etwas Lustiges eingefallen.

»Was ist?« fragte ich.

»Nichts. Ich habe mir nur gerade vorgestellt, was deine Mutter sagen würde, wenn sie wüßte, daß man dir eine Hauptrolle neben Madeleine Hedrick angeboten hat.«

Ich konnte das nicht komisch finden. »Madeleine Hedrick wird wohl kaum erfreut sein, wenn sie erfährt, daß ich die Rolle spielen soll.«

»Wieso denn nicht?«

»Wegen dem, was meine Mutter ihr angetan hat.«

»Engelchen«, sagte er, »das ist so viele Jahre her. Schnee von gestern.«

»Ich kann mich aber noch sehr gut daran erinnern.« Was kein Wunder war. Nicht nur, weil die Sache damals Schlagzeilen in sämtlichen Klatschblättern gemacht hatte, sondern weil ich dafür verantwortlich gewesen war. Ich war damals zwölf und gerade von einem Schulausflug nach Stratford-upon-Avon zum Royal Shakespeare Theatre zurückgekehrt, wo ich Madeleine Hedrick als Lady Macbeth gesehen hatte. Ich war wie verzaubert gewesen. Noch immer konnte ich mir ihre Darstellung in Erinnerung rufen, wenn ich die Augen schloß. Als ich nach Hause kam, sagte ich meiner Mutter, daß ich Schauspielerin werden wollte.

Zuerst war sie wohl geschmeichelt. Doch als sie begriff, daß nicht sie es war, sondern Madeleine Hedrick, die meine Entscheidung beeinflußt hatte, war ihre Reaktion dementsprechend. Meine Mutter besaß zwar keinen Zauberspiegel und würde auch nicht unbedingt zu vergifteten Äpfeln greifen, aber sie mußte immer die Schönste im ganzen Land sein.

Ich weiß nicht mehr, was sie genau sagte, aber ihr ungerechter Angriff auf die Schauspielerin, die ich gerade gesehen und bewundert hatte, stachelte mich dazu an, in dem allwissenden Ton einer Zwölfjährigen zu verkünden, daß Madeleine Hedrick schöner und talentierter war als alle anderen, auch meine Mutter. »Sie ist besser als du«, behauptete ich wörtlich.

»Tatsächlich?« hatte meine Mutter mit diesem kleinen, nach innen gekehrten Lächeln gefragt, das nichts Gutes verhieß. »Wir werden ja sehen.«

Zwei Wochen später war das Foto in den Boulevardblättern erschienen. Das Foto von meiner Mutter, die oben ohne in den Armen eines Mannes am Strand von Monte Carlo lag, schamlos lachte und so tat, als bemerke sie die Kameras nicht, von denen sie natürlich genau wußte, daß sie auf sie gerichtet waren. Der Mann war ebenfalls kein Unbekannter – Jason Hedrick, ein Filmschauspieler und Madeleines Ehemann.

Tief in meiner Magengrube konnte ich immer noch nachfühlen, was ich damals empfunden hatte, als ich das Bild zum erstenmal sah und es mich auf dem Weg zur Schule von jedem Zeitungskiosk aus anklagend angestarrt hatte.

Die Schuldgefühle hatten an mir genagt, hatten große Löcher in mich gefressen, die ich mit Schweigen füllte, während ich in den darauffolgenden Wochen das bittere Auseinanderbrechen der Ehe der Hedricks in der Presse verfolgte. Tausendmal wünschte ich mir, ich hätte die Klappe gehalten, denn ich wußte, daß meine Mutter sich ohne meine aufstachelnden Worte nie an Jason Hedrick herangemacht hätte und der ganze Skandal niemals passiert wäre.

Aber Worte kann man nicht zurücknehmen, und meine hatten ihren Schaden bereits angerichtet.

Ich schämte mich viel zu sehr, um mich jemandem anzuvertrauen. Noch nicht einmal mit Rupert oder Bryan hatte ich je über meine Schuld gesprochen, so daß ich auch jetzt, viele Jahre später, bloß hinzufügte: »Und ich bin sicher, Madeleine Hedrick hat es auch nicht vergessen.«

Bryan wies mich nüchtern darauf hin, daß mir, falls ich allen Leuten aus dem Weg gehen wollte, die meine Mutter einmal beleidigt hatte, nicht mehr viele Möglichkeiten blieben, überhaupt noch aufzutreten. »Vielleicht in ein oder zwei kleinen Theatern auf den Hebriden«, lästerte er, »aber das ganze West End kannst du vergessen.«

»Ach Bryan …«

»Ist doch wahr.« Er trank einen Schluck Bier. »Sie ist eine nette Frau, Maddy Hedrick. Ich hab sie mal kennengelernt. Sie schien mir kein nachtragender Mensch zu sein.«

»Trotzdem.« Ich atmete tief durch und machte eine entschlossene Miene. »Ich werde die Rolle nicht annehmen.«

»Doch nicht wegen Maddy, oder? Gibt's da noch einen anderen Grund?« Er durchbohrte mich mit einem Seitenblick. »Was ist los, Engelchen? Traust du dir den Part nicht zu?«

Ihm blieb einfach nichts verborgen. »Doch, natürlich traue ich ihn mir zu. Es ist nur … na ja, D'Ascanios Enkel schreibt, daß das Stück den ganzen August hindurch laufen soll, und dann wäre ich ziemlich lange weg, und ich habe gerade ein Vorsprechen für eine Rolle in dem neuen Stück von Gareth Gwyn Morgan gehabt …«

»Ach, wirklich? Was ist das für eine Rolle?«

Ich senkte den Blick. »So eine Art Dienstmagd.«

»Verstehe.«

»Es ist ein tolles Stück, das sagen alle. Und mein Vorsprechen lief wirklich gut, ich denke, daß …«

»Ru möchte, daß du annimmst.«

Ich verstummte. Bryans Augen waren nach wie vor auf den Fernseher gerichtet, aber er hatte den zerknirschten Ausdruck von jemandem, der gerade ein Geheimnis ausgeplaudert hat. »Er würde es dir nie sagen, du weißt ja, wie er ist, aber er möchte furchtbar gern, daß du mit ihm nach Italien fährst.«

Die Celia-Gedichte und unser Treffen in St. Paul waren also tatsächlich sanfte Manipulation gewesen. Das sah Rupert gar nicht ähnlich, genausowenig wie es Bryan ähnlich sah, mir zu verraten, was Rupert sich wünschte. »Warum?« fragte ich.

»Er hört mit dem Theater auf. Er wird sich zur Ruhe setzen.«

Bryan hatte eine Bombe platzen lassen, und ich brauchte eine Weile, um die Erschütterung zu verkraften. »Was?«

»Er denkt schon länger darüber nach, und ich auch. Wir werden nicht jünger, weißt du … «

»Aber ihr seid erst Mitte Fünfzig oder so, das ist doch nicht alt!«

»Vielen Dank, aber wir fühlen uns manchmal alt, und es gibt noch einiges, das wir zusammen unternehmen möchten, Reisen und solche Sachen. Wir sind finanziell unabhängig, also dachten wir uns, warum nicht? Ich habe meine Kündigung schon eingereicht, und Ru« – er sah mich an – »Ru möchte noch dieses letzte Stück für den jungen D'Ascanio inszenieren. Dann hört er auch auf.«

»Verstehe.« Das war alles ziemlich viel auf einmal für mich. Bryans Kündigung bedeutete keinen allzu großen Schock, denn er arbeitete schon seit einer Ewigkeit für dieselbe Firma und hatte ein hübsches Sümmchen beiseite gelegt, das wußte ich. Aber ich konnte mir nicht vorstellen, daß Rupert das Theater aufgeben wollte. Regie zu führen war viel mehr für ihn als ein Job, es war eine Berufung.

»Wehe, du sagst ihm, daß ich dir davon erzählt habe«, beschwor mich Bryan. »Er würde mich umbringen. Er wollte es dir erst nach Ablauf des Stückes sagen. Ich habe nur davon angefangen, weil ich weiß, was es ihm bedeuten würde, dich dabeizuhaben. Deine erste Hauptrolle in dem letzten Stück, das er inszeniert.«

»Bryan … «

»Du weißt, ich würde dir nie vorschreiben, was du tun sollst … «

»Seit wann das?«

»Ich finde nur … «

»Du sagst mir *immer*, was ich tun soll.«

»Ich finde nur«, fuhr er geduldig fort, »daß du noch einmal darüber nachdenken solltest.«

Das war Erpressung, und er wußte das ganz genau. Ich würde es nie über mich bringen, Rupert zu enttäuschen, nicht, nachdem ich erfahren hatte, daß sein Herz daran hing, mit mir zusammen in Italien zu arbeiten. Rupert und Bryan bedeuteten mir mehr als alles andere auf der Welt, und wenn die Entscheidung darauf hinauslief, entweder meinen Künstlernamen zu behalten oder Rupert glücklich zu machen, dann … Ich seufzte und sah Bryan an.

»Du wirst also fahren?«

»Ich werde darüber nachdenken.«

»Gutes Mädchen.« Er lächelte. »Wer weiß, vielleicht macht es dir sogar Spaß.«

»O ja, ganz bestimmt. Zwischen Madeleine Hedrick, die mich haßt, und D'Ascanios Enkel, der bloß meinen Namen für seine Werbetrommel will, werd ich mich bestimmt wohl fühlen.«

Er zuckte die Achseln. »Dann nimm es als Gelegenheit, dem blöden Enkel – ihnen allen – zu zeigen, daß du verdammt gut spielen kannst.« Er reichte mir die Chipstüte. »Denk dran, Chancen wie diese sind nicht sehr dicht gesät, Engelchen. Und eine Dienstmagd zu spielen ist nicht ganz dasselbe wie die Hauptrolle zu übernehmen.«

V

Reisen war nicht gerade meine Stärke. Flugzeuge machten mich nervös, mir wurde schlecht, wenn ich in etwas anderem als einem Auto fahren mußte, und außerdem wußte ich nie, was ich einpacken sollte. Ein geöffneter, leerer Koffer schrie für mich danach, gefüllt zu werden, was ich unweigerlich tat, und zwar so gründlich, daß man ihn kaum noch heben und nicht mehr als zwei Meter tragen konnte, ohne ihn abzusetzen.

An diesem Morgen war mir nichts erspart geblieben: Der Flug war unruhig gewesen, und nach der Landung auf dem Marco-Polo-Flughafen mußten wir in einen überfüllten, überheizten Bus einsteigen, der uns über den Damm nach Venedig brachte. Als wir endlich aussteigen konnten, durfte ich meine schweren Koffer kilometerweit über kleine, gewölbte Brücken wuchten, die wahrscheinlich sehr malerisch waren, wenn man nicht gerade Koffer schleppte, deren endlose Stufen unter diesen Umständen jedoch die reinste Qual bedeuteten. Ich dachte an den Portier von Ruperts Club und fühlte mich wie der arme Sisyphus, der endlos seinen Felsbrocken den Berg hinaufwälzt, als ich mich wieder eine Brücke hinaufkämpfte und feststellen mußte, daß dahinter bereits eine neue lauerte. Rauf und runter, rauf und runter … In der vorsommerlichen Wärme und inmitten der Touristenströme war es die Hölle.

Rupert hätte mir beim Tragen geholfen, wenn er nicht selbst zwei große Koffer gehabt hätte. Überhaupt hatte ich das Packen wahrscheinlich von Rupert gelernt, überlegte ich finster, obwohl er seine Last sehr viel wohlgelaunter trug. Nach dem ersten halben Kilometer hatte ich naiv vorgeschlagen, doch ein Taxi zu nehmen, worauf ich erfuhr, daß es in Venedig keine Autos gab. Kein einziges. Touristen und Einheimische waren gezwungen, ihre Fahrzeuge auf Parkplätzen am Stadtrand abzustellen und das venezianische Labyrinth zu Fuß zu betreten. Es gab zwar Wassertaxis und eine Art von öffentlichem Nahverkehr in Form von größeren Booten namens Vaporetti, die den Canal Grande abfuhren, doch unser Hotel lag leider nicht am Canal Grande. Also schleppten wir.

Aber ich beschwerte mich nicht.

Rupert benahm sich wie ein Kind, das ins Ferienlager fährt, seit ich ihm gesagt hatte, daß ich die Rolle in »Il Prezzo« annehmen würde. Noch nie hatte ich ihn so ausgelassen glücklich gesehen, und sein begeistertes Pläneschmieden sagte mir, daß unsere Reise etwas Besonderes werden sollte, etwas, woran wir uns in späteren Jahren gern zusammen erinnern würden. Wie Bryan betont hatte, sollte dies mein erstes »großes« Stück sein und gleichzeitig Ruperts letztes, weshalb ich verstehen konnte, daß Rupert alles perfekt haben wollte.

Der Aufenthalt in Venedig war ein wichtiger Teil seines

Plans. Rupert liebte Venedig. Er hatte mich schon zu vielen seiner Lieblingsreiseziele mitgenommen, aber wegen meines Studiums und seiner Arbeit hatten wir es nach Venedig irgendwie nie geschafft.

Rupert hatte nicht nur alles für einen Zwischenstop auf unserem Weg zu D'Ascanios Villa organisiert, sondern mich in den vergangenen zwei Wochen auch mit bunten Broschüren, Reiseführern und Karten überschüttet. Er hatte mir gezeigt, was wir uns alles ansehen würden, und mir eine Zusammenfassung der Geschichte dieser merkwürdigsten aller europäischen Städte gegeben. Von Menschen gegründet, die buchstäblich bis ans Äußerste gegangen waren, um sich in den finsteren Zeiten nach dem Fall des Römischen Reiches, als plündernde Barbarenhorden das Land terrorisierten, in Sicherheit zu bringen, stellte Venedig ein Wunder der Baukunst dar. Die Stadt war auf dem Wasser errichtet, oder vielmehr auf hölzernen Pfählen, die in einer sumpfigen Lagune steckten, und ihre Hunderte von Inselchen wurden von einem Gewirr aus Brücken und Kanälen verbunden und zusammengehalten.

Schon allein der Name »Venedig« hatte in meinen Ohren wunderbar alt und romantisch geklungen.

Bis jetzt jedoch war die Wirklichkeit hinter meinen Erwartungen zurückgeblieben.

Das Hotel war zwar ganz hübsch, aber ein modernes Gebäude, das überall hätte stehen können. Die Dusche allerdings genoß ich. Sauber und erfrischt wickelte ich mich in eines der flauschigen Hotelhandtücher und tapste zu meinem Koffer, um frische Kleider herauszusuchen.

Ich hatte mich gerade fertig angezogen, als Rupert an meine Tür klopfte.

»Wir haben ein Fax aus Il Piacere bekommen«, verkündete er beim Eintreten. »Offenbar kommt unser Inspizient auch heute in Venedig an, und der junge D'Ascanio hat ihm unser Hotel genannt, so daß wir uns zum Abendessen treffen und morgen gemeinsam mit dem Zug weiterfahren können.«

Er hatte mir den Namen des Inspizienten bereits gesagt – es gab nicht viele Leute in der Branche, die Rupert nicht kannte –, aber ich hatte ihn wieder vergessen. »Wie heißt er doch gleich?«

»Bill Melansky. Netter Kerl, Amerikaner, ich habe schon einmal mit ihm zusammengearbeitet. Er wird dir gefallen.« Er fummelte an seiner Kamera herum und überprüfte die Einstellungen. »Hoffentlich habe ich genügend Filme mitgenommen.«

»Ich dachte, du bist schon hundertmal hiergewesen?«

»Bin ich auch, aber nicht mit dir.«

Das spornte mich an, meine Zweifel beiseite zu schieben und ihm zu zeigen, daß es mir gefiel, daß ich mich genauso in Venedig verlieben würde wie er.

Und ich wollte mich verlieben, ich war dazu bereit. Als wir das Hotel verließen und in die Haupttouristenmeile einbogen, zwang ich meine müden Augen, genau hinzusehen, aber das Venedig, das ich sah, war vor allem eine Handelsstadt, voller Geschäfte, in denen Karnevalsmasken, mundgeblasene Gläser, Lederwaren und marmoriertes Papier feilgeboten wurden. Dazwischen eingestreut sorgten Juwelierläden für den nötigen Glanz, und an jeder Ecke traf man auf einen Eisstand.

Allerdings war das sicher kein neues Phänomen. Venedig mußte schon immer ein großer Marktplatz, erfüllt von babylonischem Sprachengewirr, gewesen sein. Auch jetzt, Ende März, da der Karneval längst vorbei war, quollen Hotels und Gassen über von Touristen, und mir kam es so vor, als würde ich öfter englische als italienische Laute hören.

Weil ich Ruperts forschenden Blick auf mir spürte, nahm ich all mein schauspielerisches Talent zusammen und lächelte ihn an. »Also, wohin zuerst? Zur Rialtobrücke?« Ich erinnerte mich, daß er von Rialto besonders geschwärmt hatte, nicht nur von der eleganten weißen Brücke mit ihrem hohen Bogen, sondern auch von dem Viertel drum herum, einem Einkaufsmekka, wie er sagte.

Er ließ seine Augen einen Moment auf meinem Gesicht ruhen und sagte dann: »Weißt du, den schönsten Blick auf die Rialtobrücke hat man vom Wasser aus. Komm mit.« Er lotste mich aus dem Touristenstrom heraus und zog mich am Arm hinter sich her wie ein kleines Kind, das leicht verlorengehen kann. »Wir nehmen uns eine Gondel.«

Ich sah mich im Geiste schon seekrank werden, machte aber weiter ein fröhliches Gesicht, als er mich zur nächsten Brücke über einem schmalen Kanal führte, wo zwei junge Männer in gleicher Aufmachung – schwarze Hosen und Jacken, rot-weiß gestreifte T-Shirts, flache Strohhüte und weiße Turnschuhe – an der Steinbrüstung lehnten und abwechselnd »Gondola, Gondola!« über die Köpfe der Passanten hinwegriefen.

Der größere von beiden richtete sich mit verschränkten Armen auf, als Rupert auf ihn zukam, bereit, um den Preis zu feilschen. Rupert schien den kürzeren zu ziehen, bis er auf mich zeigte und etwas sagte – meinen Namen, glaube ich. Die beiden Gondolieri sahen mich an, und der größere lächelte. Dann nickte er Rupert zu, der mich herbeiwinkte.

»Er sagt, er kann uns hinbringen.«

Ich sah zu der schwankenden Gondel hinunter, die neben den Steinstufen zum Kanal festgemacht war. »Wohin bringen?«

Doch Rupert lächelte nur. »Laß dich überraschen.«

In der Nähe des Sottoportego hielt ein Gondoliere auf sein Ruder gestützt einen Schwatz mit einer Frau, die über ihm Wäsche aus dem Fenster hängte. Die beiden unterbrachen ihr Gespräch, als er auf sie zugestürmt kam, hellwach und zielstrebig wie ein Jagdhund, der gerade die Witterung seiner Beute aufgenommen hat.

»Eine Engländerin«, fragte er hastig den Gondoliere, »eine blonde, junge Engländerin, sehr schön. Sie ist mit einem Mann unterwegs. Haben Sie sie heute morgen vielleicht gefahren?«

»No, Signore. Ich hatte heute noch keine Kunden.« Der Gondoliere tat sein Pech mit einem Schulterzucken ab. »Aber

ich habe ein solches Paar gesehen, ungefähr vor einer halben Stunde?« Er sah fragend zu der Frau am Fenster hinauf und wiederholte auf ihr Nicken: »Ja, vor etwa einer halben Stunde sind sie vorbeigekommen, in der Gondel meines Freunds Paolo.«

»Wissen Sie, wohin er sie gefahren hat?«

»Zur Rialtobrücke, glaube ich.«

»Dann schnell«, befahl er und sprang in die Gondel, als wäre sie sein Privatboot. »Schnell zur Rialto.«

Wenn es in seiner Macht gestanden hätte, das Gefährt auf irgendeine Weise zu beschleunigen, hätte er es getan. Er mußte sich sehr beherrschen, nicht mit den eigenen Händen zu paddeln, damit sie schneller vorankamen. Doch die Gondel durchschnitt die grünen Kanäle schon so schnell sie konnte, als wäre der Gondoliere von seinem Fieber angesteckt worden.

Erregung durchfuhr ihn, als sie das Getümmel des Canal Grande erreichten und auf den anmutigen weißen Bogen der Rialtobrücke zuhielten. Er war ihr jetzt nahe, dachte er, sehr nahe ...

An den Anlegepfeilern neben der Brücke trafen sie auf Paolo, der gerade die purpurnen Kissen seiner Gondel aufschüttelte. »Das englische Paar? Ja, sie waren eben noch hier.«

Eben noch hier, dachte er triumphierend. Ja, er war ihr sehr nahe. Er bezahlte seinen Gondoliere und stieg ans Ufer, wo sich die Menge um ihn schloß und er wieder zum Jäger wurde, der mit scharfen Augen das wogende Dickicht der Gesichter absuchte.

VI

Es war ein seltsames Gefühl, den festen Boden unter den Füßen aufzugeben und dieses wackelige Etwas zu besteigen, das schwankte, als wäre es lebendig. Ich setzte mich schnell hin und versuchte, mein Gleichgewicht in dem langen Boot zu halten, das mir auf einmal viel zu schmal erschien und viel zu sehr schaukelte.

Ängstlich hielt ich nach etwas Beruhigendem Ausschau und faßte Mut angesichts des hohen Alters und guten Zustands der Gondel. Ihre schwarz lackierten Wände bekamen offenbar regelmäßig einen neuen Anstrich, und die Messingdelphine, die die roten Kordeln mit den stoßdämpfenden Polstern zu beiden Seiten des Sitzes fixierten, waren liebevoll poliert. Der Sitz selbst war mit Leder bezogen, weich und nachgiebig, und für einen zusätzlichen Fahrgast gab es einen reich verzierten Stuhl, der rechts vor mir stand. Das einzige weniger beruhigende Merkmal war das glänzende Silberornament an der Spitze des langen, leicht nach oben gebogenen Bugs – ein merkwürdiges Ding, das an ein Henkerbeil erinnerte und nach außen zeigte, wie um andere Boote auf Distanz zu halten.

Rupert stieg ein und brachte die Gondel zum Schaukeln, so daß ich mich an den Bootsrand klammerte. Noch mehr klammerte ich mich fest, als der Gondoliere hinter uns trat, sein Ruder zur Hand nahm und abstieß, wobei er seinem Freund einen fröhlichen Gruß zurief, der nun allein sein »Gondola, Gondola!« bei der Brücke schmettern mußte.

Rupert machte es sich auf dem Sitz neben mir bequem und stellte das Objektiv seiner Kamera ein. »Entspann dich«, sagte er, während er einen Probeschnappschuß von mir im Profil machte. »Es kann nichts passieren. Es ist wie Stakkahn fahren auf dem Cam.«

»Na toll, aber leider haben wir nicht alle in Cambridge studiert«, grummelte ich, versuchte aber trotzdem, mich zu entspannen. Ich wollte Rupert nicht den Spaß daran verderben, mir die Sehenswürdigkeiten zu zeigen. Um mich von meinem aufbegehrenden Magen abzulenken, drehte ich den Kopf und sah zu, wie unser Gondoliere auf dem kleinen Teppich, der die polierten schwarzen Planken des Hecks schützte, sein Gewicht verlagerte und mit dem Körper genauso arbeitete wie mit dem Ruder, als er uns unter der kleinen Brücke hindurchsteuerte.

Rupert, der meine stumme Konzentration für einen Mangel an Vertrauen hielt, erklärte: »Der Beruf des Gondoliere ist meistens ererbt. Es darf immer nur fünfhundert von ihnen auf einmal geben, so schreibt es ein altes Gesetz vor, und daher wird das Gewerbe traditionellerweise vom Vater auf den Sohn übertragen. Unser Freund hier ist höchstwahrscheinlich nicht der erste Gondoliere in seiner Familie.« Als er den Mann fragte, bestätigte dieser in passablem Englisch, daß er bereits die vierte Generation sei. »Siehst du?« sagte Rupert. »Du brauchst dir also keine Sorgen zu machen. Ah, schau mal.« Er zeigte nach links, als wir einen kreuzenden Kanal passierten. »Dort hinten, die kleine Insel in der Lagune, das ist Murano. Dort wird das berühmte Glas geblasen.«

Ich erhaschte im Vorbeigleiten nur einen kurzen Blick darauf, konnte aber den frischen, salzigen Geruch des Meeres wahrnehmen – das erste, was ich überhaupt auf diesen Kanälen roch, trotz all der abschreckenden Dinge, die ich über sie gelesen und gehört hatte. Vielleicht hatten Regenfälle erst vor kurzem die alten Wasserwege gereinigt, oder es lag daran, daß wir im Frühjahr hergekommen waren und nicht im Sommer, wenn die Hitze und noch größere Touristenscharen das Abwassersystem der Stadt belasteten. Was auch immer der Grund war, außer einem gelegentlichen Hauch von Meeresluft konnte ich nur den würzigen Duft von Pflanzen riechen, von Bäumen, deren Ästegeflecht sich hoch über uns wölbte, und von Efeu an den halb verfallenen Mauern eines kleinen Seitenkanals.

Mein Magen beruhigte sich wieder. Der Lärm der Menschenmengen wurde nach und nach schwächer und versiegte schließlich ganz, als wir um eine weitere Ecke bogen, so daß nur noch das rhythmische Eintauchen des Ruders zu hören war und das Knarren der Planken unter den Füßen des Gondoliere. Die dicht aneinandergedrängten Häuserfronten in blassem Rosa, Grün und Elfenbein schienen immer näher an uns heranzurücken; ihre Fensterläden waren geschlossen, hier und da hing eine Wäscheleine zwischen rostigen Balkongittern. Ich hörte das wiederholte Klicken von Ruperts Kamera, das Flattern der Tauben, die von ihren versteckten Plätzen aufflogen und sich einen höheren Sitz suchten, hörte das Wasser sanft an die grünlichen Steine der alten Mauern schwappen. Ich stieß einen langen Seufzer aus und wußte, daß Rupert nun zufrieden sein konnte.

Das war endlich das Venedig, von dem ich geträumt hatte, das Venedig Shakespeares, Byrons und Brownings; ein wenig verblaßt vielleicht, wie ein prächtiges Renaissancegemälde, das zu lange dem Sonnenlicht ausgesetzt war, aber immer noch aufrecht und von einer stillen, alterslosen Schönheit. Immer noch würdig des Beinamens *La Serenissima* – die durchlauchtigste Fürstin.

Wir trieben friedlich dahin, unter gelegentlichen »Oi!«-Rufen des Gondoliere, die er als Warnung ausstieß, wenn wir um eine neue Ecke des Labyrinths bogen. Von Zeit zu Zeit wies er uns auf Sehenswürdigkeiten hin, an denen wir vorbeikamen: die Kirche Santa Maddalena, das Haus der Forscher Antonio und Nicola Zeno, die Palazzi von einem halben Dutzend Herzögen, deren Namen mir nichts sagten. Die Fassaden waren mit Marmorreliefs, zierlichen Säulen und diesen spitzen maurischen Bögen verziert, die aussahen, als entstammten sie direkt den Geschichten aus Tausendundeiner Nacht. Ein Vermächtnis aus jenen Tagen, vermutete ich, als die Passatwinde Galeonen voller Gewürze und Seide aus dem Nahen und Fernen Osten nach Venedig gebracht hatten.

Dann, als wir in einen engen Kanal bogen, in dem ein Haus mit abblätternder rosa Fassade und schmiedeeisernen Gittern vor den Fenstern sich aus seinem Spiegelbild im olivgrünen

Wasser erhob, tippte unser Gondoliere Rupert auf die Schulter.

»*Ecco*«, sagte er. »*La Casetta Fiorita.*«

Da wußte ich plötzlich, warum Rupert mich mit einer Gondel hierhergebracht hatte.

Ich beugte mich vor, um den verfallenden kleinen Palazzo genauer zu betrachten, in dem Galeazzo D'Ascanio seine venezianischen Jahre verbracht hatte. Er hatte über das Haus in »The Seasons of Storms« geschrieben, der Gedichtsammlung, die Rupert mir zum Geburtstag geschenkt hatte, und ich wünschte, ich hätte sie jetzt bei mir, um die Zeilen wieder lesen und ihre Wirkung in dieser Umgebung auskosten zu können. Doch das Buch lag noch wohlverpackt in meinem Koffer im Hotel, und ich konnte mich nur an ein Versfragment erinnern, in dem er die Casetta Fiorita als »die Geburtsstätte unserer Leidenschaft« bezeichnete.

Ich hatte mir das Haus ganz anders vorgestellt, viel größer, aber ich war nicht enttäuscht. Das hier war noch besser, weil romantischer.

Blumen konnte ich zwar keine sehen, aber Weinlaub bedeckte eine ganze Seite und rankte sich um den geschwungenen Steinbalkon im zweiten Stock, von dem aus Galeazzo vielleicht zum erstenmal seine Celia erspäht hatte, als sie, so wie ich jetzt, in einer Gondel vorbeifuhr. Ich seufzte und bildete mir ein, einen Schatten am Fenster zu sehen, ein geisterhaftes Gesicht, das träumerisch hinausblickte.

»Es wohnt niemand mehr darin«, sagte Rupert. »Traurig, aber wahr. Es ist nicht mehr sicher.«

»Warum? Sinkt es?«

»Das ist bestimmt auch ein Grund, ja. Ganz Venedig ist im Sinken begriffen. Aber hauptsächlich liegt es wohl am Alter des Hauses. Es stammt aus dem dreizehnten Jahrhundert.«

Ich beschattete meine Augen mit einer Hand und stellte mir vor, wie es damals ausgesehen hatte und was es alles erlebt haben mußte. »Schade, daß er dieses Haus nicht auch restauriert.«

»Wie bitte?«

»Galeazzos Enkel.«

»Das würde er sicher, wenn es ihm gehören würde.«

»Hat er es denn nicht geerbt?«

Rupert erklärte mir mit einem Kopfschütteln, daß Galeazzo D'Ascanio die Casetta Fiorita nur gemietet hatte. »Sie gehörte, glaube ich, einem österreichischen Finanzier, und als der Erste Weltkrieg ausbrach, wurde sie sequestriert ...«

»Sequestriert?«

»Beschlagnahmt vom Staat«, vereinfachte er, »der sie dann möbliert an Galeazzo vermietete.«

»Nicht gerade gerecht gegenüber dem Österreicher.«

Rupert erinnerte mich achselzuckend daran, daß Kriege nie gerecht waren. »Außerdem hat er Rache genommen. Er ließ sich zum Flieger ausbilden und zu der Staffel abkommandieren, die Venedig beschoß. Offenbar machte es ihm Spaß, von seinem Flugzeug aus auf seine ehemaligen Nachbarn zu schießen. Er hat dabei sogar sein eigenes Haus beschädigt. Siehst du?« Er zeigte auf die Einschußlöcher entlang der Dachkante, als wir unter dem Balkon dahinglitten, wo der steinerne Kopf eines Löwen aus dem Weinlaub hervorragte und blind die Zähne fletschte.

Meine anfängliche Sympathie für den Österreicher war verschwunden. »Wie kann man nur so etwas Idiotisches tun.«

»Nun, den Zustand des Hauses hat es sicher nicht verbessert«, sagte Rupert, der blinzelnd sein Objektiv auf den Löwenkopf richtete. »Natürlich wäre es schön, wenn jemand das Haus restaurieren würde. Aber die venezianischen Bauvorschriften für diese alten Gebäude sind sehr streng, und die meisten Eigentümer können sich eine fachgerechte Restaurierung einfach nicht leisten. Da ist es billiger, auszuziehen und das Haus leer stehen zu lassen.«

Nicht ganz leer, dachte ich. Es gab Geister dort. Ich spürte ein Augenpaar hinter dem schwarzen Fenster, das mich beobachtete und uns folgte, als der Gondoliere ein hallendes »Oi!« rief und wir um die nächste Ecke bogen, um die Casetta Fiorita ihren Träumen von besseren Zeiten zu überlassen.

Es war Mittag, als er auf der Piazza San Marco ankam.

Die hochstehende Sonne hatte den Platz ausgebleicht und einen Dunstschleier über die Piazzetta geworfen, so daß selbst San Teodoro und San Marcos geflügelter Löwe, die seit acht Jahrhunderten hier Wache hielten, die Augen unablässig nach Osten über die Lagune gerichtet, heute auf ihren Säulen zu schlummern schienen. Zu ihren Füßen bewegte sich das spiegelglatte Wasser des Kanals kaum unter der wartenden Reihe der Gondeln.

Er kehrte den schimmernden Spitzen und Kuppeln der Basilika den Rücken und suchte unter den Gesichtern der entlangschlendernden Passanten nach dem einen. Was keine leichte Aufgabe war. Ganz Venedig schien sich hier versammelt zu haben, tauschte im Schatten des Glockenturms den neuesten Klatsch aus oder aß an den Tischen der Kolonnadencafés zu Mittag. Musik erklang von beiden Seiten der Piazza, wo die Orchester unter ihren Markisen um die Aufmerksamkeit der Vorbeigehenden buhlten, ein Duell mit Melodien und Rhythmen, aus dem dennoch harmonische Klänge hervorgingen.

»Maître!« rief eine erfreute Stimme hinter ihm, und im Umdrehen erkannte er den alten Kellner aus dem Café zu seiner Rechten, einen sonnengegerbten Korsen, dessen starker französischer Akzent sich um jedes Wort legte. »Maître, was für eine Freude, Sie wieder einmal bei uns begrüßen zu dürfen. Sie müssen sich hierhin setzen, wo alle Sie sehen und sich vor ihrem Talent verneigen können.«

Er zögerte. Er hatte nicht vorgehabt, haltzumachen, sondern wollte gleich einem seiner Jagdhunde die Witterung wieder aufnehmen und ihr unermüdlich folgen, doch die offene Bewunderung des Kellners rührte ihn. Er setzte sich. Was machte es schon, wenn er eine Pause einlegte? Jagten nicht auch seine Hunde besser, wenn sie erfrischt waren?

Er aß und trank bedächtig unter den Blicken derer, die ihn beobachteten.

Lautes Stühlerücken am Tisch hinter ihm verkündete die Ankunft neuer Gäste, junge Leute, die ausgelassen lachten:

Eine männliche Stimme sagte auf englisch: »Nein, das war wirklich ungezogen von dir, John, das Boot nicht anhalten zu lassen. Vielleicht wäre es ihr gelungen.«

»Unsinn. Nach allem, was ich gehört habe, dringt niemand zu ihm vor. Dieser Kammerdiener bewacht ihn wie ein Leibwächter.«

Eine Frauenstimme warf amüsiert ein: »Ich glaube, Celia kann es mit jedem Kammerdiener aufnehmen. Nicht wahr, Darling?«

Sein Glas halb an die Lippen geführt, erstarrte er und spürte, wie ein warmes Prickeln seine Wirbelsäule entlanglief. Er unterdrückte den Impuls, sich zu ihr umzudrehen, und kramte statt dessen in seiner Jackentasche nach Papier und Bleistift. Ihre Begegnung, ihre erste Begegnung, durfte nicht banal verlaufen. Sie mußte schöpferisch und mit angemessener Dramatik inszeniert werden. Er schrieb hastig etwas nieder und winkte den Kellner herbei.

»Ja, Maître?«

Mit gesenkter Stimme befahl er den Mann näher zu sich heran. »Hinter mir – die Blonde am Tisch hinter mir ...«

Ein schneller Blick zu ihr über seinen Kopf hinweg. »Ja, Maître?«

»Es sitzt nur eine blonde Frau an dem Tisch?«

»Ja, Maître.«

»Ausgezeichnet. Wenn ich gegangen bin, werden Sie ihr diese Nachricht geben«, sagte er, faltete den Zettel und drückte ihn dem Kellner in die Hand. »Sie müssen es unauffällig tun, vielleicht vorgeben, daß sie etwas verloren hat. Erweisen Sie mir diesen Gefallen, und ich stehe für immer in Ihrer Schuld.«

Der Kellner verbeugte sich und ging.

Erneut erklang Gelächter von der englischen Gruppe hinter ihm, und er hob sein Glas, schmeckte die Süße des Weins und lächelte.

VII

Den Markusplatz kannte ich natürlich aus Filmen.

Ich wußte, daß es ein riesiger Platz sein würde, der größte, den ich je gesehen hatte, umflattert von Taubenschwärmen, die aufstiegen, kreisten, sich niederließen und erneut ihre Flügel über den Köpfen der Menge ausbreiteten. Als ich dann in der Mitte des Platzes stand, im Schatten des hochaufragenden Campanile aus roten Ziegelsteinen, hatte ich das Gefühl, mich an der Nahtstelle zwischen Ost und West zu befinden: vor mir die byzantinische Pracht der Markuskirche mit ihren zwiebelförmigen Kuppeln, die weiß und golden in der Sonne glitzerten, und an den anderen drei Seiten die langen Arkaden, die an die Säulengänge des alten römischen Forums oder an schattige klösterliche Kreuzgänge erinnerten.

Rechts von der Basilika bildeten die pastellfarbenen, gemusterten Mauern des Dogenpalastes mit ihren orientalisch anmutenden Spitzbögen die Ostseite der Piazzetta, die vom Markusplatz abging und sich dem frischen Meereswind und der weiten, blauen Lagune öffnete.

Wir waren auf dem Wasserweg gekommen und an der Piazzetta aus unserer Gondel gestiegen, unter den wachsamen Blicken des geflügelten Markuslöwen und San Teodoros auf seinem Krokodil. Sie thronten hoch oben auf ihren identischen roten Granitsäulen aus Ägypten, die jahrhundertelang sowohl als Willkommensboten als auch zur Warnung für alle über das Meer heransegelnden Fremden gedient hatten. Oft, so erzählte mir Rupert, wurden die Ankommenden in früheren Zeiten durch den Anblick eines Hingerichteten begrüßt, den man zwischen den Säulen aufgehängt hatte. Ein Verräter vielleicht oder ein unglücklicher Bürger, der es sich mit dem Rat der Zehn verdorben hatte, dieser heimtückischen Bande von Mördern und Spionen, die sich wie eine Rattenplage in allen Winkeln des Dogenpalasts herumgedrückt und an jeder Tür gelauscht hatte. Durch Folter und Schreckensherrschaft hatte sie sich in ganz Europa einen Ruf erworben, der dem der Heiligen Inquisition in nichts nachstand.

An diesem Tag hing natürlich kein Toter zwischen den Zwillingssäulen, wenn Rupert sich auch große Mühe gab, mir zu beschreiben, wie es damals gewesen sein könnte, damit ich einen lebhaften Eindruck von der Zeit bekam. Er hatte, was Szenerien und Schauplätze betraf, die typische Besessenheit eines Theaterregisseurs.

Das war auch der Grund, weshalb er nach unserem Aufenthalt im Rialtoviertel, wo wir die frische Brise auf der hohen Brücke genossen und mit wehmütigem Blick auf die Preise einen Schaufensterbummel gemacht hatten, darauf bestanden hatte, eine zweite Gondel zu besteigen. Sie sollte uns den Canal Grande hinunterfahren, damit ich den Dogenpalast so sah, wie es von seinen Erbauern gedacht war – nämlich vom Wasser aus.

»Ich will dir eine Erinnerung schenken«, hatte er erklärt. »Man sieht alles nur einmal zum erstenmal. Dieser Anblick soll dir unvergeßlich bleiben.«

Und um meinem Gedächtnis nachzuhelfen, hatte er ein Foto von den zierlichen Spitzbögen des Palastes geschossen, als sie sich beim Herannahen aus der Lagune erhoben.

Nun machte er gerade ein Bild von mir, wie ich mich aus meiner versunkenen Bewunderung der Basilika löste. Die Kamera klickte und surrte, während sich der Film automatisch zurückspulte, und Rupert fluchte. »Mist, ich hätte doch einen zweiten Film einstecken sollen.« Er zog den Reißverschluß seiner Kameratasche zu und sah mit zusammengekniffenen Augen über den Platz. »Hier muß es doch irgendwo einen Laden geben ...«

»Dort«, sagte ich und zeigte darauf. »Ich warte hier, wenn es dir nichts ausmacht. Ich will die Tauben füttern.«

Rupert lächelte. »Gut, ich bin gleich zurück. Dann trinken wir Tee in einem der Cafés, du kannst dir eins aussuchen.«

Es gab mehrere Cafés in den langen, schattigen Arkadengängen, und jedes hatte seinen Bereich auf den Platz ausgedehnt und Tische und Korbstühle hinausgestellt. Die verschiedenen Farben der Stühle wiesen sie – samt den Gästen, die darin saßen – als Eigentum des jeweiligen Lokals aus. Ein Café hatte gelbe Stühle, ein anderes cremefarbene, und das mir am nächsten gelegene hatte sich für ein hübsches Erbsgrün entschieden, das die meiste Kundschaft anzuziehen schien. Fast alle grünen Stühle waren besetzt von Müßiggängern, die ein Glas Wein schlürften oder sich an einer Tasse Kaffee festhielten, andere Leute beobachteten, Zeitung lasen, in Reiseführern blätterten oder einfach nur herumsaßen und mit halbem Ohr dem kleinen Orchester zuhörten, das auf einem markisenbedeckten Podest unter einem der Arkadenbögen Walzer spielte.

Dabei war offenbar jede Melodie recht, ob klassisch oder modern, aus einer Operette oder einem Broadwaymusical, solange sie einen Dreivierteltakt hatte.

Das erbsgrüne Café war eindeutig das richtige, beschloß ich. Doch vorläufig hatte ich es nicht eilig, mich hinzusetzen. Erst wollte ich die Tauben füttern.

Mehrere Maisverkäufer waren über die Piazza verteilt, saßen auf Klappstühlen hinter ihren weißen Karren und schaufelten die gelben Körner in kleine Plastiktüten. Ihr Geschäft lief ausgezeichnet. Ich kaufte drei Tüten auf einmal von einem älteren Mann mit freundlichen Augen, dessen Zigarette an einem Mundwinkel angeklebt zu sein schien – sie wackelte, wenn er lächelte, fiel aber nicht herunter und gab einen weißen Rauchring ab, als er mein Geld mit rissigen Händen entgegennahm.

Ich liebte es, Tauben zu füttern, auch wenn andere Leute die Vögel als dreckig und lästig beschimpften. Ich mochte ihre rundlichen Körper, ihr zufriedenes Gurren und das Rucken ihrer schillernden Köpfe. Und ich hatte stets das Gefühl, daß sie mich auch mochten.

Die Tauben auf dem Markusplatz jedenfalls fanden mich unwiderstehlich. Als ich die erste Handvoll Mais in die Luft warf, stiegen sie in einem flatternden Schwarm um mich auf, gurrten wie verrückt, um mich anzufeuern, und ließen sich mit ihren piksenden Krallenfüßen auf meinen Armen, meinen Schultern und meinem Kopf nieder. Die gierigsten warteten nicht, bis ich den Mais ausstreute oder ihn wenigstens in meine Handfläche geschüttet hatte, sondern steckten ihre Schnäbel gleich in die Tüte und nahmen sich, was sie wollten. »Hey, das sind aber schlechte Manieren«, rief ich und verscheuchte sie mit dem Ellbogen, damit auch die anderen ihren Anteil bekamen. Die Tüte entleerte sich, und meine Belagerer ließen ein wenig von mir ab, hüpften auf meine Unterarme und flatterten schließlich in Zweier- und Dreiergrüppchen zu Boden.

Da erst merkte ich, daß ich beobachtet wurde.

Er saß allein an einem Tisch etwa fünf Meter von mir entfernt und trommelte mit den Fingern auf eine zusammengefaltete Zeitung, als hätte er zuviel überschüssige Energie. Ein jugendlich wirkender Mann, dessen Alter schwer zu schätzen war und zwischen dreißig und fünfundvierzig liegen mochte; gutaussehend auf diese offene, unkomplizierte Art, die ich immer mit Amerikanern in Verbindung brachte. Seine nachlässig geschnittenen Haare schimmerten in der Sonne zwischen Dunkelblond und Braun, und er trug die bequeme Freizeitkleidung eines Touristen. Offenbar hatte er in der Zeitung gelesen und sie dann beiseite gelegt, weil er es unterhaltsamer fand, mich zu beobachten.

All das registrierte ich in einem einzigen Augenblick, wonach ich betont gleichgültig zur Seite sah und eine neue Tüte Mais öffnete, um die Tauben um mich zu versammeln wie einen lebendigen Schutzschirm. Doch als der graue Wirbelwind aus Flügeln wieder abflaute und sich legte, war der Mann immer noch da. Diesmal grinste er breit mit weiß blitzenden Zähnen und rief laut: »Brauchen Sie Hilfe?«

Ich schüttelte den Kopf. »Nein, danke.«

»Sind Sie sicher?«

»Ganz sicher.« So sympathisch ich das Lächeln und den Akzent auch fand, es wäre nicht gut, mich von Rupert im Gespräch mit einem Fremden antreffen zu lassen, nicht nach den zahllosen Predigten, die er mir in all den Jahren über die Gefahren meiner Vertrauensseligkeit gehalten hatte. Ich entfernte mich ein paar Schritte, in der Hoffnung, daß der Amerikaner sich von diesem Signal entmutigen lassen würde.

Ein paar Minuten später jedoch, als ich den Inhalt meiner dritten und letzten Maistüte unter das hungrige Taubenvolk gebracht hatte, sah ich ihn nach wie vor dort sitzen und mich beobachten, jetzt bei einem Bier. »Fertig?« fragte er. »Dann kommen Sie her und trinken Sie etwas mit mir.«

Er sagte es, als wären wir alte Bekannte, als gäbe es keinen Grund, weshalb ich mich nicht zu ihm setzen sollte. Ich dachte natürlich gar nicht daran, aber da mir diese Art von Annäherungsversuch noch nicht begegnet war, wußte ich nicht so recht, wie ich darauf reagieren sollte. Wäre er aggressiver oder irgendwie anzüglich gewesen, hätte ich ihn einfach mit einer vernichtenden Bemerkung stehenlassen können. In diesem Fall allerdings schien mir eine grobe Antwort übertrieben. Also schüttelte ich nur den Kopf und antwortete kühl: »Nein, danke. Ich warte auf jemanden.«

»Das können Sie genausogut im Sitzen tun. Keine Angst, Rupert wird nichts dagegen haben.« Er stand auf und streckte mir seine Hand entgegen. »Ich bin Den O'Malley.«

Ich muß ein verständnisloses Gesicht gemacht haben, denn er fügte hinzu: »Ihr Inspizient.«

»Oh.«

Der Mann, der für einen möglichst reibungslosen Ablauf der Proben und Aufführungen sorgen und sich um die organisatorischen Angelegenheiten kümmern würde, damit Rupert sich ganz auf die kreative Seite konzentrieren konnte; der Mann, der meinen Tagesablauf bestimmen und abwechselnd Anwalt, Aufseher und Beichtvater für mich sein würde. Unsere erste Begegnung hatte ich mir anders vorgestellt, und sein Name sagte mir nichts – ich war sicher, daß Rupert einen anderen erwähnt hatte –, aber jetzt stand er nun mal vor mir.

»Celia Sands.« Es war ein komisches Gefühl, einem Kollegen gegenüber meinen richtigen Namen zu nennen. Ich hatte mich so an Celia Sullivan gewöhnt. Aber Galeazzo D'Ascanios Enkel hatte mich als Celia Sands engagiert und würde diesen Namen auch in die Programmhefte drucken lassen, also war es besser, gleich dazu zu stehen. Trotzdem kam er mir nur schwer über die Lippen, wie der Name einer Fremden.

»Ja, ich weiß«, sagte O'Malley, als er mir die Hand schüttelte. »Ich habe Ihre Mappe von Ihrer Agentur bekommen, aber ich muß sagen, das Foto darin wird Ihnen nicht gerecht. In natura sind Sie viel hübscher.«

Das war nicht gerade ein originelles Kompliment und hätte mich kaltlassen sollen, aber so, wie er es sagte, war ich doch geschmeichelt. Ich setzte mich. »Danke.«

»Das ist ja ein Glücksfall mit Ihrem Namen. Sie heißen wirklich Celia Sands, stimmt's? Aber Sie sind nicht verwandt mit der anderen? Schade, wäre eine gute Story für die Presse gewesen. Was kann ich Ihnen zu trinken bestellen?«

»Ich möchte eigentlich ...«

»Dieses Bier hier ist eine dünne Brühe, aber es gibt auch Wein oder Tee oder ... hallo, da ist Rupert.« Während er einen Arm hob und Rupert über die anderen Tische hinweg zu uns rief, hatte ich die Gelegenheit, ihn genauer zu betrachten. Ich war bisher noch nie jemandem begegnet, der genauso viel und schnell reden konnte wie ich, und es verwirrte mich, einmal diejenige zu sein, die nicht zu Wort kam. Er würde einen guten Heinrich den Fünften abgeben, dachte ich. Er schien dessen Ruhelosigkeit und Energie zu besitzen und eine echte Führernatur zu sein. Als er so dastand und Rupert ein zweites Mal rief, konnte ich mir gut vorstellen, wie er bei Azincourt seine Truppen um sich versammelte, obwohl ein spielerischer Zug um seine Augen mich argwöhnen ließ, daß er möglicherweise nicht genug Durchhaltevermögen für die eigentliche Schlacht hätte.

Rupert war am Rand der erbsgrünen Stuhlreihen stehengeblieben und starrte in unsere Richtung.

»Ah, jetzt hat er uns gesehen«, sagte O'Malley. Er winkte noch einmal und setzte sich wieder. »Wahrscheinlich erkennt er mich nicht ohne Bart. Er macht so ein väterlich-beschützendes Gesicht.«

Ruperts Gesicht zeigte einen Ausdruck, den ich nicht kannte und nicht näher bestimmen konnte, und als er unseren Tisch erreicht hatte, war er verschwunden.

»Dennis, was für eine Überraschung.« Er begrüßte Den O'Malley lächelnd und mit einem Händedruck, aber seine Augen ... seine Augen sagten mir, daß etwas nicht stimmte. »Bist du zusammen mit Bill hier?«

Das war der Name, den Rupert zuvor genannt hatte, als vom Inspizienten die Rede war – Bill Soundso.

»Ich bin an Stelle von Bill hier. Er hatte wieder Herzprobleme, und sein Arzt hat ihm verboten, die Reise zu machen. D'Ascanio wollte dich per Fax benachrichtigen. Hat er das nicht getan?«

»Doch, er hat ein Fax geschickt, nur stand darin nichts von ... na, ist ja auch egal. Geht es Bill ansonsten gut?«

»Immer noch der gleiche alte Brummbär. Nun setz dich doch mal, schön dich zu sehen. Das muß jetzt – wie lange? – drei Jahre her sein?«

»Könnte hinkommen.«

Den schüttelte ungläubig den Kopf. »Wo geht die Zeit nur hin? Du siehst gut aus. Und was macht Bryan? Seid ihr beide noch ...? Wirklich? Das ist toll.« Er hob beglückwünschend sein Glas. »Ihr seid ein leuchtendes Beispiel für uns alle, du und Bryan. Ich möchte wissen, wie ihr das schafft. Meine Frau ist inzwischen meine Exfrau. Hast du davon gehört?«

»Ja«, sagte Rupert. »Tut mir leid.«

»Nicht nötig, sie wußte schon, was sie tat. Ich tauge eben nicht zum Ehemann. Außerdem kommt sie mich so billiger – keine exorbitanten Rechnungen von Bloomingdale's mehr.« Seine blauen Augen lachten ohne Bedauern. »Das Singledasein ist gar nicht so übel, weißt du. Es hat« – er schielte zu mir – »seine Vorteile.«

Rupert warnte lächelnd: »Vorsicht, Dennis. Das ist mein kleines Mädchen, dem du da lüsterne Blicke zuwirfst.«

»Hab ich das? Sorry, Macht der Gewohnheit. Laßt uns etwas zu trinken bestellen, okay?« Er winkte dem Ober.

Rupert bestellte sich zu meiner Verwunderung einen Scotch. Im Gegensatz zu Bryan trank er tagsüber selten etwas Stärkeres als Tee. Dann lehnte er sich zurück und nahm den Gesprächsfaden wieder auf. »Wo bist du denn abgestiegen, Dennis?«

O'Malley nannte das Hotel. »Ein kleines Haus nicht weit vom Bahnhof. Ich übernachte immer dort, wenn ich in Venedig bin. D'Ascanio hat mir zwar angeboten, mich in eurem Hotel unterzubringen, aber ich hänge irgendwie an meiner Herberge und mag's lieber familiärer. Das macht das Reisen interessanter. Außerdem muß ich mein Gepäck morgen früh dann nicht so weit schleppen. Wann genau geht eigentlich unser Zug, weißt du das?«

»Nicht auswendig«, antwortete Rupert. »Ich habe den Reiseplan im Hotel gelassen, aber ich weiß, daß es ziemlich früh ist. Die Fahrkarten liegen angeblich am Bahnhof für uns bereit, der junge D'Ascanio hat das alles in die Wege geleitet.«

»Dann bin ich sicher, daß sie auch da sind. Er hat bis jetzt alles ganz prima organisiert. Hast du ihn schon kennengelernt? Wie ist er denn?«

»Macht einen guten Eindruck, sehr enthusiastisch.«

»Stimmt, so kam er mir auch vor am Telefon. Wir werden ja sehen.« Den nahm sein Bierglas und lächelte mir zu. »Aber da sind Sie zum erstenmal in Venedig – es ist doch das erste Mal? –, und wir reden nur über die Arbeit.«

Ich antwortete, das mache mir überhaupt nichts aus, aber er ließ sich nicht überzeugen.

»Nein, jetzt ist Schluß damit. Waren Sie schon in der Basilika? Im Dogenpalast? Haben die Seufzerbrücke gesehen?«

Als ich auf alle Fragen den Kopf schüttelte, sah er Rupert vorwurfsvoll an. »Was zum Teufel hast du den ganzen Tag mit ihr gemacht?«

»Wir sind mit einer Gondel zur Rialtobrücke gefahren.«

»Gondeln!« Den schüttelte sich.

»Mögen Sie sie nicht?« fragte ich.

»Meiner Ansicht nach hat Oscar Wilde den Nagel auf den Kopf getroffen, als er sagte, Venedig von einer Gondel aus zu sehen sei wie in einem Sarg durch die Kanalisation gefahren zu werden.«

Ich war schon immer ein Fan von Oscar Wildes Witz gewesen. »Aber so war es gar nicht. Es war wirklich schön. Sehr friedlich.«

»Seit wann soll ein Urlaub denn friedlich sein?« Den grinste.

Als ich zurücklächelte, bemerkte ich den wachsamen Blick, den Rupert mir über den Rand seines Glases zuwarf, und mich beschlich das Gefühl, daß der Friede unserer Reise schon dahin war.

VIII

Ich hatte richtig damit gelegen, Den die Rolle Heinrichs des Fünften zu geben. Als wir ausgetrunken und bezahlt hatten, übernahm er das Kommando und führte uns mit militärischer Disziplin durch die Gebäude rund um den Markusplatz. Rupert schien zuerst ganz zufrieden damit zu sein, ihm die Führung zu überlassen und in eine der hinteren Reihen zurückzutreten – von dort aus konnte er besser Regie führen, weil er das Gesamtbild überblickte –, doch bald wurde deutlich, daß er sich das Zepter nicht ganz aus der Hand nehmen ließ.

Es kam zu einer Art Wettstreit, bei dem Den und Rupert sich gegenseitig als der bessere Fremdenführer zu übertreffen versuchten und mit interessanten Fakten und Kuriositäten um sich warfen. Ein regelrechtes Wissensduell, und ich stand in der Mitte zwischen den Kontrahenten und bemühte mich, beiden meine Aufmerksamkeit zu schenken, was ziemlich anstrengend war. Nachdem wir den Campanile erklommen, den Dogenpalast durchstreift und die Seufzerbrücke überschritten hatten, schwirrte mir der Kopf vor lauter Details, die ich nie im Leben behalten würde.

Sie zeigten keinerlei Ermüdungserscheinungen, als wir wieder hinaus auf die Piazza traten.

»... aber schließlich war der Doge oder Herzog nichts anderes als ein gewählter Diktator«, dozierte Rupert, »der wie der Papst bis zu seinem Tod herrschte und fast genausoviel Macht besaß.«

»Meiner Ansicht nach verkörperte Dandalo den Höhepunkt der Dogenära«, übernahm Den. »Das war vielleicht einer – allein schon, wie er die Kreuzritter dazu brachte, die Drecksarbeit für ihn zu erledigen.« Er sah mich an. »Sie kennen die Geschichte des Vierten Kreuzzugs?«

»Also ...«

»1204 war das«, sagte Rupert. »Er begann wie die anderen als Kreuzzug zur Befreiung des Heiligen Landes, aber die Kreuzfahrer machten den Fehler, über Venedig zu reisen, weil sie sich dort Schiffe und Vorräte besorgen wollten, verstehst du. Der Doge Dandalo – ein alter, blinder, aber sehr gerissener Mann – hielt sie mit Ausreden so lange hin, bis sie ihr ganzes Geld ausgegeben hatten und hoch verschuldet waren. Dann versprach er, ihnen die Schulden zu erlassen und ihnen obendrein die benötigten Schiffe zur Verfügung zu stellen, wenn sie ihm dafür den einen oder anderen Gefallen täten. Zuerst sollten sie ihm dabei helfen, die Stadt Zara in Dalmatien zurückzuerobern, die Venedig einst regiert und verloren hatte. Und dann wollte er, daß sie Konstantinopel für ihn einnahmen.«

»Ich glaube, er hat es nicht ganz so unverblümt ausgedrückt«, mischte sich Den ein. »Aber es war natürlich seine Absicht, sich Konstantinopel unter den Nagel zu reißen, eine ungeheuer reiche Stadt ...«

»Und Venedigs einzige Rivalin im Ringen um die Handelsvormacht im östlichen Mittelmeerraum.«

»Ja, aber er spannte die Kreuzfahrer für sich ein, indem er

diesen byzantinischen Königssohn vorschob, der sich um Hilfe an ihn gewandt hatte, weil er den Thron seines Vaters zurückhaben wollte. Als sie Konstantinopel erreicht hatten, peitschte Dandalo die Ritter mit seinen Reden auf, was nicht sehr schwer war bei einem Haufen von Kerlen mit Schwertern, die nur darauf warteten, endlich jemanden umbringen zu können. Sie haben die Stadt total auseinandergenommen.«

»Raubten und plünderten und zerstörten alles«, fuhr Rupert fort. »Sie rissen das Gold und Silber von den Altären der Kirchen, und was sie nicht verheerten, brannten sie nieder. Der Papst wurde fuchsteufelswild, als er davon erfuhr. Er hatte den Kreuzfahrern seinen Segen gegeben, Moslems umzubringen, aber keine Christen, also machte er der Sache ein Ende, und sie mußten mit eingezogenen Schwänzen wieder abziehen.«

»Aber vorher teilten sie noch ihre Beute auf«, warf Den ein. »Eine Menge von diesen Jungs wurden reich bei dem Kreuzzug.«

Rupert wies darauf hin, daß der Doge Dandalo, der führende Kopf hinter dem ganzen Unternehmen, nicht davon profitiert hatte. »Er starb in Konstantinopel, aber er war auch schon über achtzig. Sie begruben ihn, soweit ich weiß, in einer der Kirchen, die seine Männer gerade erst entweiht hatten – wahrscheinlich hat er noch in seinem Sarg darüber gelacht. Der größte Teil der geraubten Reichtümer wurde hierher nach Venedig geschafft.«

»Sie werden einiges davon in der Basilika zu sehen bekommen«, versprach Den. »Neunzig Prozent der Schätze dort stammen vom Vierten Kreuzzug.«

Ich hatte das Gefühl, Geschichtsunterricht von gleich zwei eifrigen Lehrern zu bekommen, und war noch dabei, das Gehörte zu verarbeiten, als wir uns mit der übrigen Besucherschar durch das massive Steinportal des Markusdoms schoben. Jemand rempelte mich an, worauf Den seinen Arm schützend um meine Schultern legte, doch Rupert zog mich schon am Ellbogen weiter, damit ich den ersten vollständigen Blick in das Innere der Kirche werfen konnte.

Wäre ich noch ein Kind gewesen, hätte ich geglaubt, im Himmel gelandet zu sein, in einem Paradies aus schimmernden Goldmosaiken mit juwelenartigen roten, blauen und grünen Einsprengseln. Darüber wölbten sich hohe Kuppeln, getragen von reichverzierten Marmorsäulen, die schier endlos nach oben zu streben schienen.

Rupert legte den Kopf in den Nacken, um die Mosaiken zu bewundern. »Siehst du, wie durch die Bauweise der Blick hinaufgezogen wird, weil das Sonnenlicht sich dort oben in den Kuppeln fängt? Der restliche Raum ist dagegen ziemlich dunkel gehalten, damit man gleich beim Eintreten spürt, daß man sich in der Gegenwart des Göttlichen befindet.«

Und sich selbst klein, unbedeutend und häßlich vorkommt, hätte ich beinahe hinzugefügt. Ich blieb neben ihm stehen und sah lange hinauf.

»Aladins Höhle«, sagte Den, wobei sein Atem mein Haar streifte. Er erzählte, daß beim Bau der Basilika jeder Kaufmann, der aus Venedig absegelte, den Befehl hatte, etwas zu ihrem Schmuck mitzubringen – Schönes aus Gold oder Marmor oder einen geraubten seltenen Edelstein. »Die Schätze vom Vierten Kreuzzug sind dort hinten« – er zeigte auf die Südseite – »in der Schatzkammer. Möchten Sie sie sehen?«

Wir mußten extra Eintritt bezahlen und zwei Wächter passieren, um in die Schatzkammer und die daran anschließende Reliquienkammer zu gelangen. Dort war eine Vielzahl von kleinen Schreinen aus Glas und Edelmetallen zu sehen, die die Gebeine verschiedener Heiliger enthielten: hier das Skelett eines Ringfingers, dort ein Schädelstück, dort ein einzelner Backenzahn, komplett mit Wurzeln auf einem winzigen roten Samtkissen ausgestellt. Ich fand das alles reichlich makaber.

Rupert, der gerade auf etwas Schwarzes, Verschrumpeltes starrte, bemerkte, daß doch so einiges für ein Leben in Sünde spreche. »Wenn ich mal sterbe, werden meine Überreste wenigstens nicht hinter Glas vor aller Welt zur Schau gestellt.«

»Wart's ab«, ich grinste.

»Wag es, und ich enterbe dich.«

»Das kannst du schlecht, wenn du schon tot bist.« Mit gesenktem Kopf schielte ich zur Seite, um festzustellen, ob Den außer Hörweite war. »Ru«, fragte ich zögernd, »gibt es etwas, das ich über Den O'Malley wissen sollte?«

Er antwortete nicht gleich, sah mich nur mit hochgezogenen Augenbrauen an. »Wie meinst du das?«

»Ich weiß nicht. Ich habe einfach den Eindruck, daß du ihn nicht magst.«

»Doch, ich mag Dennis.« Sein Blick wanderte zurück zum Schrein. »Er ist ein netter Kerl und ein guter Inspizient.«

Nicht ganz überzeugt unternahm ich einen neuen Anlauf. »Wie lange kennt ihr euch schon?«

»Viele Jahre.«

»Warum bin ich ihm dann noch nie begegnet?«

»Na ja, Liebes, er lebt in New York.«

»Ich weiß, aber er muß doch mal in London gewesen sein.« Er kannte schließlich Bryan, und Bryan war noch nie in Amerika gewesen.

»Ich habe keine Ahnung, warum du ihn damals nicht kennengelernt hast. Ist das denn so wichtig?«

Nein, war es nicht, das mußte ich zugeben. »Es ist mir nur aufgefallen, weil ich sonst fast alle kenne, mit denen du zusammengearbeitet hast.«

»Genau, und jetzt hast du Dennis kennengelernt.« Er verschränkte die Hände hinter dem Rücken und ging weiter zum nächsten Austellungsstück.

Bei all der morbiden Faszination der Reliquienkammer war ich froh, die Gefäße und Schreine mit den schaurigen kleinen Stücken darin hinter mir lassen zu können. Der Hauptraum der Schatzkammer war größer und weniger bedrückend, und ich ließ mir Zeit, die schönen, außergewöhnlichen Stücke, die die Kreuzfahrer aus Konstantinopel geraubt hatten, zu betrachten: alte Glaspokale mit zartem Goldrand, Schalen, Vasen und Messkelche, Weihrauchgefäße und Schwerter funkelten und glänzten hell angestrahlt in deckenhohen Glasvitrinen.

»Es ist natürlich eine Tragödie«, sagte Rupert, »wenn man

bedenkt, was bei diesem Raubzug alles zerstört wurde. So vieles ging in Flammen auf. Die Kunstschätze, die Bibliotheken, all die Schriftstücke, die unwiderruflich verlorengegangen sind. Medizinische Abhandlungen, Geschichtsschreibung, Theaterstücke … Wußtest du«, fragte er mich, »daß Konstantinopel bis zu diesem Kreuzzug eine Abschrift von jedem Stück von Euripides und Sophokles besaß? Stell dir das mal vor! Über hundert Stücke allein von Sophokles. Sechzehn Jahrhunderte hatten sie überdauert, und dann …« Seine Hände fuhren nach oben, um ein Flammeninferno anzudeuten. »Und was haben wir heute noch? Sieben Stücke? Acht? Wirklich eine Schande.«

Den, der zu uns getreten war, zeigte sich wenig betroffen. »Eins kann man den Venezianern wirklich nicht verübeln, nämlich daß sie die Pferde geraubt haben. Bei denen wäre ich auch in Versuchung gekommen.«

Er meinte die vier berühmten Pferdeskulpturen, die mir so oft auf Abbildungen in den Reiseführern begegnet waren. Rupert hatte sie mir schon von der Piazza aus gezeigt, sie standen hoch oben auf der Galerie der Basilika und überblickten den gesamten Markusplatz.

Doch als ich zu Den sagte, ich hätte sie gesehen, schüttelte er den Kopf. »Nein, das dort oben sind Kopien. Die echten werden heute in einem speziellen Raum aufbewahrt, weil die Witterung und die Luftverschmutzung sie zu sehr angreifen würden.« Als wir aus der Schatzkammer wieder in das höhlenartige Zwielicht der Kirche mit den goldenen Mosaikkuppeln traten, fuhr er fort: »Sie sind ganz schön weit herumgekommen, diese Rosse. Ursprünglich stammten sie aus Griechenland, aus Chios, aber einer der byzantinischen Kaiser raubte sie und ließ sie auf seiner Loge im Hippodrom anbringen, damit sie ihm bei den Wagenrennen Gesellschaft leisteten. Dann wurden sie 1204 von den Kreuzrittern gestohlen und hierhergebracht.«

Rupert bezweifelte, ob man von Diebstahl sprechen konnte. »Man darf nicht vergessen, daß sie bereits gestohlen waren. Der Kaiser von Byzanz hatte auch keinen legitimeren

Anspruch auf sie als die Venezianer. Sie sind bloß von einem Dieb auf den nächsten übergegangen.« Während wir eine ausgetretene Treppe zum oberen Stockwerk hinaufstiegen, übertrumpfte er Den weiter, indem er zu berichten wußte, daß die berühmte Quadriga im Laufe der Jahrhunderte noch mehr Reisen unternommen hatte. »Napoleon brachte sie als Teil seiner Siegesbeute nach Paris, nachdem er den letzten Dogen gezwungen hatte, sich ihm zu unterwerfen. Erst nach Waterloo wurden sie wieder zurückgegeben. Und während des Ersten Weltkriegs verbrachten sie aus Sicherheitsgründen einige Zeit in Rom.«

»Wie gesagt«, faßte Den zusammen, »sie sind ganz schön viel rumgekommen. Typisch Pferde eben, immer in Bewegung.«

Ich konnte nicht fassen, wie riesig die Tiere waren, als ich sie direkt vor mir sah. Sie waren aus irgendeinem Metall gegossen, vermutlich Bronze, und standen in einer Reihe, als hätte man sie gerade von ihrem Streitwagengeschirr befreit, mit tänzelnd erhobenen Vorderfüßen, elegant gebogenen Hälsen und stolzer Kopfhaltung. Grünspan verlieh dem schimmernden Goldbraun ihrer Körper Tiefe und verlief in Linien über die Stellen, wo die Zügel gelegen hatten. Ihre auf Steinsockeln stehenden Hufe waren fast so groß wie mein Kopf. Ich beugte mich zurück, um ihre Gesichter zu studieren, und bewunderte das Geschick des Bildhauers, der jedem Pferd einen individuellen Ausdruck gegeben hatte. Das erste von links sah leicht sorgenvoll drein, das zweite freundlich, das dritte verwundert und das vierte, das ich sofort zu meinem Liebling erkor, lachte.

»Was hältst du von ihnen?« fragte Rupert.

»Sie sind phantastisch.«

Auch Den fand, daß sie wirklich nicht schlecht aussahen für ihr Alter. »Wenn man bedenkt, daß sie schon seit der Zeit Alexanders des Großen durch die Weltgeschichte tänzeln. Wollen wir uns die Doubles ansehen?«

Um nach draußen auf die Galerie zu kommen, mußten wir kehrtmachen und über einen schmalen Steg und einen Balkon gehen, der hoch über dem dämmerigen Mittelgang der Kirche lag und uns den strahlenden Mosaiken ganz nahe brachte, so daß wir sie in allen Einzelheiten bewundern konnten. Die Wände wölbten sich über mir wie eine reichgeschmückte, alte Handschrift, nur mit lebensgroßen biblischen Figuren und Szenen.

Inmitten all der verwirrenden Pracht blieben meine Augen nach einer Weile an zwei lebendigen menschlichen Gestalten hängen, die unter mir am Eingang zur Schatzkammer standen. Die Frau fiel mir auf, weil sie Gelb trug, ein leuchtendes Sonnengelb, das die Blicke auf sich ziehen sollte und einen aparten Kontrast zu ihren langen, dunklen Haaren bildete. Ihr Gesicht konnte ich aus dieser Höhe und Position nicht genau erkennen, aber ich vermutete, daß sie schön war, eine Frau, die beachtet werden wollte. Sie hatte diese gewisse undefinierbare Ausstrahlung. Der Mann an ihrer Seite sah dagegen ganz gewöhnlich aus. Die beiden stritten sich, was mir in dieser Umgebung beinahe wie ein Sakrileg vorkam.

»Kommen Sie.« Den nahm freundschaftlich meine Hand und zog mich mit sich. »Ich zeige Ihnen den schönsten Blick auf Venedig.«

Rupert blieb dicht in unserer Nähe, wie immer, wenn er das Gefühl hatte, mich beschützen zu müssen. Die lange, vor Menschen wimmelnde Galerie hoch über der Piazza, wo einen außer dem brusthohen Geländer nichts vor einem Sturz auf das Pflaster unten bewahrte, stellte in seinen Augen gewiß einen Ort dar, an dem allzuleicht ein Unfall passieren konnte.

Als Den mich weiterzog, um mir die Repliken der Pferde zu zeigen, berührte Rupert meinen Arm und sagte: »Sei vorsichtig.«

Aus irgendeinem Grund hatte ich den Eindruck, daß er nicht nur die Höhe meinte.

Sie kam, ganz wie er es vorausgesehen hatte. Sie kam zur festgesetzten Stunde, und sie kam allein. Es kostete ihn seine ganze Willenskraft, nicht beim ersten Klopfen an der Tür vom

Sessel aufzuspringen, nicht durch die marmorverkleidete Halle zu eilen und die hohe Flügeltür eigenhändig aufzureißen, so groß war sein Begehren, sie zu sehen. Doch er ballte die Fäuste und blieb sitzen, entschlossen, daß die Szene sich so abspielen sollte, wie er sie inszeniert hatte ... Sie mußte ihn an diesem Platz antreffen, wo das Kerzenlicht genau richtig fiel, um Jahre von seinem Gesicht zu nehmen, und die gobelinbespannte Wand den perfekten Rahmen abgab.

Sie klopfte ein zweites Mal; er hörte Thompson gemessenen Schritts zur Tür gehen, hörte das Knirschen und Quietschen des Schlüssels, des Riegels, der Angeln, hörte ihre Stimme in seiner Eingangshalle.

Mit klopfendem Herzen lauschte er ihren Schritten, die rasch näher kamen, und arrangierte sorgfältig seine Haltung im Sessel, bevor Thompson die Tür zum Arbeitszimmer öffnete und ausdruckslos meldete: »Signorina Celia Sands, Signore.«

»Danke, Thompson.«

Die Tür schloß sich wieder, und es gab nur noch sie.

IX

Venedig wurde bei Nacht noch schöner.

Für ein paar Stunden von dem gnadenlosen Sonnenlicht befreit, das jede Unebenheit in ihrem verwelkenden Antlitz zeigte, trat die Stadt in all ihrer Pracht hervor. Die Dunkelheit verwandelte sie und gab ihr ihre Jugend und ihr Geheimnis zurück. Die glitzernden Sterne am Himmel wurden zu ihrem persönlichen Schmuck und ebenso der fast volle Mond, der sich in den murmelnden Wellen der zahllosen Kanäle spiegelte.

Verschwunden war die Stadt des Kommerzes, und an ihre Stelle trat eine Stadt der Lichter, der schlendernden Liebespaare und geflüsterten Unterhaltungen im Schatten der Häuser, untermalt vom Klatschen des Ruders einer Gondel und dem Geräusch sich entfernender Schritte in einer dunklen Gasse.

Zufrieden trank ich meinen Campari und schob meinen Stuhl über die Pflastersteine vor der kleinen Familientrattoria zurück, unter deren grüner Markise wir zu Abend aßen.

Ich hatte das Lokal notgedrungen selbst ausgesucht, weil Rupert und Den so von ihrem Wettstreit, das perfekte Restaurant zu finden, eingenommen gewesen waren, daß wir wohl nie etwas zu essen bekommen hätten, wenn ich nicht eingeschritten wäre. Dabei konnte man noch nicht einmal wirklich von Wettstreit sprechen. Nachdem ich die beiden den ganzen Nachmittag über beobachtet hatte, war ich zu dem Schluß gekommen, daß Den einfach so war, wie er war, und keine bestimmte Absicht verfolgte. Er war einfach einer von diesen Menschen, die alles wußten und alles ausprobiert hatten und immer noch eins draufsetzen konnten, egal, was man ihnen erzählte. Aber er tat es mit natürlicher Begeisterung und Charme, so daß man ihm nicht böse sein konnte. Es war Rupert, der ständig versuchte, mit ihm zu konkurrieren.

Jedenfalls hatten sie mich kilometerlang durch enge Gassen und Sackgassen geschleppt, an versteckten Kanälen entlang und immer wieder über Brücken, bis ich schließlich genug hatte. Als wir an der Trattoria vorbeigekommen waren, die malerisch an einem der kleineren Kanäle lag, war ich stehengeblieben wie ein störrischer Esel und hatte darauf gezeigt. »Da«, hatte ich gesagt. »Da will ich zu Abend essen.«

Sie hatten beide ein wenig gestutzt, aber nachgegeben, und als ich dann vor meiner Speisekarte saß, konnte ich mich endlich ein wenig entspannen. Die Abendluft war noch warm und duftete leicht nach Meer, wenn eine Brise aus der richtigen Richtung über die Kanäle strich. Ich hob mein Gesicht dem Lüftchen entgegen und sah hinüber, wo das lichtgefleckte Wasser an den moosgrünen Stufen eines verfallenen Hauses leckte. Es war ein schönes, friedliches Bild.

Um dafür zu sorgen, daß Rupert und Den mir nicht die Stimmung verdarben, lenkte ich das Gespräch von allem weg, was mit Geschichte und Sehenswürdigkeiten zu tun hatte, und verlegte mich auf das neutrale Thema des Essens. »Ob sie es mir wohl durchgehen lassen, wenn ich nur einen Gang nehme statt drei? Jedes von diesen Pastagerichten würde mir vollkommen genügen.« Ich sah mich nicht in der Lage, nach der Pasta noch einen Teller mit Fisch oder Fleisch und Gemüse zu essen, wie es in Italien üblich war.

Rupert versprach mir, daß er aufessen würde, was ich nicht schaffte. »Außerdem würde es dir nicht schaden, zur Abwechslung mal eine anständige Mahlzeit zu dir zu nehmen.«

Den sah auf. »Ernähren Sie sich zu Hause nicht richtig?«

»Nein, das tut sie nicht«, antwortete Rupert für mich. »Sie ißt Sachen aus der Dose, mit einem Löffel.«

»Nein, nicht immer. Manchmal esse ich im Restaurant, wenn ich arbeite. Ich jobbe als Kellnerin«, erklärte ich Den.

»Dann muß es himmlisch für Sie sein, sich einmal bedienen zu lassen.«

Eine einfühlsame Bemerkung, die mich zum Lächeln brachte. »Ja, das stimmt. Falls ich jemals im Lotto gewinne, werde ich jemanden einstellen, der mir alle Mahlzeiten serviert und mir das Frühstück ans Bett bringt.«

»Vielleicht bewerbe ich mich ja um den Job«, sagte Den augenzwinkernd. Er konnte das Flirten einfach nicht lassen. Es war ihm zur zweiten Natur geworden, schätzte ich, genauso wie sein Gezappel. Selbst hier am Tisch war ein Teil von ihm ständig in Bewegung, bereit zu neuen Taten. Seine ruhelosen Hände drehten das dünne Papier von einer Knabberstange zu einem kleinen Schlagstock, mit dem er an sein Glas trommelte.

»Also, Dennis«, sagte Rupert, »du kennst das Stück bestimmt schon in- und auswendig, oder?«

Den grinste. »Fast. Ich habe es vorwärts und rückwärts gelesen und in szenische Abschnitte unterteilt, die für die Proben taugen könnten – du mußt dir das später mal ansehen und mir sagen, was du davon hältst. Es war nicht einfach, das kann ich dir flüstern. Drei Akte, von denen jeder im Grunde nur aus einer einzigen Szene besteht, abgesehen vom ersten vielleicht, bei dem man von zwei Szenen sprechen könnte, oder? Trotzdem ist es ein verdammt schwer zu unterteilendes Stück.«

Ich hatte eigentlich angenommen, daß das Stück, weil es nur drei Schauspieler, eine Handvoll Requisiten und ein einziges festes Bühnenbild erforderte, der Traum jedes Inspizienten sein müßte, aber als ich es nun in Gedanken durchging, konnte ich verstehen, warum es Den vor Probleme stellte. Der Inspizient leitete sämtliche Aufführungen mit Hilfe eines sogenannten Rollenhefts – ein Ringbuch mit dem Text des Stücks, dem er alle technischen Anmerkungen und Anweisungen, die sich aus den Proben ergaben, hinzufügte – , und um dieses Rollenheft zu erstellen, mußte er das Stück in einzelne Szenen unterteilen.

Die Schwierigkeit war nun, daß es in D'Ascanios »Il Prezzo« praktisch keine Unterbrechungen gab, außer zwischen den Akten, und die Handlung in einem kontinuierlichen Fluß ablief.

Das galt im übrigen auch für meine Rolle – ich würde die Bühne vor allen anderen betreten und bis zum Schlußvorhang dort bleiben. Ich hatte die ersten und letzten Zeilen zu sprechen.

Bisher hatte ich versucht, nicht an die große Verantwortung zu denken, die ich mit meinem Part übernahm, doch jetzt fragte Den, als hätte er meine Gedanken gelesen: »Macht es Sie nervös, daß Sie die Hauptrolle spielen sollen?«

»Zum Glück habe ich ja Rupert, der mich anleiten wird.« Das beantwortete zwar seine Frage nicht, aber es freute Rupert, der zum erstenmal seit dem Nachmittag wieder richtig lächelte und Den versicherte: »Sie wird ihre Sache gut machen. Sie ist sehr begabt, weißt du.«

»Das glaube ich gern.« Dens Stimme klang in meinen Ohren etwas zu bemüht.

Entschlossen, mein schon etwas wackeliges Selbstvertrauen nicht weiter erschüttern zu lassen, legte ich eine ganz passable Nachahmung des weltgewandten Small talks meiner Mutter hin: »Es ist ja auch eine *wunderbare* Rolle, und die Dialoge sind *ausgezeichnet* geschrieben.«

Er nickte. »Ein bißchen zu ausgezeichnet, nach Meinung mancher Leute.«

Ich lehnte mich zurück, damit der Kellner meine Vorspeise abstellen konnte, und fragte: »Wie meinen Sie das?«

»Na ja, manche bezweifeln, daß Galeazzo D'Ascanio wirklich der Autor ist, weil es sich so sehr von seinen anderen Werken unterscheidet.«

Ich dachte an die Handlung von »Il Prezzo«: Ein Soldat im Ersten Weltkrieg opfert sich und springt aus einem Schützengraben, weil ihm ein spiritistisches Medium geweissagt hat, daß die Seite, die den ersten Mann verliert, die Schlacht gewinnen wird. Seine junge Witwe überredet unwissentlich dasselbe Medium, eine Séance abzuhalten und sie ein letztes Mal mit ihrem Mann zusammenzubringen, worauf sie, weil sie eine zweite Trennung von dem Geliebten nicht ertragen kann, sich das Leben nimmt, um ihm ins Jenseits folgen zu können. Ein höchst melodramatisches Stück, genau wie die anderen von D'Ascanio, fand ich. Doch als ich diese Argumente vorbrachte, erhielt ich zu meinem Erstaunen Widerspruch von Rupert.

»Es ist nicht die Handlung, die einen stutzig macht, Liebes, sondern die Ausführung. Die Charaktere und Dialoge in ›Il Prezzo‹ sind sehr viel ausgefeilter als in seinen früheren Stücken.«

»Das liegt eben daran, daß es ein reiferes Werk ist«, verteidigte ich den Autor. »Er war erst in seinen Zwanzigern oder Dreißigern, als er die anderen Stücke schrieb, stimmt's? Dann gab es da die lange Phase, in der er überhaupt nichts schrieb, also ist es doch nur wahrscheinlich, daß sein Stil sich verändert hatte, als er mit ›Il Prezzo‹ begann.«

Den machte sich über sein Antipasto her. »Klar, aber es ist gerade diese ›lange Phase, in der er überhaupt nichts schrieb‹, die mich mißtrauisch macht. Ziemlich praktisch für den alten Knaben, aus seiner Schaffenskrise mit einem solchen Stück hervorzugehen – fast zu praktisch.«

»Die Frage ist«, erwiderte Rupert, und ich stellte verzweifelt fest, daß sie schon wieder anfingen, sich mit ihrem Wissen zu brüsten, wie zwei kleine Jungen, die Trivial Pursuit spielten, »die Frage ist, von wem hat er abgeschrieben? Ich meine, die Geschichte selbst ist eindeutig eine Bearbeitung des Protesilaos-Mythos, aber ich glaube nicht, daß er sie direkt aus dieser Quelle hat. Vermutlich gab es noch ein Werk dazwischen, eine Adaption des Mythos von einem anderen Autor.«

Ich wußte, ich würde es bereuen, aber ich fragte dennoch: »Wer ist Protesilaos?«

»Griechische Mythologie«, sagte Rupert mit einem Lächeln, das sanft meine mangelnde Bildung tadelte. »Der Trojanische Krieg. Protesilaos war ein griechischer Kämpfer, der sich bei der Landung vor Troja töten ließ, um die Prophezeiung eines Orakels zu erfüllen, nach der diejenige Armee den Sieg davontragen würde, die den ersten Mann verlor.«

»Aha.« Ich begann zu verstehen.

Den nickte. »Seine Frau hieß Laodameia. Sie liebte den Kerl so sehr, daß sie die Götter anflehte, ihn noch einmal sehen zu dürfen, als sie von seinem Tod erfuhr.«

»Und sie gewährten ihr den Wunsch?«

»Ja, klar. Hermes brachte ihn aus dem Totenreich zu einem kleinen Besuch herauf – drei Stunden hatten sie, glaube ich. Als die herum waren, beging Laodameia Selbstmord, damit sie ihm in die Unterwelt folgen konnte. Kommt Ihnen das bekannt vor?«

»Aber das ist doch noch kein Beweis für ein Plagiat. Eine Menge Dichter haben ihre Geschichten der Mythologie entnommen, angefangen bei Shakespeare.«

»Schon lange vor ihm sogar«, sagte Rupert. »Bei den alten Griechen war das gang und gäbe.«

»Na also.« Ich war nicht bereit, mich so leicht überzeugen zu lassen.

»Schön«, fing Rupert wieder an, »aber du mußt bedenken, daß er die Celia-Gedichte etwa um dieselbe Zeit geschrieben hat. Lies sie und sag mir dann, daß ›Il Prezzo‹ von demselben Dichter stammt.«

Damit hatte er mich in die Enge getrieben. Ich hatte bislang etwa die Hälfte der Gedichte gelesen und fand sie sehr wortreich und überladen. Man konnte es noch nicht einmal auf die Übersetzung schieben, da sowohl die Gedichte als auch das Stück in Englisch verfaßt worden waren. Dennoch hatte ich wegen Celia der Ersten, die diesen Mann geliebt hatte, das Gefühl, ihm eine gewisse Loyalität schuldig zu sein. »Ich kann einfach nicht glauben, daß er seinen Ruf aufs Spiel gesetzt hätte, indem er von einem anderen abschrieb. Was für ein Motiv sollte er gehabt haben?«

Den hob sarkastisch eine Augenbraue. »Eitelkeit.«

Achselzuckend ließ ich es dabei bewenden und hörte dem Gespräch nicht länger zu, sondern betrachtete die Gäste an den Tischen um uns herum, wie immer neugierig auf das Leben anderer Leute. Die Familie links von mir, schätzte ich, machte Urlaub in Venedig – zwei gelangweilte Kinder im Teenageralter, ein gestreßter Vater und eine Mutter am Rande des Nervenzusammenbruchs. Trotzdem beneidete ich sie. Ich war zwar als Kind viel und gern mit Rupert gereist, aber ich hatte nie den Luxus eines echten Familienurlaubs genossen, komplett mit Mutter und Vater. Wieviel Ärger und Streit das auch bedeuten mochte, ich hätte alles darum gegeben, so etwas einmal zu erleben.

Ein paar Tische weiter speiste ein älterer Mann von zerknautschtem akademischen Aussehen allein, vielleicht ein Lehrer oder Professor. Neben ihm saß ein Liebespaar ... mein wandernder Blick hielt plötzlich interessiert inne.

Das mußte dieselbe Frau sein, die ich im Markusdom gesehen hatte. Es konnte nicht zwei Kleider von diesem strahlenden Sonnengelb in Venedig geben und vor allem nicht zwei Frauen, die es auf diese selbstbewußte Weise trugen. Ihre langen, dunklen Haare wurden jetzt mit einer Spange im Nacken zusammengehalten, aber sie war es zweifellos. Ich hatte recht gehabt mit meiner Annahme, daß sie schön war, wenn auch von einer harten, selbstbezogenen Schönheit, die mich eher abstieß als anzog. Aus Erfahrung wußte ich, daß ich mit solchen Frauen nicht warm wurde.

Die Art, wie sie in diesem Moment ihren Begleiter anlächelte, ganz perfekte Zähne und dunkle Augen, bestätigte mein Vorurteil. Es war kein echtes Lächeln, sondern irgendwie katzenhaft und manipulierend. Die Reaktion des Mannes konnte ich nicht beobachten. Er saß mit dem Rücken zu mir, und alles, was mir an ihm auffiel, war die beginnende Glatze an seinem Hinterkopf, eine kahle Stelle in perfekter Herzform. Ich fragte mich, wie groß sie noch werden durfte, bevor die Frau ihn gegen ein attraktiveres Modell eintauschte.

Meine Mutter, dachte ich, hätte ihn beim ersten Anzeichen von Haarausfall verlassen. Sie umgab sich nur mit makellosen jungen Männern.

Den schien schon wieder meine Gedanken zu lesen. »Sagen Sie, Celia, wie geht es eigentlich Ihrer Mutter?«

Aus meinen Betrachtungen gerissen, starrte ich ihn an. Es wäre wohl ein Wunder gewesen, wenn er nicht die Verbindung zwischen mir und meiner Mutter hergestellt hätte. Schließlich benutzte ich meinen richtigen Namen, und er war ein Insider der Branche und obendrein ein alter Bekannter Ruperts, also mußte er Bescheid wissen. »Gut, denke ich. Ich sehe sie nicht oft in letzter Zeit.«

»Ich habe einmal mit ihr zusammengearbeitet, wußten Sie das? Ist schon lange her. Damals war ich noch ein kleiner Assistent, verantwortlich für die Requisiten. Ihren Vater habe ich allerdings nie kennengelernt.«

Willkommen im Club, dachte ich. Rupert sah leicht besorgt von Den zu mir, als überlegte er, das Gespräch in eine andere Richtung zu lenken, aber ich lächelte ihn an zum Zeichen, daß alles in Ordnung war. Mit dem Weinglas in der Hand fragte ich Den: »Und, was haben Sie von meiner Mutter gehalten?«

»Ich war bezaubert«, gestand er mit einem erinnernden Lächeln. »Aber das sollte ich schließlich auch sein.«

Ich gab meinem Erstaunen darüber Ausdruck, daß sich nicht mehr zwischen ihnen abgespielt hatte. »Sie sind ganz ihr Typ.«

»Bin ich das?« Sein Lächeln wurde zu einem schelmischen Grinsen. »Und was ist Ihr Typ?«

Ich war mir Ruperts wachsamen Blickes bewußt, als ich antwortete: »Der dunkle, grüblerische. So wie unser Kellner.«

Den tat, als wäre er am Boden zerstört. »Männer mit hellbraunen Haaren sind aber sehr viel charmanter und unterhaltsamer als diese schwarzen Schmalzlocken.«

Ein Mann mit hellbraunen Haaren ... Auf einmal hörte ich wieder Sallys Stimme und sah sie zu Hause in London ihre Tarotkarten umdrehen ... *Das ist unter dir. Der König der Kelche ... ein Mann mit hellbraunen Haaren.* Aber soweit ich mich erinnerte, hatte sie ihn als Geschäftsmann beschrieben, verantwortungsbewußt und ruhig, was alles auf Den überhaupt nicht zutraf.

Außerdem war das Tarot nur ein Spiel und konnte nicht wirklich etwas über die Zukunft aussagen. Zum Glück, dachte ich, denn wenn nur die Hälfte von dem stimmte, was die Karten über meinen Aufenthalt in Il Piacere prophezeit hatten, reiste ich einer Menge Ärger entgegen.

Und jetzt, so dachte er, jetzt konnte er zufrieden sterben, denn er war in den Himmel aufgestiegen und hatte das Antlitz Gottes geschaut. Vielleicht war er sogar schon tot; sein Körper fühlte sich so leicht an wie nie. Aber nein, er spürte das Blut mit der Kraft der Jugend durch seine Adern rauschen und wandte lächelnd den Kopf auf dem Kissen.

Sie schlief wie ein Engel, das schöne, goldene Haupt an seine Schulter gelehnt, die duftigen Haare auf dem Leinen ausgebreitet, der Atem tief und süß. »Celia.« Der Name floß wie frisches Quellwasser über seine Zunge. Sie rührte sich, ohne zu erwachen.

Er seufzte beglückt und ließ seine Augen durch das Zimmer schweifen, wobei er jede Einzelheit in sich aufnahm: die

Schatten, die sich in die Ecken schmiegten, und die dunklen Wandbehänge, die mit Gesichtern, Weinranken und schimmernden Goldfäden bestickt waren und das schwache Licht der niedergebrannten Kerzen einfingen.

Er würde diesen Raum ebenfalls mitnehmen, wenn er ging, die Wandbehänge, die Kerzen und das Sofa, auf dem sie lagen. Das alte Haus am Gardasee würde er in ein Schloß verwandeln für sie, und dieser Raum würde der Mittelpunkt darin sein.

Ja, dachte er, dies war erst der Anfang …

X

Der Morgen war klar, und ich konnte vom Zug aus meilenweit in die Landschaft sehen. Nachdem wir Vicenza hinter uns gelassen hatten, das etwa eine halbe Stunde Fahrt ins Landesinnere von Venedig entfernt liegt, wurden die Hügel zu beiden Seiten allmählich höher; durchzogen von dunkelgrünen Zypressenreihen erhoben sie sich über flachem Ackerland mit fruchtbarer, rotbrauner Erde. In der Ferne tauchte hin und wieder eine Burg oder ein Kirchturm auf, mittelalterlich anmutende Gebilde mit Ziegeldächern und ockerfarbenen Mauern. Wenn ich die Augen zukniff, verschwanden die modernen Gebäude dazwischen, und ich sah die Landschaft, wie sie Reisende schon vor Jahrhunderten erblickt haben mochten, in den Tagen der Pilger, umherziehenden Kaufleute und Kreuzfahrer.

Ich hatte es am Ende ein wenig bedauert, Venedig schon wieder verlassen zu müssen, und meine Arme schmerzten immer noch vom Kofferschleppen, aber es war beflügelnd, wieder unterwegs zu sein und der Route zu folgen, die Celia die

Erste genommen hatte, als sie mit Galeazzo in seine Villa am Gardasee fuhr.

Ich hatte mir vorgenommen, während der Fahrt viel zu arbeiten, denn es galt, eine Menge Text zu lernen. Mein Exemplar des Skripts lag aufgeschlagen auf meinem Schoß, und ich war bei der Séanceszene, in der das Medium den Geist des toten Soldaten für seine Witwe herbeiruft.

Daß dem Medium so etwas gelingt und es den Soldaten noch dazu unversehrt und eine Zigarette rauchend zurückbringt, hätte eigentlich abstrus wirken müssen, aber das tat es nicht, dank der überzeugend ausgearbeiteten Charaktere.

Ich war natürlich die Witwe. Und mein Mann, der unglückliche Soldat, sollte von Nicholas Rutherford gespielt werden, der im vergangenen Sommer als Hauptdarsteller in einem skandalträchtigen neuen Stück groß Furore im Londoner West End gemacht hatte. Die Kritiker hatten seine Leistung unterschiedlich bewertet, aber unter meinen Schauspielerfreunden überwog die Ansicht, daß er bei seinem Aussehen spielen konnte, wie er wollte. »Außerdem ist er nicht dumm«, hatte einer bemerkt. »Er hat sich an Madeleine Hedrick drangehängt. Er wird noch ganz groß rauskommen.«

Der Meinung war ich auch. Seit der Scheidung von ihrem untreuen Ehemann hatte sich Madeleine Hedrick einer Reihe von jungen, gutaussehenden Schauspielern angenommen, die es ausnahmslos zu Erfolg auf der Bühne oder bei Film und Fernsehen gebracht hatten. Mit meiner Mutter konnte sie es allerdings nicht aufnehmen, was die Zahl der Liebhaber betraf, dafür dauerten ihre Beziehungen zu lange. Mit Nicholas Rutherford war sie nun bestimmt schon seit über einem Jahr zusammen.

Womit ich die Außenseiterin war, der Grünschnabel, der sich erst noch beweisen mußte. Verbissen beugte ich mich über meinen Text, aber die vorbeiziehende Landschaft erwies sich als zu große Ablenkung. Wir passierten ein Marmorlager mit großen, unpolierten Blöcken, das in einen Hain voll blühender Obstbäume überging, hinter dem sich wiederum ein mit winzigen gelben Wildblumen gesprenkelter Weinberg erhob. In Verona preßte ich meine Nase ans Fenster, in der Hoffnung, einen Blick auf die alte, vornehme Stadt werfen zu können, die Shakespeare zu »Romeo und Julia« und zu »Die beiden Veroneser« inspiriert hatte. Ich sah eine Brücke über einem Fluß und Dächer, die zwischen Bäumen hervorlugten, aber keinen Zipfel vom Balkon der Capulets.

»Also«, sagte Rupert neben mir, »wenn alle einverstanden sind, möchte ich gleich am Montag mit den Leseproben beginnen. Das heißt, falls auch Nicholas und Madeleine heute wie geplant eintreffen.«

Den sah auf seine Uhr. »Sie müßten noch vor uns ankommen. D'Ascanio sagte, sie würden nach Mailand fliegen und sich dort ein Auto mieten. Vermutlich war Nick scharf darauf, über ein paar Alpenstraßen zu heizen.«

»Dann ist er sicher ein besserer Fahrer als ich.« Rupert schüttelte sich angesichts der zerklüfteten Bergketten, die sich verschwommen am Horizont abzeichneten.

»Und als ich«, sagte Den. »Da würde ich ja lieber mit verbundenen Augen über eine von euren englischen Landstraßen mit den vielen Hecken brettern. Aber Nick liebt das Risiko.«

»Tatsächlich?« Rupert wandte sich vom Fenster ab. »Ich kann nichts dazu sagen, ich bin ihm erst einmal begegnet, und da hat er sich bestens benommen.«

»Na, jetzt bist du gewarnt«, grinste Den. »Er ist ziemlich wild.«

Ich hatte selbst diverse Gerüchte über Nicholas gehört, ihnen aber nicht viel Beachtung geschenkt. Bis vor kurzem hätte ich schließlich nicht im Traum daran gedacht, einmal mit jemandem wie ihm auf der Bühne zu stehen, und daher war es mir egal gewesen, was er hinter den Kulissen trieb. Jetzt hoffte ich allerdings, daß er nicht allzu schwierig im Umgang sein würde, denn es war schon von Vorteil, wenn die Chemie stimmte zwischen zwei Leuten, die ein Liebespaar spielen sollten.

Rupert blieb unbekümmert. »Ich bin sicher, Madeleine

wird dafür sorgen, daß er nicht über die Stränge schlägt.« Er zeigte hinaus. »Da ist der See.«

Ich sah nicht schnell genug hin und erhaschte nur noch einen langen Streifen von Blau, ehe die Gleise eine Biegung machten und die Landschaft ihn wieder verbarg.

»Wir sind fast da«, sagte Den. »Noch zwei Haltestellen.«

Ich wurde langsam aufgeregt, als wir in Desenzano ausstiegen und unser Gepäck über den Bahnsteig in die kleine Bahnhofshalle wuchteten, von deren Glasfront aus man auf einen Kreisel und einige Buswartehäuschen blickte.

»Wer holt uns eigentlich ab?« fragte ich und reckte gespannt den Hals.

Weder Rupert noch Den wußte eine Antwort darauf, und nach einer Weile schien es, als ob überhaupt niemand käme.

Ich sah mich um, aber außer dem Fahrkartenschalter und einem Kiosk hinter uns gab es keine Stelle, wo man jemanden hätte übersehen können. »Er weiß doch, mit welchem Zug wir ankommen, oder?« fragte ich Rupert.

»Davon gehe ich aus. Er hat schließlich die Fahrkarten reserviert und bezahlt.« Doch zur Sicherheit suchte er ein Telefon und rief in Il Piacere an. »Konnte keine Verbindung bekommen«, sagte er, als er zurückkam. »Die Auskunft sagt, die Leitungen sind gestört oder so etwas. Aber D'Ascanio hat bestimmt jemanden geschickt, der gerade hierher unterwegs ist.«

Wir improvisierten ein Mittagessen aus Proviant, den man am Bahnhofskiosk kaufen konnte: Sandwiches, Kartoffelchips, eine Flasche Saft. Dann warteten wir noch fast eine weitere Stunde, bis ich sagte: »Ich glaube, sie haben uns vergessen.« Durch das Fenster sah ich einen Bus in die Haltebucht direkt vor uns biegen und zeigte auf die Leuchttafel an seiner Vorderseite. »Seht mal, der fährt nach Mira del Garda. Da müssen wir doch hin, oder?«

Rupert und Den zögerten, einfach auf eigene Faust weiterzufahren, aber ich überzeugte sie mit dem Argument, daß niemand von uns erwarten könne, zwei Stunden nach unserer Ankunft immer noch am Bahnhof herumzustehen. Ich hatte das Warten satt und wollte weiter, um endlich mit eigenen Augen das Anwesen zu sehen, von dem ich schon so viel gehört und gelesen hatte.

Der Bus war genauso bequem wie jedes Auto, stellte ich fest, ein modernes, geräumiges Gefährt mit sauberen Sitzen und einer frisch geputzten Windschutzscheibe, durch die ich auf meinem vorderen Sitz eine ausgezeichnete Sicht hatte. Als wir Desenzano verließen, konnte ich endlich einen ersten Blick auf den See werfen.

Es war die reinste Postkartenidylle – strahlend blaues Wasser umgeben von Bergen, die in nördliche Richtung immer höher wurden. Hier im Süden, wo der See am breitesten war, erstreckte er sich zwischen grünen Ufern, getupft mit den hellen Punkten von Häusern, die sich am Wasser zu kleinen Städten zusammendrängten und in Terrassen die bewaldeten Hügel erklommen. Weiter nördlich, wo der See schmaler wurde, stiegen die Hügel zu kahlen, wolkenverhangenen Höhen an, und am gegenüberliegenden Ufer konnte ich einen schneebedeckten Gipfel sehen, der alle anderen überragte.

»Monte Baldo«, verkündete der Busfahrer mit offensichtlichem Stolz. »Ist im Winter sehr gut zum Skifahren.« Er sprach fließend Englisch und freute sich, als ich ihm deswegen ein Kompliment machte. »Ich habe ein paar Jahre in Amerika gearbeitet«, sagte er. »New York.«

Danach war Den nicht mehr zu halten. Er hätte noch ewig mit dem Fahrer geschwatzt, wenn Rupert sich nicht irgendwann zu ihm vorgebeugt hätte. »An der nächsten Haltestelle müssen wir aussteigen, glaube ich.«

Den sah sich um. »Sind wir schon in Mira? Das ging aber schnell.«

In Wirklichkeit hatten wir eine Stunde gebraucht, was ich an meinen steifen Beinen merkte, als ich erwartungsvoll aus dem Bus kletterte. Die Haltestelle in Mira del Garda bestand nur aus einer unscheinbaren Bucht an einer schmalen Höhenstraße. Anscheinend befanden wir uns noch am Ortsrand. Auf der anderen Seite erhob sich ein steiler, grasbewachsener Wall, auf dem ein dreistöckiges Appartementgebäude stand, während hinter uns eine Treppe zu einer tiefer gelegenen Straße hinunterführte, die von älteren Häusern gesäumt wurde, alle verrammelt und abweisend und hoch genug, um mir die Sicht auf den See zu versperren. Aber der Himmel war blau, die Sonne schien, und neben der Bushaltestelle stand ein gelbes Schild mit einem vertrauten Wort darauf: TAXI. Wir hievten unser Gepäck dorthin … und warteten.

Schließlich, nachdem mehrere Autos an uns vorbeigerauscht waren, maulte Rupert: »Man sollte doch meinen, daß bei Ankunft des Busses ein Taxi bereitstehen könnte, für alle Fälle.«

Den schlug vor, eines zu rufen.

»Weißt du die Nummer?« entgegnete Rupert. »Außerdem gibt es hier kein Telefon, und ich besitze nach wie vor kein Handy.« Die Hand über die Augen gelegt, suchte er die Balkone des gegenüberliegenden Blocks ab. Als er eine Frau mittleren Alters entdeckt hatte, die gerade Handtücher über das Balkongeländer hängte, winkte er und rief ihr auf italienisch eine Frage zu.

»Grazie«, sagte er, nachdem sie eine Antwort zurückgerufen hatte.

»Mist«, meinte Den.

Ich runzelte die Stirn. »Was ist los?«

»Sieht so aus, als gäbe es keine Taxis«, meinte Rupert.

»Kein einziges?«

»Jetzt nicht mehr, offenbar. Wir werden zu Fuß gehen müssen.«

Ich sah auf mein Gepäck und ließ den Kopf hängen. »Zu Fuß?«

Den erbarmte sich meiner und schlang den Riemen einer seiner Reisetaschen über die Schulter, um mir einen Koffer abzunehmen. »Habe ich mal gesagt, D'Ascanio hätte alles gut organisiert? Ich nehme es zurück und behaupte das Gegenteil.«

Ich schüttelte den Kopf. »Und ihr seid wirklich sicher, daß wir heute erwartet werden?«

»Natürlich werden wir erwartet«, sagte Rupert. »Mach dir

keine Sorgen. Ich bin sicher, daß es eine einleuchtende Erklärung dafür geben wird, warum uns niemand abgeholt hat.«

»Ich kann's kaum erwarten, sie zu hören«, erwiderte Den trocken. Ein knallgelber Sportwagen zischte an uns vorbei, und er machte einen Satz zur Seite. »Gehen wir drüben, hier ist es zu gefährlich.«

Auf der anderen Straßenseite führte ein gepflasterter Fußweg den Hang hinauf und verlief dann eben auf einer hübschen, rankenbewachsenen Mauer hoch über der Straße. Es war eindeutig sicherer, dort zu gehen.

Wenn ich nur nicht so idiotisch viel eingepackt hätte, schimpfte ich vor mich hin, als ich meine Last über den holperigen Boden zerrte. Der Koffer kam mir jetzt noch schwerer als beim Verlassen des Hotels am Morgen vor, und mit jedem Schritt scheuerte der Griff meine schon schmerzenden Handflächen wund. Rupert war ähnlich beladen, und Den, der ökonomischer gepackt zu haben schien als wir beide, mußte sich nun noch mit meinem zweiten Koffer abplagen.

Er war so ritterlich gewesen, mir den größeren der beiden Koffer abzunehmen, den mit den Rollen, doch der war so überladen und sperrig, daß er jedesmal zur Seite kippte, wenn die Rollen an den Rand eines Pflastersteins stießen. Mit der Zeit wurde daraus ein kleines Ritual: Der Koffer kippte, Den richtete ihn fluchend und mit einem entschiedenen Hieb wieder auf, und die Rollen rumpelten weiter bis zur nächsten unebenen Stelle. Die vorbeikommenden Autofahrer hatten sicher ihren Spaß bei unserem Anblick.

Der Blick aufs Wasser wurde immer noch von Häusern versperrt und von den Zypressen, die gerade und zugespitzt wie Lanzen zwischen ihnen aufragten. Hin und wieder konnte ich ein verlockendes, blaues Glitzern zwischen ihrem dunklen Grün und den buntgestrichenen Hauswänden erkennen, die in den schönsten Blumenfarben leuchteten: Gardenienrosa, Schlüsselblumengelb und Ringelblumenorange.

Ich hätte die Schönheit meiner Umgebung noch viel mehr genossen, wenn ich mich nicht auf jeden Schritt hätte konzentrieren müssen, wenn meine Muskeln unter meiner Last nicht so gezittert hätten und meine Bluse nicht so eklig feucht zwischen meinen Schulterblättern geklebt hätte – kurzum, wenn ich mein Gepäck los gewesen wäre.

Doch unter diesen Umständen beschlich mich langsam das Gefühl, daß Sallys Tarotkarten vielleicht doch recht gehabt hatten und ich besser zu Hause geblieben wäre.

»Ich muß mich einen Moment ausruhen«, stöhnte ich nach ein paar Metern, die mir wie Meilen vorkamen. Als ich stehenblieb, ließen auch Den und Rupert widerspruchslos ihre Koffer fallen.

Den lehnte sich gegen einen Wegweiser an der Abzweigung einer schmalen Straße, die sich rechts von uns den Hügel hinaufwand, und massierte seine Schultern. »Ich würde ja vorschlagen, ein Auto zu entführen, aber ich habe nicht mehr die Energie dazu.«

Ich hockte mich auf meinen Koffer und verscheuchte dabei eine kleine, braune Eidechse. Sie hatte sich auf einem Mauervorsprung gesonnt und verschwand raschelnd im Weinlaub, aber Rupert bemerkte sie nicht, weil er nach oben starrte.

»Wir sind fast da«, sagte er.

Den hob ironisch eine Augenbraue. »Tatsächlich? Woher willst du das wissen?«

Statt zu antworten deutete Rupert mit dem Kinn auf den Wegweiser über Dens Kopf, einen schmiedeeisernen Pfeil, unter dem deutlich »Il Piacere« zu lesen stand.

Der Anblick des Hügels begeisterte mich nicht gerade, dafür aber der Pfeil und das Wissen, daß wir unserem Ziel ganz nahe waren. Ich schnappte mir meinen Koffer und übernahm die Führung, als wir die kleine Straße in Angriff nahmen. Hier gab es keinen Gehsteig, so daß wir hintereinander am Straßenrand gehen mußten, entlang der dort angepflanzten Hecke. Ich kehrte dem See nun den Rücken zu, und wenn ich die Geistesgegenwart besessen hätte, mich umzudrehen, hätte ich wahrscheinlich einen phantastischen Blick auf das Wasser und die Berge dahinter gehabt, aber der Berg, den ich gerade erklomm, erforderte all meine Willenskraft.

Ich konnte mich gerade noch aufrecht halten und einen Fuß vor den anderen setzen, wobei jeder schlurfende Schritt eine kleine Staubwolke aufwirbelte, die sich auf meine Augen, meine Nase und meinen durstigen Mund legte.

Kleine Eidechsen huschten in alle Richtungen vor mir davon und suchten Schutz in dem Gewirr von Blumen und Gräsern unter der Hecke. Auf einmal wurde aus der Hecke eine Steinmauer, und in diese Mauer war ein schmiedeeisernes Tor eingelassen.

»Gott sei Dank!« Dens Ausruf kam aus tiefster Seele.

Rupert streckte seinen Arm an mir vorbei nach der Klingel aus. Die Sprechanlage knisterte. Eine Frauenstimme fragte knapp etwas auf italienisch, und Rupert nannte unsere Namen.

Wir warteten einen Moment. Dann gab es ein klickendes Geräusch, und das große, eiserne Tor schwang nach innen auf.

Wie einst Celia die Erste, wenn auch vielleicht etwas lädierter, schritt ich hindurch.

ZWEITER AKT

DER PALAST

The actors are come hither, my lord.

William Shakespeare, »Hamlet«,
2. Akt, 2. Szene

Sie ging durch das Tor wie ein Kind, das das Paradies entdeckt, zögerlich, die Augen groß vor Erstaunen, die Hände halb ausgestreckt, als wollte sie alles anfassen.

Mit einer weiten Geste umfing sie die Gärten und den Zypressenhain, die Säulenreihen zu beiden Seiten der langen, elegant geschwungenen Auffahrt aus rosarotem Kies, die stolzen Arkadenbögen und die kleinen Statuen von Apoll, Venus und Diana, die still in ihren Nischen standen. Von irgendwo in der Nähe drang das Geräusch eines Brunnens zu ihnen, von fließendem Wasser, das lachend aus überlaufenden Becken sprudelte, und in den Zweigen einer Blutbuche schmetterte ein Vogel sein Lied, als könnte seine kleine Brust all das Glück nicht fassen.

Er nahm ihre Hand. »Du hast das Haus noch nicht gesehen.« Ihre Finger verschränkten sich mit seinen, und er führte sie den schattigen Säulengang hinauf und um eine sanfte Biegung, nach der sie plötzlich einem Paar grimmig dreinblickender, goldener Löwen gegenüberstanden. Sie bewachten den angemessen imposanten Aufgang zu seinem Palast: eine breite, aus weißem Stein gemauerte Treppe, eingefaßt von Rosenrabatten, die über eine gewellte Rasenfläche zur Terrasse anstieg.

Sie blieb stehen, um den Anblick zu bewundern.

Seine Brust schwoll vor Zufriedenheit. Als sie oben angekommen waren und in einem geschützten Innenhof standen, wo ein zweiter Brunnen die Morgenluft mit glänzenden Wasserperlen sprenkelte und man über die Gärten und Bäume hinunter auf den blauen See mit seinem Kranz aus Bergen sah, drehte sie sich um, trank die Landschaft mit ihren Kinderaugen und nahm seufzend seinen Arm.

Er küßte sie. »Ich werde dich hier glücklich machen.«

In den Rosensträuchern zu seinen Füßen raschelte es. Er sah etwas mit einem langen, schmalen Schwanz davonhuschen und runzelte die Stirn. Morgen würde er ein Wörtchen mit dem Gärtner sprechen. In seinem Paradies sollte es keine Schlangen geben.

I

»Warum bauen die Reichen ihre Häuser immer meilenweit von der Straße weg?« wollte Den wissen. »Man braucht doch nur einen kleinen Vorgarten und eine Garageneinfahrt, aber nein, sie müssen noch all diese Säulen und Brunnen und …«

»Dennis«, unterbrach ihn Rupert, der genauso keuchte wie ich, »wenn du deine Puste nicht aufs Meckern verschwenden würdest, kämst du leichter voran.«

»Ach, ich hab genug Puste«, versicherte ihm Den. »Das ist nicht das Problem.«

Trotz der Anstrengung mußte ich lachen. Ich konnte mir keine Situation vorstellen, in der Den einmal den Mund hielt, außer vielleicht, wenn er schlief, aber selbst dann wälzte er sich vermutlich murmelnd im Bett herum. Er war alles andere als ein ruhiger Mann.

Ich dagegen hätte kein Wort herausbringen können. Mein Körper benötigte allen Sauerstoff, um die Muskeln in Gang zu halten und wie ein Roboter die endlose Auffahrt zu erklimmen … linker Fuß, rechter Fuß, linker Fuß, rechter Fuß, und jedesmal gab es ein knirschendes Geräusch auf dem Kies. Ich hielt den Kopf bewußt gesenkt und achtete nicht auf den langen Weg vor mir, sondern auf den jeweils nächsten Kiesabschnitt zu meinen Füßen, was weniger entmutigend war.

Obwohl ich das meiste Gewicht mit dem Schulterriemen

auffing, hatte ich Blasen an den Händen, die jedesmal brannten, wenn ich den Koffergriff anders faßte, was ich häufig tun mußte, weil meine Handflächen schwitzten und rutschig waren. Auch meine Augen brannten vom Schweiß, und meine Haare klebten an den Schläfen und im Nacken.

Trotz meines begrenzten Blickwinkels erkannte ich an den blühenden Büschen und verzierten Säulensockeln rechts und links, daß wir durch eine prächtige Anlage gingen. Hier und da erspähte ich die Füße einer Statue in dem üppigen Grün und war versucht aufzublicken, wagte es aber nicht aus Angst zu straucheln. Ich würde hier mehrere Monate lang wohnen, sagte ich mir, Zeit genug, die Umgebung zu erforschen. Im Moment war mein einziger Wunsch, endlich das Haus zu erreichen und mich in ein wohltuendes Bad sinken zu lassen.

Hinter mir blieb Den plötzlich stehen. »Herrgott noch mal!«

Ich hob den Kopf und bereute es sofort. Beim Anblick der Treppe verließ mich aller Mut: eine schier endlose Abfolge von Stufen, breit und strahlend weiß, die steil nach oben führte und den Weg zum Haus versperrte wie ein grausamer, architektonischer Witz. Selbst die Löwen, die sie flankierten, schienen zu lachen.

Ich weiß nicht, ob es die für die Jahreszeit ungewöhnliche Hitze war oder einfach nur Erschöpfung, jedenfalls klappte ich beinahe zusammen. Fast hätte ich mich gründlich blamiert und wäre am Fuß der Treppe in Tränen ausgebrochen, wenn ich nicht just in diesem Moment das ermutigende Geräusch von Schritten auf den Stufen gehört hätte. Mit verschwommenem Blick erkannte ich den Umriß eines Mannes, eines jungen Mannes, schlank und dunkelhaarig, der sich mit der Geschmeidigkeit eines Athleten bewegte. Als er uns fast erreicht hatte, winkte er und rief: »Ich dachte mir, daß Sie Hilfe gebrauchen könnten. Es ist ein verdammt langer Weg bis da rauf.« Eine englische Stimme mit präziser Aussprache, die sehr nach Royal Academy of Dramatic Art, der königlichen Schauspielakademie, klang.

Ich blinzelte meine Tränen weg und sah Nicholas Rutherford neugierig entgegen, den ich bisher nur von Fotos kannte. Er war nicht so groß, wie ich erwartet hatte, aber das fiel nicht weiter ins Gewicht, da es sein Gesicht mit den klar geschnittenen Zügen, den kleinen Lachfältchen und seelenvollen Augen war, das alle bezauberte. In krassem Gegensatz zu uns, die wir verschwitzt, zerknautscht und völlig ermattet dastanden, wirkte er frisch und wie aus dem Ei gepellt und hüpfte die letzten Stufen mühelos herunter, obendrein eine Zigarette rauchend.

»Meine Güte, was ist denn mit Ihnen passiert?« Er betrachtete uns amüsiert von oben bis unten. »Hat Giancarlo Sie aussteigen und schieben lassen oder was?«

»Wir sind zu Fuß gegangen«, sagte Den.

»Zu Fuß? Von wo?«

»Vom Ort aus. Giancarlo oder wie der Kerl heißt, der uns in Desenzano vom Zug abholen sollte, ist nicht aufgetaucht. Wir mußten den Bus nehmen.«

Rupert fügte hinzu, daß wir zuvor in der Villa angerufen hatten. »Aber anscheinend ist das Telefon kaputt.«

»Das würde mich nicht wundern«, sagte Nicholas und strich sich mit einer Hand die Haare aus dem Gesicht. »Hier geht es heute drunter und drüber. Eins von den Mädchen ist nicht zur Arbeit erschienen, und das hat anscheinend alles aus dem Tritt gebracht. Maddy und ich mußten sogar zum Mittagessen hinunter in den Ort gehen und sind gerade erst zurückgekommen. Geben Sie her, ich nehme Ihnen den ab.«

Als ich ihm erleichtert meinen Koffer reichte, fiel mir auf, daß es keiner von uns für nötig gehalten hatte, sich vorzustellen, was unter diesen Umständen wohl auch überflüssig war. Aus Dens Äußerungen am Abend zuvor hatte ich geschlossen, daß er Nicholas bereits kannte, und auch wenn Rupert ihm erst einmal begegnet war, durfte man davon ausgehen, daß Nicholas sich an Rupert erinnerte. Schauspieler, und besonders die jungen und ehrgeizigen, achten sehr darauf, sich einflußreiche Leute zu merken. Also blieb nur ich, aber auch meine Identität war nicht schwer zu erraten, denn schließlich gab es nur zwei weibliche Rollen in unserem Stück, und mit einer Darstellerin war Nicholas Rutherford bereits mehr als gut bekannt.

Da er nicht nach unseren Namen zu fragen brauchte, nannte er auch seinen nicht und hielt es offenbar für selbstverständlich, daß man ihn erkannte. Er schob sich die Zigarette in den Mund und stieg schwungvoll mit meinem Koffer die Treppe hinauf. »Kommen Sie, es ist nicht mehr weit, und dann machen wir Ihnen erst mal einen Drink. Der Boß ist leider nicht da«, erzählte er munter beim Hinaufsteigen, wodurch ich mich so schwach und untrainiert fühlte wie bei meiner Aerobictrainerin, wenn sie während einer besonders harten Stunde noch mühelos plauderte. »Aber Teresa ist da« – er sprach den Namen italienisch aus und rollte klangvoll das R – »und kann Ihnen bestimmt Ihre Zimmer zeigen.«

»Hoffentlich liegt meins im Erdgeschoß.« Den polterte mit seiner Last eine weitere Stufe hinauf und stieß mir fast den Koffer in die Kniekehle. »Dieser Aufstieg schreckt garantiert jeden Besucher ab.«

Genau das sei der Sinn der Sache, meinte Rupert. »Galeazzo D'Ascanio legte viel Wert auf Ungestörtheit.«

Das war an der gesamten Gartengestaltung zu erkennen. Wohin ich auch sah, gab es hohe Mauern und Hecken zum Schutz vor neugierigen Blicken. Schon der ursprüngliche Erbauer dieses Hauses mußte sich nach Einsamkeit gesehnt haben.

Schließlich waren wir hoch genug, daß ich ein ausladendes Ziegeldach vor dunklen Gebirgsausläufern erspähen konnte. Wäre Den mir nicht direkt auf dem Fuß gefolgt, hätte ich mich nach dem See umgedreht, aber sein Schnaufen sagte mir, daß ich durch Stehenbleiben nur riskierte, umgerannt zu werden.

»Ungestörtheit ist ja schön und gut«, sagte er, »aber wenn das hier der einzige Zugang ist, wird unser Stück nicht lange laufen, weil das Publikum schon auf dem Weg zum Theater zusammenbricht.«

Nicholas lachte. »Keine Angst. Soweit ich gehört habe, wird gerade ein neuer Parkplatz für Busse auf der anderen

Seite des Parks gebaut, direkt über dem Theater, damit die Besucher nicht so weit laufen müssen.«

Es sprach für die Geschäftstüchtigkeit des jungen D'Ascanio, daß er es nicht nur geschafft hatte, die renommierte Forlani-Stiftung für die Restaurierung des Hauses und der Parkanlagen zu gewinnen, sondern auch Verträge mit mehreren europäischen Reiseveranstaltern abzuschließen, die unser Stück und den Park von Il Piacere in ihr Programm aufgenommen hatten. In sechs Wochen würden neben individuellen Theaterbesuchern auch Teilnehmer an organisierten Bustouren die Ränge füllen, und zwar an vier Abenden die Woche, den ganzen Sommer hindurch. Was erklärte, weshalb Galeazzos Enkel es sich leisten konnte, das Stück so lange laufen zu lassen.

Nicht, daß Geld für ihn ein Problem darstellte, dachte ich, als wir die Treppe erklommen hatten und einen großen, kopfsteingepflasterten Innenhof betraten, der an drei Seiten von der Pracht Il Piaceres umgeben war.

Die Fotografien, die ich in Büchern gesehen hatte, hatten weder diese Pracht einfangen noch einen Eindruck von den Größenverhältnissen vermitteln können. Das Gebäude war riesig. Ursprünglich hatte dort wohl einmal eine konventionelle Villa gestanden, deren Rückseite den Bergen zugekehrt war, während die Vorderfront auf den See blickte, doch Galeazzo hatte alles verändert und einen Architekten beauftragt, das Anwesen nach seinen Launen und Einfällen umzubauen.

In der Mitte des Innenhofs hatte er einen gigantischen Brunnen errichten lassen und ihn mit Blumenrabatten umgeben. Links von mir umschloß eine Bogenhalle, die an ein römisches Aquädukt erinnerte, eine Reihe von Hundezwingern – der Dichter war ein großer Liebhaber von Windhunden und Hunderennen gewesen. In der Mitte, direkt vor mir, befand sich der älteste Teil des Hauses, kaum auszumachen unter den mächtigen steinernen Oberschwellen und Stuckornamenten, die Galeazzos Architekt hinzugefügt hatte und die sich leuchtend weiß von dem hellgelben Putz abhoben. Auf der rechten

Seite schließlich befand sich Galeazzos berühmter Anbau, ein enormer Flügel, der noch während seiner Entstehung so oft verändert und erweitert worden war, daß er an die Bauklötzchenkonstruktion eines Kindes erinnerte. Seine Ecken und Kanten wurden jedoch von Glyzinienkaskaden geglättet, die die oberen Stockwerke wie Königspurpur umhüllten und an einer Seite bis auf den Boden fielen.

Endlich selbst vor Il Piacere zu stehen machte mich sprachlos, und ich versuchte mir vorzustellen, was Celia die Erste empfunden haben mochte, als sie wie ich am Ende eines langen Winters aus dem feuchten, grauen London hier eingetroffen war. Zwar sah das Gebäude damals anders aus, denn ein großer Teil hatte sich noch im Bau befunden, aber der Brunnen war schon dagewesen und der baumgrüne Berg hinter den Ziegeldächern und der alles umgebende Duft der Gärten.

Das Geräusch einer zufallenden Tür riß mich zurück in die Gegenwart. Es war unmöglich zu sagen, welche der Türen den Haupteingang darstellte – sie wirkten alle hochherrschaftlich mit ihren Treppen und schmiedeeisernen Geländern.

Eine Frau kam über den Hof auf uns zu, und mein Herz machte einen kleinen, feigen Satz, aber ich entspannte mich, als ich sah, daß es nicht Madeleine Hedrick war. Diese Frau war jünger, etwa Mitte Dreißig, und rundlicher. Sie hatte schwarze, glatt zurückgestrichene Haare und einen geschäftigen Gang.

»Ah, sehr gut, da ist Teresa«, sagte Nicholas. »Sie wird sich um alles kümmern.«

Sie wirkte in der Tat wie eine Frau, die sich sehr tüchtig um alles kümmerte. Bekleidet mit schwarzer Bluse, schwarzem Rock und flachen Schuhen, die auf das Kopfsteinpflaster hämmerten, strahlte sie vor allem Kompetenz aus. Ihr Gesicht war reizlos und unauffällig, aber ihre Augen blickten hellwach und richteten sich beim Näherkommen prüfend auf uns. Ich sah, wie sich ein Stirnrunzeln bildete, als sie unsere aufgelöste Erscheinung bemerkte. Dann wandte sie sich an

Nicholas, der immer noch meinen Koffer trug, und das Stirnrunzeln drückte für einen Augenblick Besorgnis aus.

»Giancarlo ist nicht bei Ihnen?« Ihr Englisch war mühsam, aber verständlich, ihre tiefe Stimme klang angenehm.

Nicholas schüttelte den Kopf. »Nein, Ihr Mann ist offenbar gar nicht am Bahnhof aufgetaucht.«

»Wir sind mit dem Bus gekommen«, ergänzte Den. Er hatte wohl ebenfalls die Besorgnis im Gesicht der Frau bemerkt und versuchte, charmant wie immer, sie mit einem Lächeln zu beruhigen. »Wir haben ihn wahrscheinlich nur irgendwie verpaßt.«

Teresas dunkler Blick maß Den sorgfältig und schien zu einem zufriedenstellenden Ergebnis zu kommen. »Ja«, sagte sie, »Giancarlo vergißt manchmal die Zeit.« Dann zu uns allen: »Sie sind bestimmt müde. Kommen Sie, ich zeige Ihnen die Zimmer.«

Meine Beinmuskeln zitterten protestierend, als ich ihr über das Kopfsteinpflaster folgte und die Stufen zu einer schweren Tür aus dunklem Holz hinaufstieg, die von einer seltsamen Stilmischung aus korinthischen Säulen mit Putten und Dämonenfratzen eingerahmt war.

Innen hatte ich ein paar Sekunden lang das Gefühl, erblindet zu sein. Das durch die Tür einfallende Tageslicht konnte die Eingangshalle kaum erhellen. Ich mußte stehenbleiben und warten, bis sich meine Augen an die Dunkelheit gewöhnt hatten, ehe ich die holzgetäfelten Wände rundum sah, die jahrelanges Polieren fast schwarz gefärbt hatte. Die niedrige Decke war ebenfalls holzgetäfelt, unterbrochen von Rechtecken aus Damastseide in einer matten Farbe, grün vielleicht oder braun. Auf dem Dielenboden erstreckte sich ein Orientläufer, schwarz mit einem Muster aus Rosa und Gold, bis hinauf auf eine geschwungene Treppe, die der einzige Ausweg aus diesem fensterlosen Verlies zu sein schien.

Den stöhnte beim Anblick der Treppe, worauf Teresa sich ermutigend umdrehte. »Das ist der beste Weg zu den Zimmern, geht am schnellsten.«

Nicholas nickte. »Sie hat recht, vom Haupteingang aus ist

es noch viel weiter, endlose Flure. Das Haus ist das reinste Labyrinth«, klagte er. »Ich verlaufe mich immer noch.«

»Immer noch?« fragte Rupert verwundert. »Ich dachte, Sie wären selbst gerade erst angekommen.«

»Wir sind seit gestern hier. Maddy wollte sich schon mal ein bißchen einrichten. Sie reist nicht gern.«

»Verstehe«, sagte Rupert. »Wo ist sie denn jetzt?«

»Sie ruht sich aus. Aber sie kommt bestimmt auf einen Drink herunter, jetzt, wo wir alle versammelt sind.«

Die Vorstellung hatte für mich immer noch etwas Unwirkliches: Drinks mit Madeleine Hedrick – es war fast so unglaublich wie Tee bei der Queen. Ich hatte mir überlegt, was ich bei unserer ersten Begegnung sagen würde, eine kleine Rede, nicht zu förmlich und nicht zu vertraulich, etwas, das Selbstvertrauen und Reife erkennen ließ …

»Celia, Liebes, paß auf.« Rupert drückte mit väterlicher Hand meinen Kopf unter den niedrigen Deckenbalken am oberen Ende der Treppe.

»Oh, danke.« Beim Wiederaufrichten sah ich schmale Korridore in drei verschiedene Richtungen abgehen, deren Wände wie die Eingangshalle unten in einem dunklen Holz getäfelt waren. Ich kannte mich mit Holz nicht aus, aber als ich mit der Hand darüberstrich, fühlte es sich glatt und edel an.

»Hier lang«, sagte Teresa und führte uns nach links.

Langsam verstand ich, daß man sich hier verlaufen konnte. Ich fühlte mich wie eine Versuchsratte im Labyrinth, als wir mal hier, mal dort abbogen und an zahllosen Türen, dämmerigen Alkoven und noch mehr Korridoren vorbeikamen, die von bernsteinfarbenen Art-déco-Wandleuchten erhellt wurden.

»Dieses Zimmer ist für Signor Neville«, sagte Teresa und blieb wartend vor einer Tür stehen. Ich verstand zuerst nicht, worauf sie wartete, doch dann wurde mir klar, daß sie natürlich nicht wußte, wer das war. »Es ist ein kleines Zimmer«, fügte sie hastig hinzu, als Rupert eintrat, »aber es gibt viele Bücher, und Signor D'Ascanio sagte, Sie würden sie mögen.«

»Und ob.« Rupert verharrte an der Tür und sah sich um.

Ich konnte nicht viel erkennen, außer einem Stück gelbgestreifter Tapete und einem halben Fenster mit geschlossenen Läden. »Ein schönes Zimmer, es gefällt mir sehr«, sagte er lächelnd zu Teresa und dehnte das Lächeln dann auf uns alle aus. »Ich denke, ich werde mich zuerst ein wenig frisch machen und umziehen. Wo treffen wir uns später?«

»Am besten auf der Terrasse.« Nicholas beschrieb ihm den Weg. »Wenn Sie sich verirren, klopfen Sie einfach ein S.O.S. an die Wand, dann kommen wir Sie suchen.«

»Prima Idee.«

Damit mußten nur noch Den und ich untergebracht werden. Zwei Türen weiter hielt Teresa wieder an. »Signor O'Malley.« Von diesem Zimmer konnte ich mehr sehen: ein hohes Fenster mit blauen Samtvorhängen, ein langer Schreibtisch mit einem Spiegel darüber, ein Bettpfosten. Den wirkte zufrieden. Er ließ seine Taschen fallen und übergab Nicholas meinen zweiten Koffer. »Hier Nick, der gehört Celia. Ich glaube, er enthält ihre Steinsammlung. – Wo werden Sie wohnen?« fragte er mich.

»Signorina Sands«, verkündete Teresa mit einem Anflug von Mißbilligung, »wohnt im Damenflügel.«

»Ach so, natürlich, im Damenflügel. Hätte ich mir ja denken können.« Den grinste breit. »Dort hatte der alte Galeazzo wohl seine Geliebte untergebracht.«

»Und die anderen weiblichen Gäste«, sagte Nicholas augenzwinkernd. »Der alte Schwerenöter.«

»Tja, wir können nicht alle sein Stehvermögen haben.« Den stieß seine Taschen mit dem Fuß ins Zimmer, damit er die Tür schließen konnte. »Bis gleich.«

Teresa marschierte weiter den schwach beleuchteten Flur entlang, doch nun mit einem so grimmigen Gesichtsausdruck, daß ich mich schon fragte, ob ich ihr nicht gut genug für den Damenflügel war.

Wir mußten die Köpfe einziehen, als wir durch einen niedrigen Gang kamen, der das Haupthaus mit dem Flügel verband, doch auf der anderen Seite wölbte sich die Decke auf einmal kathedralenartig hoch über einem breiten, U-förmigen Treppenabsatz. Eine schmale Treppe wand sich graziös von unten herauf und wurde von einem Oberlicht aus Buntglasscheiben erhellt, die farbige Lichtflecken auf die dunklen Perserteppiche warfen.

Vier Türen gingen von diesem Treppenabsatz ab: eine einzelne auf meiner rechten Seite und drei über Eck liegende auf der linken. Als Teresa mich zur letzten dieser drei führte, deutete Nicholas auf die einzelne Tür rechts.

»Das ist Maddys Zimmer«, sagte er. »Ihr beide habt diesen Flügel ganz für euch. Und die Treppe dort führt hinunter in den Gang zum Eßzimmer. Das ist auch der einfachste Weg zur Terrasse – wenn Sie unten sind, gehen Sie nach links, dann wieder nach rechts und immer geradeaus.«

Ich hörte ihm nur mit halbem Ohr zu, denn inzwischen hatte Teresa die Tür aufgestoßen und gab den Blick auf den Raum dahinter frei.

II

Ich traute mich fast nicht, über die Schwelle zu treten, aus Angst, etwas kaputtzumachen.

»Das ist Ihr Wohnzimmer«, sagte Teresa und ging mir voraus in den hohen, golden und weiß schimmernden Raum mit den langen Bogenfenstern. Sie öffnete die Fensterläden und zog mit geübter Hand die transparenten, weißen Vorhänge zurück, um das Licht hineinzulassen.

Nicholas setzte meine Koffer auf dem weichen Teppich ab und pfiff anerkennend durch die Zähne. »Mein Gott, und ich habe Maddys Zimmer schon für Luxus gehalten. Ist bestimmt schön, der Liebling des Produzenten zu sein.«

»Das bin ich nicht«, entgegnete ich scharf, doch weil ich

niemanden brüskieren wollte, fügte ich hinzu: »Hören Sie, ich tausche gern mit Mrs. Hedrick, wenn sie lieber dieses Zimmer hätte. Ich muß wirklich nicht …«

»Keine Sorge«, beruhigte er mich. »Maddy ist nicht so eitel und egozentrisch.« Er strich seine Haare zurück und sah sich noch einmal um. »Wirklich nicht schlecht.«

Damit ging er ab und ließ mich mit Teresa allein. Der Blick, den sie ihm nachsandte, ließ mich vermuten, daß sie nicht allzu viel von dem berühmten Nicholas Rutherford hielt. »Dort ist Ihr Badezimmer«, sagte sie, auf eine Tür am anderen Ende des Raums zeigend. »Und dahinter das Schlafzimmer.«

»Danke.« Weil ich mich mit ihr gut stellen wollte, dankte ich ihr noch einmal auf italienisch, was dank Ruperts Aussprachetraining ganz gut gelang: »Grazie.«

»Prego«, antwortete sie, ehe sie mit einem letzten mißbilligenden Funkeln hinausging.

Als sich die Tür hinter ihr geschlossen hatte, ließ ich mich in die Umarmung eines dick gepolsterten Sofas fallen und genoß seine Bequemlichkeit und die ganze noble Einrichtung. Aber ich konnte nicht lange stillsitzen. Es gab zuviel zu sehen und zu entdecken. Ich stand auf und ging hinüber zu den Fenstern.

Die Aussicht war noch umwerfender, als ich erwartet hatte. Mir wurde erst klar, wie hoch wir uns befanden, als ich die spitzen Wipfel der Zypressen unter mir steil zum See abfallen sah, ein dunkler, wohlriechender Wald, in dem sich die Gärten der Villa wie ein verstecktes Paradies aus terrassierten Rasenflächen und schattigen Hainen ausbreiteten. Überall wuchsen Blumen, und schmale Pfade schlängelten sich zwischen unterschiedlich angelegten Grünflächen und zahllosen anderen Baumarten hindurch, von denen ich die meisten nicht kannte. Die flammende Herrlichkeit der Blutbuche direkt unter meinem Fenster war mir vertraut, und die Olivenbäume identifizierte ich an ihren silbrig-grünen Blättern und knorrigen Stämmen, doch der Rest kam mir wunderbar fremd und exotisch vor.

Die Luft war erfüllt von einem köstlichen Duft und unaufhörlichem Vogelgezwitscher, dessen übermütiger Klang meine gute Stimmung wiederherstellte. Auf einmal war es nicht mehr wichtig, daß wir so weit hatten zu Fuß gehen müssen oder daß Teresa mich anscheinend nicht für würdig befand, in der Privatsuite Celias der Ersten zu residieren. Oder daß ich in einer halben Stunde einen Drink neben Madeleine Hedrick schlürfen mußte, die mich höchstwahrscheinlich wegen der Sünden meiner Mutter verabscheute. Nichts zählte mehr, außer daß ich hier war, in diesem wunderbaren Zimmer über dem sonnenbeschienenen See, wo der schneebedeckte Gipfel und seine lavendelfarbenen Nachbarn zum Fenster hereingrüßten und ein waldiger Hügel wie ein Schild in meinem Rücken aufragte.

Begierig, auszupacken und mich einzurichten, zerrte ich einen meiner Koffer durch das angrenzende Bad – eine Oase aus grünem Marmor und Messing – ins Schlafzimmer.

Eigentlich hätte mir das Bett zuerst auffallen müssen, das eine Augenweide war: ein barockes, in zarten Tönen bemaltes Gestell, mehrere weiche Kissen am Kopfteil und eine elfenbeinfarbene Tagesdecke aus feinstem Damast. Auch die Fenster mit den opulenten Vorhängen hätte ich bemerken müssen, das eine an der Schmalseite gegenüber und die beiden zu meiner Linken, die vom Boden bis zur Decke reichten und auf einen Balkon hinausführten. Auf jeden Fall hätte mich die Frisierkommode mit dem Marmoraufsatz in Entzücken versetzen müssen, die in der Ecke neben dem Kleiderschrank stand, denn ich hatte mir schon immer eine Frisierkommode gewünscht. Doch das einzige, was in diesem ersten Moment meinen Blick auf sich zog, war das Porträt von Celia.

Es war allerdings auch als Blickfang gedacht. Lebensgroß hing es genau über dem Bett und wirkte so lebendig, daß die Dargestellte zu atmen und mich anzustarren schien.

Noch überraschter war ich, als ich plötzlich eine Stimme hörte, die Stimme einer Frau, die aus dem Nichts zu mir sprach. »Ich hoffe, Sie werden mir verzeihen.«

Mein Herz setzte für einen Moment aus, aber noch während dieses Anflugs von Panik wußte ich, daß es keine Stimme aus dem Jenseits war. Ich hätte die Sprecherin auch erkannt, wenn ich nicht rechtzeitig herumgefahren wäre, um zu sehen, wie sich einer der Vorhänge vor den hohen Balkontüren bauschte.

»Ich weiß, es ist furchtbar unhöflich von mir«, sagte Madeleine Hedrick, während sie vom Balkon hereintrat, »aber ich dachte, unsere erste Begegnung sollte unter vier Augen stattfinden.«

Ich hatte sie noch nie aus der Nähe gesehen. In meiner Schulmädchenerinnerung an Lady Macbeth war sie hoheitsvoll und herrisch, und in den Talkshows im Fernsehen wirkte sie immer gertenschlank und groß, weshalb es mich jetzt ziemlich verblüffte, einer Frau gegenüberzustehen, die kleiner war als ich und von so zierlicher Statur, daß ich mir dagegen wie ein Trampeltier vorkam.

Ihre Stimme jedoch klang kräftig und wohlmoduliert. »Habe ich Sie erschreckt? Das tut mir leid. Normalerweise pflege ich nicht bei anderen einzudringen, aber mir fiel keine andere Möglichkeit ein.« Wie Nicholas stellte auch sie sich nicht vor, und sie gab mir auch nicht gleich die Hand. Stattdessen blieb sie zunächst nahe der Balkontür stehen, den Kopf leicht geneigt, als stünde sie auf der Bühne und wartete auf ein Stichwort aus den Kulissen.

Auch ich hätte gut einen Souffleur gebrauchen können. Die hübsche kleine Rede, die ich mir ausgedacht hatte, war wie aus meinem Gedächtnis gefegt. Wortlos sah ich sie an.

»Hatten Sie eine gute Reise?« fragte sie endlich.

Darauf konnte ich antworten. »Ja, danke.«

»Ich ziehe normalerweise auch den Zug dem Fliegen vor. Eine viel zivilisiertere Art zu reisen, und außerdem kann man die Landschaft betrachten, während man vom Flugzeug aus meist nur Wolken sieht. Und wenn Nicky fährt, sieht man auch vom Auto aus nichts als einen verschwommenen Streifen.« Sie lächelte. Dann ging sie zu dem breiten Bett und setzte sich, so daß ich sie nun ungehindert betrachten konnte: die einfache, klare Linie ihres cremefarbenen Kleides, die lockigen, dunklen Haare mit dem kurzen Schnitt, der zu ihrem Markenzeichen geworden war, das weiche, gerundete Gesicht mit den charmanten Grübchen und die großen, schwarzen Augen, die je nach Wunsch streng oder sanft, unschuldig oder tragisch blicken konnten. Im Moment hatten sie sich auf kein Gefühl festgelegt, sondern beobachteten mich wie ein Grenzposten, der ziemlich sicher ist, daß sein Gegenüber die Parole kennt, aber jederzeit in Verteidigungsstellung gehen kann.

Ich machte noch einen Versuch, mich an meine Rede zu erinnern, gab es aber gleich wieder auf und sagte schlicht: »Sie können sich gar nicht vorstellen, wie aufregend es für mich ist, Sie endlich kennenzulernen.«

»Wie nett von Ihnen.«

»Nein, ich meine es ganz ehrlich. Sie waren schon immer mein Vorbild, Ihretwegen bin ich überhaupt Schauspielerin geworden. Ru – ich meine Rupert«, verbesserte ich verlegen den kindischen Spitznamen, »Rupert Neville hat immer versucht, mich davon abzubringen.« Wie oft hatte er mir gepredigt, daß im Grunde jeder Beruf besser sei als ein Theaterberuf, sogar Kindergärtnerin sei besser für die Nerven. »Aber dann haben wir einen Schulausflug nach Stratford gemacht, und ich habe Sie als Lady Macbeth gesehen und ... na ja, ich kann nicht genau beschreiben, was damals mit mir passiert ist, aber danach wollte ich nur noch Theater spielen.« Das klang alles albern und kitschig, und ich hätte mich am liebsten dafür geohrfeigt. Und warum hatte ich bloß die Schule erwähnt? Es war höchst undiplomatisch, um nicht zu sagen unhöflich, eine ältere Schauspielerin an unseren Altersunterschied zu erinnern.

Doch ein verstohlener Blick zu Madeleine Hedrick sagte mir, daß ich wundersamerweise das Richtige gesagt hatte; ich hatte die Parole genannt. Sie entspannte sich und nahm eine bequemere Haltung ein, verschränkte ihre Finger um die Knie. »Wie schön, das zu hören. Ich wußte nicht, daß ich so inspirierend sein kann.« Sie lächelte charmant. »War das Dennis O'Malley, der eben mit Ihnen gekommen ist?«

Sie hat uns also beobachtet, dachte ich, ehe ich bejahte und erklärte, daß er in letzter Minute für den anderen Inspizienten eingesprungen war.

»Ich habe Dennis jahrelang nicht gesehen«, sagte sie. »Ist er immer noch so unverbesserlich?«

Unverbesserlich war eine treffende Bezeichnung, fand ich. »Und ob.«

»Ein Glück. Ich hatte schon befürchtet, das Alter könnte ihn gezähmt haben. Es verändert uns alle, wissen Sie, das Alter.« Aber es hatte Madeleine nicht schlecht behandelt. Sie mußte etwa so alt wie meine Mutter sein, Ende Vierzig, Anfang Fünfzig, doch soweit ich es sehen konnte, verdankte *sie* ihre jugendliche Erscheinung nicht dem Messer eines Schönheitschirurgen. Immer noch lächelnd stand sie auf. »Sie wollen sich bestimmt etwas herrichten nach der langen Reise. Ich hätte früher daran denken sollen. Das ist mein schlimmster Fehler«, vertraute sie mir an, »daß ich zu gedankenlos bin. Nicky hält mir das immer vor. Ich vermute«, fuhr sie fort und lud mich mit einer Geste ein, sie ins Wohnzimmer zu begleiten, »daß er vorhat, uns alle zu einem Drink auf der Terrasse zu versammeln?«

»So ist es geplant, ja.«

»Dachte ich mir. Das ist der Schauspieler in ihm, verstehen Sie. Drinks auf der Terrasse einer italienischen Villa – was für eine Kulisse. Doch die Terrasse hier ist wirklich einmalig, muß ich zugeben. Kennen Sie den Weg?«

Getreulich wiederholte ich Nicholas' Anweisungen. »Zuerst die Treppe hinunter, dann links, dann rechts und immer geradeaus.«

Sie drehte sich an der Tür noch einmal um und zeigte wieder dieses bezaubernde Lächeln, das aus der Nähe genauso wirkungsvoll war wie vom obersten Rang eines Theaters betrachtet. »Ich sehe Sie dann dort.«

Mir war, als hätte sie mir mit diesem Satz eine Art Segen erteilt oder als hätte ich eine Probe bestanden.

Während ich meinen Koffer auspackte, ging ich das Gespräch in Gedanken noch einmal durch und korrigierte wie so oft im nachhinein meine Worte. In dieser bearbeiteten Version stand ich natürlich am Ende weniger tölpelhaft da, aber ich war mir nach wie vor nicht sicher, ob wir mehr erreicht hatten, als das Eis zu brechen. War ihre Bemerkung »Sie wollen sich bestimmt etwas herrichten« einfach nur rücksichtsvoll oder vielleicht doch gehässig gemeint gewesen?

Als letztes nahm ich den Gedichtband »The Season of Storms« aus dem Koffer. Ich hatte ihn nicht in erster Linie als Bettlektüre mitgenommen – obwohl die Gedichte nach dem, was ich bisher gelesen hatte, einschläfernd zu wirken versprachen –, sondern weil es die Gedichte an Celia waren und es mir beinahe wie eine Beschwörung ihres Geistes vorkam, dieses Buch auf dem Nachttisch liegen zu haben ... Es war eine Verbindung zu der Frau, die einst in diesem Zimmer, in diesem Bett geschlafen hatte und bei der Aussicht auf Drinks mit einer berühmten Kollegin sicher keinerlei Nervosität gezeigt hätte.

Aber schließlich war Celia die Erste selbst berühmt gewesen, während ich ein Niemand war, eine Hochstaplerin.

Meine Exmitbewohnerin Sally hatte immer behauptet, Räume würden die Energien der Menschen, die in ihnen gelebt haben, absorbieren und wieder ausstrahlen. Ich wünschte in diesem Moment, daß es so wäre. Ich hätte gern geglaubt, daß etwas von dem Selbstbewußtsein und dem Talent der ersten Celia auf mich abfärbte.

Zweifelnd sah ich zu dem Porträt auf und betrachtete ihr Gesicht. Ihre wissenden Augen schienen freundlich zurückzublicken. »Auf was habe ich mich da nur eingelassen?« fragte ich sie. Als keine Antwort kam, suchte ich seufzend meine zerknitterten Sachen zusammen und ging, um mir ein Bad einzulassen.

III

»Zuerst links«, sagte ich mir vor, »und dann rechts.« Die schmale Treppe des Damenflügels hatte mich in einen ebenfalls schmalen Gang geführt, der das Licht von den Buntglasscheiben hoch oben schluckte. Es gab mehrere Türen hier, doch ich hielt mich an Nicholas' Beschreibung, wandte mich nach links und folgte dem Gang bis zu einer weiteren Tür, durch die ich einen langen Tisch, umringt von gobelinbezogenen Stühlen, erspähte. Dahinter machte der Korridor einen Knick nach rechts. Ich sah Tageslicht und spürte ein frisches Abendlüftchen auf meinem Gesicht, das ungehindert durch die weit offenstehende Bleiglastür wehte und mich hinaus auf die Terrasse lockte.

Ich kannte sie bereits von einem Bild. Das berühmteste oder zumindest verbreitetste Foto von Galeazzo D'Ascanio zeigte ihn in hohem Alter auf dieser Terrasse, wo er auf einem Liegestuhl mit dem Rücken zur Brüstung ruhte und sich einem seiner geliebten Windhunde zuneigte. Es war ein beeindruckendes Porträt – man konnte in dem faltendurchzogenen Gesicht, dem Lächeln und der Haltung jene seltsame Mischung aus Arroganz und Verletzlichkeit ablesen, die auch sein Leben und Werk kennzeichnete. Als ich das Foto zum erstenmal sah, glaubte ich verstehen zu können, weshalb Celia die Bühne und ihre Familie und Freunde aufgegeben hatte, um mit einem Mann zusammenzuleben, der fast dreimal so alt war wie sie. Doch als ich nun auf dieser Terrasse stand, war mein einziger Gedanke: Wie hatte er all dem hier nur den Rücken zukehren können?

Denn die Aussicht war wirklich unglaublich. Es war, als hätte ich einen Schlag vor die Brust bekommen, der mir den Atem raubte, und ich sehnte mich nach einer Kamera, wohl wissend, daß keine Kameralinse das einfangen konnte, was ich gerade mit eigenen Augen sah.

So hoch waren wir über dem See, so steil fielen die zypressenbewachsenen Hügel zu dem kleinen Ort unten ab, daß ich mir einbildete, auf dem Gipfel der Welt zu stehen, wo sich nichts über mir befand als das tiefblaue Himmelszelt.

Es war Den, der mich wieder auf den Boden zurückbrachte. »Na endlich«, sagte er und hob sein Glas. »Wir dachten schon, wir müßten ein Rettungskommando losschicken.«

Mir war nicht bewußt, daß ich so lange gebraucht hatte, doch alle anderen waren schon da und hatten sich dekorativ verteilt: Nicholas ging am anderen Ende auf und ab, während Madeleine in einem gestreiften Liegestuhl saß und mit Rupert plauderte, der nicht weit von Den in der Nähe der Brüstung stand. Vier Personen sollten einen Raum einigermaßen ausfüllen können, aber die Terrasse war so riesig, daß sie immer noch leer wirkte und der Weg über die Steinplatten zu den anderen endlos schien.

Madeleine unterbrach ihr Gespräch und drehte sich ein wenig in dem Liegestuhl, um mir entgegenzusehen. Auch sie hatte sich umgezogen und trug nun an Stelle des cremefarbenen Kleids einen lässigen Hosenanzug und einen türkisfarbenen Schal um die dunklen Haare. Es wunderte mich, daß sie sich die Mühe gemacht hatte, etwas anderes anzuziehen, da sie vorher doch schon so elegant gewesen war. Als hätte sie sich extra für unsere erste Begegnung fein gemacht, als hätte sie den Schutzpanzer eines Designerkleids gebraucht und wäre sich hinterher ihrer Überlegenheit so sicher gewesen, daß sie nun tragen konnte, wonach ihr der Sinn stand.

Die harmlosere Erklärung war natürlich, daß sie das Kleid zum Mittagessen mit Nicholas in einem piekfeinen Restaurant getragen und sich nur der Bequemlichkeit halber umgezogen hatte. Trotzdem war ich auf der Hut.

Sie legte eine Hand über die Augen, als sie mir entgegensah. »Hallo noch mal.«

Das brachte Rupert, der uns gerade miteinander bekannt machen wollte, ins Stocken. »Oh, ihr kennt euch schon?«

»Ja, wir sind uns oben zufällig begegnet«, sagte Madeleine.

»Kommen Sie, Celia, trinken Sie etwas mit uns. Wir bedienen uns einfach selbst, weil sie heute zuwenig Personal haben.«

»Ja, irgend etwas ist da faul«, sagte Den mit geheimnistuerischer Miene. »Ich habe Teresa beim Telefonieren belauscht, als ich herunterkam. Offenbar ist das betreffende Mädchen heute morgen zur gleichen Zeit wie immer aus dem Haus gegangen, fertig angezogen für die Arbeit. Ihre Familie macht sich große Sorgen.«

»Ich hoffe, ihr ist nichts passiert«, sagte Madeleine. »Sie hat uns gestern das Abendessen serviert, ein nettes kleines Ding.«

»Ach, sie wird schon wieder auftauchen«, meinte Den.

»Wer soll wieder auftauchen?« wollte Nicholas wissen, der mit einer Zigarette in der Hand zu uns herübergeschlendert kam.

Madeleine sah zu ihm auf. »Das kleine Hausmädchen, das heute nicht zur Arbeit gekommen ist.« Sie berichtete ihm, was Den mitgehört hatte.

Nicholas' Reaktion darauf hatte nichts mit dem Mädchen zu tun. »Sie sprechen Italienisch?« fragte er Den erstaunt.

»In dem Block, wo ich aufgewachsen bin, sprach die Hälfte aller Kids Italienisch. Das hat abgefärbt.«

»Aha.« Ich wußte nicht, wie gut Nicholas' Italienisch war, aber er schien sich etwas darauf einzubilden. Er wird noch enttäuschter sein, wenn er herausbekommt, daß Rupert ebenfalls Italienisch kann, dachte ich belustigt. Menschen wie Nicholas Rutherford standen am liebsten in der Mitte der Bühne und teilten das Rampenlicht nicht gern mit anderen. »Jedenfalls«, sagte er zu Madeleine, »würde ich mir um die Kleine keine Sorgen machen. Ich kann mir nicht vorstellen, was ihr in dieser Gegend passieren sollte.« Mit einem boshaften Lächeln fügte er hinzu: »Vielleicht ist sie ja mit Giancarlo durchgebrannt. Ziemlich verdächtig, daß sie beide gleichzeitig verschwunden sind. Zumal Teresa nicht gerade eine Schönheit ist.«

»Nicky, hör auf. Du hast eine schmutzige Phantasie«, tadelte Madeleine, wenn auch scherzend. »Mach dich lieber nützlich und hol Celia was zu trinken.«

Ich sah den Ausdruck in seinen Augen, bevor er sie anlächelte, und wußte sofort, daß er in meinem Shakespearespiel die Rolle des Macbeth bekäme. Er hatte dessen Eitelkeit und den selbstsüchtigen Ehrgeiz und würde wie Macbeth wahrscheinlich alles tun, um zu bekommen, was ihm seiner Meinung nach zustand. Nach diesem kurzen Einblick in seinen Charakter blieb das Lächeln, das er nun auf mich richtete und bei dem viele Frauen weiche Knie bekommen hätten, gänzlich ohne Wirkung. »Was möchten Sie? Es gibt Sherry oder Wodka-Martini, Sie haben die freie Auswahl.«

Ich entschied mich für einen Martini, gesellte mich dann zu Rupert und genoß das Streicheln des Windes auf meinem Gesicht, während ich auf den See hinunterblickte. »Schön, nicht?«

Rupert nickte. »Ja, sehr. Kein Wunder, daß die Gegend schon bei den Römern ein beliebtes Urlaubsziel war. Sie haben sich hier Ferienvillen gebaut und Trinkkuren gemacht. In der Nähe gibt es irgendwo Mineralquellen, soweit ich weiß.«

»In Sirmione, glaube ich«, erinnerte sich Den.

Ich merkte, wie Rupert ein entnervtes Stöhnen unterdrückte, weil er schon wieder ausgestochen worden war, aber Den, der nichts davon merkte, erzählte munter weiter. »Ich glaube, die Römer haben sogar Thermen dort gebaut.« Er deutete mit der Hand auf das südliche Ufer, über die zerklüftete Landzunge hinaus, die unsere Sicht in diese Richtung versperrte. »Es sind noch ein paar Ruinen erhalten, wenn man dafür etwas übrig hat.«

Ich sah ihn an. »Sie nicht?«

Er zuckte die Achseln, ohne sich festzulegen, doch Madeleine sagte: »Also, ich bin ganz verrückt danach.«

Nicholas, der sich einen neuen Drink geholt hatte, trat wieder zu uns. »Wonach bist du verrückt?«

»Nach Ruinen.«

»Dann mußt du dieses Haus lieben«, erwiderte er. »Der Verputz an der Wand dort drüben wartet nur auf den nächsten Platzregen, um herunterzukommen.« Er klopfte seine Asche über der Brüstung ab und gähnte. »D'Ascanio hat sich ganz schön was vorgenommen, wenn er diesen Kasten restaurieren will.«

Ich betrachtete die hohe, gelbe Fassade. »Aber er wird doch von der Forlani-Stiftung unterstützt, oder?« Ich kannte die Stiftung vom Hörensagen. Im vergangenen Jahr hatte ich einmal einen Fernsehbericht über eines ihrer Restaurierungsprojekte in der Nähe von Florenz gesehen und war sehr beeindruckt gewesen. Ziel und Zweck der Organisation war es, alte Anwesen in Italien aufzukaufen und wiederherzustellen, gemäß dem Wunsch ihres verstorbenen Gründers, des Industriemagnaten und Kunstliebhabers Forlani. Seine Witwe saß immer noch im Verwaltungsrat und kümmerte sich höchstpersönlich um die laufenden Projekte. Sie war zwar in dem Bericht nicht aufgetaucht, aber da ihr Mann über neunzig war, als er starb, ging ich davon aus, daß sie ihre Arbeit nicht mehr ohne Gehhilfe leisten konnte.

Nicholas räumte ein, daß die Stiftung eine große Hilfe für D'Ascanios Enkel sein mußte. »Aber gestern beim Abendessen hat er erzählt, daß es Zimmer gibt, in die sie bisher noch nicht mal einen Blick geworfen haben, stimmt's, Maddy?«

»Ja, es ist sicher keine leichte Aufgabe.«

Den setzte sein Glas ab und verschränkte die Arme. »Was haltet ihr denn so von D'Ascanio?«

»Er ist sehr nett, glaube ich«, sagte Madeleine.

»Ziemlich still.« Nicholas stieß eine Rauchwolke aus. »Hat beim Essen nicht mehr als nötig gesagt. Ich denke, er wußte nicht so recht, was er mit uns anfangen sollte.«

Rupert nickte zustimmend. »Er fühlt sich nicht sehr wohl in fremder Gesellschaft, das ist mir auch aufgefallen, als wir uns in London getroffen haben.«

Madeleine vermutete, das müsse mit seiner Kindheit zusammenhängen. »Einsamer reicher Junge und all das.«

»Und woher hat er sein ganzes Geld?« fragte Den. »Ist es alles geerbt, oder was?«

Niemand wußte es. Nicholas meinte, es sei noch nicht einmal bekannt, womit D'Ascanios Vater seinen Lebensunterhalt verdient habe.

Den grinste. »Na, man kennt ja die Italiener.« Er nahm die heiser-näselnde Stimme eines Hollywood-Mafiabosses an: »Sie machen wahrscheinlich in Olivenöl.«

»Glaube ich irgendwie nicht«, entgegnete Nicholas nüchtern. »Warten Sie ab, bis Sie ihn gesehen haben. Außerdem haben diese Mafiatypen alle Namen wie Guido und Vito und Tony, nicht Alessandro.« Er dehnte den Namen übertrieben in die Länge. »Nein, ein *Alessandro* ist kein Killer. Eher ein Opernsänger oder ein Zauberkünstler.« Mit ausgebreiteten Armen und dem Schwung eines Varieté-Ansagers verkündete er: »Der große Alessandro D'Ascanio ... Das klingt vielleicht, was?«

Alle lachten, außer Rupert, der mit seinem sanften Blick an mir vorbeisah und hüstelte. Ich verstand sofort und wurde rot, noch bevor ich mich umdrehte.

Alessandro D'Ascanio war jünger, als ich gedacht hatte, sicher nicht über fünfunddreißig, und seine Haare hatten die gleiche Farbe wie Bryans, ein dunkles Goldblond oder helles Rotbraun, je nach Lichteinfall und Jahreszeit. Nur mit dem Unterschied, daß seine leicht gewellt waren. Seine Augen lagen im Schatten und waren nicht zu erkennen. Er stand hochgewachsen am anderen Ende der Terrasse zwischen zwei langbeinigen Windhunden, die ihre gestreiften Köpfe auf der Höhe seiner Knie ganz still hielten, unbeweglich wie Zwillingsstatuen.

Vielleicht ist er zu weit weg, um die Scherze über seinen Namen gehört zu haben, hoffte ich und beobachtete ihn gespannt. Schließlich streckte er eine Hand aus und berührte einen der Hunde hinter den Ohren. Seine Stimme drang klar zu uns herüber und hatte nur die Spur eines italienischen Akzents.

»Meine Mutter nannte mich Alex, falls Ihnen das leichter fällt«, sagte er gelassen. »Sie war Engländerin.«

Ich fühlte mich wie ein Kind, das beim Brüllen von unanständigen Wörtern auf dem Spielplatz erwischt worden war. Mein Gesicht brannte.

Madeleine Hedrick dagegen gelang es, die richtige Balance

zwischen Unbefangenheit und Entschuldigung zu finden. »Sie dürfen sich das nicht zu Herzen nehmen. Schauspieler haben bekanntermaßen schlechte Manieren.«

»Vor allem ich.« Nicholas sah nicht im geringsten zerknirscht aus, sondern eher amüsiert. »Tut mir leid, war nicht böse gemeint.«

»Ja, natürlich.« D'Ascanios Stimme vergab weder noch verurteilte sie, aber er erwiderte das Lächeln auch nicht. Als er aus dem Schatten heraustrat, sah ich, daß er ein höchst attraktiver Mann war, nicht so umwerfend gutaussehend wie Nicholas und auch kein geborener Charmeur wie Den, aber anziehend durch eine ruhige Stärke, die mein Interesse weckte. Er ging auf Rupert zu und streckte ihm die Hand entgegen. »Ich bin wirklich froh, daß Sie da sind. Bitte verzeihen Sie, daß Sie nicht am Bahnhof abgeholt wurden. Wie ich höre, haben Sie eine ganz schöne Tortur hinter sich.«

Rupert tat die Plagerei mit einem Schulterzucken ab. »War halb so schlimm. Wir haben es überlebt. Einigermaßen jedenfalls«, schränkte er ein, als er Dens Seitenblick auffing. »Alex, Sie und Dennis kennen sich noch nicht, oder?«

»Nein.« Er hatte ruhige, haselnußbraune Augen, die Den von Kopf bis Fuß musterten, als die beiden Männer sich die Hand gaben. Dann war ich an der Reihe.

»Und das ist … «

»Celia.« Es lag etwas Entschiedenes in der Art, wie er meinen Namen aussprach. Sein Blick wanderte einmal über mich hinweg wie bei Den, ohne daß sich sein Gesichtsausdruck veränderte. »Ich freue mich, Sie kennenzulernen.«

Es gefiel mir, daß er meine Hand nicht mit laschen Fingern kurz berührte, wie manche Männer es bei Frauen tun. Sein Händedruck war fest und warm und sehr sicher. Ich wünschte nur, er würde dazu lächeln, was meine Verlegenheit etwas gemildert hätte.

Ich räusperte mich und sagte das erste, was mir in den Sinn kam: »Sie haben ein wunderschönes Zuhause.«

»Danke.«

»Ja«, eilte mir Rupert zu Hilfe, »wir haben alle schon den Blick von Ihrer Terrasse bewundert.«

Alex D'Ascanio nickte und ließ meinen Blick los. »Das war angeblich einer der Lieblingsplätze meines Großvaters. Und meiner ist es auch.«

Rupert lächelte. »Wie ich sehe, teilen Sie noch eine weitere Vorliebe Ihres Großvaters.« Er deutete auf die Hunde, die gehorsam an der Seite ihres Herrn blieben, aber mit einer Ruhelosigkeit von einer Pfote auf die andere traten, die erkennen ließ, daß sie lieber draußen in den Bergen auf der Jagd wären.

Einer von ihnen drehte mir seinen langen Kopf zu und beäugte mich, als wollte er abschätzen, ob es sich lohnte, mit mir Freundschaft zu schließen, während Alex antwortete: »Ja, die beiden sind Abkömmlinge eines seiner preisgekrönten Hunde.«

»Tatsächlich?« Madeleine bot ihnen eine Hand dar. »Wie heißen sie?«

»Das hier ist Nero.« Er berührte den glatten Hals des Tieres. »Und der andere heißt Max.«

Max war der Kokette, der mir schöne Augen gemacht hatte. Als wüßte er, daß ich ihn durchschaut hatte, sah er unbeteiligt weg und schnupperte höflich an Madeleines Fingern.

»Ich hatte früher auch einmal Hunde«, sagte sie. »Corgis.«

Nicholas grinste. »Wie die Queen.«

»Nicht ganz, meine waren noch fetter. Aber damals hatten wir noch das Haus in Hampstead. Jetzt in der Wohnung könnten wir keine Hund halten, sie wären todunglücklich. Obwohl meine Tochter mich ständig vom Gegenteil überzeugen will.«

Mir war ganz entfallen, daß sie eine Tochter hatte. Während des Skandals mit meiner Mutter hatten die Zeitungen fiel Aufhebens darum gemacht, daß Madeleine und ihr Mann gerade erst ein kleines Mädchen bekommen hatten, doch danach war nichts mehr über das Kind zu hören gewesen. Madeleine hielt ihre Tochter offenbar von den Medien fern. Im Gegensatz zu meiner Mutter, die liebend gern mit mir vor den Kameras posiert hatte, zumindest, als ich noch klein war. Später verlor sie den Spaß daran, vor allem weil Rupert sie schlau darauf hingewiesen hatte, daß die Leute zwei und zwei zusammenzählen würden, wenn sie uns zusammen auf Fotos sähen. Meine Mutter haßte es, ihr Alter preiszugeben.

Ich nahm an, daß Madeleine als Schauspielerin denselben Komplex hatte, und war daher überrascht, als sie auf Dens Frage nach dem Alter ihrer Tochter ohne Zögern antwortete. »Sie ist jetzt zwölf. Geht aber stark auf die Zwanzig zu.«

»Eine echte Nervensäge«, sagte Nicholas.

»Wie die meisten Mädchen in ihrem Alter eben«, meinte Madeleine lächelnd. »Ich war selbst furchtbar. Es wundert mich heute noch, daß meine Eltern mich nicht in den Schrank gesperrt haben, bis ich achtzehn war.«

»Ich bin sicher, daß ihnen der Gedanke nie gekommen ist«, sagte Rupert liebenswürdig, aber an seinen leicht nach oben gebogenen Mundwinkeln erkannte ich, daß er sich nur allzugut an Szenen aus meiner Teenagerzeit erinnerte.

»Also, mir ist der Gedanke schon gekommen.« Nicholas klopfte eine Zigarette aus der Packung und tastete seine Hosentaschen nach einem Feuerzeug ab. »In bezug auf Poppy natürlich, nicht auf Maddy.«

»O Nicky ...«

»Keine Angst. Bis zum Ende des Halbjahres kann sich ja jetzt die Schule mit ihr herumärgern.«

»Geht sie aufs Internat?« fragte Den.

»Normalerweise nicht«, sagte Madeleine. »Sie ist eine Tagesschülerin, und wenn ich unterwegs bin, wohnt sie bei ihrem Vater. Nur diesmal ...«

»Diesmal«, entriß Nicholas ihr das Wort, »hat dieser selbstsüchtige Mistkerl behauptet, er könne sie nicht nehmen, so daß wir eine Vereinbarung mit der Schule treffen mußten. Wo zum Teufel ist mein Feuerzeug?«

»Ich habe es.« Madeleine reichte es ihm gelassen. Ich sah sie an und fragte mich, warum eine so schöne Frau mit soviel Klasse offenbar immer an die falschen Männer geriet.

»Danke.« Nicholas zündete sich seine Zigarette an und sah

zu Den hinüber. » Was ist los, O'Malley? Haben Sie etwa Angst vor Hunden?«

Den, der einen Schritt zurückgewichen war, als einer der Hunde sein Bein beschnupperte, zuckte mit den Schultern. »Lassen Sie mich es so sagen, ich habe großen Respekt vor allem, was Zähne hat.«

Alex D'Ascanio war während des Gesprächs still geblieben, so still, daß ich seine Anwesenheit vielleicht vergessen hätte, wenn ich mir seiner körperlichen Präsenz nicht so deutlich bewußt gewesen wäre. Ich erhaschte ein kleines Zucken um seinen Mund, kein richtiges Lächeln, aber eine Andeutung dessen. »Diese Hunde beißen nicht«, sagte er. »Noch nicht einmal, wenn ich es ihnen befehlen würde. Sie sind sehr unabhängig und geben sich nicht viel mit Menschen ab.«

Genau wie ihr Herrchen, schoß es mir durch den Kopf. Er war so ganz anders, als ich ihn mir vorgestellt hatte. Der Enkel des Dichters Galeazzo war in meiner Phantasie älter gewesen, aber auch extravaganter und gesprächiger, nicht so verflixt reserviert und ernst. Seine Mutter war Engländerin, und das kam wahrscheinlich dabei heraus, wenn man warmes, italienisches Blut mit unserem kühlen, angelsächsischen mischte.

Er sah auf seine Armbanduhr und sagte in meine Gedanken hinein: »Wenn Sie mich jetzt entschuldigen würden, ich habe noch etwas zu tun vor dem Abendessen. Teresa beginnt um Punkt sieben mit dem Auftragen – finden Sie den Weg zum Eßzimmer noch?« Die Frage war an Madeleine gerichtet. »Könnten Sie die anderen hinführen? Danke. Bis später dann.« Damit nickte er uns höflich zu und ging ins Haus, dicht gefolgt von den Hunden.

Nicholas senkte diesmal vorsichtshalber seine Stimme. »Seht ihr? Was habe ich euch gesagt? Nicht gerade ein Salonlöwe, was?«

»Ach, ich weiß nicht«, meinte Madeleine. »Irgendwie mag ich ihn.«

»Ja, klar, das sieht dir ähnlich. Frauen verwechseln Schweigsamkeit immer mit Tiefgang.«

»Dein Problem ist, daß du Menschen nie eine Chance gibst«, entgegnete sie. »Außerdem hat er es ziemlich großmütig aufgenommen, daß du dich über ihn lustig gemacht hast.«

»Ach, hör doch auf«, winkte er ab. »Wenn ein Kerl nicht mal über sich selbst lachen kann ...«

Rupert, der nicht gern Zeuge eines Streits war, legte mir eine Hand auf den Rücken und führte mich ein Stück zur Seite. »Möchtest du noch etwas zu trinken?«

»Ja, gern.«

Mit frisch aufgefüllten Martinis schlenderten wir an der Brüstung entlang und sahen hinunter in den Park.

»Und was denkst *du* über unseren Gastgeber?« fragte Rupert.

Ich überlegte unbehaglich, ob sein Scharfblick mein Interesse an Alex D'Ascanio bereits registriert hatte. »Ich weiß nicht ...«

»Komm, laß uns dein Spiel spielen. Welche Shakespearerolle?«

Ich lächelte. »Ach, Ru ...«

»Es interessiert mich einfach.«

Auf die Brüstung gestützt, dachte ich darüber nach. »Hamlet.«

»Warum Hamlet?«

»Kann ich nicht richtig begründen. Hamlet kam mir einfach als erstes in den Sinn.«

»Und Madeleine?«

Ich warf einen Blick über meine Schulter. Sie und Nicholas sprachen immer noch miteinander, aber freundschaftlicher jetzt und unter Einbeziehung von Den. »Cleopatra«, sagte ich, ohne nachzudenken. Eine, die immer den falschen Mann liebt. Zuerst Cäsar, dann Mark Anton, und beide sind ihr untreu.

Rupert verstand mich sofort. »›Nie ward eine Fürstin so schrecklich je getäuscht‹« zitierte er leise. »Ist es das, was du meinst?«

Während ich beobachtete, wie Madeleine Nicholas beobachtete, fiel mir noch ein anderer, klagender Vers aus diesem Stück ein. *Wie soll ich glauben, du seist mein und treu ...?*

Aber ich zitierte ihn nicht laut.

Nicholas nahm zärtlich Madeleines Hand. Ich sah weg.

»So ungefähr«, antwortete ich Rupert und hob mein Glas an die Lippen.

Das Klopfen an seiner Tür kam nicht unerwartet.

»Ihre Frau, Sir«, verkündete Thompson.

»Ah, Francesca«, begrüßte er sie und erhob sich. »Du überraschst mich. Ich hatte schon viel früher mit dir gerechnet.«

Sie setzte sich. »Ich hatte zu tun.«

»Ja, ich habe davon gehört. Er ist Arzt, nicht wahr?« Sein Lächeln sollte sie daran erinnern, daß auch er seine Informationsquellen hatte. »Es freut mich, daß du nicht zu einsam warst während meiner Abwesenheit.«

»Ebensowenig wie du«, kreuzte sie mit der Geschicklichkeit jahrelanger Übung seine Klinge. »Ich habe sie gesehen.«

»Und?«

»Sie ist sehr schön. Ziemlich jung, findest du nicht?«

»Ziemlich.«

»Sie ist Schauspielerin?«

»Ja, und sehr begabt. So wie du es warst.«

Sie registrierte die Vergangenheitsform, lächelte aber nichtsdestoweniger. »Dann mußt du auch für sie ein Stück schreiben, Caro, wie einst für mich.«

Ein hinterhältiger Stoß, der ihn traf, aber er dachte nicht daran, ihr den Vorteil zu lassen, und parierte. »Vielleicht werde ich das.«

Ein Stück für Celia ... seine Phantasie spielte mit dem Gedanken, drehte und wendete ihn wie ein Bildhauer seine Modelliermasse. Aber ja! Und er würde auch ein Theater bauen, dort, wo er schon so lange eines haben wollte, in der kleinen Senke mit den Pinien ...

»Wirst du kommen und deinen Sohn besuchen?« fragte Francesca im Aufstehen.

Aus seiner Träumerei geweckt, sagte er: »Sicher. Nein,

kommt ihr beide lieber heute abend zum Essen. Du kannst auch deinen Doktor mitbringen, wenn du willst. Vielleicht gelingt es mir, mich zu benehmen. Außerdem regt schwierige Tischkonversation immer meinen Appetit an.«

IV

Wir machten uns zum Dinner nicht ausgesprochen fein, aber die Vornehmheit des Eßzimmers, in das ich auf dem Weg zur Terrasse schon einen Blick geworfen hatte, verlangte doch nach etwas Förmlicherem als Freizeitkleidung. Sogar Rupert trug ein Jackett, was er außerhalb seines Clubs nur selten tat, und auch da nur, weil es Vorschrift war.

Das Interieur stammte aus den zwanziger und dreißiger Jahren und war für elegante Damen in langen, diagonal geschnittenen Satinroben und Herren im Smoking gedacht. Kein Raum, in dem man es sich bequem machte, kein gemütlicher Raum, aber zu seiner Zeit wahrscheinlich der letzte Schrei. Die Wände waren mit schwarzen Lacktafeln verkleidet, die wie Spiegel glänzten und üppige Goldornamente trugen. Auch die gewölbte Decke mit ihrem Muschelmuster war vergoldet. Es war, als säße man im Innern einer reichverzierten chinesischen Schachtel.

Entlang der gesamten Außenwand befanden sich undurchsichtige, bleigefaßte Fenster, die zu aparten geometrischen Formen geschnitten waren und das weiche Licht im Zimmer zurückwarfen. Ich glaubte zuerst, sie bestünden aus gefärbtem Glas, bis Alex mir sagte, daß sie aus Alabaster seien und das Meisterstück eines der vielen erstklassigen Handwerker, die sein Großvater in der Villa beschäftigt hatte. »Man hat mir schon mehrfach ein Vermögen für diese Fenster geboten«, erzählte er. »Sie sind auch in einem kürzlich erschienenen Buch über Kunst des zwanzigsten Jahrhunderts abgebildet.« Kein Wunder, daß sie nicht von Vorhängen bedeckt wurden.

An dem langen Tisch hätten leicht zwanzig Personen Platz gehabt, aber es standen nur sechs Stühle um ihn herum, runde Stühle mit gerundeten Lehnen und schwarz-rot gemustertem Gobelinbezug, die bequemer waren, als sie aussahen, solange man sich gerade hielt. Ich war an das eine Ende des Tisches gesetzt worden, der Tür zum Korridor am nächsten. Den und Rupert saßen zu meiner Linken, Nicholas und Madeleine zu meiner Rechten. Alex D'Ascanio nahm am anderen Ende Platz, mir gegenüber. Hinter ihm standen in zwei vergoldeten, muschelförmigen Nischen die marmornen Büsten eines Mannes und einer Frau, hell angestrahlt, während an seiner linken Seite eine zweite Tür zum Küchenkorridor führte. Durch diese Tür ging Teresa ein und aus, wenn sie neue Teller und Schüsseln brachte und die alten abräumte.

Sie machte kein übermäßig fröhliches Gesicht dabei, und ich überlegte gerade, ob sie immer so schlechtgelaunt war, als Nicholas, der meinen Blick gesehen hatte, mir zuflüsterte: »Ich glaube, es ist sonst nicht ihre Aufgabe, bei Tisch zu bedienen. Gestern abend hat das Mädchen die Sachen aufgetragen.«

Das vermißte Hausmädchen war also noch nicht wieder aufgetaucht. Aus Teresas finsterer Miene schloß ich außerdem, daß auch ihr Mann, Giancarlo, nicht nach Hause gekommen war. Als wir uns zu Tisch gesetzt hatten, hatte Alex sich nochmals dafür entschuldigt, daß wir nicht in Desenzano abgeholt worden waren; Giancarlos Unzuverlässigkeit war ihm offensichtlich sehr peinlich, aber sein resignierter Ton sagte mir, daß so etwas schon häufiger vorgekommen war. Ich empfand Mitgefühl für die arme Teresa, die wahrscheinlich zwischen dem Wunsch, ihrem Mann den Hals umzudrehen, und großer Sorge hin- und hergerissen war.

Deshalb lächelte ich sie an und bedankte mich, als sie meinen Pastateller gegen gebratenes Hühnchen austauschte, doch sie nickte nur und ging stumm weiter zu Nicholas.

Der ignorierte sie mit der Selbstverständlichkeit eines Mannes, der an Bedienstete gewöhnt war, und wandte sich an Rupert. »Jetzt, wo wir uns beschnuppert haben und hier so schön zusammensitzen – wie sehen Ihre Pläne aus? Wann fangen wir an?«

Rupert verständigte sich stumm mit Den, ehe er antwortete. »Wir dachten, übermorgen, am Montag, wenn das allen recht ist. Wir beginnen mit einer Leseprobe, gehen den Probenplan durch und sehen mal, wie es so läuft. Alle einverstanden? Sehr schön, abgemacht.«

Madeleine legte ihr Besteck nieder. »Und wo proben wir? Im Theater?«

»Nein.« Das kam von Alex, der vehement den Kopf schüttelte. »Nein, an der Bühne wird noch gearbeitet. Ich dachte an den Ballsaal. Wenn Sie möchten, führe ich Sie nach dem Essen hin«, bot er Rupert und Den an. »Es ist ein schöner Raum, groß und hell, und ich kann ein paar Stühle hineinbringen lassen, alles, was Sie brauchen.«

Ich war immer noch nicht darauf gekommen, weshalb ich ausgerechnet Hamlet in ihm sah, und versuchte, ihn während der Mahlzeit unauffällig zu beobachten, indem ich so tat, als interessierte ich mich für die Marmorbüsten hinter ihm. Ich kam zu keinem Ergebnis, bis ich bemerkte, wie er schweigend einem Austausch zwischen Den und Rupert folgte. Ich konnte die Intelligenz in seinen Augen sehen und noch etwas anderes, eine tief verwurzelte Einsamkeit, und auf einmal wußte ich, was ihn mit Hamlet verband. Auch dieser Mann wurde von einer großen inneren Kraft getrieben, blieb aber immer am Rande des Geschehens, ein Außenseiter.

Kaum war mir diese Erkenntnis gekommen, als er den Kopf in meine Richtung drehte und seinen ruhigen Blick auf mir ruhen ließ.

Der Kontakt war nur kurz, aber nachdem er ohne zu lächeln wieder weggesehen hatte, quälte mich erneut das Gefühl, bei etwas Ungehörigem ertappt worden zu sein.

Den, der seine kleine Besprechung mit Rupert gerade beendet hatte, lehnte sich zu mir und murmelte: »Sie müssen nicht so schrecklich schuldbewußt dreinschauen.«

Ich sah ihn erschrocken an. Wie hatte er nur gemerkt ...?

»Man braucht schon einen übermenschlichen Appetit, um das alles aufzuessen«, sagte er und schob mir mit verschwörerischem Lächeln seinen Teller zu. »Ich nehme Ihnen noch etwas ab, wenn Sie wollen.«

Wir arrangierten eine diskrete Übergabe, als ein prickelndes Gefühl mich warnte, daß wir beobachtet wurden. Wider besseres Wissen sah ich auf und traf zum zweitenmal auf D'Ascanios Blick. Nur hatte ich diesmal den Eindruck, daß sich seine Lippen zu dem Anflug eines Lächelns verzogen. Und diesmal war ich es, die zuerst wegsah.

V

Ich erwachte plötzlich in diesem verwirrten und orientierungslosen Zustand, der sich manchmal einstellt, wenn man die erste Nacht in fremder Umgebung schläft. Eine Weile lag ich still im Dunkeln und konnte nichts sehen, doch dann traten die Umrisse der Möbel und Fenster allmählich hervor wie bei einem Film, der langsam entwickelt wird, und ich wußte wieder, wo ich mich befand.

Es war kalt im Zimmer. Ich hatte die Balkontür nicht verriegelt; sie war ein Stück aufgegangen und ließ die Nachtluft herein, so daß sich der Vorhang bewegte. Fröstelnd stand ich auf, um sie zu schließen, doch in diesem Moment hörte ich ein Geräusch von draußen.

Möglicherweise war es das, was mich geweckt hatte: das Brummen eines Motors, begleitet vom verstohlenen Knirschen der Autoreifen auf Kies. Das Geräusch erstarb abrupt, und etwa eine Minute lang war alles still. Ich streckte gerade die Hand nach dem Riegel der Balkontür aus, als die Hauswände das Zuknallen einer Wagentür als Echo zurückwarfen, und kurz darauf hörte ich schlurfende Schritte, die sich nicht der Vorderseite des Hauses näherten, sondern von unten aus dem Park zur Terrasse hinaufstiegen.

Wer es auch war, die Person gab sich jedenfalls nicht viel Mühe, leise zu sein. Ich wartete darauf, daß die Hunde anschlugen, aber nichts geschah. Vielleicht schliefen sie tief und fest, oder sie waren auf der anderen Seite der Villa und bekamen nichts mit ...

Wie aufs Stichwort ertönte auf einmal ein Knurren unter meinem Balkon, das mit dem Befehl »Zitto!« zum Schweigen gebracht wurde. Die Stimme eines Mannes. Alex D'Ascanios Stimme.

Nun konnte ich die Tür nicht mehr schließen, ohne gehört zu werden, und ich wollte ihn aus irgendeinem Grund nicht merken lassen, daß ich wach war und von seiner Anwesenheit dort unten wußte.

Die aufwärts steigenden Schritte hatten inzwischen die Terrasse erreicht, was ich an ihrem hohleren Klang und dem anderen Rhythmus erkannte.

Die Stimme unter meinem Balkon sagte: »Buon giorno, Giancarlo«, worauf die Schritte plötzlich innehielten. Giancarlos Antwort bestand in einem kurzen, heftigen Ausbruch auf italienisch, den ich zwar nicht verstand, aber leicht deuten konnte. Bryan sagte immer etwas Ähnliches, wenn ich ihn gedankenlos von hinten ansprach, und warf mir vor, ihn durch einen Herzinfarkt umbringen zu wollen.

Alex D'Ascanio wirkte nicht sehr reuig. Er ließ sich Zeit damit, auf den anderen zuzugehen, und selbst das Klicken der Hundekrallen auf den Steinplatten klang gemächlich. Obwohl er sich nicht sehr weit wegbewegt haben konnte, klang seine Stimme undeutlich, als er wieder sprach.

Da ich kein Bedürfnis hatte mitzuerleben, wie er einen Angestellten herunterputzte, und es mich auch nichts anging, zog ich vorsichtig die Balkontür zu. Ich wollte nicht, daß sie mich bemerkten und für ein neugieriges, herumschnüffelndes Frauenzimmer hielten. Doch einer der Hunde begann auf einmal zu knurren, und ich verharrte reglos, während die beiden Männer sich umsahen.

Es dauerte einen Moment, bis ich sie auseinanderhalten konnte, da sie ungefähr von gleicher Größe und Statur waren, und dann gelang es mir nur, weil die Hunde beim Umkreisen der beiden immer wieder zu dem linken Mann zurückkehrten. Der dunkle Schemen eines Windhundes erstarrte neben seinem Knie, die Nase genau auf mein Fenster gerichtet, als hätte er Beute gewittert. Ich wagte nicht, mich zu bewegen.

Alex sah zu meinem Balkon hinauf, entdeckte mich aber nicht, denn er beschwichtigte den Hund und wandte sich dann wieder Giancarlo zu. Doch der Hund wußte, was er gesehen hatte, und behielt mich im Auge, weshalb ich mucksmäuschenstill stehenblieb. Noch ein paar Minuten, dachte ich, und es wird mir nicht mehr schwerfallen, weil ich dann steif gefroren bin – die Nachtluft war wirklich sehr kühl.

Macht schon, drängte ich die beiden Männer stumm, bringt euer Tête-à-tête zu Ende, damit ich die Balkontür zumachen und wieder ins Bett gehen kann.

Giancarlo redete am meisten und gestikulierte dabei wild mit den Händen, während Alex mit verschränkten Armen und leicht geneigtem Kopf zuhörte. Ich sah, daß er nicht erbaut war von dem, was Giancarlo als Entschuldigung vorzubringen hatte. Er unterbrach ihn ungeduldig mittendrin und machte eine scharfe Bemerkung.

Giancarlo blieb noch einen Moment unschlüssig stehen, ehe er sich für einen würdevollen Rückzug entschied und direkt unter mir vorbei auf den Eingang neben dem Eßzimmer zuging. Unwillkürlich schrak ich ein wenig zurück, was ein neues Knurren des Hundes auslöste.

Alex schien es nicht zu bemerken, denn er starrte wie gebannt auf irgendeinen Punkt. Ich folgte seinem Blick und konnte zuerst nichts erkennen, doch als der Wind die Bäume bewegte, sah ich einen kleinen, gelben Fleck im hinteren Teil des dunklen Parks. Neugierig wartete ich ab, was Alex tun würde.

Er stand lange so da und sah zu diesem Licht hin, dann gab er den Hunden einen Befehl und ging davon. Die zurückgelassenen Tiere ließen sich mit protestierendem Winseln auf der Terrasse nieder. Alex ging nicht ins Haus, denn ich hörte, wie er die Treppe zum Park hinunterlief, die Giancarlo vor kurzem heraufgekommen war. Schließlich verklang auch dieses Geräusch, und die Stille hüllte das Haus dichter ein als zuvor.

VI

Der Morgen brachte die Sonne und eine Symphonie von Vogelstimmen mit sich. Noch nie hatte ich so viele Vögel gehört, die aus den Bäumen vor meinen Fenstern ihren Artgenossen in den Hecken, auf den Dächern und in den Hügeln hinterm Haus munter zuzwitscherten. Bryan hatte einmal versucht, mir beizubringen, die Stimmen auseinanderzuhalten – er kannte sich gut aus in der Natur und wußte, welche Arten in welchen Hecken und Bäumen nisteten –, aber trotz all meines Nachahmungstalents war ich in diesem Fall eine enttäuschende Schülerin gewesen.

Selbst jetzt, nach all seinen Erklärungen, konnte ich nicht entscheiden, ob ein bestimmtes Lied von einem Spatzen oder einem Fink kam. Ich lag noch da und rätselte, als ein Klopfen an der Tür meine Bemühungen unterbrach. Ein einzelnes Klopfen, zu förmlich für Rupert. Ich kämmte meine Haare mit den Fingern zurück, rollte mich aus dem Bett und griff nach meinem Morgenmantel. Die Spiegel im Bad beruhigten mich im Vorbeigehen. Dafür, daß ich so unruhig geschlafen hatte, sah ich nicht allzu furchtbar aus. Den Gürtel des Morgenmantels festziehend ging ich ins Wohnzimmer und öffnete die Tür zum Flur, wo Teresa mit ausdrucksloser Miene und einem Frühstückstablett stand. »Buon giorno.«

»Guten Morgen.« Überrascht trat ich einen Schritt zurück, um sie einzulassen. »Was hat das denn zu bedeuten?«

»Nicht jeden Tag so«, warnte sie. »Ist nur für heute morgen. Signor O'Malley hat mich gebeten, das für Sie zu tun.« Dennis hatte also seinen Charme spielen lassen – wenn Signor O'Malley sie gebeten hätte, die Villa einen Meter weiter nach Osten zu versetzen, hätte sie es wahrscheinlich in Erwägung gezogen, so wie sie klang.

Ich mußte lächeln, als sie das Tablett auf dem Teetisch beim Sofa abstellte. Es war zwar kein Frühstück im Bett, aber fast genauso gut. Teresa würde wahrscheinlich verstehen, wie sehr ich es genieße, einmal bedient zu werden, dachte ich, aber ihr Gesicht war so mürrisch, daß ich es gar nicht erst mit einer Erklärung versuchte. Daher sagte ich nur: »Signor O'Malley ist ein sehr aufmerksamer Mann«, und dankte ihr.

»Prego.« Sie ging zum Fenster und öffnete mit unvermindert mißbilligendem Ausdruck die Läden.

Wenn sie mich schon nicht für eine passende Bewohnerin der Suite hielt, konnte ich sie vielleicht ein wenig besänftigen, indem ich ihr zeigte, wie sehr ich meine Unterbringung zu schätzen wußte. »Diese Zimmer sind wirklich wunderschön«, sagte ich. »Allein das Bett ...«

»Das ist kein guter Platz für Gäste.« Die Vehemenz ihres Widerspruchs erstaunte mich. »Diese Zimmer sind nicht gut. Hier geschehen Dinge.«

Unsicher, wie ich darauf reagieren sollte, fragte ich: »Was für Dinge?«

Teresa sah mich durchdringend an. »Dinge geschehen.« Ohne weitere Erklärung drehte sie sich um und ging hinaus. »Ich muß mich kümmern um die anderen.«

In einem letzten Versuch, freundlich zu sein, bemerkte ich: »Na, wenigstens haben Sie heute wieder Hilfe.«

»*Come*?« sagte sie. »Wie bitte?« Stirnrunzelnd war sie an der Tür stehengeblieben.

»Ich meine Ihren Mann. Er ist letzte Nacht zurückgekommen, oder?«

»Nein, Signorina.« Ihre Stirn überzog sich mit dienstlicher Reserviertheit. »Mein Mann ist noch nicht nach Hause gekommen.« Sie wandte sich abrupt ab und verließ das Zimmer, ehe ich etwas erwidern konnte.

Leicht beleidigt und verwirrt setzte ich mich und schenkte mir Tee ein. »Buon giorno, Giancarlo ...« So hatte Alex D'Ascanio den Mann auf der Terrasse in den frühen Morgenstunden begrüßt, ich war mir ganz sicher. Andererseits mußte Teresa es ja wohl wissen, vielleicht hatte ich mich in meiner Schlaftrunkenheit verhört. Ich grübelte noch darüber nach, als ein zweites, kurzes Klopfen an meiner Tür ertönte.

Diesmal klang es nach Rupert. »Komm rein«, rief ich.

Den steckte den Kopf herein. »Morgen. Bist du salonfähig?«

»Mehr oder weniger.« Ich war es nicht gewohnt, männliche Besucher im Morgenmantel zu empfangen, aber er hatte die Tür bereits hinter sich zugemacht, so daß mir nichts anderes übrigblieb, als mich weltgewandter zu geben, als ich war. Ich schlug die Beine übereinander und dankte ihm für mein Frühstück. »Das war wirklich süß von Ihnen, daran zu denken.«

»Man hat mich schon so allerlei genannt in meinem Leben, aber noch nie süß.« Er setzte sein Verführerlächeln auf, aber ich war mir ziemlich sicher, daß sein Geflirte nur eine harmlose Gewohnheit war, und fühlte mich kein bißchen bedrängt, als er zu mir kam, um das Frühstückstablett zu inspizieren. »Nicht schlecht. Teresa hat sich richtig Mühe gegeben, wie ich sehe.«

»Sie können sich gern ein Brötchen nehmen. Es ist viel zuviel für mich.«

»Nein, danke, ich habe schon unten gefrühstückt.« Doch er setzte sich in den Sessel mir gegenüber, streckte die Beine aus und blickte sich um. »Sehr hübsch. Wie ich sehe, mußt du hier nicht leiden.«

»Nein, das kann man nicht behaupten.«

»Das war ihre Suite, stimmt's? Die der ersten Celia Sands? Dann hast du sicher die besten Zimmer im ganzen Haus, abgesehen vielleicht von D'Ascanios eigenen. Die sind wahrscheinlich auch ziemlich beeindruckend, wenn sein Großvater sie ausstatten ließ.« Den konnte einfach nicht stillsitzen. Er betastete die schwere Brokatdecke über dem Tisch neben sich, dann griff er nach den darauf arrangierten Nippes: einem Porzellankästchen, einer Schale aus farbigem Glas, einer Miniaturelefantenherde aus Silber. Er nahm jeden Gegenstand in die Hand, drehte ihn um, prüfte sein Gewicht.

Um Konversation zu machen, fragte ich: »Statten Sie ... äh stattest du all deinen Schauspielern um diese Zeit einen Besuch ab?«

»Was? Ach so, nein. Darauf darfst du dir etwas einbilden. Ehrlich gesagt«, gestand er, während er die Elefanten wieder in Reih und Glied stellte, »bin ich gekommen, um dich um einen Gefallen zu bitten. Ich kann Rupert nicht auftreiben und ...«

»Er macht sicher einen Spaziergang. Das tut er nach dem Frühstück gern.«

»Jedenfalls ist er nicht da, und ich wollte die Bühne des Theaters ausmessen, damit ich die entsprechenden Markierungen in unserem Probenraum anbringen kann. Dazu brauche ich aber jemanden, der mir hilft, das Maßband zu halten. Ich würde ja unseren Gastgeber bitten, aber der hat sich auch aus dem Staub gemacht, und da weder Maddy noch Nicholas bis jetzt in Erscheinung getreten sind, hielt ich es nicht für taktvoll, bei ihnen anzuklopfen, wenn du weißt, was ich meine.« Seine blauen Augen funkelten schalkhaft. »Also bleibst nur noch du.«

»Klar, ich helfe dir gern.« Ich hatte schon gehofft, daß mir jemand den Weg zum Theater zeigen würde. Nach all dem, was ich darüber gehört hatte, brannte ich darauf, es endlich mit eigenen Augen zu sehen. Ich hätte mich sogar allein auf die Suche begeben, obwohl ich nur eine vage Vorstellung von seiner Lage im Park und einen miserablen Orientierungssinn besaß. Aber mit Dens Führung war ich natürlich besser dran.

Zumindest glaubte ich das.

VII

Als wir uns nach dem Frühstück auf den Weg machten, wurde sehr schnell deutlich, daß Den, der Rupert und mich so unbeirrbar durch Venedigs verwinkelte Gassen geführt hatte, die Gartenpfade von Il Piacere etwas unübersichtlicher fand.

Die Anlage der Gärten war zwar nicht so kompliziert wie die des Hauses, aber ähnlich labyrinthartig: Sie erstreckte sich über mehrere Ebenen und enthielt viele stille Winkel, von denen manche von Hecken umgeben und mit Brunnen geschmückt waren, andere wiederum inmitten von dichtstehenden Bäumen lagen, die mir das Gefühl gaben, durch einen Märchenwald zu gehen. Ich kümmerte mich nicht darum, ob wir uns verirrten, und atmete die frische Luft und die fremdartigen Gerüche ein, die von den feuchten Steinen entlang des Pfades und den fremden Blumen und Bäumen ausgingen. Wenn Bryan bei mir gewesen wäre, hätte er sie alle für mich benannt, die mit den hohen, dünnen Stämmen und der dicken Rinde und die mit den glänzenden Blättern und den sternförmigen Blüten in Gelb und Weiß, die schwer duftend herabhingen. Einige sahen aus, als kämen sie direkt aus seiner australischen Heimat, dornig und seltsam und irgendwie tropisch.

Den, der mehr herumgekommen war als ich, kannte sie vielleicht auch, aber ich wollte ihn nicht beim Pfadfinden stören. Obwohl er nicht viel Erfolg damit hatte. Als wir wieder einmal aus einem Gehölz ins Sonnenlicht traten, in einen ebenen, gepflegten Garten voll kleiner Obstbäume, der von klassizistischen Säulen und Bögen umrahmt war, griff Den nach seinem handgezeichneten Lageplan.

»Also, das hier müßte der Obstgarten sein. Demnach ist dahinter der Rosengarten ... genau«, sagte er, als er geradeaus zur nächsten Ebene hinuntersah, wo ein grünes Muster aus niedrig geschnittenen Hecken Beete mit Rosenbüschen einfaßte, die darauf warteten zu blühen. »Was bedeutet, daß wir schon wieder irgendwo falsch abgebogen sind.«

Ich lächelte über seine Ungeduld. »Macht doch nichts, mir gefällt es hier.« Ich hatte noch nie im kühlen Morgenwind hoch oben auf einem Hügel gestanden und auf das klare Blau eines Sees hinuntergeblickt, durch das sich helle Silberstreifen zum anderen Ufer zogen. Meine Augen wanderten zurück über die Lanzenspitzen der Zypressen, die fast schwarz wirkten neben den helleren Grüntönen der anderen Bäume. »Was ist das dort?« fragte ich und zeigte auf ein schmales Haus, dessen verblichene, terrakottafarbene Mauern zwischen einigen Buchen am unteren Rand des Obstgartens hindurchschimmerten.

Den befragte seinen Plan. »Die ›Villa delle Tempeste‹, steht hier. Das heißt übersetzt ›Haus der Stürme‹.«

Ein äußerst passender Name, dachte ich. Die Villa delle Tempeste war das Haus, in dem Galeazzo seine Ehefrau Francesca Tutti untergebracht hatte, ebenfalls eine Schauspielerin, die er in jungen Jahren geheiratet hatte, bevor er durch seine Werke berühmt wurde. Sie war in seinen frühen Stücken aufgetreten, hatte aber nicht den Erfolg und die Unsterblichkeit von Celia Sands erreicht. Francescas Spiel hatte dem Zeitgeschmack entsprochen, und als die Mode sich änderte, war sie von der Bildfläche verschwunden wie all die Stummfilmstars, die der Tonfilm verdrängt hatte. Warum sie trotz seiner wiederholten Untreue bei Galeazzo geblieben war, wußte ich nicht. Er jedenfalls hatte nicht viel für sie übrig gehabt, wie aus seinen späteren Gedichten hervorging, in denen er sehr unsanft mit ihr umsprang. Sie hatten ein Kind zusammen – Alex' Vater, vermutete ich und fand es immer noch merkwürdig, plötzlich ein lebendiges Gesicht mit Menschen verbinden zu können, über die ich bisher nur gelesen hatte –, und möglicherweise war das der Grund, weshalb Francesca Tutti Il Piacere nicht verlassen hatte und in der Villa delle Tempeste geblieben war.

Ich kniff die Augen zusammen und betrachtete die hübsche Villa. Vor einem der oberen Fenster waren die Läden aufgeklappt, ein kleines Lebenszeichen.

Den beugte sich tief über seine Karte. »Okay, jetzt verstehe ich, wo wir langgegangen sind. Wir müssen umkehren und dann die zweite Abzweigung bei dem Brunnen mit den Delphinen nehmen.«

Ich löste meinen Blick von der Villa und folgte ihm. Diesmal fanden wir den richtigen Pfad.

Wir gingen wieder durch den Wald und stiegen zwischen Bäumen mit schlanken Stämmen bergan, die mit Flecken von olivgrünem Moos bedeckt waren. Hier bestand der Pfad auf einmal aus Pflastersteinen, sorgfältig gerundet, damit der Regen abfließen konnte, und das Rauschen eines unsichtbaren, aber nahen Baches lockte uns eine kleine Treppe hinauf, die den Aufstieg erleichtern sollte.

»Niemand hat mir gesagt, daß ich für diesen Job ein Fitneßtraining machen müßte«, jammerte Den. »Was hatte dieser D'Ascanio nur immer mit seinen Treppen?« Ich merkte, daß auch er es kaum erwarten konnte, oben anzukommen.

Dann endlich wurden die Bäume spärlicher, der Pfad verlief eben, und wir standen am Rand von Galeazzo D'Ascanios Theater.

VIII

Es gibt Momente, die im Gedächtnis haften bleiben, als wäre in irgendeinem Winkel unseres Gehirns eine Klappe heruntergegangen und hätte das ganze Erlebnis eingefangen; nicht nur die Bilder, sondern auch alles andere, die Gerüche und wie man sich in diesem Moment fühlt, den Einfall des Lichts und auch die Gewißheit, daß man sich bis an sein Lebensende an jede Einzelheit erinnern wird. Ich hatte einen solchen Moment erlebt, als ich zu meinem ersten Vorhang auf die Bühne ging und applaudierende Menschen anstelle einer dunklen Masse sah. Seitdem empfand ich jedesmal dieses Glücksgefühl, wenn ich auf die Sitzreihen eines Theaters blickte, genauso wie ich immer an diesen Ort denken würde, wenn ich den Duft einer Pinie roch.

Es war ein Amphitheater, das in einer von Zypressen und Pinien umstandenen Senke lag. Die grasbedeckten Hänge der Senke bildeten einen Kreis, der zu perfekt war, um auf natürlichem Wege entstanden zu sein, und von vier Treppen in Viertel unterteilt wurde. Die Treppen führten von einem Pfad um den oberen Rand der Senke bis hinunter auf ihren Grund, wo sich die Bühne befand.

Galeazzo mit seiner romantischen Vorliebe für alles Alte hatte eine Bühne aus Holz bauen lassen, umgeben von ansteigenden Sitzreihen und geschützt von einem zeltartigen Dach auf Säulen, das die Schauspieler und einen Teil des Publikums zwar immer noch der frischen Luft aussetzte, aber immerhin den Regen abhielt. Die Zuschauer, die sich für die billigeren Plätze auf den Grashängen entschieden hatten, mußten eben auf schönes Wetter hoffen, konnten aber genauso ungehindert auf die Bühne sehen.

Am oberen Rand des Amphitheaters bot sich mir wieder ein weiter Blick auf See und Berge, der sich jedoch verengte, je weiter ich hinunterstieg, bis ich nur noch Baumwipfel und eine große, blaue Himmelsschüssel über mir sehen konnte.

Als ich weiter zur Bühne hinunterging, mahnte Den: »Denk daran, daß die Restaurierungsarbeiten noch nicht abgeschlossen sind. Jetzt wäre gerade kein guter Zeitpunkt, sich ein Bein zu brechen.«

Doch die Bühne wirkte sehr stabil, und da es nirgends Absperrungen oder Warnschilder gab, konnte mich nichts davon abhalten, der Versuchung nachzugeben. Es war keine große Bühne, vielleicht dreizehn Meter im Durchmesser, und statt sich wie üblich über den ersten Zuschauerreihen zu erheben, saß sie in einer Vertiefung inmitten des Rings, wodurch das Publikum ein Stück auf die Schauspieler hinabblickte. Eine heutzutage unübliche, aber praktische und beinahe demokratische Anlage, weil alle gleich gut sehen konnten.

Trotzdem war es merkwürdig, zu einer Bühne *hinunterzusteigen.* Der richtige Zugang wäre natürlich von den Garderobenräumen aus gewesen, die durch einen tunnelartigen Gang mit der Bühne verbunden waren, so daß ich unterhalb der Sitzreihen auf meiner linken Seite herausgekommen wäre. Aber da ich nicht aus der Garderobe kam, mußte ich den etwas schwierigeren Weg nehmen und mich über die erste Sitzreihe auf den Kreis aus Brettern schwingen.

Ich hatte noch nie in einem Amphitheater gespielt, und es war ein unglaubliches Gefühl, dort zu stehen und nach allen Seiten exponiert zu sein, ohne aufwendige Kulissen, hinter denen man sich verbergen konnte. Rupert hatte einmal gesagt, das Amphitheater sei das Theater in seiner wesentlichen, ursprünglichen Form, und ich verstand nun, was er meinte. Als Thespis um 500 vor Christus zum erstenmal aus dem Chor herausgetreten war, um ein paar eigene Zeilen zu sprechen, womit er das Publikum schockiert und nicht nur die Aufgabe des Schauspielers, sondern das gesamte Theater revolutioniert hatte, hatte er vermutlich auf einer ähnlichen Bühne gestanden.

Nur daß er nicht von einer Vielzahl von Scheinwerfern an den Dachbalken angestrahlt worden war – mit einiger Sicherheit hatten sich über ihm noch nicht einmal Dachbalken befunden.

»Wie wär's mit einem schönen Monolog«, schlug Den vor. Er hatte sich in die erste Reihe gesetzt und sah mich mit verschränkten Armen erwartungsvoll an.

Ich nahm die Herausforderung an. »Welchen willst du hören?«

»Oh, mir ist alles recht. Ich lass' mich überraschen.«

Ich überraschte mich selbst. Der erste dramatische Monolog, der mir in den Sinn kam, stammte nicht von Shakespeare, sondern aus Sophokles' »Elektra«. Ich hatte ihn seit der Schauspielschule nicht mehr rezitiert, doch der Text fiel mir sofort wieder ein, und ich sprach ihn ohne Zögern und Verlegenheit, denn er schien so passend für dieses Freilufttheater inmitten von erhaben schöner Natur. Ich schaffte es ungefähr bis zur Hälfte:

»›Solang ich die schimmernden Strahlen der Sterne sehe und diesen Tag: Daß ich nicht gleich ihr, die ihr Kind erschlug, der Nachtigall, mit dem Weheruf ...‹« Hier geriet ich ins Stocken. »›Mit dem Weheruf ...‹ Nein, tut mir leid, den Rest habe ich vergessen.«

Es trat ein kurzes Schweigen ein, und dann ertönte eine Stimme aus den Tiefen des Gangs hinter mir: »›Vor diesen väterlichen Türen den Widerhall allen hinausschrei!‹« Rupert kam aus der dunklen Öffnung geschlendert und stellte sich an den Bühnenrand, ein seltsames kleines Lächeln auf den Lippen. »Sehr gut, Celia. Wirklich sehr gut.«

Ich war noch dabei, mich von meinem Schreck zu erholen, und schimpfte: »Mach das ja nicht noch mal, ich bin fast an die Decke gegangen.«

»Tut mir leid«, sagte er, ohne besonders betroffen dreinzuschauen. »Daß du dich noch so gut an Elektra erinnerst! Wie bist du darauf gekommen?«

Ich strich meine Haare zurück, nicht länger die trauernde Frau, nicht länger eine Tragödin. »Ich weiß nicht, vielleicht war es euer ständiges Gerede vom Vierten Kreuzzug neulich in Venedig. Von den niedergebrannten Bibliotheken und verlorenen griechischen Dramen und so. Irgendwie hat sich Sophokles wohl in meinem Unterbewußtsein festgesetzt.«

»Und er paßt so gut in diese Umgebung.« Die Hände auf die Hüften gestemmt, sah sich Rupert prüfend um. »Was hältst du davon, Dennis?«

»Sorry, ich bin immer noch ganz überwältigt«, sagte Den, der von seinem Sitz zu uns heruntersah. »Das war phantastisch, Celia, wirklich. Rupert, warum hast du mir nichts davon gesagt?«

Die Antwort kam mit leichter Entrüstung. »Ich habe dir gesagt, daß sie spielen kann.«

»Ja, aber ich dachte ...« Den ließ den Satz unvollendet und beugte sich kopfschüttelnd vor. »Alle Achtung.«

Das kam mit solcher Inbrunst heraus, daß ich vor Stolz rot wurde. Ich wollte gerade ein Dankeschön murmeln, als ein ärgerliches Gebrüll die friedliche Morgenstille zerriß. Wir fuhren alle drei herum und sahen, wie ein Riese von einem Mann einen der langen Treppengänge des Theaters heruntergestürmt kam. Er fluchte auf italienisch und fuchtelte mit den Armen, als wollte er einen Mord begehen.

Ich drängte mich erschrocken an Rupert. »Ru?«

»Keine Angst, Kleines. Er denkt wahrscheinlich, daß wir unbefugt hier eingedrungen sind. Es wird sich schon klären.« Doch er sah nicht ganz überzeugt aus.

Der Riese kam mit beängstigender Geschwindigkeit auf uns zu und brüllte weiter Unverständliches, die Hände jetzt zu Fäusten geballt. Den stand auf und rief ihm etwas Italienisches zu, doch es war, als hätte er ein wütendes Rhinozeros mit einem Kieselstein beworfen.

Ich konnte nur dastehen und hilflos zusehen, wie der Mann weiterraste, den Rand der überdachten Sitze erreichte, dann die erste Reihe ...

Rupert sagte ganz leise zu mir: »Fall in Ohnmacht.«

»Aber Ru ...«

»Hör ein einziges Mal auf mich, ja, Liebes? Fall in Ohnmacht.«

Ich fiel. Die Szene hätte mir etwas dramatischer gelingen

können, und ich hätte vor allem etwas weicher landen können, aber unter den Umständen und ohne Probe war es gar nicht so schlecht. Als wäre eine schalldichte Tür geschlossen worden, verstummte die Tirade augenblicklich.

Ein paar Sekunden war alles still, ehe Den ein Licht aufging und er seinerseits in vorwurfsvollem Ton über den Fremden herfiel. Ich verstand kein Wort und aus meiner hingegossenen Position konnte ich auch nichts sehen, aber Rupert hockte sich neben mich und berichtete, daß alles bestens laufe. »Braves Mädchen«, sagte er. »Gut gemacht. Jetzt bleib einfach noch einen Augenblick liegen und ...«

Aus der Ferne drang die Stimme eines anderen Mannes in die Auseinandersetzung. »Pietro!« Das war Alex D'Ascanio. Um ganz sicher zu sein, öffnete ich die Augen einen Spalt, und beim Anblick der Gestalt in Jeans und schwarzem Jackett, die mit langen Schritten den Grashang hinunterlief, kämpfte ich mich in eine sitzende Position. »Ru, ich stehe jetzt auf.«

»Ist gut, aber schön langsam, sonst verdirbst du alles.«

Seine Sorge war unnötig. Der große Mann kehrte uns den Rücken und hätte es nicht mal bemerkt, wenn ich ein Rad geschlagen hätte. Es war mir auch egal. Ich würde nicht zulassen, daß D'Ascanio mich für ein schwaches, hilfloses Weibchen hielt. Ich stand auf, rieb mir die angeschlagene Schulter und beobachtete, wie Alex zwischen den Sitzreihen herunterkam. Er sah aus wie ein Platzanweiser, der einen randalierenden Zuschauer zur Ordnung rufen muß.

Der Mann namens Pietro ließ einen Wortschwall vom Stapel und gestikulierte verächtlich in unsere Richtung, doch Alex war offenbar nicht in der Stimmung, sich seine Erklärungen anzuhören. Mit kaltem Blick und einem einzigen scharfen Wort brachte er den anderen zum Schweigen.

Es war jedoch ein unbehagliches Schweigen, und als der finster starrende Pietro endlich nachgab, spürte ich, daß er das nur unwillig und vorübergehend tat. Wie um seine Haltung zu unterstreichen, verschwand er nicht auf dem Weg, den er gekommen war, sondern sprang schwer auf die Bühne und ging hocherhobenen Hauptes an Rupert und mir vorbei zu dem Tunnelgang.

Erst da konnte ich sein Gesicht richtig sehen. Ein unangenehmes Gesicht mit stumpfen Augen und einem Bulldoggenkinn, dem ich nicht gern in einer dunklen Gasse – oder sonst irgendwo – begegnet wäre.

»Es tut mir leid«, sagte Alex, als die Schritte des Mannes in dem Gang zu den Garderobenräumen verhallt waren. »Ich hätte Sie warnen müssen. Das Theater soll heute nicht betreten werden, damit Pietro und seine Männer ihre Arbeit tun können.«

Den sah sich um, als suche er nach einem Hinweis auf die unsichtbaren Arbeiter, und klopfte sich dann weiter die Hosenbeine ab. »Ja, ich sehe, daß sie schwer beschäftigt sind.«

Alex sah mich an. »Geht es Ihnen wieder besser?«

Ich hatte die schwache Hoffnung genährt, er hätte meinen »Ohnmachtsanfall« nicht mitbekommen, aber seine Frage machte sie zunichte. Mist, dachte ich.

Rupert kam mir zur Hilfe. »Sie ist auf meinen Befehl hin ohnmächtig geworden, fürchte ich. Celia läßt sich normalerweise nicht so leicht einschüchtern, aber ich dachte, wir könnten eine Ablenkung gebrauchen ...« Er entschuldigte sich achselzuckend. »Ich habe diesen Trick früher selbst angewandt, beim Fußball in der Schule. Bin zwar nicht in Ohnmacht gefallen, aber habe mir das Knie gehalten und mich herumgewälzt. Das hat immer geholfen.«

»Soso«, sagte ich, immer noch meine Schulter massierend, »das merke ich mir. Das nächste Mal kannst *du* dich zu Boden fallen lassen, mein Lieber.«

Den versicherte mir, daß ich ganz wunderbar gefallen sei. »Du willst mir wohl heute morgen all deine Talente vorführen, was?« Er spielte natürlich auf meinen Elektra-Monolog an, aber so, wie er es sagte, mit diesem Lächeln, schien er etwas Intimeres anzudeuten.

Alex sah schweigend von Den zu mir, legte dann die Hände auf den Rücken und betrachtete die Scheinwerfer über uns. »Das hier ist bisher das größte Projekt gewesen.

Wir haben das Theater praktisch aus Ruinen wieder aufgebaut.«

»Da haben Sie gute Arbeit geleistet«, sagte Den anerkennend. »Aber schade, daß Ihr Vater es überhaupt erst verfallen ließ.«

Alex verschloß sich sofort, als spräche er nicht gern über Persönliches. »Mein Vater hat sein Geld lieber in das Familienunternehmen gesteckt«, antwortete er immerhin.

Den, der keine falsche Zurückhaltung kannte, nutzte sofort die Gelegenheit, mehr zu erfahren. »Und was ist das für ein Unternehmen?«

Alex lächelte. »Wir bauen Schiffe.«

»Aha, verstehe.« Den wartete, doch als keine weiteren Informationen kamen, räusperte er sich und fragte: »Gibt es denn noch viel zu tun hier?«

»Genug«, sagte Alex. »Unter anderem muß die Bühne poliert werden, das sollen die Männer heute tun. Am Freitag haben sie die Bretter abgeschliffen und das Holz vorbereitet – es ist importiertes Ahornholz, sehr hart. Wir konnten die alten Bretter nicht alle erhalten«, erklärte er, als ich auf den gelbbraunen Boden zu meinen Füßen sah. »Nachdem das Dach zusammengefallen war, sind viele verwittert, aber wir haben gerettet, was wir konnten, und die neuen Teile passen ganz gut hinein.«

Ehrlich gesagt, konnte ich die neuen Bretter nicht mal von den alten unterscheiden. Pietros Männer verstanden ganz offensichtlich etwas von ihrem Handwerk.

»Und wenn die Bühne fertig ist«, fuhr Alex fort, »soll die Tonanlage installiert werden. Die Akustik hier ist zwar sehr gut, genau wie in den antiken griechischen Theatern – die Hänge werfen den Klang zurück, als säße man in einer Schüssel, verstehen Sie –, aber mit der Unterstützung von Mikrofonen können wir sichergehen, daß wirklich alle jedes Wort hören. Dann sind da noch die Garderobenräume fertigzustellen. Zum Glück muß dort nichts an der Bausubstanz gemacht werden, aber sie brauchen dringend einen neuen Anstrich und ein wenig Modernisierung.«

Rupert meinte, er könne es kaum erwarten, sie zu sehen. »Ich muß gestehen, ich habe schon versucht, einen Blick hineinzuwerfen, aber sämtliche Türen dort hinten sind verschlossen.«

»Ja, Pietro hat ständig Angst um seine Werkzeuge«, sagte Alex, und das plötzliche Aufjaulen einer Motorsäge jenseits des Durchgangs unterstrich seine Worte und rief uns Pietros Anwesenheit in Erinnerung.

Den nickte in Richtung des Lärms. »Trotzdem muß ihm mal jemand Manieren beibringen.«

»Es tut mir sehr leid, wenn er Sie erschreckt hat.« Zum zweitenmal war Alex gezwungen, sich für einen seiner Angestellten zu entschuldigen. Das mußte sehr ärgerlich für ihn sein, aber er ließ sich nichts anmerken. »Es wird nicht wieder vorkommen.«

Rupert tröstete ihn mit der Bemerkung, daß er genau zum richtigen Zeitpunkt aufgetaucht sei.

»Ja, ich habe gerade zufällig aus dem Fenster gesehen, als Sie beide vorbeikamen« – dies an Den und mich gerichtet – »und da fiel mir ein, daß ich gestern abend vergessen hatte, Ihnen wegen des Theaters Bescheid zu sagen. Dann sah ich Pietro in dieselbe Richtung gehen ...« Er zuckte vielsagend die Achseln.

Das Theater habe wohl eine besondere Anziehungskraft an diesem Morgen, scherzte Rupert. »Ich wollte mich nur mal ein bißchen umsehen. Was die beiden hier vorhatten, weiß ich nicht ...«

»Wir wollten die Bühne ausmessen«, erklärte ich. »Damit Den den Probenraum abstecken kann.«

Rupert warf Den einen ironischen Blick zu. »Ach ja?«

»Genau.« Unser Inspizient wühlte in seiner Jackentasche, zog ein Maßband heraus und zeigte es Rupert grinsend, ehe er mir das eine Ende reichte. »Celia, würdest du das bitte bis zum Rand der Bühne ziehen?«

Alex sah uns nachdenklich zu. »Ich dachte, ich hätte Ihnen den Grundriß schon vorab geschickt?«

»Tatsächlich? Dann habe ich ihn wohl verlegt«, sagte Den.

»Macht nichts, doppelt gemoppelt hält besser.« Er notierte sich eine Zahl und dirigierte mich in eine andere Position, während ich mich bemühte, ein ernstes Gesicht zu bewahren. So ein raffinierter Mistkerl, dachte ich – er kannte die Maße des Theaters längst und hätte mich überhaupt nicht gebraucht. Es war bloß ein Trick gewesen, um mit mir allein zu sein.

Aber er hatte nicht mit Rupert gerechnet, der schon zu lange mein Ziehvater war, um auf so etwas hereinzufallen. Betont lässig schlenderte er auf uns zu. »Ich kann dir ja helfen, Dennis. Celia hat sicher etwas Besseres zu tun.«

Widerspruchslos übergab ich ihm das Maßband und amüsierte mich im stillen über seine Fürsorge, doch als ich gerade verlauten lassen wollte, daß ich eigentlich nichts vorhätte, sagte Alex: »Ich gehe jetzt zum Haus zurück, falls Sie mitkommen möchten.«

Das änderte natürlich alles. »Ja, gern«, antwortete ich und nahm die dargebotene Hand, mit der er mir von der Bühne auf die Treppe hinaufhalf.

IX

Ich erinnere mich nicht, daß auf dem Weg zurück zum Haus irgend etwas Bemerkenswertes vorgefallen wäre. Alex sagte, es sei ungewöhnlich warm für diese Jahreszeit, und ich sagte etwas Nettes über die Gartenanlagen und fragte nach den Hunden, worauf er antwortete, sie seien im Zwinger, weil er sie bei einem Termin heute morgen nicht hätte mitnehmen können. Das war alles.

Doch als wir die Terrasse erreicht hatten, war es um mich geschehen: Ich war verliebt. Seine warmen, braunen Augen, sein Gang, seine Art, den Kopf leicht zur Seite zu neigen, wenn er mir zuhörte, ließen mein Herz höher schlagen und brachten mich total durcheinander, so daß ich mir wie ein alberner Teenager vorkam. Jedenfalls war ich albern genug, um wieder an Sallys Tarotkarten zu denken und an ihren »Mann mit den hellbraunen Haaren«. *Der König der Kelche, ein Geschäftsmann mit Sinn für die Künste.* Das mußte Alex sein, oder? Äußerlich ruhig, aber leidenschaftlich im Innern. *Er ist die Grundlage von allem,* hatte Sally gesagt, meine Basis.

Ich versuchte, ihn nicht wie ein verknalltes Mädchen anzuschmachten, aber mein Lächeln, als ich ihm für die Begleitung dankte, geriet unwillkürlich strahlend. Er überraschte mich, indem er zurücklächelte.

»Gern geschehen. Es war mir ein Vergnügen.«

Wir waren nicht allein auf der Terrasse. Nicholas stand an die Brüstung gelehnt. »Teresa sucht nach Ihnen«, teilte er Alex mit. »Irgend etwas mit dem Wagen einer Mrs. Forlani.«

Ich sah Alex neugierig an. »Mrs. Forlani? Von der Stiftung? Sie ist hier?«

»Ja, sie kommt im Schnitt einmal im Monat her, um sich vom Fortschritt der Arbeiten zu überzeugen. Sie werden sie beim Mittagessen kennenlernen.«

Mir ging die Frage durch den Kopf, wie eine Dame ihres Alters wohl die Terrassentreppe überwinden sollte, doch Alex entschuldigte sich bereits höflich und verschwand im Haus. Weil ich nicht den Eindruck erwecken wollte, daß ich ihm hinterherlief, blieb ich bei Nicholas zurück. Er machte kein besonders einladendes Gesicht, aber ich ließ mich davon nicht abschrecken. Wenn ich mit ihm und Madeleine zusammenarbeiten wollte, mußte ich langsam damit beginnen, mich ebenbürtig zu fühlen und auch so zu benehmen.

Möglichst unbefangen ging ich auf ihn zu. »Wir waren drüben beim Theater.«

»Ach ja? Ich habe mich schon gewundert, wo alle stecken. Sind Den und Rupert auch dort?«

Ich nickte. »Sie vermessen gerade die Bühne.«

»Ich habe das Theater noch gar nicht gesehen. Wir wollten gestern hingehen, Maddy und ich, aber durch die Krise mit dem Hausmädchen und euer Auftauchen sind wir nicht dazu gekommen. Vielleicht versuchen wir es heute nachmittag noch mal.«

»Nein, das geht nicht. Die Arbeiter sollen heute mit der Bühne fertig werden, deshalb ist das Theater gesperrt. Wir waren vorhin auch nicht gerade erwünscht dort, aber wir wußten ja nichts davon.«

Nicholas zog die Augenbrauen hoch, als wäre er erstaunt, daß eine Anfängerin es wagte, ihm zu sagen, was er zu tun und zu lassen hatte. »Es ist doch ein Freilufttheater, oder? Dann kann uns ja wohl niemand abhalten, es uns anzusehen. Oder ist es von bewaffneten Wachen umstellt?«

Unbeeindruckt von seinem Sarkasmus antwortete ich: »So ähnlich«, und erzählte ihm von dem Beinaheangriff des Riesen Pietro.

»O Gott, dieser Pietro.« Nicholas zog eine Grimasse und zündete sich eine Zigarette an. »Maddy und ich sind auch schon mit ihm zusammengeprallt, gleich am ersten Abend. Wir kamen um eine Ecke im Garten und zack! da war er. Hat mir einen ganz schönen Schrecken eingejagt, das kann ich dir sagen.«

»Ich glaube, ein Zusammenstoß mit Pietro würde jedem einen Schrecken einjagen.«

Nicholas stimmte mir zu. »Häßlicher Kerl, nicht? Er würde einen perfekten Caliban abgeben.«

Verblüfft sah ich ihn an. Genau diese Rolle hätte auch ich Pietro gegeben – die des rachsüchtigen Monsters aus Shakespeares »Sturm« –, aber ich hätte nie erwartet, daß ausgerechnet Nicholas dieselbe Marotte hatte. Ich betrachtete ihn mit neuem Interesse.

Vielleicht war er doch nicht so oberflächlich, vielleicht lohnte es sich, ihn besser kennenzulernen. Ich hatte ihn wohl falsch eingeschätzt, war zu schnell mit meinem Urteil gewesen.

Noch während ich dies dachte, rief er plötzlich: »Ah, da

bist du ja, Schatz. Ich habe mich schon gefragt, wo du so lange bleibst.«

Ich drehte mich um und sah, wie Madeleines Blick zwischen uns hin und her schnellte, als sie die Terrasse überquerte. Erschrocken wollte ich ihr erklären, daß ich mir nichts aus Nicholas machte, daß wir uns nur unterhalten hatten – ich wollte ihr und der Welt zurufen, daß ich nicht wie meine Mutter war.

Aber ich spürte, daß meine Worte, selbst wenn ich den Mut gehabt hätte, sie laut auszusprechen, auf taube Ohren gefallen wären. Madeleine schien in Gedanken zu sein, und als sie näher kam erkannte ich, daß ihr Ausdruck geradezu sorgenvoll war. »Tut mir leid.« Die Entschuldigung kam automatisch, ihre guten Manieren waren stärker als ihre persönlichen Probleme. »Ich habe gerade einen Anruf von Poppys Schule bekommen.«

Nicholas stöhnte. »Ach ja? Was hat sie jetzt wieder angestellt?«

»Sie hat das Pfeiffersche Drüsenfieber.«

»Arme Kleine«, sagte ich mitfühlend. Mir war diese Krankheit als Kind erspart geblieben, aber eine Klassenkameradin hatte deswegen ein halbes Schuljahr verpaßt.

»Verdammtes Pech.« Nicholas blies einen Rauchring in die Luft. »Aber es ist ja nichts Gefährliches, und an der Schule gibt es immerhin eine Krankenschwester.«

Madeleine hörte nur halb zu und strich sich fahrig eine dunkle Locke aus der Stirn. »Sie sagen, daß sie dauernd nach mir fragt, daß sie mich bei sich haben will. Ich weiß nicht, was ich tun soll.«

»Schatz, es gibt nichts, was du tun kannst.«

»Ich könnte sie hierherbringen.«

Er sah sie an, als wäre sie übergeschnappt. »Wir proben hier ein Theaterstück!«

»Ich weiß, aber die Proben dauern ja nicht den ganzen Tag. Ich hätte trotzdem Zeit, mich um sie zu kümmern. Außerdem wird sie wahrscheinlich meistens im Bett liegen und schlafen.«

»Und wenn sie uns alle ansteckt? Was dann?«

Ich mußte mich einmischen. »Es ist vor allem eine Kinderkrankheit. Erwachsene bekommen sie nicht so leicht.«

Nicholas war nicht entzückt von meinem Kommentar. Zu Madeleine sagte er: »Ich verstehe nicht, warum du sie unbedingt ...«

»Weil sie meine Tochter ist.«

Ich versuchte, mir vorzustellen, wie meine Mutter einem Liebhaber mit der einfachen Erklärung »Weil sie meine Tochter ist« die Stirn bot. Vergebens.

Madeleine wandte sich mir zu, und unsere Blicke begegneten sich in stummem Einverständnis. »Ich werde Alex fragen, ob er etwas dagegen hat.«

»Wogegen soll ich etwas haben?« ließ sich Alex' Stimme vernehmen.

Wir hatten ihn nicht kommen hören, und nun stand er uns gegenüber und sah erwartungsvoll vom einen zum andern. Er war nicht allein.

Eine Frau war bei ihm, eine junge Frau in einem roten Kleid und einer Sonnenbrille, die ihre Augen verbarg. Mit eleganter Geste warf sie ihre langen, dunklen Haare über die Schulter.

Ich starrte sie an, nicht nur weil sie attraktiv war und in Begleitung von Alex, obwohl ich darüber nicht sonderlich erfreut war, sondern weil ich sie irgendwo schon einmal gesehen hatte. Dann fiel es mir ein: in Venedig, in San Marco und später noch einmal im Restaurant.

Wirklich ein erstaunlicher Zufall, und während Madeleine das Problem mit der Krankheit ihrer Tochter schilderte, nutzte ich die Gelegenheit, die Frau genauer in Augenschein zu nehmen. Wegen der Sonnenbrille wußte ich nicht, ob sie es bemerkte, aber ich hatte den Eindruck, daß sie zu der Sorte Menschen gehörte, die andere sowieso nicht bemerken. Sie hatte einen gelangweilten Gesichtsausdruck, der mich an meine Mutter erinnerte, an Personen mit einem engen, egozentrischen Weltbild, die an bewundernde Blicke gewöhnt sind und einzelne Personen nur dann wahrnehmen, wenn sie für sie wichtig sind.

Sie gab niemandem die Hand und nickte nur, als Alex, nachdem er Madeleine versichert hatte, daß ihre Tochter selbstverständlich willkommen sei, uns der Reihe nach vorstellte. »Und dies ist Daniela Forlani«, endete er.

Schon wieder mußte ich sie anstarren. Daniela Forlani! Das war doch wohl nicht möglich. Leonardo Forlani war um die Neunzig gewesen, als er starb, so daß diese Frau, die aussah wie dreißig und wahrscheinlich nicht viel älter war, unmöglich seine Witwe sein konnte. Vielleicht war sie ja seine Tochter oder ...

»Danielas verstorbener Mann hat die Stiftung gegründet, die dieses Anwesen restaurieren läßt«, erläuterte Alex. »Sie kommt ab und zu vorbei, um nach dem rechten zu sehen.«

»Aber nein, Caro, du weißt ganz genau, daß das nicht wahr ist«, widersprach sie mit träger Stimme und in einem Englisch, das idiomatisch besser war als Teresas, aber ebenfalls einen starken Akzent hatte. »Nein, ich komme, weil du mich immer so verwöhnst.«

Nicholas mischte sich ein. »Entschuldigen Sie, Ihr Name ist Forlani? Ich dachte, Italienerinnen nehmen nicht den Nachnamen ihres Mannes an.«

»Forlani ist auch mein Mädchenname. Die Familien sind entfernt verwandt, glaube ich.« Ihr Ton besagte, daß sie die Frage für überflüssig und zudringlich hielt.

Doch Nicholas' Interesse schien geweckt. Geld, dachte ich, ist verführerischer als jedes Parfum. Er richtete seine lange Gestalt an der Brüstung auf. »Dann wohnen Sie also auch im Damenflügel?«

Ihr dunkler Kopf drehte sich unwillig, bis ihre Sonnenbrille sein Bild widerspiegelte. »Nein«, sagte sie, als wäre dieser Gedanke völlig absurd, »ich wohne in der Villa.«

Sie meinte die Villa delle Tempeste, vermutete ich. Ein passender Platz für sie, denn sie hatte bestimmt ein Talent dafür, Stürme zu entfachen. Ich fragte mich gerade, was wohl aus ihrem Begleiter in Venedig geworden war, dem Mann mit der herzförmigen kahlen Stelle, als Madeleine sie höflich fragte: »Sind Sie gerade angekommen?«

Gespannt wartete ich, ob sie ihren Venedigaufenthalt erwähnen würde, aber sie zog es vor, überhaupt nicht zu antworten, als verdiente Madeleines Frage keine Erwiderung. Sie öffnete ihre Handtasche mit einem Klicken, holte ein Päckchen Zigaretten mit langem Filter heraus und zündete sich eine mit einem silbernen Feuerzeug an. Tief inhalierend ging sie zur Brüstung. »Es wird Regen geben heute nachmittag«, sagte sie, und das Wetter schien sich tatsächlich zu ändern. Ein Dunstschleier verbarg die Berggipfel in der Ferne, und die Farbe des Sees hatte sich von Blau in ein stumpfes Grau verwandelt.

Auch die Luft kam mir kühler vor, aber ich war nicht sicher, ob es am Wetterwechsel lag oder an Daniela Forlani.

X

»Also, das eine kann ich euch sagen, wenn sie nicht schon einen anderen hätte, würde ich mich an sie heranmachen.« Den stieß einen beeindruckten Piff aus, als er sich hinkniete und mit dem Markieren fortfuhr, indem er mit einem Stück Kreide den Umriß der Bühne auf den Fußboden des Probenraums übertrug. Rupert und ich assistierten ihm. Rupert las die Maße vor, und ich hielt das Ende des Maßbandes, worin ich inzwischen Übung hatte.

Normalerweise wurde die Bühne mit farbigem Klebeband markiert, doch der Boden bestand aus so feinem, spiegelnden Parkett, daß Den sich für die Kreide entschieden hatte, um keinen Schaden anzurichten. Auf diese Weise würde er die Linien zwar immer wieder nachzeichnen müssen, wenn sie sich verwischten, aber das schien ein kleiner Preis dafür zu sein, die Schönheit dieses Raums zu bewahren.

Wie viele andere Räume in Il Piacere hatte auch dieser einen Namen: *La Stanza degli Angeli,* das Engelszimmer. Unwillkürlich betastete ich meine Halskette mit dem kleinen Engelsanhänger, die Bryan mir zum Geburtstag geschenkt hatte, während ich all die anderen Engel rundherum betrachtete. Sie schwebten hoch oben am bemalten Deckenrand, lächelten aus den Stuckrosetten herab, die wie Perlen in der Mitte jeder Deckenkassette saßen, und flatterten um die vergoldeten Rahmen der riesigen Spiegel an den Wänden. Mein kleiner Schutzengel befand sich in vornehmer, aber munterer Gesellschaft.

Rupert erwiderte unterdessen trocken, daß er vor einer Stunde beim Mittagessen nicht den Eindruck gehabt habe, Den hielte sich bei Daniela Forlani zurück. »Deine Methode ist nicht gerade dezent, weißt du.«

Den grinste. »Ich wollte doch nur höflich sein. Außerdem habe ich jetzt wenigstens die Antwort auf eine meiner Fragen, nämlich was einen Mann wie D'Ascanio dazu bewegen könnte, seinen Familienbesitz der Forlani-Stiftung zu übergeben. Ich meine, das ist doch verrückt, es sei denn, er ist knapp bei Kasse, und das scheint bei ihm ja nicht der Fall zu sein. Aber seit ich gesehen habe, wen die Stiftung als Köder einsetzt, kann ich verstehen, warum er angebissen hat.« Er sah zu mir auf. »Celia, Schätzchen, kannst mir noch ein paar Zentimeter geben? Sehr gut, danke.« Mit erneutem Blick zu mir: »Du bist auf einmal so still.«

»Bin ich das? Liegt wohl am Mittagessen. Das macht mich immer so schläfrig.«

Ich fühlte mich wirklich etwas träge und langsam, hatte aber den Verdacht, daß mein Schweigen mehr mit Daniela Forlani zusammenhing und mit der vertrauten Art, wie sie beim Mittagessen mit Alex gesprochen und ihn angelächelt hatte. Sie war vorige Nacht in der Villa delle Tempeste angekommen, und es war zweifellos ihr Licht gewesen, das ich von meinem Fenster aus gesehen und das Alex von der Terrasse in den Park gelockt hatte. Die Tatsache, daß er die Hunde zurückgelassen hatte, war ein weiterer Beweis, denn Daniela hatte beim Essen deutlich erkennen lassen, daß sie sich nicht viel aus den Tieren machte. Wahrscheinlich war er auch am Morgen bei ihr gewesen – hatte er mir nicht erzählt, daß Max und Nero im Zwinger waren, weil er sie nicht zu einem »Termin« hatte mitnehmen können? Noch wahrscheinlicher war, daß er die Nacht bei Daniela in der Villa verbracht hatte. Warum sollte es nicht ihr Fenster gewesen sein, aus dem er Den und mich auf dem Weg zum Theater gesehen hatte?

Ich hatte beim Essen nichts von Venedig gesagt und auch nichts von ihrem Begleiter mit der herzförmigen Glatze. Das ging mich schließlich nichts an. Außerdem würde ich auf alle Fälle die Finger von Alex lassen, wenn sie wirklich mit ihm zusammen war, so schwer es mir auch fallen mochte. Ich spannte anderen Frauen nicht die Männer aus. Ich war nicht wie meine Mutter.

»Du solltest dich ein bißchen hinlegen«, sagte Rupert. »Wir kommen schon allein zurecht.«

»Nein, nein, mir geht's prima.« Mit gespielter Munterkeit sah ich mich um. »Das hier war also mal der Ballsaal?«

Die Antwort kam nicht von Den oder Rupert, sondern von der Tür hinter mir. »Mein Großvater hat hier vor allem seine Fechtübungen abgehalten«, sagte Alex. »Nach allem, was ich gehört habe, war er kein großer Tänzer.«

Ich drehte mich um und stellte fest, daß er mich direkt ansah.

»Sind Sie jetzt enttäuscht?«

»Nein, eigentlich nicht.« Ich konnte mir Galeazzo D'Ascanio leichter beim Fechten gegen sein Spiegelbild vorstellen als beim Walzertanzen. Aus seinen Biographien ging hervor, daß er nicht besonders gesellig war, und obwohl er gern ausschweifende, dekadente Partys gab, hielt ich es für möglich, daß er dabei am liebsten vom Rand aus zugesehen hatte, so wie sein Enkel in diesem Moment.

Die Hunde waren wieder an seiner Seite und wedelten mit ihren langen Schwänzen. Max, der kühnere von beiden, kam auf mich zu und schnupperte an meiner ausgestreckten Hand. Als ich seinen schönen, glatten Kopf streichelte, wunderte sich Alex: »Normalerweise ist er nicht so zutraulich.«

Noch vor ein paar Stunden hätte ich sehr entgegenkommend auf seine freundliche Stimme und das seltene Lächeln reagiert, aber da ich nun wußte, daß er gebunden war, achtete ich darauf, nichts zu tun, was als Flirten aufgefaßt werden konnte. »Ja, Hunde merken immer gleich, ob man sie mag, nicht wahr?« Sofort biß ich mir auf die Zunge, denn es klang wie eine Spitze gegen Daniela Forlani und ähnelte zu sehr den boshaft-eifersüchtigen Bemerkungen meiner Mutter.

Alex musterte mich einen Moment, bevor er sich an Rupert wandte. »Ich hätte jetzt Zeit, wenn Sie mitkommen möchten, um die Möbel für die Proben auszusuchen. Ich lasse sie dann später von jemandem hierherschaffen.«

Ich fragte mich, wen er damit beauftragen wollte, in Anbetracht der Dienstbotenknappheit, sagte aber nichts. Den war weniger taktvoll.

»Ich kann mit anfassen, wenn es Ihnen an Leuten fehlt«, erbot er sich fröhlich. »Immer noch keine Spur von Giancarlo, nehme ich an? Teresa hat gesagt, daß er manchmal wochenlang abtaucht, stimmt das?«

»Es ist schon vorgekommen.« Alex legte seinen Kopf schräg. »Wann haben Sie denn mit Teresa gesprochen?«

»Ach, kurz vor dem Mittagessen. Ich hatte Kaffeedurst, und sie hat mir einen gemacht.«

»Sie müssen sie stark beeindruckt haben«, sagte Alex mit einem kleinen Lächeln. »Genau wie Max ist sie sonst nicht so freundlich zu Fremden.«

»Also, ich kann mich nicht beklagen.« Den kratzte sich am Kopf und grinste jungenhaft. »Wahrscheinlich habe ich einfach Glück. Apropos Kaffee, meinst du, du könntest mir ein Täßchen mitbringen, wenn du vom Möbelaussuchen zurückkommst, Rupert?«

Rupert sah nicht so aus, als wäre er scharf darauf, irgendwohin zu gehen und mich mit Den allein zu lassen, aber seine Gutmütigkeit gewann dann doch die Oberhand. »Natürlich. Celia? Möchtest du auch einen Kaffee?«

»Nein, danke.«

»Schön, es wird wohl nicht allzu lange dauern.«

»Laß dir nur Zeit«, rief ihm Den augenzwinkernd nach. Er ist wirklich unverbesserlich, dachte ich, während ich zusah, wie er seinen Kreidekreis vollendete. »So«, sagte er und wischte sich den Staub von den Händen, »das wäre die Bühne. Jetzt muß ich nur noch herausfinden, wo der Gang von der Garderobe endet.«

Ich reichte ihm die Skizze mit den Abmessungen. »Du hast dich also bei Teresa eingeschmeichelt, ja?«

»Nur, um den neuesten Klatsch zu erfahren. Sie hat mir etwas Interessantes über das verschwundene Hausmädchen erzählt – sieht so aus, als ob die Kleine ganz verschossen in unseren Freund Pietro gewesen wäre. Ja«, sagte er, als er mein Gesicht sah, »das hab ich auch gedacht. Ich kann nicht glauben, daß irgendeine Frau etwas an diesem Kerl findet, aber so ist es nun mal. Auf jedes Töpfchen paßt ein Deckelchen, heißt es doch. Jedenfalls hat Teresa gesagt, das Mädchen wäre schon seit ein paar Tagen niedergeschlagen gewesen. Sie habe wahrscheinlich einen Streit mit ihrem Liebsten gehabt und sei deshalb verschwunden.«

Nachdem ich Pietro gesehen hatte, war ich geneigt, ihr zu diesem Schritt zu gratulieren. Dann fiel mir etwas anderes ein. »Wenn du das nächste Mal mit Teresa sprichst, versuch doch mal herauszufinden, warum sie mich nicht leiden kann.«

Den nahm sein Ende des Maßbands und ging damit rückwärts, den Blick auf die Ziffern gerichtet. »Es hat nichts mit dir zu tun«, sagte er kopfschüttelnd. »Sondern mit dem Geist.«

»Wie bitte?«

»Sie glaubt, daß Celia Sands – die Erste – sich immer noch in ihren alten Räumen herumtreibt. Daß es dort spukt, verstehst du.«

»Ach so.« Ich erinnerte mich, wie Teresa mit Nachdruck behauptet hatte, die Zimmer seien kein Ort für Gäste. Was waren ihre Worte gewesen? *Dinge geschehen …* »Und wieso glaubt sie das?«

»Sie sagte, sie hätte ein paar … Erlebnisse gehabt. Genaueres wollte sie mir nicht verraten. Warum, soll ich sie noch mal danach fragen?«

»Nein, ist nicht so wichtig.«

»Sie ist schon eine Type, unsere Teresa. Welche Rolle hast du ihr gegeben?«

Wieder sah ich ihn verständnislos an. »Was?«

»In deinem Shakespearespiel.«

»Woher weißt du davon?«

»Rupert hat geplaudert. Gestern abend nach dem Essen, da warst du schon hinaufgegangen, glaube ich, sind wir irgendwie auf Shakespeare gekommen, und Rupert hat uns erzählt, daß du den Leuten immer Rollen aus seinen Stücken gibst.«

»Aha.« Es gab keinen Grund, auf Rupert sauer zu sein. Mein kleines Spiel war kein Geheimnis – alle meine Freunde wußten davon –, und Rupert würde mich nie absichtlich in Verlegenheit bringen. Trotzdem war es mir peinlich. Ich war bei weitem die jüngste hier und hatte am wenigsten vorzuweisen, weshalb ich keinen besonderen Wert darauf legte, daß die anderen von meinen kindischen Gewohnheiten erfuhren. »War Nicholas auch dabei, gestern abend?«

»Ja, warum?«

»Ach, nur so.« Das erklärte seine lächelnde Bemerkung über Pietro als den perfekten Caliban heute morgen. Er hatte also sein eigenes Spielchen mit mir gespielt, was bedeutete, daß er doch der miese Kerl war, für den ich ihn gleich zu Anfang gehalten hatte. Bryan sagte immer, man solle seinem ersten Eindruck trauen. »Aber um deine Frage zu beantworten, ich habe Teresa noch gar keine Rolle gegeben.«

»Das ist auch schwer bei ihr«, räumte Den ein. »Nicht so wie bei dir.«

»So? Und welche Rolle würdest du mir geben?« Ich erwartete, daß er eine von den naheliegenden wählen würde, Julia oder Ophelia oder …

»Cordelia«, kam es wie aus der Pistole geschossen.

Die jüngste Tochter von König Lear. Die treue, herzensgute. Ich war geschmeichelt. »Moment mal, wird sie nicht am Ende vergiftet?«

»Ich denke nicht, daß du in unmittelbarer Gefahr schwebst.« Er zog die Linien für den Durchgang auf den

Fußboden. »Fertig, jetzt brauchen wir nur noch die Möbel.« Als er sich hinkniete, um die Skizze mit den Bühnenmaßen wieder in sein Ringbuch zu heften, sagte er: »Oh, fast hätte ich es vergessen. Das hier wird dir morgen nützlich sein.«

Ich nahm das Blatt, das er mir gab, ein Labyrinth aus Linien. »Was ist das?«

»Ein Plan der Gänge und Korridore von deinem Zimmer zu diesem hier.«

Er war wirklich gründlich, das mußte ich ihm lassen. »Du denkst, ich werde mich verirren, ja?«

»Nicht, wenn du dich an diesen Plan hältst.«

Lächelnd faltete ich die Zeichnung zusammen und steckte sie in meine Hosentasche.

XI

Am nächsten Morgen verirrte ich mich prompt auf dem Weg zur Probe.

Offen gestanden hätte schon jemand Brotkrümel ausstreuen oder einen Faden abrollen müssen wie Theseus im Labyrinth des Minotaurus, damit ich mich in Il Piacere zurechtfand. Ich hätte natürlich auch Dens Plan benutzen können, nur diente der leider gerade als Lesezeichen in dem Gedichtband auf meinem Nachttisch.

Verflixt, dachte ich, als ich um die zigste Ecke in dem dunklen Korridor bog. Ich hatte keinen Schimmer, wo ich war, und würde zu spät zur Probe kommen.

Ich ging schneller, angetrieben von demselben irrationalen Impuls, der mich Gas geben ließ, wenn ich mit dem Auto falsch abgebogen war, in der Hoffnung, hinter der nächsten Kurve wieder auf vertrautes Terrain zu stoßen. Daß ich mich völlig verlaufen hatte, wurde mir spätestens dann klar, als ich auf einmal nicht mehr durch Korridore lief, sondern durch eine Zimmerflucht, die unheimlich still und leer war und nach Bohnerwachs und staubigen Vorhängen roch. Verzweifelt blieb ich stehen und wollte gerade umkehren, als ich ein leises, beruhigendes Geräusch hörte, das die Nähe eines anderen menschlichen Wesens anzeigte: das eifrige Klacken einer Computertastatur.

Ich verfolgte das Geräusch zu einer geschlossenen Tür auf der rechten Seite. Das Klacken hörte auf, dafür vernahm ich knarrende Schritte auf dem Holzfußboden und ein Schnüffeln, das nicht menschlich war. Alex, dachte ich, und die Hunde. Ich zögerte, weil ich Alex gegenüber nicht zugeben wollte, daß ich zu blöd war, den richtigen Weg zu finden, doch weil ich keine Zeit zu verlieren hatte, gab ich mir einen Ruck. Gerade wollte ich anklopfen, als die Tür aufging. Ich zuckte vor Schreck zusammen.

Alex war ebenfalls erschrocken, erholte sich aber schneller als ich. »Guten Morgen.«

»Guten Morgen. Ich ...«

»Sollten Sie nicht bei der Probe sein?« Er sah auf seine Armbanduhr. »Ich dachte, sie fängt um zehn Uhr an.«

»Ja, schon, das ist ja mein Problem. Ich kann den Raum nicht finden.«

»Ach so.« Er nickte verständnisvoll. »Sie sind die Haupttreppe heruntergekommen, stimmt's? Sie hätten unten nach rechts gehen müssen statt nach links, das ist alles.« Er hob die Hand, als wollte er mir den Weg erklären, überlegte es sich dann aber anders. »Ich glaube, es ist einfacher, wenn ich es Ihnen zeige.«

Unterwegs versuchte ich, mir unsere Route zu merken – durch eine Tür in einen kurzen Gang, der wiederum in eine Art Kreuzgang über einem idyllischen Innenhof führte –, aber ich nahm meine Umgebung nur halb wahr. Viel stärker war ich mir der verrinnenden Zeit und des Mannes an meiner Seite bewußt, wie er atmete, wie er ging und wie oft die Hunde Kontakt mit seinen Händen suchten. Bryan pflegte immer zu sagen, Hunde könnten einem mehr über eine Person verraten als andere Menschen. »Menschen kann man täuschen«, meinte er, »aber niemals einen Hund. Er weiß sofort, aus welchem Holz man geschnitzt ist.«

Ich ertappte mich dabei, wie ich überlegte, ob Daniela Forlani die Hunde nicht mochte oder die Hunde sie nicht ausstehen konnten. Laut sagte ich: »Es ist wirklich nett von Ihnen, mich hinzubringen. Ich wollte Sie aber nicht bei der Arbeit stören.«

»Ich war sowieso gerade fertig. Außerdem habe ich nur am Computer gesessen und meine Mails gelesen.«

»Sie haben E-Mail?« fragte ich etwas überstürzt.

Alex entging es nicht. »Möchten Sie vielleicht jemandem eine Nachricht schicken?«

»Nein, nein, ich wollte nicht ...«

»Das können Sie gerne«, lud er mich ein. »Kein Problem.«

»Na ja ...« Ich zierte mich noch einen Moment und gab schließlich nach. »Wenn es Sie wirklich nicht stört, würde ich gern eine Nachricht an Bryan schicken. Er ist bestimmt schon ganz gespannt zu erfahren, wie es uns hier ergeht. Wir haben ihn natürlich von Venedig aus angerufen, und Rupert hat sicher am Wochenende mit ihm telefoniert, aber Telefonieren ist so teuer, und er sitzt sowieso jeden Tag am Computer ...« Ich verstummte, weil mir einfiel, daß Alex vermutlich nicht wußte, wer Bryan war, falls er überhaupt etwas über Ruperts Privatleben wußte. Selbst in diesen aufgeklärteren Zeiten gab es immer noch genug Vorurteile.

Doch seine Miene hatte sich nicht verändert. »Kein Problem«, wiederholte er. Wir waren am Fuß der Treppe angekommen, über die ich ins Erdgeschoß gelangt war. »Jetzt gehen Sie da lang«, erklärte er, »und folgen einfach dem Gang, er bringt Sie direkt zur *Stanza degli Angeli.*« Er schob seinen Ärmel zurück und sah wieder auf die Uhr. »Sie haben noch zwei Minuten Zeit. Das reicht, um pünktlich zu kommen.«

»Vielen Dank.«

»Haben Sie eine Pause vor dem Mittagessen?« fragte er, als ich mich zum Gehen wandte.

»Ja, ich glaube schon. Eine kurze.«

»Dann kommen Sie ruhig, wenn Sie möchten, und ich zeige Ihnen das E-Mail-Programm. Wissen Sie den Weg noch?«

»Du lieber Himmel, nein. Ich habe überhaupt keinen Orientierungssinn. Aber eigentlich brauche ich ja nur zu dieser Treppe gehen und versuchen, den Weg zum Probenraum zu finden.«

Ich glaube, sein spontanes Lächeln überraschte ihn selbst. Er sah in diesem Moment sehr offen und zugänglich aus, kein bißchen distanziert. Nur leider konnte ich nicht so auf ihn zugehen, wie ich es gerne wollte. Der Moment verstrich.

Als ich ihm und den Hunden nachsah, spürte ich eine Regung, die ich kannte – eine Enge in der Brust und ein gewisses Kribbeln im Bauch. O nein, dachte ich. Ich wollte mich nicht von diesem Mann angezogen fühlen. Es konnte nichts Gutes dabei herauskommen. Aber das Gefühl blieb und ließ sich nicht vertreiben.

»Verdammt«, sagte ich laut, drehte mich um und rannte zum Probenraum.

XII

Die erste Probe machte mich wie immer nervös. Es spielte keine Rolle, daß ich die anderen Schauspieler schon ein wenig kannte, daß Rupert Regie führte und wir an diesem Morgen lediglich um einen Tisch sitzen und das Stück laut lesen mußten. Ich war entsetzlich aufgeregt.

Zumal eine Menge fremder Leute zugegen war, denn zur ersten Probe kam immer das ganze Team, das heißt auch die Maskenbildner und Kostümschneiderinnen und Bühnenbildner, obwohl wir die meisten von ihnen erst kurz vor der

Generalprobe wiedersehen würden. Sie waren alle nett, alle ziemlich jung, alle Italiener, wenn auch niemand aus dem Ort selbst kam und einer sogar extra aus Verona hergefahren war. Rupert stellte uns einander vor, und ich schüttelte viele Hände und lächelte viel, konnte mir aber keinen einzigen Namen und kein Gesicht merken.

Die Umgebung trug nicht gerade dazu bei, mich zu beruhigen. In diesem großen, hallenden Raum mit den hohen Spiegeln rundum fühlte ich mich klein und unbedeutend, ein Kind in Erwachsenenkleidern, das alle belächelten. Und es war auch keine Hilfe, daß Madeleine mir direkt gegenübersaß, elegant, gelassen, ganz Erfahrung und Routine.

Auf der Suche nach Beistand sah ich zum Himmel, wo die Engel und Putten mit ihren pausbäckigen Gesichtern ermutigend zu mir herabzwinkerten.

Rupert sprach schon seit geraumer Weile. Er hatte uns seine Pläne für die Inszenierung bereits in groben Zügen erklärt und ging nun zu den Einzelheiten über. »… das wären, denke ich, die wichtigsten Regeln und Abläufe. Haben mich alle verstanden? Gut. Wenn jemand ein Problem hat, kann er sich vertrauensvoll an Dennis wenden. Stört es jemanden, wenn Nicholas raucht?« fragte er im selben Atemzug, als Nicholas, der am anderen Tischende auf seinem Stuhl wippte, die Flamme eines Feuerzeugs seiner Zigarette näherte.

Es entstand ein überraschtes Schweigen. Nicholas' Gesicht sagte mir, daß es ihm noch nie in den Sinn gekommen war, um Erlaubnis zu bitten; er war daran gewöhnt, daß man sich nach ihm richtete.

»Schön«, sagte Rupert, als niemand Einwände erhob. »Dann werden wir jetzt mit der Leseprobe beginnen. Ich lasse euch beim erstenmal alle Freiheiten, damit ihr euch an euren Charakter herantasten könnt, und dann sehen wir weiter, in Ordnung? Dennis, gibst du bitte die Stichworte?«

Rupert lehnte sich zurück, während Den nach seiner Stopuhr griff und eine überzeugende Imitation der Schläge einer Standuhr lieferte, mit denen das Stück einsetzte. Die meisten Inspizienten hätten einfach gelesen: »Die Uhr schlägt vier«, aber Dens Methode war besser und versetzte uns in die richtige Stimmung.

Ich legte meinen Text auf den Tisch, um das Zittern meiner Hände zu verbergen, atmete tief durch und las die erste Zeile. Meine Stimme kam flach und gepreßt heraus, und je mehr ich dagegen anzukämpfen versuchte, desto schlimmer wurde es. Ständig verhaspelte ich mich und stolperte über die Worte, während Madeleine mir klar und flüssig antwortete. Ich spürte, wie alle mich beobachteten und sich fragten, warum um Gottes willen man mir diese Rolle gegeben hatte – zumindest hätte ich mich das an ihrer Stelle gefragt. Ich traute mich noch nicht einmal, Rupert anzusehen, weil ich nicht dem Mitleid oder, schlimmer noch, der Enttäuschung in seinem Blick begegnen wollte.

Mit gesenktem Kopf quälte ich mich voran und las viel zu schnell, um zu der Séance-Szene am Ende des ersten Aktes zu kommen, in der Nicholas' Figur schließlich auftaucht: anfangs nur als körperlose Stimme aus dem Off, doch dann in voller Gestalt mittels eines dramatischen Auftritts in der vorletzten Zeile, wodurch der lange Dialog zwischen der Witwe, also mir, und dem Medium, also Madeleine, unterbrochen wird.

Als er schließlich sprach, bedeutete das jedoch keine Erleichterung, sondern brachte mich höchstens noch mehr aus dem Konzept.

Nicholas las vollkommen ausdruckslos, mit monotoner, lebloser Stimme. Ich wußte, daß manche Schauspieler das bei der ersten Leseprobe taten, um sich noch nicht auf eine bestimmte Interpretation ihrer Figur festzulegen, aber ich hatte diese Methode noch nie am eigenen Leib erfahren. Sie war höchst irritierend.

»So«, sagte Rupert, als ich kläglich die letzte Zeile des ersten Aktes sprach, »ich denke, das ist ein guter Zeitpunkt für eine Pause, einverstanden?«

Den stimmte sofort zu. »Ich werd mal sehen, ob Teresa uns einen Tee machen kann.«

Zum Glück hatte ich durch Alex' Angebot mit der E-Mail

einen guten Grund, um zu verschwinden. Befangen stand ich auf. »Ich glaube, ich vertrete mir ein bißchen die Beine.«

Rupert nickte zum Zeichen seines Einverständnisses. Nicholas hatte schon wieder eine Zigarette im Mund und reagierte überhaupt nicht. Die anderen lächelten nur, doch Madeleine schob ihren Stuhl zurück. »Ich komme mit.«

Damit hatte ich nicht gerechnet. Ich mußte etwas unwillig dreingeschaut haben, denn sie fügte hinzu: »Das heißt, wenn du nichts dagegen hast?«

Was sollte ich darauf sagen, außer: »Nein, natürlich nicht.« Sie hatte meine Pläne durchkreuzt, denn ich konnte Madeleine schlecht zu Alex' Arbeitszimmer mitnehmen, nachdem ich gerade behauptet hatte, mir nur die Beine vertreten zu wollen. Aber wohin dann?

»Gehen wir hinaus auf die Terrasse«, schlug Madeleine vor. »Ich könnte ein bißchen frische Luft gebrauchen.«

XIII

Sie kannte sich offenbar schon gut aus. Während ich wieder durch die Gänge geirrt wäre, öffnete Madeleine einfach eine Tür gegenüber dem Probenraum und führte mich in ein leeres Zimmer mit hohen Glastüren, durch die man auf die Terrasse gelangte.

Die Steinplatten waren noch naß vom Regen, der während des Frühstücks gefallen war, und dichter Nebel hing in den bewaldeten Hügeln hinter uns und verdeckte das andere Seeufer. Die hohen, gelben Mauern des Hauses waren der einzige Farbfleck, und selbst der wirkte stumpfer ohne die Sonne. Aber immerhin regnete es im Moment nicht mehr, und der kühle Wind roch frisch und belebend.

Madeleine atmete ihn in tiefen Zügen ein. »Ah, das tut gut. Es fällt mir schwer, so lange in einem fensterlosen Raum zu sein.« Sie streckte sich und ging bis vor zur Brüstung.

Selbst wenn sie nur ruhig dastand, strahlte sie eine ungeheure Präsenz aus und zog die Aufmerksamkeit auf sich, dachte ich trübsinnig. Nie würde ich eine solche Ausstrahlung haben. Warum hatte ich bloß diese Rolle angenommen? Madeleine und Nicholas besaßen ein ganz anderes Format, ich würde ihnen nie das Wasser reichen können. Ganz mit meinen Selbstvorwürfen beschäftigt, sah ich hinüber zu den nebelverhangenen Bergen und merkte erst nach einer Weile, daß Madeleine mit mir sprach.

»... und Rupert erinnert mich so sehr an den Regisseur meines ersten wichtigen Stücks im West End. Er war ein sehr ruhiger, aber genialer Mann, genau wie Rupert, und ich war gerade mal neunzehn und sollte meine erste Hauptrolle spielen, und das ausgerechnet an der Seite des großen Sebastian Boyd, der mich total einschüchterte. Ich habe mich so sehr angestrengt, es allen recht zu machen, daß ich überhaupt nichts mehr zustande brachte.« Sie erzählte es wie nebenher, den Blick auf den See gerichtet, als würde sie eine Anekdote aus ihrem Leben zum besten geben. Aber ich ahnte, worauf sie hinauswollte, und hörte ihr nun aufmerksam zu.

»Nach der ersten Woche war ich überzeugt, daß sie meinen Part neu besetzen würden, weil ich so schlecht war. Dann kam eines Tages Sebastian nach der Probe zu mir. Ich werde es nie vergessen – er hatte sich für das Stück einen Bart wachsen lassen, und darüber saßen diese buschigen Augenbrauen, so daß er aussah wie Moses, der vom Berg herunterstieg, um mich zusammenzustauchen. Ich war sicher, er würde mir sagen, daß ich meinen Beruf verfehlt hatte. Aber er tat nichts dergleichen. Er fragte mich«, erzählte sie, und sie lächelte bei der Erinnerung daran, »ob ich je die Fabel von dem alten Mann und dem Esel gehört hätte. Du kennst sie bestimmt: Ein alter Mann ist mit seinem Enkel und einem Esel unterwegs, und irgend jemand, der ihnen entgegenkommt, lacht und sagt, daß doch einer von beiden auf dem Esel reiten könnte. Also setzt der alte Mann den Jungen auf den Esel, und der nächste, der ihnen begegnet, sagt: Das ist ja unmöglich, da reitet der gesunde Junge auf dem Esel, während der arme Alte nebenherhumpeln muß. Daraufhin steigt der Junge ab, damit sein Großvater reiten kann, aber der nächste findet es natürlich gemein, das Kind zu Fuß gehen zu lassen. Also setzen sie sich beide auf den Esel, und dann sagen alle: Wie brutal, der arme Esel kann doch gar nicht soviel tragen. Am Ende sind sie so durcheinander, daß sie den Esel tragen und hinfallen oder so und niemand mehr reiten kann. Jedenfalls«, schloß sie, »antwortete ich Sebastian, daß mir die Fabel bekannt sei, und er sagte: ›Na dann‹« – sie ahmte den ehrwürdigen Shakespearedarsteller mit seiner dröhnenden Stimme und dem berühmten stechenden Blick nach – »›dann scher dich nicht länger darum, was die anderen denken, steig einfach auf den verdammten Esel und reite.‹« Sie sah mich an und lächelte warm. »Dieser Ratschlag hat mir immer sehr geholfen.«

Es war ein guter Rat, und ich nahm mir vor, ihn zu beherzigen.

Wieder im Probenraum verschloß ich meine Gedanken gegen alle anderen, ignorierte die tonlose Wiedergabe von Nicholas und konzentrierte mich ganz auf das Lesen meines Parts. Der zweite und dritte Akt liefen wie am Schnürchen. Als ich fertig war, sah ich auf und las in Ruperts Augen, daß ich meine Sache gut gemacht hatte.

»Sehr gut«, sagte er erfreut. »Sehr gut, alle miteinander. Nach dem Mittagessen werden wir es dann Szene für Szene durchgehen, in Ordnung?«

Ein Stuhl schrammte laut neben mir über den Boden, als Den aufstand und sich streckte. »Das war ja ein Wahnsinns-Comeback«, murmelte er. »Was hat denn Madeleine in der Pause mit dir gemacht?«

»Gar nichts«, sagte ich. »Wir haben uns nur unterhalten.«

»Ich dachte schon, sie hätte dir dreistöckige Martinis eingeflößt da draußen, damit du dich entspannst.« Er grinste breit und legte mir einen Arm um die Schultern. »Gute Arbeit jedenfalls. Du wirst das prima machen.«

Der verlockende Duft von Gebratenem wehte uns entgegen, als wir den Probenraum verließen, aber ich hatte vor dem Essen noch etwas zu erledigen. »Ich komme gleich nach«, sagte ich zu den anderen und eilte in die entgegengesetzte Richtung.

XIV

Es war natürlich fraglich, ob Alex noch da sein würde, denn er hatte mich schließlich in der Vormittagspause erwartet, aber ich wollte es wenigstens versuchen.

Ausnahmsweise hatte ich keine Schwierigkeiten, den Weg zu finden. Wie zuvor lief ich durch die unbewohnten, ineinander übergehenden Zimmer, deren dicke Teppiche das Geräusch meiner Schritte schluckten. Doch diesmal kam mir jemand aus der anderen Richtung entgegen, als ich mich der geschlossenen Tür näherte, hinter der ich Alex' Büro vermutete. Ein Mann mittleren Alters in Arbeitskleidung.

Er sah mich nicht. Wir waren immer noch durch ein Zimmer voneinander getrennt, und außerdem schien er in Gedanken zu sein und ging schnell. Bei Alex' Tür angekommen, klopfte er und steckte den Kopf ins Zimmer, ohne eine Antwort abzuwarten. Er hatte ein Raubvogelprofil mit einer Hakennase und harten, schmalen Lippen.

Ich hörte, wie er etwas sagte, das dringlich und schroff klang, und wie Alex antwortete, dann ging der Raubvogelgesichtige mit einem Stirnrunzeln hinein und schloß die Tür hinter sich.

Wahrscheinlich einer der Arbeiter, der ein Problem hat,

dachte ich. Weil ich ihr Gespräch nicht durch so etwas Belangloses wie meine E-Mail stören wollte, machte ich kehrt, ging durch die halbdunklen Zimmer zurück und ließ mich von meinem Magen durch die verwinkelten Flure zum Eßzimmer führen, wo die anderen schon versammelt waren.

XV

Der Nachmittag verging wie im Flug.

Auf einmal war es sechs Uhr, und alle packten ihre Skripts zusammen und erhoben sich unter Gähnen und Strecken. Die Italiener schüttelten wieder unsere Hände und verabschiedeten sich. Der erste Probentag war vorüber.

Ich überlegte, ob ich noch einmal versuchen sollte, Alex in seinem Arbeitszimmer anzutreffen, aber er war sicher inzwischen gegangen. Also beschloß ich, lieber ein Bad zu nehmen und mich umzuziehen, und sagte mir, daß ich ja später beim Abendessen mit ihm sprechen konnte.

Aber er kam nicht zum Abendessen. Sein Stuhl am Kopfende des Tisches war noch leer, als die Vorspeise aufgetragen wurde, und als Rupert Teresa fragte, ob wir nicht warten sollten, schüttelte sie den Kopf und murmelte etwas davon, daß Signor D'Ascanio geschäftlich weggemußt habe und nicht mit uns essen werde.

Teresa wirkte an diesem Abend etwas umgänglicher. Sie hatte eine neue Hilfe, eine nervöse junge Frau, deren zögerliche Bewegungen mich an meine eigenen Anfänge als Kellnerin erinnerten, und sah deswegen weniger angespannt aus.

Es blieb noch ein zweiter Stuhl frei, und ich fragte mich gerade, in welcher Art von Geschäften Alex wohl unterwegs war, als meine Spekulationen durch Daniela Forlanis Ankunft beendet wurden. Sie kam mit der Nonchalance einer Frau zu spät, für die es selbstverständlich war, daß andere sich ihrem Zeitplan anzupassen hatten.

Wie schon zuvor wurden die Männer durch ihr Erscheinen elektrisiert. Außer Rupert, aber selbst der schien sie interessant zu finden und betrachtete sie, als würde er eine klassische Skulptur bewundern. Was sie mir nicht unbedingt sympathischer machte.

Sie setzte sich neben Nicholas, breitete ihre Serviette aus und bat um Wein. »Mir ist kalt von diesem Regenwetter, und ich war heute viel draußen bei meinen Männern, um zu sehen, wie sie vorankommen.«

Rupert, stets darum bemüht, ein Tischgespräch in Gang zu bringen, fragte sie, ob ihre Handwerker im Ort wohnten.

»Nein, hier«, antwortete sie. »Hier auf dem Grundstück. Wenn Sie den Weg hinunter zu meiner Villa gehen, kommen Sie an den Außengebäuden vorbei, wo sie wohnen.«

Den sah erstaunt von seinem Teller auf. »Ihre Männer wohnen in Außengebäuden?«

Rupert lachte. »Keine amerikanischen Außengebäude, Dennis. Damit sind keine Ställe oder Klos gemeint, sondern einfach Nebengebäude.«

»Ach so, warum sagen Sie das nicht gleich?« Den grinste.

Daniela, die die Unterschiede zwischen britischem und amerikanischem Englisch gleichgültig ließen, sah sich um. »Wo ist Alessandro?«

»Teresa sagt, er wurde wegbeordert«, erklärte Rupert.

»Ah ja? Ich hoffe, es wird nicht zu spät«, sagte sie. »Er hat mir versprochen, heute abend vorbeizukommen und mein Feuer zu entzünden.« Ich fand diese Bemerkung ausgesprochen gewagt in der Gesellschaft von Fremden, bis ich merkte, daß ihr die anzügliche Doppeldeutigkeit völlig entging. Angesichts unserer hochgezogenen Augenbrauen fügte sie hinzu: »Das Feuer in meinem Haus brennt nicht richtig, ich bekomme es nicht warm. Und es ist immer noch so kalt für Frühling.«

Den beugte sich zu ihr hinüber, ganz der Casanova. »Ich

komme gern und helfe Ihnen, wenn Sie möchten. Ich bin gar nicht so schlecht im Einheizen.« Die Ambivalenz war bei ihm noch deutlicher, aber Daniela bekam sie wieder nicht mit und winkte mit einer perfekt manikürten Hand ab.

»Nein, schon gut. Für Alessandro ist es einfacher, er hat es schon oft gemacht.«

Den hob sein Weinglas und murmelte: »Darauf könnte ich wetten, der Glückspilz.« Laut fragte er: »Wohnen Sie immer dort unten in der Villa, wenn Sie hier sind? Warum nicht im Haupthaus?«

Sie zuckte die Achseln. »Ich bin an viel Platz gewöhnt. Ich würde es nicht mögen, nur ein einziges Zimmer für mich zu haben.«

Sie mußte wirklich an sehr viel Platz gewöhnt sein, um die Räume in Il Piacere als beengend zu empfinden. Meine Suite war etwa anderthalbmal so groß wie meine Wohnung in London. Höflich sagte ich zu ihr: »Sie kommen sicher viel herum durch Ihre Arbeit.«

»Ja, ich bin ständig auf Reisen. Allein in der vergangenen Woche war ich auf Sardinien und in Rom.« Immer noch kein Wort über Venedig, dachte ich. »Die Stiftung besitzt viele Objekte«, fuhr sie fort. »Aber das ist gut so. Es war der Wunsch meines verstorbenen Mannes, daß die schönsten Anwesen des Landes erhalten und allen Italienern zugänglich gemacht werden sollen. Er wäre sehr glücklich darüber, daß wir Il Piacere gewinnen konnten. Er war ein großer Bewunderer von Alessandros Großvater.«

Beide hatten sie ein Faible für sehr viel jüngere Frauen gehabt, stellte ich maliziös fest. Obwohl es im Falle Forlanis wohl eher andersherum gewesen war. Ich konnte mir zwar vorstellen, daß Celia die Erste aus Liebe bei Galeazzo geblieben war, aber nach meiner kurzen Bekanntschaft mit Daniela bezweifelte ich, daß Liebe das Motiv für ihre Heirat mit einem sehr alten und sehr reichen Mann gewesen war. Genauso bezweifelte ich, daß in ihrer Beziehung zu Alex Liebe eine Rolle spielte. Er war ebenfalls reich.

In meine unfreundlichen Überlegungen hinein fragte

Madeleine: »Wo wird Alex leben, wenn Il Piacere ganz in den Besitz der Stiftung übergeht? Wissen Sie das?«

»Er hat natürlich noch andere Häuser«, sagte Daniela, als ob jeder normale Mensch hier und da ein paar Villen besäße. »Außerdem wird er ein lebenslanges Nutzungsrecht für Il Piacere behalten.« Offensichtlich gelangweilt von Gesprächen über die Stiftung wechselte sie das Thema. »Wie ich höre, kommt Ihre Tochter am Wochenende. Ist das richtig?«

Madeleine bestätigte es mit einem Lächeln. »Alex war so freundlich, alles in die Wege zu leiten.«

»Wird Sie das nicht in Ihrer Arbeit behindern, wenn Sie sich um ein Kind kümmern müssen?«

»Das glaube ich nicht. Ich denke, sie wird die meiste Zeit über schlafen. Sie hat das Pfeiffersche Drüsenfieber.«

»O je«, sagte Den. »Das haut einen wirklich um. Arme Kleine.«

»Falls sie es wirklich hat«, warf Nicholas ein. »Es wäre Poppy glatt zuzutrauen, daß sie sich krank stellt, um ihren Willen durchzusetzen.«

Madeleine seufzte. »Nicky, bitte ...«

»Ich meine ja nur.«

»Poppy?« fragte Daniela. »So heißt Ihre Tochter? Komischer Name.«

Madeleine lächelte nur höflich und aß weiter, aber ich mußte mir den Mund verbrennen. »Ich finde, es ist ein sehr hübscher Name.«

»Celia«, sagte Rupert. »Würdest du mir bitte die Karotten reichen?«

»Poppy ist wenigstens etwas Besonderes, so hätte ich gern geheißen, statt mir den Namen Celia mit drei anderen Mädchen in meiner Klasse teilen zu müssen.«

»Aber dann hätten Sie wohl kaum die Rolle in diesem Stück bekommen, oder?« sagte Daniela.

»Celia, Liebes, die Karotten.« Ich biß mir kräftig auf die Zunge und reichte ihm die Schüssel, während Daniela sich in aller Ruhe Nicholas zuwandte.

»Sie haben also heute mit den Proben begonnen, ja?«

»Ja, das stimmt.«

»Ich muß einmal kommen und Ihnen zusehen. Ich wollte schon immer mal bei einer Theaterprobe dabeisein.«

Madeleine richtete sich auf, mit einer so subtilen Bewegung, daß ich sie gar nicht bemerkt hätte, wenn ich nicht gerade in ihre Richtung gesehen hätte. Aber Rupert verstand sofort. Er warf ihr einen beschwichtigenden Blick zu und erklärte Daniela: »Es tut mir leid, aber wir lassen in diesem Stadium der Proben keine Besucher zu. Das verursacht zuviel Ablenkung.«

»Verstehe.« Trotz ihrer scheinbar einsichtigen Antwort spürte ich, daß sie es genau wie Nicholas verabscheute, Vorschriften gemacht zu bekommen. Wenn sie sich etwas in den Kopf gesetzt hatte, würde sie sich nicht davon abhalten lassen.

XVI

Ich hatte es mir gerade mit Galeazzos Liebesgedichten auf dem Sofa in meinem Wohnzimmer bequem gemacht, als jemand an die Tür klopfte.

Es war Teresa.

»Signorina Sands, Signor D'Ascanio sagt, daß Sie jetzt kommen können, wenn Sie möchten. Er erwartet Sie in der Veranda della Diana.«

»Wo bitte?«

»In der Veranda della Diana. Das ist das Zimmer, in dem er arbeitet. Ich bringe Sie hin.«

Ich hätte mich gern etwas zurechtgemacht, mir wenigstens die Haare gekämmt, aber sie ging schon voraus, und ich traute es mir nicht zu, den Raum vom Damenflügel aus allein zu finden. Es war zugegebenermaßen sehr viel bequemer, sich von jemandem durch die Korridore führen zu lassen, auch wenn Teresas aufrechter, förmlicher Gang mir das Gefühl gab, zu einer Audienz bei Hofe gerufen worden zu sein. Als wir die Haupttreppe hinunter in die Eingangshalle gingen, spürte ich die Augen der körperlosen, in Stein gehauenen Köpfe in den Nischen auf mich gerichtet und stellte mir vor, es wären Höflinge, die zusahen, wie ich zum König geleitet wurde.

Von der Halle aus hätte ich den Weg auch allein finden können, denn das hatte ich bereits zweimal an diesem Tag getan. Aber Teresa bestand darauf, mich bis zur Tür des Arbeitszimmers zu geleiten, sogar anzuklopfen und sich dann sofort zurückzuziehen, ehe ich ihr danken konnte.

Ein lautes »Wau!« antwortete auf das Klopfen, und einer der Windhunde tapste zur Tür und schnupperte, während Alex »Herein« rief.

Ich schob die Tür vorsichtig auf, aber Max war schon zurückgewichen und begrüßte mich mit ritterlichem Schwanzwedeln, ehe er zu seinem Herrn zurücktrottete.

Er hatte eine ordentliche Distanz zu überwinden, denn der Raum war ungewöhnlich lang. Trotzdem erschien er mir als der gemütlichste, den ich bisher in der ganzen Villa gesehen hatte, eine Art Wintergarten, der aus der Hausfront herausragte und an den drei Außenwänden von hohen Fenstern umgeben war, während Vitrinenschränke voller Bücher die vierte Wand bedeckten. Die allgegenwärtigen Orientteppiche verliehen dem Zimmer Wärme, so abgelaufen sie auch aussahen, und die verblichenen gestreiften Vorhänge waren zum Teil vor der Nacht zugezogen worden, damit sich der Schein der Steh- und Schreibtischlampen nicht in den Fenstern spiegelte. Mehrere Sessel standen wahllos in der Gegend herum – ein paar Korbsessel mit Kissen aus demselben gestreiften Stoff und ein schwerer Ledersessel, der offenbar zum Lesen gedacht war –, aber im Grunde war der Raum ein Arbeitszimmer.

Der ausladende Schreibtisch am anderen Ende war von Papieren und Büchern übersät, die mit einem Computermonitor um Platz rangen. Dahinter saß Alex, und hinter ihm stand eine Säule mit einer Bronzestatue darauf, die eine weibliche Figur mit Pfeil und Bogen und einem Jagdhund zu ihren Füßen zeigte. Die Göttin Diana, die dem Zimmer den Namen gegeben hatte.

Alex sah von seinen Papieren auf. Im Licht des Bildschirms wirkte sein Gesicht blaß und müde. »Wie gut, daß Teresa Sie gefunden hat«, sagte er. »Ich hatte schon ein ganz schlechtes Gewissen, weil wir uns heute morgen verpaßt haben.«

»Nein, das war meine Schuld«, beeilte ich mich zu erklären. »Ich konnte in der Pause nicht weg, und als ich mittags kam, war schon jemand bei Ihnen ...«

Sein Blick war so durchdringend, daß er mich verunsicherte und ich zaghaft endete: »... deshalb wollte ich Sie nicht stören und dachte, es hat Zeit bis später.«

Er schob seinen Stuhl zurück und zog einen zweiten heran, damit ich mich an den Computer setzen konnte. »Jetzt ist es später«, sagte er. »Schicken Sie Ihre E-Mail.«

Die Hunde machten ebenfalls Platz und zogen sich in die Ecke hinter Alex zurück, wo sie uns kraftvoll gespannt wie Sprungfedern beobachteten. Nero war immer noch mißtrauischer oder hochmütiger als Max, der freundlich die Ohren aufstellte, als ich ihn ansah. Während Alex mir das italienische Programm erklärte, schob Max sich auf dem Teppich vorwärts, bis seine Nase meinen Fußknöchel berührte.

»Hier fügen Sie die Adresse ein«, sagte Alex, »und dort klicken Sie an, um die Nachricht zu schreiben.«

Er drehte sich diskret um, solange ich schrieb, und beschäftigte sich mit einem aufgeschlagenen Aktenordner auf dem Schreibtisch. Er schien irgendwelche Zahlenkolonnen zu prüfen, und unser einträchtiges Schweigen versetzte mich in meine Kindheit zurück, als ich an dem alten Wohnzimmertisch bei Rupert und Bryan meine Schulaufgaben machte, während Bryan neben mir über das Haushaltsbuch gebeugt saß.

Ich spürte ein Ziehen in meiner Brust, das wohl zum Teil darauf zurückzuführen war, daß ich Bryan vermißte, zum

Teil aber auch von einem merkwürdigen Gefühl der Vertrautheit und Schicksalhaftigkeit herrührte. Es war, stellte ich mit einem verstohlenen Blick zu Alex fest, wie die Vorwegnahme einer Situation, die sich in den kommenden Jahren noch oft wiederholen würde. Was natürlich lächerlich war. Kopfschüttelnd konzentrierte ich mich wieder auf meine Nachricht.

Ich erzählte Bryan nicht alles, denn das hätte Stunden gedauert. Aus reiner Neugier erkundigte ich mich über Den, ohne darauf einzugehen, daß Rupert sich irgendwie komisch verhielt, seit wir ihn in Venedig getroffen hatten. Immerhin bestand die Chance, daß Bryan wußte, was zwischen den beiden vorgefallen war. Ich stellte die Frage wie nebenbei und beschrieb dann kurz das Theater, meine Zimmer und den ersten Probentag. *Madeleine Hedrick ist übrigens total nett,* schrieb ich. *Du hattest recht (wie immer?). Alles Liebe, Dein Engelchen.*

»Fertig«, sagte ich. »Kann ich sie gleich abschicken?«

Alex nickte und zeigte mir, wie es ging. »Ich sage Ihnen selbstverständlich Bescheid, sobald er antwortet.«

»Ach so, daran habe ich gar nicht gedacht. Ich meine, ich habe ihm zwar nicht geschrieben, daß er *nicht* antworten soll ... aber ich möchte Ihnen keine weiteren Umstände machen.«

Er wehrte ab. »Wir Italiener sind große Romantiker, wissen Sie. Wir haben viel Verständnis für Liebesdinge.«

Ich war wieder einmal schwer von Begriff. »Liebesdinge? ... O nein, so ist es nicht«, klärte ich ihn lachend auf. »Bryan ist nicht mein Freund, er ist ... na ja, wie ein Vater. Einer meiner Väter.« Auf seinen fragenden Blick ergänzte ich: »Er und Rupert haben mich praktisch aufgezogen.«

»Ah, er ist Ruperts Lebensgefährte.«

Es kam recht selbstverständlich heraus, aber ich fragte trotzdem nach. »Schockiert Sie das?«

Er bedachte mich mit einem ironischen Blick. »Ich war auf einem Jungeninternat.« Ich hätte es dabei bewenden lassen, aber Alex sah sich offenbar genötigt hinzuzufügen: »Es ist keine Lebensweise, die ich verstehen kann. Was aber nicht heißt, daß ich sie mißbillige. Im übrigen schätze ich Rupert sehr, und es geht mich nichts an, mit wem er zusammenlebt.« Interessiert drehte er seinen Stuhl zu mir herum. »Sie sagen, er hat Sie aufgezogen?«

»Meine Schule lag in der Nähe ihrer Wohnung. Meine Mutter war nicht oft zu Hause. Also habe ich meistens bei Ru und Bryan übernachtet.«

»Verstehe.« Er nickte und sah zur Seite, und nun war ich an der Reihe, ihn neugierig zu mustern.

»Entschuldigung«, sagte ich, als er es bemerkte, und wandte mich wieder dem Bildschirm zu. »Es ist nur so, daß die meisten Leute irgendeinen kritischen Kommentar abgeben, wenn Homosexuelle Kinder aufziehen.«

»Die meisten Leute sind selbst nicht in der Lage, Kinder aufzuziehen.« Ein Hauch von Bitterkeit schwang in seiner Stimme mit, und Max zu meinen Füßen hob den Kopf und spitzte die Ohren. Sein Herr klopfte mit einer reflexartigen Bewegung seinen Hals, worauf der Windhund sich zufrieden schnaubend niederließ. Alex zeigte mir dieses kurze Lächeln, das nichts preisgab. »Falls Sie meine Meinung hören wollen: Ich denke, Sie haben Glück gehabt, weil Sie geliebt wurden.«

Dann sah er auf seine Armbanduhr, was ich als Aufforderung interpretierte, ihn allein zu lassen. »Ich werde jetzt wohl besser gehen. Danke dafür« – ich deutete auf den Computer – »das war wirklich nett …«

»Ich begleite Sie zurück.« Er machte einen Schritt zur Tür, und die Hunde sprangen wie zwei kleine Leibwächter sofort auf die Beine, bereit zu neuen Unternehmungen. Nero stupste mich kühn mit der Schnauze ans Knie, und ich versuchte vorsichtig, ihn zu streicheln.

»Er beißt nicht«, sagte Alex.

Aber Nero war schon wieder weg. Wie sein Herrchen mochte auch er es nicht, wenn man ihm zu nahe kam. Die Hunde liefen uns durch die Gänge voraus und blieben ab und zu stehen, um sicherzugehen, daß wir ihnen folgten.

So froh ich über die Eskorte war, fand ich das lange Schweigen unterwegs doch zermürbend und suchte angestrengt nach einem neutralen Gesprächsstoff. »Wir haben Sie beim Abendessen vermißt«, sagte ich. »Teresa meinte, Sie hätten geschäftlich fortgemußt?«

»Ja.«

Eine Sackgasse. Ich versuchte es erneut. »Signora Forlani ist auf der Suche nach Ihnen. Sie möchte, daß Sie ihr Feuer anzünden.«

Das lockte ihn aus der Reserve. Sein Mund zuckte. »Soso, das hat sie gesagt, ja?«

»Das waren ihre Worte.«

»Dann werde ich mal sehen, was ich tun kann.«

Wir hatten den Damenflügel erreicht und standen in dem sanft beleuchteten Flur mit den Buntglasfenstern vor dem dunklen Nachthimmel über uns. Ich hörte gedämpfte Musik und Stimmen aus Madeleines Zimmer und sagte leise: »Nochmals vielen Dank ...«

»Es war mir ein Vergnügen.« Er entfernte sich mit den Hunden, blieb plötzlich stehen und drehte sich noch einmal um. »Haben Sie eigentlich einen freien Tag während der Proben?«

»Ja, sonntags. Warum?«

»Es gibt hier eine Menge anzusehen, in der Gegend um Mira. Vielleicht möchten Sie mal einen kleinen Ausflug machen?«

Bat er mich tatsächlich um eine Verabredung? Völlig verdattert wich ich der Frage aus. »Danke für das Angebot.«

»Nichts zu danken.« Damit drehte er sich endgültig um und ging mit seinem Gefolge davon.

Als sie außer Sicht waren, lief ich direkt in mein Schlafzimmer, wo ich mich der Länge nach aufs Bett warf und Celias Porträt anstarrte.

»Was würdest du tun?« fragte ich, doch sie lächelte nur mit ihren sanften, wissenden Augen auf mich herab.

DRITTER AKT

AUFTRITT EIN GEIST

All her particular worth grows to this sum:
She stains the time past: lights the time to come.

John Webster, »The Duchess of Malfi«,
1. Akt, 2. Szene

I

Am nächsten Morgen wachte ich früh auf und machte mich auf die Suche nach Madeleine. Ich fand sie auf der Terrasse, wo sie sich mit süßen Brötchen und einer Kanne Tee niedergelassen hatte und den morgendlichen Blick auf den See genoß.

Sie drehte sich um, als sie mich kommen hörte, und lächelte. »Du hast dich ja so fein gemacht heute morgen«, lautete ihre Begrüßung.

»Ach so. Mein Probenkostüm«, erklärte ich den langen Rock mit Gürtel und Bluse. »Es hilft mir, mich in meine Figur hineinzuversetzen, wenn ich mich der Zeit entsprechend kleide.«

»Aha«, sie nickte mit dem Verständnis des alten Hasen. »Du hängst also der Von-außen-nach innen-Methode an? Wie Larry Olivier. Er sagte immer, man müsse seiner Gestalt zuerst die Schuhe anziehen, dann käme der Rest von ganz allein. Dagegen hat der gute alte Ralph Richardson von innen nach außen gearbeitet und sich hauptsächlich auf die Gefühle seiner Personen konzentriert.«

»Also, ich mache irgendwie beides«, gestand ich. »Ich kümmere mich eigentlich auch mehr um die Gefühle meiner Figur als um ihre Aufmachung, aber die Kleider, die man trägt, wirken sich auf die Bewegungen aus, und die wirken wiederum auf die Gefühle ein und deshalb …«

»… beschränkst du dich nicht auf eine Technik. Verstehe ich vollkommen. Setz dich doch. Hier müßte irgendwo noch ein Stuhl herumstehen.«

»Nein, es geht schon so.« Ich hockte mich auf die Brüstung, damit ich sie ansehen konnte.

»Möchtest du Tee? Es ist noch genug in der Kanne. Das neue Mädchen hat ihn mir herausgebracht, das arme Ding. Sie ist das reinste Nervenbündel, weil sie unter Teresa arbeiten muß.«

Ich goß mir Tee ein und zuckerte ihn. »Teresas Mann ist immer noch nicht zurück?«

»Ich glaube nicht. Es sei denn«, gab sie schelmisch zu bedenken, »sie hat ihn um die Ecke gebracht, weil er ihr immer soviel Kummer macht.«

»Wer könnte ihr das verübeln«, sagte ich. »Ich würde mir das nicht von meinem Mann bieten lassen, daß er einfach tagelang verschwindet.«

Unter Madeleines freundlichem, geduldigem Blick spürte ich wieder den Unterschied an Jahren und Erfahrung zwischen uns. »Jeder Mann hat seine Fehler. Und jede Frau«, fuhr sie fort und drehte dabei ihren Kopf dem Geräusch von schnellen Schritten zu, die über die Steintreppe vom Garten heraufkamen, »hat ihre eigene Toleranzgrenze.«

Nicholas, der scheinbar immer genau aufs Stichwort kam, tauchte oben auf der Treppe auf, seine dunklen Haare vom Wind zerzaust. Er glättete sie mit einer Hand und lächelte. »Da bist du ja, Schatz. Ich dachte mir, daß ich dich hier finden würde.« Er schlenderte herbei und gab Madeleine einen Kuß.

»Du hast einen Spaziergang gemacht«, stellte sie fest.

»Mmm. Bin bis zum Theater gegangen und wieder zurück. Hast du mich vermißt?«

»Celia hat mir Gesellschaft geleistet.«

»Aha.« Er richtete sich auf und sah mich an. »Formelle Kleidung zum Frühstück, ja? Warum hat mir niemand Bescheid gesagt?«

»Spotte nicht, Liebling«, warnte Madeleine. »Ich bin auch schon hin und wieder im Rollenkostüm zu Proben erschienen.«

»Ich spotte ja gar nicht.« Er zündete eine Zigarette an und

lehnte sich neben mich an die Brüstung. »Hauptsache, es hilft, sage ich immer. Solange ich in Jeans kommen kann, bin ich mit allem einverstanden.«

Madeleine betrachtete ihn sinnierend. »Ich glaube, es würde mir gefallen, dich jeden Tag in Uniform zu sehen.«

»Spätestens bei der Aufführung kommst du in den Genuß«, versprach er. »Aber in einer Uniform zu proben würde mir nicht das Gefühl geben, ein Soldat zu sein. Das kommt von hier.« Er tippte sich mit dem Finger auf die Brust. »Um mich wie ein Soldat zu benehmen, muß ich den Stolz eines Soldaten fühlen, die Angst, für feige gehalten zu werden, sein Pflichtgefühl ...« Während er sprach, nahm sein Körper Haltung an, mit geraden Schultern und vorgerecktem Kinn. »Da ist es, seht ihr? Das ist Johnny, wie er leibt und lebt.«

»Aber Johnny ist doch sicher noch mehr als das«, entgegnete Madeleine.

»Nicht sehr viel mehr. Er ist pflichtbesessen und ein bißchen fanatisch. Warum sollte er sich sonst vor die Frontlinie werfen, bloß auf die Prophezeiung hin, daß seine Leute dann den Krieg gewinnen?«

»Ich habe mich schon gefragt«, sagte sie, »ob er nicht unter Schuldgefühlen leidet.«

»Weshalb?«

Sie senkte die Augen und hob unverbindlich eine Schulter. »Vielleicht war er seiner Frau untreu? Die Möglichkeit wird im Stück angedeutet, aber offengelassen.«

Nicholas lehnte sich wieder gegen die Steinbrüstung, stieß eine Rauchfahne aus und fixierte ihr Gesicht. »Was glaubst du?«

»Ich bin nicht sicher.«

»Aber ich. Er war ihr treu.« Er drehte sich um und schnippte seine Asche über den Terrassenrand. »Habt ihr eine Sirene gehört? Da kommen die Arbeiter.«

Ich sah nur noch ein kariertes Hemd zwischen den Bäumen verschwinden. »Hoffentlich arbeiten sie heute drinnen«, bemerkte ich mit einem skeptischen Blick auf die Wolkenbank am anderen Ufer, unter der der See ein unruhiges Grau annahm. »Sieht nicht so aus, als ob das schöne Wetter hält.«

Madeleine hörte nicht zu, ihr Blick war immer noch auf Nicholas gerichtet. Ich dachte zuerst, sie würde ihn weiter danach befragen, wo er gewesen war, aber sie schwieg, und nach einer Weile deutete er auf ihr Frühstückstablett. »Ist noch Tee in der Kanne?«

»Falls ja, ist er inzwischen eiskalt.«

»Dann gib sie her. Ich hole uns frischen. Bin gleich zurück.«

Ich konnte nicht anders als zu beobachten, wie Madeleine ihm nachsah. Sie saß ganz still, ihr Blick klar und frei von Emotionen. Dann lächelte sie mich ein wenig befangen an. »Er wird mich natürlich verlassen«, sagte sie leichthin. »Das tun sie alle. Aber er ist ein netter Zeitvertreib.«

Das klang fast entschuldigend, was nur mein schlechtes Gewissen weckte. Wenn ich damals nicht diesen blöden, kindischen Streit mit meiner Mutter angefangen hätte, wäre Madeleines Leben wahrscheinlich glücklich und friedlich verlaufen – kein Skandal, keine Scheidung, keine Abfolge von jugendlichen, untreuen Liebhabern wie Nicholas. Wie die Figur meiner Witwe in D'Ascanios Stück wünschte ich, ich könnte die Uhr nur ein einziges Mal zurückdrehen und alles wiedergutmachen. Doch im wirklichen Leben bekam man keine zweite Chance.

Ein Widerschein meiner Gefühle mußte sich auf meinem Gesicht abgezeichnet haben, denn sie sagte: »Schau nicht so bedrückt drein, Celia. Mein Liebesleben ist nicht deine Schuld.«

II

Ein Blatt Papier war unter meiner Tür hindurchgeschoben worden – Bryans Antwort auf meine E-Mail vom Vorabend.

Wie immer fühlte ich mich durch Bryans Gegenwart, egal in welcher Form, getröstet, und nachdem ich seine Nachricht in dem typischen liebevollen Plauderton gelesen hatte, hob sich meine Laune merklich. Er verbarg seine Überraschung darüber nicht, daß Den O'Malley den ursprünglich vorgesehenen Inspizienten ersetzt hatte, aber abgesehen von ein paar geringfügigen Informationen – daß Den einmal in London gelebt und bei ein oder zwei Projekten mit Rupert zusammengearbeitet hatte – wußte Bryan nichts zu berichten, das mir Ruperts Verhalten erklären konnte.

Ich führte es also weiterhin auf seinen Beschützerinstinkt zurück, mit dem er sein kleines Mädchen davor bewahren wollte, von einem berüchtigten, wenn auch sympathischen Casanova verdorben zu werden. Hinzu kam vielleicht noch, daß er mich mit niemandem teilen wollte, weil er diesen Aufenthalt als eine besondere Zeit für uns beide gedacht hatte, in der wir zum ersten- und letztenmal gemeinsam ein Stück proben würden. Was diese zweite Sorge betraf, so konnte ich nicht viel tun, außer möglichst viel Freizeit mit Rupert zu verbringen, aber seine erste Sorge wollte ich ihm noch vor der Probe an diesem Tag nehmen.

»... du brauchst dir also überhaupt keine Gedanken zu machen«, beendete ich meine kleine Ansprache. »Ich meine, Den ist fast so alt wie du ...«

»Ein Methusalem«, pflichtete Rupert mir mit ernstem Nicken bei.

»Du weißt, wie ich es meine.«

»Ja, sicher.« Er wirkte zerstreut, gähnte und klammerte sich an einer Tasse Kaffee fest. »Die Sache mit Dennis ist ...«

»Guten Morgen, Schönheit«, sagte Den, der energiegeladen in den Probenraum gestürmt kam. »Ich habe dich beim Frühstück vermißt.«

»Ich bin schon um acht heruntergekommen und nicht lange geblieben«, erklärte ich. »Ich mußte wieder hinaufgehen und meine Aufwärmübungen machen.« Auch wenn ich auf der Bühne alles andere vergessen konnte, machte ich meine Körper- und Stimmübungen nicht gern vor Publikum, und außerdem zog ich die schmeichelhafte Akustik meines Badezimmers dem Probenraum vor.

»Ganz allein? Wie langweilig. Ich hätte dir doch Gesellschaft leisten können.«

»Nein, danke«, ich lachte. »Dabei kann ich keine Ablenkung gebrauchen.«

»Na, das ist doch schon was«, rief er erfreut. »Wenigstens bin ich eine Ablenkung für dich.«

Ohne von seinen Notizen aufzusehen, sagte Rupert: »Dennis, du bist so einiges. Und wenn du jetzt nicht aufhörst zu quatschen und dich hinsetzt, damit wir mit der Arbeit beginnen können, bin ich versucht, ein paar deiner zahlreichen Eigenschaften aufzuzählen.«

Es klang scherzhaft und freundschaftlich, aber manchmal wußte man bei Rupert nicht so genau, woran man war.

III

Während der nächsten Tage arbeiteten wir noch am Tisch, und erst gegen Ende der Woche stellten wir uns hin und versuchten, mit dem Text in den Händen, dem ersten Akt Gestalt zu geben. Der lange Tisch und die Stühle wurden an eine Wand gerückt und neue Möbel als improvisiertes Bühnenbild in den Kreidekreis unserer »Probebühne« hereingetragen: ein kleiner, runder Tisch und zwei hart gepolsterte Sessel, die zusammen mit einem imaginären Kronleuchter die einzigen Requisiten waren, mit denen wir arbeiteten.

Rupert ließ uns, wie es seine Gewohnheit war, zunächst einmal die Gesten und Haltungen finden, die zu unseren Figuren paßten. Er sagte wenig, kreiste ständig um uns herum, beobachtete, prüfte und unterbrach nur, wenn etwas nicht richtig aussah. Ich mußte sehr viel mehr an meine Position denken als auf einer normalen Bühne. Ein Amphitheater verlangte andere Bewegungen, manchmal nur kleine Nuancen, aber fein abgestimmt, so daß alle im Publikum mehr sahen als unsere Rücken und sich mit einbezogen fühlten.

Am Samstag abend schließlich war ich so erschöpft, daß ich von meinem Bad nach dem Essen direkt ins Bett wankte und mich auf langes Ausschlafen und einen ruhigen Sonntag freute.

Ich hätte es besser wissen müssen.

Die Vögel weckten mich früh mit ihrem Gezwitscher, offenbar begierig, das Ende des Regens anzukündigen, der während der vergangenen Tage mehr oder weniger stetig gefallen war. Obwohl der Nebel immer noch in den grünen Hügeln hing wie Rauch von einem Waldbrand und nahtlos in den wolkenverhangenen Himmel überging, konnte ich jetzt wenigstens in den Park und bis hinunter zum See blicken, und das monotone Prasseln gegen die Fensterscheiben hatte aufgehört. Nur das rhythmische Tropfen von Blättern und Blumen, die die Nässe abschüttelten, untermalte den Vogelgesang. Und noch etwas anderes war zu hören … eine Stimme von unterhalb der Terrasse, volltönend und ohne Rücksicht auf die frühe Stunde. Es war die Stimme einer Frau, einer Engländerin.

Eine Wagentür wurde zugeschlagen, und kleine, schleppende Schritte begannen, die Treppe hinaufzusteigen, gefolgt von entschlosseneren Füßen. Ich sah rechtzeitig zum Fenster hinaus, um noch eine schmale Gestalt in einem übergroßen, silbernen Regenmantel mit Kapuze am Ende der Terrasse zu erspähen. Das mußte Madeleines Tochter sein.

Die Frau hinter ihr war groß und hager und hatte einen dichten weißen Haarschopf. Sie trug nur einen irischen Wollpullover und Hosen gegen die Nässe und hielt in jeder Hand einen schlichten Lederkoffer. Warum sie vom Park herauf und nicht durch den Vordereingang kamen, wußte ich nicht, aber da der Mann, mit dem sich Alex neulich nachts getroffen hatte, auch über die Terrasse gekommen war, vermutete ich, daß dies der schnellste Weg von der Garage oder irgendeinem Parkplatz zum Haus war.

Während die Frau und das Mädchen die glitschigen grauen Steinplatten überquerten, ging unter mir eine Tür auf, und Teresa kam heraus, um ihnen das Gepäck abzunehmen, wobei sie noch ihre Schürze trug, als wäre sie auf den Besuch nicht vorbereitet gewesen.

Madeleine mußte die Ankunft der beiden ebenfalls vom Fenster aus beobachtet haben, denn ich hörte ihre Zimmertür und ein Knarren im Flur, als sie nach unten eilte. Weil ich Mutter und Tochter Zeit zur Begrüßung geben wollte, beeilte ich mich nicht mit dem Anziehen, und als ich endlich zum Frühstück ging, erwartete ich eigentlich, daß Poppy Hedrick schon in dem für sie vorbereiteten Zimmer im Bett liegen würde. Aber sie saß im Eßzimmer mit Madeleine und der älteren Frau, nippte an ihrem Tee und versuchte mit der ganzen Ernsthaftigkeit einer Zwölfjährigen, erwachsen zu wirken.

Sie war ein sehr anziehendes Kind, wenn man von dem mürrischen Ausdruck auf ihrem Gesicht absah, ohne den sie richtig hübsch gewesen wäre. Aber auch das war normal in diesem Alter, erinnerte ich mich dunkel. Von dem voluminösen Regenmantel befreit wirkte sie zerbrechlich, mit überlangen, feinen Gliedern und dem dunklen Haar ihrer Mutter, das in weichen Wellen um ihre schmalen Schultern fiel und ein blasses Gesicht mit großen Augen einrahmte.

Sie sah mich an, als ich hereinkam, wartete aber, bis ich ihr vorgestellt wurde.

»Poppy, das ist Celia Sands, sie spielt auch in unserem Stück mit«, sagte Madeleine. »Celia, ich möchte dich mit meiner Tochter bekannt machen.«

Poppy gab mir förmlich die Hand. »Guten Tag.«

»Und das«, fuhr Madeleine fort, »ist Mrs. Farrow, die Poppy freundlicherweise den ganzen Weg von England her begleitet hat.«

»Mrs. Farrow.« Ihr Händedruck war eisern und kannte kein Zögern.

»Edwina«, verbesserte sie mit einer kultivierten Stimme, die sie als Angehörige der Oberschicht auswies. »Ich fühle mich immer so alt, wenn junge Frauen mich mit ›Mrs. Farrow‹ anreden, als wäre ich in einem Pflegeheim oder Krankenhaus oder so etwas.« Sie betrachtete mich von Kopf bis Fuß. »Sie sind also die junge Dame mit dem berühmten Namen.«

»So ist es.« Ich sah ihr gerade ins Gesicht und lächelte. »Ich fürchte, ich gleiche dem Original nicht sehr.«

Sie winkte ab. »Sie war eher eine schmückende Statue, wissen Sie, als ein Mensch aus Fleisch und Blut. Alles Fassade.«

Die Art, wie sie das sagte, und ihr unbestimmbares Alter veranlaßten mich zu der Frage: »Haben Sie sie denn gekannt?«

»Ich? Aber nein, ich war noch ein kleines Mädchen. Aber ich habe sie einmal im Old Vic gesehen, es war einer ihrer letzten Auftritte, glaube ich. An das Stück kann ich mich nicht mehr erinnern und an sie auch nicht mehr so recht, aber ich fand sie damals wunderschön.« Dann fiel ihr etwas ein. »Aber Sie wohnen doch in ihrer Suite, nicht wahr? Dann kennen Sie ja das Porträt.«

»Stimmt.«

»Wie schade, daß sie so jung gestorben ist«, bemerkte Madeleine.

Edwina Farrow zog die Augenbrauen hoch. »Das war unvermeidlich, würde ich sagen. Sie hatte eine unglückliche Aura.«

Ich hätte sie gern gefragt, was sie damit meinte, doch ihr Blick wanderte auf einmal an mir vorbei. »Ah, da bist du ja, Alex. Teresa hat dich doch nicht geweckt, oder? Gut. Ich habe ihr gesagt, sie soll dich schlafen lassen. Nero, Max, meine beiden Prachtjungs«, begrüßte sie die Windhunde, die völlig aus dem Häuschen waren und darum kämpften, wer zuerst auf ihren Schoß durfte. Sie schob sie lachend von sich und streichelte und lobte sie ausgiebig. »Na, das nenne ich eine angemessene Begrüßung«, sagte sie und dann zu Alex: »Von dir erwarte ich nicht dasselbe Ungestüm, mein Junge, aber ein ›Guten Morgen‹ wäre doch ein schöner Anfang.«

Alex stand immer noch in der Tür und wirkte an diesem Morgen etwa so alt wie ich in seinem T-shirt über den Jeans und mit seinen wirren, lockigen Haaren, die an den Spitzen noch feucht waren vom Duschen. Doch seine Haltung hatte nach wie vor etwas Steifes und Förmliches, das sich nun auch in seinem Gesicht zeigte, als er auf Edwina Farrow zuging und sie auf die Wange küßte.

»Guten Morgen, Großmama«, sagte er.

Erstaunt verglich ich die beiden. Alex hatte ja bereits erzählt, daß er zur Hälfte Engländer war, was deutlich zutage trat, wenn man ihn zusammen mit Teresa oder Daniela sah und seine Reserviertheit und die beherrschten Bewegungen ausgesprochen unitalienisch anmuteten. Um so merkwürdiger fand ich es daher, daß er mir neben Edwina plötzlich so unenglisch, so südländisch und fremd vorkam. Es war wahrscheinlich einfach eine Frage der Wahrnehmung, wie bei einem Kleid, das in einem bestimmten Licht blau aussah und in einem anderen grün.

Während ich noch über dieses Phänomen nachdachte, setzte er sich und fragte Edwina: »Wie seid ihr denn hergekommen? Ich dachte, ich sollte euch heute nachmittag in Desenzano am Bahnhof abholen.«

»Tja, wir haben unsere Pläne kurzfristig geändert. Der Zug hatte auf der Fahrt über die Alpen soviel Verspätung, daß wir erst heute früh in Mailand angekommen sind, und ich fand es sinnlos, noch in ein Hotel zu gehen oder stundenlang auf unseren Anschlußzug zu warten, zumal Poppy schließlich krank ist. Also dachte ich, was soll's, ich miete uns ein Auto.«

»Du bist gefahren? Den ganzen Weg von Mailand her?«

»Warum denn nicht? Ich habe schließlich einen Führerschein. Und das Auto kann in Brescia zurückgegeben werden, ich habe mich erkundigt. Giancarlo kann es morgen hinbringen.«

»Ich werde es selbst tun«, sagte Alex.

Edwina sah ihn scharf an. »Ist er mal wieder abgehauen? Ich dachte mir schon so etwas, als Teresa allein herauskam, um uns das Gepäck abzunehmen. Ist er auf einer seiner Sauftouren?«

»Ich weiß es nicht«, antwortete Alex geduldig. »Er hat sich noch nicht gemeldet.«

»Na, das ist typisch. Wie lange ist der denn schon weg?«

Alex zuckte die Achseln. »Erst eine Woche. Er kommt bestimmt bald zurück.«

»Erst eine Woche!« Sie schüttelte den Kopf. »Dein Vater hätte sich das niemals bieten lassen. Giancarlo wäre schon längst im hohen Bogen rausgeflogen, und Teresas Kochkünste hätten ihn auch nicht gerettet. Obwohl«, schränkte sie lächelnd ein, »Teresa wirklich eine verdammt gute Köchin ist. Meinst du, du könntest sie überreden, ihre köstlichen Gnocchi für mich zu machen, solange ich hier bin?«

»Das wird sie sicher gerne tun.« Eine kurze Pause entstand, dann fragte er ein wenig zu beiläufig: »Bleibst du lange?«

»Nur ein paar Tage. Ich habe eine Kreuzfahrt zu den griechischen Inseln gebucht, die am nächsten Samstag von Brindisi aus startet, und vorher möchte ich noch einen Zwischenstop in Rom einlegen, wenn's geht. Mal sehen.« Sie beugte sich zu den Hunden hinunter und kraulte Max den Kopf. »Im Moment möchte ich nur ein Frühstück und ein heißes Bad und anschließend vielleicht ein Nickerchen. Könntest du so lieb sein, Alex, und meine Koffer in die Villa schaffen lassen? Ich habe versucht, es deinem Mann an der Garage aufzutragen, aber er schien mir nicht der hellste zu sein.«

Er wich ihrem Blick aus und antwortete: »Äh, ich glaube, da gibt es ein kleines Problem. Daniela Forlani – du erinnerst dich doch an Daniela?«

»Lebhaft«, sagte seine Großmutter mit einer Betonung, durch die sie auf der Stelle meine Sympathie gewann.

»Daniela ist auch gerade zu Besuch und hat sich schon in der Villa eingerichtet, so daß ...«

»Die Villa delle Tempeste«, unterbrach sie ihn mit Nachdruck, »kann mindestens zwanzig Leute beherbergen, also auch zwei anspruchsvolle Frauen. Außerdem wohne ich immer dort. Deine Daniela wird sich eben während der nächsten Tage mit meiner Gesellschaft abfinden müssen. Ich bin sicher, sie überlebt es.«

Edwina Farrow gefiel mir immer besser. Als Madeleine und Poppy nach oben gegangen waren und Alex mit den Hunden verschwand, um sich um das Gepäck zu kümmern, blieb ich noch und schenkte mir eine zweite Tasse Kaffee aus der Silberkanne ein, die das neue Mädchen gerade auf die Anrichte gestellt hatte. Während ich Zucker hineinrührte, überlegte ich, wie ich diese Frau besser kennenlernen könnte.

Ich drehte mich um und stellte fest, daß sie mich beobachtete. »Dachten Sie, er hätte keine?« fragte sie und überrumpelte mich damit völlig.

»Bitte?«

»Dachten Sie, Alex hätte keine Großmutter?«

»Ach so. Na ja ...«

»Ich frage nur, weil Sie so ein überraschtes Gesicht gemacht haben.«

»Es hat mich tatsächlich überrascht«, gestand ich. »Ich meine, Galeazzo D'Ascanio ist vor fünfzig Jahren gestorben, und wenn ich richtig gerechnet habe, muß sein Sohn, also Alex' Vater, in den Achtzigern sein, falls er noch lebt ...«

»Er lebt nicht mehr.«

»Deshalb hätte ich nicht gedacht, daß er noch Großeltern hat.«

»Nur mich.« Sie lächelte. »Meine Tochter war sehr viel jünger als Alessandros Vater, wie Sie wahrscheinlich erraten haben.« Ich wollte nicht weiter nachfragen, aber sie fuhr ganz sachlich fort, als wäre der Hintergrund allgemein bekannt: »Sie hatte gerade erst die Schule abgeschlossen, als sie heirateten, und er war schon im Ruhestand. Wirklich nicht sehr klug von ihr. Ich nehme an, sie spekulierte darauf, eine reiche Witwe zu werden, aber sie war es, die zuerst starb. Krebs«, erklärte sie nüchtern. »Er dagegen lebte noch fünfzehn Jahre weiter, munter und fidel, aber sehr zum Schaden für Alex.« Auch das sagte sie, als müßte ich wissen, was sie damit meinte.

Vermutlich, daß Alex' Kindheit nicht die glücklichste gewesen war, was ich bereits aus der einen oder anderen Bemerkung von ihm geschlossen hatte.

»Hat er nie wieder geheiratet, der Vater von Alex?«

»Du liebe Güte, nein.« Der Gedanke schien sie zu amüsieren. »Er war alles andere als ein umgänglicher Mensch. Niemand außer meiner Tochter hätte es mit ihm ausgehalten. Stellen Sie sich vor, einfach dieses Anwesen zu schließen« – sie breitete die Arme aus, als wollte sie die Macht der Vernunft anflehen – »und alles verfallen zu lassen. Der reine Wahnsinn.«

»Immerhin hat er es nicht verkauft.«

»Nein, so schlau war er wenigstens. Ich bin froh, daß Alex sich entschlossen hat, Arbeit hineinzustecken und es wieder bewohnbar zu machen, auch wenn seine Beweggründe mir falsch erscheinen.«

Eine Stimme von der Tür unterbrach uns. »Guten Morgen.« Den kam mit einem derart breiten Gähnen herein, daß er Edwina nicht gleich bemerkte, doch als er sie sah, riß er sich so weit zusammen, daß er sein Verführerlächeln aufsetzte. »Was ist das bloß für ein Haus? Kaum drehe ich mich um, taucht schon wieder eine schöne Frau aus dem Gebälk auf. Ich bin Dennis O'Malley, meine Freunde nennen mich Den. Und Sie sind …?«

»Viel zu alt, um auf solche Sprüche hereinzufallen, mein Junge«, erwiderte sie, schüttelte aber die dargebotene Hand. »Edwina Farrow.«

Es war garantiert schon ein Weilchen her, daß jemand Den als »mein Junge« angeredet hatte, denn für einen Augenblick war er regelrecht aus der Bahn geworfen. Dann grinste er.

»Sie sind auch Engländerin, großartig. Ich habe eine Schwäche für Engländerinnen.«

Edwinas intelligente Augen blitzten aufmerksam von Den zu mir. *O nein, sie nicht auch noch,* stöhnte ich innerlich. Es war schon schlimm genug, daß Rupert mehr in mein Geplänkel mit Den hineinlas als nötig; nun mußten nicht auch noch fremde Leute damit anfangen.

Schnell informierte ich Den: »Mrs. Farrow hat Madeleines Tochter hierhergebracht. Sie sind gerade erst angekommen.«

»Eine Reise mit einer Zwölfjährigen ...« Er schauderte sichtlich bei dem Gedanken. »Ich könnte das nicht. Jedenfalls nicht nüchtern. Dann sind Sie also von Poppys Schule? Oder hat Alex Sie privat angestellt?«

»Beides falsch.«

Ich versuchte, ihn aufzuklären. »Den ...«

Aber er hörte nicht hin. »Nanu? Wie kommen Sie dann ...«

»Ich bin die Großmutter von Alex, Mr. O'Malley. Und Sie brauchen jetzt nicht damit anzufangen, daß ich viel zu jung dafür aussehe, und all dieses Geschwätz. Frauen meines Alters besitzen hochentwickelte Geschwätz-Detektoren. Apropos Alter«, sagte sie und stand auf, »ich hatte eine lange Nacht, die sich langsam bemerkbar macht, deshalb werde ich jetzt hinübergehen und mich ein bißchen ausruhen, wenn Sie beide mich entschuldigen wollen.«

Den erhob sich wohlerzogen, doch als sie gegangen war, kommentierte er augenzwinkernd: »Das ist ja mal eine knallharte Oma.«

»Du weißt noch nicht alles. Rate mal, wo sie wohnt.«

»Wo?«

»In der Villa delle Tempeste.«

»Residiert dort nicht schon die schöne Daniela?«

»Allerdings. Sie wird Platz für eine Mitbewohnerin machen müssen. Gibst du mir bitte ein Brötchen?«

Den reichte mir den Korb, Schalk in seinen Augen. »Das wird Daniela aber gar nicht gefallen.«

»Nein.« Zufrieden bestrich ich mein Brötchen dick mit Honig. »Ich glaube nicht, daß ihr das gefallen wird.«

IV

Nach dem Frühstück begleitete ich Rupert auf seinem Verdauungsspaziergang durch den Park. Er legte ein ordentliches Tempo vor, so daß ich mich anstrengen mußte, Schritt zu halten, aber ich wollte die Gelegenheit nutzen, etwas mit ihm allein zu unternehmen. Außerdem konnte ich ein bißchen Bewegung gebrauchen, nachdem ich die ganze Woche über Teresas gute Küche genossen hatte.

Wegen des Regens war ich lange nicht mehr draußen gewesen und hatte fast vergessen, wie gut es in den Gärten roch. Das Aroma der vom Wasser schweren Blüten durchdrang die Luft wie ein tropisch-süßes Parfum und bildete einen reizvollen Kontrast zu dem würzigeren Duft von nassem Gras und Erde.

Wir umrundeten das Theater und gingen durch den Wald zurück zum Rosengarten. Dort endete der Pfad, und Rupert legte eine Pause ein, um sich anerkennend umzusehen.

Bisher hatte ich noch nirgends Gärtner auf dem Besitz bei der Arbeit beobachtet, aber irgend jemand hatte eindeutig ein Beet in einer Ecke des Rosengartens umgegraben, denn die Erde war dort dunkler, und ihr frischer Geruch wehte bis zu uns herüber. Rupert atmete ihn tief ein. »Er wirkt sehr englisch, dieser Garten, nicht wahr?«

»Kein Wunder. Galeazzo hat ihn speziell für Celia die Erste anlegen lassen. Wahrscheinlich, damit sie kein Heimweh bekommt.«

Er lächelte. »Wenn dieses Anwesen für Besucher geöffnet wird, solltest du dich als Führerin bewerben. Ich wußte gar nicht, daß du eine solche Expertin für Il Piacere bist.«

»Ich weiß das nur, weil Galeazzo ein Gedicht über den Rosengarten in ›The Season of Storms‹ geschrieben hat. Übrigens bin ich mit dem Band jetzt durch und fange gerade noch mal von vorn an.«

»Bist du immer noch der Meinung, daß der Verfasser dieser Gedichte auch ›Il Prezzo‹ geschrieben hat?«

Die Gedichte unterschieden sich in Niveau und Stil tatsächlich von dem Stück, das mußte ich zugeben. »Aber solange du mir keinen Beweis lieferst, weigere ich mich zu glauben, daß Galeazzo ein Plagiator war.«

»Wart's ab. Wenn es überhaupt einen Beweis gibt, dann dürfte er hier in diesem Haus zu finden sein. Ich werde noch ein bißchen herumstöbern. Die Bücher in meinem Zimmer habe ich schon durchgesehen, es sind ein paar schöne Bände darunter, aber keine Theaterstücke, und ich denke, es muß wohl schon ein Drama gewesen sein ...«

»Also, ich glaube es erst, wenn ich es sehe«, beharrte ich stur. Von dort, wo wir standen, konnte ich den See nicht erkennen, weil die Blutbuchen die Sicht versperrten, und die Berge waren kaum mehr als Schatten unter ihrer Wolkenhülle. Nur die Kirchenglocken unten im Ort erinnerten daran, daß noch eine andere Welt jenseits der hohen Mauern um Il Piacere existierte.

Das Glockengeläut veranlaßte Rupert, auf die Uhr zu sehen. »Du lieber Himmel, ist es schon so spät? Ich wollte Bryan noch vor dem Mittagessen anrufen, ehe er wieder vor dem Fernseher klebt.«

Ich hätte zwar auch gern mit Bryan gesprochen, aber im Grunde gab es nichts Neues seit meiner E-Mail, und außerdem wollten er und Rupert sicher mal allein miteinander reden.

»Geh nur«, sagte ich. »Ich glaube, ich streife noch ein bißchen hier herum.«

»Findest du den Weg zurück zum Haus?«

»Ja, sicher.«

»Na gut. Aber paß auf dich auf.« Er drückte mir einen väterlichen Kuß auf die Wange. »Verlauf dich nicht.«

Was hatte ich nur an mir, daß alle ständig glaubten, ich könnte verlorengehen? »Werd ich schon nicht«, sagte ich, setzte meine optimistischste Miene auf und schlenderte durch den Rosengarten.

V

Der Brunnen mit den Delphinen war es, an dem ich kläglich scheiterte.

Dreimal hintereinander kehrte ich ihm den Rücken zu und nahm den Weg – jedesmal einen anderen –, von dem ich sicher war, daß er mich zum Haus führen würde, und dreimal kam ich zurück und stand wieder vor den Delphinen, die mit stummem Gelächter Wasser aus ihren bronzenen Mündern strömen ließen.

»Das ist doch lächerlich«, sagte ich zu dem Delphin, der mir am nächsten war. »Es muß einen Weg hier heraus geben.«

Ich konnte von meinem Standort aus sogar die steinerne Brüstung der Terrasse sehen, die roten Ziegeldächer, alles zum Greifen nah, und doch schaffte ich es nicht, dorthin zu gelangen.

»Lächerlich«, wiederholte ich mit einem schnellen Blick auf die sich zusammenballenden Wolken am Himmel. Der Regen war schon zu riechen, er würde nicht mehr lange auf sich warten lassen. Na schön, dachte ich, wenn ich mein Ziel nicht erreiche, indem ich direkt darauf zugehe, dann vielleicht, indem ich mich davon wegbewege, gemäß der Logik von »Alice im Wunderland«. Ich wählte also den Pfad, der am wenigsten danach aussah, als würde er zum Haupthaus führen, und marschierte entschlossen los.

Zuerst kam ich durch eine dichte Baumgruppe, hinter der der Weg über eine Treppe zwischen Büschen mit stark duftenden blaßgelben und weißen Blüten hindurchführte. Ein Stück weiter passierte ich einen Laubengang voll herabhängender Glyzinien, die mich im auffrischenden Wind mit ihren violetten Blüten überhäuften, und als die ersten schweren Regentropfen auf meinen Kopf klatschten, trat ich auf einmal ins Freie und sah mich der anmutigen Villa delle Tempeste gegenüber.

Ich stand auf einer Lichtung mit einzelnen Zypressen im Hintergrund und einer Wiese voller Butterblumen, die sich bis zur Hausfassade mit ihren Fenstern und Balkonen und der schön geschwungenen Freitreppe erstreckte. Am beeindruckendsten fand ich die Reihe hoher Palmen vor dem Eingang, die der Villa ein mediterranes Flair verliehen.

Verständlich, daß sowohl Daniela als auch Edwina Farrow dort wohnen wollten. Das Haus war wirklich ein Schmuckstück und sicher groß genug für zwei.

Ich hoffte nur, daß es mich auch noch aufnehmen konnte, denn der Regen kam inzwischen wolkenbruchartig herunter, und der Himmel war fast schwarz. Mit gebeugtem Kopf rannte ich über die Wiese.

Fast hatte ich die Palmen erreicht, als eine Hand aus Stein auf meiner Schulter landete.

Mein Herz machte einen Satz, und ich wirbelte herum, sah aber nichts als eine schmutzige Jeanshemdbrust. Der böige Wind peitschte den Regen in meine Augen, so daß ich blinzeln mußte, um das Gesicht des Mannes zu erkennen, der mich jetzt an beiden Armen festhielt. Ein übellauniges Gesicht mit dem Kinn einer Bulldogge – Pietro, der Handwerker.

Ich hatte mich noch nicht oft in meinem Leben richtig gefürchtet: einmal, als mir spät nachts auf dem Nachhauseweg Schritte in einer verlassenen Straße gefolgt waren, ein andermal, als ich mich in einem U-Bahn-Waggon allein mit einer Bande betrunkener Hooligans wiederfand, und in diesem Moment, als Pietro auf mich herabstarrte und niemand sonst in Sicht war.

Er fragte mich irgend etwas, bellte einen knappen, unfreundlichen Satz.

Ich versuchte, meine Angst nicht zu zeigen und ruhig zu bleiben. »Es tut mir leid, ich verstehe Sie nicht. Ich ...«

Er packte mich noch fester, schüttelte mich und wiederholte seine Frage mit lauter Stimme.

»Hören Sie, das hat keinen Zweck, lassen Sie mich los ...«

»Was machen Sie denn da?« Edwinas Stimme schnitt klar

und fordernd über uns hinweg. Ich sah nach oben, wo sie aus einem der Fenster im ersten Stock lehnte und beinahe so böse aussah wie Pietro. »Aufhören!« befahl sie. »Hören Sie sofort damit auf!«

Ich glaube kaum, daß Pietro Englisch verstand, aber den Befehl verstand er wohl. Wundersamerweise ließ er mich tatsächlich los und wich verunsichert einen Schritt zurück.

»Und jetzt verschwinden Sie«, rief Edwina. »Hauen Sie ab, husch!«

Er warf einen finsteren Blick auf ihre gebieterisch scheuchende Hand und murmelte etwas vor sich hin, doch dann machte er auf dem Absatz kehrt. Edwina rief mir zu: »Alles in Ordnung, meine Liebe?«

Ich rieb meine schmerzenden Arme. »Ja, ich bin okay. Danke.«

»Kommen Sie rein, Kind, stehen Sie nicht dort draußen herum. Kommen Sie.« Wie die Queen zog sie sich von dem Balkonfenster zurück und schloß die Läden gegen den Sturm.

VI

»Ekliges Wetter«, sagte Edwina, reichte mir einen quietschrosa Bademantel mit Blümchen und schob mich in ein kleines Badezimmer neben dem Hausflur. »Ziehen Sie Ihre nassen Kleider aus, ehe Sie sich den Tod holen.« Als ich wieder herauskam, sagte sie: »Dieser blöde Kerl. Was bildet der sich ein, einen Gast so zu belästigen? Ich hoffe, er hat Sie nicht allzusehr erschreckt. Geben Sie mir die.« Sie nahm mir meine nassen Kleider ab. »Ich rufe mal eben Alex an und sage ihm, daß Sie zum Mittagessen bei mir bleiben.«

Ich knotete gerade den Gürtel des Bademantels und sah

protestierend auf: »Ach nein, ich möchte Ihnen nicht zur Last fallen ...«

»Papperlapapp. Es ist schon Viertel vor zwölf, und der Wäschetrockner arbeitet nicht so schnell.« Sie lächelte. »Oder wollen Sie in diesem Aufzug bei Tisch erscheinen?«

Kopfschüttelnd schob ich die langen Ärmel hoch und strich mir eine tropfende Strähne hinters Ohr.

»Ich hole Ihnen ein Handtuch für die Haare. Setzen Sie sich.« Edwina winkte mich in das geräumige Wohnzimmer auf der anderen Seite des Flurs, einen überraschend hellen, luftigen Raum, der ganz im Gegensatz zu dem schweren, klaustrophobischen Dekor stand, das Galeazzo D'Ascanio im Haupthaus bevorzugt hatte.

»Nun ja, das hier war das Haus seiner Frau«, erklärte Edwina, als sie zurückkam. »Und meine Tochter ist damals mit Alex' Vater hierhergezogen, nachdem er das Haupthaus aufgegeben hatte. Sie hatte einiges mitzureden bei der Einrichtung, wie Sie unschwer erkennen können.«

Es stimmte, der Stil erinnerte teilweise an englische Landhäuser: geblümte Chintzbezüge, Petit-point-Stickerei und Vasen mit Tulpenmuster auf den Fensterbänken. Über dem Kamin reflektierte ein großer Spiegel mit Goldrahmen den Raum und ließ ihn größer wirken, während unten ein bescheidenes Feuer gegen die Kühle des Frühlingstags brannte.

Ich sah mich interessiert um. »Das ist also das Haus, in dem Alex aufgewachsen ist?«

»Wie schon sein Vater vor ihm. Obwohl Alex hier nicht viel Zeit verbracht hat. Er war meistens im Internat.« Sie ging zum Feuer und rieb sich die Hände. »Ich habe noch nie erlebt, daß es hier im April so kalt war. Das Wetter ist dieses Jahr völlig durcheinander.« Sie bemerkte, daß ich meine Haare trockengerubbelt hatte und nicht wußte, wohin mit dem Handtuch. »Legen Sie es einfach über diesen Sessel. Daniela ist ja nicht da und kann sich nicht darüber aufregen.«

Erleichtert gehorchte ich. »Sie ist ausgegangen?«

»Wütend davongestürmt. Wahrscheinlich, um sich bei

Alex zu beschweren. Geschieht ihm ganz recht, muß ich sagen. Was er an dieser Frau findet …«

»Sie ist sehr schön.«

»Hm«, machte sie nur. »Also, was möchten Sie zu meinen Sandwiches? Tee? Gut, ich setze das Wasser auf. Bin gleich wieder da.«

Ich wanderte im Zimmer herum, betrachtete die Bilder an den Wänden und erforschte die Bücherregale und die schmale Glasvitrine in der Ecke. Als ich mich gerade vorbeugte, um die diversen Objekte darin genauer in Augenschein zu nehmen, kam Edwina wieder herein.

»Dieser Pokal«, sagte ich und zeigte darauf. »Wissen Sie, daß ich genau so einen in Venedig, in San Marco, gesehen habe?«

»Den Kelch meinen Sie? Tja, sie stammen wahrscheinlich beide vom selben Ort«, sagte sie. »Wurden aus Konstantinopel gestohlen, ein Teil der Beute des Vierten Kreuzzugs. Kennen Sie die Geschichte des Vierten Kreuzzugs?«

Dens und Ruperts Vorträge in Venedig klangen mir noch in den Ohren. »Äh, ja …«

Aber Edwina, die einfach davon ausging, daß ich noch nie davon gehört hatte, war schon im vollen Erzählschwange, und aus Höflichkeit hörte ich mir alles noch einmal an.

Während sie redete, bewunderte ich den Alabasterkelch, der mit einem Netz aus goldenen Linien überzogen und mit rechteckig geschliffenen Edelsteinen besetzt war und eine griechische Inschrift trug. »Aber wie ist er in dieses Haus gekommen?«

»Wieder durch Diebstahl, allerdings der modernen Art«, antwortete Edwina. »Während des Ersten Weltkriegs hatte Galeazzo einen Palazzo in Venedig gemietet …«

»Die Casetta Fiorita.«

»Genau. Sie gehörte irgendeinem armen Österreicher, aber Krieg ist nun mal Krieg …« Ein Schulterzucken. »Jedenfalls geht die Legende, daß der Erbauer der Casetta Fiorita ein Kreuzfahrer war – oder der Sohn eines Kreuzfahrers, ich verwechsle das immer –, der ein paar hübsche Souvenirs von der

Plünderung Konstantinopels mitgebracht hatte. Diese Gegenstände wurden von Generation zu Generation weitervererbt, und der letzte Sproß der Familie, ein Mädchen, heiratete den Österreicher.«

»Der das Haus dann im Ersten Weltkrieg verlor«, sagte ich zum Zeichen, daß ich aufgepaßt hatte.

»Richtig. Er war außer Landes, soweit ich weiß, als die Casetta von der Regierung konfisziert wurde, so daß bei Galeazzos Einzug noch sein ganzer Besitz, einschließlich Möbeln und allem Drum und Dran vorhanden war. Die Schätze aus Konstantinopel hatten es Galeazzo natürlich angetan ...« Sie lächelte. »Er war ein großer Liebhaber von alten und schönen Dingen. Als man ihm nach dem Krieg sagte, daß der Österreicher seinen Palazzo wiederbekomme und er ausziehen müsse, nahm er einfach mit, was ihm gefiel. Räumte die Bibliothek aus, entkleidete ein ganzes Zimmer von seinen Gobelins und steckte noch ein paar Kleinigkeiten wie diesen Kelch ein.«

»Hat sich der Österreicher beschwert?«

»Höchstwahrscheinlich. Aber ich bezweifle, daß er viel Gehör fand. Schließlich hatte er im letzten Kriegsjahr aus Rache selbst vom Flugzeug aus die Casetta Fiorita beschossen, und Galeazzo behauptete ganz schlau, daß dadurch viele Gegenstände im Haus zerstört worden seien. Außerdem drückten die Behörden offenbar gern ein Auge zu, wenn es um Galeazzo ging. Er konnte ein sehr gewinnendes Wesen haben, wenn er wollte.«

Das Pfeifen des Wasserkessels ertönte aus der Küche, und sie ging, um den Tee aufzugießen. Ich ließ mich in einem Sessel vor dem Kamin nieder, wo ich ein neues Objekt von offensichtlichem Wert entdeckte: ein schmales, goldenes Feuerzeug, das auf dem Tischchen neben mir lag. Danielas, vermutete ich, obwohl ich mich zu erinnern meinte, daß ihres aus Silber war. Vielleicht hatte sie mehrere.

Edwina kam mit unseren Sandwiches und dem Tee zurück und schob Feuerzeug und Aschenbecher beiseite, um Platz für das Tablett zu machen. »Diese Sachen brauchen wir ja nicht«, sagte sie. »Oder rauchen Sie? Nein? Sehr gut. Ich habe mal geraucht. Es ist höllisch schwer, wieder davon loszukommen.«

»Ich hatte immer zuviel Angst um meine Stimme«, gestand ich.

»Ja, als Schauspielerin müssen Sie aufpassen, das kann ich mir denken.« Sie setzte sich in den Sessel gegenüber und hielt mir den Teller mit Sandwiches hin, komischen runden Dingern mit aufgeschnittenem Fleisch und Tomaten. »Ich kann mich nicht dafür verbürgen, daß sie schmecken – ich habe sie heute morgen in Mailand am Bahnhof gekauft, für den Fall, daß das Mädchen unterwegs Hunger bekäme. Aber sie hatte keinen. Sie hat überhaupt nicht viel Appetit, die Kleine, und mir scheint, das hängt nicht nur mit ihrer Krankheit zusammen. Sie ist viel zu dünn, finde ich. Zu meiner Zeit redete man den Mädchen nicht ein, daß sie wie Skelette rumlaufen müßten, so wie heute. Das ist nicht gesund.«

Unter ihrem vorwurfsvollen Blick nahm ich mir gleich zwei von den Broten und lehnte mich zurück. »Sind Sie gut mit Poppy zurechtgekommen? Wie ist sie denn so?«

»Kann ich Ihnen wirklich nicht sagen. Sie ist sehr still, hat auf der ganzen Reise kaum drei Worte gesprochen. Gut erzogen. Aber nicht besonders glücklich, habe ich den Eindruck, was allerdings auch an ihrem Alter liegen kann. Mit zwölf war ich auch nicht gerade ein Sonnenschein. Trotzdem habe ich das Gefühl, daß bei Poppy noch etwas anderes dahintersteckt. Ihre Eltern sind geschieden, habe ich gehört?«

Mit einem neuen Anfall von Schuldbewußtsein antwortete ich: »Ja.«

»Vielleicht ist das der Grund. Manche Kinder verkraften eine Scheidung ganz gut, andere nicht.«

»Ich glaube, sie war noch ein Baby, als ihre Eltern sich getrennt haben.«

»Aber ein Kind leidet immer unter der Abwesenheit des Vaters.« Zum Glück sah sie mich nicht an, als sie das sagte, weil sie gerade den Tee einschenkte. »Milch und Zucker?«

»Ja, bitte.« Auf der Suche nach einem anderen Gesprächsthema entdeckte ich im angrenzenden Zimmer einen Kistenstapel, halb verdeckt von einer Plane. »Werden hier in der Villa auch Restaurierungsarbeiten durchgeführt?«

Sie folgte meinem Blick. »Nein, da drin sind nur ein paar von den besonders zerbrechlichen Gegenständen aus dem Haus, die zur Sicherheit hierhergebracht wurden, während die Arbeiten vorangehen. Das hier ist der einzige Ort, den die Handwerker nicht betreten werden.«

»Ist diese Villa denn nicht Teil der Schenkung an die Stiftung?«

»O doch, sie bekommt alles. Das Haus, die Villa, den Park, das Theater, alles. Alex wird die lebenslange Nutznießung für ein paar ausgewählte Räume behalten, doch nach diesem Sommer gehört das gesamte Anwesen im Prinzip der Öffentlichkeit.«

Sie klang mißbilligend. Ich betrachtete sie forschend über den Rand meiner Teetasse hinweg und dachte daran, was sie am Morgen gesagt hatte, daß sie froh sei über Alex' Bemühungen um den Besitz, aber seine Beweggründe für falsch halte.

Um ein wenig nachzubohren, sagte ich: »Es ist sehr großzügig von ihm, was er da tut.«

»Ja.« Das Wort kam wie ein Seufzer heraus. »Er war schon immer sehr freigebig, schon als kleiner Junge. Aber ich fürchte, auch die Übergabe von Il Piacere an die Allgemeinheit wird die Italiener nicht dazu bewegen, ihn als einen der ihren anzusehen.« Sie sagte es voll Mitgefühl, aber auch mit der Resignation eines Menschen, der lange gelebt und viel gesehen hat und weiß, wie die Verhältnisse wirklich sind. »Es war nicht leicht für Alex, verstehen Sie, halb als Italiener und halb als Engländer aufzuwachsen, nie ganz zu einer Kultur zu gehören, in beiden Ländern als Fremder zu gelten. Das ist wirklich hart. Aber diese Stiftungssache ist auch keine Lösung.« Entschlossen nahm sie sich noch ein Sandwich. »Nur, wenn Alex sich einmal etwas in den Kopf gesetzt hat, kann man es ihm nicht mehr ausreden. Ein Freund hat ihn, glaube ich, auf die Stiftung aufmerksam gemacht, einer, der ihr seine eigene

Villa überschrieben hat, um Steuern zu sparen. Alex fand die Idee großartig, und damit war es entschieden. Ich habe ihm zwar von den Warnungen erzählt, die ich bekommen habe, aber er schlägt sie alle in den Wind.«

»Warnungen?«

»Daniela Forlanis verstorbener Mann hat sich schon mehrmals meinem Zirkel mitgeteilt.«

Sie sagte das so selbstverständlich, daß ich zuerst glaubte, mich verhört zu haben. »Ihrem …?«

»Zirkel«, wiederholte sie. »Ich bin eine Spiritistin, meine Liebe.«

»Aha, verstehe.« Eine Reihe von Bildern tauchte in meinem Kopf auf: von Sally mit ihren Kristallen und Tarotkarten, von frühen Detektivgeschichten, in denen spinnerte alte Damen in dämmerigen Salons um ein Buchstabenbrett hockten, von Medien, die in Trance fielen …

»Habe ich Sie erschreckt?«

»Nein, gar nicht. Ich dachte nur gerade an unser Stück«, erklärte ich meine abwesende Miene, die nicht vom Schreck, sondern von einer Idee herrührte. »Kennen Sie es?«

»Nur sehr flüchtig.«

»In einem Teil des ersten Akts und im gesamten zweiten Akt geht es um eine Séance, verstehen Sie, und Madeleine – sie spielt das Medium –, Madeleine und ich haben Schwierigkeiten, die Haltungen und Bewegungen richtig hinzubekommen. Also habe ich mich gefragt, weil Sie ja eine richtige Spiritistin sind, ob ich Sie vielleicht um Rat bitten dürfte?«

Edwina Farrow sah mich einen langen Moment mit beunruhigend scharfem Blick an. Dann lächelte sie, schenkte Tee nach und lehnte sich einladend zurück. »Fragen Sie mich, was Sie wollen.«

VII

»Ich kann es kaum erwarten, sie kennenzulernen«, sagte Nicholas spöttisch. »So jemandem begegnet man ja nicht alle Tage.«

»Jedenfalls«, fuhr ich fort, ohne ihn zu beachten, »hat Edwina sich bereit erklärt, einmal zu einer Probe zu kommen und uns eine Demonstration vom Ablauf einer Séance zu geben, wenn wir möchten.«

Madeleine, die interessiert aussah, zog die Beine unter sich auf das rissige Ledersofa. Wir hatten uns zum Aperitif in der Stanza d'Arazzo versammelt – dem Gobelinzimmer –, weil es auf der Terrasse zu naß und zu kalt war. Dieses Zimmer, obwohl es recht dunkel und mit den üppigen, schweren Stoffen drapiert war, für die D'Ascanio eine Vorliebe gehabt hatte, besaß eine freundliche, gemütliche Atmosphäre. Vielleicht lag es an den warmen Lichtkreisen, die die Stehlampen mit ihren gefransten Seidenschirmen warfen, oder an dem Stutzflügel in der Ecke, der offensichtlich viel gespielt worden war und eine abgenutzte, matte Oberfläche hatte.

Den war sofort von dem Instrument magnetisch angezogen worden und prüfte nun durch das Spielen von Arpeggios, ob es gestimmt war, während Poppy Hedrick neben ihm auf dem Klavierhocker saß und die Beine baumeln ließ. Sie war immer noch leichenblaß und hatte nach ihrem langen Nachmittagsschlaf das angeschlagene, benommene Aussehen einer Kranken, aber Dens Nähe schien sie aufzumuntern. Er hatte es sogar schon einmal geschafft, sie zum Lächeln zu bringen.

Ich dachte nicht, daß sie uns zugehört hatte, aber auf einmal drehte sie sich um und fragte: »Was ist eine Spiritistin?«

Madeleine antwortete klug und ausführlich, so wie sie alle Fragen ihrer Tochter zu beantworten schien. »Spiritismus ist so eine Art religiöser Glaube, Schatz. Spiritisten glauben, daß nur der Körper des Menschen stirbt, aber nicht sein Geist, und daß der Geist durch ein Medium mit den Lebenden sprechen kann. Ein Medium ist jemand, der besonders empfänglich für Geister ist und bei den spiritistischen Sitzungen als Vermittler dient. So wie die Frau, die ich in ›Il Prezzo‹ spiele.«

Poppy verarbeitete das. »Und Mrs. Farrow – sie ist so ein Medium?«

Ich wollte gerade antworten, daß sie es zumindest von sich behauptete, als Nicholas mir zuvorkam.

In einem Ton, der keinen Widerspruch duldete, sagte er: »Natürlich nicht.« Er verdrehte die Augen in meine Richtung. »Ich hoffe, du hast sie nicht noch in diesem Quatsch bestärkt.«

Madeleine lächelte ihn an. »Aber überleg doch mal, was für ein Spaß das wäre. Eine Séance! Ich würde liebend gern mal ein echtes Medium in Aktion sehen, es könnte mir bei meiner Rolle helfen.«

»Echtes Medium! So etwas gibt es nicht. Und Geister gibt es schon gar nicht.«

Poppy nahm das nicht hin. »Doch, gibt es. Mami hat mal einen gesehen, stimmt's, Mami?«

»Das dachte ich jedenfalls, Schatz. Ich war noch sehr jung damals.«

»Geister gibt es«, wiederholte Poppy störrisch in Nicholas' Richtung. Offenbar mochte sie ihn nicht besonders. Ich konnte es ihr nicht verübeln, aber für Madeleine war es sicher schwer.

Rupert, der dem Gespräch bisher schweigend von einem Winkel aus gefolgt war, wo er das einzige Bücherregal im Raum inspizierte, sagte: »Es ist sehr nett von Alex' Großmutter, sich zur Verfügung zu stellen. Sollen wir sie morgen kommen lassen?«

»Das ist doch nicht dein Ernst«, ächzte Nicholas.

»Ich wüßte nicht, was es schaden könnte«, entgegnete Rupert. »Wenn wir dieses Stück in London inszenieren würden, wären Dennis und ich bestimmt schon auf die Idee gekommen, uns den Ablauf einer Séance von einem Medium demonstrieren zu lassen. Stimmt's, Dennis?«

»Hm? Ach so, ja, sicher«, kam die geistesabwesende Antwort aus der Klavierecke.

Nicholas schnaubte verächtlich. »Sie ist kein Medium, sie ist bloß eine schrullige Alte.«

»Gar nicht so schrullig«, widersprach Dennis, sich kurz umwendend. »Alt ist sie vielleicht, aber ihr Verstand ist so scharf wie ihre Zunge, das könnt ihr mir glauben.«

»So ein Schwachsinn«, murmelte Nicholas, schüttelte eine Zigarette aus seinem Päckchen und riß ein Streichholz an. Ich sah ihm stirnrunzelnd zu, nicht wegen seiner Worte, sondern weil mir das Streichholz auffiel. Er benutzte doch sonst immer sein Feuerzeug …

Plötzlich wußte ich, wo er sein goldenes Feuerzeug gelassen hatte. Ich hatte es heute selbst gesehen, auf dem Kamintisch in der Villa delle Tempeste.

Edwina hatte ihn nicht erwähnt, was bedeutete, daß er vor ihrer Ankunft in der Villa bei Daniela gewesen war. Diese Ratte, dachte ich. Als ich angewidert meinen Blick abwandte, stellte ich fest, daß ich beobachtet wurde. Die kleine Poppy Hedrick spürte wohl, daß sie eine Verbündete gefunden hatte, und lächelte schüchtern.

VIII

Am nächsten Tag arbeiteten wir uns durch den zweiten Akt, und auf Ruperts Bitte hin kam Edwina nach der Mittagspause, um uns beizubringen, wie man mit den Toten spricht.

Poppy war ebenfalls anwesend, nachdem wir alle Madeleine zuliebe unser Einverständnis gegeben hatten, daß sie bei den Proben dabeisein durfte, wenn auch Nicholas' Zustimmung etwas brummig ausfiel. »Sie wird mich ablenken«, warnte er.

»Du wirst gar nicht merken, daß sie da ist«, versprach Madeleine.

Das Mädchen verhielt sich tatsächlich mucksmäuschenstill. Sie saß am Tisch neben Den, der sie zu seiner inoffiziellen Assistentin gemacht hatte, indem er ihr Papier und Stift gab und sie in die Grundlagen der Probenleitung einführte.

Nicht, daß er an diesem Nachmittag viel zu leiten gehabt hätte, denn kaum war Edwina eingetroffen, übernahm sie das Kommando.

»Junger Mann«, sagte sie zu Nicholas, »wenn Sie mir freundlicherweise nicht Ihren Rauch ins Gesicht blasen würden, während ich zu sprechen versuche. Danke.« Dann setzte sie sich an den kleinen runden Tisch, der den Mittelpunkt unserer Kulisse bildete. »Also, Celia, was war es, das Ihnen besondere Schwierigkeiten bereitet? Die Haltung der Hände?«

Ich nickte. »Wir haben uns bisher bei den Händen gehalten, etwa so.« Wir zeigten es ihr. »Aber irgendwie sieht das komisch aus mit dem Tisch dazwischen, wahrscheinlich, weil wir nur zu zweit sind.«

»Ja, ich verstehe. Zu welcher Zeit spielt Ihr Stück noch mal?«

»Während des Ersten Weltkriegs.«

»Händehalten war damals sicher sehr beliebt. Das Tischerücken stellte noch eine verbreitete Form der Kommunikation mit der Geisterwelt dar, und wenn man sich an den Händen hielt, wußte man, daß der Nachbar keinen Unfug trieb und nicht etwa selbst am Tisch rückte. Aber ich habe einmal im Hauszirkel eines Mannes gesessen, der zu dieser Zeit auch schon als Spiritist aktiv gewesen sein dürfte, und er ließ uns die Hände immer gespreizt und mit den Handflächen nach unten auf den Tisch legen. Ist es so leichter für Sie?«

»Und wie«, sagte ich.

Auch Rupert fand, daß es so von seiner Position aus überzeugender aussah. »Möchten Sie den Raum dunkler haben?«

»Ja, gern, wenn das möglich ist«, sagte Edwina. »Das Licht wurde zu der Zeit sicher gedämpft, zumal sie vermutlich Gaslicht hatten. Aber weil man die Mitglieder seines Zirkels noch sehen wollte, um sicherzugehen, daß niemand schummelte, wollte man es auch nicht ganz dunkel haben.«

Rupert machte Den ein Zeichen, der entgegenkommend zwei der drei Kronleuchter ausschaltete. Als die Wände und Ecken des Raums in dunkle Schatten getaucht wurden, überkam mich ein absurdes Gefühl der Spannung, als würden wir wirklich eine Séance abhalten.

»Gut«, sagte Madeleine, »und wie fangen wir an?«

»Sie spielen das Medium, ja? Normalerweise beginnt man damit, beliebige, gerade anwesende Geister aufzufordern, sich bemerkbar zu machen. Aber in diesem Fall, wenn ein bestimmter Jenseitiger herbeigerufen werden soll, können Sie einfach nach seinem Namen fragen.«

Nicholas, der hinter uns stand, gab ein verächtliches Lachen von sich, das Madeleine zu übertönen versuchte, indem sie sagte: »Sehr gut, genau das macht meine Person im Stück. Und was dann?«

»Dann wartet man.«

»Das dürfte besonders spannend für das Publikum sein«, höhnte Nicholas.

Als wäre er ein lästiges Kind, drehte Edwina sich kurz um und bedachte ihn mit einem Blick, der mir, wenn er von Rupert oder Bryan kam, immer gesagt hatte, daß ich gleich auf mein Zimmer geschickt würde. »Da Sie die Szene nur spielen, können Sie natürlich dramaturgische Zugeständnisse machen, aber eine kleine Pause sollte schon sein«, fuhr sie an Madeleine gewandt fort. »Die Geister schaffen es selten, prompt zu antworten.«

Wir warteten also eine Weile. Poppy sah sich ein wenig nervös im Raum um und fragte: »Woran merken Sie, daß ein Geist da ist? Können Sie ihn sehen?«

»Es gibt Menschen, die das können, aber ich nicht«, antwortete Edwina. »Ich bin keine Hellseherin, meine Liebe, ich bin eine Hellhörerin. Ich höre nur ihre Stimmen.« Sie nahm ihre Lektion wieder auf und erklärte Madeleine: »Nehmen wir also an, Sie haben diesen jungen Mann, diesen Soldaten, gebeten, sich zu melden. Es könnte sein, daß er nicht der erste ist, der auftaucht, möglicherweise sind andere da, die dringender gehört werden wollen.«

»Ach du Schande«, murmelte Nicholas und entfernte sich ein paar Schritte auf der Suche nach einem Aschenbecher.

»Zum Beispiel«, fuhr Edwina fort, »könnte Mr. Rutherfords Mutter vorbeischauen, um ihn an seine Manieren zu erinnern. Oder Freunde oder Verwandte von einem anderen Zirkelteilnehmer wollen Grüße ausrichten, man kann nie wissen. Aber wenn man Glück hat, erscheint schließlich die Person, mit der man sprechen will. Und dann beginnt man, ihr Fragen zu stellen.«

»Müßte ich zu diesem Zeitpunkt in Trance sein?« fragte Madeleine.

»O nein. Wenn Sie sich in Trance befinden, können Sie keine Fragen stellen. Dann spricht der Geist durch Sie, verstehen Sie, er benutzt praktisch Ihren Körper. Ihr Bewußtsein ist in diesem Moment völlig ausgeschaltet. Die anderen in Ihrem Zirkel müssen dann die Fragen stellen, weil Sie nicht präsent sind, und wenn die Séance zu Ende ist und Sie aus der Trance erwachen, haben Sie keine Ahnung, was passiert ist.«

»Ach so.« Madeleine runzelte die Stirn. »Der Text verlangt nämlich, daß ich in Trance sein soll, und es fällt mir schwer, mich da hineinzufühlen. Es kommt mir so ... melodramatisch vor.«

Edwina versicherte ihr, daß es ganz natürlich wirken könne. »Leute, die in Trance sind, sehen im allgemeinen so aus, als würden sie schlafen.«

»Ich habe vor allem Probleme mit der Stimme«, sagte Madeleine.

Rupert, der geduldig im Halbdunklen zugehört hatte, mischte sich ein. »Celia, Liebes, wenn du vielleicht ein paar Zeilen aus der Szene lesen würdest? Am besten die Stelle, wo du dich überzeugen willst, daß es wirklich dein Mann ist, der da spricht, dann könnte Edwina vorführen, wie man in Trance redet. Was haltet ihr davon?«

Madeleine fand die Idee großartig. Sie schob ihren Text Edwina hin und zeigte ihr die Stelle und die Zeilen, die sie sprechen sollte.

»Alles klar«, sagte Edwina, legte den aufgeschlagenen Text zwischen ihre Hände, straffte sich in den Schultern und beugte den Kopf leicht nach vorn. »Ich bin bereit.«

Ich begann mit der Reihe von Fragen, die meine Figur dem Geist stellt, um sicherzugehen, daß es sich wirklich um ihren toten Geliebten handelt. »Willst du mir nicht deinen Namen sagen?«

»Kennst du ihn nicht?« kam Edwinas Stimme ganz ruhig und entspannt, beinahe schläfrig, als spräche sie im Traum.

»Warum hältst du mich hin? Ich möchte gern glauben, daß du es bist, aber ...«

»Dann frage mich ...« Sie hielt inne und legte den Kopf ein wenig schräg, als lauschte sie auf etwas in der Umgebung. Langsam sprach sie weiter. »... frage mich etwas Persönliches, etwas, das von Bedeutung ist. Mein Name beweist gar nichts.«

»Also gut. Der Name deiner Mutter – wie hieß sie?«

»Rose.«

»Und dein Vater?«

Wieder eine Pause. »Edward.«

»Wo hast du als Kind gelebt?«

»Am Meer, in einem Haus mit einem schönen ... schönen ...«

Sie hat die Zeile verloren, dachte ich und wollte ihr mit einem Stichwort helfen: »Schönen Garten.«

»Der Garten, o ja, ich kann immer noch die Rosen riechen. Sie schienen das ganze Jahr über zu blühen.« Sie improvisierte anscheinend, erfand ihren eigenen Text, aber ich sagte nichts. Edwina war schließlich nicht mehr jung, und der Text war ziemlich klein gedruckt, so daß sie möglicherweise Schwierigkeiten hatte, ihn zu entziffern.

»Wo war dieses Haus?«

»In Sussex.«

Es lag eindeutig an ihren Augen. Die richtige Antwort lautete »Surrey«, aber ich korrigierte sie nicht. »Sag mir, wie du gestorben bist.«

»Ich wurde ermordet.«

Jetzt mußte ich aber eingreifen, sonst würde der Rest der Szene keinen Sinn ergeben. »Entschuldigen Sie, Edwina, das ist falsch. Es muß heißen …«

»*Sie* hat es getan, sie wollte meinen Tod.«

Das kam so überzeugt und klar heraus, daß ich mich vorbeugte, um ihr Gesicht besser sehen zu können. Ihre Augen waren geschlossen, ihre Züge vollkommen entspannt. »Sie hat ihm gesagt, ich wäre weggelaufen, aber das bin ich nicht. Ich bin hier. Ich bin immer noch hier …«

Erneut versuchte ich, sie anzusprechen. »Edwina?«

Poppys Stimme kam ängstlich aus dem Dunkeln. »Mami?«

»Es ist alles in Ordnung, Schatz«, sagte Madeleine. »Hab keine Angst. Es ist nur ein Stück.«

Aber es war nicht mehr das Stück. Edwina drehte sich langsam zu mir um, und ich hatte das beunruhigende Gefühl, daß sie mich durch ihre geschlossenen Lider hindurch sehen konnte. »Gib acht«, flüsterte sie. »Es geschieht Böses in diesem Haus.«

Ein kalter Schauder lief über meinen Rücken. »Edwina …«

»Celia«, kam die Antwort, und in meinem verwirrten Zustand glaubte ich, daß sie nicht mich meinte, sondern mir ihren eigenen Namen sagte.

Nur Madeleine saß nahe genug, um es zu hören. Einen Moment lang herrschte Schweigen, wir wechselten Blicke.

Dann regte sich Edwina zwischen uns und öffnete die Augen. »O je, tut mir leid«, sagte sie, als sie sah, wie wir sie anstarrten. »Bin ich etwa eingeschlafen? Der Fluch des Alters – und dieser Raum ist so überheizt. Sollen wir die Stelle noch mal versuchen?« fragte sie energisch und nahm ihr Buch zur Hand. »Von Anfang an?«

IX

Ich konnte nicht schlafen. Das Porträt Celias der Ersten über meinem Bett sah in dieser Nacht mit gequältem Blick auf mich herab, und jede Diele in dem alten Gebäude hatte eine Stimme. *Böses,* hauchten die Wände … *Böses in diesem Haus.* Dann ein Flüstern, noch schwächer: *Ich wurde ermordet* …

Als Kind hätte ich nur nach Rupert oder Bryan rufen müssen, und einer von beiden wäre sofort herbeigeeilt, hätte das Licht angemacht, meine Ängste vertrieben und sich sogar an mein Bett gesetzt, um die Monster fernzuhalten, bis ich eingeschlafen war. Aber ich war kein Kind mehr.

Weshalb ich mich nun unruhig hin und her wälzte und versuchte, tapfer zu sein. Ich sagte mir, daß Edwinas Vorführung, ihre Séance, in dieselbe Kategorie fiel wie Sallys oft konsultierte Tarotkarten – ein harmloses Spiel, das manchmal zu geradezu unheimlich zutreffenden Ergebnissen führte, aber nicht allzu ernst genommen werden durfte.

Zwar dachte ich keine Sekunde lang, daß Edwina uns absichtlich hinters Licht führen wollte, aber Menschen, die fest an etwas glaubten, konnten sich selbst täuschen und die Wirklichkeit nach ihren Erwartungen formen. So wie manche Gläubigen schworen, echte Tränen in den Augen einer Heiligenstatue gesehen zu haben, hörte Edwina eben Geisterstimmen. Und weil sie von deren Existenz überzeugt war, glaubte sie unbeirrbar, die Worte der Toten wiederzugeben, statt Gedanken, die in ihrem eigenen Unterbewußtsein entstanden waren.

Sie hatte sehr erstaunt reagiert, als sie erfuhr, was sie während ihres »Nickerchens« bei der Probe gesagt hatte. »Wie merkwürdig«, lautete ihre Reaktion. »Ich bin schon seit Jahren nicht mehr in Trance gefallen.«

»Könnten Sie es wieder tun?« hatte Madeleine begierig gefragt.

Doch Edwina hatte zu Poppy hinübergesehen, die sehr aufrecht und mit großen Augen zuhörte, und weil sie dem Kind keine Angst machen wollte, antwortete sie: »Leider nicht. Der Geist ist nicht mehr bei uns. Er ist fort.«

Die Wände um mich herum flüsterten: *Ich bin hier ... Ich bin immer noch hier ...*

Ich drehte mich auf die andere Seite und brachte die Stimmen zum Schweigen, indem ich an Alex und unser Gespräch vor dem Abendessen dachte. Er hatte nach mir gesucht, in Begleitung seiner unvermeidlichen Schatten Max und Nero, und mich allein in dem leeren Zimmer mit Blick auf die Terrasse angetroffen, durch das Madeleine mich nach meinem Gestotter am ersten Probenmorgen geführt hatte.

An diesem Abend konnte niemand auf die Terrasse hinausgehen. Der Regen hatte mit neuer Heftigkeit wieder eingesetzt und die weite, lichte Fläche in einen grauen, verlassenen Ort verwandelt, verloren in einer Landschaft aus Nebel.

Ich sah gerade versunken dem Aufklatschen der Regentropfen auf die Pfützen zu, als Alex mich von hinten ansprach. Vor Schreck stieß ich einen kleinen Schrei aus. »Ich habe Sie nicht kommen gehört«, erklärte ich, als er zu mir trat.

»Nein? Das tut mir leid.« Er zog etwas aus der Hosentasche und hielt es mir hin. »Sie haben eine E-Mail bekommen.«

»Oh, danke.« Ich faltete das Blatt auseinander und überflog es lächelnd. Nur ein kurzes Hallo von Bryan mit einem Witz, den er im Büro gehört hatte, nichts weiter, aber es half mir, nach den seltsamen Erlebnissen des Tages wieder festen Boden unter den Füßen zu gewinnen.

»Ich dachte, Sie möchten vielleicht antworten«, sagte Alex.

»Jetzt?« Ich sah auf meine Uhr. »Aber es ist fast Essens ...«

»Wir haben Zeit.«

»Na gut«, sagte ich, denn als Hausherr konnte er sich wohl das Recht herausnehmen, zu spät zum Essen zu kommen, und in seiner Begleitung hatte ich ebenfalls eine Entschuldigung. Doch in Wahrheit war ich einfach gern in seiner Nähe. Er war keiner von »uns«, gehörte nicht zur Welt des Theaters, dieser künstlichen, emotionsgeladenen Welt, in die ein Ort wie Il Piacere wunderbar hineinpaßte. Nein, Alex war solide und wirklich wie Bryan, und in seiner Gegenwart schienen die Dinge erfrischend unkompliziert. Elefanten waren Elefanten, und Mäuse waren Mäuse. Wirklich zu schade, dachte ich, daß er schon vergeben ist.

Ich ging mit ihm durch die langen Korridore und ließ meinen Blick über die Porträts und Gemälde schweifen, die so dicht gehängt waren wie Poster an einer Plakatwand. In die Stille zwischen uns räusperte sich Alex auf einmal. »Ich habe gehört, was heute bei der Probe passiert ist.« Er schielte kurz zu mir hin und sah wieder geradeaus. »Ich fühle mich irgendwie dafür verantwortlich. Vielleicht hätte ich Sie vor der ... Exzentrik meiner Großmutter warnen sollen.«

»Es ist doch nichts passiert«, sagte ich. »Außerdem habe ich sie ja selbst dazu angestiftet, die Séance abzuhalten. Es gibt nämlich eine Séance im Stück ...«

»Ich weiß, ich habe es gelesen«, sagte er trocken und erinnerte mich daran, daß das gesamte Projekt schließlich seine Idee gewesen war, daß er nicht nur ein Nachfahre des Autors und unser Gastgeber war, sondern auch der Produzent und als solcher genauso mit der Materie vertraut wie wir.

»Ja, also«, versuchte ich meine Verlegenheit zu überspielen, »wir hatten ein Problem mit dieser Szene, und oft hilft es, eine Expertin zu Rate zu ziehen.«

»Expertin!« rief er, beinahe lachend. »Das hört sie sicher gern.«

»Ich meine, sie ist immerhin eine Spiritistin und weiß, wie eine Séance ablaufen sollte.«

»Da hätten Sie auch mich fragen können«, erwiderte er, immer noch mit diesem ungewohnt belustigten Unterton. »Ich habe als Junge oft genug an den verdammten Sitzungen teilgenommen, ich hätte Ihnen sagen können, wie es dabei zugeht.«

Wir bogen um eine Ecke. Ermutigt von seiner mitteilsamen Laune, fragte ich: »Und wie kam es, daß Sie an den Séancen teilgenommen haben?«

»Teil meiner Buße«, grinste er. »Ich bin in England zur Schule gegangen, weil es angeblich der Letzte Wille meiner Mutter war, daß ich ihre Heimat kennenlernen sollte. Meinem Vater kam das sehr gelegen. Er hatte sowieso keine Zeit, sich um mich zu kümmern, und deshalb wurde ich auch in den Ferien meistens zu meiner Großmutter geschickt. Sie hat ein zugiges Haus in Norfolk, an einem Waldstück gelegen. Und mit Enten«, fügte er hinzu, als wäre es keine Frage, daß eine Frau wie Edwina sich Enten hielt. »Samstags trafen sich immer ein paar Freunde bei ihr – das tun sie wahrscheinlich immer noch –, und sie bestand darauf, daß ich an ihren Sitzungen teilnahm, um meinen Horizont zu erweitern.«

»Und hat es ihn erweitert?«

»Meistens bin ich dabei eingeschlafen.«

»Oh.«

»Ich will damit nur sagen, daß Sie Edwinas Überzeugungen nicht allzu ernst nehmen sollten.«

»Das tue ich auch nicht.« Zum Beweis erzählte ich ihm von Sally und ihren esoterischen Gewohnheiten. »Das ist ungefähr das gleiche, obwohl Edwina mir alles andere als wirrköpfig vorkommt.« Daß Sally ebenfalls von etwas Bösem in diesem Haus gesprochen hatte, erzählte ich ihm nicht. Ich tat mein Bestes, diesen Teil zu verdrängen.

»Nein, meine Großmutter ist eine intelligente Frau«, stimmte er zu.

»War Ihre Mutter ihr sehr ähnlich?« wagte ich mich vorsichtig weiter auf diesem unsicheren Terrain vor.

»Ich weiß es nicht. Ich kann mich kaum noch an meine Mutter erinnern. Sie ist gestorben, als ich noch ganz klein war. Aber sie soll eine sehr liebevolle Frau gewesen sein.« Dann, nach einer Pause: »Meine Großmutter ist nicht übermäßig liebevoll, aber dafür sehr aufmerksam. Sie hat mich wenigstens beachtet und mir Modelle gekauft, Schiffsmodelle, weil ich schon immer gerne Sachen gebaut habe.« Er lächelte befangen, und als hätte er schon zu viel von sich preisgegeben, zog er sich fast sichtbar in sein Schneckenhaus zurück und nahm einen förmlicheren Ton an. »Deswegen habe ich sie auch gebeten, Madeleines Tochter hierherzubringen. Ich wußte, daß sie gut auf das Mädchen aufpassen würde.«

Ich nickte, obwohl ich fand, daß Poppy Hedrick keiner großen Aufsicht bedurfte. »Sie scheint ein ziemlich kluges Mädchen zu sein, sehr reif für ihr Alter«, sagte ich und glaubte es auch in diesem Moment, als ich mit Alex durchs Haus ging.

Doch als ich nun zusammengerollt in meinem Bett lag, wurden meine sich überstürzenden Gedanken von einem plötzlichen Lärmen auf dem Flur unterbrochen, einem Hämmern und Schluchzen, das mir zeigte, wie sehr ich mich geirrt hatte. Poppy war längst nicht so ausgeglichen und erwachsen, wie sie sich gab. Sie war zwölf Jahre alt und brauchte ihre Mutter.

»Mami!« Neues Hämmern. Ihre Stimme wurde vor Panik schrill. »Mami, bitte!«

Als das Schluchzen weiterging, ohne daß Madeleine reagierte, stand ich auf, warf meinen Morgenmantel über und lief zur Tür, die ich zunächst nur einen Spalt öffnete, weil ich mich nicht einmischen wollte.

Poppy preßte sich mit tränenüberströmtem Gesicht an die Tür ihrer Mutter, als könnte sie durch reine Willenskraft das massive Holz durchdringen. Die Arme ausgestreckt, die kleinen Fäuste geballt, war sie einem hysterischen Anfall nahe.

»Poppy?« sagte ich und ging hinaus. »Poppy, was ist denn los?«

Die beherrschte Fast-Erwachsene war völlig verschwunden, und sie stürzte auf mich zu und klammerte sich an mich wie ein Kind, das von einer Horde Ungeheuer verfolgt wird. Überrascht und gerührt schlang ich meine Arme um sie und fragte noch einmal sanfter: »Was ist los?«

Die Antwort wurde von meiner Schulter halb erstickt. Ich hörte nur: »… meinem Bett.«

»Was ist mit deinem Bett?«

»Sie hat daneben gestanden.«

»Wer?«

»Die Frau auf den Fotos. Es war *ihr* Geist, mit dem Mrs.

Farrow gesprochen hat, sagt Mami.« Ein krampfartiges Schluchzen. »S-sie wollte mich b-berühren.«

»Ach, Liebes.« Ich streichelte ihr beruhigend über den Kopf. »Das war nur ein Traum, weißt du. Jetzt ist er vorbei, und alles ist wieder gut.«

Sie schniefte und hob den Kopf ein Stück. »Wo ist meine Mutter?« wollte sie wissen und klang dabei noch jünger, als sie aussah.

Ich wußte es nicht, aber nach dem Lärm, den Poppy gemacht hatte, konnte sie kaum schlafend in ihrem Bett liegen. »Ich glaube, ich gehe mal Nicholas fragen. Vielleicht weiß er, wo deine Mutter ist.«

Ich hatte mich bewußt diplomatisch ausgedrückt, aber Poppys Blick sagte mir, daß sie über die Natur der Beziehung ihrer Mutter zu Nicholas Bescheid wußte und nicht daran dachte, allein dort im Flur zurückzubleiben. »Ich komme mit.«

Nicholas' Zimmer lag gleich um die Ecke vom Damenflügel, was von diskreter Voraussicht zeugte, wie Den mir erzählt hatte, denn auf diese Weise teilte er mit Madeleine denselben Balkon und hatte unauffälligen Zugang zu ihrem Zimmer. Da ich von Galeazzo D'Ascanios legendärem Eroberungsdrang wußte, nahm ich an, daß er die Zimmer absichtlich so hatte anlegen lassen, um ausgewählte weibliche Gäste des Nachts besuchen zu können, ohne daß Celia davon erfuhr. Ziemlich dreist von ihm, wenn man bedachte, daß ihre Räume sich gleich nebenan befanden, aber ein Mann, der seine Ehefrau in die Villa delle Tempeste verbannte, während er mit seiner Geliebten zusammenlebte, konnte sich nicht viel um solche Feinheiten geschert haben.

Nicholas öffnete ebenfalls nicht.

Weil ich ratlos war, was ich als nächstes tun sollte, aber um Poppys willen gelassen und kompetent wirken wollte, klopfte ich noch einmal. Ich konnte das Mädchen gut verstehen, denn durch mein Hin- und Herwälzen und die beunruhigenden Gedanken war ich beinahe so angespannt, als hätte ich selbst einen Alptraum gehabt, und dieses Haus war bei Nacht nicht gerade ein tröstlicher Ort. Die engen Korridore, der muffige Geruch der alten Orientläufer und die trüben Wandleuchten erzeugten eine morbide Atmosphäre, wie gemacht für eine Schauergeschichte aus dem neunzehnten Jahrhundert.

Natürlich hätte ich Poppy einfach mit zu mir nehmen und sie auf das Sofa betten können, so daß sie nicht allein war, aber sie wollte nicht bei mir sein, sondern bei ihrer Mutter.

Einer plötzlichen Eingebung folgend fragte ich: »Poppy, wenn deine Mutter zu Hause nachts aufwacht und nicht wieder einschlafen kann, was macht sie dann?«

Sie überlegte kurz. »Sie ißt etwas.«

»Dann laß uns nach unten gehen«, sagte ich und nahm ihre Hand. »In die Küche.«

X

Die Küchentür, die in einem Winkel hinter der Treppe zum Damenflügel lag, war eine altmodische, mit grünem Billardtuch bezogene Pendeltür und hielt alle Geräusche von außen so effektiv ab wie eine moderne, schalldichte Konstruktion. Ich stieß sie auf, und Poppy machte ein Gesicht, als hätte sie mich gerade in den Rang eines Sherlock Holmes erhoben.

»Du hattest recht«, sagte sie ehrfürchtig. »Sie ist hier.«

Madeleine saß an dem schweren Küchentisch aus Eiche und schien noch gar nicht im Bett gewesen zu sein, denn sie trug dieselbe weich fallende Hose und den gleichen Pullover wie beim Abendessen. Auch das Make-up war noch intakt, und die Haare sahen nur auf einer Seite leicht zerzaust aus, wo sie den Kopf in die Hand gestützt hatte.

Sie war nicht allein. Den saß ihr gegenüber und drehte sich überrascht um, als wir hereinkamen. Dann grinste er. »Siehst du?« sagte er zu Madeleine. »Ich wußte, daß sie uns erwischen würden.« Die Flasche Wein auf dem Tisch erklärte die gute Stimmung der beiden.

Madeleine richtete sich sofort auf, als sie ihre Tochter sah. »Schätzchen«, rief sie besorgt, »was ist los?«

»Ich habe den Geist gesehen, die Frau auf den Fotos. Sie stand direkt neben meinem Bett.«

»Ach, Liebling, komm her. Das ist meine Schuld«, sagte sie über Poppys Kopf hinweg zu Den und mir. »Ich habe mich vorhin mit Nicholas darüber unterhalten ... Süße, du weißt doch, daß ich das nicht ernst gemeint habe, was ich über die Frau auf den Fotos sagte.«

»Welche Frau?« fragte Den.

»Celia Sands. Die Erste«, erklärte sie mit einem entschuldigenden Blick zu mir. »In meinem Zimmer hängen mehrere Bilder von ihr, und Nicky meinte, sie wäre wohl überall, worauf ich zum Scherz sagte, daß sie es wahrscheinlich war, die unsere Séance gestört hat. Ich habe wirklich nur Spaß gemacht.« Sie drückte ihre Tochter an sich. »Ich wollte nicht, daß du schlecht träumst.«

Poppy, die sich mittlerweile von ihrem Schreck erholt hatte, reagierte auf die Umarmung ihrer Mutter mit der Widerspenstigkeit einer Heranwachsenden, die weiß, daß sie beobachtet wird, und nicht wie ein Baby wirken will. »Es war kein Traum«, sagte sie in demselben störrischen Ton wie am Vortag zu Nicholas. »Sie war wirklich da.«

»Ach Liebling«, wiederholte Madeleine und strich eine Haarsträhne aus dem Gesicht des Mädchens. »Komm, setz dich. Möchtest du etwas trinken? Ein Glas Wasser? Oder Kakao?« Mit Blick zu Den: »Gibt es hier Kakao?«

»Keine Ahnung. Ich seh mal nach.« Er stand auf und durchwühlte die Schränke, als wäre er zu Hause und nicht in Teresas Küche.

Der Raum war eher funktional als gemütlich eingerichtet. Es gab ein kleines Fenster und darunter eine sauber geschrubbte Keramikspüle, die vermutlich immer noch so weiß war wie zu der Zeit, als Galeazzo sie in den zwanziger Jahren im Rahmen seiner Modernisierungen hatte einbauen lassen. Eine gekachelte Arbeitsfläche lief an zwei Wänden entlang und endete bei einem alten Monstrum von Herd mit unglaublich vielen Knöpfen und Griffen, das den Eindruck machte, als würde es explodieren, wenn man den falschen Knopf betätigte. Es gab auch ein paar moderne Geräte wie eine Mikrowelle und eine blitzende Espressomaschine, doch der Gesamteindruck war eher traditionell und pragmatisch und erinnerte sehr an Teresa.

Den fand eine Dose Kakao im Schrank und Milch im Kühlschrank, rührte beides in einem großen Becher zusammen und stellte ihn in die Mikrowelle. Dann holte er ein Weinglas für mich. »Probier den mal«, sagte er und schob mir die Flasche hin. »Es gibt noch mehr davon. Ich glaube, wir sind auf Teresas Privatvorrat gestoßen.«

Das Etikett zeugte von einem edlen Inhalt. »Oder es ist einer von diesen seltenen Jahrgängen, den die D'Ascanios als Investition eingelagert haben«, wagte ich zu vermuten.

»Möglich.« Den klang nicht sonderlich reuig. Die Mikrowelle piepte, und er holte Poppys Kakao heraus. »Hier, Schätzchen. Genau das richtige gegen Alpträume.«

Poppy nahm den Becher, trank aber nicht, sondern beharrte mit fester Stimme darauf, daß sie keinen Alptraum gehabt hätte. »Sie war echt. Unsere Séance hat sie zurückgebracht. Nein, Mami, ich bin ganz sicher«, sagte sie, als Madeleine unterbrechen wollte. »Ich habe neulich so was im Fernsehen gesehen, da ist genau dasselbe passiert. Die Leute haben aus Versehen einen Geist herbeigerufen, und dann ist er nicht wieder weggegangen und hat all diese schrecklichen Sachen gemacht, bis sie einen Geisterexperten gerufen haben, der ihn vertrieben hat.« Sie war sich ihrer Sache sehr sicher, und ich wußte, daß es keinen Zweck hätte, sie von etwas anderem überzeugen zu wollen. Mit zwölf kannte man die Welt besser als die Erwachsenen.

Madeleine lächelte. »Nun, wenn es so ist, sollten wir

Mrs. Farrow bitten, eine zweite Séance abzuhalten, damit sie deinem Geist seinen Frieden schenken kann. Was meinst du?«

Das leuchtete Poppy ein. »Kann sie es bald tun?«

»Ich weiß es nicht. Vielleicht sollte Celia sie fragen.«

Verwundert sah ich sie an. »Warum ich?«

»Weil sie dich mag, glaube ich.«

Den stimmte ihr mit einem beseligten Lächeln zu, das mir verriet, wieviel Wein er schon intus hatte. »Niemand könnte diesem Gesicht etwas abschlagen.«

»Also, ich weiß nicht ...«, zögerte ich. Alex würde es sicher nicht gefallen, wenn wir noch eine Séance abhielten; er war schon nicht begeistert davon gewesen, daß wir seine Großmutter zu der ersten angestiftet hatten. Andererseits – wenn dies der Weg war, Poppys Ängste zu vertreiben ...

Sie sah mich mit großen, flehenden Augen an.

»Ich rede morgen mit Edwina«, versprach ich.

XI

»Nein.«

Verblüfft starrte ich sie an. Das war nicht die Antwort, die ich erwartet hatte. »Wie bitte?«

»Vor allem geht es aus Zeitgründen nicht, meine Liebe«, erklärte sie beschwichtigend. »Ich reise morgen ab.«

Das hörte ich nicht gern. In den zwei Tagen ihres Aufenthalts war mir Alex' Großmutter irgendwie ans Herz gewachsen, und als ich sie an diesem Morgen von meinem Fenster aus durch den Park gehen sah, die Hände auf dem Rücken verschränkt, als würde sie ihre Truppen inspizieren, war ich nicht nur meiner Mission für Poppy wegen schnell in meine

Kleider geschlüpft und durch das noch schlafende Haus geeilt. Ich freute mich auf Edwinas Gesellschaft.

Ich selbst hatte nie eine Oma gehabt, zumindest wußte ich von keiner. Vielleicht lebten die Eltern meines biologischen Vaters noch, aber die meiner Mutter waren lange vor meiner Geburt gestorben. Auch Rupert und Bryan waren mir trotz all ihrer Liebe und Fürsorge auf diesem Gebiet keine Hilfe gewesen. Bryans Eltern hatten ebenfalls schon das Zeitliche gesegnet, als ich klein war, und Ruperts Mutter war zwar noch am Leben gewesen, aber so schwer krank, daß er mich nie zu ihr mitgenommen hatte.

Daher beneidete ich Alex um seine Schulferien bei seiner Großmutter in ihrem »zugigen Haus in Norfolk« mit dem Wald und den Enten. Ihre Séancen mochten ihn eingeschläfert haben, aber ich bezweifelte, daß er sich mit Edwina selbst je gelangweilt hatte.

Sie blieb am Wegrand stehen und beugte sich über eine Ansammlung blühender Büsche, die ich nicht kannte. »So eine Schande«, bemerkte sie zungeschnalzend. »Sehen Sie mal, wie das Unkraut hier wuchert. Alex wird mal ein Wörtchen mit den Gärtnern sprechen müssen.«

So leicht wollte ich sie nicht davonkommen lassen. »Ich weiß, daß Sie morgen abreisen, aber … Ich meine, Sie haben selbst gesagt, Ihre Koffer sind schon gepackt, und da könnten wir es doch heute abend in der Villa machen, oder?«

Sie richtete sich mit leisem Lächeln von den Sträuchern auf. »Daniela würde einen Anfall bekommen und sich bekreuzigen. Die Welt der Geister ist ihr unheimlich.«

Ich hatte Mühe, mir eine sich bekreuzigende Daniela vorzustellen. Dazu gehörte ein gewisses Maß an Demut und Frömmigkeit, das nicht in mein Bild von dieser Frau paßte. Aber ich erwiderte bloß: »Es wundert mich, daß Sie Wert auf Danielas Zustimmung legen.«

»O nein, wie sieht denn diese Rabatte aus.« Edwina bückte sich erneut und stocherte kopfschüttelnd in dem Grünzeug herum.

»Außerdem braucht sie ja nichts davon zu erfahren. Ich

dachte nur, daß die Villa für Sie am bequemsten wäre. Aber wir können es genausogut im Haupthaus machen, wenn Ihnen das lieber ist.«

Sie antwortete nicht und schlenderte weiter, als hätte sie mich nicht gehört. Über uns brach die Morgensonne zögerlich durch die Wolken, als wollte sie erst einmal die Lage prüfen. Vom Vogelgezwitscher ermuntert, gewann sie bald an Zutrauen und kämpfte sich frei, um einen schwachen Schatten zu Edwinas Füßen zu werfen.

»Es ist ein Verbrechen«, schimpfte Edwina, »was aus diesem Park geworden ist. Als meine Tochter noch lebte, wurde alles tadellos in Schuß gehalten. Sie gab gern rauschende Feste, bei denen um den Pfauenteich getanzt wurde, wie in Galeazzos Tagen, wissen Sie. Zu traurig, daß ihr Mann alles verfallen ließ.«

Ich begriff, daß ich auf direktem Weg nichts bei ihr erreichte und gab erst einmal auf. »Wo ist denn der Pfauenteich?«

»Haben Sie ihn etwa noch nicht gesehen? Kommen Sie, ich bringe Sie hin, es ist nicht weit.«

Ein paar Meter weiter gabelte sich der Pfad und führte rechts zu dem Wäldchen um die Senke mit dem Theater, während wir uns links hielten und zwischen duftenden Pinien und moosüberzogenen Magnolienbäumen bergauf gingen, bis wir zu einer Zypressenallee gelangten. Diese öffnete sich zu einer Anlage, die mich entfernt an Bilder vom indischen Taj Mahal erinnerte: ein langgestreckter Teich, eingefaßt von weißen, sonnengebleichten Marmorplatten und am anderen Ende begrenzt von einem Miniaturtempel, der vielleicht einst einem Orchester Schutz geboten hatte oder eleganten Damen, die ihren Tee gern im Schatten schlürften. Der Anblick war bezaubernd.

Selbst in diesem vernachlässigten Zustand, mit dichten Ranken, die um die Tempelsäulen wucherten, und einem von Wasserpflanzen versumpften Teich, hatte sich der Ort seine vornehme Pracht bewahrt. Es fiel nicht schwer, sich dort tanzende Paare unter Papierlaternen oder im Mondlicht vorzustellen, das ihre Schatten auf den weißen Marmorboden warf.

Ich suchte nach dem Grund für den Namen des Teiches und entdeckte schließlich, halb verborgen unter Gras und Unkraut, sechs steinerne Pfauen, die hintereinander in einer geraden Reihe mitten im Wasser standen. Den Vögeln fehlten die Schwänze, was mich verwirrte, bis Edwina die Erklärung lieferte.

»Es waren Springbrunnen, verstehen Sie, aus denen hohe, fächerartige Fontänen kamen, die die Pfauenräder bildeten. Abends wurden sie farbig angestrahlt, das war wunderschön.« Sie seufzte in der Erinnerung, und ich versuchte, sie aufzumuntern.

»Alex wird das hier bestimmt auch noch restaurieren lassen, nach und nach.«

»Vielleicht, vielleicht auch nicht. Er ist in dieser Hinsicht sehr an Danielas Vorstellungen gebunden, und sie interessiert sich mehr für die Gebäude, habe ich den Eindruck. Ihr lag schon nicht viel daran, das Theater wieder aufzubauen, nach dem, was er mir erzählt hat, und er mußte ziemlich Druck machen, damit das Projekt in Angriff genommen wurde. Wenn der Besitz erst mal der Stiftung überschrieben worden ist ...« Sie zuckte resigniert die Achseln. »Alles hat seine Zeit, und die beste Zeit dieses Parks ist wohl vorbei.«

Ich sah zu Boden und schubste ein Stück Rinde mit der Fußspitze zur Seite. »Edwina ...«

»Ja, meine Liebe?«

»Sind Alex und Daniela ... ich meine, sind sie schon lange zusammen?«

»Seit letzten Herbst, glaube ich.«

Es war mir selbst schleierhaft, wie ich dazu kam, eine derart persönliche Frage zu stellen. Edwina beobachtete mich, das merkte ich, obwohl ich nicht den Blick hob. Um meine Verlegenheit zu verbergen, sagte ich: »Sie sind ein schönes Paar.«

»Ja.« Das klang nicht gerade überschwenglich. »Und ich bin sicher, daß Alex große Hoffnungen in sie setzt, was seine Bestrebungen, als waschechter Italiener akzeptiert zu werden, angeht.«

»Na ja, er ist schließlich zur Hälfte Italiener.«

»Genau. Und zur Hälfte Engländer.«

Als ich endlich wieder den Kopf hob, sah ich, daß sie mich neugierig fixierte. »Es wird interessant sein zu sehen, welche Seite am Ende gewinnt.«

Ich merkte, wie ich unter ihrem Blick rot wurde, und war versucht zu beteuern, daß ich nicht hinter ihrem Enkel her war, doch sie hatte schon das Thema gewechselt. »Fängt Ihre Probe nicht um zehn an? Dann sollten wir besser zurückgehen, sonst bringe ich Sie noch um Ihr Frühstück.«

Auf dem Rückweg setzte ich mich erneut für die Wiederholung der Séance ein. »Es wäre wirklich eine große Hilfe für Poppy. Die Einbildung ist eine große Macht – Sie müßten nur so tun, als würden Sie eine Séance halten und diesem Geist sagen, daß er verschwinden soll. Dann könnte das Mädchen wieder ruhig schlafen.«

Edwina sah mir freundlich und geduldig ins Gesicht. »Aber die Geister wissen nicht, daß man nur so tut als ob. Was wäre, wenn der Geist, der gestern mit uns gesprochen hat, wiederkäme und noch mehr sagte? Sie wissen doch«, fragte sie sanft, »wessen Geist es war?«

Ich suchte stotternd nach einer Antwort, die ihre Überzeugungen nicht beleidigte. »Also, ich ...«

»Es tut mir leid, ich kann keine zweite Séance riskieren. Jede unserer Handlungen hat Folgen, Celia – ist das nicht auch die Botschaft Ihres Stücks? Es heißt ›*Il Prezzo*‹, nicht wahr? Der Preis. Die Personen darin zahlen einen hohen Preis für ihre Entscheidungen«, sagte sie nachdenklich. Dann sah sie in die Ferne und schwieg einen langen Moment. Sie schien sich auf den zugewucherten Tempel am Endes des Pfauenteiches zu konzentrieren, dessen Spiegelbild undeutlich von dem wenigen verbliebenen Wasser zurückgeworfen wurde. »Wenn man es mit der Geisterwelt zu tun hat, muß man sich manchmal zwischen den Lebenden und den Toten entscheiden. Man kann verwundeten Seelen ihren Frieden geben, aber um welchen Preis?« Sie richtete ihren Blick wieder auf mich, während die morgendliche Brise feucht durch die Pinien wehte.

»Manchmal ist es besser, die Vergangenheit ruhen zu lassen, meine liebe Celia«, sagte sie. »Lassen Sie die Vergangenheit Vergangenheit sein.«

Am Tag, als die Arbeiter mit den Fontänen des Pfauenteichs fertig waren, gab er das größte Fest seit vielen Jahren. Die Nacht war sommerlich warm, die Sterne schienen, und seine Diener hatten überall farbige chinesische Lampions aufgehängt, so daß um den Teich ein Märchenland aus Licht und Musik entstand, durchsetzt von Gläserklirren, schwebendem Zigarettenrauch und perlendem Gelächter.

Im Mittelpunkt all dessen stand Celia, in Silber gekleidet, selbst funkelnd wie die Sterne und so jung und wunderschön, daß sein Herz zu rasen begann, wenn er sie nur ansah. Mit einem Glas in der Hand stand er etwas abseits und beobachtete sie voll Stolz.

Er war ganz in ihren Anblick versunken, bis Francesca an seiner Seite sagte: »Sie muß sehr gut sein, diese Kleine, daß sie dein Interesse so lange halten kann. Die anderen, die du hierhergebracht hast, konnten sich schon glücklich schätzen, wenn sie einen Monat bleiben durften.«

»Sie ist nicht wie die anderen.«

»Nein.« Ihre Stimme klang nachdenklich. »Ich glaube fast, du liebst sie.«

»Bist du eifersüchtig?«

»Caro, um eifersüchtig zu sein, muß man lieben, und meine Liebe ist schon vor vielen Jahren gestorben.« Sie hob ihr Glas und prostete ihm zu. »Beeile dich mit deinem Stück. Ich bin schon sehr gespannt darauf.« Lachend entfernte sie sich entlang des Teichs, der das schillernde Sprühen der Pfauenräder unter den chinesischen Lampions auffing.

VIERTER AKT

LÄRM UND TUMULT

Such welcome and unwelcome things at once
'Tis hard to reconcile.

William Shakespeare, »Macbeth«,
4. Akt, 3. Szene

I

Das Haus kam mir stiller vor ohne Edwina.

Sie hatte sich zwar nicht viel im Haupthaus aufgehalten, aber ich vermißte sie bei den Mahlzeiten. Ihr Scharfsinn und ihre schnelle Zunge hatten Daniela Forlani mehr als einmal aus dem Konzept gebracht und gezwungen, sich in ein trotziges Schweigen zurückzuziehen. Doch nach Edwinas Abreise beanspruchte Daniela umgehend wieder ihren Platz im Mittelpunkt der allgemeinen Aufmerksamkeit.

Poppy konnte sie nicht leiden, das sah ich. Schon ein paarmal hatte ich beobachtet, daß das Mädchen Daniela mit demselben Blick bedachte wie Nicholas, einer Mischung aus offener Verachtung und dem Wunsch, sie möge sich ganz einfach in Luft auflösen.

Was Daniela betraf, konnte ich es Poppy wirklich nicht verdenken, denn ich wünschte mir oft dasselbe. Nicht nur wegen ihres Benehmens in Alex' Gegenwart, das mich mit seinem koketten, weibchenhaften Gegurre an meine Mutter erinnerte. Auch nicht wegen der vorhersehbaren Reaktionen von Alex, obwohl ich zugeben muß, daß mir diese nicht ganz gleichgültig waren. Jedesmal, wenn er Daniela anlächelte, wuchs meine Abneigung gegen sie, auch wenn ich mir zehnmal sagen konnte, daß die Beziehung der beiden mich nichts anging. Aber was mich wirklich störte, war die Art und Weise, wie sie mit Poppy umsprang.

Am Samstag nach Edwinas Abfahrt vergaß ich sogar beinahe meinen Vorsatz, mich zu beherrschen und den Mund zu halten, als Daniela beim Abendessen auf eine Bemerkung

Poppys über Geister und Séancen barsch erwiderte: »An so etwas glauben doch nur Dummköpfe.«

Zum Glück kam Den mir zuvor. Ihr Angriffsziel absichtlich mißverstehend entgegnete er ruhig: »Ach, ich weiß nicht. Alex' Großmutter wirkte auf mich nicht wie ein Dummkopf.«

Mit Genugtuung sah ich Danielas kühle Überlegenheit bröckeln, als sie in der Falle ihrer eigenen Worte zappelte und schnell zu Alex sagte: »Natürlich habe ich nicht gemeint ...«

»Ich weiß, was du meinst«, schnitt er ihr das Wort ab und wandte sich wieder seinem Gespräch mit Rupert zu. Sie redeten über Bücher. »Aber wenn es Theaterstücke sind, die Sie suchen – ich glaube, wir haben sonst keine im Haus, abgesehen von denen meines Großvaters natürlich. Falls es noch irgendwo welche gibt, dann in der Veranda della Diana, dem Zimmer, das ich als Büro nutze. Mein Großvater hat dort geschrieben, und seitdem hat kein Mensch die Bücherschränke angetastet. Sie können sie gerne durchforsten, ich fürchte nur, die Bücher werden Ihnen nicht viel sagen, es sei denn, Sie können Deutsch oder Latein.«

»Deutsch nicht, aber Latein«, sagte Rupert.

Neugierig mischte ich mich ein. »Stammen die deutschen Bücher noch aus der Casetta Fiorita?« fragte ich, weil mir Edwina ja erzählt hatte, daß Galeazzo die Besitztümer des Österreichers ausgeräumt hatte, als er Venedig verließ.

Alex sah mich über den langen Tisch hinweg respektvoll an. »Ja, woher wissen Sie das?«

»Von Ihrer Großmutter. Als ich bei ihr in der Villa war, habe ich einen Kelch in der Vitrine gesehen, der mich an einen anderen in der Schatzkammer des Markusdoms erinnerte. Daraufhin hat sie mir die Geschichte erzählt.«

Ruperts Gesicht war ein einziges Fragezeichen. »Was ist das für eine Geschichte?«

Ich konnte sie nicht so gut wiedergeben wie Edwina, aber ich gab mein Bestes, ihm zu schildern, wie die Beutestücke vom Vierten Kreuzzug über die Casetta Fiorita in die Villa delle Tempeste gelangt waren.

Rupert war ganz Ohr. »Gibt es noch mehr Stücke hier, die aus Konstantinopel stammen?«

»Eine kleine Sammlung«, sagte Alex. »Etwas Silber, den Kelch, ein paar Schalen, ein Schwert. Diese Sachen sind alle unten in der Villa. Dann gibt es noch die Wandteppiche in der Stanza d'Arazzo, sie wurden ebenfalls aus Venedig mitgebracht und sind byzantinisch. Und diese Büsten« – er zeigte auf die marmornen Köpfe in den Nischen hinter ihm. »Mein Vater nannte sie immer ›Jason und Medea‹, aber sie könnten genausogut ein anderes Paar darstellen.«

Ich war die ganze Zeit davon ausgegangen, daß es sich um Galeazzo und Celia handelte, obwohl ich mich schon über die mangelnde Ähnlichkeit gewundert hatte. Die Köpfe waren also keine vom Dichter in Auftrag gegebenen Porträtbüsten, sondern Trophäen, die beim Vierten Kreuzzug von antiken Statuen abgeschlagen worden waren. Ich betrachtete sie mit neuen Augen, den tapferen, aber treulosen Jason und seine verbitterte Frau Medea ... Sie paßten trotzdem in dieses Haus, wenn man an Galeazzo und seiner Frau Francesca dachte. Sie mußte auch sehr verbittert gewesen sein.

Daniela hatte irgendwie einen mißtrauischen Gesichtsausdruck, als fürchtete sie, wir würden alle gleich hinunter zur Villa rennen und in ihre Privatsphäre eindringen. »Diese Sachen in der Villa delle Tempeste sind fast alle in Kisten verpackt, nicht zum Ansehen.«

Alex erklärte, daß vieles während der Restaurierungsarbeiten aus Sicherheitsgründen weggepackt worden sei. »Aber ich könnte Ihnen einmal ein paar Stücke zeigen, wenn Sie möchten. Sie sind wirklich schön.«

Den hob die Augenbrauen. »Und ziemlich wertvoll, nehme ich an.«

»Ja, wir haben sie separat versichern lassen.«

Bei der Erwähnung von Geld erwachte erwartungsgemäß auch Nicholas' Interesse. »Sie werden diese Stücke doch nicht auch der Stiftung übergeben? Die sind doch sicher ein Vermögen wert. Ich würde sie behalten, als Geldanlage.«

Alex winkte ab. »Ich habe andere Anlagen. Außerdem sollten so schöne Dinge nicht weggeschlossen werden, sie gehören der ganzen Menschheit.«

Daniela lächelte süß. »Du hast ja so recht, Caro. Deine Schenkung ist eine wunderbare Sache, und die Sammlung aus Konstantinopel wird einen guten Platz bekommen und von vielen Besuchern bewundert werden.« Als das Mädchen hereinkam, um unsere Teller abzuräumen, lenkte sie das Gespräch auf ein anderes Thema. »Du hast Neuigkeiten von diesem Mädchen, das weggelaufen ist? Pietro hat so etwas gesagt.«

Ich fragte mich, was dieser Pietro über die Angelegenheit wissen konnte, bis mir einfiel, daß er angeblich etwas mit dem vermißten Hausmädchen gehabt hatte und sie wegen eines Streits mit ihm das Weite gesucht haben sollte.

Alex nickte. »Ja, ihre Familie hat gestern einen Brief von ihr bekommen, in dem sie schreibt, daß sie einen Job in Mailand gefunden hat. Sie sind alle sehr erleichtert. Ihre Mutter hat mich angerufen und es mir gesagt.«

Madeleine sah auch erfreut aus. »Das ist ja wirklich eine gute Neuigkeit. Ich muß gestehen, daß ich ein ungutes Gefühl hatte wegen des Mädchens. Heutzutage kann soviel passieren.«

Den stimmte ihr zu. »Meine Mutter hätte mir ein paar hinter die Löffel gegeben, wenn ich ihr einen solchen Schreck eingejagt hätte. Einfach eines schönen Tages nicht zur Arbeit zu erscheinen und sich zu verdrücken.«

»Ich möchte wissen, warum sie weggegangen ist«, sinnierte Rupert.

»Das kann ich Ihnen auch nicht sagen«, antwortete Alex. »Schwer zu erraten, was im Kopf von jungen Frauen vor sich geht.«

Den zeigte sein typisches Grinsen. »Nicht nur von jungen Frauen. Frauen jeden Alters sind ein Rätsel«, bemerkte er mit einem schnellen Augenzwinkern zu Madeleine, das mich auf die Idee brachte, daß sich zwischen den beiden möglicherweise etwas anbahnte. Den wäre mir als Partner für Madeleine jedenfalls sehr viel lieber als Nicholas, der nie eine überzeugende Erklärung für seine Abwesenheit in der Nacht vom Montag vorgebracht hatte, als Poppy und ich an seine Tür geklopft hatten. Er behauptete, geschlafen zu haben, aber ich bezweifelte, daß jemand so tief und fest schlafen konnte. Dann war da noch die Sache mit dem vergessenen Feuerzeug in der Villa am Sonntag.

Er nahm es gerade zur Hand und zündete sich eine Zigarette an, während wir auf den Kaffee warteten. »Damit wäre also nur noch einer von ihren Leuten vermißt«, sagte er zu Alex. »Giancarlo ist wohl nicht zufällig ebenfalls in Mailand?«

Alex überhörte die Anspielung geflissentlich. »Ich weiß es wirklich nicht. Er wird schon wieder auftauchen, wenn er soweit ist. Das tut er immer.«

Daniela schüttelte verständnislos den Kopf. »Ich verstehe nicht, warum du einem Dienstboten ein solches Verhalten durchgehen läßt. Wenn er wiederkommt, solltest du ihm sagen, daß er seine Sachen packen kann. Aber das wirst du nicht tun, ich weiß. Du hast ein zu weiches Herz.«

»Das hier ist genauso Giancarlos Zuhause wie meines«, sagte Alex ruhig und fügte erklärend für uns andere hinzu: »Sein Vater hat schon für meinen Vater gearbeitet.«

Ich überlegte, ob er Giancarlo aus reiner Loyalität behielt oder weil er in ihm eine Verbindung zu seiner Vergangenheit sah. Da seine Eltern beide tot waren und Edwina weit weg lebte, bedeutete Giancarlo vielleicht ein Stück Familie für ihn.

Das Mädchen kam mit dem Kaffee, aber Alex lehnte ab. »Wenn Sie mich bitte entschuldigen wollen, ich habe noch eine Verabredung. Aber wie gesagt«, wandte er sich an Rupert, »Sie können sich gern jederzeit die Bücher in der Veranda della Diana ansehen.«

»Das hat keine Eile. Es wäre mir nicht recht, in Ihrem Büro herumzustöbern, wenn Sie nicht da sind.«

»Unsinn.« Er stand auf und sagte ganz lässig: »Celia kann Sie hinführen, sie müßte den Weg inzwischen kennen.«

Mit einem Nicken in die Runde verabschiedete er sich,

während ich mit halb erhobener Espressotasse zurückblieb und lauter fragende Augenpaare auf mich gerichtet sah.

Er zerknüllte das Blatt mit beiden Händen und schleuderte es durch das sonnendurchflutete Arbeitszimmer. Es war hoffnungslos, sagte er sich, einfach hoffnungslos.

Er hätte jung sterben sollen. Ein Talent wie seines war dazu bestimmt, in jungen Jahren aufzulodern und sich hell brennend zu verzehren. Im Alter flackerte es nur noch schwach und erstickte an seiner eigenen Asche. Er hatte das schon lange gewußt, hatte es seinem Schreiben angemerkt. Doch das Feuer seiner Jugend war so strahlend und funkensprühend gewesen, daß die meisten Leute noch immer geblendet waren, noch immer willens, ihn für ein Genie zu halten, und es lange genügt hatte, von Zeit zu Zeit Andeutungen über ein großes, im Entstehen begriffenes Meisterwerk fallenzulassen.

Francesca jedoch, so vermutete er, durchschaute ihn. Deshalb hatte sie vorgeschlagen, er solle ein neues Stück für seine Celia schreiben, deshalb sprach sie ständig mit diesem feinen Lächeln davon, als hätte sie ihm einen gordischen Knoten geknüpft und sähe nun amüsiert zu, wie er sich damit abplagte.

Aber warum sollte Celia ihr Stück nicht bekommen? Er hatte so viele für die anderen geschrieben, auch für Francesca … und Celia übertraf sie alle, unterschied sich von ihnen wie Wein von Wasser. Wäre er ihr begegnet, als er noch jünger war, hätte sie ihn womöglich zu einem unsterblichen Werk inspiriert.

Er hielt die in Tinte getauchte Feder übers Papier und ließ seinen Blick über die Bücherregale schweifen, suchte die Rücken der ledergebundenen Bände ab. Ein unsterbliches Werk … Seine Celia verdiente nichts Geringeres.

Denn schließlich, er lächelte in sich hinein, löste man einen gordischen Knoten am besten, indem man ihn durchschlug.

II

»Soso«, sagte Rupert und sah sich in der maskulinen Gemütlichkeit der Veranda della Diana um, »du warst also schon öfter hier, ja?«

Ich seufzte. »Nur um Bryan eine E-Mail zu schicken, das habe ich dir doch schon erklärt.«

»Diese Version hast du den anderen erzählt, und sie klingt ja auch ganz glaubwürdig, aber ...«

»Ru, bitte.«

Lächelnd gab er nach. »Ich will dich doch nur ein bißchen aufziehen. Im übrigen mag ich Alex«, bemerkte er, während er eine Stehlampe neben einem hohen Bücherschrank mit Glasfront anknipste. »Und die Tatsache, daß er dich mag, bestätigt mir nur, daß er einen guten Geschmack hat.«

»Er mag mich nicht«, widersprach ich. »Nicht auf diese Weise.«

»Liebes, ich habe doch Augen im Kopf. Es gibt da ein deutliches Interesse.«

Ein bißchen zu hastig sagte ich: »Das kann nicht sein. Ich meine ... er hat doch schon eine Beziehung.«

»Jaja«, meinte Rupert nur.

»Außerdem«, fuhr ich fort, ohne auf seine wissenden Laute einzugehen, »ist Alex zu alt für mich. Er ist schon zweiunddreißig, hat Den gesagt.«

Darauf erwiderte er ganz sachlich, ein Unterschied von zehn Jahren würde sich mit der Zeit ausgleichen. »Zwischen Bryan und mir liegen auch fast zehn Jahre, und glaub mir, in unserem Alter fällt das niemandem mehr auf.« Er schwieg einen Moment, als beschäftigte ihn etwas. »Wann hast du mit Den über Alex gesprochen?«

»Vor ein paar Tagen, ich weiß nicht mehr genau. Wir haben uns auch nicht speziell über Alex unterhalten, wir haben einfach nur geredet.« Dann, weil Rupert wieder diesen besorgten Blick bekam: »Ich glaube, Den hat etwas übrig für Madeleine.«

»Möglich«, sagte Rupert. »Den hat für viele Frauen etwas übrig.« Damit schien das Thema für ihn beendet zu sein, und er öffnete sachte die Glastür eines Bücherschranks. »Jetzt wollen wir doch mal sehen, was wir hier haben.«

Gemeinsam sah ich mit ihm die Bücherreihen durch und atmete den anheimelnd muffigen Geruch von altem Papier und Leder ein. Die Bücher in diesem Schrank hatten fast alle den gleichen Einband und waren, wie Alex gewarnt hatte, fast alle auf deutsch.

»Genau«, sagte er, als ich ihn fragte, ob er noch immer nach dem ominösen Theaterstück suche, von dem Galeazzo für »Il Prezzo« abgeschrieben haben sollte. »Obwohl ich das Gefühl habe, daß wir es hier nicht finden werden, weil das Buch viel größer sein müßte als diese Bände und sehr viel älter.«

»Wie kommst du denn darauf?«

»Durch die Geschichte, die du beim Abendessen erzählt hast. Ich wußte nicht, daß die Casetta Fiorita von einem Kreuzritter erbaut wurde.«

»Na ja, Edwina hat gesagt, es könnte auch der Sohn von einem Kreuzritter gewesen sein.«

»Egal. Wenn der Kreuzritter, wer er auch war, Kelche und Wandteppiche und Silberzeug aus Konstantinopel herausgeschafft hat, dann vielleicht auch noch etwas anderes. Etwas, das für Galeazzo von besonderem Reiz war.«

Stirnrunzelnd folgte ich seinem Gedankengang. »Bücher, meinst du?«

»Könnte schon sein. Ich habe dir doch erzählt, daß die Bibliothek von Konstantinopel eine der bestbestückten der Welt war, ehe sie im Jahr 1204 abbrannte. Sie enthielt die gesamten Werke von Euripides, Sophokles ...«

»Ach, Ru«, ich mußte lachen, weil die Theorie so weit hergeholt war. »Du glaubst doch nicht etwa, daß Galeazzo ein Stück von Euripides geklaut hat?«

Ganz ernsthaft antwortete er: »Ich dachte eher an Sophokles. Es gibt ein paar interessante Übereinstimmungen: der Tonfall der Dialoge, der Held, beziehungsweise in unserem Fall die Heldin, die blind ihrem Verderben entgegengeht, trotz der Warnungen anderer – das ist alles sehr sophokleisch. Daneben war Sophokles der erste, der den dritten Schauspieler einführte, um die Handlung zu komplizieren. Vor ihm gab es nur zwei Rollen neben dem Chor.« Er schloß die Tür des Bücherschranks und ging zum nächsten.

»Du meinst also, hier könnte irgendwo ein unbekanntes Stück von Sophokles unentdeckt herumliegen?«

»Denk doch mal nach. Er hat insgesamt über hundert Stücke geschrieben, von denen nur sieben erhalten sind. Wir wissen aber aus Fragmenten, die auf Papyrusfetzen überlebt haben, oder aus Briefzeugnissen von Zeitgenossen – ›Ich habe gestern abend diese großartige neue Tragödie gesehen, in der eine Person dies und jenes sagt‹, oder so ähnlich –, daß Sophokles ein Stück namens ›Die Hirten‹ geschrieben hat, in dem es um Protesilaos und die Landung der Griechen vor Troja geht. Du erinnerst dich doch an Protesilaos?«

Zum Beweis, daß ich nicht geschlafen hatte, als er mir den Mythos in Venedig erzählte, plapperte ich brav nach: »Protesilaos war der Typ, der sich in Troja opferte, damit die Griechen den Krieg gewannen, wie es das Orakel prophezeit hatte.«

»Genau.«

»Aber in unserem Stück geht es doch nicht um Troja.«

»Die Griechen«, dozierte Rupert, »hatten eine Vorliebe für Trilogien. Es wäre durchaus möglich, daß Sophokles seinen ›Hirten‹ die Geschichte folgen ließ, wie Laodameia, die Frau von Protesilaos, ihn aus der Unterwelt zurückruft.«

»Aha.«

»Zugegeben, es ist nur eine Möglichkeit ...«

»Eine sehr vage Möglichkeit, würde ich sagen.« Ich hielt es für höchst unwahrscheinlich, daß ein so alter und wichtiger Text über so viele Jahrhunderte unentdeckt geblieben sein sollte. Rupert zuckte nur die Schultern auf meinen Einwand.

»Ist alles schon vorgekommen. Es tauchen immer wieder

alte Manuskripte auf, und unbekannte Rembrandts werden auf irgendwelchen Dachböden entdeckt.«

»Trotzdem ...«

»Ich sehe mich einfach nur ein bißchen um. Das kann doch nichts schaden, oder?«

»Nein.«

»Na also.« Er reckte sich und zog einen Band aus einem der Regale. »Sieht so aus, als hätte Galeazzo sich auch schon für die Geisterwelt interessiert.« Er drehte ihn um, damit ich den Titel lesen konnte: »Gespenster und Erscheinungen – eine Studie der Geisterwelt«.

»Kann ich mal sehen?« Ich nahm das Buch und blätterte zum Inhaltsverzeichnis. »Das scheint tatsächlich ganz interessant zu sein.«

»Nicht gerade die ideale Bettlektüre für dich. Du wirst Alpträume davon bekommen.«

Weiterlesend überlegte ich laut: »Ob Alex wohl etwas dagegen hat, wenn ich es mir ausleihe?«

»So, wie er dich beim Essen angesehen hat, hätte er wohl nichts dagegen, dir die ganze Bibliothek auszuleihen.«

Ich stöhnte entnervt auf. »Du willst mich bloß ärgern, stimmt's? Er hat mich doch nicht wirklich beobachtet? Ich habe nämlich nichts getan, um ihn zu ermutigen.«

»Vielleicht solltest du das aber.«

Ich starrte ihn an, als hätte er auf einmal zwei Köpfe. »Soll das etwa eine *Empfehlung* sein?«

»Aber nein, das war nur ein Kommentar. Tu, was du willst. Aber denk dran, daß man nicht jeden Tag von einem reichen, gutaussehenden jungen Mann den Hof gemacht bekommt.«

»Dieser reiche und gutaussehende junge Mann hat aber zufällig schon eine Freundin.«

»Verstehe«, nickte Rupert. »Und du bist nicht deine Mutter, richtig?«

»Richtig. Es ist, wie Bryan immer sagt ...«

»O Gott, Bryan!« Er sah auf seine Uhr. »Ich sollte ihn um zehn anrufen. Verflixt. Gibt es hier ein Telefon?«

»Auf dem Schreibtisch.« Hoffnungsvoll sah ich zu, wie er

die Nummer wählte. »Kann ich auch kurz mit ihm sprechen?«

Rupert lächelte mich nachsichtig an. »Ich dachte, du kommunizierst lieber per E-Mail.«

»Es ist nicht dasselbe, wie mit ihm zu sprechen.«

Ich vermißte den Klang von Bryans Stimme, die jetzt klar und deutlich und wie eine beruhigende Melodie an mein Ohr drang. »Engelchen, was machst du denn noch auf? Du solltest längst im Bett sein.«

»Ich bin erwachsen, weißt du.«

»Aber noch nicht lange. Hast du meine Mails bekommen?«

»Ja, aber du solltest nicht so viele schreiben. Sie kommen nämlich auf Alex' Bürocomputer an, und er muß sie mir dann immer bringen.«

»Wer ist Alex?«

»D'Ascanio.«

»Ach so. Mach dir darüber keine Gedanken. Meine Witze sind bestimmt der Höhepunkt des Tages für ihn.« Er lachte, und ich merkte, wie sehr ich auch das vermißte. »Wie war deine Woche, Engelchen?«

»Nicht übel. Am Montag gab es einige Aufregung bei der Probe.« Ich berichtete ihm in Kurzfassung von Edwinas Séance. »Es war irgendwie ganz schön unheimlich, und Madeleines Tochter hat sich halb zu Tode erschreckt. Ich glaube, sie träumt immer noch davon.« Poppy schlief seitdem in Madeleines Zimmer, und ihre Mutter hatte sämtliche Bilder von Celia der Ersten abgehängt, um sie zu beruhigen. »Wir wollten, daß Edwina eine zweite Séance abhält, um Poppy davon zu überzeugen, daß der Geist weg ist, aber Edwina weigerte sich. Sie nahm die Sache sehr ernst und meinte, wir sollten die Vergangenheit ruhen lassen.«

Bryan fragte überraschend: »Und was meinst du?«

»Oh, ich glaube nicht wirklich daran ...«

»Nein, was die Vergangenheit betrifft. Findest du auch, man soll sie ruhen lassen?«

Ich wußte nicht, worauf er hinauswollte, aber da Bryan

selten ohne Grund fragte, dachte ich einen Moment darüber nach. »Nein, ich glaube nicht. Ich denke, ich würde es erfahren wollen, wenn es da etwas Wichtiges zu wissen gäbe.«

»Verstehe.« Eine kurze Pause, dann begann er, von etwas ganz anderem zu sprechen. »Und was treibt Dennis O'Malley so?«

Ich hätte ihn stundenlang mit Anekdoten unterhalten können, aber Rupert scharrte neben mir mit den Füßen, und ich wußte, daß es ihm nicht gefiel, wenn ich über Den sprach. »Nicht viel«, sagte ich. »Hör mal, ich geb dich jetzt an Ru weiter, er wartet schon die ganze Zeit, und wie du weißt, muß ich jetzt ins Bett.«

»Alles klar, Engelchen.« Bryans fröhliche Stimme klang ein bißchen verwundert. »Ich hab dich lieb.«

»Ich dich auch.« Zögernd gab ich Rupert den Hörer, küßte ihn auf die Wange und ging nach oben, das ausgeliehene Buch unter den Arm geklemmt.

III

Im Bett griff ich als erstes nach Galeazzos Gedichten, um etwas nachzusehen. Bei dem Gespräch über die Marmorbüsten im Eßzimmer, die Köpfe von Jason und Medea, die angeblich aus Konstantinopel stammten, war mir plötzlich eingefallen, daß irgendwo in »The Season of Storms« Medea erwähnt wurde.

Ja, da war es, im neunundzwanzigsten Gedicht »An Celia«. Nachdem er Celia zum neunundzwanzigsten Mal versichert hatte, wie unvergleichlich sie war, hob er an, sie mit einer namenlosen Frau – wahrscheinlich seiner Gattin – zu vergleichen, die durch einen verwesenden Garten irrte,

»… wie Medea, das Blut meiner Kinder an ihren Händen,
ein übler Atem auf ihren Lippen,
Flammen der Eifersucht um ihr Haupt gleich einem entweihten Heiligenschein …«

»Puh«, machte ich und klappte das Buch zu. Ich konnte verstehen, warum manche Galeazzos letztes Stück für ein Plagiat hielten, auch wenn ich ihnen nicht zustimmte. Man mußte bedenken, daß die meisten dieser Gedichte in den Jahren nach seiner Liebesaffäre mit Celia entstanden waren. Das Stück hingegen hatte er während ihrer gemeinsamen Zeit geschrieben, und die Liebe hatte schon viele Dichter zum Gipfel ihrer Schaffenskunst geführt. Petrarca hatte seine Laura gehabt, Dante seine Beatrice, und Galeazzo hatte ein paar wenige Jahre lang seine Celia gehabt. Daher hielt ich es für absolut plausibel, daß »Il Prezzo« aus einem genialen Winkel seines Schriftstellergehirns hervorgebrochen war, ein letzter Akt der Schönheit, ein Schwanengesang.

Die Gedichte jedoch kamen, da mußte ich Rupert zustimmen, aus einem ganz anderen Winkel.

Ich legte sie beiseite und nahm die »Studie zur Geisterwelt« zur Hand, die mir weniger düster und deprimierend zu sein schien. Erst nachdem ich schon zwei Kapitel verschlungen hatte, merkte ich, daß es ein Fehler war. Rupert hatte recht gehabt – dieses Buch war nicht die richtige Einschlaflektüre für mich. Dank meiner Einbildungskraft war ich schon fleißig dabei, mir Kobolde unterm Bett und unsichtbare Beobachter in den Ecken vorzustellen.

Selbst nachdem ich das Buch weggelegt hatte, konnte ich mich nur durch gutes Zureden davon überzeugen, daß ich wirklich allein im Zimmer war. Jedes kleinste Geräusch, jedes Dielenknarren oder Ächzen der Wasserrohre in der Wand nahm einen neuen, bösartigen Klang an. Als sich die Vorhänge durch einen Zug leicht bewegten, bildete ich mir ein, Teresas strenges Gesicht hinterm Fenster zu sehen. *Das ist kein Zimmer für Gäste,* sagte sie. *Dinge geschehen.*

Ich spürte die Augen Celias der Ersten auf mich gerichtet, zog die Decke über den Kopf und schloß die Augen.

IV

Nach einer wenig erholsamen Nacht wachte ich früh morgens von so hellem Sonnenschein und so lautem Vogelgesang auf, daß an Weiterschlafen nicht mehr zu denken war. Soviel zum genüßlich langen Liegenbleiben am Sonntag, dachte ich, als ich die Treppe hinunterging und mir den Schlaf aus den Augen rieb.

Es war noch niemand auf, noch nicht einmal Teresa. Die Küche lag still und verlassen da.

»Mist«, schimpfte ich. Mir war so nach einer Tasse Tee, doch selbst wenn ich gewußt hätte, wo Teresa den Kessel aufbewahrte, hätte ich mich nicht an dieses Ungeheuer von Herd herangewagt. Ich hätte bestimmt den falschen Schalter betätigt und das Haus abgebrannt.

Ich schob die Ärmel meines Pullovers hoch, sah mich um und beschloß, es mit der Mikrowelle zu versuchen. Es würde natürlich kein besonders guter Tee werden, aber in diesem Moment war mir das egal. Einen Becher fand ich schnell in dem Schrank, aus dem Den neulich nachts die Gläser geholt hatte. Ich füllte ihn mit Wasser, stellte ihn in die Mikrowelle und machte mich auf die Suche nach Teebeuteln.

Mit wachsender Frustration steckte ich den Kopf in alle möglichen Schrankfächer und wühlte darin herum. »Es sollte doch nicht so schwer sein, einen verdammten Teebeutel aufzutreiben.« Meine Beschwerde war an niemand bestimmten gerichtet, und die Mikrowelle rauschte so laut, daß ich kaum mein eigenes Wort verstand. Aber jemand hatte mich gehört. Eine Hand griff an meiner Schulter vorbei nach einer Blechdose auf einem oberen Bord und senkte sie ab wie ein Kran, bis ich sie selbst nehmen konnte.

Im Herumfahren stieß ich meinen Kopf an der Schranktür und ließ die Dose fallen, die mit lautem Scheppern auf dem gefliesten Boden landete und Teebeutel über ihn verstreute.

»Vorsichtig«, sagte Alex und streckte einen Arm aus, entweder in dem Reflex, mich aufzufangen, als ich strauchelte, oder in dem Versuch, sich vor meinen unberechenbaren Bewegungen zu schützen.

Ich hatte die Luft angehalten und ließ sie nun langsam ausströmen. »Ich habe Sie nicht kommen gehört.«

»Aber ich habe mich nicht angeschlichen«, verteidigte er sich. »Ich dachte, Sie hätten mich bemerkt.«

»Nein, hab ich nicht.« Das kam gereizter heraus als beabsichtigt, und mein Herz, statt sich zu beruhigen, schlug bei seinem Anblick noch schneller. Um meinen inneren Aufruhr zu verbergen, war ich gezwungen, mich zu bücken und umständlich die Teebeutel aufzusammeln, wobei ich meine Haare als gnädigen Schleier vor mein hochrotes Gesicht fallen ließ.

Alex, der anscheinend nichts von meiner Verwirrung ahnte, kniete nieder und half mir. Er hatte die Hunde nicht bei sich, was wohl bedeutete, daß er entweder gerade von Daniela kam oder auf dem Weg zu ihr war. Mit dieser ernüchternden Erkenntnis versuchte ich, mein inneres Gleichgewicht zurückzugewinnen. »Ich dachte, Teresa wäre hier«, rechtfertigte ich meine Anwesenheit in der Küche, obwohl er nichts gesagt hatte. »Ich wollte nur eine Tasse Tee.«

»Es ist Ostersonntag. Ich habe Teresa bis heute abend freigegeben, damit sie bei ihrer Familie in Mira sein kann.«

Das Brummen der Mikrowelle endete abrupt mit einem Klingeln, das an das Einläuten von Kampfrunden beim Boxen erinnerte. Alex sammelte die letzten Teebeutel ein, stopfte sie in die Dose und sah sich in der Küche um. »Sie hat gesagt, sie würde ein paar Körbe mit Brot und Marmeladen bereitstellen, die ich nur noch ins Eßzimmer zu tragen bräuchte. Ich wollte gerade Kaffee kochen.« Er lächelte knapp. »Ich denke, ich schaffe es auch, einen Kessel Wasser für Ihren Tee aufzusetzen.«

»Nein, schon gut. Ich habe gerade Wasser heiß gemacht.«

Mit einem Blick zur Mikrowelle sagte er: »Das können Sie nicht trinken.«

»Ist gar nicht so schlecht.«

»Das gibt doch keinen richtigen Tee«, tadelte er. »Dazu braucht man eine Teekanne.« Er ging zu einem anderen Schrankfach, holte eine silberne Teekanne hervor und setzte sie mit solcher Entschiedenheit auf der Arbeitsfläche ab, daß ich lachen mußte.

»Jetzt kommt Ihre englische Seite heraus«, sagte ich.

Er sah mich erstaunt an und antwortete mit einem ausgesprochen südländischen Schulterzucken. »Ich weiß nicht. Wir Italiener legen viel Wert auf gutes Essen und Trinken – und auf die richtige Zubereitung.«

»Stimmt.« Ich sah zu, wie er nach dem Wasserkessel suchte, ihn fand und an der Spüle füllte. Mit seinem konzentriert gebeugten Kopf sah er fast wie ein Junge aus, und ich mußte wieder an Edwinas Bemerkung über sein Hin- und Hergerissensein zwischen zwei Kulturen denken.

Verständlich, daß er als Italiener akzeptiert werden wollte und sogar seinen Familiensitz hergab, um mit Danielas Hilfe Anerkennung bei seinen Landsleuten zu finden.

Der Gedanke an Daniela brachte mich wieder auf den Boden der Tatsachen zurück. Als ich gähnen mußte, fragte Alex: »Haben Sie nicht gut geschlafen?«

»Nein, nicht besonders.« Ich erzählte ihm nichts von meinen kindischen Phantasien und den nächtlichen Geräuschen, sagte aber wahrheitsgemäß, daß ich schon seit ein paar Tagen unter Schlafstörungen litt. »Den meint, es liegt am Wetter.«

»Na, wenn Den das sagt, wird es wohl stimmen.« Hörte ich eine Spur von Sarkasmus in seiner Stimme? Ich konnte sein Gesicht nicht sehen, weil er den Kessel gerade auf den Herd setzte. »Er ist auch schon putzmunter. Ich habe ihn auf meinem Weg hierher gesehen. Er wollte, glaube ich, zum Theater.«

Ich hatte nur vier Worte registriert. »Auf Ihrem Weg hierher?« Von der Villa, vermutete ich. Von Daniela.

Alex antwortete, ohne sich umzudrehen. »Ja, vom Bootshaus. Wir haben ein paar von den Booten überholt, und ich wollte nachsehen, welches vollgetankt und fertig ist. Ich muß später nach Sirmione hinüberfahren.«

»Sirmione ...« Der Name kam mir bekannt vor, aber ich wußte nicht mehr, wo ich ihn ...

»Das ist eine kleine Stadt am äußersten Südufer des Sees, auf einer Halbinsel gelegen. Eine sehr alte Stadt.«

»Ach ja, ich habe davon gehört.« Wir hatten am ersten Tag darüber gesprochen. »Der Ort mit den Mineralquellen. Die Römer haben dort ein Bad gebaut, sagt Den.«

Er drehte sich zu mir um. »Die Grotten von Catull, ja.« Das Wasser kam zum Kochen, und er goß den Tee auf. Schweigen breitete sich zwischen uns aus.

»Sie haben sich einen schönen Tag ausgesucht«, sagte ich schließlich. »Für Ihre Bootsfahrt, meine ich.« Ich zeigte zum Fenster, hinter dessen Spitzengardinchen ein strahlend blauer Himmel zu sehen war.

»Ja.« Er stellte die Teekanne neben mich auf die Arbeitsplatte. »Sie brauchen eine Tasse.«

»Ich habe noch eine in der Mikrowelle. Nein, lassen Sie, ich hole sie schon. Ich hätte nur noch gern etwas Milch, wenn Sie so nett ...«

»Kommen Sie mit«, sagte er plötzlich.

Verdutzt drehte ich mich mit dem Becher in der Hand um. »Wie bitte?«

»Nach Sirmione. Ich habe doch versprochen, Ihnen die Gegend zu zeigen, und in Sirmione gibt es viel zu sehen. Wir könnten dort zu Mittag essen, und Sie könnten sich die Grotten ansehen, während ich meine Geschäfte erledige.«

»Oh. Ich weiß nicht ...«

»Sie haben doch heute frei, oder?«

»Ja.«

»Dann kommen Sie mit.«

Die Versuchung war groß, aber ... »Tut mir leid«, sagte ich. Ich wäre keinen Deut besser als meine Mutter, wenn ich mich auf einen romantischen Ausflug mit diesem Mann einließe, der nicht mehr frei war. Aber ich konnte ihm nicht einfach einen Korb geben, das wäre zu unhöflich. Ich brauchte eine Ausrede. »Ich meine, es ist wirklich nett von Ihnen, mich einzuladen, aber ich kann nicht. Ich habe Rupert versprochen, den Tag mit ihm zu verbringen. Da fällt mir ein, er hat mich gebeten, ihn zu wecken, weil sein Wecker nicht funktioniert«, untermauerte ich meine Ausrede mit einer Lüge. »Danke für den Tee.«

Nach diesen etwas konfusen Abgangszeilen hastete ich mit dem Becher hinaus und ließ ihn den Frühstückstisch alleine decken.

V

Es war natürlich nicht nötig, Rupert zu wecken. Jeder, der ihn kannte, wußte das. Er besaß eine unfehlbare innere Uhr, die ihn jeden Morgen gegen halb sieben aufwachen ließ. Als er auf mein Klopfen die Tür öffnete, war er bereits vollständig angezogen und rasiert, hatte das Bett gemacht und ein Buch auf dem Tisch am Fenster aufgeschlagen.

Er starrte auf den Becher in meiner Hand. »Ist der für mich?«

In dem Moment fiel mir auf, daß ich in meiner Eile ganz vergessen hatte, Milch in den Tee zu tun, und ich trank meinen Tee nur mit Milch, während Rupert seinen schwarz nahm. Ich drückte ihm den Becher in die Hand. »Ja. Ich dachte, du würdest dich auch mal über Zimmerservice freuen.«

Er ließ mich kopfschüttelnd ein. »Und ich dachte, du hättest die Nase voll davon, andere zu bedienen.«

»Ist besser, wenn ich nicht aus der Übung komme. Spätestens Weihnachten werde ich bestimmt wieder im Restaurant arbeiten.«

»Wart's ab«, sagte Rupert. Er ging zum Tisch und klappte das Buch zu, in dem er gelesen hatte.

Neugierig schielte ich auf den Titel. »Die ›Mythologien‹ von Bulfinch?«

»Das ist mir gestern abend in Alex' Büro in die Hände gefallen. Ich habe schon jahrelang nicht mehr darin gelesen.«

»Du warst fleißig«, stellte ich fest, als ich das Lesezeichen am Ende des Buchs entdeckte.

»Ja, ich bin gerade bei den Legenden um Karl den Großen. Sehr interessant. Obwohl mir die griechischen Sagen immer noch die liebsten sind.«

»Das hast du mit Galeazzo gemeinsam. Er streut in jede dritte Zeile seiner Gedichte irgendeinen Gott oder eine Heldengestalt ein. Die letzte, auf die ich gestoßen bin, war Medea.«

»Ich hatte schon immer eine kleine Schwäche für Medea«, sagte Rupert. »Eine viel verleumdete Figur. Madeleine hat sie vor Jahren einmal gespielt, weißt du.«

Das war mir neu. Madeleine hatte bei vielen Inszenierungen als Hauptdarstellerin mitgewirkt, und ich hatte das Glück gehabt, sie in einigen zu sehen, aber ihre Medea war mir entgangen. Um ganz ehrlich zu sein, hatte ich sie wahrscheinlich absichtlich verpaßt. Madeleine eine Frau spielen zu sehen, die von ihrem Mann verlassen wird und allein mit den Kindern zurückbleibt – das wäre mir zu sehr an die Nieren gegangen. Aber ich wußte, wenn überhaupt eine Schauspielerin dem Publikum Mitgefühl für Medea abringen konnte, die ihre Kinder umbringt und die Geliebte ihres Mannes vergiftet, dann war sie es.

»Du warst damals erst zwei, glaube ich«, fuhr Rupert fort, »noch ein bißchen jung, um dich mitzunehmen, aber es war eine großartige Aufführung. Deine Mutter fand das natürlich nicht. Sie hatte sich selbst um die Rolle beworben und konnte es nicht fassen, daß sie sie nicht bekam. Damit fing alles an.«

»Fing was an?«

Er sah mich über den Becher hinweg an, als er von seinem Tee trank, und ich merkte, wie er seine Worte am liebsten mit hinuntergeschluckt hätte. »Nichts. Das hätte ich nicht sagen sollen.«

»Erzähl's mir.«

»Dann schulde ich Bryan ein Pfund«, erwiderte er, auf ihre alte Abmachung anspielend, in meiner Gegenwart nichts Negatives über meine Mutter zu sagen.

»Ach, komm schon, du könntest dir mittlerweile ein Schloß kaufen von dem, was Bryan dir schuldet. Außerdem muß er es ja nicht erfahren. Also, was fing damals an?«

»Die Sache zwischen deiner Mutter und Madeleine.« Als ich immer noch ein verständnisloses Gesicht machte, fragte er: »Du weißt doch, daß sie erbitterte Rivalinnen waren?«

»Ja, sicher, wegen Mutters Affäre mit ...«

»Nein, nein«, widersprach er. »Es begann schon früher, viel früher. Diese Affäre war das Ende, nicht der Anfang.«

»Im Ernst?« Ich fühlte mich wie die ersten Entdecker, als sie den Beweis hatten, daß die Erde rund war, und trotzdem noch nicht von ihrem Glauben an eine flache Scheibe mit Ungeheuern an den Rändern lassen konnten.

»Eindeutig das Ende. Der Gnadenstoß, sozusagen. Deine Mutter hat vielleicht die letzte Schlacht gewonnen, aber bis dahin war der Krieg zwischen den beiden ziemlich unentschieden verlaufen, soweit ich mich erinnere. Du mußt Madeleine bei Gelegenheit mal danach fragen. Sie kann dir bestimmt ein paar üble Geschichten erzählen.«

»Das glaube ich gern«, sagte ich geistesabwesend, während ich meine Kindheitserinnerungen nach Spuren dieses Kriegs durchforschte, aber keine fand. Ich war immer noch dabei, diese Neuigkeit zu verkraften, als Rupert fragte: »Warst du schon frühstücken?«

»Nein, ich ...« Ich dachte an Alex, der unten Brotkörbe auf die Anrichte stellte, den Tisch deckte und Kaffee kochte, und mir fiel wieder ein, weshalb ich eigentlich gekommen war. »Ich wollte dich um einen Gefallen bitten.«

»Ja?«

»Alex hat mich eingeladen, mit ihm nach Sirmione zu fahren, und ...«

»Siehst du? Hab ich's dir nicht gesagt, daß der Junge ein Auge auf dich geworfen hat?«

»Ru, ich werde nicht mitfahren. Ich habe ihm erzählt, ich wäre schon mit dir verabredet, deshalb …«

»Möchtest du, daß ich dein Spielchen mitspiele?« beendete er den Satz für mich.

»Nur bis Alex fort ist. Wir müssen ja nichts Besonderes unternehmen, ich trotte einfach ein bißchen neben dir her, wenn es dir nichts ausmacht.«

Er antwortete mit einem unverbindlichen Schulterzucken und nahm einen Schluck Tee. »Ich wollte gerade meinen Spaziergang machen. Zieh dir lieber was über.«

VI

Ich hätte Alex weismachen sollen, ich sei mit Madeleine verabredet oder mit Poppy, mit jemandem, dessen Bewegungsfreude sich in Grenzen hielt. Schon nach einer Viertelstunde im Park schwitzte ich, und meine Beine schmerzten von der Anstrengung, mit Rupert Schritt zu halten. Zum Glück war es noch recht kühl, wenn die Sonne auch warm auf mein Gesicht schien und aus einem kobaltblauen Himmel strahlte, der über den Berggipfeln in ein helles Pastellblau überging. Ein paar unschuldig aussehende Schäfchenwolken hingen fast unbeweglich über uns, und die Spitze des Monte Baldo war von feineren Wolken umgeben, so durchsichtig, daß ich die Falten des Bergmassivs darunter erkennen konnte.

Der Regen der letzten Nacht hatte einen Belag aus nassen Blättern und Forsythienblüten auf den Wegen zurückgelassen, und Wassertropfen funkelten wie verstreute Diamanten in den dichten Hecken und auf den Palmwedeln.

Singvögel flatterten aufgeregt zwischen den Zypressen und Pinien herum, durch deren fröhliche Stimmen hindurch hin und wieder das Läuten der Kirchenglocken vom Ort unten drang und uns daran erinnerte, daß heute Ostern war.

»Ein schöner Morgen«, bemerkte Rupert mit typischer Untertreibung. »Da kannst du mal sehen, was Langschläfer alles verpassen.«

Ich ging nicht darauf ein, denn ich hatte eine vertraute Weggabelung erkannt. »Warst du eigentlich schon beim Pfauenteich?« keuchte ich.

»Wo?«

Ich ging langsamer und holte erst mal Luft. »Das mußt du sehen, Ru. Es wird dir gefallen.« Ich führte ihn den gewundenen Pfad hinauf, mit jedem Schritt zuversichtlicher, daß es der richtige Weg war, war meiner Sache aber erst sicher, als wir vor der Zypressenallee standen. »Edwina hat ihn mir kurz vor ihrer Abreise gezeigt. Er ist wirklich toll. Da«, sagte ich, ein paar Meter weiter.

Die Pfauen sahen an diesem Morgen etwas weniger verloren aus inmitten ihrer Schilfinseln und der sonnenbeschienenen Wasserfläche.

Rupert stimmte mir zu, daß der Pfauenteich auf den ersten Blick wie das Taj Mahal in Miniatur aussah. »Aber das Mausoleum hier ist sehr westlich und klassizistisch. Kein bißchen indisch.«

»Es ist kein Mausoleum«, widersprach ich, als er vor mir die Stufen des hellen Marmortempels hinaufging und um die Säulen spähte. Steinerne Windhunde bewachten die Treppe; sie stammten zweifellos von demselben Bildhauer, der auch die Pfauen geschaffen hatte. Ich streichelte dem einen über den Kopf. »Edwina sagte, daß früher hier Bälle abgehalten wurden. Ich glaube, es ist eher so eine Art Teehaus, in dem die Tanzgesellschaft sich ausruhen konnte, weißt du.«

Rupert stand mit dem Rücken zu mir und hatte die Hände hinter sich verschränkt wie ein Museumsbesucher. »Du hast nicht genau genug hingesehen.«

Die geschlossenen Seiten des Tempels hielten zwar den frischen Wind ab, aber ich fröstelte trotzdem beim Hineingehen. Dort im Schatten, wo die Sonne nicht hindrang, waren die Marmorwände mit grünen Flechten überzogen und atmeten Feuchtigkeit. Mit gerümpfter Nase über den Modergeruch stellte ich mich neben Rupert und folgte seinem Blick zu einer Reihe stumpf gewordener Messingtafeln, die in die Wand eingelassen waren.

»Brutus«, las ich die Namen laut vor, »Jango, Napoleon. Was sind das, Hunde?«

»Das will ich hoffen. Es wären ausgesprochen unglückliche Namen für Kinder.«

»Galeazzo hatte doch nur den einen Sohn, oder? Alex' Vater. Und seinen Namen sehe ich nirgends.« Ich begann, die Tafeln zu zählen, gab aber auf, als ich bei dreißig angekommen war. »Meinst du, die sind wirklich alle hier begraben?«

Rupert hielt es für möglich. »Es muß hier unten eine Art Gruft geben, obwohl ich keinen Eingang erkennen kann ...«

Die Antwort erreichte uns von hinten. Wie immer hatte ich Alex nicht kommen gehört. »Mein Vater hat die Gruft versiegeln lassen. Er fand sie zu gefährlich, weil ich als Kind oft hier gespielt habe.«

Rupert drehte sich lächelnd zu ihm um. »Guten Morgen, Alex. Frohe Ostern.«

»Frohe Ostern.«

»Wir befinden uns doch nicht auf unerlaubtem Gelände, oder? Riskieren nicht Pietros Zorn?«

Alex deutete ein Grinsen an. »Nein, der ganze Park steht Ihnen zur Verfügung. Falls Pietro Ärger macht, sagen Sie es mir bitte gleich. Dann werde ich ihn mir vorknöpfen.« Im Gebüsch raschelte es, und die Hunde, die offenbar ihren Auslauf im Park genossen, ehe Alex nach Sirmione fuhr, sprangen auf uns zu. Max kam sofort, um sich von mir streicheln zu lassen. Ich merkte, wie Alex mich beobachtete.

»Wir haben uns die Hundenamen angesehen«, sagte ich, um seine Aufmerksamkeit auf die Tafeln zu lenken. »Zumindest nehmen wir an, daß es sich um Hunde handelt ... oder vielmehr handelte.«

»Ja, die Windhunde meines Großvaters. Er war ein sentimentaler Mann.« Alex kam nicht zu uns herauf in das kleine

Mausoleum, sondern blieb unten beim Teich stehen, die Hände in die Taschen des dunklen Jacketts vergraben, das er über Hemd und Jeans gezogen hatte. »Er wollte auch selbst hier begraben werden. Hatte sich schon einen Sarkophag aus Marmor anfertigen lassen, ein riesiges Ding, das jetzt noch in der Krypta steht, aber leer. Mein Vater wollte nichts von einem solch heidnischen Begräbnis wissen. Er war sehr fromm und ein ganz praktischer Mensch, kein bißchen romantisch. Von seinen Hunden ist keiner hier begraben worden.«

Unwillkürlich sah ich zu Max und Nero und fragte mich, ob Alex sie einmal bei den Gebeinen ihrer Vorfahren bestatten würde, unten in der Krypta, neben Galeazzos leerem Sarkophag.

»Was haben Sie beide denn Schönes vor heute?« erkundigte sich Alex.

Ich schielte zu Rupert in der Hoffnung, er würde darauf antworten. Das tat er auch, aber anders, als von mir beabsichtigt. »Leider ist etwas dazwischengekommen«, sagte er. »Ich muß ein paar Sachen mit Den besprechen.« Meinem vorwurfsvollen Blick begegnete er mit einem unschuldigen Lächeln.

Alex sah mich an. »Dann hätten Sie ja Zeit, mit nach Sirmione zu fahren.«

»Also, ich ...«

»Geh nur, Liebes«, flötete Rupert mit einer Handbewegung, als wollte er mir seinen Segen erteilen. »Amüsier dich. Wir machen ein andermal was zusammen.«

»Ein andermal«, versprach ich und funkelte ihn an, aber er wirkte sehr zufrieden mit sich selbst.

Da mir keine höfliche Rückzugsmöglichkeit blieb, sagte ich zu Alex: »Danke, ich komme gern mit. Wann wollen Sie los?«

VII

Vom Wasser aus gesehen bildeten die Häuser und Hotels von Mira del Garda einen langen Bogen aus Ocker und Ziegelrot, hinter dem sich einzelne Häuserpunkte über den Hängen verteilten und immer spärlicher wurden, bis sie zwischen dem üppigen Grün der Laubbäume und den Zypressenlanzen kaum noch zu sehen waren. Noch weiter oben konnte ich die ausgedehnte Pracht von Il Piacere erkennen – hier ein Flecken Rot, dort eine gelbe Mauer, ein Stück terrassierten Gartens und die Schornsteine der Villa delle Tempeste.

Zum erstenmal sah ich die Berge, die steil hinter unserem Hügel aufragten und vom Haus aus nicht sichtbar waren: graue, schneebedeckte Felsmassive wie der noch gewaltigere Monte Baldo gegenüber.

Die Sicht aufs andere Ufer war weniger klar. Ein dünner Nebelstreifen hatte sich darübergelegt und verwischte die Kleckse der Orte und den Hintergrund der Hügel zu einer einzigen, sonnengebleichten Farbimpression. Dazwischen lag der Gardasee, tiefblau und mit glitzernden, kleinen Wellen getupft, die das Boot schwanken ließen, wenn Alex den Motor drosselte.

Ich hatte erwartet, daß sein Boot schnittig und teuer sein würde, und wurde nicht enttäuscht. Im Bootshaus hatte es sich neben den größeren Jachten noch recht bescheiden ausgenommen, aber hier draußen auf dem Wasser erregte das Motorboot Aufmerksamkeit mit seinen etwa sieben Metern Länge und dem spitz zulaufenden Bug. Es war mit Ledersitzen, einer stromlinienförmigen Windschutzscheibe und einem flügelartigen Heckspoiler ausgestattet, der es vermutlich bei hoher Geschwindigkeit stabilisieren sollte.

Außerdem hatte ich erwartet, seekrank zu werden, aber wir fuhren anscheinend zu schnell, als daß mein Körper die Bewegungen des Bootes überhaupt richtig wahrnehmen konnte. Ich war erst ein paarmal in einem Boot gefahren, und Alex hatte mein Zutrauen nicht gerade gestärkt, als er mir an Bord als erstes eine Schwimmweste reichte. Doch als wir nun dahinglitten, das Boot eine kalte, dreistrahlige Gischt hinter uns aufwirbelte und der See sich vor uns ausbreitete, begann ich, mich zu entspannen.

Es kam mir entgegen, daß der Lärm des Motors eine Unterhaltung erschwerte und zeitweise sogar unmöglich machte. Wenn Alex das Bedürfnis verspürte, mir etwas zu zeigen, nahm er Gas weg, damit ich ihn verstehen konnte, und drehte sich dann wieder um, ohne auf eine Antwort zu warten. Was mir nur recht war. Je weniger ich sagte, desto besser, dachte ich. Ich arbeitete gerade daran, wie eine weitgereiste Kosmopolitin zu wirken, für die Fahrten auf einer schnellen Motorjacht nichts Besonderes waren, und wollte den Eindruck nicht durch eine naive Bemerkung verderben.

Als Alex fragte, ob mir kalt sei, schüttelte ich daher nur den Kopf, lehnte mich gegen den Ledersitz und schob meine Sonnenbrille zurecht. Ich wünschte allerdings, ich hätte mir etwas anderes angezogen, weniger aus praktischen als aus modischen Gründen, aber ich mußte nun mit den eher unscheinbaren Sachen Vorlieb nehmen, in die ich am Morgen geschlüpft war. Außerdem wünschte ich, ich hätte mir Zeit zum Frühstücken genommen, denn mein Magen machte sich knurrend bemerkbar. Ich wußte jedoch, daß ich bis zum Mittagessen durchhalten konnte, das hatte ich schon öfter getan.

Um mich von den Gedanken an Essen abzulenken, betrachtete ich die vorbeiziehende Uferlinie. Wir passierten einige Orte, die wie kleinere Schwestern von Mira aussahen, jede mit Promenade und Hafen versehen und mit prunkvollen Reihen säulenverzierter Häuser und zu Hotels umgewandelter Villen, die an mehrstöckige Hochzeitstorten erinnerten und in Bonbonfarben von Zitronengelb bis Knallrosa leuchteten. Um sie herum erhoben sich die allgegenwärtigen Zypressen, Olivenbäume und Palmen sowie Hänge voller Weinstöcke und blühender Büsche, die der gesamten Westseite des Sees den Anschein eines riesigen, tropischen Gartens gaben.

Ich wußte nicht, was mir besser gefiel – der Blick aus der Höhe über den See oder die Sicht vom Wasser aus auf die umgebenden Berge und Hügel, zwischen denen man sich ganz klein vorkam. Beides hatte seinen Reiz.

Alex drosselte den Motor und zeigte nach vorn, wo eine schmale Landzunge dem flachen, südlichen Seeufer vorgelagert war. Ich konnte keine Einzelheiten ausmachen, nur einen Felsgrat an der Spitze der Landzunge mit Grünbewuchs obendrauf. »Das ist Sirmione«, erklärte er. »Wir sind bald da.«

Wir fuhren in einem weiten Bogen darauf zu, so daß ich die Halbinsel besser überblicken konnte. Sie war am Anfang schmal und wurde zur Spitze hin breiter, und entlang des gesamten Ufers auf unserer Seite deuteten schmale Landestege auf die zwischen Bäumen versteckten Kurhotels und Pensionen hin. Der Haupthafen, der etwa in der Mitte des Uferstreifens lag, hieß die ankommenden Boote durch eine Reihe hoher Fahnenstangen mit den Flaggen zahlreicher Nationen willkommen.

Alex steuerte unser Boot darauf zu und manövrierte es geschickt durch die enge Hafeneinfahrt und um die anderen Boote herum zu einem freien Anlegeplatz. Nachdem ich meine Schwimmweste ausgezogen hatte, hielt ich es für das beste zu warten, bis Alex mir auf den Steg half. Ich war keine erfahrene Matrosin und stand nicht sehr sicher auf den glatten Planken.

Es war das erste Mal, das wir uns seit dem Händedruck bei meiner Ankunft berührten, und ich war nicht auf das elektrisierende Gefühl vorbereitet, das mich durchfuhr, als seine Finger sich fest und ohne Zögern um meine schlossen. Als er mich losließ, schien der Boden unter meinen Füßen immer noch zu schwanken, und ich war froh, daß die Sonnenbrille meine Augen verbarg.

»Heute an Ostern wird hier ein ziemliches Gedränge herrschen, fürchte ich«, sagte Alex.

Der Kai war nicht übermäßig bevölkert, aber seitlich davon quoll ein unaufhörlicher Strom von Touristen aus einem großen Parkplatz. Sie schlenderten unter den schattenspendenden Bäumen entlang, blieben an Ständen mit bunten Markisen stehen, an denen Zitronen und Orangen feilgeboten wurden, drängten über eine kleine Steinbrücke und verschwanden schließlich durch ein massives, mittelalterliches Stadttor.

Wir reihten uns in die schwatzende, lachende Prozession ein und gingen ebenfalls über die Brücke, die einen eingefaßten Kanal oder Burggraben überspannte. Es war ein Graben, entschied ich, als wir das Tor passiert hatten und auf einem weitläufigen Platz vor einer trutzigen Burg mit eckigen, zinnenbewehrten Türmen standen. Ich entfernte mich von der Menge und stützte die Ellbogen auf die Mauer um den Graben, der die gesamte Anlage umgab.

»Das ist die Rocca Scagliera«, sagte Alex an meiner Schulter. »Im dreizehnten Jahrhundert wurde der Gardasee von Verona und der Familie della Scala beherrscht. Sie bauten Festungen – *rocche* bedeutet Festung – rund um den See, um ihr Gebiet zu verteidigen.«

»Gegen wen?«

»Ich weiß es nicht. Gegen alle möglichen Eindringlinge, schätze ich.«

Die einzigen Eindringlinge heutzutage waren offenbar die verschiedenen Entenarten, die im Burggraben mit riesigen Goldfischen um Brotstücke von Touristen um die Wette paddelten. Doch die Festung hätte sich nach wie vor gegen Angreifer behaupten können. In einem blendenden Gelbweiß ragte sie wehrhaft in der Vormittagssonne auf und ließ alles neben sich klein erscheinen, sogar die hohen Palmen auf dem Platz.

Alex sah auf die Uhr. »Ich habe leider keine Zeit mehr vor meiner Verabredung, Sie durch die Rocca zu führen, aber vielleicht nach dem Mittagessen?«

Ich war einverstanden und gab mich fürs erste mit einem kleinen Bummel durch die engen Gassen mit ihren Geschäften zufrieden.

Dieser Teil Sirmiones erinnerte mich an die Einkaufsstraßen in Venedig und erschien mir wie diese irgendwie künstlich und nur auf Tourismus ausgerichtet. Die Umgebung war zwar echt, die alte Stadt gut erhalten, doch trotz ihrer Burg und der mittelalterlichen Atmosphäre lebte Sirmione ganz in der Gegenwart. Alles war zu glatt, zu hektisch, zu voll von Touristen. Wohlhabenden Touristen, nebenbei bemerkt, wenn man nach der Zahl der Leute gehen konnte, die mit Tüten beladen aus den Geschäften kamen.

Die Osterfeiertage hatten viele Ausländer hergebracht, vor allem Deutsche, wie ich den Gesprächsfetzen entnehmen konnte, die ich hie und da aufschnappte, und vor allem Paare oder Gruppen von Paaren, die fest entschlossen waren, ihren Kurzurlaub zu genießen, trotz des noch relativ kühlen Wetters. Es wurde viel und laut gelacht, und alle Altersgruppen waren vertreten: ältere Paare, Quartetts um die Dreißig und ein ganz junges Pärchen, Romeo und Julia, das so aussah, als dürfte es noch gar nicht allein unterwegs sein, aber frisch glänzende Eheringe an den Händen trug. Italiener gab es natürlich auch, vorwiegend Familien mit Babys in Sportwagen und Kleinkindern, die an den Händen ihrer Eltern zerrten. Auch Französisch hörte ich hier und da, aber kein Englisch.

Nur einmal begegneten wir einer Amerikanerin, die einen Spielzeughund von der Größe eines ausgewachsenen Schäferhundes für ihre Tochter kaufte, ein Mädchen in Poppys Alter. Was mich auf die Idee brachte, ein kleines Souvenir für Poppy zu erstehen, denn sie war schließlich noch krank und konnte ein bißchen Aufmunterung gebrauchen.

Ich suchte eine Kette aus zierlichen Muscheln aus, und Alex wartete geduldig neben mir, während der Verkäufer sie in buntes Seidenpapier mit einer Schleife einpackte.

»Für Poppy?« fragte er ein wenig verwundert.

»Ja. Man fühlt sich gleich besser, wenn man krank ist und kleine Geschenke bekommt, finden Sie nicht?«

»Ich weiß nicht. Ich habe nie etwas bekommen, wenn ich krank war.«

»Oh«, sagte ich betroffen. Rupert und Bryan hatten mir immer etwas mitgebracht – Süßigkeiten und Bilderbücher,

Puzzles und andere Spiele. Als ich die Windpocken hatte, hatte Bryan mir jeden Abend auf dem Nachhauseweg ein kleines Geschichtenbuch gekauft, das wir dann zusammen an meinem Bett lasen. »Es hilft einem, glauben Sie mir. Außerdem ist es ja nichts Teures. Wenn es ihr nicht gefällt, kann sie es gleich wieder wegwerfen.« Ich nahm mein Päckchen und schlenderte weiter. »Ich hoffe, Sie kommen wegen mir jetzt nicht zu spät zu Ihrer Verabredung?«

Er warf einen Blick auf seine Uhr. »Nein, ich habe noch einen Moment Zeit. Kommen Sie, ich zeige Ihnen den Weg zur Catull-Grotte.« Er dirigierte mich in die richtige Richtung. »Sie können sie gar nicht verpassen. Sie gehen einfach diese Straße hinauf, die Via Catullo. Der Eingang zur Grotte ist direkt an ihrem Ende.«

Ich nickte. »Wollen wir einen Treffpunkt und eine Zeit ausmachen?«

»Ich finde Sie«, versicherte er mir. Wahrscheinlich meinte er nur, daß er die Grotte gut kannte und keine Schwierigkeiten haben würde, jemanden darin zu finden, aber die Gewißheit, mit der er das sagte, ließ kleine Schmetterlinge in meinem Bauch auffliegen. Ich sah ihm nach, wie er durch die Touristenmenge davonging. Sein heller Schopf fiel unter den Deutschen kaum auf, und doch konnte ich ihn leicht ausmachen, als wäre mir seine Gestalt schon lange vertraut.

Mir knurrte der Magen. Er hatte schon seit einiger Zeit Geräusche von sich gegeben, aber jetzt wurden sie so laut und hartnäckig, daß sie bestimmt durch den Lärm der Passanten hindurch zu hören waren. Also verschob ich meinen Besuch der Grotte zunächst und machte mich auf die Suche nach etwas Eßbarem, die mich auf einen offenen Platz am Seeufer mit Restaurants und Straßencafés führte.

Ich verglich noch nicht einmal die Speisekarten, sondern ließ mich am erstbesten Tisch nieder und bestellte ein Panino und etwas zu trinken. Hungrig wie ich war, schmeckte es köstlich, und ich hätte meinen Imbiß noch mehr genossen, wenn mich nicht ein geschniegelter Typ in einem knallroten Hemd zwei Tische weiter dauernd angestarrt hätte. Sein Blick war eher freundlich-anerkennend als machohaft, aber trotzdem unangenehm.

Ich wartete absichtlich, bis er gegangen war, ehe ich bezahlte und den Weg zur Grotte einschlug.

Es war nicht nötig, sich zu orientieren – ich brauchte einfach nur der Menge zu folgen, die mich aus den engen Gassen der Altstadt in die breitere, von Bäumen gesäumte Via Catullo mitschob, als wäre ich aus Versehen in einen Pilgerzug geraten.

Ich hatte den Hügel schon zur Hälfte erklommen, als ich mein Päckchen vermißte.

»Mist.« Ich hatte es neben meine Tasche auf den Tisch gelegt, aber offenbar vergessen. Ärgerlich über meine Vergeßlichkeit machte ich kehrt und ging den ganzen Weg wieder zurück. Nach alledem würde ich natürlich nicht mehr viel Zeit zur Besichtigung der Grotte haben.

Zum Glück hatte der Kellner meinen Tisch noch nicht abgeräumt. Die hübsch verpackte Kette wartete treu und brav an ihrem Platz, und ich verwahrte sie nun sicher in meiner Handtasche.

Inzwischen hatte ein großes weißes Tragflächenboot am Kai vor dem Platz angelegt und entließ eine neue Flut von Tagesausflüglern in die bereits überfüllten Straßen. Der Mann in dem knallroten Hemd war immer noch da, lehnte am Anlegeplatz und musterte die vorbeigehenden Frauen. In meiner Hast zu verschwinden, ehe er mich entdeckte, stieß ich mit einem anderen Mann zusammen, der gerade das Café passierte.

»Oh, tut mir leid, Entschuldigung«, sagte ich, doch er nickte nur geistesabwesend und eilte weiter.

Sein Gesicht kam mir irgendwie bekannt vor – scharf geschnitten, grüblerisch, mit einer Raubvogelnase … Dann wußte ich es. Es war der Mann, der Alex an unserem ersten Probentag in der Veranda della Diana aufgesucht hatte. Ich hatte ihn damals für einen der Arbeiter gehalten, doch jetzt schien er mir eher ein Geschäftspartner zu sein. Vielleicht war er sogar derjenige, mit dem Alex sich treffen wollte … Was allerdings bedeuten würde, daß ihr Treffen schon zu Ende war. Ich ließ das Raubvogelgesicht Raubvogelgesicht sein und eilte zurück zur Via Catullo, damit ich die Grotte wenigstens noch erreichte, bevor Alex mich suchte.

Ich schaffte es fast bis zu dem ebenen Platz am Ende der Straße, wo das eiserne Gittertor des Eingangs schon zu sehen war, als eine Bande von Kindern den Hang hinuntergerannt kam und mich anrempelte, so daß ich taumelte und meine Schultertasche in hohem Bogen aufs Pflaster flog. Die Mutter murmelte im Vorbeihasten eine Art Entschuldigung, hielt es aber nicht für nötig stehenzubleiben. Seufzend bückte ich mich, um den herausgefallenen Tascheninhalt aufzusammeln: italienische und britische Münzen, ein paar Kugelschreiber, ein Lippenstift, das kleine Päckchen mit der Muschelkette …

»Warten Sie, ich helfe Ihnen.« Ein zweites Paar Hände suchte den Boden ab. Alex stopfte ein paar Dinge zurück in die Tasche und sah sich um. »Ist das alles?«

»Ich glaube, ja. Danke.«

Er richtete sich gleichzeitig mit mir auf und wartete, bis ich meine Hose abgeklopft und die Tasche wieder umgehängt hatte. »Sind Sie fertig mit der Besichtigungstour? Hat es Ihnen gefallen?«

Natürlich hätte ich gestehen können, daß ich noch gar nicht dringewesen war und meine Zeit mit Essen und Hin- und Herlaufen verschwendet hatte, aber es schien einfacher zu sagen: »Es war sehr schön, aber auch sehr voll. Deshalb bin ich wieder rausgegangen.« Ich zeigte auf die niedrige Steinmauer, die den weiten Platz auf dieser Anhöhe über dem See umgab. »Ich wollte mich gerade dorthin setzen und den Blick genießen. Außerdem dachte ich, Sie würden mich hier leichter finden.«

Er sah mich wieder auf diese aufmerksame Art an, ohne etwas zu sagen, und ich glaubte schon, er hätte meine Lüge durchschaut. Das Blut pochte mir laut und schuldbewußt in den Ohren, so daß ich ihn kaum verstand.

»Es gibt bessere Aussichtsplätze«, sagte er. »Kommen Sie.«

VIII

Ich hatte den Wegweiser und den Pfad, der von der Via Catullo abzweigte, auf dem Hinweg gar nicht gesehen, aber selbst wenn, wäre ich ihm wohl kaum gefolgt. Das Wort »Lido« darauf hätte mich eher abgeschreckt, weil ich glaubte, daß ein Strand an einem solchen Tag furchtbar überfüllt sein würde, auch wenn man noch nicht baden konnte.

Ich wurde angenehm überrascht. Es gab zwar auch dort Touristen, aber viel weniger als in der Stadt, und sie schienen einer anderen, ruhigeren Spezies anzugehören. Sie schlenderten, statt zu drängeln.

Der Strand bestand aus einem langen Streifen goldgelben Sandes, unterbrochen von einem Restaurant mit blauem Dach, vor dem eine hölzerne Mole ins Wasser ragte. Hinter dem Sandstreifen stieg ein Olivengarten in grasbedeckten Terrassen an, schläfrig und heiter, mit gepflegten Pfaden und Sitzbänken, die von einer hohen Stützmauer beschirmt wurden. Über der Mauer ragte ein kleiner Kirchturm auf.

Wir waren gar nicht so weit gegangen, denn die hohe, bleiche Felswand, auf der die Catulltherme lag, erhob sich gleich neben uns in nördlicher Richtung, und südwärts konnte ich den hohen Turm der Scaglieri-Burg in der Altstadt sehen. Und doch schienen wir meilenweit von Sirmione entfernt zu sein.

Wir schlenderten an der sonnenschirmgespickten Terrasse des Restaurants vorbei auf die Mole zu. Alex war womöglich noch stiller als sonst oder noch mit seinem Treffen beschäftigt, aber jedenfalls tief in Gedanken. Ich sah ihn schon einen falschen Schritt machen und ins Wasser stürzen.

Wenigstens war der See an dieser Stelle flach und von einem wunderbaren, klaren Hellgrün, so daß man bis zu den algenbewachsenen Steinen auf dem Grund sehen konnte. Zwei Enten dösten unter uns in ihrer Wellenwiege, und eine Eidechse sonnte sich auf der Mole. Etwas weiter vorn hatte sich ein kleiner Junge in Nachahmung der Eidechse bäuchlings auf die Bretter gelegt und beobachtete Schwärme von Elritzen, die zwischen den Steinen hin und her schossen. Ich stieg über die Beine des Jungen hinweg und ging bis zum Ende des Stegs, freute mich an dem elastischen Holz unter meinen Füßen, dem Klatschen der Wellen gegen die Bohlen, der frischen Brise und der wärmenden Sonne in meinem Nacken.

Blinzelnd drehte ich mich zu Alex um. »Sie hatten recht, der Blick ist wunderbar.«

Das riß ihn endlich aus seiner Versenkung. Er blieb stehen und betrachtete die sonnenbeschienenen Felshänge, das Wasser und das dunkelviolette, ferne Ufer mit der Kette der schneebedeckten Gipfel dahinter. »Ja, das finde ich auch jedesmal wieder. Es ist wie eine Mischung aus Schweizer Alpen und Mittelmeer.«

Ich war noch nie in der Schweiz gewesen und noch nicht oft am Mittelmeer, aber weil ich mein Image als Kosmopolitin nicht zerstören wollte, nickte ich nur wissend und richtete den Blick auf das smaragdgrüne Wasser, das zur Seemitte hin in ein tiefes Saphirblau überging.

»Dort drüben«, sagte Alex und zeigte in meine Blickrichtung, »ist die Fonte Boiola, die heiße Quelle, die die Thermalbäder von Sirmione seit der Zeit der Römer speist.«

Selbstverständlich konnte ich sie nicht sehen, aber ich nickte wieder. »Ja, Den hat mal davon erzählt.«

»Das Wasser von Sirmione wirkt angeblich besonders lindernd bei Arthritis und allgemeinen Altersgebrechen. Deshalb weiß er vermutlich so gut darüber Bescheid.«

Ich lachte. »So alt ist er doch noch gar nicht.«

»Nein? Ich dachte, er wäre etwa im selben Alter wie Rupert.«

»Ein paar Jährchen jünger, denke ich doch.«

Er warf mir einen Seitenblick zu. »Den war schon einmal verheiratet, oder?«

Es wunderte mich, daß er eine derart persönliche Frage

stellte, aber ich sah keinen Grund, sie nicht zu beantworten. »Ja, er ist geschieden.«

»Aha. Hat er nur die eine Frau gehabt?«

Ich sah ihn neugierig an und erwiderte, daß ich keine Ahnung hätte. »Warum fragen Sie?«

»Interessiert mich einfach. Er scheint mir die Sorte Mann zu sein, der schon mehrere Ehefrauen verschlissen hat.«

»Den – ein Blaubart?« Ich mußte grinsen bei der Vorstellung. »Das glaube ich nicht. Er hat sicher schon Scharen von Freundinnen gehabt, aber Ehefrauen? Nein, das ist nicht sein Stil. Er hat selbst gesagt, daß er nicht zur Ehe taugt.«

»Das hat er zu Ihnen gesagt?«

»Gleich am ersten Tag, als wir ihn zufällig in Venedig trafen. Aber wer weiß, vielleicht ist er ja gerade dabei, seine Einstellung zu ändern.«

Alex drehte sich abrupt zu mir um. »Meinen Sie?«

Ich verkniff mir eine Antwort, um nicht indiskret zu sein und noch mehr über Dens Interesse an Madeleine auszuplaudern. Erstens wäre Alex als Produzent des Stücks wahrscheinlich nicht sehr erfreut zu hören, daß sich eine Dreiecksgeschichte zwischen seinem Inspizienten und zwei der Schauspieler anbahnte, und zweitens war alles sowieso nur Spekulation. Bryan sagte immer, daß man sich durch Tratsch nur Ärger einhandelte.

Also wich ich seiner Frage aus. »Die Sonne ist jetzt ganz schön warm, nicht?«

»Wir können gern in den Schatten gehen, wenn Sie möchten.«

Wir mußten die Mole verlassen und den Olivenhain erklimmen, um eine freie Bank zu finden. Von dort oben wirkte der Strand noch schöner, abgeschiedener und die Menschen noch ferner und unbedeutender. Über uns raschelten die Olivenblätter leise in dem kleinen Lüftchen, und zu meinen Füßen breitete sich ein Teppich aus Gänseblümchen aus. Ich fürchtete schon, daß Alex wieder in Schweigen verfallen würde, aber er fragte überraschenderweise: »Und, wie läuft es mit den Proben?«

»Sehr gut. Ich bin Ihnen wirklich dankbar, daß Sie mir die Rolle gegeben haben. Es war schon immer ein Traum von mir, mit Madeleine zusammenzuarbeiten. Sie ist einfach wunderbar.«

»Und Nicholas? Wie ist die Zusammenarbeit mit ihm?«

»Da muß ich passen.«

»Wie bitte?«

Ich schüttelte den Kopf. »Bryan sagt, wenn man nichts Nettes über jemanden sagen kann, soll man den Mund halten.«

Alex lächelte. »Verstehe.«

»Im übrigen kann ich von ihm halten was ich will, der Mann ist einfach hochbegabt und außerdem erfolgreich, während ich immer noch Komparsenrollen spiele. Das heißt«, verbesserte ich mich in dem Bewußtsein, daß mein erfahrenes Image gerade zum Teufel gegangen war, »bis jetzt natürlich, meine ich ...«

Ein Moment verging. Eine kleine graubraune Eidechse war herausgekommen, um sich auf einem Baumstamm neben mir zu aalen, und ich konzentrierte mich auf sie und beneidete sie um ihre Unbefangenheit.

»Sie hatten aber keine Komparsenrolle in dem Stück, das ich gesehen habe. Das war eine Sprechrolle.«

Mein Kopf schnellte zu ihm herum, wodurch ich die Eidechse erschreckte, die wie der Blitz den Stamm hinunter ins Gras sauste. Ich starrte Alex an und fragte etwas dämlich: »Sie haben mich in einem Stück gesehen?«

»Letzten Herbst. Im Oktober, um genau zu sein. In ›Liebe und Zufall‹.«

Eine fürchterliche Posse. Ich hatte vier Sätze zu sprechen gehabt und war nur so kurz auf der Bühne gewesen, daß sogar meine eigenen Freunde mich übersehen hätten. »Dann gehören Sie zu den wenigen Besuchern dieses Stücks. Es hat vernichtende Kritiken bekommen und lief nur eine Woche, ehe es abgesetzt wurde.«

»Ja, ich weiß. Ich muß gerade noch die letzte Vorstellung erwischt haben. Als ich mir das Stück am nächsten Tag noch einmal ansehen wollte, war das Theater geschlossen.« Er ließ seinen Blick träge über den See schweifen und verfolgte das Kielwasser eines kleinen Boots weit draußen. »Es gelang mir immerhin, über die Schauspielergewerkschaft Ihre Agentin ausfindig zu machen, aber am selben Tag war auch mein erstes Treffen mit Rupert, der sagte, er würde eine junge Schauspielerin kennen, die perfekt wäre für die Rolle der Witwe. Ihr Name sei Celia Sands, das wäre doch gut für die Publicity. Dann zog er ein Foto aus seiner Brieftasche und zeigte es mir.« Er unterbrach sich und sah mich an. »Ich habe zu ihm gesagt, ja, er hätte recht. Sie wären genau das, was mir vorschwebt.«

Die Zeit blieb stehen, und mein Herz machte einen komischen kleinen Salto in meiner Brust. Ich wußte nicht, was ich sagen sollte. Nach einer Weile ließ sein Blick von mir ab und richtete sich wieder auf das Wasser.

Die Eidechse, von der Stille ermutigt, kam vorsichtig wieder aus dem Gras geschlichen und huschte den knorrigen Baumstamm hinauf bis zu ihrer vorigen Sonnenstelle. »Moment mal«, sagte ich. »Im Programm von ›Liebe und Zufall‹ war ich nicht als Celia Sands aufgeführt, sondern unter meinem Künstlernamen, Celia Sullivan.«

»Ja, ich weiß.«

»Sie hatten also keine Ahnung, daß ich Celia Sands war, bis Sie mit Rupert sprachen?«

»Genau.«

»Aber Sie haben es zur Bedingung gemacht, daß ich meinen richtigen Namen verwende.«

Ein kleines Achselzucken. »Weil Rupert auch damit recht hatte, es ist toll für die Publicity. So ein Glücksfall ist unbezahlbar, und es wäre dumm gewesen, ihn nicht zu nutzen.«

Das alles schien mir eine geradezu unmögliche Verkettung von Zufällen zu sein: daß er mich überhaupt in dieser furchtbaren Komödie gesehen hatte, daß der Regisseur, den er verpflichtet hatte, in so enger Verbindung zu mir stand und daß ich auch noch denselben Namen trug wie die Schauspielerin, für die das Stück einst geschrieben worden war. Doch als ich das alles aufzählte, lächelte Alex nur.

»Edwina würde sagen, es gibt keine Zufälle.«

Er sah mich wieder an, und auf einmal war mir, als hätte ich von der langen Mole einen Schritt ins Wasser gemacht, das über meinem Kopf zusammenschlug.

»Sollen wir jetzt irgendwo zu Mittag essen?« fragte Alex.

Von dem, was dann passierte, ist mir nicht allzu viel im Gedächtnis geblieben, weder wo wir aßen noch was genau, nur, daß es ein kleines Restaurant in einer Seitengasse war und der Ober sich wie schwerelos zwischen den Gästen bewegte und auf unserem Tisch eine kleine Vase mit frischen Frühlingsblumen stand. Wir tranken Wein und aßen und tranken noch mehr Wein und redeten über Gott und die Welt, über das Theater und Bücher und Astronomie, ohne daß ich wüßte, wie wir auf letzteres gekommen waren. Danach ging ich satt und träge vom Wein mit Alex durch die Gassen und versuchte, die Sehenswürdigkeiten aufzunehmen, die er mir zeigte, aber nur weniges davon hinterließ einen bleibenden Eindruck. Eine stille Kirche mit Säulen und einem Portal aus rotem und weißem Marmor im Karomuster, eine blaue Tafel an einer alten Mauer zum Gedenken an eine englische Schriftstellerin, die in Sirmione gestorben war, ein versteckter Garten am Seeufer mit einem kleinen Brunnen in der Mitte und den Statuen eines Mannes und einer Frau in mittelalterlicher Kleidung.

Alex sagte mir, wen sie darstellten, aber ich hatte es schon wieder vergessen, als wir das Boot erreichten, und danach war es mir egal, weil ich ganz von dem Sonnenlicht in meinen Augen, der kühlen Gischt auf meinem Gesicht und der berauschenden Geschwindigkeit in Anspruch genommen war.

Die Rückfahrt kam mir viel schneller vor, aber das mag am Wein gelegen haben oder daran, daß ich die meiste Zeit über träumerisch auf die Schultern von Alex vor mir am Steuer schaute. Als wir am Bootshaus von Il Piacere ankamen, wußte ich, daß ich nicht nur bis über beide Ohren verliebt war, sondern rettungslos verloren. Dieser Mann, der sich jetzt umwandte, um mir an Land zu helfen, hatte mir den Kopf verdreht, und zwar gründlich.

Ich wußte nicht, wie oder wann es genau passiert war, aber

es war nicht mehr zu leugnen, und ich konnte nichts dagegen tun.

Ich war nicht besser als meine Mutter. Auch sie hätte Alex angelächelt, als er ihr die Hand reichte, ihn mit Augen angesehen, die keinen Zweifel an ihren Gefühlen ließen, und sich von ihm auf die Wange küssen lassen. Ein kleiner, freundschaftlicher Kuß, nur ein Hauch, aber er durchfuhr mich wie ein Blitz.

Schnell wich ich einen Schritt zurück, strich eine Haarsträhne hinter die Ohren und stammelte irgend etwas Unzusammenhängendes, daß ich Rupert suchen müsse. »Danke für den schönen Ausflug«, brachte ich noch heraus, bevor ich wie ein Feigling aus dem Bootshaus floh und den langen Pfad zum Haus hinaufstieg.

IX

Gedankenverloren erreichte ich die Terrasse und hatte sie schon halb überquert, ehe ich merkte, daß dort jemand saß.

Daniela, elegant in Schwarz und mit Sonnenbrille, richtete sich wie eine Katze in ihrem Liegestuhl auf und sprach mich an. »Sie sind zurück«, sagte sie schlicht, doch ihr Ton bewirkte, daß ich mich einen Augenblick lang wie ein Teenager fühlte, der zu spät nach Hause gekommen war. Schuldbewußt blieb ich stehen.

Sie lächelte. »Hatten Sie einen schönen Tag?«

Sie wußte also Bescheid. »Ja, danke.« Mir war nicht klar, wie ich mich verhalten sollte, ob ich etwas erklären oder mich gar entschuldigen sollte. Während ich noch zauderte, lehnte Daniela sich wieder in ihrem Stuhl zurück und starrte mich an wie die Schlange das Kaninchen.

Die Sonnenbrille verunsicherte mich, weil ich ihren Gesichtsausdruck nicht lesen konnte. Ihre Stimme, als sie wieder sprach, klang ganz neutral. »Als ich noch ein Kind war«, sagte sie, »kam immer ein Nachbarshund auf unser Grundstück und jagte unsere Ziegen, bis meine Mutter eines Tages vergiftetes Fleisch für ihn auslegte. Der Hund starb, und die Nachbarn waren sehr wütend, konnten aber nichts tun. Meine Mutter hatte recht, so zu handeln, weil der Hund in einem fremden Revier gewildert hatte.« Sie zündete sich eine Zigarette an und hielt sie zwischen ihren langen Fingern, während sie aalglatt hinzufügte: »Sie verstehen doch, was ich sage?«

Ich hätte schon schwachsinnig sein müssen, um die Drohung nicht zu kapieren, aber da sie mir absurd und übertrieben schien, fiel mir einfach keine Erwiderung ein. Wenn ich nicht so verblüfft gewesen wäre, hätte ich laut gelacht. Statt dessen merkte ich, wie mein Gesicht heiß wurde, wie immer bei einer ungerechten Anschuldigung. Langsam sagte ich: »Ich denke, Sie wollen mir mitteilen, daß Alex eine Ziege ist.«

Sie preßte die Lippen aufeinander, ein Zeichen, daß ich es geschafft hatte, sie zu verärgern. »Sie wissen, daß er nicht mehr frei ist.«

Allmählich wurde ich selbst ärgerlich und vergaß mein schlechtes Gewissen immerhin so lange, um zurückzublaffen: »Dann sagen Sie *ihm* das doch.« Das war ein guter Abgang, glaubte ich, drehte mich um und wollte davongehen.

Danielas Stimme folgte mir schneidend. »Wie ich gehört habe, liegt es bei Ihnen in der Familie, anderen Frauen die Männer zu stehlen.«

Wie vom Donner gerührt blieb ich stehen. Das Brennen in meinem Gesicht breitete sich auf den ganzen Körper aus, vernebelte meinen Verstand und machte es mir unmöglich, mich mit Worten zu verteidigen. Obendrein hörte ich auch noch Schritte näher kommen, hörte, wie Alex von Daniela in honigsüßem Italienisch begrüßt wurde und etwas antwortete. Dann ein kurzes Schweigen, ich konnte seine Augen auf mir fühlen. »Alles in Ordnung, Celia?«

»Natürlich.« Ich drehte mich nicht ganz um, weil meine

Wangen immer noch in Flammen standen und ich Daniela den Triumph nicht gönnte. »Natürlich ist alles in Ordnung.« Erhobenen Hauptes entschuldigte ich mich und ging weiter, ruhig und gelassen, als wäre nichts.

Aber in mir tobten Stürme.

X

In meiner Zimmerflucht angekommen brauchte ich eine Weile, um mich wieder zu fangen. Ich spritzte mir kaltes Wasser ins Gesicht, betrachtete stirnrunzelnd mein Spiegelbild und spielte die Szene im Geiste noch einmal durch. Nur daß ich diesmal auf jede von Danielas Bemerkungen die perfekte Antwort hatte, die nicht grob war, sich nicht auf ihr gehässiges Niveau begab, sondern Geist und Überlegenheit zeigte. Je öfter ich den Wortwechsel probte, desto besser wurde er und desto mehr Befriedigung empfand ich, obwohl es mir zweifellos lieber gewesen wäre, die schlagfertigen Erwiderungen hätten sich im rechten Moment eingestellt.

Aber es war nicht wichtig, sagte ich mir. *Sie* war nicht wichtig. Und was Alex betraf, so konnte sie ihn gerne behalten. Die beiden hatten meinen Segen.

Als ich in mein Wohnzimmer hinüberging, hörte ich Danielas Lachen von der Terrasse heraufperlen und schloß energisch das Fenster. Im selben Augenblick erklang ein helleres, natürlicheres Lachen draußen im Flur, und ich machte die Tür auf und sah Poppy und Den an der Treppe stehen. Den hielt eine flache Pappschachtel in der Hand.

»Hallo, du bist ja zurück«, sagte er, als er mich sah. »Prima. Willst du mit uns eine Runde Schlangenfraß spielen?«

»Schlangengrube«, verbesserte Poppy.

»Auch recht. Wir wollten gerade hinunter ins Eßzimmer gehen, der Tisch dort eignet sich besser für Brettspiele. Wie war dein Ausflug?«

»Wunderbar. Oh, wartet mal, ich habe etwas für dich«, sagte ich zu Poppy. Einladend schob ich die Tür ganz auf und ging zurück ins Zimmer, auf der Suche nach meiner Handtasche.

Den folgte mir interessiert. »Was, hast du mir etwa ein Geschenk mitgebracht?«

»Nicht dir, sondern Poppy.«

Das Mädchen blieb an der Tür stehen, ihr dunkeläugiges Gesicht eine Mischung aus Neugier und Zweifel. »Für mich?«

Ich fand das kleine Päckchen, das mir an diesem Tag soviel Ärger gemacht hatte, und gab es Poppy. »Wir waren ein bißchen bummeln in Sirmione, und da habe ich das gesehen und gedacht, es könnte dir gefallen. Es ist nichts Besonderes ...«

»Für mich?« wiederholte sie.

Den gab ihr einen kleinen Schubs. »Mach's auf, Mensch.«

Sie riß das Einwickelpapier und die Schleife ab, und die Muschelkette fiel in ihre Handfläche. »Wie schön!« Sie hielt die Kette in die Höhe und bestaunte die winzigen Muscheln, als wären es Diamanten. »Vielen, vielen Dank.«

Ihre Freude war rührend und entschädigte mich hundertfach für meine Lauferei. »Gern geschehen.«

»Die muß ich gleich meiner Mutter zeigen«, sagte sie und zog die Kette über den Kopf, während Den neben ihr schmollend die Unterlippe vorschob.

»Und ich bekomme nichts? Das ist wieder mal typisch.«

»Vielleicht beim nächstenmal«, tröstete ich ihn.

»Ich werd dich daran erinnern. Ihr seid also nur zum Shopping nach Sirmione gefahren?«

»Und zum Sightseeing.«

»Eine gewisse Person ist jetzt deswegen auf dem Kriegspfad«, vertraute er mir verschwörerisch an. »Ich hoffe, das war es wert.«

Noch vor einer Stunde hätte ich mich hektisch gerechtfertigt und vollstes Verständnis dafür gehabt, daß Daniela wütend war. Doch nach der Begegnung auf der Terrasse fiel mein Verständnis geringer aus. »Ich wüßte nicht, daß er Halsband und Leine trägt.«

Den grinste, aber meine Antwort machte Poppy hellhörig. »Sprecht ihr von den Hunden? Ich durfte heute mit ihnen spielen. Wir haben uns die Zwinger angesehen, stimmt's, Den?«

»Ja, das haben wir.«

»Ich glaube, Max und Nero gefällt es nicht im Zwinger. Sie sind ans Haus gewöhnt.«

Den erklärte ihr, daß die Zwinger praktisch zum Haus gehörten und Alex die Hunde nur dort einsperrte, wenn er den ganzen Tag unterwegs war. »Jetzt ist er aber zu Hause, und sie dürfen bestimmt bald wieder raus.«

Nicht, solange Daniela auf der Terrasse ist, dachte ich. Die Windhunde wurden von ihr ferngehalten, was sicher keine große Tragödie für die Tiere bedeutete. Es war besser, irgendwo eingesperrt zu sein, als diese Frau ertragen zu müssen.

»Wo sind denn die anderen?« fragte ich.

»Sie haben uns allein gelassen, stimmt's, Poppy? Sind in die Stadt gegangen, um im Grand Hotel Tee zu trinken.«

»Und warum haben sie euch nicht mitgenommen?«

»Na ja, Poppy hat noch geschlafen«, sagte Den mit einem Achselzucken, aus dem ich schloß, daß er freiwillig als Babysitter zurückgeblieben war. »Und ich hatte keine Lust, so weit zu laufen.«

»Ach so.« Ich hätte nichts dagegen gehabt, eine Runde Schlangengrube mit den beiden zu spielen, doch das Eßzimmer lag für meinen Geschmack zu nahe an der Terrasse. »Wann sind sie denn los?«

»Vor etwa einer Stunde.« Er interpretierte meine Frage richtig und sah auf seine Armbanduhr. »Sie sind bestimmt noch da, falls du zu ihnen stoßen willst. Aber das würde natürlich bedeuten, daß du uns auch alleine läßt ...«

»Macht es euch etwas aus?«

»Nö. Wir amüsieren uns schon, nicht wahr, Poppy?«

Sie nickte, aber ihre leicht enttäuschte Miene veranlaßte mich zu dem Versprechen: »Ich fordere euch später zu einer Partie heraus, einverstanden? Sagen wir, nach dem Essen?«

»Abgemacht«, sagte Den. »Aber sei gewarnt, ich bin verflixt gut.«

Er war in vielem gut, ging es mir durch den Kopf, als ich zusah, wie er mit Poppy die Treppe hinunter verschwand und sie auf seine ungezwungene Art wieder fröhlich stimmte. Ich fragte mich, ob er in New York Kinder hatte. Vielleicht war er als Ehemann ein Versager, aber ich konnte ihn mir prima als Vater vorstellen.

Von dort, wo er saß, konnte er den Jungen spielen sehen, eine einsame Gestalt, die Modellautos über den schmalen Weg schob.

Er schämte sich in diesem Moment, daß er kein besserer Vater war. Sicher, der Junge war ganz und gar Francescas Sache, sie hatte ein Kind gewollt und es alleine aufgezogen, doch die Erkenntnis, daß er seinem Sohn zusehen konnte, ohne Liebe für ihn zu empfinden, verstörte ihn zutiefst. Etwas ähnliches verspürte er, wenn ein Bekannter von einer Reise in ein Land zurückkehrte, das er selbst noch nicht besucht hatte – das nagende Gefühl, etwas verpaßt zu haben.

Aber bei seinem zweiten Kind, beschloß er, würde er alles anders machen. Seine melancholische Stimmung wurde von einer Welle aus hoffnungsvoller Freude und Erwartung hinweggespült, als er die Augen schloß und daran dachte, wie sie es ihm in der vergangenen Nacht im Bett gesagt hatte, wie er seine Hand auf ihren noch flachen, weichen Bauch gelegt hatte und von einem tiefen, dankbaren Staunen erfüllt worden war. Dann waren die ersten Bedenken und Ängste gekommen: Er war zu alt, zu selbstsüchtig, er würde sie enttäuschen …

Aber sie hatte nur gelächelt und seine Hand genommen und war, immer noch lächelnd, eingeschlafen. Er hatte sie zärtlich betrachtet, bis die Morgendämmerung das Zimmer langsam mit Licht erfüllt und ein neuer Tag voller Verheißungen begonnen hatte.

Ja, dachte er, als er die Augen öffnete und sie wieder auf seinen Sohn unten im Park richtete, diesmal würde alles anders sein. Er hatte aus seinen Fehlern gelernt.

XI

Max und Nero spähten hoffnungsvoll durch das Drahtgitter ihres Auslaufs, als ich den Innenhof durchquerte. Sie wirkten irgendwie verloren in dem langgestreckten Zwinger, der früher bestimmt einmal dreißig oder mehr Hunde enthalten hatte. Max stieß ein unterdrücktes Bellen aus und wedelte so heftig mit seinem peitschenähnlichen Schwanz, daß ich hinübergehen und mit ihm sprechen mußte.

»Ist ja gut, mein Schöner«, sagte ich, als er seine lange Schnauze auf der Suche nach meiner Hand durch den Draht steckte. »Haltet noch ein bißchen durch, es dauert nicht mehr lange. Er kommt sicher bald und läßt euch raus.«

Wenn das Schloß am Gatter nicht gewesen wäre, hätte ich es selbst getan, schon allein, um Daniela einen Schreck einzujagen. Doch so konnte ich Max nur über die samtweiche Nase streicheln, bevor ich mich auf den Weg machte und die lange Treppe zur Auffahrt hinunterging.

Es war gar nicht so weit bis zur Straße, wenn man keine Koffer zu schleppen hatte. Außerdem besaß ich ausnahmsweise eine vage Vorstellung davon, in welche Richtung ich gehen mußte, denn ich hatte das Grand Hotel am Morgen schon vom Wasser aus gesehen. Alex hatte es mir im Vorbeifahren gezeigt, und sein unverwechselbarer hoher Turm würde es mir leicht machen, es zu finden, sobald ich unten in Mira war.

Die Straße zum Ort war völlig verlassen. Einmal hörte ich das moskitoartige Heulen einer Vespa weiter oben am Hang, aber das war alles. Trotzdem hielt ich mich vorsichtshalber am linken Straßenrand, wo Butterblumen und Gänseblümchen hell leuchteten. Auf der Wiese daneben stand eine Gruppe von Obstbäumen, die zu blühen begonnen hatten, seit ich zuletzt dort vorbeigekommen war.

Ich war so in den Anblick der Bäume vertieft, daß ich das Auto nicht bemerkte.

Es fuhr viel zu schnell, so schnell, daß es schon vorbei war, als ich einen Satz in den Graben machte. Ich strauchelte und wäre beinahe hingefallen, aber der tomatenrote Mercedes sauste unbekümmert weiter, Schotter und Staub hinter sich aufwirbelnd.

»Vollidiot!« brüllte ich, während ich mich aufrappelte und mir die Haare aus dem Gesicht strich. Mehr empört als verletzt wanderte ich weiter bergab, um die nächste Kurve herum.

Ich erkannte die merkwürdige Form am Straßenrand zuerst nicht. Mein erster Gedanke war, glaube ich, daß jemand seinen Müll dort abgeladen hatte. Nein, es schien ein Haufen Kleider zu sein … Beim Näherkommen sah ich, daß die Kleider nicht leer waren.

Ein Mann lag mit dem Gesicht nach unten neben dem Seitenstreifen im Gras, einen Arm ausgestreckt, als hätte er seinen Fall abfedern wollen. Er atmete noch, als ich bei ihm ankam.

»O mein Gott.« Ich hockte mich neben ihn, um festzustellen, wie schwer seine Verletzungen waren. Das eine Bein sah eindeutig gebrochen aus, es war unterhalb des Knies verdreht, so daß der Fuß in einem unnatürlichen Winkel abstand. Ein roter Fleck im Gras neben seinem Brustkorb breitete sich stetig aus. Sein Gesicht war von mir abgewandt. Ich berührte seinen Kopf, warum, weiß ich nicht, wahrscheinlich einfach aus dem menschlichen Bedürfnis heraus, einem Verletzten Trost zu spenden. »Keine Angst«, sagte ich. »Es ist alles gut. Ich werde Hilfe holen …«

Meine Worte sollten ihn beruhigen, aber sie kamen so gepreßt und voll Panik heraus, daß sie wohl eher das Gegenteil bewirkten. Außerdem konnte er mein Englisch wahrscheinlich sowieso nicht verstehen.

Aber er hörte mich. Als ich aufstehen wollte, ruckte er mit dem Kopf und versuchte, seinen ausgestreckten Arm zu bewegen, der ebenfalls gebrochen sein mußte, wie ich jetzt sah, und blutete. Es mußte ihm ungeheure Schmerzen bereiten, aber er schaffte es, seinen Kopf auf die andere Seite zu drehen, als stünde er unter dem Zwang, mich anzusehen.

Da erkannte ich ihn. Der Mann mit dem Raubvogelgesicht.

Mein Atem stockte, und ich riß vor Überraschung die Augen auf, während sein Blick sich verschleierte. Ich hatte noch nie zuvor jemanden sterben sehen, noch nie beobachtet, wie das Leben aus einem menschlichen Körper wich, oder gehört, wie ein rasselnder Atemzug plötzlich unvollendet abbrach. Ich glaube, ich hatte mir den Tod immer als gewaltsam oder friedlich vorgestellt, aber dieser war weder das eine noch das andere. Er erschütterte mich mehr, als ich mir zunächst eingestehen wollte.

Wie lange ich dort kniete, starr vor Schock, weiß ich nicht mehr. Es kann eine Minute oder auch eine Stunde gewesen sein. Ich weiß nur, daß das nächste Geräusch, das ich wahrnahm und das mich aus meiner Erstarrung riß, Ruperts Stimme war. Ich hörte nicht die Worte, sondern nur den warmen, vertrauten Klang, der mich schon als Kind beruhigt hatte, wenn ich nachts aufwachte und er noch nebenan im Wohnzimmer mit Bryan sprach.

Ich richtete mich auf und sah ihm entgegen. An meiner Hand klebte Blut vom Kopf des Mannes, und ich hielt sie steif von mir weg, als hätte ich etwas Schmutziges angefaßt. In diesem Moment merkte ich nicht, daß ich weinte, aber ich muß beängstigend ausgesehen haben, denn als Rupert endlich vor Nicholas und Madeleine um die Kurve kam, warf er einen einzigen erschrockenen Blick auf mich und rannte sofort los. Ich ließ mich in seine Arme fallen. »Schon gut«, sagte er und strich mir über die Haare. »Schsch, ist ja schon gut.«

Dann waren Madeleine und Nicholas da, und ich berichtete mit seltsam tonloser Stimme, was passiert war, und Madeleine beugte sich über den Mann und sagte so etwas wie »O Gott!«, so daß Nicholas fragte: »Was?«, und sie antwortete: »Sieh mal, wer das ist«, worauf er zu ihr trat und einen Fluch ausstieß.

Ich drehte meinen Kopf an Ruperts Schulter in ihre Richtung und zwang mich, nicht nach unten zu sehen. »Kennt ihr ihn?«

Madeleine nickte, ihre dunklen Augen vor Schreck geweitet. »Ja. Es ist Giancarlo, Teresas Mann Giancarlo.«

XII

Die frische Brise war schneidend geworden. Ich zog meine Knie an die Brust und hielt den Wind so gut wie möglich mit dem Rücken ab. Meine Jacke hatte ich unter mir als improvisierte Plane ausgebreitet, um die Feuchtigkeit abzuhalten und meine Hose vor Grasflecken zu bewahren. Die Füße gegen den sanft abfallenden Hang gestützt, sah ich zu dem Amphitheater hinunter, das friedlich in seiner Bodensenke ruhte.

Ich war mir nicht sicher, was mich hierhergeführt hatte; eigentlich hatte ich nur einen kurzen Spaziergang im Park machen wollen, um von den anderen wegzukommen und meinen Kopf durchzulüften. Aber meine Füße hatten offenbar einen eigenen Willen entwickelt, so daß ich mich in dem geschützten Rund aus Pinien wiederfand, mit dem im Wind nickenden Gras und der holzüberdachten Bühne in der Mitte.

In weniger als drei Wochen würde ich dort unten auf diesen Brettern stehen und versuchen, die Zuschauer davon zu überzeugen, daß ich jemand anderer war, sie dazu zu bringen, die Wirklichkeit für eine Weile zu vergessen und sich der Illusion hinzugeben. Sie mußten überredet werden, Wände zu sehen, wo keine waren, zu glauben, daß ein Geist sich redend unter den Lebenden bewegen konnte und daß die Gefühle meiner Figur so echt und ernstzunehmend waren wie ihre eigenen. Die Schauspielkunst war nun einmal eine Kunst der Täuschung.

Ich hatte damit nie Schwierigkeiten gehabt und mich daran gewöhnt, daß die Dinge im Theater nicht das waren, was sie zu sein schienen. Eine Tür, die auf die Straße hinausführen sollte, öffnete sich in Wirklichkeit nur zu einer kleinen, dunkeln Ecke hinter den Kulissen, ein Sonnenaufgang war das Werk der Beleuchter, und der eisgekühlte Gin Tonic, den der Butler servierte, war nur lauwarmes Leitungswasser.

Aber das gehörte zum Theater. Jenseits der Bühne ließ ich mich nicht gerne täuschen. Und es gefiel mir nicht, daß Alex gelogen hatte.

Ich grübelte noch darüber nach, das Kinn auf die Knie gestützt, als etwas Kaltes, Feuchtes an meinen Nacken stieß.

Das kalte Etwas gab ein forschendes Schnuppern von sich, und ich drehte mich um und sah mich Max, dem Charmeur gegenüber, der seine Lefzen zu einem selbstzufriedenen Grinsen hochzog, weil er mich gefunden hatte.

Nero, der reserviertere, war bei der hohen Gestalt am Waldrand geblieben.

Als Alex herbeikam, kehrte ich ihm absichtlich den Rücken zu und beschäftigte mich damit, Max die Ohren zu kraulen, worauf er sich anmutig neben mir niederließ. Sein Herrchen verstand meine abweisende Haltung entweder nicht oder wollte sie nicht verstehen, denn kurz darauf sah ich aus dem Augenwinkel zwei lange, jeansbekleidete Beine auftauchen.

»Ich dachte mir, daß ich dich hier finden würde.«

Darauf gab es nichts zu antworten, also schwieg ich.

Er setzte sich und schlang einen Arm um das hochgezogene Knie, während Nero sich grunzend an seiner Seite in das hohe Gras fallen ließ. »Du warst nicht beim Abendessen.«

»Ich dachte, das Essen würde heute ausfallen«, sagte ich,

ohne ihn anzusehen. Das war zumindest ein Teil der Wahrheit. Teresa war verständlicherweise nicht in der Lage gewesen, eine Mahlzeit zuzubereiten, und im Haus hatte Chaos geherrscht, als ich weggegangen war.

»Wir haben uns mit kaltem Schinken und Pasta beholfen«, berichtete er. »Rupert hat etwas improvisiert. Er ist ein guter Koch.«

»Ja, ich weiß.«

Meine Einsilbigkeit ließ ihn für einen Moment verstummen. Dann sagte er: »Wir haben dir etwas übriggelassen.«

»Danke, ich habe keinen Hunger.« Ich rupfte ein paar Grashalme aus, behielt den längsten in der Hand und spielte damit herum, wickelte ihn schließlich sorgfältig um meinen Daumen. Alex sah mir eine Weile zu und richtete seinen Blick dann ebenfalls hinunter auf die Bühne.

»Es muß ein großer Schock für dich gewesen sein, Giancarlo zu finden.«

»Ja.«

»Eine schmerzliche Erfahrung.«

»Ja.« Ich atmete tief durch. »Obwohl ich natürlich nicht wußte, daß es Giancarlo war.«

Er zuckte die Achseln. »Woher auch. Du hast ihn ja nie kennengelernt.«

Ich schwieg, aber mein Schweigen war sehr beredt. Er musterte mich von der Seite, und ich hörte den beunruhigenden Unterton in seiner Frage. »Was ist?«

Der Grashalm riß, ich warf ihn weg. »Ich wußte nicht, daß es Giancarlo war«, wiederholte ich, »aber ich habe den Mann erkannt.«

»Woher ...«, begann er, brach aber ab, als wäre ihm gerade ein Gedanke gekommen.

Da drehte ich mich um und sah ihm ins Gesicht. »Ich hatte ihn schon mehrmals vorher gesehen, wenn auch einmal nur undeutlich, weil es dunkel war. Du hast mit ihm auf der Terrasse gesprochen«, sagte ich und beobachtete, wie er sich erinnerte. »Beim zweitenmal ist er in dein Arbeitszimmer gegangen. Und heute war er in Sirmione.«

»Celia ...«

»Du hast gelogen.«

Er sah weg, riß seinerseits ein Büschel Gras aus und verstreute es im Wind, während er nachdachte.

Ich konnte keine Ruhe geben. »Du hast gesagt, du hättest nichts von ihm gehört, das hast du zu Edwina gesagt, ich war dabei. Und du hast es zugelassen, daß Teresa sich Sorgen machte ...«

»Nein«, unterbrach er mich. »Teresa wußte Bescheid. Zwar nicht von Anfang an, aber sie wurde eingeweiht.«

Dunkel erinnerte ich mich, daß sich Teresas Laune an dem Tag, als ich den Mann mit dem Raubvogelgesicht in Alex' Büro gehen sah, auffallend gebessert hatte. »Aber warum überhaupt diese Lügen?«

»Weil ich es versprochen hatte.« In seinem Ton schwang Ungeduld mit, und ich wußte nicht, ob sie gegen mich gerichtet war oder gegen sich selbst. »Giancarlo hatte mich darum gebeten, nichts über seinen Aufenthaltsort zu sagen.«

Eine seltsame Bitte für einen Angestellten, und noch seltsamer, daß Alex sie ihm gewährt hatte, doch andererseits wußte ich so gut wie nichts über das Verhältnis der beiden Männer. Ich wußte noch nicht einmal viel über Alex. Ganz sicher hatte ich noch nie diesen Ausdruck auf seinem Gesicht gesehen, die müden Linien um Augen und Mund, die verrieten, daß Giancarlos Tod ihn tief getroffen hatte.

Ich drängte ihn nicht weiter. Ich saß einfach da, streichelte Max' Kopf und spürte, wie die Distanz zwischen uns größer wurde.

Alex holte tief Atem, als wollte er mir etwas Wichtiges sagen, aber es kam nichts heraus. Er warf mir einen schnellen Seitenblick zu, und ich fühlte sein Zögern, als er das Risiko abwog, mich in sein Geheimnis einzuweihen.

Schließlich sagte er: »Es ist eine lange Geschichte.« Ich wartete. Er streckte sich im Gras aus und stützte sich auf die Ellbogen. »In der Nacht, als du Giancarlo und mich auf der Terrasse gesehen hast, war er gekommen, um mir zu erklären, wo er den ganzen Tag gewesen war. Ich war ganz schön wütend auf ihn, weil er euch einfach in Desenzano hatte stehenlassen. Ich dachte, er hätte sich betrunken – das war zwar schon lange nicht mehr vorgekommen, sonst hätte ich ihn bestimmt nicht geschickt, um euch abzuholen – aber er schwor, er sei vollkommen nüchtern. Er hatte nur ein bißchen Detektiv gespielt.« Er machte eine nachdenkliche Pause. »Du mußt verstehen, daß Giancarlo ein sehr loyaler Mensch ist.« Mit leiser Stimme korrigierte er sich: »Er war ein sehr loyaler Mensch. Mir gegenüber und auch Il Piacere gegenüber. Er wurde hier geboren, hat sein ganzes Leben hier verbracht und ist nie für längere Zeit weggegangen so wie ich. Deshalb fühlte er sich dem Haus und allem, was darin ist, viel enger verbunden als ich. Meine Entscheidung, den Besitz der Forlani-Stiftung zu überschreiben, machte ihn nicht gerade glücklich. Es schmerzte ihn, daß Il Piacere nicht länger im Besitz meiner Familie sein sollte, doch andererseits freute er sich, daß es endlich restauriert wurde und daß die Möbel und Kunstgegenstände von der Stiftung gepflegt und erhalten werden sollten. Giancarlo war kein gebildeter Mann, aber in ihm schlug das Herz eines Kunstliebhabers. Er hatte eine angeborene Leidenschaft für schöne Dinge.«

Wieder hielt er inne, aber weil ich ahnte, daß er auf etwas Bestimmtes hinauswollte, nickte ich nur, zum Zeichen, daß ich ihm zuhörte.

»Vor einer Weile – etwa eine Woche, bevor du ankamst – entwickelte Giancarlo die fixe Idee, daß Gegenstände aus dem Haus entwendet würden. Er behauptete, einige Dinge wären verstellt worden oder würden ganz fehlen und er wäre nicht der einzige, der das bemerkt hätte. Ich sah mich daraufhin um, konnte aber nichts feststellen. Giancarlo machte die Stiftung dafür verantwortlich, aber ich versuchte, ihm zu erklären, wie absurd das war. Die Forlani-Stiftung ist eine hochangesehene Organisation, und ich hielt es für lächerlich, daß sie ihren Ruf aufs Spiel setzen würde, indem sie Kunstgegenstände stahl, die ihr in ein paar Monaten sowieso gehören würden. Aber um ganz sicherzugehen, rief ich den Freund an, der mich auf die Stiftung aufmerksam gemacht hatte, und fragte ihn, ob während der Arbeiten an seiner Villa irgend etwas verschwunden sei. Er sagte nein, ihm sei nichts aufgefallen. Und von meinen Leuten hier würde niemand so etwas tun.«

Ich zog kritisch eine Augenbraue hoch. »Auch nicht das Mädchen, das Hals über Kopf nach Mailand abgehauen ist?«

»Sie ganz besonders nicht. Sie ist sehr gläubig, hat nie etwas Schlechtes über jemanden gesagt und nie gelogen. Ihr Gewissen würde es nicht zulassen, etwas zu stehlen.«

Meine Augenbraue wanderte noch höher. »Und dieses Mädchen soll etwas mit Pietro gehabt haben?«

»Zu Pietro wollte ich gerade kommen. Er ist schuld daran, daß ihr nicht am Bahnhof abgeholt wurdet. Giancarlo war gerade auf dem Weg zum Auto, um nach Desenzano zu fahren, als er Pietro in die Garage gehen sah – schleichen sah, wie er sich ausdrückte. Pietro hatte eine Art Rucksack bei sich und machte offenbar einen verstohlenen Eindruck. Giancarlo konnte Pietro nicht leiden«, ergänzte Alex.

Wer sollte ihm das verübeln, dachte ich. »Pietro ist nicht gerade ein besonders liebenswerter Mensch.«

»Sie hatten sich schon öfter in die Wolle bekommen, bei mehr als einer Gelegenheit. Keine Ahnung, worum es dabei ging, aber Giancarlo mochte ihn nicht. Als er Pietro mit dem Rucksack sah, wurde er sofort mißtrauisch. Er glaubte, er hätte seinen Dieb gefunden. Also setzte er sich ins Auto und folgte Pietro, statt nach Desenzano zu fahren. Sie landeten schließlich in Sirmione.«

Die Geschichte mit Pietro und seinem Rucksack begann mich zu packen. »Und was passierte dort?«

Alex breitete resigniert die Hände aus. »Giancarlo war sich nicht sicher. Er sah Pietro in einen Juwelierladen gehen und mit dem Rucksack wieder herauskommen, der aber anders, leerer, gewirkt hätte. Nur konnte er natürlich nichts beweisen. Deshalb wollte er mit mir sprechen, in dieser Nacht. Ich sollte ihm Zeit geben, Nachforschungen anzustellen, Beweise zu finden. Ich kannte Giancarlo schon als Junge und wußte, er würde nicht nachgeben, bis er der Sache auf den Grund gegangen war, also habe ich zugestimmt. Es kam mir einigermaßen harmlos vor, ihn für ein paar Tage so tun zu lassen, als wäre er auf einer Sauftour, während er in Wirklichkeit Detektiv spielte.«

»Aber du hast nicht erwartet, daß er irgendwelche Beweise finden würde, stimmt's?«

Wieder die resignierte Geste. »Soweit ich sehen kann, fehlt nichts im Haus, und diese Sache zwischen Pietro und Giancarlo war etwas Persönliches, so daß ich die Anschuldigungen nicht sehr ernst genommen habe, das stimmt. Ich dachte, er würde nach einer Woche oder so zurückkommen, wenn er genug vom Spionieren hätte.« Nero legte den Kopf auf das Bein seines Herrn und rollte seine dunklen Augen mit gespielter Gleichgültigkeit in meine Richtung. »Aber er ist nicht zurückgekommen«, fuhr Alex fort. »Nur das eine Mal, als du ihn in die Veranda della Diana gehen sahst. Da hat er mich um Geld gebeten, damit er sich in Sirmione ein Zimmer nehmen konnte.«

Sie mußten wirklich ein besonderes Verhältnis zueinander gehabt haben, daß Alex ihm immer wieder nachgegeben hatte. »Dann wolltest du dich also heute mit Giancarlo in Sirmione treffen?«

»Das hatte ich vor. Er hat mich gestern angerufen, weil ich mir das Juweliergeschäft ansehen sollte, zu dem er Pietro gefolgt war. Er meinte, es sei wichtig. Ich bin hingegangen, aber das Geschäft war geschlossen, und Giancarlo ist nicht aufgetaucht. Ich habe eine Stunde lang auf ihn gewartet, dann habe ich es aufgegeben und dich bei der Grotte gesucht. Ich hatte keine Lust, den Tag zu vergeuden.«

Stirnrunzelnd sah ich ihn an. »Aber er war da.«

»Wer?«

»Giancarlo. Er war in Sirmione. Ich habe ihn selbst gesehen, aus nächster Nähe.« Ich erzählte ihm die Episode mit dem Zusammenstoß vor dem Straßencafé.

Alex runzelte jetzt ebenfalls die Stirn. »In welche Richtung wollte er?«

»Zum Anleger, glaube ich, aber ich bin nicht sicher … Es

kamen gerade ganz viele Leute von dem Tragflügelboot, und der Platz war ziemlich voll. Vielleicht ist er auch in eine der Gassen abgebogen.«

»In jedem Fall wäre er dann in die entgegengesetzte Richtung vom Juwelierladen gegangen. Warum bloß?«

Darauf wußte wohl nur Giancarlo eine Antwort, und der konnte uns nichts mehr erzählen. Ich hatte bisher möglichst jeden Gedanken an die Leiche im Straßenstaub verdrängt, aber jetzt gelang es mir nicht mehr. Es war unvorstellbar, daß jemand einen Menschen überfuhr und einfach weiterraste ...

In die Stille hinein fragte ich: »Alex, was fährt Pietro für einen Wagen?«

»Einen Fiat Panda, warum?«

»Nur so. Ein roter Mercedes ist an mir vorbeigefahren, kurz bevor ich Giancarlo gefunden habe. Er hatte es furchtbar eilig. Ich frage mich, ob es das Auto war, das ihn überfahren hat.«

»Hast du der Polizei davon erzählt?«

»Ja, ich habe es erwähnt.« Sie hatten sich meine Aussage notiert, waren aber nicht lange am Unfallort geblieben.

»Es kann nicht Pietro gewesen sein«, sagte Alex bestimmt. »Vielleicht ein Tourist. Am Osterwochenende wimmelt es hier immer von Fremden – man erkennt sie gleich an ihren Audis und Porsches und Mercedeslimousinen.« Seine Mundwinkel verzogen sich. »Wenn Pietro bei seinem Gehalt plötzlich einen Mercedes fahren würde, wäre ich auch langsam davon überzeugt, daß er in dunkle Machenschaften verstrickt ist.«

Als ich nichts darauf sagte, sah er auf die Bergkette in der Ferne. »Es wird langsam dunkel.«

Die Abenddämmerung senkte sich unweigerlich herab und nahm allem die Farbe, was sie mit ihrem rauchblauen Mantel berührte. In einer halben Stunde würde es stockfinster sein.

Der Wind frischte auf. Max neben mir hob den Kopf und witterte.

»Ich denke, wir sollten zurückgehen«, sagte Alex und stand auf.

»Ja, ich ...«

Max unterbrach mich, indem er mit einem durchdringend scharfen Bellen auf alle viere sprang. Nero tat es ihm gleich und hielt die Nase sichernd in den Wind. Sein tiefes Knurren klang wesentlich bedrohlicher als Max' Bellen.

Wie auf Kommando brachen beide Hunde plötzlich los und sausten den Hang hinauf, so daß sie nur noch als graue Schatten zu erkennen waren. Alex rief ihnen einen Befehl nach, worauf sie kurz vor den Pinien haltmachten.

Ungeduldig winselnd warteten sie, bis wir bei ihnen waren.

Es war nichts zu sehen, keine Gefahr lauerte im Wald, die dieses Anschlagen gerechtfertigt hätte. Doch als ich mit den Augen den Boden absuchte, entdeckte ich neben dem Weg einen noch glimmenden Zigarettenstummel, mit leuchtendroten Lippenstiftspuren am Filter.

Heiße Wut stieg in mir auf, als ich begriff, daß Daniela uns belauert hatte. Dieses Biest! Sollte sie uns doch beobachten, sollte sie denken, was sie wollte, ich hatte jedenfalls nichts Unrechtes getan. Ich war alleine zum Theater gekommen, um ein wenig Ruhe zu haben – Alex war *mir* nachgelaufen, nicht umgekehrt. Und wenn sie glaubte, sie könnte mir mit Geschichten von vergifteten Hunden Angst einjagen ...

Max und Nero winselten wieder, doch Alex sagte nur: »Falscher Alarm.«

Ich widersprach ihm nicht. Es war nicht meine Aufgabe, ihm zu sagen, was für eine Frau Daniela war. Ich hatte nichts mit der Beziehung der beiden zu tun.

Er lächelte mich entschuldigend an. »Muß wohl ein Tier gewesen sein.«

»Eine Katze vielleicht«, sagte ich und trat den Zigarettenstummel unter meinem Absatz aus.

XIII

Poppy kam uns entgegen, als wir über die Terrasse ins Haus traten. Die Art, wie sie sich auf die Hunde stürzte und sie begrüßte, ließ vermuten, daß sie ungeduldiger auf deren Rückkehr gewartet hatte als auf unsere. Das Mädchen war ganz verrückt nach den Tieren, und angesichts von soviel Begeisterung und Zuneigung ließen sie sich majestätisch dazu herab, gestreichelt zu werden. Geduldig standen sie da und wedelten vornehm mit den langen Schwänzen, was wohl die Windhundversion eines königlichen Winkens darstellte.

»Sie mögen dich«, sagte Alex lächelnd.

»Früher hatte ich auch mal einen Hund«, erzählte Poppy wehmütig. »Ich würde so gerne wieder einen haben, aber Mami sagt, das geht nicht, solange ich in der Schule bin, weil dann niemand zu Hause ist, der sich um ihn kümmert.«

Alex konnte nur bestätigen, daß Hunde viel Aufmerksamkeit und Gesellschaft brauchten. »Die beiden hier sind sauer auf mich, weil ich den ganzen Tag weg war.«

Poppy streichelte Neros Hals. »Sie sind nicht gern im Zwinger eingesperrt.«

»Nein, da hast du recht«, sagte Alex. Er legte den Kopf schräg, als dächte er nach. »Wenn ich das nächste Mal länger wegmuß, könntest du ja vielleicht nach den Hunden sehen und ihnen Gesellschaft leisten. Was hältst du davon?«

»Wirklich?« Ihre Augen strahlten. »Das wäre toll, das würde ich furchtbar gern. Hast du gehört, Nero?«

Neros Reaktion war von nobler Zurückhaltung – nur ein Zucken mit dem Ohr –, aber das schien Poppy zu genügen, und sie schlang ihm stürmisch die Arme um den Hals. Im nächsten Atemzug legte sie ihr kindliches Benehmen ab, richtete sich auf und gab sich ganz erwachsen. »Wir haben dir etwas vom Abendessen aufgehoben, Celia. Soll ich es für dich aufwärmen? Rupert hat mir gezeigt, wie man die Mikrowelle bedient.«

Sie sah mich mit solchem Eifer an, daß ich unwillkürlich nickte, obwohl ich immer noch keinen Appetit hatte. »Ja, gern. Danke.«

»Und danach«, sagte sie, »können wir vielleicht eine Runde Schlangengrube spielen? Wenn du möchtest. Es sei denn, du willst lieber etwas anderes spielen ...«

»Nein, Schlangengrube finde ich prima.« Es war mir auf jeden Fall lieber, als mit den anderen zusammenzuhocken und die Einzelheiten von Giancarlos Tod wieder und wieder durchzugehen. Ich war dabeigewesen, als er starb, und hatte kein großes Bedürfnis, darüber zu reden. Ich wollte vergessen.

Alex schien das zu verstehen. »Ich bin nicht besonders gut im Spielen«, sagte er, nickte uns beiden freundlich zu und ging davon, wie immer gefolgt von Max' und Neros tapsenden Pfoten.

Poppys offensichtliche Freude darüber, mich einmal ganz für sich zu haben, machte mich beinahe verlegen. Sie führte mich ins Eßzimmer und ließ mich Platz nehmen, ging dann in die Küche, um mein Essen aufzuwärmen, und servierte den Teller mit solch vollendeter Förmlichkeit, als würde sie die Queen bedienen. Ich achtete darauf, nicht zu grinsen, weil ich mich noch gut erinnern konnte, wie ich in Poppys Alter meine Schuldirektorin verehrt hatte und von ihr als gleichrangig angesehen werden wollte und nicht als kleines Mädchen. Eines Tages hatte ich ihr Tee serviert und mich verzweifelt bemüht, die perfekte Gastgeberin zu spielen. Alles ging schief, was nur schiefgehen konnte – der Tee war viel zu stark und bitter, die Kekse waren alt und pappig –, aber die Direktorin hatte sich nichts anmerken lassen. Sie ließ das Ganze gutmütig über sich ergehen, und ich war stolz und glücklich zugleich.

Ich mußte nun wieder an sie denken, als ich eine Gabel voll klebriger, lauwarmer Pasta herunterschluckte und Poppy versicherte, es würde vorzüglich schmecken. Zur Belohnung erhielt ich ein schüchternes Lächeln, das mich im nachhinein verstehen ließ, warum meine Schulleiterin nicht nur den furchtbaren Tee heruntergewürgt, sondern sogar um eine zweite Tasse gebeten hatte.

Poppy brachte mir auch Wein, den sie extra in eine Karaffe gegossen hatte, und ein Brötchen mit Butter. Dann, weil ich darauf bestand, setzte sie sich zu mir.

Ihr konzentrierter Gesichtsausdruck verriet mir, daß sie sich darüber den Kopf zerbrach, wie sie ein angemessen erwachsenes Gespräch anfangen könnte. »Schrecklich, was mit Teresas Mann passiert ist, nicht wahr?« Als ich zustimmte, fuhr sie ermutigt fort. »Alex hat gesagt, sie soll die nächsten Tage lieber bei ihren Verwandten bleiben, bis nach der Beerdigung. Er will solange eine andere Köchin finden. Das ist doch nett von ihm, oder?«

»Ja, sehr.«

»Reiche Leute sind meist nicht so rücksichtsvoll zu ihrem Personal«, bemerkte sie altklug, als hätte sie seit Jahren die Welt bereist und in den Häusern der Superreichen gewohnt. »Aber Alex schon. Er ist zu allen nett, auch zu mir.«

»Ja, er ist wirklich ein sehr aufmerksamer Mensch«, sagte ich und drehte noch ein paar Nudeln auf.

»Er hat sich richtig Sorgen um dich gemacht.«

»Ach ja?« Ich sah auf, und Poppy nickte.

»Ja, weil du nicht zum Essen gekommen bist. Rupert hat gesagt, daß du manchmal gern allein bist, wenn dich etwas bedrückt, aber Alex meinte, einen Toten zu finden wäre schlimmer als bedrückt zu sein, und jemand müßte dich suchen und nachsehen, ob alles in Ordnung ist.«

Sie hatte ein gutes Gedächtnis für Dialoge, merkte ich, und nahm mir vor, in Zukunft aufzupassen, was ich in ihrer Gegenwart sagte.

»Mami wollte gehen und nach dir suchen, aber Alex sagte, er würde lieber selbst gehen.« Sie überlegte kurz, bevor sie hinzufügte: »Daniela hat das nicht gefallen.«

Ich griff nach meinem Wein, um einen Klumpen Nudeln hinunterzuspülen. »Nein, das kann ich mir vorstellen.«

Poppy musterte mich einen Moment mit frühreifem Blick und vertraute mir dann im Tonfall einer Verbündeten an: »Ich mag Daniela nicht. Es gefällt mir nicht, wie sie mit Mami spricht. Und sie ist zu Männern viel netter als zu Frauen. Manche Frauen sind so, ich weiß, aber ich finde das blöd.« Sie runzelte die Stirn. »Aber die Männer merken das nicht, stimmt's? Nicholas jedenfalls merkt nichts.« Sie hielt inne, als fürchtete sie, zuviel gesagt zu haben. Ich fragte mich, was das Mädchen gesehen hatte, wieviel es darüber wußte, was sich zwischen Daniela und Nicholas abspielte. Poppy war ziemlich helle, und ich hatte den Eindruck, daß ihr nicht viel entging. Mit ernster Miene richtete sie sich auf und warf ihre Haare zurück. »Nicholas ist so ein Blödmann. Ich verstehe nicht, was meine Mutter an ihm findet.«

Ich kaute und hütete mich, etwas zu sagen, das Madeleine zu Ohren kommen könnte. »Sie sind schon lange zusammen.«

»Noch gar nicht so lange. Erst seit letzten Sommer. Und das nur, weil Nicholas aus seiner Wohnung geworfen wurde, weil er die Miete nicht bezahlt hatte. Davor war er gar nicht so nett zu Mami.« Ihr Schnauben war viel zu zynisch für ihr Alter. »Er ist genau wie die anderen. Es geht ihm gar nicht um Mami, nur um das, was er von ihr bekommen kann.«

Nicht nur zynisch, sondern auch scharfsinnig, dachte ich. Während ich noch nach einem unverbindlichen Kommentar suchte, plapperte sie schon munter weiter.

»Den ist nicht so. Er ist ganz anders, stimmt's?«

Ich nickte. »Ganz anders als Nicholas, ja.«

»Ich mag Den.«

Es lag mir auf der Zunge zu antworten, daß ihre Mutter ihn meiner Ansicht nach auch mochte, aber ich behielt meine Beobachtung lieber für mich. Es hatte keinen Sinn, dem Kind vorzeitige Hoffnungen zu machen. Außerdem würde Poppy mit ihrem wachen Blick sicher bald von selbst darauf kommen, wenn sie nicht schon etwas ahnte.

Ich zwang den letzten Bissen mit einem Schluck Wein herunter und schob den Teller von mir. »Das war sehr gut, Poppy. Genau das richtige.«

»Das war nur der erste Gang, weißt du. Es gibt noch Schinken und Gemüse …«

Abwehrend legte ich die Hand auf den Bauch. »Nein, danke, ich bin wirklich satt.«

»Gut, dann mache ich den Tee.« Sie sprang auf, um meinen Teller abzuräumen. »Und danach können wir spielen.«

Ihr Tee war zu meiner Erleichterung sehr viel besser als das Gebräu, das ich meiner Direktorin damals serviert hatte. Ich nahm einen langen Schluck, während sie das Spielbrett aufbaute, das ziemlich alt und abgestoßen aussah.

»Unter der Treppe ist ein ganzer Schrank voller Spiele«, sagte Poppy, als ich sie fragte, wo sie es gefunden hatte. »Teresa hat ihn Den gezeigt, vorhin, nach dem Mittagessen. Sie meinte, Alex hätte bestimmt nichts dagegen, wenn wir sie benutzen. Das hier ist eigentlich nur etwas für Babys«, ergänzte sie etwas befangen, »aber die anderen kannte ich alle nicht, und die Gebrauchsanleitungen waren auf italienisch.«

»Das macht nichts. Ich spiele gern Schlangengrube.« Ich berührte das Brett und versuchte, mir vorzustellen, wie Alex als kleiner Junge dieses Spiel gespielt hatte. Vielleicht war es ein Geschenk von seiner englischen Mutter gewesen, an die er sich nicht erinnern konnte.

»Den ist nicht sehr gut darin«, bemerkte Poppy. »Er ist heute nachmittag ständig auf den Schlangen gelandet.«

Das paßt, dachte ich, denn die Schlangen stellten menschliche Laster da, von denen Den O'Malley sicher reichlich besaß.

»Er hat fast alle Runden verloren. Aber er sagte, wenn wir die amerikanische Version gespielt hätten, hätte er mich jedesmal geschlagen.« Sie schien dieses Argument nicht sehr ernst zu nehmen. »Er kommt aus New York, in Amerika. Warst du schon einmal in New York?«

»Nein.« Ich würfelte und kam zwei armselige Felder voran.

»Schade. Wenn du eine Drei gehabt hättest, wärst du auf eine Leiter gekommen.« Sie würfelte eine Sechs und schob ihr

Hütchen auf eine Leiter, ohne ihren Redefluß zu unterbrechen. »Mami war schon ein paarmal mit einem Stück in New York. Sie sagt, es ist schön dort. Nicht so gefährlich, wie sie es immer im Fernsehen zeigen. Mami reist viel herum durch das Theater.« Sie sah mich zögernd an. »Ich will auch Schauspielerin werden«, verkündete sie und beobachtete aufmerksam meine Reaktion. Als ich nicht lachte und keine herablassende Bemerkung machte, wurde sie sicherer. »Den glaubt, ich könnte eine gute Schauspielerin abgeben. Er sagt, ich hätte ein gutes Gedächtnis für Worte, und mit ein bißchen Glück hätte ich auch die Gene.«

»Also, Den ist schon ziemlich lange in der Branche«, ermutigte ich sie, während ich eine Leiter für gute Taten erklomm. »Er weiß, wovon er redet.«

Sie sah erfreut aus. »Aber was hat er damit gemeint, daß ich die Gene hätte?«

»Wahrscheinlich, daß du das Talent von deiner Mutter geerbt hast.«

»Und von meinem Vater«, erinnerte sie mich. »Er ist nämlich auch Schauspieler.«

Das wußte ich nur zu gut.

»Ich bin ihm aber nicht sehr ähnlich«, sagte sie. »Zum Glück. Er hat meiner Mutter das Herz gebrochen.« Das klang ernst und feierlich, als hätte sie es während ihrer Kindheit oft gehört. »Er hat sie wegen einer anderen Frau verlassen, als ich noch ganz klein war.«

»Oh«, machte ich lahm. Sie hatte also keine Ahnung, daß ich die Tochter dieser anderen Frau war. Auf einmal konnte ich ihr nicht mehr ins Gesicht sehen. Ich beugte den Kopf und würfelte, als hinge mein Leben davon ab.

»Sie war auch eine Schauspielerin. Ist es immer noch«, sagte Poppy und sprach den Namen meiner Mutter voll Abscheu aus. »Aber sie hat sich bald wieder von meinem Vater getrennt, um mit einem anderen Mann zusammenzusein. Sie ist ein richtiges Miststück«, erklärte sie, wobei sie das Erwachsenenwort genüßlich aussprach, »und ich hasse sie.«

Ich ließ den Würfel rollen. Er sprang vom Brett und kam

kurz vor der Tischkante zum Stehen. Poppy las die Zahl ab. »Fünf«, sagte sie. »Oh, so ein Pech. Das ist eine Schlange.«

Für meine Sünden, dachte ich, als ich mein Hütchen auf die lachende Schlange schob. *Für meine Sünden.*

XIV

Am nächsten Tag bei der Probe arbeiteten wir zum erstenmal ohne Textbuch.

Das war der gefürchtete Moment, in dem ich jedesmal überzeugt war, die schlechteste Schauspielerin aller Zeiten zu sein, überzeugt, daß sogar Rupert mich angesichts meiner Unfähigkeit mitleidig nach Hause schicken und die Rolle neu besetzen würde. Obwohl wir das Stück nun schon seit zwei Wochen probten, schien mich mein Gedächtnis wie üblich vollkommen im Stich zu lassen. Ohne die Stütze des Texts in meiner Hand war ich hoffnungslos verloren, erinnerte mich an eine Zeile, vergaß die nächste, stockte und mußte alle paar Minuten um ein Stichwort bitten.

Neue Verzweiflung stieg in mir auf, als ich mich flehend an Madeleine, das Medium, wenden sollte, das gerade dabei war, mir die Tür zu weisen. »Nein, bitte, hören Sie, ich ...« Mist, schon wieder vergessen. »Text«, sagte ich.

»Sie sind meine letzte Hoffnung«, soufflierte Den.

Natürlich. »Sie sind meine letzte Hoffnung, der einzige Mensch, der mir Frieden geben kann.« Wie konnte ich nur einen so simplen Satz vergessen haben?

Madeleine richtete ihre schönen Augen auf mich und antwortete: »Ich kann die Vergangenheit nicht ändern. Tot ist tot.«

»Aber ich habe gehört, daß Sie den Toten eine Stimme geben können.«

Sie machte nachdenklich ein paar Schritte, was mich verwirrte, weil ich nicht mehr wußte, ob ich mich ebenfalls bewegen sollte.

»So etwas hat seinen Preis, und der ist nicht gering«, warnte sie. »Sind Sie bereit, ihn zu bezahlen?«

Meine Gedanken waren völlig blockiert, ich sah sie nur groß an. »Text.«

»Ich habe genügend Geld«, half Den mit ruhiger, klarer Stimme nach.

»Ich habe genügend Geld.«

An dieser Stelle unterbrach uns Rupert, ob aus Erbarmen oder weil er es nicht mehr ertragen konnte, weiß ich nicht. »Gut, Leute«, rief er aus seiner Ecke. »Wir machen jetzt zehn Minuten Pause und fangen dann bei …«

Den beugte sich zu ihm und murmelte etwas, worauf Rupert überrascht auf seine Uhr sah. »Ach so, stimmt. Alle mal herhören, kleine Programmänderung. Celia und Maddy, eure erste Kostümprobe ist für drei Uhr angesetzt, und da es fast schon drei ist, machen wir eine volle Stunde Pause und beginnen wieder um vier mit …« Er blätterte seine Seite in seinem Textbuch zurück. »Mit der dritten Szene. Alles klar?«

Von meiner Qual erlöst, wollte ich mich gerade bei Madeleine für meine Stümperei entschuldigen, als sie mir einen kameradschaftlichen Blick zuwarf und sich seufzend den Nacken massierte. »Gott, wie ich das hasse. Ich fühle mich wie eine komplette Idiotin ohne Text – warum kann ich mir bloß meine Zeilen nie richtig merken? Und mit dem Alter wird es noch schlimmer.«

»Aber du warst doch perfekt«, widersprach ich.

»Wohl kaum. Den, wie oft mußtest du mir ein Stichwort geben?«

Er kam grinsend zu uns herübergeschlendert. »Ich habe irgendwann aufgehört zu zählen. Ihr habt mich beide ganz schön auf Trab gehalten.«

»Siehst du?« sagte Madeleine.

Den sah fragend von einer zu anderen. »Um was geht's?«

»Celia hält mich für perfekt.«

Den zwinkerte mir zu. »Keine Sorge, Schätzchen, niemand ist perfekt, wenn er den Text weggenommen bekommt. Ich könnte dir da ein paar Geschichten erzählen …«

»Darling«, unterbrach ihn Madeleine, und das Kosewort kam ganz selbstverständlich heraus, »wärst du wohl so nett und würdest uns eine Tasse Tee holen? Wir haben keine Zeit mehr vor der Kostümprobe, uns selbst darum zu kümmern.«

»Wird gemacht. Findet die Anprobe hier statt oder wo?«

»Ich glaube schon. Uns ist nichts anderes gesagt worden.«

»Okay«, sagte er. »Bin gleich wieder da.«

Er hatte wohl vergessen, daß Teresa nicht im Haus war und daß ihre Vertretung – eine verdrießlich dreinschauende Leihgabe aus einem Hotel in Mira – weder so tüchtig noch so zuvorkommend war. Es hätte mich nicht überrascht, wenn er gezwungen gewesen wäre, den Tee eigenhändig zuzubereiten.

Jedenfalls tauchte er erst zwanzig Minuten später wieder auf, als die Gewandmeisterin mit ihrer lebhaften Assistentin uns schon in unseren halbfertigen Kostümen festgesteckt hatte und mir gerade eine Perücke anpaßte.

Mir persönlich gefiel die Perücke überhaupt nicht. Die Frisur war in Ordnung und historisch richtig – dicht am Kopf anliegende Wellen mit kleinen Löckchen an der Stirn – und die Farbe leider notwendig. Galeazzo hatte »Il Prezzo« schließlich für Celia die Erste geschrieben, und es gab im Text mehrere Bezüge auf das blonde Haar der jungen Witwe. Das Problem war nur, daß der Blondton der Perücke der gleiche wie der meiner Mutter war. Dabei spielte es keine Rolle, daß ihre Haarfarbe aus der Tube kam und wir ganz unterschiedliche Gesichtszüge hatten: Wenn ich in den Spiegel blickte, sah ich meine Mutter und war entsetzt.

Falls Madeleine die Ähnlichkeit auffiel, war sie zu feinfühlig, um etwas zu sagen. Sie selbst sah wunderschön aus in ihrem enganliegenden Kleid aus lavendelfarbener Seide, das sie sanft umfloß, wenn sie ihre Haltung veränderte und die Arme anmutig ausstreckte wie eine Tänzerin, damit die Gewandmeisterin die Ärmel abstecken konnte. Ich fand sie so umwerfend, daß ich glaubte, Den würde seine Augen nicht mehr von ihr abwenden können, und war daher sehr erstaunt, als ich aufsah und feststellte, daß er mich anstarrte.

Madeleine bemerkte ihn schließlich auch. »Ach, unser Tee. Vielen Dank, Dennis. Du kannst die Tassen dort auf den Tisch stellen, ja?«

Er sah auf die Tassen in seiner Hand, als sei er überrascht, sie dort zu finden, stellte sie dann wie gebeten auf den Tisch und starrte mich wieder mit diesem seltsamen Blick an.

»Wie sehen wir aus?« fragte Madeleine.

»Was? Ach so, toll, ihr seht beide ganz toll aus.«

Die Gewandmeisterin richtete sich drohend auf wie eine Wächterin und verscheuchte ihn. »Keine Männer«, sagte sie fest mit starkem italienischem Akzent. »Sie jetzt gehen und machen Tür zu.«

»Aber ich kann doch wohl ...«

»Keine Männer.«

Ergeben trollte er sich, blieb aber an der Tür noch einmal kurz stehen. Mit der blonden Perücke war ich meiner Mutter offenbar wie aus dem Gesicht geschnitten. Den, der sie ja von früher kannte, schien einen Geist zu sehen. Ich wartete darauf, daß er sie erwähnen würde, doch seine Stirn glättete sich, und er sagte nur: »Blond steht dir, Celia«, ehe er die Tür hinter sich schloß.

Er verschränkte die Hände und beobachtete, wie sein Verleger die letzte Seite zu Ende las. Im Zimmer war es so still geworden, daß er nicht nur das Schwingen des Pendels in der Standuhr hinter sich hören konnte, sondern auch das noch leisere Ticken des Minutenzeigers. Schließlich legte sein Verleger die Seite ab und ordnete das Manuskript.

»Erstaunlich«, lautete sein Urteil. »Sie haben sich selbst übertroffen, mein Freund.«

»Ich war ... inspiriert.« Er richtete seinen Blick auf die beiden Gestalten draußen im Park unter dem Walnußbaum: die

immer noch schlanke, junge Frau, hell wie der Sonnenschein in ihrem gelben Organdykleid, und den jungen Mann neben ihr auf der Bank ...

»Beeindruckender Schnurrbart«, sagte der Verleger, seinem Blick folgend. »Ich nehme an, das ist der Junge, der den Soldaten spielen soll?«

»Ja, er war früher einmal mit Celia befreundet, in London. Sie hat ihn vorgeschlagen.« Er versuchte, es leichthin zu sagen, ohne seine Bedenken durchblicken zu lassen. Hatte Celia nicht beteuert, daß der Junge ihr nichts mehr bedeute, daß es neben ihm keinen anderen geben könne? »Werden Sie zur Aufführung kommen?«

»Ich möchte sie um nichts in der Welt verpassen. Darf ich das Manuskript mitnehmen?«

»Natürlich. Auch die Gedichte.«

»Ah ja, die Gedichte.« Der Verleger nahm das zweite Manuskript höflich, aber mit deutlich weniger Enthusiasmus an sich. »Haben Sie schon einen Titel für diese neue Sammlung?«

»Ich nenne sie ›The Season of Storms‹ nach einer Zeile, die ich in einem englischen Roman über die Kreuzzüge gefunden habe. Darin gibt es eine Rede des Dogen von Venedig, der den Kreuzfahrern darlegt, warum sie ihre Weiterreise ins Heilige Land aufschieben müssen. ›Edle Herren‹, sagt der Doge, ›der Winter ist gekommen und die Zeit der Stürme ...‹« Unwillkürlich sah er wieder zum Fenster, zu den beiden redenden und lachenden Gestalten auf der Parkbank, und fühlte sich plötzlich sehr alt.

Leise wiederholte er: »Der Winter ist gekommen.«

XV

Allmählich begann ich selbst schon, Geister zu sehen oder sie vielmehr zu hören. Als ich an jenem Abend nach dem Essen in meinem Schlafzimmer saß, bildete ich mir ein, den Boden in gleichmäßigen Abständen knarren zu hören, als käme jemand auf mich zu. Daß ich wieder in der Geisterstudie las, die ich aus Alex' Arbeitszimmer entliehen hatte, machte die Sache nicht besser.

Ich zog mich abends gern mit einem Buch zurück. Die anderen hatten sich angewöhnt, in der Stanza d'Arazzo zusammenzukommen, um noch etwas zu trinken und zum hundertstenmal durchzukauen, was bei der Probe falsch und – seltener – richtig gelaufen war. Manchmal gesellte ich mich zu ihnen, aber immer häufiger ging ich lieber nach oben und las, um mich zu entspannen. Schon in London hatte ich nie zu den Kollegen gehört, die jeden Abend noch in den Pub gingen und übers Theater redeten. Für mich war die Arbeit schon anstrengend und erschöpfend genug, so daß ich mich nicht auch noch in meiner Freizeit damit beschäftigen wollte. Außerdem war das Arbeiten fern von zu Hause und in einer kleinen Gruppe, die noch dazu unter einem Dach zusammenlebte, eine besonders intensive Erfahrung, zu der ich einen Ausgleich brauchte.

Doch das Buch über die Geisterwelt war einfach nicht das richtige an diesem Abend, und die »Season of Storms« hatte ich schon zweimal gelesen. Da fiel mir ein, daß es in Ruperts Zimmer einen Bücherschrank gab. Froh, einen Grund gefunden zu haben, um mich eine Weile von dem geräuschvollen Fußboden und den stets wachsamen Augen Celias der Ersten entfernen zu können, ging ich zu ihm hinüber.

Rupert antwortete nicht auf mein Klopfen, und seine Tür war verschlossen, also ging ich hinunter in die Stanza d'Arazzo, weil ich dachte, ich würde ihn dort bei den anderen finden. Doch der einzige, der dort saß, war Nicholas, einen Brandy und eine Zigarette in der Hand.

Ich blieb in der Tür stehen. »Hallo, hast du Rupert zufällig irgendwo gesehen?«

»Vor kurzem war er noch hier. Er wollte sich irgendwelche Bücher oder so was ansehen, in D'Ascanios Arbeitszimmer.«

»Danke. Wo sind denn die anderen alle?«

»Wenn ich das wüßte.« Er nahm einen tiefen Zug Brandy. »Mir erzählt ja niemand was.«

»Ach so.« Nicht willens, mich in die Liebeswirren meiner Schauspielerkollegen verwickeln zu lassen, ließ ich ihn allein und lenkte meine Schritte der Veranda della Diana zu. Rupert mußte seine Bedenken, Alex' Arbeitszimmer in dessen Abwesenheit aufzusuchen, fallengelassen haben, denn Alex war nicht zu Hause, wie ich wußte. Er hatte die Hunde kurz nach dem Mittagessen in Poppys Obhut gegeben, mit der Ankündigung, er werde voraussichtlich erst spät zurückkommen. Poppy war fast geplatzt vor Freude und Stolz. Daniela dagegen hatte sich wenig erbaut gezeigt, als sie Alex nicht beim Abendessen antraf. »Soviel Theater um eine Beerdigung«, war ihr Kommentar. »Es ist Aufgabe der Familie, so etwas zu arrangieren, nicht Alessandros.«

Madeleine entgegnete, daß Giancarlo für Alex wohl zur Familie gehört hatte. »Die beiden müssen zusammen aufgewachsen sein.«

Daniela schüttelte den Kopf. »Nein, Giancarlo war zehn Jahre älter.«

Aber ich verstand, was Madeleine meinte, und stimmte ihr zu. Alex hatte mir selbst erzählt, daß Giancarlo sein ganzes Leben auf dem Anwesen verbracht und eine enge Verbindung zu Il Piacere gehabt hatte. Man konnte sogar den Eindruck bekommen, daß das Haus ihn betrauerte, denn die Zimmer, durch die ich auf der Suche nach Rupert ging, wirkten dunkler als sonst, und alles war in eine respektvolle Stille getaucht.

Es widerstrebte mir, diese Stille durch Anklopfen zu stören, doch dann sah ich, daß Rupert die Tür zum Arbeitszimmer angelehnt gelassen hatte, und steckte meinen Kopf hinein.

»Ah, Celia«, rief er und winkte mich herein. »Komm her und sieh dir das an.«

Er stand zusammen mit Alex über einen Folianten gebeugt, der aufgeschlagen auf einem Beistelltisch lag. Alex hatte sich ebenfalls zu mir umgedreht und trat beiseite, als ich neugierig näher kam.

»Was habe ich dir gesagt?« fragte Rupert mit leuchtenden Augen, so daß ich für einen Augenblick glaubte, er habe tatsächlich sein ersehntes, verloren geglaubtes Stück von Sophokles gefunden. Groß genug war das Buch, und eindeutig alt, doch als ich die Seiten betrachtete, sah ich, daß es sich nicht um ein Theaterstück handelte. Es schien eher eine religiöse Handschrift zu sein, verziert mit bunten Bildern von Bibelszenen oder Heiligenlegenden.

»Ich habe dir doch erzählt, daß die Kreuzfahrer Bücher aus Konstantinopel mitbrachten«, sagte Rupert. »Sieh dir mal dieses Gebetbuch an – hast du schon einmal so etwas Herrliches vor Augen gehabt? Alex hat es extra heruntergebracht, um es mir zu zeigen.«

Alex zuckte abwiegelnd die Schultern. »Na ja, Sie haben mich nach dem Vierten Kreuzzug gefragt, und ich weiß, wie sehr Sie sich für Bücher interessieren. Das hier war einer der liebsten Schätze meines Vaters. Ich glaube, das Buch hat zu seinen Lebzeiten nie sein Zimmer verlassen, und er hätte es sicher nicht aus der Hand gegeben, um es untersuchen und datieren zu lassen. Ich schätze, ich sollte das irgendwann einmal tun und es an einen Experten schicken.«

»Die Gefahr besteht allerdings, daß Sie es nie zurückbekommen«, erwiderte Rupert. Er hatte selbst einen ziemlich begehrlichen Blick, fand ich. Alte Bücher waren nun mal seine Leidenschaft, und dieses war mehr als alt – ledergebundene Pergamentseiten, die die Spuren der Jahrhunderte trugen, in Form von rauhen, vergilbten Rändern und Moderflecken.

Die griechische Schrift konnte ich nicht lesen, aber Rupert übersetzte laut ein paar Stellen aus Gebeten und Riten der griechisch-orthodoxen Kirche, wobei er behutsam die Seiten umwandte.

Ich hörte jedoch nicht richtig zu, weil Alex so dicht neben mir stand und meine Konzentration störte. Als ich kurz zu ihm aufsah, begegneten sich unsere Blicke; meiner zögerlich, seiner mit einem Anflug von Ungeduld. Schnell brach ich den Kontakt ab und richtete meine Augen wieder auf das Buch.

»Hier ist etwas für Ihre Großmutter, Alex«, sagte Rupert. »Ein Gebet zur Bannung von Geistern.«

Die Illustration zu diesem Gebet war unerwartet schön und zeigte eine durch Wolken hindurchbrechende Sonne, als hätten sich die Himmel geöffnet, um eine ruhelose Seele aufzunehmen, die endlich ihren Frieden gefunden hatte.

Rupert begann, uns die Worte vorzulesen, wurde aber durch das Klingeln des Telefons auf dem Schreibtisch unterbrochen.

Alex nahm ab und meldete sich mit einem knappen »Pronto.« Dann veränderte sich seine Stimme, und obwohl ich kein Wort verstand, merkte ich, daß er mit einer Frau sprach. Er murmelte etwas Freundliches, Beruhigendes, nickte einmal und legte auf. »Ich muß leider noch einmal weg«, sagte er.

Rupert schloß widerstrebend das Gebetbuch. »Sie nehmen das hier besser wieder an sich.«

»O nein, behalten Sie es ruhig ein paar Tage, wenn Sie möchten. Im Bücherschrank staubt es sowieso nur ein. Es verdient, daß jemand es liest und sich daran erfreut, und ich weiß, daß ich es Ihnen bedenkenlos anvertrauen kann.«

Man hätte meinen können, Rupert bekäme die Kronjuwelen überreicht. »Sind Sie auch ganz sicher?«

»Ja, natürlich. Nehmen Sie es mit auf Ihr Zimmer.«

»Ich komme mit dir«, sagte ich und meinte Rupert, aber Alex, der schon an der Tür war, fühlte sich angesprochen.

»In Ordnung«, sagte er.

»Oh ... äh ...«, stammelte ich, »ich habe eigentlich Rupert gemeint ...«

Der hatte natürlich überhaupt nichts mitbekommen, weil er völlig versunken in seinen Wälzer war.

»Ach so«, sagte Alex, fast enttäuscht.

In dem Versuch, das Mißverständnis zu überspielen, lächelte ich. »Ich glaube kaum, daß du mich dabeihaben willst.«

»Im Gegenteil.« Er warf mir einen ganz untypisch verschmitzten Blick zu. »Ich hätte dich gern dabei.«

»Im Ernst?«

Meine offene Ungläubigkeit entlockte ihm ein Lächeln. »Ich sage nie etwas, das ich nicht so meine, Celia.«

XVI

Er sprach auf der Fahrt nach Mira del Garda kein Wort. Wir fuhren zwar nicht lange, fünf Minuten vielleicht, aber durch sein Schweigen auf so engem Raum kam es mir wie eine Stunde vor.

Ich wußte noch nicht einmal genau, warum ich mitgekommen war. Das war schließlich kein Ausflug wie der nach Sirmione, zu dem mich Rupert mehr oder weniger gezwungen hatte. Diesmal hätte ich ablehnen können, ohne unhöflich zu sein. Doch mich beschlich der Verdacht, daß es nicht zuletzt Danielas unverschämte Reaktion auf den Sirmione-Ausflug gewesen war, weshalb ich eingewilligt hatte. Nach ihren Drohungen und ihrer herablassenden Art fiel es mir schwer, auf sie Rücksicht zu nehmen, zumal sie sowieso das Schlimmste denken würde, egal, was ich tat.

Außerdem hatte Alex mich gebeten mitzukommen.

Ich konnte nicht feststellen, welchen Weg er am Fuß des Hügels einschlug, nur daß die Häuser, vor denen wir hielten, klein und hell erleuchtet waren und einen Essensduft verströmten, der mich beim Aussteigen wie ein Willkommen umwehte.

»Hier entlang«, sagte Alex und wartete kurz, bevor er auf eines der Häuser zuging und an die Tür klopfte. Die alte Frau, die uns öffnete, kannte ihn offenbar. Während sie uns hereinbat, rief sie über ihre Schulter: »Teresa!«

Jetzt wußte ich, wer ihn angerufen hatte, und entspannte mich ein wenig.

Die arme Teresa machte den Eindruck, als hätte sie nicht viel geschlafen. Sie trug Trauer und sah blaß und gealtert aus, aber ihr Gang war nach wie vor von fester Entschlossenheit. Das unverkennbare Erstaunen über meine Anwesenheit und das Mißtrauen in ihren Augen verschwanden nach ein paar Worten von Alex. Danach sagte sie leise und schnell etwas in Italienisch und deutete auf ein angrenzendes Zimmer.

Alex wandte sich an mich. »Mauro, Teresas Bruder, möchte kurz mit mir allein sprechen. Kannst du so lange hier warten?«

Ich blickte von Teresas düsterem Gesicht zu den bohrend neugierigen Augen der alten Frau, die sich wieder an den Küchentisch gesetzt hatte und Kräuter mit einem kleinen, bösartig aussehenden Messer hackte. Tapfer lächelnd antwortete ich: »Natürlich.«

Als er verschwunden war, blieb ich unsicher stehen, bis die Alte mit dem Messer gestikulierte und etwas sagte. Ich verstand nichts, aber sie hatte eine freundliche Stimme.

»Meine Mutter sagt, Sie möchten Platz nehmen«, übersetzte Teresa.

Als ich am Tisch saß, aufrechter als gewöhnlich unter den prüfenden Blicken der beiden Frauen, stellte Teresas Mutter eine Frage, worauf Teresa sagte: »Möchten Sie ein Glas Wein, Signorina Sands?« und zum Küchenschrank ging.

»Bitte machen Sie sich keine Umstände«, antwortete ich. Sie hatte schließlich gerade ihren Mann verloren, und ich wollte nicht, daß sie mich bediente.

»Das sind keine Umstände.« Sie kam mit Gläsern und einer bereits geöffneten Flasche zurück, schenkte uns dreien ein und setzte sich neben ihre Mutter.

»Grazie«, bedankte ich mich bei beiden.

Die scharfen Augen der Alten blickten weicher und verschwanden fast in den kleinen Fältchen um die Lider. Dann erhob sie sich höchstpersönlich und holte einen Teller. Auf einer Anrichte standen Tabletts voll kleiner Brote und salziger Gebäckteilchen, die wahrscheinlich extra für die Beerdigung gebacken worden waren. Sie lud ein paar davon auf den Teller und stellte ihn zwischen uns auf den Tisch. »Mangi«, befahl sie und zeigte mit einem runzligen Finger darauf.

Gehorsam nahm ich ein gefülltes Gebäckteil. Die Gastfreundschaft der beiden Frauen machte mich verlegen, und ich schluckte und versuchte, Teresa zu sagen, wie leid mir der Tod ihres Mannes tat. Meine Worte kamen ungeschickt und holperig heraus, aber sie schien sich nicht daran zu stören.

»Signor D'Ascanio sagt, Sie waren bei Giancarlo, dort auf der Straße.«

»Ja, das stimmt.«

Sie musterte mich einen Moment und sagte dann: »Das ist gut. Ich bin froh, daß er nicht allein sterben mußte.«

Die alte Frau warf etwas ein. »Meine Mutter fragt, wie alt Sie sind.«

»Ich bin zweiundzwanzig.«

Die Mutter lächelte, als sie die Übersetzung hörte, und sagte etwas, das belustigt klang. Ich verstand nur »Signora Forlani«, aber Teresa gab die Bemerkung nicht an mich weiter, sondern erwiderte ihrerseits etwas, worauf die Alte verblüfft aufsah. »No!«

Teresa nickte nur und wandte sich wieder an mich. »Ich habe meiner Mutter gesagt, daß Sie im Damenflügel wohnen, in den Räumen der englischen Schauspielerin. Sie kennt viele Geschichten über Il Piacere und seine Zimmer.«

Anscheinend wollte sie mir einige davon erzählen. Ihre Mimik wurde lebhaft, und sie gestikulierte ausholend mit dem Messer in der Hand. Als sie geendet hatte, sah ich Teresa fragend an, doch diese zuckte nur die Achseln. »Es ist, wie ich Ihnen gesagt habe. In diesen Zimmern geschehen seltsame Dinge.«

Die Mutter war offenbar nicht zufrieden mit dem Dolmetscherservice und versuchte, selbst auf mich einzureden, wobei sie mit der Messerspitze immer wieder auf meine Halskette zeigte. »*Angelo* ... gut, sähr gut.« Sie lächelte mich an. »*Dio* Sie beschützen.«

Sie wollte mir wohl sagen, daß Gott und seine Engel mich vor Bösem bewahren würden. Ich berührte den kleinen Goldengel und lächelte zum Zeichen, daß ich sie verstanden hatte.

Bestimmt hätte sie mir noch mehr zu sagen gehabt, aber in diesem Moment ging die Tür zum Zimmer nebenan auf, und Alex kam heraus. Er trug ein Päckchen von der Größe eines Schuhkartons unterm Arm, das in braunes Packpapier eingewickelt war. Nachdem er ein paar Worte mit Teresa und ihrer Mutter gewechselt hatte, sah er mich an. »Wollen wir gehen?«

Ich hatte meinen Wein noch nicht ganz ausgetrunken, stand aber auf und dankte den Frauen. Als wir schon an der Tür waren, rief Teresas Mutter Alex eine Bemerkung hinterher, für die sie von ihrer Tochter mit einem empörten »Mamma!« getadelt wurde.

Doch Alex nickte der Alten zu und lächelte flüchtig, ehe die Küchentür sich hinter uns schloß.

XVII

Als wir nach Hause kamen, wollte ich gute Nacht sagen und auf mein Zimmer gehen, aber Alex hielt mich zurück. Während der Rückfahrt war er wieder so stumm und grüblerisch gewesen, daß ich annahm, er wolle mit seinen Gedanken und dem braunen Päckchen, das er so vorsichtig von der Garage heraufgetragen hatte, allein sein. Aber er legte mir unerwartet eine Hand auf den Arm und sagte: »Bitte geh noch nicht.

Ich könnte etwas Gesellschaft gebrauchen, jemanden zum Reden.«

Zuerst überraschte es mich, daß er sich einer praktisch Fremden anvertrauen wollte, aber dann sagte ich mir, daß er bestimmt nicht viele Freunde hatte und Daniela kaum der Typ der verständnisvollen Zuhörerin war.

Er ist wirklich ein moderner Hamlet, dachte ich, der grübelnd zwischen den Geistern seines Vaters und seines Großvaters durch dieses große, leere Haus wandert. Doch während Hamlet wenigstens seinen Horatio hatte, stand Alex niemand zur Seite. Sein Horatio, vermutete ich, war am Sonntag abend am Straßenrand gestorben. Die einzigen Vertrauten, die ihm noch blieben, waren seine Windhunde, und selbst die hielten sich im Moment oben bei Poppy auf.

Also war es keine Frage, daß ich ihm in die Veranda della Diana folgte, um noch ein wenig zu reden.

Alex schaltete eine Stehlampe an, die einen warmen Lichtkegel auf einen der alten Ledersessel und den weinroten Teppich warf. Die zugezogenen Vorhänge an den drei Fensterseiten verliehen dem Raum etwas Behagliches, was durch die niedrige Kassettendecke und den Geruch alter Bücher noch unterstrichen wurde. Hinter dem Schreibtisch blickte die bronzene Diana mit ihren Jagdhunden heiter über Alex' Schulter hinweg, während er eine zweite Lampe anknipste.

Er legte das schuhkartongroße Päckchen behutsam auf dem Schreibtisch ab und starrte es so lange an, daß ich schon glaubte, er habe mich vergessen. Trotzdem setzte ich mich in einen Korbsessel mit weichen Kissen, der dem Lederfauteuil gegenüberstand, und wartete. Schließlich tauchte Alex aus seinen Gedanken auf. »Ich nehme an, du trinkst keinen Scotch?« war seine erste Frage. »Nein? Es stört dich doch nicht, wenn ich mir einen einschenke?« Er zog eine Schreibtischschublade auf, holte eine schlanke Flasche und ein Glas hervor und trug beides zu dem Ledersessel.

Die klare Bernsteinfarbe des Whiskys leuchtete im Lampenlicht auf, als er sich den Drink eingoß. Alex' Gesicht jedoch war umschattet, und er runzelte die Stirn.

Irgend etwas lag ihm auf der Seele, das vermutlich von dem Gespräch mit Teresas Bruder und dem ominösen Päckchen herrührte. Aber ich mochte ihn nicht drängen, und da er es war, der sich aussprechen wollte, ließ ich ihn anfangen.

»Es tut mir leid, daß ich dich bei Teresa allein gelassen habe. Ich wußte nicht, weshalb Mauro mich sprechen wollte, und dachte, es dauert nicht lange ...« Er sah mich besorgt an. »Ich hoffe, es hat dir nichts ausgemacht.«

»Aber nein. Teresa und ihre Mutter haben sich lieb um mich gekümmert, haben mir Wein eingeschenkt und mir Gebäck ...«

»Mauro war nicht nur Giancarlos Schwager, sondern auch sein Freund«, unterbrach er mich, weil sein Herz und sein Kopf übervoll waren. »Was er mir vorhin berichtet hat ...« Er hielt inne, trank einen großen Schluck Whisky und sah mich endlich direkt an. »Du kennst ja schon die Geschichte von Giancarlos Verdacht, also kann ich dir auch den Rest erzählen.«

Ich wollte gerade sagen, daß er mir nichts zu erzählen brauche, weil es schließlich eine Privatangelegenheit sei, die mich nichts anginge ... aber Alex hatte sich schon zurückgelehnt, entschlossen, sich Luft zu machen.

»Mauro hat erst heute abend von Giancarlos Tod erfahren. Er ist LKW-Fahrer und war seit gestern nachmittag auf der Straße, und in all der Aufregung hat die Familie sich wohl nicht darum bemüht, Kontakt mit ihm aufzunehmen. Sie wußten, daß er heute im Laufe des Tages zurückkommen würde. Als er es hörte, drehte er vollkommen durch, wie Teresa sagt, und wiederholte dauernd, daß er mit mir sprechen müsse. Deshalb hat Teresa mich angerufen, und deshalb bin ich zu ihnen gefahren.« Er trank einen Schluck und fuhr fort. »Jedenfalls hat sich herausgestellt, daß du recht hattest – Giancarlo war tatsächlich gestern in Sirmione. Auf dem Rückweg ist er bei Mauro vorbeigegangen. Er kam nicht mit dem Auto, sagt Mauro, sondern tauchte einfach zu Fuß auf. Sagte, er hätte das Tragflügelboot genommen, was ihm gar nicht ähnlich sah. Giancarlo war wasserscheu und mied Schiffe, wo er nur konnte.« Ein Schatten der Erinnerung und des Verlusts fiel über Alex' Gesicht, aber er riß sich zusammen. »Mauro wollte gerade mit seinem Laster los, schob die Abfahrt aber auf, um noch ein Glas mit Giancarlo zu trinken. Er wollte hören, was aus seinen Nachforschungen geworden war, ob er irgendwelche Beweise dafür gefunden hatte, daß Pietro stiehlt. Mauro kann Pietro auch nicht ausstehen«, fügte er hinzu und ließ nachdenklich den Whisky in seinem Glas kreisen. »Giancarlo sagte, ja, er hätte den Beweis. Er hätte sich mit einem Gehilfen aus dem Juweliergeschäft angefreundet, in dem Pietro neulich mit dem Rucksack verschwunden war. Nach ein paar Tagen – und wahrscheinlich nach einigen Flaschen Wein – hätte sich der Assistent bereit erklärt, ihm zu helfen und das Beweisstück aus dem Laden zu schmuggeln. Das war es, was Giancarlo mir in Sirmione zeigen wollte.«

Verwirrt sah ich ihn an. »Warum hat er die Verabredung dann nicht eingehalten?«

»Er hat es offenbar versucht, aber irgend etwas ging schief. Laut Mauro war dieser Gehilfe plötzlich überzeugt, daß sie beobachtet würden, und weigerte sich, das Beweisstück wie geplant auszuhändigen. Er bestand darauf, die Übergabe woanders abzuwickeln, an einem neutralen, sicheren Ort, und verfiel am Ende auf das Tragflügelboot. Alles sehr dramatisch und mysteriös«, seufzte Alex. »Sie hätten im letzten Moment an Bord springen müssen, sagt Mauro, um sicherzugehen, daß diese Person, die den Gehilfen erschreckt hatte, ihnen nicht folgen konnte.«

»Aber Giancarlo hat seinen Beweis schließlich bekommen?«

»Ja, dieses Päckchen dort.« Alex deutete mit dem Kopf auf den Schreibtisch. »Giancarlo hat Mauro gebeten, es für ihn aufzubewahren, weil er es nicht unnötig mit sich herumschleppen wollte und Angst hatte, etwas zu zerbrechen. Vielleicht hat er auch die Gefahr geahnt. Und dann ist er gegangen. Mauro hat ihm noch angeboten, ihn mit dem Laster hinauf nach Il Piacere zu fahren, aber Giancarlo lehnte ab. Der erste sonnige Tag nach all dem Regen – er wollte gern einen Spaziergang machen ...« Alex' Gesicht verdüsterte sich wieder, er hob das Glas zum Mund.

»Es tut mir so leid«, sagte ich. »Ihr wart euch sehr nahe, ja?«

»Wie Brüder.« Er sagte es mit einem ironischen Zucken um den Mund. »Es heißt, jede Familie hat ihren Fluch. Bei meiner ist es die Untreue der Väter. Die Affären meines Großvaters waren berühmt-berüchtigt, und mein Vater ... na ja, der Apfel fällt nicht weit vom Stamm. Giancarlos Mutter war eine wunderschöne Frau.«

Es dauerte einen Moment, bis ich begriff. »Oh«, sagte ich, weil ich nicht wußte, wie ich darauf reagieren sollte.

»Mein Vater hat sich nie zu ihm bekannt, aber der Verdacht kam mir irgendwann. Giancarlo hat auch etwas geahnt, glaube ich. Er war in mancher Hinsicht mehr ein D'Ascanio als ich – auch auf ihm lastete der Fluch.« Wieder das flüchtige Zucken um die Mundwinkel. »Aber davon abgesehen war er ein guter Mensch und ein guter Freund. Ja, wir haben uns nahegestanden.« Er sah zu der Schachtel auf dem Tisch. »Ich habe ihm unrecht getan. Ich dachte, er würde sich diese Geschichte mit Pietro nur einreden.«

»Pietro hat also wirklich etwas gestohlen?«

Anstatt zu antworten, stand Alex auf, holte die Schachtel und legte sie sorgsam auf den kleinen, runden Tisch neben meinem Sessel. Er löste das braune Papier, das nur mit einem Klebestreifen befestigt war, und hob den Deckel ab. Dann zog er aus einem Nest von Styroporflocken den »Beweis«, den Giancarlo dem Gehilfen des Juweliers abgerungen hatte: Es war ein Kelch – der byzantinische Kelch aus Alabaster und Gold, den Edwina mir in der Vitrine der Villa delle Tempeste gezeigt hatte.

Alex stellte ihn auf den Tisch, wo er wie ein Schatz aus dem Märchen funkelte, und sah mich an. »Wie du siehst, habe ich ein Problem.«

XVIII

Am nächsten Morgen platzte Daniela in mein Zimmer.

Ich hatte gerade meine Stimmübungen beendet, als ich hörte, wie die Tür zum Wohnzimmer aufging und wieder geschlossen wurde. Überrascht drehte ich mich um, weil normalerweise alle anklopften, und dachte schon, es wäre vielleicht die neue Haushälterin, Teresas Vertretung, die sich über das ungeschriebene Gesetz hinwegsetzte, als Daniela im Durchgang zum Bad auftauchte.

Sie zog ein ganz anderes Gesicht als noch vor einer Stunde beim Frühstück, wo sie die großäugige Unschuld gegeben hatte.

»Ich war natürlich vollkommen ahnungslos«, hatte sie Nicholas über den Tisch hinweg zugeflötet. »Als Alessandro gestern nacht zu mir kam« – eine winzige Pause mit bedeutungsvollem Blick zu mir – »und mir davon erzählte, konnte ich es nicht fassen, daß Pietro so etwas getan haben soll. Es ist schockierend, daß er quasi unter meinen Augen Dinge aus der Villa genommen hat, aber ich sehe ja nicht immer in die Schränke und kontrolliere, ob noch alles da ist, verstehen Sie. Zum Glück hat er nur den Kelch und eine kleine Schale mitgehen lassen, so wie es aussieht, und den Kelch haben wir wieder, Gott sei Dank.«

Ich strich weiter Marmelade auf mein Croissant und beobachtete Daniela mit demselben Gleichmut, wie ich meine Mutter auf der Bühne beobachtete. Wir waren zu viert am Frühstückstisch: Den, ich, Daniela und Nicholas. Madeleine und Poppy hatten offenbar schon gefrühstückt, denn ihre benutzten Teller standen noch da, und Rupert machte seinen Spaziergang. Alex war … irgendwo.

Obwohl ihr nicht das komplette Publikum zur Verfügung stand, hatte Daniela sich voll ins Zeug gelegt. Man hätte glauben können, Pietro habe sie im Schlaf ermorden wollen, statt lediglich einen Diebstahl zu begehen. »Noch nie ist so etwas auf einem unserer Anwesen vorgekommen. Dieser Pietro ist wirklich ein Scheusal!«

»Und jetzt ist er verschwunden?« fragte Den.

»Heute morgen, ja, bevor wir ihn stellen konnten. Alessandro denkt, dieser Juwelier in Sirmione hat bemerkt, daß der Kelch nicht mehr da ist, und Pietro gewarnt. Der Juwelier ist auch verschwunden, der Laden ist geschlossen.«

Ich fragte mich, was aus dem Gehilfen geworden war, der Giancarlo den Kelch zugespielt hatte. Hoffentlich lag er nicht ebenfalls irgendwo im Straßengraben ... Aber ich behielt meine Gedanken für mich, weil ich nicht wußte, ob Daniela über die ganze Geschichte im Bilde war. Schließlich hatte sie Giancarlo nicht ein einziges Mal erwähnt und war von Alex vielleicht nur über die schlichte Tatsache des Diebstahls informiert worden.

Den bemerkte, daß die Polizei nicht allzulange brauchen sollte, um einen derart häßlichen Vogel wie Pietro aufzuspüren, und Nicholas sagte: »Ich wette, er ist in Mailand untergetaucht, zusammen mit seiner Freundin, diesem Hausmädchen. Sie stecken bestimmt unter einer Decke.«

An dieser Stelle hatte ich mich zum erstenmal eingemischt. »Das glaube ich nicht. Alex meint, sie ist sehr gläubig.«

Nicholas reagierte mit einem Achselzucken. »Die meisten Menschen vergessen ihre Prinzipien, wenn es ums Geld geht.« Und weil ich unvorsichtigerweise Alex erwähnt hatte und er gern Zwietracht säte, fügte er hinzu: »Du scheinst viel Zeit mit unserem Signor D'Ascanio zu verbringen, Celia. Warst du zufällig auch der Grund, weshalb er gestern abend so spät zurückgekommen ist? Poppy hatte die verdammten Hunde bis kurz vor Mitternacht.«

Den kam mir unerwarteter- und galanterweise zur Hilfe, indem er das Gespräch mit einer Anekdote über Poppy und die Windhunde an sich riß, was mir Gelegenheit gab, meinen Kaffee auszutrinken und mich zu meinen Aufwärmübungen nach oben zurückzuziehen.

Doch er hatte mir nur eine vorübergehende Atempause

verschafft, denn jetzt stand Daniela plötzlich zornfunkelnd vor mir.

Einen Moment lang war ich so verdutzt über ihr dreistes Eindringen in meine Privatsphäre, daß ich sie nur wortlos anstarrte, während sie sich mit den Händen auf den Hüften vor mir aufbaute, als wäre ich der Eindringling.

»Sie waren letzte Nacht mit Alessandro zusammen«, fauchte sie.

Mein erster Impuls war, sie mit einem kräftigen Schimpfwort hinauszuwerfen, doch ich versuchte, ruhig zu bleiben, obwohl mein Blutdruck rapide anstieg. Jede Gefühlsregung aus meinem Gesicht verbannend, entgegnete ich kühl: »Ich kann mich nicht entsinnen, Sie hereingebeten zu haben.«

»Waren Sie bei ihm?«

»Hat er das gesagt?« Ich kehrte ihr den Rücken zu und suchte mit langsamen, beherrschten Bewegungen meine Kleider für die Probe zusammen.

Das gefiel ihr nicht. »Wenn Sie glauben, Sie können Ihr Spielchen mit mir treiben, wird Ihnen das noch leid tun. Ich habe Ihnen eine Frage gestellt ...«

»Und ich schlage vor, daß Sie Alex fragen.« Ich sah ihr ins Gesicht, mein Probenkostüm an meine Brust gedrückt. »Wenn Sie mich jetzt entschuldigen wollen, ich muß mich fertigmachen.«

Einen langen Augenblick glaubte ich, sie würde nicht weichen, doch schließlich warf sie den Kopf zurück und ließ mich vorbei. Ich ging zur Wohnzimmertür und öffnete sie demonstrativ.

Auf der Schwelle drehte sich Daniela noch einmal um. »Macht er Liebe mit Ihnen, mein Alessandro?«

Bestimmte Fragen, sagte Bryan immer, verdienten es nicht, durch eine Antwort gewürdigt zu werden.

Daniela zeigte ein Vipernlächeln. »Nein«, zischte sie, »das glaube ich nicht. Dazu braucht er eine Frau, kein kleines Mädchen.« Ihr Ton wurde überlegen. »Paß auf, mit wem du dich anlegst. Es könnte gefährlich für dich werden.«

»Ich habe keine Angst«, sagte ich.

»Dann bist du ein Dummkopf.« Damit verließ sie meine Suite und behielt wieder einmal das letzte Wort.

Verdammt, dachte ich. Warum fiel mir nie die richtige Retourkutsche ein? Wahrscheinlich würde ich abends im Bett oder in der Badewanne darauf kommen, wenn es längst zu spät war.

Seufzend wollte ich wieder ins Zimmer gehen, aber etwas hielt mich zurück.

Madeleine stand lächelnd in ihrer halb geöffneten Tür. »Ich habe Danielas Stimme gehört und dachte, du könntest vielleicht Hilfe gebrauchen.«

»Alles in Ordnung, danke.« Doch meine Stimme und mein Gesichtsausdruck mußten meine Worte Lügen gestraft haben, denn sie sah mich aufmerksam an.

»Hast du deine Aufwärmübungen schon beendet? Dann komm doch herein und leiste mir Gesellschaft, während ich mich fertigmache.«

Auf mein Probenkostüm deutend, sagte ich: »Ich muß mich noch umziehen.«

»Das kannst du auch hier drin machen«, lud sie mich ein und hielt die Tür auf. »Es ist genug Platz.«

XIX

Ich war zum erstenmal in Madeleines Zimmer, und ich sah sofort, wie gut es zu ihr paßte: Seine klare, harmonische Schönheit, der erlesene Geschmack, den jeder Winkel ausstrahlte. Dicke Teppiche bedeckten den Parkettboden, und die mit altrosa Brokatstoff bezogenen Wände gaben dem hellen Morgenlicht, das durch die Spitzengardinen vor der Balkontür fiel, eine weiche Note. Die Chaiselongue an der einen

Wand war als Bett für Poppy hergerichtet worden – Poppy hatte seit der Séance nicht mehr in ihrem eigenen Zimmer geschlafen –, und die blanken Nägel in dem rosa Brokat markierten die Stellen, wo die Fotos von Celia der Ersten gehangen hatten, ehe sie von Madeleine abgenommen worden waren.

»Ich muß nur noch ein wenig Make-up auflegen«, sagte Madeleine und ging nach nebenan ins Badezimmer. »Bin gleich wieder da.«

Als sie zurückkam, hatte ich bereits meinen Probenrock und die Bluse angezogen. Weil ich nicht wußte, wohin ich mich setzen sollte, war ich stehengeblieben und hatte mir die Einrichtung angesehen, als würde ich durch ein Museum wandern. Allerdings nahm ich nicht viel davon wahr, weil ich in Gedanken immer noch die Auseinandersetzung mit Daniela durchspielte. Madeleine sah es mir sofort an, als ich mich zu ihr umdrehte, obwohl ich mir eingebildet hatte, meine Züge gut unter Kontrolle zu haben.

»Meine Liebe, du darfst dir von der Schlange nicht das Leben schwermachen lassen.«

»Wie bitte?«

»Daniela Forlani. Sie will dich nur auf die Palme bringen, wie mein Großvater sagen würde.«

»Tja, das gelingt ihr ziemlich gut«, gestand ich.

»Frauen wie sie«, sagte Madeleine, »leben nur von ihrer Macht, ihrem Überlegenheitsgefühl. Du mußt den Spieß umdrehen und ihr zeigen, daß sie dir nicht das Wasser reichen kann.«

»Keine Chance«, lächelte ich schief. »Dazu bin ich nicht clever genug, mir fällt nie das Richtige ein.«

»Darling, das geht uns allen so. Ich bin genauso verloren, wenn man mir keinen Text in die Hand gibt. Aber es kommt nicht so sehr darauf an, was man sagt, als wie man es sagt. Das ist reine Schauspielkunst.«

»Ich bin nicht sicher, ob ich dich verstehe.«

Sie ging zum Toilettentisch, wählte ein Paar Ohrringe aus ihrer Schmuckschatulle und legte sie vor dem Spiegel an. »Du mußt dir einfach vorstellen, daß du ... was weiß ich, eine Königin bist, zum Beispiel. Denk daran, wie eine Königin sich bewegt, wie sie ihre Hände hält, wie sie spricht. Und dann tust du so, als wäre die andere Person die niedrigste Dienerin in deinem Palast. Es ist alles eine Frage der Haltung«, erklärte sie. »Du könntest auch dastehen und gar nichts sagen und trotzdem die richtige Wirkung erzielen.«

»Ich werd's mal versuchen, wenn du meinst, es hilft.«

»Da bin ich ganz sicher.« Lächelnd wandte sie sich vom Spiegel ab. »Ich hatte in meinem Leben schon viele Zusammenstöße mit schwierigen Frauen.«

Sie meinte natürlich meine Mutter. Beschämt sah ich zur Seite und nahm ein kleines, gerahmtes Foto von Poppy zur Hand, auf dem sie mit ernstem Gesicht in ihrer Schuluniform posierte. »Du hast Poppy nicht gesagt, wessen Tochter ich bin.«

»Nein. Ich sah keinen Sinn darin. Poppy ist noch zu jung, um die Kompliziertheit von Erwachsenenbeziehungen zu verstehen. Ihre Welt ist schwarzweiß – sie liebt und sie haßt, und dazwischen gibt es nichts.«

»Sie haßt meine Mutter«, bemerkte ich.

»Ich weiß. Deshalb wollte ich nicht, daß sie dir mit Vorurteilen begegnet. Ich wollte, daß sie dich mag. Und das tut sie.«

Mit gesenktem Kopf stellte ich das Foto ab. »Ich mag sie auch.«

»Na, siehst du. Eines Tages wird Poppy alt genug sein um zu verstehen, daß du nichts für die Handlungen deiner Mutter kannst, ebensowenig wie Poppy für etwas verantwortlich ist, daß ich ...«

»Aber ich kann etwas dafür.« Das Gewicht meiner Schuld war auf einmal so drückend, daß die Worte mit der Intensität einer Beichte aus mir herausstürzten. »Es war alles meine Schuld.«

»Celia, das ist doch nicht dein Ernst.«

»Doch. Ich habe meine Mutter provoziert, verstehst du. Ich habe gesagt, sie wäre eine miserable Schauspielerin im Vergleich zu dir.«

»Darling.« Madeleines Stimme klang sanft und tröstend.

»Ich hätte das niemals sagen dürfen. Ich habe gleich an ihrem Blick erkannt, daß es ein Fehler war, aber ...«

»Celia«, unterbrach sie mich, »es war nicht deine Schuld. Die beiden hatten früher schon einmal etwas miteinander, lange vor meiner Zeit. Außerdem – wenn es nicht deine Mutter gewesen wäre, dann eben eine andere. Es gab viele andere. Er war mir nie treu.«

Verwirrt versuchte ich zu verarbeiten, was sie mir gerade gesagt hatte. Meine Mutter und Madeleines Mann ... Rupert hätte doch sicher einmal erwähnt, daß sie schon früher eine Affäre miteinander gehabt hatten, vor dem großen Skandal, oder? Andererseits, welchen Grund hätte er gehabt, mir davon zu erzählen? Er hatte nie mit mir über die Liebhaber meiner Mutter gesprochen, so wie ich ihm nie von dem Streit und meinen Schuldgefühlen erzählt hatte.

»Hast du etwa all die Jahre geglaubt, du wärst daran schuld?« Madeleine kam auf mich zu, ihre großen Augen waren voll Mitgefühl. Sie schüttelte den Kopf und sagte etwas, das ich für ein Zitat aus einem Stück oder einem Gedicht hielt: »›Ach, daß die Schuld der Alten zur Last der Kinder wird.‹« Dann nahm sie mich in die Arme, als wäre ich nicht älter als Poppy, und strich mir über den Kopf. »Liebe Celia, es war nicht deine Schuld.«

Ich war nie besonders gläubig gewesen, jedenfalls nicht im strengen Sinne. Doch als ich dort in dem stillen Zimmer in ihrer mütterlichen Umarmung stand, fühlte ich mich, als wäre mir die Absolution erteilt worden.

FÜNFTER AKT

EIN STURM, MIT DONNER UND BLITZ

Sleep ...
Secure from human chance, long ages out,
While all the storms of fate fly o'er your tomb;

John Dryden,
»All For Love, Or The World Well Lost«

I

In der folgenden Nacht träumte ich lebhaft und unablässig. Ich wachte auf, drehte mich um und wurde in das nächste Traumgeschehen gezogen – eine Abfolge von unzusammenhängenden Geschichten, die im Laufe der Nacht immer abstruser und verwickelter wurden.

In einem der angenehmeren Träume ging ich mit Poppy spazieren, nur daß sie fast gleichaltrig mit mir war, eine hübsche junge Frau. Wir gingen einen gepflegten, von Kastanien gesäumten Weg in einem Park entlang, und plötzlich wurde der Weg zu einer goldenen Leiter und der Park zu einem riesigen Spielbrett, und wir schwebten Arm in Arm die Leiter hinauf. Poppy sah mich lachend an. »Ich habe mir schon immer eine Schwester gewünscht«, rief sie.

Doch wo es Leitern gibt, gibt es auch Schlangen. Im nächsten Traum zerrte mich meine Mutter an der Hand durch einen ähnlichen Park. Ich war noch klein, vielleicht vier oder fünf Jahre alt, und bemühte mich, Schritt zu halten. Dann stolperte ich, und meine Mutter ließ meine Hand los und eilte ohne mich weiter. Sie drehte sich nicht einmal um, und ich saß auf dem Weg und weinte herzzerreißend, bis sich Schritte näherten. Als ich hochsah, stand Edwina vor mir, aufrecht und kompromißlos. »Laß die Vergangenheit ruhen«, sagte sie. »Laß die Vergangenheit Vergangenheit sein.«

Dann, so merkwürdig und selbstverständlich zugleich, wie Träume nun mal sind, kam Celia die Erste in einem hellgelben Sommerkleid vorbei und hob mich lachend in ihre Arme. Sie trug mich davon und setzte mich als Erwachsene in meinem Schlafzimmer in Il Piacere wieder ab. Im Traum war ihre Stimme sanft und melodiös, fast singend. »Wirst du ihm sagen, daß ich nicht fortgelaufen bin?« fragte sie, als wollte sie mich an ein Versprechen erinnern. »Ich kann es nicht ertragen, daß er das glaubt. Es ist eine gemeine Lüge, denn ich liebe ihn. Sag ihm, daß ich ermordet worden bin. Sag ihm, daß ich immer noch hier bin.«

Immer noch hier ... Die Worte hallten durch das dunkle Zimmer, als ich erwachte. Auf dem Nachttisch zeigten die Leuchtziffern meines Weckers drei Uhr zweiundzwanzig an. Erschöpft wie eine Läuferin nach einer Marathonstrecke schaltete ich das Licht an, setzte mich auf und strich mir die feuchten Haare aus dem Gesicht.

Dann hörte ich die Stimme. Die Stimme einer Frau, kaum mehr als ein Murmeln, als würde jemand leise telefonieren. Sie schien aus dem Wohnzimmer zu kommen.

Ich dachte an Danielas Überfall vom Morgen und lauschte angestrengt. Es klang jedoch nicht nach Daniela, die Stimme war zu sanft und erinnerte eher an Madeleine. Aber was sollte Madeleine in meinem Zimmer machen, noch dazu mitten in der Nacht?

Mittlerweile hellwach warf ich meinen Morgenmantel über und ging durchs Badezimmer nach nebenan.

Es war niemand zu sehen.

Das Wohnzimmer war leer, bis auf meinen Schatten, den das Licht hinter mir riesengroß auf den Teppich warf. Das Murmeln hatte aufgehört, alles war still.

Stirnrunzelnd ging ich zurück, schloß die Tür und lehnte mich dagegen. Ich hörte ein leises Knarren, und dann begann ein Rohr in der Wand zu klopfen, und ich entspannte mich.

Dies war ein altes Haus, das nicht nur seine eigenen Geräusche hatte, sondern auch die der Bewohner auf seltsame Weise übertrug. Die Stimme war wahrscheinlich ein Echo aus Madeleines Zimmer gewesen, das irgendwie über den Flur gewandert war.

Das hielt mich jedoch nicht davon ab, die Tür zum Bad abzuschließen und mir die Decke über den Kopf zu ziehen, damit ich nichts mehr hörte.

Ich war froh, als es endlich hell wurde. Die Vögel übertönten mit ihrem jubelnden Morgengesang jedes andere Geräusch und flatterten derart lebhaft in den Bäumen um die Terrasse herum, daß ich mich dagegen ganz schlapp fühlte.

Als ich auf den Balkon hinaustrat, sah ich Rupert in Richtung des Obstgartens durch den Park gehen. Er schien langsamer zu laufen als sonst, mit gebeugtem Kopf und auf dem Rücken verschränkten Händen – eine einsame Gestalt. Wie ich ihn von dort oben so sah, kam er mir plötzlich sehr alt vor.

Mein Gewissen meldete sich. Ich zog mich schnell an und lief hinunter, um ihn einzuholen.

II

Von Rupert war natürlich nichts mehr zu sehen, als ich in den Park kam, aber ich wußte, welchen Weg er genommen hatte, und eilte ihm nach.

Die strahlende Sonne hatte mich zu der Annahme verleitet, es wäre warm, aber jetzt wünschte ich, ich hätte mir etwas Dickeres angezogen. Ein frischer Wind wehte, und als ich den Obstgarten erreicht hatte, waren meine Hände so kalt, daß ich kaum die Finger bewegen konnte. Ich rieb meine Arme, während ich nach Rupert Ausschau hielt und überlegte, wo er abgebogen sein mochte.

Es gab mehrere Möglichkeiten: Entweder war er nach rechts gegangen, durch einen der von Säulen getragenen Bögen, die einer römischen Ruine nachgebildet worden waren und dem Obstgarten zeitlose Friedlichkeit verliehen. Oder er war links dem Pfad gefolgt, der in den Wald führte. Er konnte auch geradeaus zur nächsten Terrasse hinuntergegangen sein, in den ordentlichen, geometrisch angelegten Rosengarten, Celias kleines Stück England. Die neu angelegten Beete waren inzwischen mit dornigen Sträuchern bepflanzt und von Lavendelbüschen eingerahmt worden. Dahinter war ein Weg zu erkennen, der an den Blutbuchen vorbei direkt zur Villa delle Tempeste führte.

Über den Baumwipfeln ragte ein Stück der verwaschenterrakottafarbenen Hausfront heraus, und obwohl die Fensterläden fest geschlossen waren, konnte ich mich des Eindrucks nicht erwehren, angestarrt zu werden. Ich fühlte mich ungeschützt und exponiert, von allen Seiten beobachtet, als würde jemand hinter der abgebrochenen Säule dort lauern oder hinter jener Hecke oder dieser efeubewachsenen Wand ...

Alles nur Einbildung, sagte ich mir, ein Rest von Verfolgungswahn, nachdem ich den Zigarettenstummel am Sonntag abend beim Theater gefunden hatte. Doch das ungute Gefühl ließ sich dadurch nicht vertreiben.

So kam es, daß ich, als ich ein Rascheln im Gehölz hörte, nicht in der logischen Annahme, es wäre Rupert, darauf zuging, sondern mich in die entgegengesetzte Richtung wandte und dem schmalen Pfad zwischen den künstlichen Säulenruinen folgte.

Er führte in einen kleinen japanischen Garten mit kunstvoll beschnittenen Kiefern und hohen Bambusstauden ringsum. Mir war aufgefallen, daß die meisten Gärten im Park um einen Brunnen herum angelegt worden waren, doch hier gab es keinen Brunnen, zumindest nicht das, was man normalerweise darunter versteht. Statt dessen fing ein wippenartiger Bambustrog ein Rinnsal auf, das von einem überhängenden Felsen heruntertropfte: Wenn der Trog voll war, kippte er seinen Inhalt mit einem dumpfen Geräusch in einen kleinen Bach darunter aus und richtete sich anschließend laut klappernd wieder auf, um den Ablauf in ruhigem Takt von neuem zu beginnen.

Als ich den japanischen Garten durch einen Laubengang

verließ, der mit Ranken voller winziger weißer Blüten bewachsen war, folgte mir das Geräusch des Bambustrogs rhythmisch wie ein Metronom. Es war so hypnotisierend, daß ich ein anderes Geräusch anfangs damit vermischte, ein regelmäßiges Knacken, das mir folgte, als ich an duftenden Oleander- und Jasminbüschen vorbei zur nächsten geschützten Enklave weiterging, wo die Statue eines weinenden Mädchens Wasser in einen runden Teich unter immergrünen Büschen goß. Der Weg wurde hier feucht und ein wenig rutschig, da ein Ring aus Zedern den trocknenden Wind und die Sonne abhielt. Das Fehlen von Fußspuren sagte mir, daß nicht nur Rupert hier nicht entlanggekommen war, sondern auch sonst seit Tagen niemand.

Als ich stehenblieb und mich umsah, hörte das knackende Geräusch auf, wodurch es mir überhaupt erst zu Bewußtsein kam.

Ich wartete und lauschte der plötzlichen Stille.

Da das Knacken beim Stehenbleiben verstummt war, hatte ich es womöglich selbst verursacht, ohne es zu merken. Um meine Theorie zu testen, ging ich langsam weiter. Ein paar Schritte lang hörte ich nichts, dann fing das Knacken wieder an, als würde jemand schwer auf trockene Zweige treten, und diesmal konnte ich eindeutig feststellen, daß es aus der Richtung hinter mir kam.

Wieder blieb ich stehen und drehte mich um. »Hallo?« rief ich. »Ist da jemand?«

Nur der Wind und vereinzeltes Vogelgezwitscher antworteten. Der Weg hinter mir lag unschuldig leer und idyllisch da, doch wie zuvor im Obstgarten konnte ich beobachtende Augen auf mich gerichtet fühlen.

Trotzig hob ich mein Kinn. »Sie verschwenden Ihre Zeit. Ich habe keine Angst.«

Aber als das Geräusch von neuem anhob, flitzte ich los wie ein erschrecktes Kaninchen, knickte Zweige, die mir im Weg waren, und stolperte an der Stelle, wo der Pfad in einen gepflasterten Weg überging. Den Sturz auffangend rannte ich weiter, als wäre der Tod höchstpersönlich hinter mir her.

Hinter einer Biegung stieß ich mit einem Mann zusammen, der mich an den Armen festhielt, und wehrte mich heftig.

»Hey, langsam, langsam!« Dens Stimme. »Was ist denn los? Wo brennt's?«

Schwer atmend blickte ich mich um. Hinter mir war nichts, auch kein Geräusch mehr. Meine Feigheit machte mich jetzt verlegen. »Es ist nichts. Ich dachte, ich hätte etwas gehört dort hinten, aber ...«

»Du hast dich erschreckt, was?« Er ließ meine Arme los. »Ich kenne das, geht mir manchmal in diesem Park genauso. Komm, setz dich und verschnauf ein bißchen.«

Ich ließ mich von ihm zu einer niedrigen Steinmauer führen, die den Weg an dieser Stelle einfaßte. Eine dichte Eibenhecke in meinem Rücken vermittelte ein wenig Sicherheit und Geborgenheit.

Den setzte sich neben mich und betrachtete mich von der Seite. »Willst du meine Jacke haben? Es ist ziemlich kalt heute morgen.«

»Nein, danke.«

Er zog sie trotzdem aus. »Hier, nimm sie«, riet er. »Du frierst dich sonst zu Tode.«

»Wirklich, Den ...«

»Okay, ich kann's mir nicht leisten, daß du dir einen Schnupfen holst, klar? Wir haben keine zweite Besetzung, wie du weißt. Zieh sie an.«

Ich schlüpfte in die Jacke, in der ich versank wie ein Kind beim Verkleidenspielen. Aber mir wurde sofort wärmer. »Was machst du so früh hier draußen?« fragte ich.

»Bin auf der Suche nach Rupert. Ich wollte etwas mit ihm besprechen, und weil ich weiß, daß er gern vorm Frühstück eine Runde durch den Park dreht ... Aber er ist nicht leicht zu finden.«

»Wem sagst du das. Er war auf dem Weg zum Obstgarten, als ich ihn zuletzt sah, aber weiß der Teufel, wohin er von dort aus gegangen ist. Wahrscheinlich sitzt er längst wieder zu Hause und fragt sich, wo *wir* sind.«

»Wahrscheinlich.« Den verschränkte die Arme vor der

Brust, als wäre ihm selbst kalt, aber er beklagte sich nicht. Er ließ den Blick ringsum schweifen und fragte: »Was meinst du, wie viele Gärtner nötig sind, um all das hier in Schuß zu halten?«

Ich hatte nicht den blassesten Schimmer. »Jedenfalls sind es nicht mehr so viele wie früher. Edwina fand, daß die Gärten ziemlich vernachlässigt sind.«

»Stimmt, das sehe sogar ich, obwohl ich kein Gärtner bin. Ich habe noch nicht mal den Rasen gemäht, als ich einen hatte. Den größten Teil meines Lebens habe ich in Mietwohnungen gewohnt – jetzt auch wieder. Meine geschiedene Frau hat das Haus mit dem Rasen behalten.« Er sagte es ganz beiläufig, aber ich hörte aus seinem scherzenden Ton eine Spur von Enttäuschung heraus, als hätte er die Scheidung nicht wirklich gewollt. Vielleicht sehnte er sich manchmal nach dem Haus mit Garten, nach einer Frau, einer Familie ...

Neugierig sah ich ihn an. »Hast du eigentlich Kinder, Den?«

Seine Augenbraue schoß in die Höhe. »Warum fragst du das?«

»Ach, ich weiß nicht. Du kannst so gut mit Poppy umgehen, deshalb dachte ich ...«

»Na ja, Poppy ist ja auch ein tolles Kind«, sagte er mit einem lässigen Achselzucken. »Es macht Spaß, mit ihr zusammenzusein.«

»Das scheint auf Gegenseitigkeit zu beruhen. Sie findet dich auch ziemlich toll.«

»Wirklich? Hat sie das gesagt?«

Er sah so erfreut aus, daß ich mich an ihre Worte zu erinnern versuchte. »Sie sagte, sie mag dich, und daß du nicht wie die anderen bist.«

»Wie welche anderen?«

Zu spät erkannte ich meinen Fehler. »Wie die anderen Verehrer ihrer Mutter.«

Es entstand ein kurzes Schweigen, während er die Antwort verdaute. Dann lächelte er. »Verstehe«, sagte er nur, ohne etwas zu bestreiten oder zu bestätigen.

»Sie hat sich nicht wortwörtlich so ausgedrückt, weißt du. Sie sagte etwas über Nicholas und daß du anders bist, viel netter.«

»Also, das versteht sich ja wohl von selbst.« Sein Lächeln wurde großspurig. »Jeder Mensch mit Geschmack würde mich netter finden.«

»Soll ich das Nicholas erzählen?«

Mit erneutem Achselzucken antwortete er: »Von mir aus. Sein Ego ist so ausgeprägt, daß ihn das kaum erschüttern würde.« Dann, als hätte er gemerkt, wie undiplomatisch es war, mit einem Mitglied des Ensembles über ein anderes zu lästern, kam er wieder auf Poppy zurück. »Jedenfalls bin ich froh, daß Poppy mich mag. Es würde mich ganz schön fuchsen, wenn ich mich umsonst bei diesem Schlangengrubenspiel von ihr hätte demütigen lassen.«

»Du hast also mit Absicht verloren?«

»Klar.« Er grinste mich an, und sein Blick fiel auf meinen Hals. »Hey, du verlierst gleich deine hübsche Kette.«

Ich tastete nach dem offenen Verschluß der Kette mit dem Engelsanhänger und schloß ihn schnell. »Danke. Ich muß beim Laufen irgendwo hängengeblieben sein. Ein Glück, daß du es bemerkt hast – ich wäre todtraurig gewesen, wenn ich sie verloren hätte. Bryan hat sie mir gerade erst zu meinem Geburtstag geschenkt. Sie ist von Tiffany.«

»Na, der einundzwanzigste Geburtstag ist ja auch etwas Besonderes, stimmt's?«

»Ich bin schon zweiundzwanzig.«

Das schien ihn zu überraschen. »In meinen Unterlagen steht aber einundzwanzig. Und ich könnte schwören, daß Rupert gesagt hat …« Er unterbrach sich und lauschte.

Ich hörte es auch – ein fröhliches Pfeifen aus der Richtung, aus der ich gekommen war. Die Melodie war mir vertraut, und ich drehte mich erwartungsvoll um, als Rupert auch schon mit seinem typisch energischen Schritt auftauchte. Kaum hatte er uns entdeckt, ging er langsamer, und das Pfeifen erstarb auf seinen Lippen. Ich kannte ihn gut genug, um selbst aus der Entfernung zu erkennen, daß ihm nicht gefiel, was er sah: Den und ich in trauter Zweisamkeit in einem verschwiegenen Winkel des Parks, und ich noch dazu mit Dens Jacke.

»Guten Morgen«, sagte ich. »Wir haben nach dir gesucht.«

»Ach ja?« Er baute sich vor uns auf und sah vom einen zum anderen.

»Ja. Ich habe dich beim Obstgarten verloren«, erklärte ich. »Dann bin ich ein bißchen herumgeirrt und auf Den gestoßen.«

»Im wahrsten Sinne des Wortes«, warf Den ein. »Hast du deinen Morgenspaziergang beendet, Rupert? Wenn du jetzt kurz Zeit hättest, würde ich gern einen Termin für das nächste Produktionsmeeting festlegen. Ich soll heute morgen den Beleuchtungsmenschen anrufen.«

»Ja, sicher«, sagte Rupert und sah auf die Uhr. »Es ist sowieso fast acht – wir sollten zurückgehen und frühstücken.«

Den zog eine Grimasse beim Aufstehen. »Hoffen wir, daß es besser ist als gestern.«

»Du vermißt Teresa, was?« neckte ich ihn.

»Das kann man wohl sagen. Diese neue Köchin brät die reinsten Gummieier.«

Rupert mußte grinsen. »Kopf hoch. Teresa kommt bestimmt bald wieder. Wenn sie erst einmal die Beerdigung überstanden hat ...«

»Wann ist denn die Beerdigung?« unterbrach ich.

»Heute nachmittag, glaube ich. Warum, überlegst du etwa, hinzugehen?«

»Um Himmels willen, nein, ich hasse Beerdigungen. Ich wollte es nur wissen.« Alex würde ganz sicher hingehen, und Daniela würde ihn wahrscheinlich begleiten. Sie schien ihren Besitzanspruch seit Montag abend verstärkt geltend gemacht zu haben, denn ich hatte Alex am Vortag nur beim Abendessen zu Gesicht bekommen, und da war er wieder sehr höflich und zurückhaltend gewesen.

»... wirklich eine Schande«, beendete Rupert gerade eine Bemerkung, die ich nicht mitbekommen hatte.

Schuldbewußt riß ich mich aus meinen Tagträumen, aber er hatte nicht zu mir gesprochen.

Den nickte weise. »Das zeigt nur mal wieder, daß man nie weiß, was das Morgen bringt.«

Ich vertrieb Alex aus meinen Gedanken, zog Dens Jacke gegen den auffrischenden Wind enger um mich und trottete hinter den beiden Männern her.

III

»Verdammtes Scheißwetter«, beschwerte sich Nicholas und ging zum Bühnenrand, um durch die vom Dach herunterstürzenden Wasserkaskaden finster in die nasse Landschaft zu blicken.

Eine volle Woche ging das jetzt schon so: kühle Tage und Nächte mit immer wieder von neuem einsetzenden heftigen Regenfällen. Rupert, dem viel daran gelegen war, uns endlich vom Probenraum auf die Bühne zu bringen, hatte die ganze Zeit auf besseres Wetter gehofft, und als dieser Morgen mit Sonnenschein und nur vereinzelten Wölkchen einen schönen Tag versprach, hatte er uns sofort zu Galeazzos Amphitheater gelotst.

Doch gegen elf war plötzlich ein Gewitter mit strömendem Regen aufgezogen, der die grünen Hügel im Umland in einen dichten Urwaldnebel hüllte. Das hinderte uns zwar nicht am Proben, denn das Dach über der Bühne und den ersten Zuschauerreihen war groß genug, um ausreichend Schutz zu bieten. Aber das ständige Donnern verlieh der ruhigen, ergreifenden Szene, die wir gerade spielten, eine unpassende Dramatik, und der kühle Wind, der immer wieder in meine Röcke fuhr, erschwerte die Konzentration.

Nach fast zwei Wochen freien Sprechens ohne Textbuch hatte ich mein Selbstvertrauen zurückgewonnen, doch an diesem Morgen mußte ich wieder um Soufflierhilfe bitten. Was allerdings nicht allein meine Schuld war. Wir probten Szenen aus dem zweiten Akt, mit langen Dialogen zwischen Nicholas und mir: Ich war mit Hilfe des Mediums für eine kurze Stunde wieder mit meinem Mann vereint, und wir sprachen über seinen Tod, das Jenseits, Moral und Unmoral des Krieges ... Der Dialog, ob von Sophokles abgeschrieben oder nicht, war sprachlich ein Genuß und reich an Gefühlen, doch Nicholas hatte die unglückliche Angewohnheit, seinen Text nach Belieben abzuwandeln, was mich nicht nur verwirrte, sondern auch meine Zeilen oft unstimmig klingen ließ und die Anschlüsse verdarb.

Normalerweise machte Den sich einfach eine Notiz für später, wenn einer von uns seinen Text nicht richtig parat hatte, und die Probe lief ungestört weiter. Rupert unterbrach nur selten mitten im Spiel, um uns zu korrigieren. An diesem Morgen aber erlebte ich zum erstenmal, daß er die Geduld verlor.

In Einklang mit dem Wetter hatte er eine Weile in brütender Stille zugesehen, um dann beim ersten Donnerkrachen ebenfalls zu explodieren. Zumindest kam es mir wie eine Explosion vor, weil ich ihn erst wenige Male so gereizt gesehen hatte, während Den und Nicholas den Ausbruch wohl eher zahm fanden: Er warf den Stift auf das Klemmbrett mit dem Manuskript, gab schroff die Anweisung, Pause zu machen, und schmetterte, als er aufstand, das Klemmbrett auf die Sitzreihe vor ihm. Dann schritt er den Gang zwischen den Reihen hinauf und blieb unter dem überhängenden Dach stehen, die Hände auf dem Rücken verschränkt.

Wohl wissend, daß er sich auf diese Weise abzuregen versuchte, sagte ich nichts und nutzte statt dessen die Gelegenheit, meine verspannten Schultern zu lockern. Nicholas war an den Bühnenrand gegangen, um eine Zigarette zu rauchen.

Ohne Madeleine herrschte stets eine andere Stimmung bei den Proben. Sie brauchte an diesem Morgen nicht dabeizusein, weil sie in den Szenen, an denen wir arbeiteten, keinen Auftritt hatte. Manchmal wurden wir alle drei gebraucht, manchmal nur Madeleine und ich, so daß die anderen beiden ab und zu eine Probenpause hatten, während ich ständig anwesend sein mußte.

Trotzdem war ich immer noch besser dran als Rupert und Den, die sich zusätzlich an manchen Abenden mit den Technikern und Bühnenbildnern treffen mußten, um die Abläufe der Inszenierung zu koordinieren. Sie hatten auch am Abend zuvor eine Besprechung gehabt, die bis in die frühen Morgenstunden gedauert hatte, und die Anstrengung war Den heute vormittag deutlich anzusehen.

Normalerweise pflegte er uns in der Pause durch Pfeifen oder Witzeerzählen zu unterhalten, doch diesmal blieb er still auf seinem Sitz und machte sich Notizen, die Füße auf das Geländer vor der Bühne gestemmt.

Die Bühne sah nicht viel anders aus als an meinem ersten Tag, nur daß jetzt die Requisiten aufgestellt worden waren: Stühle und ein Tisch unter einer phantastischen, originalgetreu nachgebildeten Gaslampe mit einem roten Glasschirm, die wie ein kostbares Juwel von der Decke hing.

Ich bewunderte sie gerade eingehend, als ich Rupert durch den Gang zurückkommen hörte.

»Nicholas«, sagte er, »kann ich dich bitte kurz sprechen.«

Ich kannte diesen Ton und wußte, daß er Ärger bedeutete. Zwar hätte ich gerne zugehört, wie Nicholas eins aufs Dach bekam, aber ich beschloß, lieber für ein paar Minuten in Deckung zu gehen. »Ich verschwinde mal kurz«, sagte ich zu Den und deutete auf den Gang, der hinter die Bühne führte. »Bin gleich zurück.«

»Ja, klar, kein Problem.« Als ich die Bühne verlassen hatte, rief er mir nach: »Aber sieh dich vor, wenn du das Wasser aufdrehst bei diesem Gewitter. Halte die Hände nicht zu lange unter den Hahn.«

»Okay, wird gemacht.«

»Und paß auf, wo du hintrittst. Die Arbeiter sind noch nicht ganz fertig dort.«

Seine Fürsorglichkeit wurde langsam so lästig wie Ruperts, aber da Samstag in einer Woche schon Premiere sein sollte, gehörte es wohl zusehends zu seinem Job, über uns zu wachen. Wenn einer von uns Schauspielern krank wurde oder sich verletzte, bedeutete das im besten Fall Terminverschiebungen und verminderte Einnahmen für Alex.

Der Gang war dämmerig und wurde nur von dem wenigen Tageslicht erhellt, das von der Bühne hereinfiel. Eine einzelne Wandleuchte am anderen Ende zeigte mir einen groben, sich abwärts neigenden Betonboden, der mehrere Meter unter die ersten Sitzreihen des Theaters führte. Der Durchgang endete in einem breiten, halbkreisförmig dem Bühnenrund folgenden Korridor mit rosafarben gestrichenen Wänden.

Wie ich von Alex wußte, handelte es sich immer noch um den ursprünglichen Anstrich. Rosa war offenbar die Lieblingsfarbe Celias der Ersten gewesen.

Der Waschraum mit den Toiletten war ebenfalls in Rosa gehalten und mit goldgerahmten Spiegeln über zwei modernen Waschbecken auf Sockeln geschmackvoll restauriert. Ich trödelte so lange wie möglich dort herum, wusch mir aber eingedenk Dens Warnung nur kurz die Hände. Plötzlich – ich betrachtete gerade mein Spiegelbild und probierte verschiedene Mimiken aus – erhaschte ich aus dem Augenwinkel eine Bewegung.

Hastig drehte ich mich um, aber da war nichts zu sehen. Ich war allein im Waschraum. Doch als einen Moment später ein Donner loskrachte und die Lichter ausgingen, stürzte ich zur Tür, als wäre eine ganze Armee von Geistern hinter mir her.

Der Gang lag ebenfalls im Dunkeln, bis auf das wenige, gefilterte Tageslicht am anderen Ende, das allerdings genügte, um hinauszufinden. Das heißt, ich hätte hinausgefunden, wenn ich nicht unversehens von blankem Entsetzen gelähmt worden wäre, weil ich das Gefühl, nein die Gewißheit hatte, daß ich nicht allein war.

Kein eingebildetes Gespenst diesmal, sondern ein lebendiger, atmender Mensch. Dicht hinter mir. Ich bildete mir den Luftzug, die fremde Körperwärme und den leichten Schweißgeruch genausowenig ein wie das Prickeln, das meine Wirbelsäule hinaufstieg und sich als Eisklumpen im Nacken festsetzte. Ich konnte mich immer noch nicht bewegen.

Vom Eingang rief Dens Stimme: »Celia?«

»Hier! Ich bin hier unten!« wollte ich schreien, doch meine Stimmbänder verweigerten ihren Dienst.

»Celia?« Er war jetzt unten im Gang. Ich konnte seinen Umriß erkennen, grau und schemenhaft in dem dämmerigen Licht und noch sehr weit weg. Er hatte eine Taschenlampe, richtete ihren Strahl auf den Boden. »Alles in Ordnung?«

Wieder erwärmte sich die Luft hinter mir von einem Atemzug, und mit einer gewaltigen Anstrengung riß ich mich aus meiner Erstarrung und lief auf Den zu.

Zum zweitenmal innerhalb weniger Tage rannte ich ihn fast über den Haufen. Nur daß ich mich diesmal nicht wehrte, sondern meine Arme um seinen Hals schlang und mich an ihn drückte.

»Hey!« machte er überrascht. Manche Männer hätten die Umarmung vielleicht mißdeutet, aber nicht Den. Er nahm mich in die Arme und streichelte mir tröstend über den Rücken. »Ist ja gut, du brauchst keine Angst zu haben. Der Sturm hat irgendwo eine Stromleitung gekappt und ...«

»Da ist jemand«, flüsterte ich in sein Hemd.

»Was? Wo denn?«

»Vor dem Waschraum. Ein Mann, glaube ich. Er stand direkt hinter mir.«

Er richtete die Taschenlampe auf den Gang und durchleuchtete die Dunkelheit nach allen Seiten. »Nichts zu sehen.«

Immer noch an ihn geklammert drehte ich mich um, und in diesem Moment gingen die Lampen im Korridor flackernd wieder an und beleuchteten nichts als rosa Wände und kahlen Betonboden.

»Siehst du?« sagte Den. Er hob mit der freien Hand mein Kinn an und drückte mir einen beruhigenden Kuß auf die Stirn. »Niemand da. Du hast bloß Gespenster gesehen.«

Ein Hüsteln unterbrach ihn.

Rupert stand in der Mitte des Gangs und starrte uns ausdruckslos an. Es war absolut nichts Sexuelles an der Art, wie Den mich hielt – ich hätte ein Kind sein können, so jung wie Poppy oder noch jünger –, aber aus Ruperts Position war das nicht zu erkennen.

Über uns grollte das Gewitter weiter, und ich spürte, wie die Spannung zwischen den beiden Männern mich in ihrem Kraftfeld gefangenhielt. Dann sagte Rupert schlicht: »Wenn ihr fertig seid …«

Ohne ein weiteres Wort drehte er sich um und ging zurück zur Bühne.

IV

»Ja, ich weiß, aber …« Ein Lastwagen polterte vorbei, und ich drückte den Hörer an mein Ohr und versuchte den Straßenlärm vor der Telefonzelle zu übertönen, während ich die Vermittlung bat, die Nummer erneut anzuwählen. »Nur noch einmal, bitte. Er ist immer zu Hause um diese Zeit.«

Seufzend fügte sich die Frau meinem Wunsch.

Ich wußte, daß man nach Bryans Tagesablauf die Uhr stellen konnte: Er ging immer zu Fuß vom Büro nach Hause und betrat die Wohnung genau zehn Minuten vor sieben; um zehn nach sieben saß er mit einer Flasche Bier in der Hand in seinem Lieblingssessel und überlegte, was er zum Abendessen machen sollte. Auch wenn er auswärts aß oder etwas anderes vorhatte, ging er nie vor acht Uhr weg. Was bedeutete, daß er jetzt um halb acht in seinem Sessel neben dem Telefon sitzen und sein Bier austrinken sollte.

Es läutete und läutete am anderen Ende, bis mir die Vermittlung sagte, ich solle es aufgeben. Sie drückte sich natürlich höflicher aus, aber ich hörte die Entschiedenheit in ihrer Stimme und widersprach nicht.

»Okay«, sagte ich. »Vielen Dank.« Ich legte auf und verließ enttäuscht die Zelle.

Das war einfach nicht mein Tag, entschied ich. Die Probe war am Nachmittag trotz Madeleines Gegenwart nicht besser verlaufen als am Morgen. Das Wetter hatte sich zwar aufgehellt, nicht aber Ruperts Stimmung, und als wir endlich Schluß machten, waren alle ein wenig gereizt. Es hatte mir den ganzen Tag auf den Nägeln gebrannt, ihm zu sagen, daß nichts zwischen Den und mir vorgefallen war, doch in diesem Zustand brauchte ich gar nicht erst mit ihm zu reden. Er hätte mir sowieso nicht zugehört. Der einzige Mensch, der ihn bei mieser Laune zu nehmen wußte, war meilenweit weg in London und ging nicht ans Telefon.

Mein erster Gedanke war gewesen, Bryan eine Mail zu schicken und ihn zu bitten, Rupert anzurufen und mit ihm zu sprechen, aber ich hatte Alex nicht finden können und wollte seinen Computer oder sein Telefon nicht in seiner Abwesenheit benutzen. Und der Apparat in der Stanza d'Arazzo war ständig von jemand anderem in Beschlag genommen.

Also war ich zu dieser Telefonzelle am Fuß des Hügels gegangen, wo die Serpentinenstraße nach Il Piacere auf die stark befahrene Hauptstraße des Ortes traf.

Der kleine Spaziergang wäre ganz angenehm gewesen, wenn es nicht auf halbem Weg angefangen hätte zu regnen und ich nicht an der Stelle vorbeigemußt hätte, an der Giancarlo gestorben war. Der Regen hatte aufgehört, während ich in der Telefonzelle war, doch kaum war ich draußen, fing er wieder an, kälter noch und so stark, daß ich die Kapuze meiner Regenjacke überziehen mußte.

Auf der anderen Straßenseite küßten sich ein Mann und eine Frau leidenschaftlich im Schutz eines überdachten Hauseingangs. Zuerst war es vor allem Neid, was mich hinsehen ließ, weil sie offensichtlich glücklich verliebt und im Trockenen waren, während ich pudelnaß wurde und mich elend fühlte. Auf den ersten, oberflächlichen Blick folgte jedoch ein zweiter und das vage Gefühl, die beiden von irgendwoher zu kennen. Ich konnte zwar nicht viel von dem Paar sehen, denn der Mann stand mit dem Rücken zu mir und verdeckte mit seinem breiten Rücken den größten Teil der Frau. Aber er hatte eine herzförmige kahle Stelle in seinen dunklen Haaren, und als die Frau sich bewegte und ihren Kopf hob, hatte ich Gewißheit.

Danielas Verehrer aus Venedig war jetzt also in Mira. Ich hatte sie schon für reichlich tollkühn gehalten, weil sie direkt unter Alex' Nase mit Nicholas herumflirtete, doch sie liebte anscheinend das Risiko. Die Versuchung war groß, zu winken und hallo zu rufen, damit sie wußte, daß ich sie gesehen hatte, aber das Wasser drang schon durch meine Schuhsohlen, und im Grunde fand ich es nicht der Mühe wert.

Ich drehte mich um und begann mit eingezogenem Kopf den Hügel hinaufzustapfen, wobei ich mich dicht an der Hecke hielt, um nicht überfahren zu werden. Nur zwei Autos kamen vorbei, doch jedesmal traf mich eine aufspritzende Wasserfontäne in die Seite. Niedergeschlagen und durchweicht patschte ich zu dem großen, schmiedeeisernen Tor hinauf und drückte den Knopf an der Sprechanlage.

Die Haushälterin in Vertretung antwortete. Sie klang mißtrauisch, und da sie kaum Englisch sprach und mein Name ihr nichts sagte, machte sie einfach nicht auf. »No, no«, krächzte sie durch den Lautsprecher und unterbrach die Verbindung.

»Herrgott noch mal!« Ich klingelte erneut.

»No, no«, sagte sie wieder, als müßte sie einen lästigen Vertreter verscheuchen, und war weg.

»Ich glaub es einfach nicht.« Es regnete inzwischen noch stärker, und wenn ich meinen Kopf bewegte, rann das Wasser von der Kapuze meinen Hals hinunter. Ich drückte mit einem Nachdruck auf den Klingelknopf, der die arme Frau wohl vollends verschreckte, denn es dauerte eine ganze Weile, bis sich wieder jemand meldete. Eine andere Stimme fragte: »Celia? Bist du das?«

Alex. Gott sei Dank. »Ja. Laß mich rein.«

»Wo warst du denn bloß? Wir haben dich …«

»Alex«, unterbrach ich ihn, »es schüttet. Mach mir einfach auf.«

Das Schloß klickte, und das Tor schwang auf. »Geh nicht die Haupttreppe rauf, die Stufen sind sehr schlüpfrig«, warnte er. »Komm über die Terrasse.«

Er verließ sich nicht darauf, daß ich seinen Rat befolgen würde, sondern kam mir mit einem Schirm entgegen. Ich muß einen schönen Anblick geboten haben, denn die Besorgnis in seinen Augen verwandelte sich sofort in leise Belustigung. »Wo warst du?« wiederholte er und hielt den Schirm über mich, während wir an der Garage vorbei zur Rückfront des Hauses gingen.

»In der Telefonzelle.«

»Telefonzelle?« Er hob die Augenbrauen. »Wieso das denn? Es gibt doch im Haus Telefone.«

»Eine lange Geschichte. Außerdem hätte ich nicht gehen müssen, wenn du irgendwo aufzutreiben gewesen wärst, also könnte ich genausogut fragen, wo *du* die ganze Zeit …«

»In Mailand«, antwortete er bewundernswert ruhig angesichts meines Ausbruchs. »Ich hatte dort etwas zu erledigen.« Er warf mir einen entschuldigenden Seitenblick zu, als wir die Terrassentreppe hinaufstiegen. »Ich muß an dir vorbeigefahren sein. Bin selbst gerade erst zurückgekommen.«

Wenigstens hatte er mich nicht naßgespritzt, denn die Wagen der beiden Rüpel waren ganz andere Modelle gewesen als die, die ich in Alex' Garage gesehen hatte. Ein wenig besänftigt sagte ich: »Da war ich wahrscheinlich noch in der Telefonzelle, so daß du mich nicht sehen konntest.«

Ich schlitterte über die Terrasse und blieb in der Tür stehen, während er den Schirm ausschüttelte und nach meiner Regenjacke griff. »Ich hänge sie zum Trocknen auf«, sagte er.

Im selben Moment hörte ich Gelächter aus dem Eßzimmer. Gelächter! Und Ruperts Stimme war auch darunter. Das ist nicht gerecht, dachte ich. Da hatte ich eine Lungenentzündung riskiert, um Rupert aufzuheitern, und dabei war er schon wieder bester Dinge.

Neues Gelächter, noch lauter diesmal. Ich machte mich finster auf den Weg nach oben, um die nassen Sachen loszuwerden.

»Celia!« rief Rupert, als ich an der offenstehenden Eßzimmertür vorbeihuschen wollte. »Du kommst gerade richtig. Guck mal, wer da ist.«

Ich guckte.

Der Mann neben ihm betrachtete mich grinsend von oben bis unten. »Engelchen, du siehst aus, als müßte dich jemand mal kräftig in die Arme nehmen«, sagte Bryan.

V

»Ich mag deinen Alex.« Bryan war auf meinen Balkon getreten, um die nächtliche Szenerie zu genießen, und seine Stimme drang durch die offene Tür zu mir.

Inständig hoffend, daß sich niemand auf der Terrasse unten aufhielt, sagte ich: »Er ist nicht mein Alex.«

»Wem er auch gehört, er ist jedenfalls in Ordnung. Sieh dir nur mal diesen See an, einfach phantastisch«, schwärmte er, als er wieder hereinkam und die Balkontür hinter sich schloß. »Nur'n bißchen kalt. Hätte ich nicht erwartet, um diese Jahreszeit in Italien. Warum hast du mich nicht vorgewarnt?«

»Ha, ha, ich wußte ja nicht, daß du kommst.«

»Stimmt. Ich wußte es bis gestern selbst noch nicht«, räumte er ein. »Zumindest war ich nicht sicher. Es war unglaublich schwierig, einen Flug zu bekommen.«

»Alex hat mit dir unter einer Decke gesteckt, oder?«

»Von Anfang an.« Er setzte sich aufs Bett und grinste immer noch wie ein Honigkuchenpferd über die gelungene Überraschung. »Es war sein Vorschlag, daß ich hier im Haus wohnen soll. Ich hatte ihm letzte Woche eine Mail geschrieben und ihn gebeten, mir ein Hotel in Mira zu empfehlen, aber er wollte nichts davon wissen. Er ist wirklich ein netter Kerl. Meinen Segen hast du.«

»Vielen Dank«, erwiderte ich trocken. »Aber er ist schon vergeben.«

»Abwarten.«

»Was soll das heißen?«

»Es heißt, daß ich Augen im Kopf habe, Engelchen. Ich habe schließlich beim Abendessen zwischen euch gesessen, erinnerst du dich?«

»Na und?«

»Wenn ihr beide zehn Jahre jünger wärt, hätte ich euch wegen unanständigen Benehmens auf eure Zimmer geschickt.«

Ich zog die Beine an und lehnte mich mit dem Rücken gegen das Kopfbrett. »Bryan, übertreib nicht so.«

Er zuckte nur die Achseln und wechselte das Thema. »Also, was hat Ru angestellt, das dir solche Sorgen macht?«

Seufzend strich ich meine Haare zurück und versuchte, es ihm zu erklären. Ich erzählte, was am Morgen passiert war, wie ich aus Angst vor dem Unbekannten in Dens Arme gerannt war und Rupert falsche Schlüsse daraus gezogen hatte. »Ich weiß nicht, er war schon die ganze Woche so komisch, und dann hat Nicholas ihn während der Proben ständig geärgert. Daß er mich mit Den gesehen hat, war nur der letzte Tropfen, der das Faß zum Überlaufen brachte. Aber ...«

»Aber?«

Ich blinzelte ein paar Tränen weg und war froh, jemanden bei mir zu haben, der verstand, wie verletzend Ruperts Mißbilligung für mich war. »Er hat mich mit diesem Blick angesehen ... du weißt schon, dieser Blick, den er immer hat, wenn er furchtbar enttäuscht ist. Und er hat mich noch nicht mal erklären lassen ...«

»Ach, Engelchen.« Er kam zu mir, legte einen Arm um meine Schultern und drückte mich an sich. »Wein doch nicht, das kriegen wir schon wieder hin.«

Ich weinte gar nicht, nicht wirklich. Schniefend sagte ich: »Es ist überhaupt nichts zwischen mir und Den.«

Bryan legte sein Kinn auf meinen Kopf. »Ich rede mit ihm«, versprach er. »Laß dir deswegen keine grauen Haare wachsen.«

»Danke.« Ich seufzte erneut, der kleine Stoßseufzer eines getrösteten Kindes. »Bryan?«

»Ja?«

»Ich bin froh, daß du hier bist.«

Sein Kinn bewegte sich, und ich wußte, daß er lächelte. »Ich hab mich allmählich ganz schön einsam gefühlt in der Wohnung, das kann ich dir sagen. Und Fertigfraß krieg ich auch nur eine begrenzte Zeit runter.« Er rückte ein Stück von mir ab und sah sich ausgiebig im Zimmer um. »Tolle Bude übrigens. Ich hätte schon viel früher kommen sollen.«

Ich folgte seinem Blick. »Ja, es ist wirklich nicht übel.«

»Verdammt elegant.« Er deutete mit dem Kopf auf das Porträt überm Bett. »Und das ist die berühmte Dame höchstpersönlich?«

»Celia die Erste, ja.« Ich verdrehte den Hals und sah hinauf. »Sie ist sehr schön, nicht wahr?«

»Sieht traurig aus, würde ich sagen.«

Ich betrachtete das Bild nachdenklich und sah es ebenfalls: die Schatten in den großen, blauen Augen, das fast wehmütige Lächeln. »Edwina sagte, sie hätte eine unglückliche Aura gehabt.«

»Edwina?«

»Alex' Großmutter.«

»Ach so«, sagte er; offensichtlich erinnerte er sich an meine E-Mail-Berichte. »Die Frau mit den übernatürlichen Fähigkeiten.«

»Mach dich nur lustig, aber das Lachen wäre dir vergangen, wenn du bei der Séance dabeigewesen wärst. Ich meine, ich weiß, daß das alles Blödsinn ist, aber Edwina kann furchtbar überzeugend sein. Und ich bin sicher, daß sie nicht nur eine Schau abgezogen hat, sie glaubt wirklich, daß Geister durch sie sprechen können. Es war ganz schön unheimlich.« Celias Augen hielten meinen Blick einen Moment wie gebannt fest. »Ich frage mich«, sinnierte ich, »ob sie tatsächlich ermordert worden ist?«

»Das würde jedenfalls erklären, warum sie nie ein Comeback versucht hat.«

»Ich meine es ernst. Vielleicht ist sie ja gar nicht mit diesem anderen Schauspieler weggelaufen. Was wäre, wenn jemand sie getötet und hier im Park vergraben hätte?« Das wäre nicht weiter schwer gewesen, überlegte ich und dachte an das frisch umgegrabene Beet im Rosengarten ... Auch heute noch könnte jemand eine Leiche dort verscharren, ohne daß sie je ans Tageslicht käme.

»Du denkst, der alte Galeazzo hat sie um die Ecke gebracht?« Bryan sah wieder zum Porträt hinauf und schüttelte den Kopf. »Kann ich mir nicht vorstellen.«

Ich erwiderte, daß nicht unbedingt Galeazzo dahinterstecken müsse. »Es könnte eine von seinen anderen Frauen gewesen sein, die eifersüchtig war.«

»Gut, dann würde ich mein Geld auf die Ehefrau setzen«, sagte Bryan, der langsam Spaß an dem Spiel bekam. »Sie war bestimmt nicht sehr erfreut darüber, daß Celia die Erste sich ihren Mann schnappte und ihren Platz an seiner Seite einnahm.«

Ich wurde ein wenig rot und erwog, ihm von Daniela und ihren Drohungen zu erzählen, entschied mich jedoch dagegen. Bryan hatte sie noch nicht einmal kennengelernt – sie war nicht beim Abendessen gewesen –, und außerdem war ich mittlerweile zu alt, um ihn jedesmal in die Bresche springen zu lassen, sobald mich jemand schikanierte.

»Andererseits kann es nicht die Ehefrau gewesen sein. Wenigstens nicht allein«, spekulierte er weiter.

»Warum nicht?«

»Weil, meine kleine Miss Marple, eine durchschnittlich gebaute Frau keine Leiche beiseite schaffen kann, ohne daß ihr jemand dabei hilft.«

»Oh.« Daran hatte ich nicht gedacht.

»Aber wir sollten eigentlich nicht über Morde reden vorm Schlafengehen. Sonst bekommst du noch Alpträume.«

»Die habe ich sowieso schon.«

»Das wundert mich nicht. So hast du schon immer auf Streß reagiert.«

Ich sah ihn fragend an. »Wie kommst du darauf, daß ich Streß habe?«

»Engelchen.« Sanfter Tadel in seinem Ton. »Ich kenne dich, seit du ein Baby warst. Ich kenne deine Stimmungen und kann in deinem Gesicht lesen. Außerdem sagt mir das mein gesunder Menschenverstand. Du spielst deine erste Hauptrolle, obendrein neben Maddy Hedrick, und in gut einer Woche ist Premiere. Das ist schon genügend Druck für jeden normalen Menschen. Und dann stolperst du auch noch über einen Sterbenden am Straßenrand. Kein Wunder, daß du im Dunkeln Geister und Unholde siehst. Du müßtest aus Stein sein, um davon nicht berührt zu werden.«

»Wahrscheinlich hast du recht.«

»Ich habe immer recht«, erwiderte er. »Jetzt sei ein braves Mädchen, geh ins Bett und mach das Licht aus. Es ist fast Mitternacht.«

»Deckst du mich noch zu?«

Er lachte. »Wie alt bist du eigentlich?« Aber er zog trotzdem die Decke über mich und streifte mein Haar mit einem Gutenachtkuß, wie er es schon unzählige Male getan hatte. »Schlaf schön«, sagte er. »Bis morgen.«

Ich fühlte mich geborgen und geliebt und hätte wunderbar schlafen müssen. Aber die Alpträume kamen trotzdem.

Einmal wachte ich auf und hörte den Wind am Fenster rütteln, dann schlief ich wieder ein und träumte, daß ich verfolgt würde. Es war ganz dunkel in meinem Traum und totenstill, bis auf das Geräusch meines Atems und der Schritte, die hinter mir her waren: zuerst in den labyrinthischen Gängen des Hauses, dann draußen im Park, wo ich rannte, so schnell ich konnte, und voll Panik nach einem Versteck suchte. Ich kam zum Pfauenteich und drückte mich hinter eine der Säulen des Mausoleums, zwischen die in Stein gehauenen Hunde. Der

Marmor war kalt an meiner Haut, während ich das Herannahen meines unbekannten Verfolgers erwartete. Ich konnte sein Gesicht nicht sehen, nur seinen Rücken, als er verstohlen an mir vorbeischlich. Er hatte eine herzförmige kahle Stelle am Hinterkopf, und ich schnappte entsetzt nach Luft, worauf er stehenblieb und sich langsam umdrehte ...

Ruckartig und mit rasendem Herzen wachte ich auf. Ich blinzelte in das Halbdunkel und versuchte, mich durch die vertrauten Dinge meiner Umgebung zu beruhigen. Dort war das Fenster, mein Nachttisch, der Sessel in der Ecke, das lebensgroße Porträt Celias der Ersten, die Tür zum Bad ...

Meine Lider schlossen sich flatternd.

Erst, als ich fast schon wieder am Wegdämmern war, fiel es mir auf: Celias Bild befand sich am falschen Platz. Es hätte überm Bett hängen müssen, statt einsam am Fußende vor mir zu stehen.

VI

»Du siehst aus, als hättest du nicht gut geschlafen«, sagte Madeleine.

»Mir geht's gut.« Poppy hüpfte vor uns den Parkweg entlang und lenkte ihre Mutter vorübergehend ab.

»Liebling, nicht so schnell«, bat sie. »Du bist noch zu krank, um wie ein Känguruh herumzuspringen.«

»Ich fühl mich aber nicht krank.«

»Das ist ja schön und gut, aber denk daran, was gestern passiert ist – du hast dich zu früh verausgabt und mußtest den Rest des Tages im Bett verbringen.«

Das überzeugte Poppy, die ihr Tempo verlangsamte und nur hin und wieder einen Hüpfer einlegte. Ihr Gesicht hatte jetzt wieder mehr Farbe, aber ihre Augen waren immer noch trüb und umschattet, die Augen einer Genesenden.

Madeleine sah mich an, als ob meine Augen ähnlich trübe blickten.

»Du machst dir doch keine Sorgen wegen der Aufführung, oder? Das brauchst du nämlich wirklich nicht. Du machst das ganz großartig, du hast die Rolle vollkommen im Griff.«

Das Lob ließ mich vor Stolz ein wenig anschwellen. Nie hätte ich erwartet, daß eine Schauspielerin vom Rang Madeleine Hedricks etwas derart Nettes zu mir sagen würde. Es war beinahe unwirklich. »Danke«, konnte ich nur antworten.

»Aber ich muß gerade reden«, fuhr sie fort und sah nostalgisch in die Ferne. »Als ich das erste Mal in einer Hauptrolle auftreten sollte, habe ich eine ganze Woche vorher nicht geschlafen. Ich bekomme immer noch Lampenfieber, selbst heute.«

»Wirklich?«

»Und wie. Die Proben sind eine Sache, aber dann einem Premierenpublikum gegenüberzustehen ... Nicht, daß ich es mir anders wünsche. An dem Tag, an dem ich vor dem Auftritt nicht nervös bin, weiß ich, daß ich keinen Ehrgeiz mehr habe und aufhören sollte.«

»Dann hoffe ich, daß du immer nervös sein wirst. Nein, wirklich«, sagte ich, als sie mich mit einem nachsichtigen Blick bedachte. »Ich kann mir das West End nicht ohne dich vorstellen. Außerdem brauchen Anfängerinnen wie ich, die noch am Fuß der Erfolgsleiter stehen, große Vorbilder wie dich als Ansporn.«

»Meine Liebe, wie nett von dir.«

»Mami?« Poppy kam auf uns zugelaufen. »Haben wir noch Zeit, uns die Hunde aus Stein anzusehen?«

Madeleine sah auf ihre Uhr. »Ich glaube schon. Aber nicht lange – Celia und ich müssen gleich zur Probe.«

»Ich auch«, verkündete sie wichtig. »Den hat gesagt, daß er mich als Assistentin braucht, damit ich ihm beim Soufflieren helfe.« Sie hüpfte wieder voraus, schlug den Weg hinauf zum Pfauenteich ein.

Madeleine zwinkerte mir zu. »Auf jeden Fall hat sie das nötige Gedächtnis dafür. Ich glaube, sie kennt unsere Texte inzwischen alle auswendig.«

Es war gar nicht so ungeschickt von Den, Poppy mit einzuspannen. Er mußte bei den Proben an so vieles gleichzeitig denken, daß ich nicht verstand, wie er überhaupt bisher allein zurechtgekommen war. Er schien sechs Hände, zwei Augenpaare und zwei verschiedene Gehirne zu haben, die jede Einzelheit, jede kleinste Bewegung von uns registrierten. Selbst Rupert hatte bemerkt, Den sei einer der besten Inspizienten, mit denen er je gearbeitet habe, und das hieß schon eine Menge aus seinem Mund.

Madeleine schien meinen Gedanken zu folgen. »Immerhin dürfte Rupert heute bessere Laune haben, meinst du nicht auch?«

»Weil Bryan hier ist?« Ich nickte. »Das will ich doch hoffen.«

»Sie sind schon sehr lange zusammen, oder?«

»Seit zweiundzwanzig Jahren«, sagte ich stolz. Mein ganzes Leben.

»Das merkt man. Bryan ist Australier, ja? Dachte ich mir. Ich habe ihn im Laufe der Jahre öfter mal auf Partys mit Rupert gesehen, aber gestern abend haben wir uns zum erstenmal richtig unterhalten. Er ist sehr charmant.« Sie lächelte. »Ich kann die Ähnlichkeit zwischen euch beiden sehen.«

»Im Ernst?«

»O ja. Nicht im Gesicht, aber in euren Angewohnheiten. Es ist ziemlich auffällig.«

»Wirklich?« Erfreut bat ich sie um ein Beispiel.

»Ihr rührt beide auf die gleiche Weise Zucker in euren Tee, und ihr habt beide diesen speziellen Blick, wenn euch etwas amüsiert, und ... na ja, ich müßte euch öfter zusammen sehen, dann kann ich dir sicher noch mehr sagen. Wahrscheinlich hängt es auch mit schauspielerischer Begabung zusammen, mit einem Hang zur Nachahmung. Poppy macht das auch, ich habe schon beobachtet, wie sie Leute nachahmt, die sie bewundert.« Sie lächelte mich an. »Und mir ist aufgefallen, daß sowohl Poppy als auch du eine von Dens Eigenarten übernommen habt.«

»So? Welche denn?« Ich sah sie erstaunt an, und Madeleine lachte.

»Genau das«, nickte sie. »Das Hochziehen einer Augenbraue.«

»Ach, das habe ich immer schon gemacht.«

»Tatsächlich?« Das brachte sie zum Nachdenken. »Tja, dann ahmt Poppy vielleicht dich nach und nicht Den. Sie findet dich nämlich ganz toll, mußt du wissen.« Wir hatten das Ende der Zypressenallee erreicht und standen vor dem Pfauenteich. Madeleine sah erneut auf ihre Uhr. »Noch zehn Minuten, Poppy, dann müssen wir zurück.«

»Okay.« Poppy war vollkommen unbeeindruckt von der morbiden Schönheit um sie herum und interessierte sich nur für die steinernen Windhunde. Sie stieg die Stufen zum Mausoleum hoch, hockte sich zwischen die Säulen und tätschelte den starr blickenden Statuen den Kopf.

»Dieses Mädchen ist völlig verrückt nach Hunden«, sagte Madeleine zärtlich. »Ich kann von Glück sagen, daß es nicht Pferde sind.«

Wir standen neben dem flachen Teich und betrachteten die Seerosen, als Poppy uns rief. »Mami, Celia, kommt mal her! Der Keller ist offen.«

Tatsächlich war eine Steintafel vor der Gruft beiseite geschoben worden, so daß nun eine rechteckige Öffnung freilag, die in das Dunkel darunter führte. Ich konnte keine Treppenstufen sehen, dafür die obersten Sprossen einer rostigen Eisenleiter. Ein dumpfer, feuchter Geruch stieg aus dem Loch empor.

»Die Arbeiter müssen die Gruft geöffnet haben«, sagte ich mit Blick auf ein paar verstreute Werkzeuge am Rand. »Offenbar soll das Mausoleum auch restauriert werden. Das wird Edwina freuen.«

»Was ist dort unten?« Poppy steckte den Kopf in die Öffnung und versuchte, durch die Dunkelheit zu spähen, doch Madeleine packte sie fest am Kragen.

»Nichts, was du unbedingt sehen müßtest, Schatz. Nur ein Keller. Komm jetzt, die zehn Minuten sind um, und Den wird es nicht gefallen, wenn seine Assistentin zu spät zur Probe kommt.«

Das genügte, um Poppy schnurstracks den Weg zum Theater einschlagen zu lassen. Die steinernen Hunde, Wächter der Windhund-Ahnen, waren schon vergessen. Als ich noch einmal zu ihnen zurückblickte, streifte mich ein Kältehauch aus meinem Traum von vergangener Nacht, und ich beschleunigte meine Schritte, um nicht allein zurückzubleiben.

VII

Bryan kam nicht zu den Proben. Wir hätten ihm sicher erlaubt zuzusehen, aber er besaß zuviel Respekt vor unserer Arbeit und wollte nicht stören. »Ihr könnt keine Ablenkung gebrauchen«, hatte er beim Frühstück gesagt. »Ich warte bis zum Beginn der Kostümproben, wenn auch die ganzen Techniker und anderen Produktionsleute dabei sind. Dann falle ich nicht weiter auf und bringe euch nicht aus dem Konzept. In der Zwischenzeit werde ich mich schon beschäftigen, damit ich nicht auf dumme Gedanken komme.«

Er hielt Wort.

In der Mittagspause fanden wir ihn auf der Terrasse, wo er Max und Nero beibrachte, Hundekuchen auf ihren Nasenspitzen zu balancieren. »Wartet einen Moment, wir stehen kurz vorm Durchbruch«, verkündete er, ohne sich umzudrehen. »Mein Boxer hat es darin zu einer wahren Meisterschaft gebracht. Alex, würden Sie mir noch einen Hundekuchen geben?«

Alex, der in einem Liegestuhl danebensaß und sich anscheinend köstlich über die Dressurnummer amüsierte, tat ihm den Gefallen. »Max kriegen Sie nie dazu«, behauptete er. »Er ist viel zu gierig …«

»Na also. Guter Junge«, sagte Bryan mit einem stolzen Grinsen, als Max seinen Kopf vollkommen still hielt und den Hundekuchen auf seiner langen Schnauze ruhen ließ. »In Ordnung, du kannst ihn haben. Los!« Der Hund warf den Bissen in die Höhe und fing ihn geschickt auf, während Bryan sich an Alex wandte. »Sehen Sie? Er ist ganz schön clever, dieser Bursche. Man sollte sie nie unterschätzen.«

Poppy näherte sich entzückt. »Kann ich es auch mal versuchen?«

»Natürlich. Alex, bitte einen Hundekuchen. Danke. Also, Süße, du legst ihn einfach hier drauf … genau da … so ist's gut …«

Alex sah mich an und lächelte. »Wie läuft's bei der Probe?«

Von dem Lächeln geblendet, mußte ich mich erst einmal an die Brüstung lehnen, bevor ich antworten konnte. »Nicht schlecht.« Rupert kam herbei, und ich bezog ihn mit ein. »Ich habe allerdings immer noch Probleme mit der Schlußszene. Irgendwie bekomme ich den Messerstich nicht richtig hin.«

Bryan hatte offenbar sein Versprechen gehalten und bereits mit Rupert gesprochen, denn der war an diesem Morgen wie ausgewechselt und ähnelte wieder mehr seinem heiteren, geduldigen Alter ego. »Wir können heute nachmittag daran arbeiten, wenn du möchtest«, sagte er.

Alex versuchte, sich stirnrunzelnd an den Schluß zu erinnern. »Du erstichst jemanden?«

»Ja, mich selbst. Am Ende, wenn ich Selbstmord begehe, um meinem Mann ins Jenseits folgen zu können. Aber die Szene sitzt einfach nicht richtig.«

Nicholas, der nicht weit entfernt stand, mischte sich ein. »Das Problem ist die Waffe. Ich meine, seien wir doch mal ehrlich, sie ist einfach lächerlich altmodisch. Frauen haben sich vielleicht im Mittelalter erstochen, aber doch nicht mehr um Neunzehnhundertachtzehn. Um diese Zeit konnte man längst an eine hübsche, kleine Pistole gelangen, mit der die Sache im Handumdrehen erledigt war.«

Rupert entgegnete, daß die altmodische, aber klassische Art meines Selbstmords höchstwahrscheinlich beabsichtigt war. »Wie in einer Tragödie von Sophokles.«

»Quatsch«, sagte Nicholas. »Bei Sophokles hätte sich die Witwe nicht auf der Bühne umgebracht. Die Griechen haben die Gewalt im Stück nie gezeigt – die Figuren gingen immer ab, wenn sie getötet wurden, und dann kam ein Bote oder so jemand und berichtete dem Publikum davon. Außerdem verstehe ich nicht, warum wir uns so sklavisch an den Text halten müssen. Kunst sollte immer offen für Interpretation sein.«

Madeleine rauschte mit beinahe mütterlichem Ausdruck an ihm vorbei. »Nicky, Darling, ich glaube in dieser Frage hast du schon einmal den kürzeren gezogen.«

Er machte ein finsteres Gesicht bei der Erinnerung an seine Auseinandersetzung mit Rupert. »Ich finde nach wie vor, daß meine kleinen Änderungen eine Verbesserung darstellten.«

Rupert lächelte, seine wiederhergestellte gute Laune machte ihn großzügig. »Das habe ich nie bestritten. Ich habe nur darauf hingewiesen, daß wir uns im Interesse dieser speziellen Inszenierung um größtmögliche Authentizität bemühen sollten.«

»Schon gut, schon gut.« Nicholas hob abwiegelnd die Hände, sagte aber zu mir: »Ich glaube trotzdem, daß es das Messer ist, das dir Probleme bereitet. Keine Frau würde sich heutzutage noch mit dem Messer töten.«

»Ich verstehe, was du meinst«, sagte ich, »aber ich bin mir nicht sicher, ob ich statt dessen eine Pistole nehmen würde.«

Madeleine stimmte mir zu. »Kaum eine Frau würde sich in anderer Leute Wohnzimmer in den Kopf schießen, Nicky. Denk doch mal an die Schweinerei. Ich könnte nicht mit dem Gedanken sterben, daß jemand das wegmachen muß.«

Den war gerade erst auf die Terrasse gekommen und gab

dem Gespräch eine neue Wendung. Verwundert beobachtete ich, wie eine einfache Frage von Alex sich zu einer Art Gesellschaftsspiel entwickelte. Mit herausforderndem Grinsen fragte Den: »Wie würdest du es denn tun, Maddy?«

»Mich umbringen? Oh, mit Schlaftabletten, denke ich. Aber in meiner eigenen Wohnung, hingegossen auf dem Sofa und in einem schicken Kleid. Dazu Puccini aus der Stereoanlage.«

»Du hast dir alles bis ins Detail überlegt, wie ich sehe.« Dens Grinsen wurde noch breiter. »Also, ich würde eine Flasche alten Scotch nehmen und mich raus in einen Schneesturm setzen.«

»Du würdest erfrieren«, entgegnete sie.

»Das ist der Sinn der Sache.«

»Ich meine, es wäre eine sehr unangenehme Art zu sterben.«

Den fand das nicht. »Höchstens in den ersten paar Minuten. Dann würde einen die Kälte betäuben und der Scotch würde einen glücklich machen und zack!« – er schnippte mit den Fingern – »wäre man weg.«

»Na super«, sagte Nicholas gedehnt und blies eine Rauchwolke aus. »Und was ist, wenn man nicht gleich auf einen günstigen Schneesturm trifft?«

»Dann trinkt man den Scotch trotzdem«, antwortete Den, ohne mit der Wimper zu zucken.

Madeleine lachte. »Los, Nicky, jetzt bist du dran. Wie würdest du es machen?«

»Überhaupt nicht.«

»Rein theoretisch.«

»Nein, im Ernst. Ich würde es nicht tun. Ich halte es für moralisch verwerflich.«

Bryan, der sich von Poppy und den Windhunden hatte ablenken lassen, drehte sich um. »Was ist verwerflich?«

»Selbstmord«, sagte Nicholas.

»Ah.« Bryan lockerte seine Schultern, wie immer, wenn er eine Debatte beginnen wollte, aber Rupert kam ihm zuvor. »Ich denke, es hängt immer ganz von den Umständen ab. Erinnerst du dich noch an diese Geschichte von dem Farmer, eurem Nachbarn, die du mir mal erzählt hast, Bryan?«

»Du meinst den, der Krebs hatte?«

»Genau. Dieser Mann nahm einfach eines Morgens sein Gewehr und ritt an eine Stelle, wo seine Frau und seine Kinder nie hinkamen, so daß er ziemlich sicher sein konnte, von einem der Leute von der Ranch gefunden zu werden. Dort erschoß er sich. Schnelle, saubere Sache, kein Aufhebens. Für ihn war das die moralischste Lösung. Niemand fällt gern seiner Familie zur Last.«

Nicholas fragte Bryan herablassend: »Ist das die Aussie-Methode? Würden Sie das auch tun?«

Bryan, der Rupert nachdenklich ansah, fuhr auf. »Wer, ich? Nee, ich hasse Schußwaffen.« Mit seinem typischen jungenhaften Grinsen drehte er sich wieder zu den Hunden um. »Ich würde ein Bier aufmachen, den Fernseher anstellen und mir einen kräftigen Schuß Insulin spritzen. Das Beste daran ist, daß man es kaum nachweisen kann und die Lebensversicherung zahlen muß.«

Rupert erklärte den anderen, daß Bryan in der Pharmaindustrie arbeitete. »Er ist Experte für medizinische Gifte.«

Nicholas blies eine neue Rauchwolke aus. »Wirklich? Dann sollte ich ihn besser von meinem Mittagessen fernhalten.«

»Apropos«, warf Den ein und schnupperte angeregt. »Irgendwas duftet hier ganz köstlich. Nach Brathähnchen.«

Alex lächelte. »Teresa ist zurück.«

»Tatsächlich?« Dens Gesicht leuchtete auf, als hätte er in der Lotterie gewonnen. »Wunderbar. Dann werd ich mir mal die Hände waschen gehen.«

Das war das Signal zum allgemeinen Aufbruch. Madeleine folgte ihm, nachdem sie Poppy von ihrem Spiel mit den Hunden losgeeist hatte. Nicholas spielte den Gleichgültigen, gähnte und schnippte seine Zigarette über die Brüstung, ehe er ihnen nachschlenderte, wobei er die Augen gedankenvoll auf Madeleines Rücken gerichtet hielt, so daß ich mich fragte, ob ihm endlich aufgefallen war, wie gut sie sich mit Den verstand.

Rupert wollte es sich gerade in einem Liegestuhl bequem machen, als Bryan mit einem schnellen Blick zu Alex und mir sagte: »Komm, Ru. Ich muß mir auch die Hände waschen, sie sind voller Hundehaare.«

»Die nächste Toilette im Erdgeschoß ist ...«

»Nein, nein, du mußt sie mir schon selbst zeigen. Ich finde mich in diesem Haus noch nicht zurecht.«

Seufzend stand Rupert wieder auf und ging mit Bryan hinein, so daß Alex und ich mit den Hunden allein zurückblieben.

Ich hatte Alex seit Tagen kaum gesehen. Seine Geschäfte schienen ihn mehr als gewöhnlich in Anspruch zu nehmen.

Er sah mich an, aber sein Gesichtsausdruck war wie so oft schwer zu deuten, weshalb ich dazu neigte, in ihn hineinzuinterpretieren, was ich gerne sehen wollte. In diesem Moment zum Beispiel glaubte ich Zärtlichkeit in seinem Blick zu erkennen.

»Du bist froh, daß Bryan hier ist.« Es war keine Frage, aber ich nickte.

»Ja, sehr. Es war wirklich nett von dir, ihn einzuladen und vom Flughafen abzuholen. Danke.«

»Das war keine Mühe.«

»Natürlich war es das. Aber du hast Rupert damit sehr glücklich gemacht.«

Alex sah mich einen Moment unverwandt an, blickte dann zur Seite und sagte: »Ich habe dabei eigentlich nicht an Rupert gedacht.«

»Oh«, machte ich, denn was sollte ich sonst darauf sagen. Während ich das Spiel des Lichts auf dem See betrachtete, merkte ich, wie die beiden Hunde uns beobachteten, als wären sie das Publikum und wir die Schauspieler.

Ich grübelte gerade darüber nach, ob ich ihn richtig verstanden hatte und ob ich etwas darauf erwidern sollte oder lieber nicht ...

»Um die Wahrheit zu sagen«, unterbrach er meine Gedanken, »war ich vor allem neugierig.«

»Ach ja? Worauf?«

»Ständig höre ich von dir: Bryan hat dies gesagt, Bryan meint jenes und so weiter. Du sprichst noch öfter von ihm als von Den. Deshalb wollte ich ihn kennenlernen.«

Mir war bewußt, daß ich Bryan oft zitierte, aber nicht, daß ich Den so häufig erwähnte. Ich würde aufpassen müssen, damit Rupert nicht wieder einen Anfall bekam. »Und was hältst du von ihm?«

»Er macht einen sehr unkomplizierten Eindruck, sehr nett. Ich mag ihn.«

»Er mag dich auch. Er meinte, er wäre einverstanden ...«

Ich biß mir auf die Zunge und wurde knallrot, als Alex fragte: »Einverstanden womit?«

»Och, mit dir, ganz allgemein.«

»Ach so.«

»Es duftet wirklich ganz verführerisch aus der Küche. Wir sollten jetzt wohl besser ...«

»Celia«, unterbrach er mich ruhig, »wann hast du mal wieder frei? Am nächsten Sonntag?«

Wieso fragt er, dachte ich, der Probenplan ist seit Wochen derselbe. Aber er wollte wohl nur eine Bestätigung, daß sich nichts geändert hatte, und redete weiter, ohne auf meine Antwort zu warten. »Ich dachte, wir könnten mal wieder eine Spritztour mit dem Boot machen.«

»Wir?«

»Du und ich. Wir beide.«

Ich zögerte ein paar Sekunden, ehe ich antwortete. »Daniela würde das nicht gefallen.«

»Kümmert dich das?«

»Ich dachte, es könnte dich vielleicht kümmern.«

»Daniela bestimmt nicht über meine Freizeit.« Er schwieg einen Moment, ehe er fragte: »Oder hat sie dir etwas anderes erzählt?«

Ich spürte die subtile Machtverschiebung und wußte, in diesem Augenblick hätte ich ihm alles über Daniela erzählen können: daß sie sich hinter seinem Rücken mit einem anderen traf, daß sie mir gedroht hatte ... Doch es war mir einfach zu blöd, Danielas intrigantes Spiel mitzuspielen, also antwortete ich nur: »Nein.«

»Dann kommst du also mit am Sonntag?«

»Hängt davon ab, wohin wir fahren.«

»Wohin du willst«, sagte er. »Ich möchte nur weg von diesem Haus.«

»Warum?« In dem Moment rief Rupert von der Terrassentür: »Mittagessen, ihr beiden.«

Alex sah mich an und lächelte schelmisch. »Ja, warum nur?«

VIII

»Celia, Liebes, würdest du dich bitte konzentrieren. Danke.« Rupert lehnte sich zurück und begann von vorn. »Also, du gehst nach links zum Bühnenrand ... ja, genau so ... drehst dich ein wenig mit dem Messer in der Hand, damit das Publikum es sieht, und ... ja, so ist's richtig, prüfst zuerst die Spitze, faßt es mit beiden Händen und stichst zu. Gut. Schon viel besser.«

Mein Oberkörper krümmte sich über der eingebildeten Klinge zusammen, dann fiel ich auf die Knie und sackte zur Seite, wie wir es besprochen hatten. Es fühlte sich schon viel natürlicher an, aber ich war mir nicht ganz sicher. »Es kommt mir immer noch falsch vor.«

»Wißt ihr«, sagte Den, der sich nur zu Wort meldete, wenn die Probe an einem toten Punkt angelangt war, »so ungern ich Nicholas zustimme, aber ich denke, er hat recht mit der Pistole.«

»Danke, sehr großzügig«, ließ sich Nicholas von seiner Position neben Madeleine im mittleren Bühnenbereich vernehmen.

Den ignorierte ihn und versuchte, Rupert zu überzeugen. »Die Handlung wäre nicht nur leichter auszuführen, sondern auch besser geeignet für ein Amphitheater. Im Moment ist das Messer für die Hälfte des Publikums von ihrem Körper verdeckt, siehst du? Wenn sie sich dagegen eine Pistole an den Kopf hielte, könnten das alle sehen. Außerdem würde der Schuß den Leuten klarmachen, was passiert ist – sie würde nicht einfach grundlos zusammenbrechen für diejenigen, denen sie den Rücken zukehrt.«

»Aber sie haben das Messer doch vorher alle gesehen«, widersprach Rupert. »Sie holt es heraus und hält es während des Schlußmonologs in der Hand, wobei sie sich auch noch dreht, so daß alle mit einbezogen werden. Im übrigen macht ihre Rede ziemlich deutlich, was sie vorhat.«

»Ich sage ja nur, daß es mit einer Pistole leichter wäre, das ist alles.«

Rupert gab die Entscheidung an mich weiter. »Celia, was meinst du?«

Ich zögerte. Persönlich mußte ich einräumen, daß die Idee mit der Pistole einigen Sinn machte, aber so wie Rupert dasaß, kampflustig und mit stechendem Blick, hatte ich das Gefühl, daß er meine Entscheidung als eine Entscheidung zwischen sich und Den ansehen würde. Es war ein Loyalitätstest.

Ich räusperte mich. »Ich glaube nicht, daß meine Figur eine Pistole benutzen würde. Ein Messer paßt besser zu ihr.«

»Gut, dann laßt uns die Szene noch einmal versuchen«, beendete Rupert die Diskussion.

Wir probten sie noch einmal und noch einmal, und ich stieß mir das imaginäre Messer gerade zum hundertstenmal in die Brust, als Poppy aufschrie.

Gleichzeitig mit Madeleine wirbelte ich zu ihrem Sitz herum, aber sie war nicht da. Erst beim zweiten Schrei verstand ich, daß sie unten bei den Garderoben sein mußte.

»O Gott.« Die Erinnerung an meine unheimliche Begegnung im Dunkeln mit all ihrem Schrecken überkam mich, und ich stürzte vor allen anderen in den Gang.

»Poppy? Poppy, wo bist du?«

»Ich bin hier!« kam die entsetzte Stimme aus einem der noch nicht fertiggestellten Garderobenräume am Ende des Gangs.

Ich fand sie gegen die nackte Wand gepreßt, zu verängstigt, um sich zu bewegen. »Er wollte mir weh tun!«

Sanft löste ich sie von der Wand und nahm sie in die Arme. »Wer wollte dir weh tun, Liebes?«

»Der da.« Mit schreckensgeweiteten Augen zeigte sie auf einen Haufen zerwühlter Decken in der Ecke, wo offenbar jemand geschlafen hatte.

Die anderen hatten uns inzwischen erreicht und kamen atemlos in die Garderobe gestürmt. »Was ist passiert?« fragte Den.

Ich drückte Poppy an mich. »Sie sagt, ein Mann war hier und wollte ihr weh tun.«

»Er hat dort drüben gelegen«, sagte Poppy und deutete wieder auf die Decken. »Ich habe ihn nicht gleich gesehen, als ich reinkam, aber dann habe ich mich umgedreht und er hat ... er ...« Sie brach ab und vergrub ihr Gesicht an meiner Schulter. »Er ist weggelaufen, als ich geschrien habe.«

Nicholas bemerkte, das sei ja sehr praktisch, was ihm einen bitterbösen Blick von Madeleine eintrug.

»Mein Schatz.« Sie streichelte ihrer Tochter mitfühlend über den Kopf. »Jetzt ist alles gut, er ist weg. Wahrscheinlich war es einer der Arbeiter, der ein Nickerchen gemacht hat.«

»Er wollte mir weh tun«, beharrte Poppy.

Ich sah auf die Decken und dachte an meinen Verfolger in der Dunkelheit, den warmen Atem in meinem Nacken, das Gefühl, gleich gepackt zu werden ... Schaudernd sah ich Den an, der sofort verstand.

Seine Miene war grimmig. »Ich werde Alex Bescheid sagen.«

IX

Daniela hatte den Schuldigen schnell bei der Hand: einen Stuckateur, der, wie Madeleine vermutet hatte, bei einem Schläfchen während der Arbeitszeit überrascht worden war. Er habe Poppy nicht erschrecken wollen und sei nur davongelaufen, weil er keinen Ärger bekommen wollte, sagte Daniela und entschuldigte sich für ihn. Doch als Alex anregte, es wäre doch nett, wenn der Mann sich persönlich bei Poppy entschuldigen würde, stellte sie sich stur und verteidigte ihn, so daß ich mich zynisch fragte, ob er möglicherweise einer ihrer Liebhaber war, den sie zur allzeitigen Verfügbarkeit im Theater versteckt hielt.

Andererseits hatte sie weiß Gott schon genug Männer um sich herum, die sie auf Trab hielten. Den Kerl mit der kahlen Stelle hatte ich in den letzten Tagen nicht mehr gesehen, wobei es fraglich war, ob ich ihn von vorne oder mit Hut überhaupt erkannt hätte. Ich ging jedoch davon aus, daß er noch in einem Hotel in Mira herumhing und geduldig auf die Brosamen wartete, die nach ihren Rendezvous mit Alex und Nicholas von Danielas Zeit abfielen.

Falls ich noch irgendwelche Zweifel wegen eines Techtelmechtels zwischen ihr und Nicholas gehabt hätte, so wurden sie an diesem Abend gründlich ausgeräumt.

Es war einer von diesen Zufällen: Ich ging gegen Viertel nach zehn noch einmal in den Park, aber nicht mit der Absicht, Nicholas nachzuspionieren, sondern um Poppy einen Gefallen zu tun. Sie war ganz verzweifelt in mein Zimmer gekommen, weil ihr die Hunde weggelaufen waren. Sie seien in den Park entwischt, keuchte sie, und sie habe gerufen und gerufen, aber umsonst. Sie hatte Angst, daß Alex böse auf sie sein könnte, weil sie nicht gut genug auf Max und Nero aufgepaßt hatte, und bat mich inständig, mit ihr zusammen nach ihnen zu suchen.

Natürlich ging ich hinaus, aber ohne Poppy. Der Park bei Dunkelheit war kein Platz für ein Kind, und ich selbst fühlte mich dort draußen nicht allzu wohl, auch wenn ich nicht vorhatte, mich weit vom Haus zu entfernen. Es war sinnlos, den Hunden hinterherzurennen – sie waren schnell wie der Wind, und niemand konnte sie einholen, wenn sie sich nicht einholen lassen wollten. Besser war es, zu pfeifen und zu hoffen, daß ihr feines Gehör sie statt dessen zu mir bringen würde.

Pfeifen war meine einzige, wirklich beeindruckende Fähigkeit, wie ich fand. Ich konnte laut und schrill durch die Finger pfeifen wie ein Junge, was ich jetzt auch tat. Dann rief ich: »Nero! Max!« und spitzte die Ohren.

Ich glaubte, ein fernes Bellen als Antwort zu hören, und ging in die entsprechende Richtung. Es regnete ausnahmsweise mal nicht, und die aufgerissene Wolkendecke ließ genug Mondlicht hindurch, so daß ich meine Taschenlampe nicht anzuknipsen brauchte. Der Weg war aufgeweicht, und meine Schritte machten fast kein Geräusch, als ich mich dem kleinen Brunnen mit den Delphinen näherte.

Weshalb mich das Paar, das engumschlungen dort stand, nicht kommen hörte.

Ich erkannte Nicholas sofort und nahm zuerst an, daß es sich bei der Frau um Madeleine handelte. Doch dann sah ich, daß ihre Haare viel länger waren, und als die beiden sich voneinander lösten, sprachen sie Italienisch miteinander.

Es gab keine Deckung, in die ich mich taktvoll hätte zurückziehen können, wenn ich das gewollt hätte. Ich stand mitten auf dem Weg, und die nächsten Büsche waren gut fünf Meter entfernt. Aber es war sowieso egal. Sie sahen nicht in meine Richtung.

Daniela stellte sich zu einem Abschiedskuß auf die Zehenspitzen, dann verschwand sie auf dem Weg, der zur Villa führte. Nicholas drehte sich nach einem Moment um und blieb wie vom Donner gerührt stehen, als er mich erblickte.

Während er noch um Fassung rang, schaltete ich die Taschenlampe ein. »Du hast wohl nicht zufällig die Hunde gesehen? Nein? Na ja, du warst schließlich mit anderen Dingen beschäftigt. Macht nichts.«

Er holte mich nach knapp zehn Metern ein. Der Schreck hatte ihn etwas atemlos gemacht, so daß seine Worte nicht mit der üblichen Lässigkeit herauskamen.

»Warte«, sagte er. »Bleib doch mal kurz stehen, ja?«

Ich hielt an, aber nur, weil er mich am Arm gepackt hatte und mich zu sich herumdrehte. »Hör mal«, setzte er wieder an und ließ meinen Arm los, um sich mit einer jungenhaft-einnehmenden Geste durch die Haare zu fahren. »Ich weiß, was du jetzt von mir denkst, aber so war es nicht, ehrlich.«

»Ach nein?«

»Nein, wir haben nur ein bißchen herumgeknutscht, das ist alles. Ich könnte Madeleine nie wirklich untreu sein. Niemals.«

»Verstehe.« Ich wandte mich ab, um meinen Weg fortzusetzen.

Er hielt mich von neuem zurück, und diesmal ließ er mich nicht wieder los. »Du wirst ihr doch nichts sagen, oder? Es war wirklich nichts weiter dabei, aber Maddy hat nun mal diese Vorstellungen von Treue ...«

Ich glaubte meinen Ohren nicht zu trauen. »Na so was, wie überspannt von ihr.«

Neben uns in den Büschen krachte es, und die Windhunde kamen herausgestürmt, zuerst mit wedelnden Schwänzen vor Aufregung über ihren nächtlichen Ausflug. Doch als Max bemerkte, daß Nicholas mich festhielt, legte er die Ohren an und knurrte.

»Ist schon gut, Max«, sagte ich und befreite meinen Arm, ohne Nicholas anzusehen.

»Celia ...«

»Spar dir die Mühe.« Ich pfiff den Hunden und ließ ihn stehen.

X

Ich brauchte Madeleine gar nichts zu sagen, wie sich herausstellte.

Beim Frühstück am nächsten Morgen lag es auf der Hand, daß sie einen Streit gehabt hatten. Zumindest war es für mich offensichtlich – ein Fremder am Tisch hätte vielleicht nichts bemerkt, weil Madeleine sehr geschickt darin war, die Fassade zu wahren. Aber ich hatte sie nun lange genug beobachtet, um zu wissen, daß sie Theater spielte. Ich sah die Anstrengung hinter ihrer Ausgeglichenheit.

Poppy bemerkte es ebenfalls, glaube ich. Kinder waren meiner Erfahrung nach wie Kanarienvögel im Kohlenschacht, wenn zwei Erwachsene sich nicht verstanden: Sie registrierten schon den leisesten Anflug von Spannungen in der Luft und wurden unruhig. Poppy war an diesem Morgen eine echte Plappertasche, was sich jedoch als Vorteil erwies, weil wir nur zu viert waren und drei davon nicht miteinander redeten.

»... und Den sagt, er hätte noch nie erlebt, daß jemand einen Text so schnell lernt wie ich. Er denkt, daß ich die Schauspielerei in den Genen habe. Ich wußte zuerst nicht, was er damit meint, aber Celia hat mir erklärt, daß es bedeutet, ich hätte dein Talent geerbt, Mami.«

Nicholas bemerkte träge: »Celia muß es ja wissen.«

Poppy sah ihn an. »Warum?«

»Ihre Mutter ist auch Schauspielerin«, sagte er. »Hat sie dir das nicht erzählt?«

»Wirklich? Wie heißt sie? Kenne ich sie?« fragte mich Poppy eifrig.

Ich sah das selbstzufriedene Lächeln auf Nicholas' Gesicht und wußte, daß er das mit Absicht getan hatte. Madeleine durchschaute ihn ebenfalls sofort, doch bevor sie einschreiten konnte, hatte er schon den Namen meiner Mutter genannt.

Es entstand ein betretenes Schweigen, dann rief Poppy: »Das ist nicht wahr!«

Ich nahm meinen ganzen Mut zusammen und sah ihr ins Gesicht, aber die Enttäuschung, die sich darauf abzeichnete, war noch schlimmer als erwartet. »Poppy …«

»Nein.« Ihre großen Augen füllten sich mit Tränen. »Das ist nicht wahr.«

»Leider doch.«

Sie schüttelte den Kopf. Tränen liefen über ihre Wangen, und sie sprang auf und rannte mit vor der Brust geballten Fäusten hinaus, als hätte man ihr gerade einen schmerzhaften Stoß versetzt.

Mit süffisantem Grinsen sagte Nicholas: »Oh, sorry. Habe ich da etwa ein Geheimnis ausgeplaudert?«

Madeleine durchbohrte ihn mit ihrem Blick. »Manchmal bist du ein richtiges Schwein, Nicky«, sagte sie ruhig. Sie stand auf und hielt mich zurück, als ich ihr folgen wollte. »Nein, schon gut, Celia. Ich werde mit ihr reden. Mach dir keine Sorgen.«

Damit saß ich Nicholas allein gegenüber. »Warum hast du das getan?«

»Wie du mir, so ich dir.« Er prostete mir spöttisch mit seinem Orangensaft zu. »Da du es für deine Pflicht hieltest, Madeleine über mich und die liebliche Daniela in Kenntnis zu setzen, wollte ich dir auch einen kleinen Gefallen erweisen.«

Mir verschlug es vor Wut die Sprache, sonst hätte ich ihm noch etwas Schlimmeres als Madeleines »Schwein« an den Kopf geworfen. Ich starrte ihn an. »Ich habe nichts gesagt«, brachte ich schließlich hervor. »Ich habe kein Wort gesagt … bis jetzt. Aber vielleicht sollte ich es tun.«

Seine Selbstgefälligkeit bekam Risse, als ich aufstand. »Hey, warte mal …«

»Wie du mir, so ich dir.«

XI

Von da an ging es an dem Tag nur noch bergab. Poppy blieb der Probe fern, was ganz gut war, da zwischen uns dreien auf der Bühne nicht die beste Stimmung herrschte. Das wiederum brachte Rupert auf, der Den anschnauzte, der seinerseits die Geduld verlor. Es überraschte mich nicht im geringsten, als sich am Nachmittag dunkle Wolken am Himmel zusammenballten und Donnergrollen vom See herüberhallte. Wäre ich so abergläubisch gewesen wie Sally, hätte ich gesagt, daß die negativen Energien unserer Gruppe das Wetter beeinflußten und das Gewitter nichts als eine Widerspiegelung unserer Stimmung darstellte.

Allein das Wissen, daß es Samstag war, ließ mich durchhalten. Morgen würde ich mich vom Probenstreß erholen und etwas Abstand gewinnen können. Ich klammerte mich den ganzen Abend an diesen Gedanken: während des endlosen, angespannten Abendessens, bei dem Alex wieder einmal fehlte, während der langen Stunden, die ich lesend vor dem Zubettgehen in meinem Zimmer verbrachte, und während der ruhelosen Nacht, in der wirre Träume mit dem Geräusch des Regens am Fenster um meine Aufmerksamkeit wetteiferten.

Doch der Sonntag dämmerte so düster herauf wie der Tag zuvor.

Regen und Sturm schienen nicht nachlassen zu wollen, und als ich auf die Suche nach Bryan ging, in der Hoffnung, er würde mich aufmuntern, stritt er sich gerade mit Rupert. Die Tür zu ihrem Zimmer war nur angelehnt, und weil ich sie nicht belauschen wollte und schon gar keine Lust hatte, mir eine Auseinandersetzung anzuhören, machte ich wieder kehrt. Da fiel plötzlich mein Name.

»Celia hat ein Recht darauf, es zu erfahren«, sagte Bryan, nicht laut, aber eindringlich.

Ruperts Antwort klang aufgebrachter. »Ich werde es ihr

nicht sagen. Ich werde es nicht tun, und das ist mein letztes Wort.«

»Das werden wir ja sehen, verdammt noch mal.«

»Warum, willst du es ihr etwa selbst sagen?«

»Könnte schon sein.«

Ich stieß die Tür auf. »Mir was sagen?« Es war mir in diesem Moment egal, daß ich in eine private Unterhaltung hineinplatzte. Bei all dem Chaos um mich herum konnte ich nicht auch noch einen Streit zwischen den beiden ertragen. Da sie vor Schreck verstummt waren, sah ich erwartungsvoll von Bryan zu Rupert und wiederholte: »Mir was sagen?«

Rupert antwortete lange nicht. Dann hüstelte er und sah Bryan an, und ich merkte, wie sie sich gegen mich verbündeten. Das hatten sie schon immer getan, wenn ich einen von ihnen zur Rede stellen wollte: Sie vergaßen ihren Streit und bildeten eine einheitliche, unangreifbare Front. Als Teenager hatte ich keine Chance gegen sie gehabt, und ich bezweifelte stark, daß meine Chancen mit den Jahren besser geworden waren.

»Engelchen«, sagte Bryan sanft, »es ist nichts, was nicht bis nach Ablauf des Stücks warten könnte. Jetzt ist wirklich nicht der richtige Zeitpunkt, glaub mir.«

Was bedeutete, daß es etwas war, das mich aufregen oder traurig machen würde. Sie hatten schlechte Nachrichten schon immer von mir ferngehalten, wenn mir etwas Wichtiges bevorstand. Einmal hatten sie mir den Tod eines gemeinsamen Freundes verheimlicht, bis ich mit dem Examen fertig war. Mißtrauisch sah ich sie an. »Ist jemand gestorben?«

Bryan schüttelte den Kopf. »Nein, nichts dergleichen.«

Die zweite Möglichkeit, die mir in den Sinn kam, war noch schrecklicher: »Ihr wollt doch nicht … ihr wollt euch doch nicht trennen?«

»Natürlich nicht, Engelchen.«

»Hört mal, ihr würdet euch nicht streiten, wenn es nicht um etwas Wichtiges ginge, deshalb könnt ihr es mir genausogut jetzt sagen, denn was ich mir in meiner Phantasie ausmale, wird wahrscheinlich hundertmal schlimmer sein als die Wahrheit.«

Erneuter Blickwechsel, dann streckte Rupert seine Hand aus. »Celia, Liebes, komm her und setz dich.«

Zögernd hockte ich mich auf die Bettkante und wappnete mich mit hochgezogenen Schultern gegen das, was da kommen würde.

»Erinnerst du dich noch daran, wie meine Mutter starb?« fragte Rupert.

»Nur sehr verschwommen.«

Hinter uns sagte Bryan warnend: »Ru ...«, aber Rupert brachte ihn mit der Hand zum Schweigen und sah mir ruhig in die Augen. »Du warst damals noch sehr jung, und ihre Krankheit hatte sich schon über längere Zeit hingezogen. Sie litt an der huntingtonschen Krankheit oder Chorea Huntington, wie man es zu der Zeit nannte.«

»Ru, um Himmels willen«, flehte Bryan beinahe, aber es war zu spät. Rupert ließ sich nicht mehr aufhalten.

»Es ist eine heimtückische, unaufhaltsame Hirnkrankheit – man verliert nach und nach die Fähigkeit zu gehen, zu sprechen, logisch zu denken. Es gibt bis jetzt kein Heilmittel dagegen.« Er schwieg einen Moment und blickte stirnrunzelnd auf den Teppich, als würde er seine nächsten Worte besonders sorgfältig wählen. »Bei den meisten Betroffenen, wie auch bei meiner Mutter, bricht die Krankheit erst im mittleren Alter aus, und selbst dann sind es zunächst harmlose Symptome: Man stolpert mal oder ist öfter unausgeglichen und launisch.«

Mir schwante etwas. »O Ru ...«

»Es ist eine Erbkrankheit«, fuhr er fort. »Wenn ein Elternteil davon betroffen war, besteht eine fünfzigprozentige Wahrscheinlichkeit, daß man sie selbst auch bekommt. Man lebt praktisch mit einer inneren Zeitbombe, von der man noch nicht mal weiß, ob der Zünder aktiviert ist, weil man erst feststellen kann, ob die Krankheit ausbricht, wenn man selbst ein gewisses Alter erreicht hat.«

»Nein.« Ich schüttelte den Kopf, unfähig zu akzeptieren, was er mir da sagte.

»Ich habe die Symptome schon seit einiger Zeit an mir beobachtet. Und Bryan auch.«

Ich sah Bryan an und fand die Bestätigung in seinen aufeinandergepreßten Lippen und dem ungewöhnlichen Ernst seiner Augen. Mein Inneres fühlte sich an, als hätte eine herzlose Hand hineingegriffen und es zusammengedrückt, doch meine Stimme klang merkwürdig ruhig, wenn auch etwas hohl. »Bist du dir ganz sicher? Wegen der Symptome, meine ich? Könnte es nicht sein, daß du nur überarbeitet bist?«

»Die ärztliche Diagnose steht fest«, sagte er sanft. »Ich hatte gehofft, dir die Nachricht noch eine Weile ersparen zu können, zumindest, bis wir mit dieser Produktion fertig sind, aber ...« Ein bedauerndes Schulterzucken. »Bryan meint, mein Verhalten würde dir langsam Sorgen machen.«

Wie sehr wünschte ich mir nun, ich hätte nie etwas gesagt, mich nie beklagt, als könnte mein Nichtwissen die furchtbare Nachricht aus der Welt schaffen.

Mit brennenden Augen sah ich ihn an. »Ich will nicht, daß du stirbst.«

»Liebes.« Er setzte sich neben mich und zog mich in seine Arme. »Davon ist noch keine Rede. Ich kann noch fünfzehn Jahre leben, oder sogar zwanzig. Huntington ist eine langsam fortschreitende Krankheit.«

Das tröstete mich nicht darüber hinweg, daß ich würde zusehen müssen, wie er schwächer wurde und sich veränderte. »Es ist einfach nicht gerecht.«

»Das ist das Leben selten, mein Herz«, sagte er und drückte mir einen Kuß auf die Stirn. »Das ist es selten.«

Wir saßen eine Zeitlang so da, Bryan neben mir auf der anderen Seite, ebenfalls einen Arm um mich gelegt, während Rupert über das Stück redete und was für ein Glück es war, daß wir diese schöne, intensive Zeit zusammen hatten. Aber mein Geist war wie betäubt und nahm seine Worte nicht richtig auf, nur der tröstende Ton seiner Stimme erreichte mich. Der Rest meines Bewußtseins war mit dem verschlungenen Muster der handgewebten Tagesdecke beschäftigt, das sich in meiner Handfläche abdrückte. Ich werde mich immer an diese Decke erinnern, dachte ich, länger als an Ruperts Worte oder an meine Gefühle. Die Erinnerung arbeitet auf seltsame Weise.

»In Ordnung?« fragte Rupert. Ich wußte nicht, ob er das generell meinte oder in bezug auf eine bestimmte Frage, aber ich nickte, und er schien zufrieden. »Gut«, sagte er, »dann werde ich mich jetzt rasieren, und danach gehen wir frühstücken und trinken eine schöne Tasse Tee. Paß auf, du wirst dich bestimmt gleich besser fühlen.«

Als er aufstand, begegnete er Bryans vorwurfsvollem Blick, dem er nicht standhalten konnte. Mit einem betretenen Hüsteln verteidigte er sich. »Wie du schon sagtest, sie hatte ein Recht, es zu erfahren.«

Damit wandte er sich ab und verschwand im Badezimmer.

XII

»Sagen Sie ihm, ich kann nicht«, trug ich Teresa auf, die in mein Zimmer gekommen war, um eine Botschaft von Alex auszurichten.

Ihre dunklen, mißtrauischen Augen musterten mich eingehend, als wollte sie sich selbst von meinem Zustand überzeugen, bevor sie die Nachricht überbrachte. »Sie sind krank?«

Ich fühlte mich krank und sah zweifellos auch so aus. Die letzte Stunde hatte ich damit zugebracht, auf diese stille, untröstliche Art vor mich hinzuweinen, die bewirkte, daß meine Augen rot anschwollen und meine Nebenhöhlen verstopften. »Mir geht es nicht gut«, antwortete ich wahrheitsgemäß.

Teresa wirkte nicht vollkommen zufrieden, aber nach einem weiteren prüfenden Blick nickte sie forsch. »Ich werde es Signor D'Ascanio sagen.«

Ich dankte ihr, lehnte mich gegen die geschlossene Tür und ließ eine Welle der Niedergeschlagenheit über mir zusammenschlagen. In Wahrheit hätte ich liebend gern den Nachmittag mit Alex verbracht, weit weg von diesem Haus und seinen Menschen und Problemen. Aber das war unmöglich, denn ich hatte Rupert versprochen, nichts über seine Krankheit verlauten zu lassen, und mein schauspielerisches Talent reichte nicht aus, mir einen ganzen Nachmittag lang nichts anmerken zu lassen. Schon gar nicht gegenüber Alex.

Doch Alex machte mir einen Strich durch die Rechnung, indem er eine halbe Stunde später selbst an meiner Tür auftauchte.

Seine klaren Augen erforschten mein Gesicht. »Darf ich hereinkommen?«

Ich versuchte, ihn abzuwimmeln. »Alex, es tut mir leid, aber ich fühle mich wirklich nicht gut …«

»Ja, Teresa hat es mir ausgerichtet.« Er kam trotzdem herein und schloß die Tür hinter sich mit einer unabsichtlichen Arroganz, die entweder von seiner privilegierten Erziehung herrührte oder der Tatsache, daß ihm dieses Haus gehörte. »Sie hat auch gesagt«, fuhr er fort, »daß du eher einen traurigen als einen kranken Eindruck machst. Sie meinte, du hättest geweint. Ist das wahr?«

Ich legte eine Hand an die Schläfe und umging die Frage. »Ich habe furchtbare Kopfschmerzen, Alex.«

»Und deshalb weinst du? Das glaube ich dir nicht.«

»Ach nein?«

»Nein.« Er klang leicht ungeduldig. »Ich weiß, was passiert ist.«

»So?«

»Ja. Ich habe sie heute morgen zusammen im Park gesehen. Es war ganz offensichtlich, selbst für mich.«

Stöhnend preßte ich meine Hand fester an die Schläfe, wo der Schmerz hämmerte. »Ach, wirklich?«

Ich klang wie eine Schwachsinnige, und seine Ungeduld wuchs. »Hör mal, ich weiß, daß du leidest, aber wenn du mir die Bemerkung gestattest – das ist reine Zeitverschwendung. Er ist es nicht wert.«

»Er ist es nicht …?«

»Erstens ist er zu alt für dich – er könnte dein Vater sein. Du denkst vielleicht, das ist kein Problem, aber in zehn oder zwanzig Jahren wird es zu einem, darauf kannst du …«

»Alex …«

»Ist doch wahr. Du willst dein Leben wegwerfen für so einen Kerl. Das ist doch nicht normal.«

»Alex«, sagte ich, als er auf und ab zu gehen begann und sich frustriert durch die Haare fuhr, »wovon redest du eigentlich? Wen hast du heute morgen im Park gesehen?«

Er drehte sich um, wahrscheinlich um zu prüfen, ob ich mich absichtlich dumm stellte. »Den und Madeleine.«

»Und was hat das mit mir zu tun?«

»Sie schienen … sehr vertraut miteinander.«

»Ich weiß.« Mit lauter, deutlicher Stimme, die jedes weitere Mißverständnis im Keim ersticken sollte, sagte ich: »Ich weiß schon seit einiger Zeit von den beiden und freue mich sehr darüber.«

»Tatsächlich?« Jetzt war es an ihm, entgeistert auszusehen. »Dann ist nichts zwischen Den und dir?«

»Natürlich nicht.« Entnervt, weil alle anscheinend so versessen darauf waren, mir eine Affäre mit Den anzuhängen, verschränkte ich die Arme. »Tut mir leid, dich zu enttäuschen.«

»Glaub mir«, sagte er nach einem Moment, »ich bin alles andere als enttäuscht.« Dann lächelte er, und bei diesem Lächeln wußte ich ohne den Anflug eines Zweifels, daß nichts mehr zwischen ihm und Daniela war, egal, was einmal gewesen sein mochte, egal, was sie behauptete.

Dieses Lächeln gehörte mir, mir ganz allein.

Es kam auf mich zu, das Lächeln, und als er mein Gesicht in seine Hände nahm und sein Mund sich dem meine näherte, sah ich nichts anderes mehr.

XIII

»Es tut mir leid, wenn ich euch den Nachmittag verdorben habe«, sagte Edwina und bückte sich, um eine verwelkte Blüte von einem der niedrigen Sträucher am Wegrand abzupflücken. »Teresa sagt, Alex und Sie hätten einen Ausflug geplant.«

Wie eine gute Fee war sie wieder einmal aus heiterem Himmel aufgetaucht, munter und braungebrannt von der griechischen Inselsonne.

Die Hunde, wie immer ganz aus dem Häuschen über Edwinas Rückkehr, begleiteten uns, und ich mußte kurz stehenbleiben, um nicht über Nero zu stolpern, der mitten auf dem Weg etwas zum Beschnüffeln gefunden hatte. »Sie haben uns gar nichts verdorben«, sagte ich. »Es war zwar die Rede davon, irgendwohin zu fahren, aber dann habe ich mich nicht wohl gefühlt heute morgen und ...«

Edwinas stummer Seitenblick sagte mir, daß sie genausowenig wie Alex und Teresa an mein Unwohlsein glaubte, aber sie war so höflich, das für sich zu behalten. »Um so mehr ein Grund, an die frische Luft zu gehen«, sagte sie. »Vom Stubenhocken werden Kopfschmerzen nicht besser.«

Sie pflegte offenbar ihre medizinischen Theorien mit Eifer in die Praxis umzusetzen, denn sie hatte mich praktisch aus meinem Zimmer entführt, mir befohlen, bequeme Schuhe und eine Strickjacke anzuziehen, und mich in den Park geschleppt. Doch im Vergleich zu Alex hatte ich ein leichtes Los – die Hunde waren nämlich bei uns, weil ihr Herrchen in die Villa delle Tempeste geschickt worden war, um Daniela beizubringen, daß sie erneut Platz für Edwina machen mußte.

Das allein schon hatte mich fast wieder fröhlich gestimmt.

Edwina knickte eine neue Blüte ab und schnalzte mit der Zunge. »Wofür werden diese Gärtner eigentlich bezahlt? Das möchte ich zu gerne wissen. Da drüben ist einer«, rief sie, auf einen Mann in Arbeitshosen deutend, der gerade Anstalten machte, einen blühenden Busch zu beschneiden. »Ich werde mal eben mit ihm reden.«

Der Mann hatte keine Chance. Edwina, die ihr mangelhaftes Italienisch dadurch wettmachte, daß sie sehr laut sprach und heftig gestikulierte, überrumpelte den armen Gärtner völlig, der nur noch ergeben nicken konnte.

»Hoffnungslos«, urteilte sie kopfschüttelnd, als sie zurückkam. »Hat nicht die geringste Ahnung vom Beschneiden.«

Hinter ihrem Rücken sah ich, wie der Gärtner seine Geräte zusammensuchte und sich schleunigst aus dem Staub machte. Lächelnd nahm ich ihn in Schutz. »Vielleicht ist er einer von den neuen. Alex erwähnte neulich, er hätte ein paar zusätzliche Männer zur Pflege des Parks eingestellt.« Jedenfalls waren während der vergangenen Woche deutlich mehr von ihnen zu sehen gewesen. Mir begegnete immer mindestens einer, wenn ich hinausging. Ich erzählte Edwina davon und fügte hinzu: »Übrigens haben Danielas Männer auch mit irgendwelchen Arbeiten am Pfauenteich begonnen. Ich war jetzt ein paar Tage nicht mehr dort, aber beim letztenmal konnte man erste Anfänge erkennen.«

»Tatsächlich? Wollen wir mal nachsehen?«

Es hatte sich jedoch nichts verändert seit dem Tag, an dem ich mit Madeleine und Poppy dort gewesen war. Der langgestreckte Teich mit den faulig riechenden Seerosen und der Reihe schwanzloser Pfauen sah unberührt aus, ebenso die steinernen Windhunde, die stoisch das Stupsen und Beschnuppern ihrer Vettern aus Fleisch und Blut ignorierten. Unsere Schritte klangen an diesem trüben Nachmittag sehr laut und verloren auf den Marmorplatten um den Teich.

»Max, komm da raus«, rief Edwina, als Max in einer dunklen Ecke des Mausoleums zu scharren begann.

»Dort haben die Männer angefangen zu arbeiten«, sagte ich. »Sie haben die Gruft geöffnet.«

»Wie merkwürdig.« Sie ging die Stufen zum Grabmal hinauf, um selbst nachzusehen. Es lagen diesmal weniger Werkzeuge herum, aber die Steinplatte lehnte immer noch auf der

Seite, und die rechteckige Öffnung mit der alten Eisenleiter gähnte im Boden.

»Sie werden wohl Reparaturen am Fundament ausführen«, vermutete Edwina und spähte neugierig hinunter. Max drückte sich an ihr vorbei und steckte seine lange Schnauze in das Loch, doch sie zog ihn am Halsband zurück. »Weg da, du Dummkopf. Jaja, du riechst lauter interessante Dinge dort unten, ich weiß, aber sie sind es nicht wert, daß du dir den Hals brichst. Schluß jetzt, geh weg.« Sie vertrieb ihn mit gebieterischer Geste.

Max wich nur widerwillig zurück und jaulte dabei leise, so daß ich mich fragte, ob er vielleicht seine Vorfahren in dem dunklen Gewölbe roch. Ich selbst konnte nichts riechen, außer dem Moder einer Gruft, in die nie das Tageslicht fiel, aber Max mit seiner feineren Nase hatte möglicherweise den Geruch des Todes wahrgenommen.

Edwina teilte meine Phantasie nicht. »Hat wahrscheinlich eine Ratte gewittert«, lautete ihre nüchterne Interpretation. »Dort unten haust bestimmt eine ganze Bande davon.« Sie richtete sich auf. »Apropos Ratten, Sie müssen mir noch die Geschichte von diesem Arbeiter erzählen, der sich verdrückt hat ... wie hieß er doch gleich?«

»Pietro?«

»Genau. Ich wollte Teresa nicht zu sehr mit Fragen quälen – sie ist immer noch ganz erschüttert von Giancarlos Tod, die Arme –, aber soviel ich ihren Worten entnehmen konnte, hat dieser Pietro Gegenstände aus dem Haus entwendet, und Giancarlo ist ihm auf die Schliche gekommen. Stimmt das?«

Ich nickte und berichtete in groben Zügen, was geschehen war, unter Auslassung der Einzelheiten, die Alex mir im Vertrauen erzählt hatte.

»Unfaßbar«, sagte sie, als ich fertig war. »Ich habe Giancarlo nie besonders gemocht, er hatte für meinen Geschmack zuviel von seinem Vater, aber bei all seinen Fehlern war er der Familie treu ergeben. Sein Tod muß ein schwerer Schlag für Alex gewesen sein.« Der undefinierbare Ausdruck auf ihrem Gesicht ließ mich überlegen, ob sie ebenfalls glaubte, daß ihr

Schwiegersohn auch Giancarlos Vater war. Aber ihre Gedanken wanderten schon wieder in eine andere Richtung. »Sie sagen, Giancarlo konnte eines der gestohlenen Stücke wieder zurückbringen? So ein Glück. Oft verschwinden wertvolle Kunstgegenstände einfach spurlos. Bei einer Nachbarin von mir ist letzten Winter eingebrochen worden, und die Diebe haben mehrere Gemälde mitgehen lassen. Man sollte meinen, so etwas Sperriges und Auffälliges wie Bilder wäre leicht ausfindig zu machen, aber die Polizei sagte, es gebe einen riesigen internationalen Schwarzmarkt für gestohlene Kunst und ausreichend Privatsammler mit mehr Geld als Moral. Viele Dinge würden nie wieder auftauchen. Daher ist es wirklich ein Glück, daß dieser Pietro rechtzeitig gestoppt wurde, bevor er noch mehr Schaden anrichten konnte. Ein Glück auch für Daniela«, fügte sie hinzu. »Sie kann es sich nicht leisten, daß ihr Name mit einem Diebstahl in Verbindung gebracht wird. Nach allem, was ich gehört habe, ist sie nicht sehr beliebt bei den anderen Stiftungsvorsitzenden, die sie nur wegen ihres verstorbenen Mannes dulden. Ihnen wäre jeder Grund recht, um sie loszuwerden, und was sollte sie dann tun? Sie könnte ihren gewohnten Lebensstil ohne die Stiftung nicht aufrechterhalten.« Edwina ließ nachdenklich ihren Blick über die Giebel des Hauses hinter uns schweifen. »Mich würde mal interessieren ... Sind noch bei anderen Leuten, die ihren Besitz der Stiftung überantwortet haben, Gegenstände vermißt worden?«

»Alex hat schon Nachforschungen in diese Richtung angestellt«, versicherte ich ihr, »und es sieht nicht so aus.«

»Aha. Nun, ich glaube auch nicht, daß jemand mit einer Gaunerei dieser Größenordnung davonkäme, jedenfalls nicht lange. Das würde sich schnell herumsprechen. Und selbst wenn es innerhalb der Stiftung eine Bande von Schwindlern gäbe, würden sie sich doch nicht die Mühe machen, Kunstgegenstände zu entwenden, *bevor* sie einen Besitz übernehmen, oder? Sie würden warten, bis sie freie Bahn haben und der Eigentümer nicht mehr vor Ort ist.«

»Aber Alex wird weiterhin hier sein«, gab ich zu bedenken.

»Meinen Sie?« Sie sah sich zweifelnd in dem zypressengeschützten Garten um. »Ehrlich gesagt kann ich ihn mir hier nicht vorstellen – dieser Ort paßt nicht zu Alex. Er ist eher ein bescheidener Mensch. Sicher wird er hin und wieder auf Besuch herkommen, aber hier leben?« Sie schüttelte den Kopf. »Nein, das sehe ich nicht. Es ist nicht sein Haus, verstehen Sie? Es ist das Anwesen seines Großvaters, und das wird es sein, solange es steht.«

Sie hatte recht. Il Piacere trug überall den Stempel Galeazzos: Sein Geschmack, sein Stil, seine Dekadenz hatten sich in jedem Raum angesammelt wie Staub, der bloß aufwirbelte, wenn man ihn wegzuwischen versuchte, um sich anschließend noch hartnäckiger abzusetzen. Egal, wie lange Alex hier lebte oder wie viele Veränderungen er vornahm, das Haus würde ihm nie wirklich gehören.

»Aber wohin soll er gehen, wenn er nicht hier lebt?«

Sie antwortete mit einem gleichmütigen Achselzucken. »Die Welt ist groß. Es ist besser, sich ein Fleckchen zu suchen, an dem nicht so viele Geister umgehen.«

Sie meinte das natürlich im übertragenen Sinn, aber ich mußte trotzdem grinsen.

»Was ist?« fragte sie.

»Nicht so wichtig. Bloß, daß ich nach den vergangenen Wochen schon beinahe selbst an Gespenster glaube.« Ich erzählte ihr von den »Schritten« in meinem Zimmer, von der murmelnden Frauenstimme und meinem Wachtraum, in dem ich Celia die Erste am Fuß meines Bettes gesehen hatte. Zum Scherz sagte ich: »Vielleicht hat Ihre Séance ja Celias Geist auf den Plan gerufen.«

Edwina konnte nicht darüber lachen. Mit todernster Miene sagte sie langsam: »Ja, das wäre möglich.«

»Bitte, ich habe das nicht ernst gemeint ...«

»Wenn wir sie herbeigerufen haben, sucht sie jetzt vielleicht weiter nach einem Medium, um sich mitzuteilen.«

Ich bemühte mich erneut, einen leichten Ton anzuschlagen. »Na, in dem Fall ist sie an die Falsche geraten. Ich bin für solche Sachen nicht zu haben.«

»Nein. Ich hätte es auch für wahrscheinlicher gehalten, daß sie es bei dem kleinen Mädchen versucht.«

»Bei Poppy?«

Edwina nickte. »Die Geister wenden sich oft an Kinder dieses Alters, ich weiß nicht, warum. Möglicherweise hat es etwas mit der beginnenden Pubertät zu tun. In diesem Lebensstadium scheinen junge Menschen eine besondere Form von Energie auszustrahlen, die die Geister anzieht.« Ihr fiel auch gleich ein Beispiel ein: »Dieser Traum, den Poppy nach der Séance hatte, könnte ein Kontaktversuch von Celias Geist gewesen sein.«

Oder schlichtweg die blühende Phantasie einer Zwölfjährigen, dachte ich. Doch weil ich Edwina mochte und ihren Glauben respektierte, behielt ich meine Skepsis für mich und sagte statt dessen: »Also, wenn das so war, war es ein Fehlschlag, denn sie hat Poppy seitdem in Frieden gelassen und es auf mich abgesehen.« Ich lächelte. »Sie sind wirklich sicher, daß Sie keine zweite Séance abhalten und ihren Geist dorthin zurückschicken wollen, wo er hergekommen ist?«

»Ganz sicher. Ich habe Ihnen schon einmal gesagt, meine Liebe, daß eine Wiederholung der Séance schwerwiegende Folgen haben könnte. Schließlich geht es hier um Mord.« Mit einem letzten Blick in das gähnende Loch zu unseren Füßen drehte sie sich um und schlenderte die Stufen zum Teich hinunter. »Celia Sands' Geist hat behauptet, sie sei von einer Frau ermordet worden. Und meine Befürchtung ist, daß damit Francesca Tutti gemeint war.«

Ich folgte ihr stirnrunzelnd. »Galeazzos Frau?«

»Sie wäre nicht die erste Frau in der Geschichte, die eine Rivalin umbringt.«

Ich mußte wieder an Medea denken, die Jasons neue Frau und seine Kinder vergiftet hatte, und an Galeazzos düsteres Gedicht, in dem er von einer Frau spricht *wie Medea, das Blut meiner Kinder an ihren Händen ... Flammen der Eifersucht um ihr Haupt ...* Hatte er Francesca Tutti gemeint?

»Außerdem«, bemerkte Edwina, »waren nicht allzu viele andere Frauen in der Nacht anwesend, als Celia verschwand.« Sie blieb am Fuß der Treppe stehen, verschränkte die Hände hinterm Rücken und blickte so ernst über den schlammigen Pfauenteich, daß ich mir in Erinnerung rufen mußte, was wir hier taten: Wir sprachen rein hypothetisch über die Vorwürfe eines nicht existenten Geistes.

»Haben Sie sie gekannt?« fragte ich.

»Francesca? Nein, wir sind uns nie begegnet. Sie starb lange bevor meine Tochter hierherkam.«

»Aber was würde es jetzt noch ausmachen, wenn Francesca den Mord begangen hätte? Sie ist tot – alle von damals sind tot. Die Wahrheit könnte ihr nicht mehr schaden.«

»Nein, aber die Sünden der Väter – in diesem Fall der Mütter – fallen auf die Söhne zurück. Oder die Enkelsöhne.« Sie sah mir forschend in die Augen, um sicherzugehen, daß ich sie verstand. »Es ist nicht schön zu erfahren, daß man von einer Mörderin abstammt.«

»Nein, bestimmt nicht.«

»Das ist der Grund, weshalb ich keine Séance abhalten will.«

Endlich begriff ich, warum sie so unnachgiebig in dieser Sache war. Sie wollte Alex keinen Kummer bereiten, indem sie ein dunkles Licht auf seine Vorfahren warf. Ihre Sorge war nicht ganz unbegründet, mußte ich zugeben, denn es würde keinen Unterschied machen, ob die »Botschaft« eines angeblichen Geistes bei der Séance nur eine Projektion von Edwinas Unterbewußtsein war und ob Alex an solche Dinge glaubte oder nicht. Schon die kleinste Andeutung, seine Großmutter väterlicherseits habe Celia die Erste umgebracht, könnte sich als fatal erweisen. Vermutungen würden zu Gerüchten werden, und Gerüchte, die nicht eindeutig widerlegt werden konnten, setzten sich fest wie ein Virus und infizierten den guten Namen einer ganzen Familie.

Edwina hatte recht, es war besser, die Vergangenheit ruhen zu lassen.

Als wir am Teich entlang zurückgingen, sagte sie: »Sie könnten versuchen, das Celias Geist zu erklären, falls er Sie wieder heimsucht.«

Sie sagte das so selbstverständlich, als würde jeder ständig mit Geistern plaudern, und ich mußte lächeln und wieder an Sally und ihre »Weiße Magie« denken – die komischen Beschwörungsgesänge, die Runensteine und die Tarotkarten. Edwina und Sally teilten einen Glauben an übernatürliche Dinge, den ich nicht nachvollziehen konnte. Andererseits – wenn ich ehrlich war, mußte ich einräumen, daß die Weissagung der Tarotkarten sich bisher auf unheimliche Weise bewahrheitet hatte: die selbstsüchtige, grausame Frau, die mir das Leben schwermachte, Streit und Krankheit in meiner Familie – denn wer sollte meine Familie sein, wenn nicht Rupert und Bryan? – und der Mann mit den hellbraunen Haaren, nach außen ruhig, doch leidenschaftlich im Innern, wie ich an diesem Morgen hatte feststellen können ...

Edwina entging meine plötzliche Röte nicht, und sie wollte mich wohl gerade darauf ansprechen, als die Hunde, die rechts und links vom Teich herumgeschnüffelt hatten, uns mit ihrem Bellen erschreckten. Die Köpfe vorgestreckt, das Fell gesträubt, richteten sie ihre Nasen gleichzeitig auf eine Lücke in der hohen Zedernhecke, die uns umgab. Dann machten sie in perfektem Einklang einen langen Satz und hechteten davon.

XIV

»Und, haben sie etwas aufgespürt?« fragte Madeleine am nächsten Morgen und richtete den Blick auf mein Spiegelbild, während ich mir die Haare kämmte. Wir saßen in meiner zukünftigen Garderobe und nutzten die Teepause dazu, um uns mit den Räumen vertraut zu machen, in denen wir uns während der Aufführungen umkleiden und ausruhen würden.

Meine Garderobe war für Celia die Erste ausgestattet worden und schimmerte daher ganz in Rosa wie die Wände des Korridors, nur daß es sich um ein wärmeres, anheimelnderes Rosa handelte. Die großen Spiegel an den Wänden – einer über dem Toilettentisch und ein zweiter, bodenlanger an der Schmalseite des Raums – hatten Rahmen aus demselben hellen Holz, aus dem der Toilettentisch bestand, und es gab ein kleines Waschbecken aus poliertem weißen Marmor. Mein Stuhl war ebenso wie der, auf dem Madeleine saß, mit hellrosa Brokat bezogen. Der Raum wirkte eigentlich viel zu elegant für seinen praktischen Zweck, doch unter all der Feinheit glaubte ich, noch den Geruch von Fettschminke wahrnehmen zu können, und auf dem Toilettentisch waren Brandspuren von Zigaretten zurückgeblieben – eine kleine, aber greifbare Verbindung zu der Schauspielerin, die vor über siebzig Jahren auf diesem Stuhl gesessen hatte.

Im Spiegel konnte ich ihr Gesicht sehen, das mich aus den Schwarzweißfotografien an der gegenüberliegenden Wand anblickte – es waren die gleichen Fotos wie in Madeleines Zimmer, bevor diese sie abgenommen hatte. Die Aufnahmen zeigten die Schauspielerin in künstlerischen Posen an verschiedenen Plätzen des Anwesens: Celia als Portia in einem langen, fließenden Renaissancegewand vor den Säulen des Obstgartens; Celia als Kameliendame, hingegossen auf eine steinerne Bank im Rosengarten und fast unter überhängenden Blüten begraben; Celia geisterhaft und ganz in Weiß, eine Hand theatralisch unter einem hauchdünnen Gazeschleier erhoben, durch den man den Schrecken auf ihrem Gesicht erkennen konnte … Wahrscheinlich war es dieses Foto gewesen, das Poppys Alpträumen Nahrung gegeben hatte.

Ihretwegen hatte ich Madeleine auch von dem Zwischenfall mit den Hunden am Pfauenteich erzählt. »Nein, sie haben nichts aufgespürt, und vielleicht war es auch nur ein Eichhörnchen oder so was. Ich glaube nicht, daß ein Mensch einem Windhund entkommen könnte, die Tiere sind viel zu schnell. Aber ich dachte, du solltest es wissen, weil Poppy gern dort spielt, und wenn sich wirklich jemand am Pfauenteich herumtreibt …«

»Ganz recht. Ich habe ihr schon verboten, allein dorthin zu gehen«, erwiderte Madeleine. »Mir gefällt diese offene Gruft nicht, das ist viel zu gefährlich. Außerdem ist der Ort ziemlich abgelegen, und wenn die Männer dort zugange sind ... man weiß heutzutage nie.«

Ich konnte sie gut verstehen. Selbst ich hätte mich dort nicht sicher gefühlt nach meinem Erlebnis in dem Garderobengang vor ein paar Wochen. Obwohl die Arbeiter inzwischen mit den Räumen fertig waren und alle Werkzeuge weggeräumt hatten und obwohl mir mein Verstand sagte, daß es nichts zu fürchten gab, fühlte ich mich nie ganz wohl hinter der Bühne und vermied es, mich allein dort aufzuhalten.

»Allerdings weiß ich nicht«, sagte Madeleine und begegnete meinem Blick im Spiegel, »ob mein Verbot etwas nützen wird. Mädchen in dem Alter hören nicht gern auf ihre Mütter.«

»Tja, auf mich hört sie ganz sicher nicht mehr.« Wehmütig legte ich meine Haarbürste ab. »Sie behandelt mich, als wäre ich Luft.«

»Oh, meine Liebe, es tut mir so leid. Sie wird darüber hinwegkommen, weißt du. Sie braucht nur ein bißchen Zeit zum Nachdenken, da ist sie ganz wie ihr Vater. Ich habe versucht, mit ihr zu sprechen, und Den auch, aber wie gesagt, Zwölfjährige haben ihren eigenen Kopf.«

»Schon gut. Sie hätte es früher oder später sowieso herausgefunden.«

Madeleine fand den Zeitpunkt trotzdem recht unglücklich. »Es war wirklich unverzeihlich, was Nicky getan hat. Er ist manchmal wie ein Kind. Wenn er sich aufregt, feuert er wahllos in alle Richtungen, und es war einfach Pech, daß du gerade in seiner Schußlinie gestanden hast. In Wirklichkeit war er nämlich wütend auf mich. Wir hatten uns kurz vorher gestritten, wegen seiner Besuche in der Villa delle Tempeste. Ich bin nämlich nicht blöd«, sagte sie auf meine überraschte Miene hin, »und blind bin ich auch nicht. Aber das Ganze wurde langsam etwas zu offensichtlich, und ich fand, daß er wenigstens um Poppys willen etwas diskreter vorgehen könnte.«

Mit neuem Respekt sah ich in Madeleines gelassenes Gesicht. »Kann ich dich etwas fragen?«

»Natürlich.«

»Warum bleibst du mit ihm zusammen?«

»Mit Nicky? Ach, aus Bequemlichkeit, denke ich. Und aus Eitelkeit. Tausende von Frauen wollen ihn, und ich habe ihn – in meinem Alter ist so etwas Balsam für das Selbstbewußtsein. In dieser Hinsicht bin ich deiner Mutter nicht unähnlich. Wir benutzen beide jüngere Männer als Jungbrunnen.«

Das konnte ich nicht so stehenlassen. »Du bist überhaupt nicht wie meine Mutter, kein Stück.«

»Lieb von dir. Aber im Ernst ...«

Ein Klopfen unterbrach uns.

»Herein«, sagte ich.

Den steckte seinen Kopf durch die Tür. »Die Pause ist gleich um. Wir fangen wieder an.«

Madeleine sah auf die Wanduhr über ihrem Kopf. »Wir haben noch sechs Minuten.«

»Ja, ich weiß, aber Nicholas scharrt schon mit den Hufen und ...«

»Wir kommen in sechs Minuten«, sagte sie entschieden.

Den grinste. »Alles klar.« Nachdem er die Tür hinter sich geschlossen hatte, griff Madeleine in ihre Handtasche und beugte sich zum Spiegel, um ihre Lippen nachzuziehen.

»Setz dich wieder, Celia. Nicholas kann warten. Soll er mit den Hufen scharren, soviel er will, er hat seinen Auftritt erst, wenn wir mit der Séance-Szene fertig sind, und das ist erst der Fall, wenn ich richtig zufrieden damit bin. Am liebsten würde ich Edwina noch einmal zu Rate ziehen.« Sie schraubte ihren Lippenstift zu und lächelte mein Spiegelbild an. »Hat sie dir erzählt, warum sie zurückgekommen ist? Nein? O Celia, das mußt du hören. Ich habe gestern zufällig mitbekommen, wie sie mit Alex darüber sprach, gleich nach ihrer Ankunft, denn offenbar hatte sie nicht geplant, hier noch einmal einen Zwischenstop einzulegen. Sie hatte einen direkten Flug von Athen oder sonstwo nach Hause gebucht, also fragte er sie, warum sie sich umentschieden hätte, und sie sagte, sie hätte eine Nachricht bekommen, daß sie hier gebraucht würde. Und rate mal, was sie antwortete, als Alex sie fragte, von wem die Nachricht wäre?«

»Von einem Geist?« riet ich.

»Fast. Von ihren *Geisterführern.* Ist das nicht großartig? Sie behauptet, diese Führer aus der Geisterwelt zu haben, die sie beraten, und die seien plötzlich während ihrer Rundreise in Griechenland aufgetaucht und hätten ihr zugeflüstert, daß etwas Entscheidendes auf Il Piacere geschehen würde, ziemlich bald, glaube ich, und daß sie hier sein sollte, wenn es passiert.«

Ich konnte mir Alex' Reaktion auf diese Begründung lebhaft vorstellen. »Und diese Geisterführer haben nicht zufällig angedeutet, was dieses entscheidende Ereignis sein wird?«

»Leider nicht.« Vergnügt lehnte sie sich auf ihrem Stuhl zurück. »Vielleicht haben sie unsere bevorstehende Premiere gemeint.«

»Erinnere mich bloß nicht daran. Ich bin schon nervös genug.«

»Das habe ich mir gedacht.« Auf meinen fragenden Blick sagte sie: »Du hast heute nicht dein übliches sonniges Gemüt. Da liegt es nahe zu vermuten, daß dir der Gedanke an die Premiere etwas auf den Magen geschlagen ist.«

Das war nicht der eigentliche Grund für meine bedrückte Stimmung. Ich mußte ständig an Rupert denken und hatte ihn den ganzen Morgen mit einer Eindringlichkeit beobachtet, als würde ich mein Augenlicht verlieren und müßte mir jede Bewegung, jedes Mienenspiel für immer einprägen. Aber davon konnte ich Madeleine nichts erzählen, also zuckte ich nur die Achseln. »Na ja ...«

»Es wird alles gutgehen«, sagte sie lächelnd.

Ich war mir da nicht so sicher.

XV

Gegen Mitte der Woche hatten sich die Proben, die bis dahin regelmäßig von zehn Uhr morgens bis sechs Uhr abends angesetzt gewesen waren, auf die Zeit von mittags bis Mitternacht verschoben, weil nun auch die Technik und die Kostüme mit einbezogen wurden. Diese Phase ist immer besonders hektisch und anstrengend: Das Bühnenpersonal aus allen Abteilungen – Beleuchtung, Ton, Elektrik, Requisiten, Maske, Garderobe und so weiter – kommt nun ebenfalls ins Spiel, und alle rennen wie verrückt durcheinander. Der erste dieser Tage, ein Mittwoch, war der längste und schlimmste; an ihm fand die technische Generalprobe statt oder, wie man in Schauspielerkreisen auch gern sagt, die »Nervenprobe«.

Sinn und Zweck dieser Sitzung war es, jedes Problem sofort bei seinem Auftauchen zu beheben, was zur Folge hatte, daß wir alle paar Sätze auf Ruperts Befehl innehalten mußten, während jemand einen Strahler ausrichtete oder sonst etwas zu bemängeln hatte.

Allerdings war an richtiges Spielen sowieso nicht zu denken. Es wäre ein Ding der Unmöglichkeit gewesen, bei den ständigen Unterbrechungen, dem Herumstehen und Warten, bis ein Problem behoben war und niemand mehr meckerte, das Gefühl für die Rolle zu behalten.

Im Verlauf dieser Woche wurden die Zügel nach und nach von Rupert an Den übergeben. Es begann mit der Nervenprobe, bei der Rupert uns zwar sagte, wann wir unterbrechen sollten, aber nur Den uns das Signal zum Weitermachen geben konnte. Am Donnerstag schließlich übernahm er ganz das Kommando und leitete die Marathonprobe so, wie er auch die Aufführungen leiten würde, während Rupert schweigend weiter hinten saß und sich Notizen machte.

Die Spannungen zwischen den beiden Männern schienen sich etwas gelöst zu haben, und ich erwähnte dies gegenüber

Bryan, als wir am Freitag morgen im unerwarteten Sonnenschein auf der Terrasse saßen und Kaffee tranken.

»Sieht so aus, als hätte es etwas gefruchtet, daß du mit Ru gesprochen hast«, sagte ich.

»Tja, manchmal kann ich richtig nützlich sein.« Er streckte die Beine aus, lehnte sich lächelnd zurück und blickte über die Zypressenspitzen auf den blaufunkelnden See. »Offen gesagt hat ihn wohl auch das Arbeitstempo in dieser Woche sanftmütiger gemacht. Er hat viel zuviel zu tun, um unfreundlich zu sein.«

»Das geht uns allen so.«

»Außer Nicholas. Der schafft es anscheinend immer, gemein zu sein, egal unter welchen Bedingungen.«

»Ich meinte eigentlich, daß wir alle viel zu tun haben«, sagte ich grinsend. Einschließlich Alex, den ich seit dem vergangenen Sonntag nicht mehr gesehen hatte, noch nicht einmal bei den Mahlzeiten. Unter normalen Umständen hätte mir das Sorgen gemacht, und ich hätte mir den Kopf darüber zerbrochen, ob das, was zwischen uns vorgefallen war, mir möglicherweise mehr bedeutete als ihm. Doch da die Produktion nun auf Hochtouren lief, blieb mir nicht viel Zeit zum Nachdenken.

»Weißt du, ich habe diesen Streß in den letzten Tagen vor der Premiere noch nie verstanden«, bemerkte Bryan. »Kann man das nicht anders organisieren? Ich meine, ihr seid nach dieser Phase alle total erschöpft und praktisch krank, was mir keine gute Ausgangsbedingung für die Aufführung eines Stücks zu sein scheint.« Er sah mich prüfend an. »Hast du dich heute morgen mal im Spiegel betrachtet?«

Ich gestand, daß ich Spiegeln bislang aus dem Weg gegangen war. »Es ist nicht so schlimm, wie es aussieht. Heute ist unser letzter langer Tag – die Generalprobe.«

»Na, dann sieh zu, daß du nicht zusammenklappst. Noch etwas Kaffee?«

»Ja, gern.«

Er schenkte mir aus der Kanne auf dem kleinen runden Tisch zwischen uns nach, und ich dachte daran, wie oft er das schon getan hatte, wie oft wir schon bei einer zweiten Tasse Kaffee über meine Probleme gesprochen hatten. »Bryan?«

»Mmm?«

»Kannst du dich daran erinnern, wie Ruperts Mutter gestorben ist?«

Er setzte die Kaffeekanne ab und reichte mir vorsichtig meine Tasse. »Ja, das kann ich.«

»War es sehr schrecklich?«

»Schön war es nicht.« Bryan lag es nicht, eine bittere Pille zu versüßen. »Es ist eine üble Krankheit, Engelchen, aber sie schreitet langsam voran. Ru hat noch Jahre vor sich.«

»Aber sie ist schon dabei, ihn zu verändern, stimmt's? Deshalb will er sich zur Ruhe setzen.«

»Ja.« Er goß sich ebenfalls Kaffee ein und lehnte sich wieder zurück. »Er vergißt häufig etwas, und die Stimmungsschwankungen werden schlimmer. Es gibt auch körperliche Einschränkungen, Bewegungen, die er nicht mehr kontrollieren kann. Bis jetzt hat er das ganz gut verborgen – dir ist vielleicht aufgefallen, daß er gern die Hände verschränkt hält –, aber es wird sich alles verschlechtern. Am Ende wird er nicht mehr laufen können.«

»Er wird es hassen.«

»Er wird sich daran gewöhnen. Wie wir alle.« Bryan beugte sich vor und sah mir in die Augen. »Ich weiß, es ist schwer, aber versuch, nicht allzusehr darüber nachzugrübeln, ja? Man weiß nie, was die Zukunft bringt, was für medizinische Fortschritte in den nächsten Jahren gemacht werden. Es hat keinen Sinn, sich große Sorgen zu machen, bevor es nicht wirklich etwas gibt, worüber wir uns sorgen müssen.«

»Ja, aber …«

»Außerdem wird Rupert es dir nicht danken. Vor allem nicht jetzt, wenn du dich auf das Stück konzentrieren sollst. Er könnte sich jetzt bestimmt dafür ohrfeigen, daß er es dir gesagt hat.«

Ich hätte entgegnen können, daß Rupert wahrscheinlich nichts gesagt hätte, wenn Bryan ihn nicht dazu gedrängt hätte, doch in diesem Moment ging eine Tür hinter uns auf, und

Poppy kam auf die Terrasse. Als sie mich sah, zögerte sie zuerst und blieb stehen, dann warf sie exaltiert den Kopf zurück, um mir zu zeigen, daß ich für sie nicht existierte. »Guten Morgen, Bryan«, sagte sie ganz bewußt.

»Morgen.«

»Ich habe fertig gefrühstückt«, teilte sie ihm mit, »falls du noch mal dieses Spiel spielen willst.«

»Einverstanden. Bau schon mal alles auf, ich komme nach, sobald ich meinen Kaffee ausgetrunken habe.«

Als sie wieder hineingegangen war, hob ich fragend eine Augenbraue.

»Ich bringe ihr Cribbage bei«, sagte Bryan.

»Du schummelst doch immer beim Cribbage.«

»Eben. Ich habe es satt, ständig bei den Schlangen und Leitern geschlagen zu werden.« Er führte seine Tasse zum Mund und fügte hinzu. »Du solltest mit dem Mädchen reden, Engelchen.«

Verblüfft über die Einmischung sagte ich: »Sie will aber nicht mit mir reden. Du hast es doch gerade gesehen. Sie hat mich einfach ignoriert.«

»Das heißt aber noch lange nicht, daß sie auch von dir ignoriert werden will. Zwölfjährige sind keine rationalen Wesen. Glaub mir, ich weiß das.« Sein Blick war ironisch. »Wenn ich einen Penny für all die Male bekommen hätte, die du nicht mit mir geredet hast in dem Alter, wäre ich längst im Ruhestand und würde von den Zinsen leben.«

»War ich wirklich so schlimm?«

»Gnadenlos. Aber mein Trick war, daß ich nie aufgehört habe, mit *dir* zu reden«, erklärte er. »Wenn man sich nicht mehr bemüht, heißt das für ein Kind, daß einem nichts an ihm liegt.«

»Aber mir liegt etwas an Poppy. Ich mag sie.«

»Dann sprich mit ihr.«

»Also, heute werde ich es wohl kaum schaffen«, redete ich mich heraus. »Ich habe noch diese Pressekonferenz vor dem Mittagessen, dann einen Fototermin und dann die Generalprobe … Mit viel Glück sind wir bis Mitternacht fertig.«

»Bestimmt findest du zwischendrin mal ein Minütchen.«
Ich hielt es immer noch für Zeitverschwendung. »Sie wird nicht auf mich hören.«
»Versuch es. Vielleicht überrascht sie dich.«

XVI

Poppy überraschte mich tatsächlich später, indem sie zur Generalprobe auftauchte. Sie war eine Woche lang nicht dabeigewesen, und es brachte mich etwas aus dem Konzept, als ich meinen Platz auf der abgedunkelten Bühne einnahm und Poppy auf halber Höhe neben dem Mittelgang sitzen sah. Bryan hatte sich wie immer in die letzte Reihe gesetzt, angeblich, um mich nicht abzulenken, doch ich konnte mich des Verdachts nicht erwehren, daß ich sein Gesicht nicht sehen sollte, wenn es schlecht lief. Der einzige Mensch, der mich wirklich hätte ablenken können, war nicht in der Nähe. Alex ließ sich nicht nur nicht blicken, sondern schien auch Poppy die Aufsicht über die Hunde für den Abend gegeben zu haben, denn sie lagen ruhig zusammengerollt an ihrer Seite – Nero halb schlafend, während Max mit der wohlerzogenen Geduld eines erfahrenen Theatergängers den Blick auf die Bühne gerichtet hielt.

Ich konnte nicht mehr feststellen, ob Edwina oder Daniela zugegen waren, denn plötzlich leuchteten die Scheinwerfer auf, der erste Akt begann, und ich dachte nur noch an mein Spiel, bis die Lichter um Punkt elf wieder verlöschten.

Zum erstenmal ernteten wir Applaus, ein wunderbares Geräusch, das eine heiße Welle der Freude durch meinen Körper jagte und mich daran erinnerte, warum ich so versessen darauf war, mit dieser seltsamen Kunst meinen Lebensunterhalt zu verdienen. Es war natürlich nur ein dünner Applaus, hauptsächlich von den Bühnentechnikern und Bryan, aber in Verbindung mit Ruperts Lächeln war er Belohnung genug.

»Ausgezeichnet«, sagte Rupert. »Ihr könnt alle stolz auf euch sein. Macht es morgen genauso, und es kann nichts schiefgehen. So, ein oder zwei Anmerkungen habe ich noch ...«

Wie ich vorausgesehen hatte, ging es bereits auf Mitternacht zu, als ich Kostüm und Perücke schließlich gegen Jeans und Pulli vertauschte, und Poppy war nicht mehr da. Niemand konnte sich erinnern, sie weggehen gesehen zu haben, aber Den beruhigte Madeleine sofort.

»Es kann ihr nichts passieren. Sie haben doch jetzt all diese Lampen auf dem Weg zum Haus installiert«, sagte er, »da wird sie sich nicht verirren. Außerdem hat sie die Hunde bei sich. Ich bin sicher, daß sie längst brav in ihrem Bettchen liegt. Wir müssen sie zu Tode gelangweilt haben. Hier, trink ein Glas Wein, du hast es dir verdient.« Er schenkte ihr ein und hielt dann die Flasche einladend in die Höhe. »Celia?«

»Nein, danke, ich bin fix und fertig. Ich werde auch zum Haus zurückgehen und mich hinlegen. Wenn du möchtest, schaue ich kurz bei Poppy rein, Madeleine.«

»Würdest du das tun?«

»Kein Problem.« Das wäre eine gute Gelegenheit, Bryans Ratschlag zu befolgen und mich mit Poppy auszusprechen.

Ich lehnte Bryans Angebot ab, mich zu eskortieren, und überließ die anderen ihrer kleinen Feier. Während ich langsam auf dem nun hell erleuchteten Weg zurückschlenderte, überlegte ich, wie ich es am besten anstellen sollte, Frieden mit dem Mädchen zu schließen, was gar nicht so einfach war. Ich verwarf gerade den vierten Ansatz, als das Bellen eines Hundes schließlich in mein Bewußtsein drang, das von irgendwo rechts kam, etwas weiter oben am Hang.

Es war kein normales, spielerisches Bellen, sondern das schrille, kontinuierliche Melden eines Jagdhunds, der die Verfolgung aufgenommen hatte. Dann ging das Bellen plötzlich in ein Jaulen über und brach mittendrin ab.

Einer der Windhunde war verletzt oder in Gefahr, und falls

sich Poppy noch bei ihnen befand, brauchte sie Hilfe. Ohne zu überlegen, ob es klug war, den beleuchteten Pfad zu verlassen, machte ich kehrt und rannte in die Richtung, aus der die Laute gekommen waren.

Es war der Schauspieler, der im Haus anrief. »Sie müssen kommen«, drängte er. »Ihre Frau ... Sie müssen schnell kommen.«

»Ist Francesca etwas passiert?« Das war kaum möglich. Noch vor knapp einer Stunde, nach dem Ende der Generalprobe, war sie gesund und munter gewesen und so guter Laune, daß sie sie alle drei auf ein Glas Champagner in die Villa eingeladen hatte. Er selbst war nicht hingegangen, er war müde ...

»Nein, nicht Francesca«, sagte der jüngere Mann. »Es ist Celia. Sie ist ... ich glaube, sie ist tot.«

Er erinnerte sich nicht, den Hörer aufgelegt zu haben oder durch den Park gerannt zu sein. Eben hatte er noch in seinem Schlafzimmer gestanden, und im nächsten Moment war er in der Villa und hielt Celias leblosen Körper in seinen Armen, wiegte sie hin und her und beschwor sie, aufzuwachen.

Francesca beobachtete ihn seelenruhig aus einer Ecke, wie eine Spinne in ihrem Netz. »Du kannst nichts mehr für sie tun, caro. *Sie ist tot. Ich habe ihr das Zyanid gegeben, mit dem deine Gärtner die Wespen vernichten.«*

»Der Champagner«, der Schauspieler zeigte auf das Glas, das neben Celia auf den Teppich gefallen war. »Sie hat jedem davon eingeschenkt. Ich habe nicht gesehen, wie sie ...«

»Warum?« fragte er Francesca, benommen vor Schmerz. »Warum hast du das getan? Ich hatte schon andere Frauen, zahllose andere ...«

»Du hast selbst gesagt, sie ist nicht wie die anderen«, erwiderte Francesca. »Sie hat ein Kind von dir erwartet. Mir hat sie zwar nichts davon gesagt, aber ich habe Augen im Kopf. Du hast bereits einen Sohn. Ich konnte nicht zulassen, daß der Bastard seine Zukunft gefährdet.«

»Ich rufe die Polizei«, sagte der Schauspieler.

»Nein.« Er hob die Hand. Selbst in seinem erschütterten Zustand konnte er die Folgen absehen. »Warten Sie«, sagte er,

legte Celia sanft auf das Sofa und nahm den Schauspieler beiseite. »Ich habe einen Sohn, der nicht unter der schändlichen Tat seiner Mutter leiden soll. Wenigstens das kann ich ihm ersparen.«

Der Schauspieler starrte ihn ungläubig an. »Sie erwarten von mir, daß ich lüge?«

»Nur, daß Sie Schweigen bewahren. Werden Sie das tun?« Einen Moment lang glaubte er, der Mann würde sich weigern. Er war schließlich eng mit Celia befreundet gewesen.

»Ich werde es tun«, sagte der Schauspieler kalt, »aber es wird Sie einiges kosten.«

XVII

Es kam mir vor, als wäre ich wieder in einem meiner Träume und würde gejagt: Ich rannte, während schwarze Baumschemen von allen Seiten näher rückten … Nur waren diesmal keine Schritte hinter mir, und es fielen keine Schatten auf den mondbeschienenen Marmorboden, als ich in die langgestreckte Einfriedung des Pfauenteichs stürmte.

Ich blieb stehen, um Atem zu schöpfen, und sah mich um. Die schwanzlosen Pfaue schienen zu schlafen, das Wasser lag still unter seiner Seerosendecke. Auch das kleine Mausoleum ließ sich von meinem Eindringen nicht stören, und die Reihe der steinernen Wachhunde starrte ausdruckslos in der schläfrigen Stille vor sich hin.

Während ich so dastand, erwachte eine der Statuen zum Leben, streckte sich langsam, löste sich von der Treppe und kam geisterhaft auf mich zu.

Doch es war kein Geist, in Neros Augen funkelte das Leben. Er stieß ein hohes Winseln aus, wie Hunde es unter Streß tun, und blieb ein paar Meter vor mir stehen. Dann drehte er sich wieder um, drängte mich, ihm zu folgen. Besorgt versuchte ich, die Dunkelheit zu durchdringen. »Poppy?«

Keine Antwort, also hob ich meine Stimme und versuchte es noch einmal.

»Hier!« rief sie. »Ich bin hier!« Ihre Stimme hallte merkwürdig, und Nero bellte ein paarmal scharf, als wollte er sichergehen, daß ich sie gehört hatte. Mit dem Hund an meiner Seite ging ich auf das Mausoleum zu.

Der Strahl einer Taschenlampe tauchte schwankend zwischen den Säulen auf, aus der dunklen Ecke, wo sich der Eingang zur Gruft befand. »Hier unten«, schrie Poppy und wedelte wieder mit der Taschenlampe, um mich zu der rechteckigen Öffnung zu dirigieren. »Ich kann nicht raus, ich sitze fest. Die Leiter ist kaputt.«

Ich konnte die aufsteigende Panik in ihrer Stimme hören. Geblendet von dem Lichtstrahl versuchte ich, sie zu beruhigen. »Hab keine Angst, ich hol dich da schon raus. Dreh die Taschenlampe mehr zur Seite, ja? Gut, so ist es besser.« Als das Licht mir nicht mehr direkt in die Augen schien, entdeckte ich sie etwa drei Meter unter mir, am Fuß der Eisenleiter. Sie weinte nicht, aber ihr nach oben gekehrtes Gesicht sah blaß und ängstlich aus. Ängstlich genug, daß sie sich nicht darum kümmerte, wer sie gefunden hatte.

»Wie bist du denn bloß da reingeraten?« fragte ich. »Bist du gefallen? Hast du dich verletzt?«

Sie schüttelte den Kopf. »Es war Max. Er ist gesprungen, weißt du. Und als ich hinuntergeklettert bin, um ihm herauszuhelfen, ist die Leiter zerbrochen.«

Da sah ich erst das schimmernde Augenpaar neben ihrem Bein und die dazugehörige dunkle Gestalt des Hundes, der freudig mit dem Schwanz wedelte. Ich kniete mich hin, um die rostigen Leitersprossen besser erkennen zu können. »Kannst du mir zeigen, wo sie zerbrochen ist? Halt die Taschenlampe drauf. Ah ja, ich sehe es.« Es war nicht sehr schlimm, die Bruchstelle befand sich etwa einen Fußbreit über ihrer ausgestreckten Hand. Ich würde Poppy ohne weiteres hochheben und dann selbst hinausklettern können. »Kein Problem. Ich werde runterkommen und dich auf die Leiter heben, okay?«

»Was ist mit Max?«

»Tja, ich werde versuchen, ihn auch auf die Leiter zu hieven, aber falls das nicht funktioniert, gehen wir und holen Hilfe. Vorsicht jetzt, ich komme.«

Sie trat ein Stück zurück, als ich meinen Abstieg begann. Die Leiter ächzte unter meinem Gewicht und rüttelte vibrierend an den Schrauben, die sie in dem Steinquader oben verankerten. Ich war froh, als ich loslassen und das letzte Stück zu Boden springen konnte, aber die Landung war hart und schickte einen Ruck durch meine Wirbelsäule.

Ich war erst einmal zuvor in einer Krypta gewesen, bei einem Schulausflug zur Kathedrale von Canterbury, doch diese Gruft war etwas völlig anderes. Ein unverkennbarer Geruch nach Verfall und Tod hing in der Luft, und von den Wänden ging eine alles durchdringende Feuchtigkeit aus. Froh über Max' stürmische Begrüßung streichelte ich seine Ohren und sah mich um, konnte aber nicht viel erkennen. Poppys Taschenlampe wanderte über eine Nische in der Wand, die einen kleinen Steinsarkophag zu enthalten schien – mit einem von Galeazzos Windhunden, nahm ich an –, doch dahinter lag nichts als Dunkelheit.

Armes Kind, dachte ich. Poppy mußte sich wirklich halb zu Tode geängstigt haben, allein hier unten. Ich lächelte ihr aufmunternd zu. »Okay, halt die Taschenlampe gut fest, dann helfe ich dir hinauf. Stell einfach deinen Fuß hier drauf«, sagte ich und bildete mit den Händen eine Räuberleiter. »So ist's gut, als würdest du auf ein Pferd steigen. Jetzt halt dich an meinen Schultern fest ...« Ich stemmte sie so hoch wie möglich, bis ich an dem nachlassenden Gewicht merkte, daß sie die Leiter gepackt hatte. Als ihr Fuß meine Hände verließ, warnte ich: »Sei vorsichtig«, doch sie war schon fast oben, kletterte heraus und kniete sich neben Nero, der geduldig bei der Öffnung Wache gehalten hatte.

»Wollen mal sehen, ob Max das auch so gut kann«, sagte

ich, hatte aber meine Zweifel. Der Hund war zwar leichter als Poppy, aber unbeholfener beim Klettern, und ich konnte ihm nicht verständlich machen, was er tun sollte. Schließlich mußte ich in die Hocke gehen und ihn überreden, die Vorderpfoten auf meine Schultern zu legen, während ich sein Hinterteil an meine Brust drückte. Dann richtete ich mich auf, schob ihn zur Leiter und brachte ihn dazu, seine Vorderpfoten auf die Sprossen zu setzen und sich abzustützen, aber das gefiel ihm nicht besonders. Das Wackelige der Situation machte ihn nervös, und es waren mehrere tastende Versuche nötig, ehe er sich endlich nach oben arbeitete. Mit beiden Händen von unten schiebend rief ich Poppy zu: »Leg dich auf den Bauch und versuch, ihn am Halsband zu packen und hinaufzuziehen.« Das gefiel ihm auch nicht, aber es funktionierte. Mit einem großen Satz verschwanden seine Hinterläufe und der Schwanz über dem Rand des Lochs.

Poppy richtete sich überglücklich auf. »Ich hab ihn.«

»Gut. Jetzt leuchte mit der Taschenlampe wieder hier runter auf die Leiter … danke.«

Ich mußte mich strecken, um die unterste Sprosse zu erreichen, und mich dann mit aller Kraft hinaufziehen, eine sportliche Übung, die ich seit den Klettergerüsten meiner Kindertage nicht mehr trainiert hatte. Meine Armmuskeln zitterten unter der Anstrengung und machten nach ein paar Sprossen schlapp, so daß ich mich fallen lassen und wieder von vorn beginnen mußte. Diesmal war es die Leiter, die schlapp machte – mit einem protestierenden Krachen brach das rostige Metall ein paar Zentimeter über meinen Händen entzwei und ließ mich erneut nach unten stürzen.

Ich landete hart, verlor das Gleichgewicht und rollte mich seitlich ab. Der Strahl der Taschenlampe folgte mir. »Alles in Ordnung«, rief ich, während ich mich aufsetzte und mein Knie massierte. »Ich bin nicht verletzt. Aber jetzt sitze *ich* fest, fürchte ich. Wir brauchen eine zweite Leiter oder ein Seil oder so was. Du mußt die anderen holen, damit mir jemand hilft.«

Die Taschenlampe bewegte sich nicht, sondern blendete mich mit ihrem Schein.

»Poppy?« Ich schirmte meine Augen mit der Hand ab und sah hinauf. »Sie sind wahrscheinlich alle noch beim Theater. Geh einfach und hole Rupert oder Bryan, sie werden wissen, was zu tun ist.«

Es folgte eine lange Stille, in der mir die Lampe immer noch voll ins Gesicht schien und ich langsam unsicher wurde. Ein paar unangenehme Gedanken begannen, sich in meinen Kopf zu schleichen. Meine Lage konnte nur als unvorteilhaft bezeichnet werden, und Poppy war noch ein kleines Mädchen, das bereits deutlich gemacht hatte, wie nachtragend es sein konnte. Sie hatte mich eine ganze Woche lang geschnitten und hätte wahrscheinlich damit weitergemacht, wenn sie nicht in der Klemme gesteckt und meine Hilfe gebraucht hätte. Jetzt, da sie in Sicherheit war, bestand kein Grund mehr für sie, mir zu helfen. Was sollte ich tun, wenn sie einfach mit den Hunden wegging und mich die ganze Nacht hier unten in der Gruft ließ?

»Poppy?«

Diesmal bewegte sich der Lichtstrahl. »Ich gehe«, sagte sie. Das klang in meinen Ohren nicht besonders ermutigend, doch ehe ich noch etwas anderes sagen konnte, war sie schon weg, und ich hörte, wie sich ihre Schritte auf den Marmorplatten entfernten und mit den nächtlichen Geräuschen des Parks verschmolzen.

Mir war kalt in diesem dunklen Loch. Ich schlang meine Arme um mich und trat an die Stelle, wo das Mondlicht indirekt in die Gruft fiel. Langsam gewöhnten sich meine Augen an die Dunkelheit, und ich erkannte die nächstgelegene Wand, während die anderen drei in der undurchdringlichen Schwärze verborgen blieben und ich ihre Lage nur aus meiner Erinnerung an die Ausmaße des Mausoleums erraten konnte. Die Wand war glatt und mit Marmortafeln verkleidet, welche so gut aneinandergepaßt waren, daß sie keinen Mörtel zu brauchen schienen. Galeazzo mußte die besten Handwerker für dieses letzte Geschenk an seine geliebten Windhunde beschäftigt haben, in dem er auch selbst die ewige Ruhe zu finden gehofft hatte. Sein Sarkophag stand ebenfalls irgendwo hier unten, allerdings leer, nach Alex' Worten, weil sein Vater sich geweigert hatte, ihn darin zu begraben. Zweifellos war er genauso kunstvoll gefertigt wie alles andere, und zu jedem anderen Zeitpunkt wäre ich sicher in Stimmung gewesen, die Handwerkskunst zu bewundern, aber nicht in dieser Nacht.

Nicht, während ich allein und fröstelnd dort herumstand und es möglichst vermied, daran zu denken, wo ich war und was mich umgab. Vor allem versuchte ich, nicht daran zu denken, was Max veranlaßt haben mochte, in dieses Loch zu springen, und verbannte Edwinas Stimme aus meinem Kopf, die sagte: »Er hat wahrscheinlich eine Ratte gewittert.«

In meinem kleinen Viereck aus Mondlicht stehend spitzte ich die Ohren und lauschte auf das Geräusch herannahender Hilfe.

Zuerst hörte ich nur den Wind in den Bäumen und ein Blatt, das über den Boden des Mausoleums wehte, verblüffend laut in der Stille. Ganz in der Nähe rief ein Nachtvogel, ein leiser, verstohlener Schrei, und dann hörte ich endlich Schritte, die näher kamen.

Ich atmete vor Erleichterung auf. Poppy hatte mich also nicht im Stich gelassen. Es klang, als würden sogar mehrere Personen zielstrebig auf das Mausoleum zugehen. Die leichten, schnelleren Schritte gehörten sicher Poppy, die anderen waren schwerer. Männer, dachte ich. Die Hunde konnte ich nicht hören, aber ...

Einer der Männer sagte plötzlich etwas auf italienisch, und eine weibliche Stimme antwortete. Nicht Poppys, sondern Danielas.

Ich klappte meinen Mund wieder zu, den ich schon zu einem Hilferuf geöffnet hatte, und zog mich ins Dunkel zurück, wobei ich mich vorsichtig bewegte und hinter mir nach Hindernissen tastete. Als ich gegen die Seitenwand stieß, benutzte ich sie zur Orientierung und tastete mich Nische für Nische rückwärts, auf der Suche nach einem Versteck.

Die Nischen dienten offenbar hauptsächlich zur Verzierung, denn sie waren nicht tief genug, um sich darin zu verbergen, und die Hundesarkophage waren zu klein, als daß sie irgendwelchen Schutz geboten hätten. Hätte ich gewußt, wo sich Galeazzos Steinsarg befand, wäre ich sofort darauf zugegangen, doch so konnte ich mich nur in den hintersten Winkel drücken und hoffen, daß mich in der Dunkelheit niemand entdeckte.

Ich hätte im nachhinein nicht erklären können, warum ich so reagierte, wie ein Tier, das sich beim ersten Anzeichen von Gefahr in seinen Bau zurückzieht, aber einen Augenblick später wußte ich, daß ich die richtige Entscheidung getroffen hatte. Daniela sprach den zweiten Mann an: »Pietro ...«, und er antwortete mit rauher, barscher Stimme.

Sie waren inzwischen ganz nahe. Ihre Schritte hallten auf den Stufen des Mausoleums wider und kamen am Rand der Öffnung zum Stehen. Ich hörte ein metallisches Kratzen, als etwas über den Marmorboden geschleift wurde, und begrub meine schwache Hoffnung, sie könnten wegen der zerbrochenen Leiter nicht herunterkommen – sie hatten ihre eigene Leiter mitgebracht, ein solides Modell aus Aluminium, das mit unheilverkündender Endgültigkeit auf dem Boden der Gruft landete. Eine Taschenlampe wurde angeknipst und streute ihr helles Licht nach unten, während ein Paar Stiefel – Männerstiefel – auf der obersten Leitersprosse auftauchte.

Ich stand wie festgewachsen in der Ecke und hatte wieder das Gefühl, in meinem Alptraum zu sein. Die Traumhandlung war zwar ein wenig anders gewesen, aber die Umgebung stimmte und auch die Furcht und das Herzrasen, die mit der verzweifelten Hoffnung einhergingen, daß mich niemand entdecken möge.

Der Mann mit den Stiefeln blieb nicht auf meiner Seite der Grabkammer, sondern ging zur gegenüberliegenden Wand, wo seine Taschenlampe eine große, gewölbte Nische beleuchtete, die mit in Stein gehauenene Heiligen und Engeln ausgeschmückt war und einen mannsgroßen Sarkophag aus weißem Marmor mit einer liegenden Figur darauf enthielt – Galeazzos, vermutete ich.

Wer der Mann mit den Stiefeln war, konnte ich allerdings

nicht erkennen. Er hatte mir den Rücken zugedreht, so daß er nur als Schemen vor dem Licht der Lampe zu sehen war, aber er schien mir zu klein für Pietro und bewegte sich anders.

Die Leiter quietschte und klapperte wieder, und zwei weitere Schatten gesellten sich zu ihm, zuerst Pietros, unverwechselbar in seinem Umfang, dann der kleinere, schmalere von Daniela. Sie hatte ebenfalls eine Taschenlampe dabei, und als sie den Strahl über die Wand vor sich gleiten ließ, erfaßte er auch die beiden Männer. Ich sah Pietros bärenhafte Schultern und den Hinterkopf des ersten Mannes mit seiner herzförmigen, kahlen Stelle …

Das überraschte mich zunächst nicht. Mir war bereits der Verdacht gekommen, daß es sich um Danielas geheimnisvollen Verehrer handeln könnte, aber da ich ihn nie von vorn gesehen hatte, war ich erstaunt, als er sich zu den anderen beiden umdrehte und ich auch sein Gesicht kannte.

Ich hatte ihn doch schon einmal von vorn gesehen, nämlich auf dem kleinen Platz in Sirmione, wo ich etwas gegessen hatte. Er war der Mann in dem roten Hemd, der mich so nervös gemacht hatte und der später wie ein Geier die Menge beobachtet hatte, als ich wegen Poppys Kette zurückgekommen war.

Meine Gedanken rasten zurück zu jenem Abend in der Veranda della Diana, nachdem Alex und ich von Teresas Haus zurückgekommen waren, und ich dachte daran, wie Alex mir erklärt hatte, warum Giancarlo ihr Treffen in Sirmione nicht eingehalten hatte: *Der Gehilfe war überzeugt, daß sie beobachtet würden …*

War das der Mann, der sie beobachtet hatte? Der Mann, der Giancarlo mit einiger Sicherheit nach Mira gefolgt war und ihn am Straßenrand hatte sterben lassen?

Ich betrachtete ihn mit zusammengekniffenen Augen, als er lächelte und die Hand erwartungsvoll zu Daniela ausstreckte. Weil sie hinter dem Licht stand, hatte ich nicht bemerkt, daß sie noch etwas anderes als die Taschenlampe trug. Es sah aus wie ein Koffer, einer, der gut als Requisite in einem

Stück hätte dienen können, das in den sechziger Jahren spielte: kastenförmig und mit hellblauem Kunstleder bezogen, das schon ein paar Dellen und Kratzer abbekommen hatte. Kaum die Sorte Koffer, die ich mit Daniela in Verbindung gebracht hätte, aber sie behandelte ihn sehr vorsichtig und händigte ihn nur zögernd aus.

Pietro trat dazwischen und unterbrach die Übergabe. Einen Augenblick lang dachte ich, der Mann mit der kahlen Stelle würde Widerstand leisten, denn er runzelte die Stirn und holte Atem, als wollte er etwas sagen, doch dann gab er nach und machte sogar eine einladende Geste, als Pietro den Koffer auf dem Sarkophag abstellte und die Schließen aufschnappen ließ.

Beide Taschenlampen richteten sich nach unten und beleuchteten den Inhalt des Koffers. Zuerst sah ich nur irgendein weißes, aufgeschäumtes Verpackungsmaterial. Pietro wollte es beiseite schieben, doch Danielas behutsamere Hand ging dazwischen, nahm das weiße Zeug weg und enthüllte eine Reihe von Gegenständen, die unter dem starken Lampenlicht funkelten und glitzerten. Sie sagte etwas zu Pietro, das so etwas wie »Siehst du? Was hab ich dir gesagt?« bedeuten mochte, aber er griff trotzdem nach einem der Objekte und nahm es heraus, bevor sie ihn aufhalten konnte.

Sofort brachen Daniela und der andere Mann in aufgeregte Warnungen aus, und ich sah auch, warum. Pietros riesige Pranke hielt eine Vase, die aus einem gelblichen, mit Edelsteinen besetzten Glas gemacht war und so aussah, als würde sie unter dem leichtesten Druck zerbrechen. Achselzuckend legte er sie wieder zurück und ließ Daniela mit einem Klicken den Koffer schließen.

Sie war also doch an dem Diebstahl beteiligt und schien weniger Wert auf ihren guten Ruf und den der Stiftung zu legen, als Edwina angenommen hatte. So, wie ich Daniela einschätzte, war es wohl gerade das Risiko, das sie anzog – sie liebte es, ein doppeltes Spiel zu spielen. Außerdem ging es natürlich um eine Menge Geld. Die Vase im Koffer ähnelte im Stil sehr dem byzantinischen Kelch, den Giancarlo von dem

Juwelier in Sirmione zurückgeholt hatte, und mußte ebenfalls aus Galeazzos Sammlung von Gegenständen aus dem Vierten Kreuzzug stammen. Diese Sachen würden auf dem illegalen Kunstmarkt zweifellos hohe Summen einbringen.

Ich war ganz in meine Betrachtungen über das Komplott vertieft, als irgend etwas – vermutlich ein Insekt – an meiner Wand herunterkrabbelte und ich reflexartig wegzuckte, wobei ich eine kleine Lawine von feuchten Steinbröckchen auslöste, die vielleicht nicht bemerkt worden wäre, wenn die anderen gerade gesprochen hätten … aber das taten sie nicht. Ich sah, wie ihre Köpfe herumfuhren, sah den Schein der Taschenlampe in meine Richtung schwingen.

Es gab nichts, wo ich mich hätte verstecken können, und ich wollte auf keinen Fall, daß mich der Lampenstrahl in der Ecke hockend erwischte, als wäre ich diejenige, die hier etwas Verbotenes tat. Also stieß ich mich von der Wand ab, machte ein paar Schritte und stand ruhig und aufrecht da, als die Taschenlampen mich erreichten. Das Licht blendete mich und stach mir in die Augen, aber ich hielt den Kopf hoch erhoben und blickte starr geradeaus, wie es mir Madeleine für heikle Konfrontationen geraten hatte: Tu so, als wärst du eine Königin und die anderen die Diener.

Um den richtigen Ton bemüht sagte ich laut und deutlich: »Guten Abend.«

Aus dem Dunkel hinter den Lichtstrahlen ertönte Gemurmel. Es war ein ähnliches Gefühl, wie allein auf der Bühne im Rampenlicht zu stehen, hinter dem sich das Publikum verbirgt. Die Stimmen der Männer waren zuerst zu hören, dann übertönte Daniela sie beide auf englisch: »Was machen Sie hier?«

Entschlossen, mich trotz meiner Furcht nicht einschüchtern zu lassen, begegnete ich ihrer feindseligen Frage mit überlegen hochgezogener Augenbraue. »Eigentlich wollte ich Sie gerade dasselbe fragen«, sagte ich. »Ich habe den Eindruck, Ihre Erklärung dürfte interessanter ausfallen als meine.«

Wieder das Murmeln der Männerstimmen, das von Daniela mit einem kurzen Befehl zum Schweigen gebracht wurde, worauf Pietro auf mich zukam, mich hart am Arm packte und zu den anderen beiden zerrte. Obwohl ich regelrecht spürte, wie sich unter seinen dicken Fingern blaue Flecke bildeten, unterdrückte ich jeden Schmerzenslaut. Mein einziger Vorteil lag im Moment darin, keine Angst zu zeigen.

Der Mann mit der kahlen Stelle fragte Daniela etwas auf italienisch, das sie für mich übersetzte. »Woher wußten Sie, daß wir heute nacht hierherkommen würden?«

Auf diese nahe Distanz blendete mich das Licht seiner Taschenlampe nicht mehr, und ich hatte keine Mühe, sein Gesicht zu sehen. Die Art, wie er mich beobachtete, bestätigte mir, daß ich äußerst vorsichtig sein mußte. Ich zuckte die Achseln. »Reine Intuition.« Um weitere Fragen abzuwenden, ging ich in die Offensive und deutete auf den Koffer. »Sie glauben doch nicht im Ernst, daß Alex das Fehlen dieser Gegenstände nicht bemerken wird?«

Aus irgendeinem Grund schien Daniela meine Bemerkung amüsant zu finden, so sehr, daß sie sie den anderen übersetzte, damit sie auch ihren Spaß haben konnten. Pietro, der dicht hinter mir stand, stieß ein kurzes, bellendes Lachen aus, während der andere Mann nur dünn lächelte und seine Taschenlampe auf eine kleine Holzkiste in einer Nische zwischen der Wand und dem leeren Sarkophag richtete. Er hob den Deckel der Kiste ab und schob sorgfältig die Verpackung beiseite, um mir zu zeigen, was sich darin befand. Seine Lampe ließ eine Reihe von geschliffenen Edelsteinen aufblitzen, die eine zerbrechliche Vase aus gelbem Glas umringten. Dann sagte er etwas zu Daniela, worauf diese den Koffer ein zweites Mal öffnete und die andere, vollkommen gleich aussehende Vase erneut zum Vorschein brachte.

Unter der Vase erspähte ich den Rand von etwas, das wie ein Kelch aussah, und als ich die Bedeutung all dessen zu begreifen begann, fragte Daniela: »Was ist das Original und was die Nachbildung? Wissen Sie es? Natürlich nicht. Und Alex wird es genausowenig erkennen können. Für ihn wird nichts fehlen.«

Das war es also, was Giancarlo herausgefunden hatte – nicht

nur Diebstahl, sondern Diebstahl und Fälschung. Nachdem er Pietro bis zu dem Juweliergeschäft in Sirmione gefolgt war, mußte er von dem Assistenten erfahren haben, daß der Besitzer an der Herstellung von gefälschten Objekten beteiligt war.

Der Gedanke an Giancarlo ernüchterte mich, denn schließlich war er zum Schweigen gebracht worden, als er aufgedeckt hatte, was ich jetzt wußte, und in all den Krimis, die ich gelesen hatte, war es nie ein gutes Zeichen, wenn die Verbrecher der Heldin bereitwillig alle Einzelheiten ihrer Unternehmung schilderten. Es bedeutete, daß sie bereits beschlossen hatten, sie aus dem Weg zu schaffen.

Meine einzige Hoffnung war, daß Poppy bald mit den anderen – vor allem mit den Hunden – zurückkehrte.

»Gute Qualität, nicht?« Daniela berührte die Vase in der Kiste, stolz auf ihre Leistung. »Viele geschickte Künstler waren zu ihrer Herstellung nötig. Das Glas wurde speziell in Venedig mundgeblasen ...«

»Ach, deshalb waren Sie beide dort? Jetzt verstehe ich.« Als Daniela mich stirnrunzelnd ansah, fuhr ich ruhig fort: »Ich dachte, Sie hätten nur eine kleine Affäre hinter Alex' Rücken gehabt, aber es war wohl eher eine Geschäftsreise.«

Sie sah nicht erfreut aus. »Sie haben uns in Venedig gesehen?«

»Komischer Zufall, was? Und ich habe Sie auch zusammen in Mira gesehen, an dem Tag, als Bryan ankam.«

Ich sah, wie sie ihr Gedächtnis anstrengte. »Haben Sie Alex etwas davon gesagt?«

Weil es ihr so wichtig zu sein schien, wählte ich die Antwort, die ihr am wenigsten gefallen würde. »Natürlich. Ich fand, er hatte das Recht, es zu erfahren.«

Die beiden Männer hatten unseren Wortwechsel stumm verfolgt, doch jetzt stellte Pietro eine Frage, und Daniela antwortete mit einem knappen Satz, der mit »Signor D'Ascanio« begann. Vielleicht konnte ich mir ein dünnes Sicherheitsnetz knüpfen, indem ich sie glauben ließ, daß noch jemand außer mir über ihre Pläne Bescheid wußte. »Alex weiß sowieso alles«, sagte ich. »Noch mehr als ich. Giancarlo hat es ihm gesagt.«

Der Mann mit der kahlen Stelle sah mich an, und ich wußte, er hatte mich verstanden, denn seine Augen wurden schmaler und blickten durchdringend. Er gab nicht länger vor, eine Dolmetscherin zu brauchen und sagte: »Das glaube ich nicht. Nein, ich denke, Sie erzählen Lügen. Ich habe Giancarlo beobachtet, seit unser Mann in Sirmione sagt, es gibt vielleicht Problem. Ich würde es wissen, wenn Giancarlo etwas gesagt hat zu D'Ascanio.«

»Er ist nachts zum Haus gekommen.«

»Ja, aber das ist lange her, und Giancarlo hat selbst noch nichts gewußt zu der Zeit. Er hat immer noch Fragen gestellt.« Ohne daß er sich bewegt hätte, schien der Abstand zwischen uns geschrumpft zu sein, seine Körpersprache war selbstsicher.

Ich versuchte, meine Furcht zu verbergen, und sah ihm in die Augen. »Dann war es also Giancarlo, den Sie an jenem Sonntag auf dem Platz in Sirmione beobachtet haben?«

»Sie erinnern sich an mich? Ich bin geschmeichelt.«

»Und Sie waren es wohl auch, der ihm hierher gefolgt ist und ihn überfahren hat?«

Mit gespielter Bescheidenheit schüttelte er den Kopf. »Nein, nein, diese Aufgabe habe ich Pietro überlassen. Er ist schon hier, er kann leicht einen Wagen stehlen und auf Giancarlo warten. Ich kümmere mich solange um den Verräter.« Der Gehilfe des Juweliers, dachte ich verzweifelt, der Mann, der Giancarlo den Kelch gegeben hatte. Das Lächeln meines Gegenübers wurde zu einem selbstzufriedenen Haifischgrinsen. »Ich fürchte, er kann nichts mehr sagen, der Arme.«

Das Grinsen ließ mein Blut gefrieren, und ich widerrief im stillen meinen Wunsch von vorhin und hoffte geradezu, daß Poppy mich im Stich gelassen hatte und nicht ahnungslos mit jemand anderem zurückkam. Ein Mann, der so eiskalt lächeln konnte, war gefährlich und mit Pietro an seiner Seite zu allem fähig.

Daniela sah ihn fragend an. »Was machen wir jetzt?«

»Wir ändern den Plan.«

Ehe ich seine Absicht bemerken konnte, hatte er Pietro zugenickt, und ich spürte einen Schlag und sah tausend Lichter in meinem Kopf explodieren und danach nichts mehr.

Die Gruft war still und friedlich, der geeignete Ort. Hier würde sie wenigstens nicht gestört werden. Mit tränennassem Gesicht stemmte er sich gegen den Deckel des Sarkophags, bis dieser sich qualvoll Stück für Stück bewegte. Er war nicht mehr jung. Er brauchte lange.

Endlich hatte er ihn so weit verschoben, daß er sie vorsichtig hineinlegen konnte. Er hatte nicht daran gedacht, ein Kissen für ihren Kopf mitzunehmen … Vielleicht würde er ihr morgen eines bringen. Und Rosen. Ja, sie sollte auf Rosen gebettet sein, deren Duft sie so geliebt hatte.

Er drückte einen Kuß auf ihre Stirn und glättete das weiche, helle Haar. Hier konnte sie schlafen. An diesem Ort, wo er alles begrub, was er am meisten geliebt hatte, und wohin er selbst kommen würde, wenn die Zeit reif war, um in ihren Armen zu ruhen und Frieden zu finden.

»Bitte, Gott«, betete er laut, »laß es bald sein.«

Dann kniete er nieder, legte sein Gesicht auf die Stelle ihres Körpers, wo ihr gemeinsames Kind hätte wachsen sollen, und weinte um alles, was hätte sein können, und alles, was er verloren hatte.

XVIII

Ich öffnete die Augen und blickte in einen blaßorangenen Nebel. Träge trieb ich dahin … Ich wollte schlafen, aber das flackernde Licht hielt mich in seinem Bann. Ich hatte keine Ahnung, wo ich war – wahrscheinlich in einem Traum. Alles hatte diese unwirkliche, verzerrte Qualität von Träumen.

Auch die Frau an meinem Bett war nicht wirklich. Ihr hellgelbes Sommerkleid stammte aus einer anderen Epoche, und sie selbst war von einem schwachen Leuchten umgeben, das sie als etwas nicht Menschliches kennzeichnete. Ich begegnete kurz ihrem Blick und lächelte, ehe wieder alles verschwamm, weil ich in meinem seltsamen Schwebezustand meine Augen nicht scharf einstellen konnte.

Da ich nichts in dem Zimmer wiedererkannte, ließ ich mich eine Weile treiben, dann zwang ich meine Augen erneut in ihre Richtung. Sie war immer noch da, am Ende des Bettes. Aber das ist doch ganz falsch, dachte ich verwirrt, sie sollte in dem Porträt sein.

»Liebes, du mußt jetzt aufwachen«, sagte Celia die Erste mit der melodiösen Stimme, von der ich schon einmal geträumt hatte. »Alle warten.«

Ich versuchte, ihre Worte zu begreifen. »Warten? Worauf?«

»Wach einfach auf und komm mit, sei ein braves Mädchen.« Sie erhob sich und streckte auffordernd eine Hand aus. »Beeil dich.«

Es waren mehrere Versuche nötig, ehe ich stehen konnte – anfangs hatte ich keine Kontrolle über meine Beine, sie knickten unter mir zusammen, bis ich gelernt hatte, sie gerade zu halten –, und die ersten Schritte waren so wackelig, als würde ich auf Wellen gehen, aber ich gab mein Bestes, ihr zu folgen.

Der orangene Nebel wurde dichter und heller und verschluckte ihre Gestalt, als sie mich die Treppe hinunterführte. Unten wartete sie auf mich und lächelte. »Hier entlang.«

Ich schleppte mich im Zeitlupentempo hinter ihr her und fühlte mich sehr weit weg; mein Kopf war ein Ballon, der über meinen Schultern schwebte. Irgendwo vor uns hörte ich einen Hund bellen.

Celia die Erste verlor sich wieder im Nebel, blickte jedoch noch einmal zu mir zurück. »Du wirst ihm sagen, daß ich nicht weggelaufen bin, ja? Du wirst ihm sagen, daß ich ihn liebe?«

Dann verschwand sie, und der Nebel wurde erstickend heiß, brannte in meiner Kehle und meinen Augen, und als er sich wieder lichtete, sah ich plötzlich Ruperts erleichtertes Gesicht vor mir. »Gott sei Dank«, sagte er und legte einen Arm um mich. »Nichts wie raus hier.«

Auf einmal war ich wieder völlig bei Bewußtsein. Ich hörte lautes Knistern und erkannte, daß der Nebel kein Nebel war, sondern Rauch, und das orangene Licht Feuer. Einen kurzen Moment war ich gelähmt vor Schreck, weil ich nicht wußte, wo ich mich befand oder wie ich hierhergekommen war, und dann verstand ich, daß wir in der Villa delle Tempeste waren, ein paar Schritte von der Eingangshalle entfernt. Hinter uns konnte ich gerade noch die Überreste des Wohnzimmers ausmachen, wo flammende Stoffbahnen sich von den Fenstern neben dem Kamin lösten.

Als Rupert mich weiterzog, stolperte ich beinahe über etwas, das ich für einen Tisch hielt, bis es sich bewegte. Ich spürte weiches Fell, einen wedelnden Schwanz und eine lange Schnauze, die gegen mein Bein schubste. Der Hund – ich wußte nicht, welcher von beiden – drängte vorwärts mit einem nervösen Winseln, während ein brennender Balken von der Decke fiel und krachend neben uns landete.

»Geh jetzt, schnell.« Rupert dirigierte mich zur Vordertür. »Geh mit Max, er wird dich hinausführen.«

»Aber Ru ...«

»Ich komme sofort nach. Ich muß noch schnell Edwina suchen.«

Es war mir vorher nicht in den Sinn gekommen, daß noch jemand in der Villa sein könnte, doch nun, da mein Verstand wieder arbeitete, entsetzte mich der Gedanke. Ich wandte mich um. »Edwina ...«

»Geh«, sagte Rupert, packte meine Schultern und schob mich zur Tür. Ein weiterer Brocken fiel von der Decke, und Max jaulte auf. Ich faßte sein Halsband, duckte mich unter den dicksten Qualmwolken hindurch und ließ mich von ihm durch die Trümmer nach draußen zerren.

Jemand rannte auf mich zu, dann wurde ich von kräftigen Händen umfaßt, hochgehoben und an einen grobgestrickten Pullover gedrückt, der nach Alex roch. Unter meiner Wange schlug sein Herz stark und schnell, und als er seinen Kopf senkte, klang seine Stimme merkwürdig unsicher an meinem Ohr. Ich verstand nicht, was er sagte, aber der Klang war beruhigend. An ihn gelehnt nahm ich nur vage die Menschen und Rufe um uns herum wahr, eine hektische Betriebsamkeit.

Schließlich hob er den Kopf und strich mir die Haare aus dem Gesicht. »Ist alles in Ordnung mit dir?«

»Mir geht es gut. Aber Edwina ...«

»Keine Sorge.« Er führte mich über den Rasen in eine sichere Entfernung zur Villa, bis die hohen Palmen einen Rahmen um sie bildeten. Von dort überblickte ich das ganze Ausmaß des Brandes, die Flammen, die bereits das obere Stockwerk verschlangen und sich hungrig nach dem Ziegeldach reckten, und die dunklen Gestalten, die einander Befehle zuriefen und sich gezielt um das Inferno bewegten. Eine der Gestalten löste sich von den anderen und kam auf uns zu, über dem Arm etwas, das wie eine Decke aussah.

Ich vergrub mein Gesicht in Alex' Pullover, weil ein neuer Hustenanfall mich schüttelte, und fühlte, wie die Decke um meine Schultern gelegt wurde.

»Um Himmels willen, Alex, laß ihr ein bißchen Luft.« Edwinas Stimme. »Das arme Mädchen kann ja nicht atmen, wenn du es so an dich drückst.«

Folgsam lockerte er seinen Griff, ließ mich aber nicht los. Der Anfall verebbte, und ich sah auf.

Edwina wirkte erstaunlich unversehrt für jemanden, der wie ich gerade aus den Flammen gerettet worden war. »Ein Glück, er hat dich gefunden«, keuchte ich. »Wo ist er?«

»Wer, Liebes?«

»Rupert.« Ihr verständnisloser Blick machte mir angst. »Er ist zurück ins Haus gegangen, um dich zu suchen. Er ...«

Sie sah Alex mit großen Augen an, und in diesem Augenblick dämmerte mir, daß Edwina gar nicht in der brennenden Villa gewesen war. Meine Vernunft setzte aus, ich brüllte Ruperts Namen und rannte auf die Villa zu, aber Alex war schneller. Er umschlang mich erneut mit seinen Armen und hielt mich fest. »Celia!«

»Nein!« Ich schrie und schlug mit beiden Fäusten auf ihn ein, um mich zu befreien, doch selbst wenn er mich losgelassen hätte, hätte ich nichts mehr tun können. In der Ferne war das Heulen von Sirenen zu hören, aber die Silhouetten der Menschen zerstreuten sich, wichen laut rufend zurück, und ich sah, wie das Dach der Villa mit krachendem Gebälk einstürzte und helle Flammen triumphierend in den schwarzen Nachthimmel schossen.

XIX

Wenn ich später an jenen Morgen zurückdachte, kam er mir wie der längste in meinem ganzen Leben vor, und doch hatte ich keine klare, zusammenhängende Erinnerung daran. Ich erinnerte mich zum Beispiel nicht daran, mit den anderen zum Haus zurückgegangen zu sein, aber als die ersten Strahlen des Tageslichts über die Berggipfel kletterten, saß ich in meinem Zimmer und wurde auf Alex' Anweisungen von einem Arzt untersucht. Ich wußte nicht, wo der Arzt hergekommen war, und akzeptierte seine Gegenwart fraglos, protestierte aber heftig – keine Ahnung, warum –, als er vorschlug, mich zur Beobachtung ins Krankenhaus einweisen zu lassen. Er bestand nicht darauf. Da er keine schwerwiegenden gesundheitlichen Schäden feststellen konnte, hinterließ er Alex eine Liste von Symptomen, auf die er achten sollte, gab Anweisung, mich nicht allein zu lassen, und verschwand wieder. Etwas später war auch Alex verschwunden, und an seiner Stelle saß mir Madeleine gegenüber, Tee trinkend und betrübt.

»Sie hat ein schrecklich schlechtes Gewissen«, sagte sie, und irgendwann ging mir auf, daß sie von Poppy sprach. »Sie hat uns nämlich nicht gleich gesagt, wo du bist, und als wir endlich zum Mausoleum kamen, warst du schon weg, und wir dachten, du hättest dich irgendwie allein aus der Gruft befreit und wärst zurück zum Haus gegangen. Den lief voraus, um nachzusehen, und wir wären ihm alle gefolgt, wenn Max nicht gewesen wäre.«

Was hatte denn jetzt der Hund damit zu tun? »Max?«

»Er spielte vollkommen verrückt – ich habe noch nie erlebt, daß ein Hund sich so benommen hat. Er ist wie toll herumgesprungen und hat gebellt ... er hat uns praktisch hinunter zur Villa gezerrt, und Poppy war sicher, daß er deine Spur aufgenommen hatte. Und dann haben wir auch schon das Feuer gesehen.« Sie blickte zur Seite, als wollte sie mich nicht daran erinnern. »Jedenfalls ist meine Tochter zur Zeit ein sehr unglückliches Mädchen. Sie wollte kommen und sich bei dir entschuldigen, aber ich habe ihr gesagt, sie soll noch ein bißchen warten ...«

Dann schien sich der Raum zu drehen, und Edwina nahm Madeleines Platz ein, aber ohne Tee. Sie sah mich warmherzig an. »Du brauchst dich nicht zu schämen«, sagte sie. »Es ist gut zu weinen. Du hast einen schlimmen Schock erlitten und einen geliebten Menschen verloren. Obwohl du mit der Zeit verstehen wirst, daß du ihn nicht wirklich verloren hast – er ist nur in eine andere Welt hinübergegangen. Im Geist ist er immer noch bei dir.«

Warme Tränen liefen mir übers Gesicht, als ich mich umdrehte und halb erwartete, Ruperts Geist neben mir zu sehen. Mit Edwina im Zimmer war alles möglich. Ich war zwar immer noch skeptisch, fragte aber: »Können sie uns hören, wenn wir zu ihnen sprechen, die Geister?«

»Ja, ich glaube schon, wenn sie in der Nähe sind.«

Das tröstete mich ein wenig. Ich wischte mir mit der Hand über die Wangen und überlegte, ob ich ihr von meiner Begegnung mit Celia der Ersten in der Villa letzte Nacht erzählen sollte. Edwina würde mein Erlebnis nicht in Frage stellen, das wußte ich, aber genau das war es, was mich zögern ließ. Ich wollte es nicht bestätigt haben, ich wollte nicht denken, daß es Wirklichkeit gewesen sein könnte. Es war leichter, die Episode als eine Folge meiner leichten Gehirnerschütterung abzutun.

Meine Wahrnehmung funktionierte eindeutig nicht ganz richtig, aber ob das an der Gehirnerschütterung oder an meiner Trauer lag, konnte ich nicht sagen. Die Zeit verging schubweise, mit großen Lücken dazwischen. Edwina wurde irgendwann von Bryan abgelöst, der das alte pergamentene Gebetbuch mitgebracht hatte, um darin zu lesen, während er bei mir saß.

Beim Anblick dieses Buchs mußte ich an Rupert denken und daran, wie aufgeregt er gewesen war, als er es gefunden hatte; wie er vergeblich versucht hatte, seine Begeisterung mit mir zu teilen.

»Er hat es doch nicht mit Absicht getan, oder?« fragte ich. Bryan saß am Fenster und blätterte langsam darin. »Dieser Tag auf der Terrasse geht mir nicht aus dem Kopf, als wir über Selbstmord gesprochen haben und Ru uns diese Geschichte von deinem Nachbarn in Australien erzählt hat – du weißt schon, der sich erschossen hat, weil er seiner Familie nicht zur Last fallen wollte ... Meinst du, Rupert hatte Angst, er würde zu einer Last für uns werden?«

»Nein, das glaube ich nicht.«

»Aber er muß doch gewußt haben, daß Edwina nicht in der Villa war.«

Bryan hob den Kopf. »Woher hätte er das wissen sollen? Sie war doch mit Alex weggefahren, oder? Sie waren gerade erst zurückgekommen.«

Vage erinnerte ich mich, daß Alex etwas dergleichen gesagt hatte. Er hatte mir erzählt, was in ihm vorgegangen war, als er die Villa bei seiner Rückkehr in Flammen vorfand und hörte, daß Max meine Spur vom Pfauenteich dorthin verfolgt hatte und ich wahrscheinlich darin war. Seine Stimme klang mir noch im Ohr: »Ich war halb wahnsinnig vor Angst ...«

Mein Blick verschwamm, ich dachte wieder an Rupert und sah zu dem sonnenhellen Fenster hin, hinter dem sich die schneebedeckten, fernen Berge mit der gleichgültigen Schönheit der Natur vom Morgenhimmel abhoben, als hätte der Tod eines Menschen nichts verändert. Aber er hatte alles verändert.

»Jetzt wird er nie unser Stück sehen«, sagte ich.

»Er wird es sehen«, widersprach Bryan sanft. »Außerdem ist es ihm nie so sehr um die Aufführung gegangen, als um die Proben – er wollte mit dir arbeiten, wollte bei deiner ersten Hauptrolle Regie führen, das war sein größter Wunsch. Und der wurde ihm erfüllt.«

Er hatte natürlich recht. Rupert hatte den Großteil seiner Regiearbeit beendet und die Leitung bereits an den Inspizienten abgegeben – von nun an war das Stück Dens Kind.

Es half mir zu denken, daß Rupert nicht gestorben war, ohne seine Hoffnung erfüllt zu sehen; daß wir unsere besondere Zeit zusammen gehabt hatten, so wie es von ihm geplant worden war.

Bryan beobachtete mich. »Ich wünschte nur, er hätte dir nichts von seiner Krankheit erzählt. Das war wirklich schade. Damit hätte es noch gut ein Jahr Zeit gehabt.«

»Noch ein ganzes Jahr?« Ich sah ihn verdutzt an. »Was sollte dann überhaupt dieser Streit? Warum hast du gesagt, du würdest es mir erzählen, wenn er es nicht tut?«

»Ach das.« Er starrte auf die Pergamentseiten, die seine ziellosen Finger aufgeblättert hatten. »Dabei ging es nicht um seine Krankheit.«

»Worum dann?«

»Wie bitte?«

Wenn es nicht so untypisch für ihn gewesen wäre, hätte ich geschworen, daß er mir auswich, in der Hoffnung, ich würde das Thema fallenlassen. Geduldig fragte ich nach: »Was war es, daß er mir sagen sollte?«

Mit gesenktem Kopf gab er vor zu lesen. »Engelchen, das ist jetzt wirklich nicht der Zeitpunkt ...«

»Bryan, wenn du es mir nicht sagst, rege ich mich erst recht auf.«

Schweigend blätterte er eine weitere Seite um, dann seufzte er und klappte das Gebetbuch zu.

Und erzählte es mir.

XX

Die leere, runde Bühne wirkte in der Nachmittagsstille, als würde sie den Atem anhalten. Leise knarrten die Bretter unter meinen Füßen, dann umgab mich die Stille wieder wie ein Kokon, als ich am Bühnenrand stehenblieb und die dreizehn Sitzreihen überblickte, die aufwendig restauriert auf das Publikum warteten. Unwillkürlich mußte ich an den Tag denken, an dem ich zum erstenmal hier gestanden hatte, staunend und glücklich, als die Sonne sich wie heute über die Hügel ringsum ergoß und ein weiches Lüftchen unter dem spitzen Dach säuselte. Ich schloß die Augen, um die Erinnerung festzuhalten, und atmete den würzigen Duft der Pinien ein.

Heute wie damals kam mir der Monolog aus Sophokles' »Elektra« in den Sinn, den ich für Den und Rupert rezitiert hatte – Elektras Eröffnungsklage, jetzt noch passender, nach allem, was geschehen war. Elektra beweint Agamemnons Tod: »Daß ich nicht gleich ihr, die ihr Kind erschlug/ Der Nachtigall, mit dem Weheruf/ Vor diesen väterlichen Türen/ Den Widerhall allen hinausschrei!«

Vor diesen väterlichen Türen ...

Hinter mir knarrten die Bühnenbretter.

Ich drehte mich nicht um. Dens Stimme sagte: »Entschuldige, ich habe nicht bemerkt, daß jemand hier ist.«

Ich schlug die Augen auf, nicht mehr Elektra, sondern wieder die einfache Celia. »Ich wollte nur ...« Es war mir nicht möglich zu erklären, was ich gerade getan hatte, also drehte ich mich um und sagte schlicht: »Ich mußte weg vom Haus.«

Er stand am Eingang zu den Garderobenräumen, einen Kaffeebecher in der Hand, und lächelte befangen. »Ja, ich weiß, was du meinst. Ich kann auch nicht gut in der Gruppe trauern.« Er hielt seinen Becher in die Höhe. »Möchtest du einen Kaffee? Ich habe da hinten gerade frischen aufgesetzt.«

»Nein, danke.« Ich machte ein paar Schritte hinüber zu meiner markierten Eröffnungsposition und wandte mich wieder den leeren Sitzreihen zu, die in wenigen Stunden voller Menschen sein würden.

Den sah mir zu. »Hör mal«, sagte er, »willst du das wirklich durchziehen? Es ist nicht zu spät, die Vorstellung abzusagen, weißt du. Ich kann ...«

»Nein.« Ich hatte bereits mit Madeleine darüber diskutiert und war immer noch genauso entschlossen. »Ru wäre stinksauer, wenn wir wegen ihm absagen würden. Diese Inszenierung sollte ein Triumph für ihn werden, die Aufführung des unaufführbaren Stücks. Wir würden ihm diesen Triumph nehmen, wenn wir jetzt nicht weitermachten.«

Sein Blick war verständnisvoll, aber besorgt. »Es ist halt so kurz nachdem ... ich meine, es wird eine große Belastung für dich sein.«

»Ich schaffe es schon.«

»Wie geht's deinem Kopf?« fragte er und kam herüber, um nach der Beule an meinem Hinterkopf zu tasten. »Dieses Schwein hat dir ganz schön eins übergebraten, was? Hat der Arzt wirklich erlaubt, daß du schon wieder herumlaufen darfst?«

Ich versicherte ihm, daß ich mit vollem Einverständnis des Arztes auf den Beinen war.

»Tja, wenn du meinst ...« Er sah nicht sehr überzeugt aus, aber schließlich zog er seine Hand zurück und fragte: »Weißt du, ob Alex schon zurück ist?«

»Ich habe ihn nicht gesehen.« Jedenfalls nicht mehr seit dem frühen Morgen. Ich erinnerte mich verschwommen, daß er gleich nach den Polizeibeamten weggegangen war und mir auch gesagt hatte, wohin er wollte, aber es war einfach nicht in meinem Gedächtnis haftengeblieben.

Den wußte offenbar Bescheid, denn er nickte und bemerkte, daß Alex' Erledigung wohl einige Zeit dauern werde. »Hoffentlich ist er rechtzeitig zurück, ehe der Vorhang aufgeht. Ich wollte ihn nämlich bitten, die Ankündigung vorzulesen. Wegen Rupert. Ich glaube, keiner von uns könnte das heute tun, ohne eine traurige Figur abzugeben.«

Das war ein Argument. Ich jedenfalls war nicht routiniert genug als Schauspielerin, um Ruperts Nachruf verlesen zu können, ohne daß meine Stimme versagte und die Trauer mich überwältigte. Aber ich hätte nicht erwartet, Den mit demselben Problem konfrontiert zu sehen. Ich betrachtete ihn auf einmal mit anderen Augen. »Ihr habt euch lange gekannt, du und Rupert, nicht wahr?«

»Ja.« Die eine Silbe kam steif hinter seinem Kaffeebecher heraus.

»Es ist wirklich verrückt, daß ich dir in all den Jahren nie begegnet bin«, sagte ich, als er sich ein paar Schritte zum Bühnenrand entfernte und sich an das gebogene Geländer lehnte.

»Na ja, ich war nicht oft in England.«

»Du hast eine Zeitlang dort gelebt, sagt Bryan.«

»Nur kurz. Bevor du geboren wurdest.«

»Hast du damals mit meiner Mutter zusammengearbeitet?«

Er nickte. »Sie wird sich wohl kaum an mich erinnern.«

Ich spielte mit meinen Fingern und suchte nach Worten. »Hast du sie geliebt?«

Seine Hand mit dem Becher hielt auf halbem Weg zum Mund inne. Er senkte sie langsam und sah mich durchdringend an. »Ja«, sagte er endlich, »das habe ich.« Ich erkannte an seinen Augen, wie sich die Frage formte. »Was hat Bryan dir sonst noch erzählt?«

Ich blickte zu Boden. »Alles.«

»Ach du Schande.« Damit hatte er nicht gerechnet. Er stellte schnell den Kaffeebecher ab und fuhr sich mit der Hand übers Gesicht. »So solltest du das nicht … verdammt, ich hab ihn gebeten, das nicht zu tun.«

Ich hätte das falsch verstehen können, hätte mich vielleicht sogar zurückgewiesen gefühlt, wenn Bryan mir nicht auch erzählt hätte, wie bewegt Den vorigen Sonntag gewesen war, als sie miteinander gesprochen hatten. Daher wußte ich, wieviel Beherrschung es ihn kostete, mir ruhig und mit einem Blick, der um Verzeihung bat, ins Gesicht zu sehen.

»Ich habe nichts davon gewußt, verstehst du. Sie hat es mir nicht gesagt.«

In all den Jahren hatte ich mir immer wieder ausgemalt, wie ich mich bei dieser Begegnung verhalten würde, wenn es je dazu käme: Selbstsicher und beherrscht würde ich meinem Vater gegenübertreten; ich würde aufrecht den Raum durchschreiten – aus irgendeinem Grund hatte ich mir diese Szene immer auf einer Party vorgestellt, mit vielen Leuten drum herum – und ihm ganz erwachsen die Hand geben …

Doch Phantasien waren unzuverlässige Genossen, wie Bryan so gerne betonte. Alles andere als beherrscht stürzte ich auf Den zu und schlang ihm die Arme um den Hals.

Er hielt mich fest, als wollte er mich nie wieder loslassen, und ich spürte seinen Stoßseufzer als Luftzug in meinen Haaren. »Ich hatte solche Angst, daß du enttäuscht sein könntest und mich ablehnst.«

»Spinnst du? Die ganze Zeit habe ich gedacht, was für einen tollen Vater du abgeben würdest, wie gut du mit Poppy umgehen kannst und all das und hatte keine Ahnung …«

»Tja, ich auch nicht, bis zu dem Tag, als du und Maddy eure Anprobe in dem Saal hattet. Es gab zwar vorher schon ein paar Kleinigkeiten, die mir aufgefallen waren, aber als ich dich so herausgeputzt und mit der blonden Perücke sah, traf es mich wie ein Blitz.«

Stirnrunzelnd erinnerte ich mich an den Zwischenfall und wie Den mich angestarrt hatte. »Habe ich meiner Mutter da wirklich so ähnlich gesehen?«

Er schüttelte den Kopf. »Nicht deiner Mutter, *meiner* Mutter. Sie starb, als ich noch ein Kind war, aber ich habe Fotos von ihr als junge Frau. Du hast ihr Lächeln und ihre Augen … Aber das habe ich erst gesehen, als du diese Perücke trugst. Sie war blond, meine Mutter, weißt du.«

»Und ab da wußtest du Bescheid?«

»Ich hatte zumindest einen starken Verdacht. Gewißheit bekam ich erst, als ich mit deiner Mutter sprach.«

Ich wich ein Stück zurück und sah ihn an. »Du hast mit meiner Mutter gesprochen?«

»Ja, ich habe sie angerufen. Sie weigerte sich zuerst, es zuzugeben – ich denke, sie wollte ihre Fans gern in dem Glauben lassen, daß dein Vater ein berühmter Schauspieler ist und nicht so ein kleines Licht wie ich –, aber als ich schweres Geschütz auffuhr und mit einem DNA-Test drohte, rückte sie endlich mit der Sprache raus.«

»Und wann war das?«

»Oh, vor ein paar Wochen.«

»Du hättest es mir sagen können.«

»Das ist nicht unbedingt etwas, mit dem man beim Abendessen herausplatzt. Nicht nach zwanzig Jahren.«

»Zweiundzwanzig.«

»Ja, das war auch so eine Sache. Rupert sagte mir, du wärst einundzwanzig …«

»Vielleicht hat er es wirklich verwechselt. Sein Gedächtnis war in letzter Zeit nicht das beste.« Doch die Entschuldigung klang selbst in meinen Ohren lahm. In Wahrheit hatte Rupert ganz offensichtlich nicht gewollt, daß Den von mir erfuhr, entweder aus Eifersucht oder aus Angst, er könnte mich verlieren, oder weil er mich einfach in diesem Sommer für sich allein haben wollte. Er war sogar so weit gegangen, mir von seiner Krankheit zu erzählen, was er gar nicht geplant hatte, statt Bryans Drängen nachzugeben und mir zu sagen, daß Den mein Vater war.

Allerdings konnte ich den Vorwurf, mir meinen Vater verheimlicht zu haben, ebensogut Bryan machen, der nicht minder lange Bescheid gewußt hatte. »Deine Mutter hat es uns einmal erzählt, als sie betrunken war«, hatte er mir gestanden, »und wir konnten später auch die Ähnlichkeit sehen, aber Dennis war … na ja, er hatte gern seinen Spaß und war nicht gerade das, was man einen verantwortungsbewußten Menschen nennt. Außerdem«, hatte er sanft hinzugefügt, »warst du *unser* Mädchen.«

Für den letzten Grund hatte ich Verständnis, und deshalb konnte ich ihnen die Geheimniskrämerei verzeihen. Ob Den das ebenfalls konnte, wußte ich nicht.

»Egal, wie viele Jahre es waren«, sagte er jetzt, »jedenfalls bist du gut ohne mich zurechtgekommen. Du warst glücklich. Welches Recht hätte ich gehabt, das zu zerstören?« Er sagte es leichthin, um seine Verletzbarkeit nicht zu zeigen, aber ich sah den Hoffnungsschimmer in seinen Augen.

»Du hast nichts zerstört«, sagte ich und legte meinen Kopf an seine Schulter. »Ich bin glücklich.«

Er streichelte mir schweigend über die Haare, bis seine Hand wieder auf die Beule stieß. »Bist du ganz sicher, daß der Arzt ...«

»Ja.«

»Hm, vielleicht sollte ich ihn selbst anrufen.«

»Den ...«

»Hey«, verteidigte er sich. »Ich bin gerade Vater geworden. Ich habe zweiundzwanzig Jahre nachzuholen. Was mich daran erinnert ...« – er beugte sich zurück, um mich forschend anzusehen – »was läuft eigentlich genau zwischen dir und D'Ascanio?«

XXI

Alex kam eine Stunde vor Beginn der Vorstellung in meine Garderobe.

Ich war noch nicht umgezogen und hatte gerade erst begonnen, Make-up aufzulegen. Lächelnd begrüßte ich ihn und sah mich suchend um. »Wo sind die Hunde?«

»Im Zwinger. Menschenmengen machen sie nervös.«

»Verstehe. Das Publikum trudelt also schon ein?«

»Ja, ein paar Busse sind bereits da. Es wird eine ausverkaufte Première.«

Wenigstens hatte das Wetter gehalten, so daß die Leute auf den unüberdachten Plätzen im Trockenen sitzen konnten. Vielleicht war jetzt Schluß mit dem Regen und den Stürmen für diesen Sommer. »Komm herein und setz dich.«

»Nein, nein. Ich will dich nicht bei deinen Vorbereitungen stören«, sagte er, blieb jedoch wie festgewachsen an der Tür stehen und fixierte eine Stelle neben meiner Schulter. Nach all den Wochen kannte ich diese Haltung und wußte, daß er etwas auf dem Herzen hatte, aber zögerte, damit herauszurücken.

Ich machte mit meinem Make-up weiter und warf ihm einen Blick im Spiegel zu. »Hat Den dich gefunden? Er möchte, daß du vor der Vorstellung etwas über Rupert sagst ...«

»Ja«, antwortete er knapp und fügte dann verbindlicher hinzu: »Es wird mir eine Ehre sein, das zu tun.« Dabei schien ihm noch etwas anderes einzufallen, und er sah mich an, als wollte er eine Wunde abtasten und hätte Angst, mir Schmerz zuzufügen. »Wegen der Einäscherung ... Sie könnte morgen früh um zehn stattfinden. Wäre dir das recht?«

»Ja. Ich muß zuerst noch Bryan fragen, aber ich denke, das geht in Ordnung. Danke.«

»Bist du sicher, daß du keinen Trauergottesdienst möchtest? Wir haben eine Kapelle hier im Haus und ...«

Ich unterbrach ihn mit einem Kopfschütteln. »Ru hat so etwas gehaßt. Er hat immer gesagt, daß er kein feierliches Begräbnis will, wenn er mal stirbt, sondern daß wir einfach seine Asche im Garten verstreuen sollen. Bryan wird wahrscheinlich ein paar Freunde zu einer formlosen Trauerfeier einladen, wenn er wieder zu Hause ist.«

»Er wird wohl bald abreisen?«

»Am Mittwoch, glaube ich.«

»Aber du bleibst hier?«

Ich sah ihn verwundert an. »Natürlich.«

»Du warst dir gestern nacht noch nicht sicher.«

»Ach so. Na ja, ich war auch nicht ganz bei mir gestern nacht. Ich kann mich kaum noch daran erinnern, was ich gesagt habe.«

»Verstehe.«

»Stimmt etwas nicht?«

Mir fiel auf, daß er reservierter als je zuvor war, was nicht nur damit zusammenhängen konnte, daß er mich wegen Ruperts Tod schonen wollte. Er hatte sich wieder in sich zurückgezogen, war auf Distanz gegangen.

»Nein, alles in Ordnung. Mir ist klar, daß du gestern nacht unter Schock gestanden und Dinge gesagt hast, die du nicht gemeint hast. Ich werde dich nicht darauf festnageln. Ich bin Gentleman genug, um deine Entscheidung zu respektieren und den Weg freizugeben.«

Als müßte ich eine Blockade lösen, schüttelte ich den Kopf. »Den Weg freigeben? Für was? Für wen?«

»Für Den natürlich.«

Ich seufzte. »Ich habe dir doch gesagt ...«

»Ja, hast du, aber ich glaube dir nicht mehr. Ich bin heute nachmittag früher zurückgekommen als erwartet, und Teresa hat mir gesagt, daß Den mich sprechen will, also bin ich hierhergegangen, um ihn zu suchen ...«

»Ach, Alex ...«

»Schon gut. Aber erzähl mir nicht mehr, daß nichts zwischen euch ist. Ich habe gesehen, wie du ihn umarmt hast, und das war eindeutig mehr als freundschaftlich. Ich bin kein Dummkopf, weißt du.«

»Doch, das bist du«, sagte ich zärtlich.

»Was?«

»In einem hast du allerdings recht: Den und ich sind mehr als Freunde.« Ich erzählte ihm die ganze Geschichte von Anfang an und beobachtete, wie sich sein stoischer Gesichtsausdruck zuerst in Erstaunen und dann in offene Erleichterung verwandelte.

»Dein Vater ...« Er deutete ein Lächeln an und studierte mein Gesicht im Spiegel. »Man kann tatsächlich eine Ähnlichkeit erkennen, wenn man es weiß.«

»Deine Großmutter hat es gleich gesehen.«

»Das wundert mich nicht.« Immer noch etwas verstört zog er einen Stuhl an den Toilettentisch und setzte sich. Die Distanziertheit war aus seinen Augen verschwunden, und er war wieder der Alex, der mich letzte Nacht in seinen Armen gehalten und mich geküßt und mir zärtliche Dinge zugeflüstert hatte ...

»Was macht dein Kopf?« Wie Den konnte er es nicht lassen, nach der Beule zu tasten.

»Besser.«

»Wenn es dir hilft – ich habe von der Polizei gehört, daß sie Pietro bei seiner Festnahme ein wenig mit dem Gummiknüppel bearbeiten mußten. Er war nicht gerade sanft wie ein Lamm.«

Ich beneidete die Polizisten nicht, die diesen Riesen hatten festnehmen müssen. »Er ist immer noch der einzige, den sie gefaßt haben, oder?«

»Ja, aber keine Sorge. Sobald er gemerkt hat, daß die anderen ihn im Stich gelassen haben, ist er sehr gesprächig geworden. Es ist nur eine Frage der Zeit, bis sie Daniela und ihren Mann finden.«

Mein Kopf fuhr so schnell herum, daß mein Hals schmerzte. »Ihren *Mann*?«

»Genau.« Er sagte das mit einer Gleichgültigkeit, daß ich mich fragte, ob er seine Gefühle vor mir verbarg, aber er wirkte tatsächlich weder überrascht noch betroffen von Danielas ungeahntem Familienstand. »Celetti heißt er, glaube ich, die Polizei kennt ihn aber noch unter ein paar anderen Namen. Pietro hat ausgesagt, Danielas Heirat mit Forlani sei Celettis Idee gewesen. Ein millionenschwerer Greis schien ihnen wohl eine sichere Investition zu sein. Nur hat der Greis leider alles der Stiftung vermacht, so daß sie einen anderen Weg finden mußten, um an Geld zu kommen.«

»Sie haben die Anwesen der Stiftung ausgeraubt, indem sie wertvolle Kunstgegenstände durch Fälschungen ersetzten.« Er nickte bestätigend, und ich fragte neugierig: »Hast du gewußt, was sie vorhatten?«

»Ich hatte so meinen Verdacht. Der Kelch stieß mich darauf, den Giancarlo aus Sirmione zurückgebracht hatte. Armer Giancarlo«, sagte er düster. »Wenn er nicht soviel Sinn für Dramatik gehabt hätte, wäre er vielleicht noch am Leben. Er muß schon alles gewußt haben, als er mich an dem Tag vor unserem Ausflug nach Sirmione angerufen hat, aber er wollte es mir einfach nicht am Telefon sagen. Er wollte seine große Szene haben und mir den Gehilfen des Juweliers als Zeugen präsentieren, den Kelch als Beweis und sich selbst als den cleveren Detektiv, der alles enthüllt.« Er seufzte. »Alles, was ich am Telefon aus ihm herausbekommen konnte, war, daß wir es nicht mehr bloß mit Diebstahl zu tun hatten. Das war mir dann selbst klar, als ich den Kelch sah.«

»Wieso?«

»Ich war am Tag nach Giancarlos Tod in der Villa ...«

»Um Danielas Feuer zu entzünden?« fragte ich unschuldig.

»Um es zu löschen, wenn du es genau wissen willst. Dabei habe ich gesehen, daß der Kelch wie immer an seinem Platz in der Vitrine stand. Als Teresas Bruder mir dann einen zweiten Kelch gab, wußte ich natürlich, daß einer von beiden eine Fälschung sein mußte. Und als Daniela den Kelch am nächsten Morgen an sich nahm, ohne etwas zu sagen, schloß ich daraus, daß sie in dieser Sache mit drinsteckte.«

Es mußte ein schöner Schreck für Daniela gewesen sein, als sie erfuhr, daß der Kelch aus dem Juweliergeschäft in Sirmione verschwunden war. Ihr war sicher ein Stein vom Herzen gefallen, als Alex ihr den Kelch mit der Erklärung zurückgab, Pietro habe ihn gestohlen, und dann hatte sie Pietro schleunigst in ein Versteck geschickt.

»Ich war zuerst noch unschlüssig, was ich mit meinem Verdacht anfangen sollte«, fuhr Alex fort. »Ich wollte ganz sicher sein, ehe ich die Polizei hinzuzog, also habe ich mich mit einem Freund in Verbindung gesetzt – demselben, den ich gleich zu Anfang angerufen hatte, als Giancarlo mir von seinem Verdacht erzählte. Er hat der Stiftung sein Sommerhaus auf Sardinien überschrieben. Ich bat ihn, noch einmal nachzusehen, ob bei ihm vielleicht etwas Ähnliches vorgefallen ist, weil mit seinem Haus ein paar wertvolle Gemälde und Glaswaren an die Stiftung gegangen sind. Ich glaube, ich habe ihn am Dienstag angerufen, und am Mittwoch ist er mit einem Kunstsachverständigen in sein ehemaliges Sommerhaus gefahren.«

Ich bewunderte das kurzentschlossene Handeln des Mannes. »Und?«

»Keines der Gemälde war echt. Sie waren ausnahmslos

durch Fälschungen ersetzt worden. Gute Fälschungen«, betonte er. »Erstklassig. Daniela und ihr Mann haben sich nicht mit Stümpern abgegeben. Sie müssen ein ganzes Netzwerk von hochspezialisierten Fälschern oder ahnungslosen Kopisten beschäftigt haben, die ihr Handwerk verstehen. Mein Freund sagt, ihm selbst wäre nie etwas aufgefallen. Er war unheimlich wütend. Nicht, weil die Originale verschwunden waren, die er sowieso nie leiden konnte, sonst hätte er sie nicht weggegeben, sondern weil er den Diebstahl nicht beweisen konnte und am Ende noch selbst unter Verdacht geriet, die echten Gemälde behalten und sie gegen Kopien ausgetauscht zu haben. Ich glaube, einer der Stiftungskuratoren hat diese Möglichkeit dezent angedeutet, als der Kunstsachverständige sein Gutachten einreichte.«

Der Gedanke war mir noch gar nicht gekommen, aber natürlich hätte auch Alex' Ruf Schaden nehmen können, wenn später herausgekommen wäre, daß er der Stiftung einen Haufen wertloser Kopien statt der Schätze vom Vierten Kreuzzug überlassen hatte. »Die Leute von der Stiftung haben deinem Freund also nicht geglaubt?«

»O doch, er hat sie schließlich überzeugt«, grinste Alex. »Er kann sehr überzeugend sein bei voller Lautstärke. Die Stiftungsvorsitzenden selbst waren es, die die Polizei eingeschaltet haben.«

»Die Polizei war informiert?«

»Ja. Ich mußte allerdings schwören, Stillschweigen zu bewahren. Ich weiß, daß du nichts verraten hättest«, beeilte er sich, mir zu versichern, »aber es war ihre Aktion, und sie dachten wohl, je weniger Leute Bescheid wissen, desto geringer die Chance, daß jemand Daniela und ihre Spießgesellen aus Versehen warnt. Verzeih mir, ich hätte dich eingeweiht, wenn es mir möglich gewesen wäre.«

»Schon gut«, sagte ich. »Du kannst mich ja jetzt einweihen.«

Sein belustigtes Lächeln wäre mir beinahe entgangen, wenn ich nicht gerade zu ihm hingesehen hätte, aber es schimmerte noch in seinen Augen, als er weitersprach. »Der Plan war, ihnen eine Falle zu stellen: Ein Polizeibeamter sollte sich als Käufer byzantinischer Kunst ausgeben und über ein paar Umwege Kontakt mit Daniela aufnehmen. Bei Zustandekommen des Handels wären sie dann auf frischer Tat ertappt worden. Unterdessen haben andere Beamte Haus und Grundstück überwacht, damit nichts ohne unser Wissen entwendet wurde.«

»Die Gärtner!«

»Genau. Sie waren nicht besonders gut in der Gartenpflege, was Edwina natürlich sofort aufgefallen ist, aber sie haben sich gut verteilt und die Augen offengehalten. Einer sollte auch ein Auge auf dich haben«, gestand er, »aber er schien dich nervös zu machen, also habe ich ihn vor ein paar Tagen wieder abgezogen. Das war ein Fehler – wenn er letzte Nacht auf dich aufgepaßt hätte ...« Er ließ den Satz unvollendet und räusperte sich. »Jedenfalls wußten sie, daß Pietro hier unten kampierte und ...«

Eine Gänsehaut überlief mich, ich legte die Puderquaste aus der Hand. »Es war also Pietro, den Poppy überrascht hat?« Wieder spürte ich die bedrohliche Präsenz hinter mir in der Dunkelheit des Korridors. »Ein Glück, daß wir alle hier waren, als sie schrie. Der Mann hat immerhin einen Mord begangen.«

»Zwei«, korrigierte mich Alex. »Ich glaube nicht, daß unser Hausmädchen nach Mailand abgehauen ist. So etwas sieht ihr überhaupt nicht ähnlich. Wahrscheinlich hat sie Verdacht geschöpft – Giancarlo sagte nämlich, er wäre nicht der einzige, der das Fehlen und Verstelltwerden von Gegenständen bemerkt hätte – und den Fehler begangen, Pietro davon zu erzählen. Es wäre Pietro nie gelungen, sie auf seine Seite zu ziehen, sie war viel zu ehrlich. Also ...« Er breitete in einer resignierten Geste die Arme aus. »Die Polizei hat ein paar Blutspuren hier unten gefunden, aber keine Leiche. Noch nicht.«

»Hier unten? In den Garderoben?«

»Nicht in deiner«, beruhigte er mich, als ich mich entsetzt umsah. »In dem Raum am Ende des Gangs. Vermutlich hat er ihre Leiche dort ein oder zwei Tage lang aufbewahrt, bis er sie verschwinden lassen konnte.«

Das war wohl auch der Grund, weshalb Pietro damals auf uns losgegangen war, weshalb er niemanden in der Nähe des Theaters haben wollte. Dabei fiel mir noch etwas anderes ein. »O Gott«, sagte ich, »der Rosengarten. Alex, hat die Polizei schon im Rosengarten nachgesehen? Jemand hat dort ein frisches Beet gegraben, kurz nachdem ...«

»Ja, es ist der Polizei auch aufgefallen, aber dort liegt nichts, zumindest nicht mehr. Die Beamten waren sehr gründlich, das muß ich ihnen lassen. Sie haben sogar eine der Kopien aus den Überresten der Villa herausgefischt.«

Ich vergaß das arme Mädchen vorübergehend und fragte: »Woher wissen sie, daß es nicht der echte Gegenstand ist? Ich hätte sie nicht auseinanderhalten können.«

»Du hättest den Unterschied gesehen, wenn du die Gelegenheit gehabt hättest, die Gegenstände zu vergleichen. Giancarlo hatte der Bande einen dicken Knüppel zwischen die Beine geworfen, verstehst du. Er hat ihnen nicht nur das beste Stück weggenommen, sondern auch genug Hinweise hinterlassen, daß der Juwelier untertauchen mußte, bevor man ihm auf die Schliche kam. Dummerweise war der Juwelier noch nicht ganz fertig mit seiner Arbeit, aber Daniela und ihr Mann hatten schon eine Absprache mit einem Käufer getroffen – nicht mit unserem Undercover-Mann, sondern mit einem anderen, von dem wir nichts wußten. Dieser Käufer wollte nicht warten, also mußten die drei einen Weg finden, die echten Schätze gegen die Fälschungen auszutauschen, ohne daß die unfertigen Details auffielen. Deshalb haben sie die Villa in Brand gesteckt«, schloß er.

Ich verstand gar nichts mehr. »Ich dachte, das hätten sie getan, um mich loszuwerden und es als Unfall zu tarnen.«

»Nein, es gehörte zu ihrem Plan, die Villa anzuzünden. Sie haben das Feuer extra so gelegt, daß möglichst viel Schaden an den Glasvitrinen mit der Sammlung vom Vierten Kreuzzug entstand und nicht viel davon übrigblieb. Wie du gerade gesagt hast, ist es sehr schwer, auf den ersten Blick festzustellen, ob ein geschmolzener, geschwärzter Klumpen echt ist oder eine Fälschung, und soweit sie wußten, hatten wir keinen Grund zu der Vermutung, daß die Gegenstände nicht echt waren.« Er machte eine Pause, und ich nickte zum Zeichen, daß ich ihm folgen konnte. »Daniela und Genossen brauchten nur die echten Objekte aus der Villa zu holen und durch die Nachbildungen zu ersetzen. Als du sie in der Gruft erwischt hast, waren sie gerade dabei, den Austausch vorzunehmen.«

Es beschäftigte mich immer noch, daß sie das Feuer nicht meinetwegen gelegt hatten. Den ganzen Tag hatten mich Schuldgefühle geplagt, denn wenn ich nicht zur falschen Zeit am falschen Ort gewesen wäre, dachte ich, hätte es kein Feuer gegeben und Rupert wäre nicht gestorben. »Ich habe noch gehört, wie sie sagten, sie wollten den Plan ändern ...«

»Ja, sie wollten die Villa eigentlich erst heute abend anzünden. Pietro hat ausgesagt, ihr Käufer hätte sich eine Karte für die Premiere besorgt und vorgehabt, mit einem der Busse herzukommen, um seine Ware abzuholen.«

Das erklärte, warum die gestohlenen Gegenstände in einem Koffer verpackt waren. In all der Aufregung wegen des Feuers wäre niemandem ein Zuschauer aufgefallen, der mit einem Handkoffer zu seinem Touristenbus zurückging.

»So sah zumindest der Plan aus. Doch wie Pietro so intelligent bemerkt hat, ist eben nicht alles nach Plan gelaufen.«

»Wegen mir.«

»Wegen dir.«

Diesen Teil brauchte er mir nicht zu erklären – ich wußte, daß meine Auftauchen in der Gruft Daniela und ihre Komplizen in eine vertrackte Situation gebracht hatte. Die drei konnten mich unmöglich laufenlassen nach dem, was ich gesehen hatte, doch mich aus dem Weg zu schaffen bedeutete, ihr Treffen mit dem Käufer platzen zu lassen, denn ohne mich gab es keine Premiere, keine gemieteten Busse, kein Publikum.

Kein Wunder, daß sie entschlossen waren, mich umzubringen. Mit einem Schlag hatte ich zunichte gemacht, was sie Wochen der Planung und Organisation gekostet haben mußte.

Statt eine glatte, unauffällige Übergabe abzuwickeln, waren sie plötzlich gezwungen, ihre Flucht zu improvisieren.

Die Villa war also einen Tag früher als geplant in Brand gesteckt worden. Die Kopien mußten schließlich immer noch vernichtet werden, und da ihres Wissens niemand Grund zu dem Verdacht hatte, daß die echten Gegenstände aus der Villa entfernt worden waren, hätte die Versicherung für die verlorenen »Kunstschätze« zahlen müssen. Daneben wäre ich ein für allemal zum Schweigen gebracht worden.

»Was ich noch nicht ganz verstehe, ist, warum Daniela das Weite gesucht hat, wenn sie doch glaubte, ich wäre bei dem Feuer umgekommen? Ich meine, Pietro stand unter Diebstahlsverdacht, das ist klar, und ihr Mann hat wahrscheinlich Kontakt mit dem Käufer aufgenommen. Aber Daniela hätte doch bleiben können. Wenn ich tot gewesen wäre, hätte sie niemand wegen irgendwas beschuldigt.«

Seine Augenbrauen schossen in die Höhe. »Wie kommst du darauf, daß ich sie nicht beschuldigt hätte?«

Ich fand es schwer, einem Mann zu erklären, wie bestimmte Frauen es schafften, sogar mit einem Mord davonzukommen. Es hatte mit Schönheit und sexueller Anziehungskraft zu tun und wie diese Waffen eingesetzt wurden. Ich hätte zum Beispiel wetten können, daß Alex' Freund mit dem Sommerhaus auf Sardinien, wie intelligent er sonst auch sein mochte, zuerst nicht glauben wollte, daß Daniela eines solch raffinierten Betrugs fähig war. Selbst als er seinen gefälschten Bildern gegenüberstand, hatte er wahrscheinlich noch Ausreden für sie gefunden und behauptet, sie sei unschuldig in etwas hineingeraten oder gezwungen worden ... »Die meisten Männer hätten sich von ihr täuschen lassen«, sagte ich.

»Ich bin nicht wie die meisten Männer.« Er machte eine nachdrückliche Pause. »Außerdem ist sie zuerst tatsächlich geblieben. Sie stand im Morgenmantel vor der Villa, als wir dorthin kamen, und spielte das hilflose Weibchen in Not. Wenn deine Leiche gefunden worden wäre, hätte sie sicher eine Geschichte parat gehabt, um deine Anwesenheit in der Villa zu erklären.« Seine Stimme hatte auf einmal eine ungewohnte

Härte, und ich erkannte zu meiner Freude, daß Daniela ihn wirklich nicht eingewickelt hatte und daß er sie zur Verantwortung gezogen hätte, wenn mir etwas passiert wäre. »Aber dann bist du lebend herausgekommen«, sagte er, »und kurz darauf ist Daniela verschwunden. Niemand hat es bemerkt.«

»Sie kann sich nicht ewig verstecken.«

»Abwarten. Sie und ihr Mann werden sich inzwischen woanders mit ihrem Käufer getroffen haben, und wenn er ihnen auch nur die Hälfte von dem zahlt, was die Objekte aus dem Vierten Kreuzzug wert sind, werden sie sich eine ganze Weile in aller Bequemlichkeit verstecken können.«

»O Alex, das tut mir leid.«

»Was, daß ich die Sammlung verloren habe? Das ist mir egal.« Er winkte ab. »Mein Besitzanspruch ist schließlich mehr als fragwürdig. Großvater Galeazzo hat die Sachen aus einem Haus gestohlen, dessen Erbauer sie siebenhundert Jahre zuvor selbst gestohlen hatte, und wie sie nach Konstantinopel gekommen sind, ist wieder eine ganz andere Frage. Kunstschätze wie diese gehören niemandem. Sie wandern durch die Zeit, und wir dürfen sie nur bewahren.«

»Aber du würdest sie doch sicher gern zurückbekommen?«

»Wenn du fragst, ob ich will, daß Daniela und ihr Mann gefaßt werden, heißt die Antwort ja. Aber vor allem, weil sie für den Tod von Giancarlo und Rupert bestraft werden sollen, und nicht, weil ich meine Sachen wiederhaben will. Dich zu verlieren«, sagte er, »wäre der einzig unverwindliche Verlust gewesen.«

Er beugte sich vor, um mich zu küssen, doch ein Klopfen an der Garderobentür unterbrach uns.

Ich lächelte. »Das wird Den sein, um anzukündigen, daß wir nur noch eine halbe Stunde haben. Sein Timing ist schon richtig väterlich, muß ich sagen.«

Aber es war nicht Den, sondern Poppy. Sie kam auf meine Aufforderung etwas schüchtern herein, und ihr Blick wanderte sofort zu Alex.

»Oh«, sagte sie. »Ich wollte nicht … ich dachte, du wärst allein. 'Tschuldigung.«

»Schon gut«, sagte ich, was ihr aber nicht aus ihrer Verlegenheit half.

Von einem Fuß auf den anderen tretend murmelte sie: »Den schickt mich, um dir zu sagen, daß die Vorstellung in einer halben Stunde beginnt.«

Den war selbst draußen im Gang zu hören, wie er gerade Nicholas Bescheid sagte. Es gab in diesen Räumen keine Lautsprecheranlage wie in den großen Theaterhäusern, deshalb mußte Den auf altmodische Weise den Laufburschen spielen.

Poppy schien es nicht eilig zu haben, nachdem sie ihr Sprüchlein aufgesagt hatte. Sie blieb mit unglücklichem Gesicht in der Tür stehen, und ich erinnerte mich daran, was Madeleine mir am Morgen über ihr schlechtes Gewissen erzählt hatte. Normalerweise war ich in der halben Stunde vor dem Aufgehen des Vorhangs gern allein, um mich innerlich auf meinen Auftritt vorzubereiten, aber ich brachte es nicht übers Herz, sie wegzuschicken, weil ich aus Erfahrung wußte, wie niederdrückend Schuldgefühle sein konnten. Poppy sollte nicht so lange unter ihnen zu leiden haben wie ich.

»Komm rein und setz dich«, forderte ich sie auf.

»Ach nein, ich sollte besser ...«

Alex stand auf. »Hier, du kannst meinen Stuhl haben. Ich muß mich jetzt selbst für die Ankündigung fertigmachen.« Er küßte mich, obwohl wir eine Zuschauerin hatten. »Ich sehe dich dann später. Hals- und Beinbruch.«

Als er gegangen war, lächelte ich Poppy aufmunternd zu. »Komm ruhig rein. Ich bin nicht sauer auf dich oder so was.«

Sie ging mit schleppenden Schritten zu dem Stuhl, als hätte ich gedroht, sie zur Schnecke zu machen. Erfreut bemerkte ich, daß sie die Halskette aus Sirmione trug, deren kleine Muscheln leise klackend ihren roten Pullover streiften.

»Du hättest allen Grund«, sagte sie. »Sauer auf mich zu sein, meine ich. Durch meine Schuld wärst du beinahe umgebracht worden.«

»Ach Poppy ...«

»Wenn ich sofort jemandem Bescheid gesagt hätte ...«

»Dann wärt ihr in eine sehr gefährliche Situation geraten«,

ergänzte ich. »Es hätte alles noch viel schlimmer kommen können, und vielleicht wären noch mehr Leute verletzt worden. Nein, du hast genau den richtigen Zeitpunkt erwischt.«

»Ehrlich?«

»Ja, und wie ich gehört habe, warst du es, die die anderen davon überzeugt hat, Max zu folgen.«

Sie sah verlegen auf ihre Knie. »Na ja, er hat sich benommen wie die Hunde im Film, weißt du, ist immer ein Stück vorausgerannt und dann wieder zurück und hat wie verrückt gebellt dabei.«

»Siehst du, du hast also geholfen, mir das Leben zu retten.«

Ihr kleines Gesicht hellte sich kurz auf, verfinsterte sich jedoch gleich wieder. »Aber Rupert mußte auch helfen, und jetzt ist er tot, und das wäre alles nicht passiert, wenn ...«

»Was mit Rupert passiert ist, war ein Unfall, Poppy. Manchmal geschehen Dinge einfach, und niemand ist daran schuld.«

Das alles schien sie nur noch zerknirschter zu machen. In ihren Augen standen Tränen. »Du bist so ...« Sie brach ab, blinzelte die Tränen weg und fuhr fester fort: »Und ich war so furchtbar zu dir. Mami hat recht. Ich habe mich kindisch benommen, und das tut mir leid.«

Tapfere Worte für eine Zwölfjährige. »Jetzt bist du jedenfalls nicht kindisch«, sagte ich. »Es gehört schon ganz schön viel Reife dazu, sich bei jemandem zu entschuldigen. Eine Menge Leute, die viel älter sind als du, bringen das nicht fertig.«

Sie wurde vor Freude rot, und die alte, unerschrockene Poppy schimmerte durch ihre geknickte Miene hindurch. »Ich wollte dich fragen ...«, begann sie kühn, hielt dann aber inne und suchte nach dem richtigen Ansatz. »Das heißt, ich würde gerne morgen mit dir zu Mittag essen, im Grand Hotel in Mira, wenn du Lust hast. Ich bezahle natürlich – ich habe Geld.«

Sie brachte das so ernsthaft vor, daß ich wieder an meine Schwärmerei für meine Schuldirektorin denken mußte und wie ich mich danach gesehnt hatte, sie zu beeindrucken. Dann kam ich plötzlich darauf, daß Poppy und ich so etwas wie

Schwestern würden, falls Den und Madeleine zusammenblieben, und der Gedanke gefiel mir. »Ja, das wäre nett«, sagte ich.

»Wirklich?«

»Und ob. Jetzt komm und hilf mir in mein Kostüm. Ich kann Hilfe gebrauchen.«

Sie verließ mich, als Den mit dem Viertelstunde-Aufruf herumging und alle Wertgegenstände einsammelte, die in seinen Schreibtisch eingeschlossen werden sollten. »Ich hoffe, du willst mir nicht das hier geben«, sagte er. »Was ist das überhaupt?«

Ich zupfte gerade meine Perücke zurecht und schielte zu ihm hinüber, um zu sehen, wovon er redete. »Ach so. Das ist ein Gebetbuch.«

Bryan hatte es am Morgen in meinem Zimmer liegenlassen, und da ich wußte, wie angetan Rupert davon gewesen war, hatte ich es als Glücksbringer mitgenommen. Auf diese Weise würde mich ein Stück von ihm während der Aufführung begleiten.

Den blätterte in dem Buch und bewunderte die Malereien. »Es ist wohl sehr alt?«

»Mindestens achthundert Jahre, glaube ich.« Wahrscheinlich das einzige Stück aus der Kreuzzugs-Sammlung, das die Diebe übriggelassen hatten, dachte ich bedauernd. Ich gab ihm meine Armbanduhr und die Handtasche zum Wegschließen.

Als ich allein war, nahm ich den anderen Wertgegenstand, den ich ihm nicht gegeben hatte – meinen kleinen Diamantenengel –, und hängte ihn vorsichtig an den Rand des Spiegels, wo er über mich wachen sollte. Eigentlich war ich nicht abergläubisch, doch die volle Last dessen, was vor mir lag, begann sich allmählich auf mich herabzusenken. In weniger als zehn Minuten würde ich einem Publikum in meiner ersten Hauptrolle gegenüberstehen, in einem Stück, das bisher niemand hatte auf die Bühne bringen können. In weniger als zehn Minuten würde ich dort hinausgehen müssen, um vor einem vollbesetzten Theater meinem Namen Ehre zu machen, mich neben Nicholas und Madeleine zu behaupten und eine Darbietung zu geben, auf die Rupert stolz sein könnte …

»Fünf Minuten«, rief Den aus dem Korridor.

Verzweifelt blickte ich auf das Gebetbuch und wünschte, ich könnte Griechisch lesen und eine höhere Macht um Beistand anrufen. Aber ich erkannte die Illustration auf der Seite, die Den aufgeschlagen gelassen hatte – Sonnenstrahlen, die durch Wolken hindurchbrachen, als hätten sich die Himmel geöffnet, um eine ruhelose Seele aufzunehmen, die gerade ihren Frieden gefunden hatte. Ich erinnerte mich an Ruperts Übersetzung: ein Gebet zur Bannung von Geistern.

Die Augen Celias der Ersten auf den vielen Fotos an der Wand schienen mich zu beobachten, als wartete sie auf etwas. Ich wurde von ihren Augen angezogen und suchte in ihnen nach einer Verbindung über die vielen Jahre hinweg, die unsere Leben trennten. Natürlich wußte ich, daß ich sie nicht wirklich in dem brennenden Zimmer gesehen oder ihre Stimme in der Nacht gehört hatte, denn Geister waren Hirngespinste, und doch ...

»Er weiß es«, sagte ich zu ihr und kam mir fast gar nicht albern vor, weil ich mit einem Foto sprach. »Er weiß, daß du ihn liebst und daß du nicht fortgelaufen bist.« Während ich zu ihrem berühmten, schönen Gesicht aufsah, kam es mir in den Sinn, daß ich dabei war zu vollenden, was sie begonnen hatte. Sie war nie dazu gekommen, die Rolle zu spielen, die Galeazzo im Rausch seiner Liebe für sie geschaffen hatte, hatte nie die berühmten Zeilen vor einem Publikum gesprochen. Vielleicht hat sie das Stück höchstpersönlich verflucht, dachte ich in wilder Phantasie, damit keine andere ihren Platz einnimmt.

Doch sie lächelte wohlwollend auf mich herab, als sähe sie in mir eine verwandte Seele.

Und auf einmal legten sich all meine Ängste und Befürchtungen wegen des Stücks und meiner Leistung und wurden von einem Gefühl innerer Ruhe und Zuversicht abgelöst. Das Gefühl blieb, als Den kam, um mich auf die noch dunkle Bühne zu führen, und hielt auch während des Moments an, als ich alleine dort stand, umgeben vom Gemurmel des unsichtbaren Publikums. Dann flammten die Scheinwerfer auf und durchbrachen die Dunkelheit mit ihren blendenden Strahlen wie auf dem Bild im Gebetbuch, und in diesem Augenblick wußte ich, daß alles gut werden würde.

Ich drehte mich ins Licht und sprach die erste Zeile.

Er hatte vergessen, wie man betete. Langsam blätterte er die Seiten des Gebetbuchs um, hoffnungsvoll, aber es kam keine Hilfe. Diese Worte waren steril, sie waren von Mönchen niedergeschrieben und konnten nicht die Leidenschaft seines Herzens ausdrücken.

Er merkte, daß er beobachtet wurde, und als er sich umdrehte, sah er seinen Sohn ernst und stumm in der Tür stehen. Der Junge war alles, was ihm geblieben war. »Komm herein«, sagte er. »Komm, hab keine Angst.«

Der Junge trat zögerlich ein, seine Augen auf das Gebetbuch gerichtet. »Was ist das?«

»Ein Palimpsest. Weißt du, was das ist?«

»Nein.«

»Ein Buch, das doppelt beschrieben wurde. In früheren Zeiten war Pergament teuer und schwer zu bekommen, so daß die Leute, die etwas schreiben wollten, oft gezwungen waren, altes Pergament wiederzuverwenden. Dieses Buch enthielt ursprünglich einmal ein Theaterstück, ein griechisches Stück, aber die Mönche, die es fanden, schnitten die Seiten entzwei und schabten das Pergament sauber, um ihre Gebete und Beschwörungen darauf zu schreiben. Allerdings konnten sie die Worte darunter nicht ganz entfernen. Hier, siehst du, und dort, schau es dir an.«

Der Junge kam neugierig näher. »Ein Palim ... Palims ...«

»Palimpsest.« Ihm gefiel das Interesse seines Sohns, seine Ernsthaftigkeit und Wißbegier. »Es ist ein ganz besonderes Buch. Ich habe es noch niemandem gezeigt außer dir.«

Er sah, wie der Junge sich freute, und legte ihm eine Hand auf die Schulter. »Vielleicht wirst du eines Tages alle Geheimnisse dieses Hauses erfahren«, sagte er mit einem wehmütigen Lächeln. »Vielleicht, eines Tages.«

EPILOG

But my fate ever in a frequent round
Turns … and changes character.

Sophokles, »Fragmente«

Wir kommen nicht mehr oft nach Il Piacere.

Die Stiftung verwaltet das Haus und den Park, und obwohl die öffentlichen Führungen um unsere Privaträume herumgeleitet werden, während wir sie bewohnen, kommen wir uns doch immer ein wenig ausgestellt vor. Teresa hat schon mehrmals Touristen aus ihrer Küche verjagen müssen, und ich bin einmal einem Nachzügler begegnet, der gerade unser Bad benutzt hatte. Trotzdem finde ich, daß Il Piacere besser als Besichtigungsobjekt denn als Zuhause geeignet ist, und ich bezweifle nicht, daß Galeazzos Geist irgendwo herumschwebt und entzückt verfolgt, wie die Leute Schlange stehen, um einen Blick in sein legendäres Schlafzimmer oder auf den Schreibtisch in der Veranda zu werfen, wo er seine letzten Gedichte schrieb. Was den Geist Celias der Ersten betrifft, so hält er sich sehr bedeckt, falls er noch im Damenflügel herumspukt. Weder von den Angestellten der Stiftung noch von Touristen sind Klagen eingegangen, daß in Celias Suite »Dinge« geschähen, wie Teresa sich ausdrücken würde.

Ich selbst denke heute, daß meine Erlebnisse damals reine Einbildung waren, und doch … und doch wäre ich nicht überrascht, wenn eines Tages jemand über die Ruhestätte von Galeazzos Celia stolpern würde, verborgen in den Gärten von Il Piacere. Wenn ich dort spazierengehe, kann ich ihre Gegenwart beinahe spüren.

Bis jetzt ist allerdings erst eine Leiche auf dem Anwesen gefunden worden, und zwar nicht im Park, sondern auf dem kleinen Stück Strand unten beim Bootshaus. Wie Alex befürchtet hatte, war das verschwundene Hausmädchen tatsächlich nicht nach Mailand abgehauen; es war überhaupt nicht abgehauen. Man sagt, der Gardasee würde seine Toten nicht wieder hergeben, aber er hat das Mädchen hergegeben und es sanft ans Ufer gespült, als stumme Mordanklage.

Pietro, der immer noch im Gefängnis sitzt, behauptet, Danielas Mann habe sie umgebracht, nicht er, aber die Wahrheit wird wahrscheinlich nie ans Licht kommen. Daniela und ihr Mann sind ihrer Festnahme nun schon so lange entkommen, daß sie wohl nie verhaftet und vor Gericht gestellt werden. Vergangene Ostern haben wir sogar eine Postkarte von Daniela bekommen, das heißt, Alex hat sie bekommen, an die Adresse von Il Piacere. Es war eine Ansicht von Buenos Aires mit ihrer Unterschrift auf der Rückseite, sonst nichts. Ich sagte zu Alex, daß sie wirklich etwas für ihn empfunden haben müsse, um ein solches Risiko einzugehen, aber er schüttelte nur den Kopf und meinte, Frauen wie sie seien zu keinen tieferen Empfindungen fähig und betrachteten Männer nur als Spielzeuge. Ich verstand, warum er so dachte, denn Daniela hatte sich wie meine Mutter und die böse Königin im Märchen so daran gewöhnt, die Schönste im ganzen Land zu sein, daß sie blind für andere war, aber trotzdem glaubte ich, daß sie in Alex' Fall wirklich etwas empfunden hatte. Ich hatte es in ihren Augen gesehen an jenem Tag auf der Terrasse, als sie ihre Drohungen ausstieß.

»Außerdem geht sie kein Risiko ein«, fuhr Alex fort, die Postkarte in der Hand. »Inzwischen sind sie längst schon wieder weitergezogen, darauf kannst du wetten.«

Mit dem Geld aus ihrem Kunstraub werden sie sicher noch eine Weile weiterziehen können. Wo die gestohlenen Gegenstände geblieben sind, wissen wir nicht – sie haben ihre Reise von Hand zu Hand durch die Jahrhunderte lediglich fortgesetzt, wie Alex sagt. Die wenigen nach dem Brand aus der Villa delle Tempeste geretteten Kopien sind von der Stiftung ausgestellt worden, und die Geschichte des Raubs ist in die Anekdotensammlungen der Reiseleiter eingegangen und unterhält die Touristen.

Das Gebetbuch aber ist immer noch in meinem Besitz – Alex hat mir erlaubt, es mitzunehmen, als wir aus Italien weggegangen sind. Das Buch und das Porträt Celias der Ersten, das in meinem Schlafzimmer hing und nun über mir hängt, während ich dies schreibe, sind die einzigen Dinge, die wir nicht zurücklassen wollten. Der Rest gehört der Stiftung, und das ist gut so, sagt Alex.

Hin und wieder redet er davon, ein zweites Stück seines Großvaters für das Theater im Park zu inszenieren, aber ich glaube nicht, daß etwas daraus wird. Es wäre jedenfalls nicht dasselbe, und wir könnten den Triumph von »Il Prezzo« niemals wiederholen.

Der Erfolg des Stücks war es auch, der uns auf eine Einladung hin nach New York brachte, nachdem die Spielzeit in Italien abgelaufen war. Es läuft immer noch und bekommt gute Kritiken, obwohl von der ursprünglichen Besetzung nur Madeleine übriggeblieben ist. Nicholas hat seine Rolle nach zwei Monaten in New York abgegeben. Er lebt jetzt in Los Angeles, und wie ich höre, ist er in letzter Zeit häufig auf Partys mit der Schauspielerin gesehen worden, die im vergangenen Jahr den Oscar für die beste Nebenrolle bekam.

Ich selbst wäre noch länger bei »Il Prezzo« geblieben, wenn mir nicht die Hauptrolle in einer Fernsehserie angeboten worden wäre und Madeleine mir nicht so zugeredet hätte, sie anzunehmen. Sie und Den gaben zu diesem Zeitpunkt gerade eine ihrer berühmten Partys in ihrem Haus in New Jersey, und Madeleine zog mich irgendwann auf die ruhige Veranda hinaus, wo wir unsere Drinks leerten und zusahen, wie Poppy mit ihrem neuen Cockerspanielwelpen spielte. Dann fing Madeleine wieder mit der Fernsehserie an und argumentierte mit einem Zitat aus Shakespeares Julius Cäsar: »Der Strom der menschlichen Geschäfte wechselt: Nimmt man die Flut wahr, führet sie zum Glück ...«

Während ich ihr zuhörte, schoß es mir durch den Kopf, daß ich meine Flutwelle schon genutzt und mein Glück gefunden hatte. Nicht nur im finanziellen Sinn, obwohl ich zugeben muß, daß ich mich ein gutes Stück von der zugigen Wohnung in Covent Garden entfernt habe, sondern vor allem in dem, was einen wahrhaft reich macht: Freunde, meine ständig wachsende Familie und Freude an meiner Arbeit, der Schauspielerei. Ich habe die Rolle in der Fernsehserie trotzdem angenommen. Nach meiner Erfahrung ist es immer gut, Madeleines Ratschläge zu befolgen.

Auch was Alex betrifft, habe ich auf sie gehört. Sie hat mir geraten, ihn zu heiraten, und das habe ich getan und es nicht bereut. Der Beweis liegt hier neben mir in seinem Moseskörbchen, streng bewacht von Max und Nero. Bryan und Edwina werden in der kommenden Woche zur Taufe anreisen. Wir hatten einen kleinen Streit wegen des Namens – Alex fand, daß der Kleine Rupert heißen sollte, aber ich gab zu bedenken, daß Rupert seinen eigenen Namen nie gemocht hat, und da es mir unmöglich war, mich zwischen Den und Bryan zu entscheiden, einigten wir uns am Ende auf Christopher.

»Der Name gehört ihm ganz allein«, sagte ich mit Blick auf unseren schlafenden Sohn. »Er braucht ihn mit niemandem zu teilen.«

Ich bin froh, daß er nicht mit einer Last von Erwartungen aufwachsen muß, die an seinen Namen geknüpft sind, daß er nicht erst beweisen muß, dieses Namens würdig zu sein. Dabei stört es mich gar nicht mehr so sehr wie früher, Celias Namen zu tragen. Nach dem Erfolg von »Il Prezzo« und der Fernsehserie, deren erste Folge nächsten Sonntag ausgestrahlt wird, bin ich zuversichtlicher, daß ich meinen eigenen Weg machen werde.

Madeleine zufolge habe ich das schon getan. Heute morgen ist sie extra vorbeigekommen, um mir zu erzählen, daß sie und Den gestern beim Abendessen mit einem einflußreichen Kritiker geplaudert haben, der meine Leistung in »Il Prezzo« lobte. »Den mußte natürlich ein bißchen angeben, du kennst ihn ja, und meinte, du hättest die Rolle besser gespielt, als die erste Celia Sands es je gekonnt hätte.« Worauf der Kritiker, so Madeleine, ihn überrascht ansah und fragte: »Gab es noch eine andere Celia Sands?«

Vielleicht schreiben sie das einmal auf meinen Grabstein. Ich glaube, das würde mir gefallen.

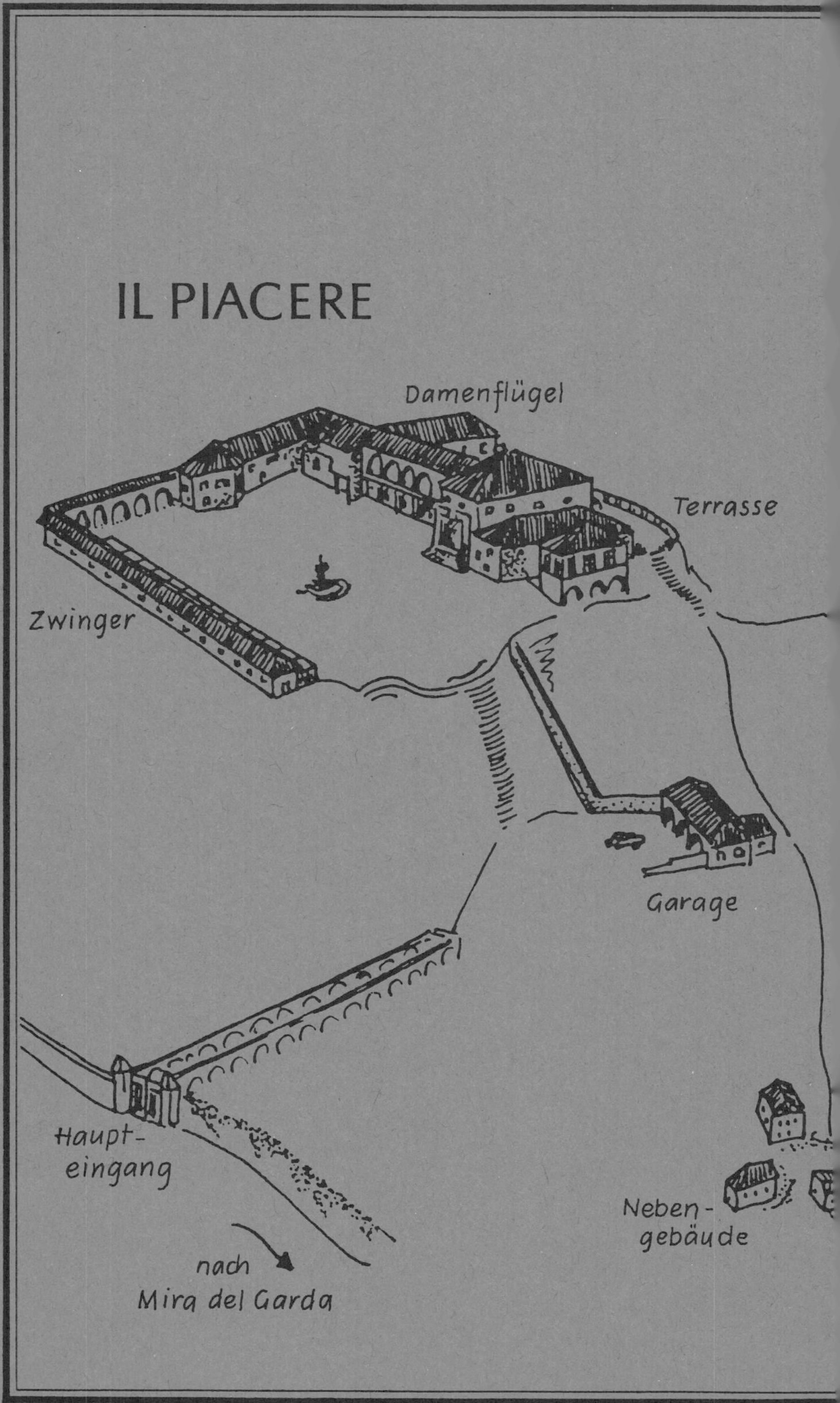
IL PIACERE
Damenflügel
Terrasse
Zwinger
Garage
Haupt-
eingang
Neben-
gebäude
nach
Mira del Garda